SOPHIE LARK

Kingmakers
Jahr 1

BLOOM

SOPHIE LARK

KING MAKERS

JAHR 1

ROMAN

Aus dem Englischen
von Martin Winkler

BLOOM

MIX
Papier | Fördert
gute Waldnutzung
FSC® C083411
FSC
www.fsc.org

Penguin Random House Verlagsgruppe FSC® N001967

Die Originalausgabe erschien 2021 in einer früheren Fassung unter dem Titel
The Heir auf Englisch und *Der Erbe* auf Deutsch.
Die überarbeitete Fassung, auf der diese Ausgabe basiert,
erschien 2024 unter dem Titel *Kingmakers – Year One* bei Bloom Books,
an imprint of Sourcebooks, Naperville, Illinois.

Übersetzung: Martin Winkler
Redaktion: Anita Hirtreiter
Umschlaggestaltung: t.mutzenbach design, München
nach einer Originalvorlage von Sourcebooks
Umschlagdesign Serie: Emily Wittig
Umschlagdesign: Nicole Lecht/Sourcebooks
Umschlagmotive: © iStockphoto (morita kenjiro, VikaSuh, ProVectors),
Depositphoto (diversepixel)
Illustrationen im Innenteil: © Line Maria Eriksen
Satz: GGP Media GmbH, Pößneck
Druck und Bindung: CPI books GmbH, Leck
Printed in the EU

ISBN 978-3-453-29281-9

www.penguin.de/verlage/bloom

Dieses Buch ist allen gewidmet,
die in ihren besten Freund verliebt sind.

XOXO

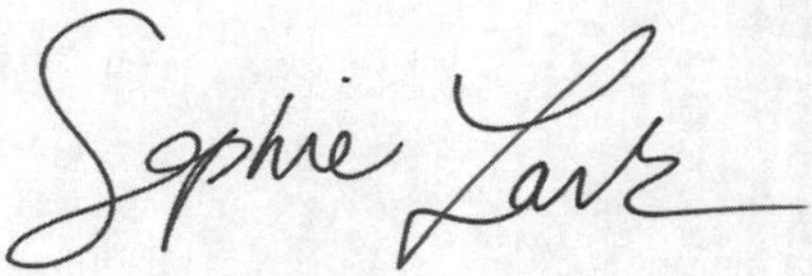

Soundtrack

Love Chained – Cannons
Best Friend – Saweetie, Doja Cat
Daisy – Ashnikko
Fire for You – Cannons
Crazy in Love – Sofia Karlberg
Wicked Game – Chris Isaak

Spotify Apple Music

Hinweis

Die Kingmakers-Serie ist eine Dark Mafia Romance in einem Universitäts-Setting. Sie handelt von jungen Menschen aus kriminellen Familien. Dieser Roman enthält potenziell triggernde Inhalte. Auf Seite 507 findet sich eine Triggerwarnung (Achtung, Spoiler!).

WILLKOMMEN IN DER WELT VON KINGMAKERS!

Kingmakers ist deine neue Serie zum Binge-Lesen.

Jede gute Story braucht einen Bösewicht.

Dean Yenin will Leo Gallo zerstören und
ihm alles nehmen, was er liebt.

Am Ende des ersten Buches wird eine Hälfte
von dir Dean hassen. 🤬

Aber die andere Hälfte ...
wird ihn möglicherweise lieben. ❤️‍🔥

Auf welcher Seite stehst du?

Wie auch immer du dich entscheidest,
ab Jahr 3 wird sich alles verändern ...

KINGMAKERS
JAHR 1
LEO
ANNA
DEAN
MILES
ARES
CHAY
ZOE
LUTHER
MISS ROBIN
OZZY
HEDEON

ENZO GALLO
GIANNA LUCAS
DANTE GALLO
SIMONE SOLOMON
NERO GALLO
CAMILLE RIVERA
SEBASTIAN GALLO
YELENA YENINA
CALLUM GRIFFIN
AIDA GALLO
HENRY GALLO
SABRINA GALLO
LEO GALLO
MILES GRIFFIN
SERENA GALLO
DAMIAN GALLO
CALEB GRIFFIN
DARIO GALLO
NOELLE GRIFFIN
GALLO
Stammbaum

FERGUS GRIFFIN
IMOGEN FITZGERALD
CALLUM GRIFFIN
AIDA GALLO
RAYLAN BOONE
RIONA GRIFFIN
NESSA GRIFFIN
MIKOLAJ WILK
MILES GRIFFIN
MARSHALL BOONE
COLE BOONE
CREED BOONE
TEDDY BOONE
ANNA WILK
CALEB GRIFFIN
CARA WILK
NOELLE GRIFFIN
WHELAN WILK
GRIFFIN
Stammbaum

ALEXEI YENIN
ANASTASIA ZAITSEVA
ADRIAN YENIN
ROSE COPELAND
SEBASTIAN GALLO
YELENA YENINA
DEAN YENIN
LEO GALLO
NATASHA GALLO
YENIN
Stammbaum

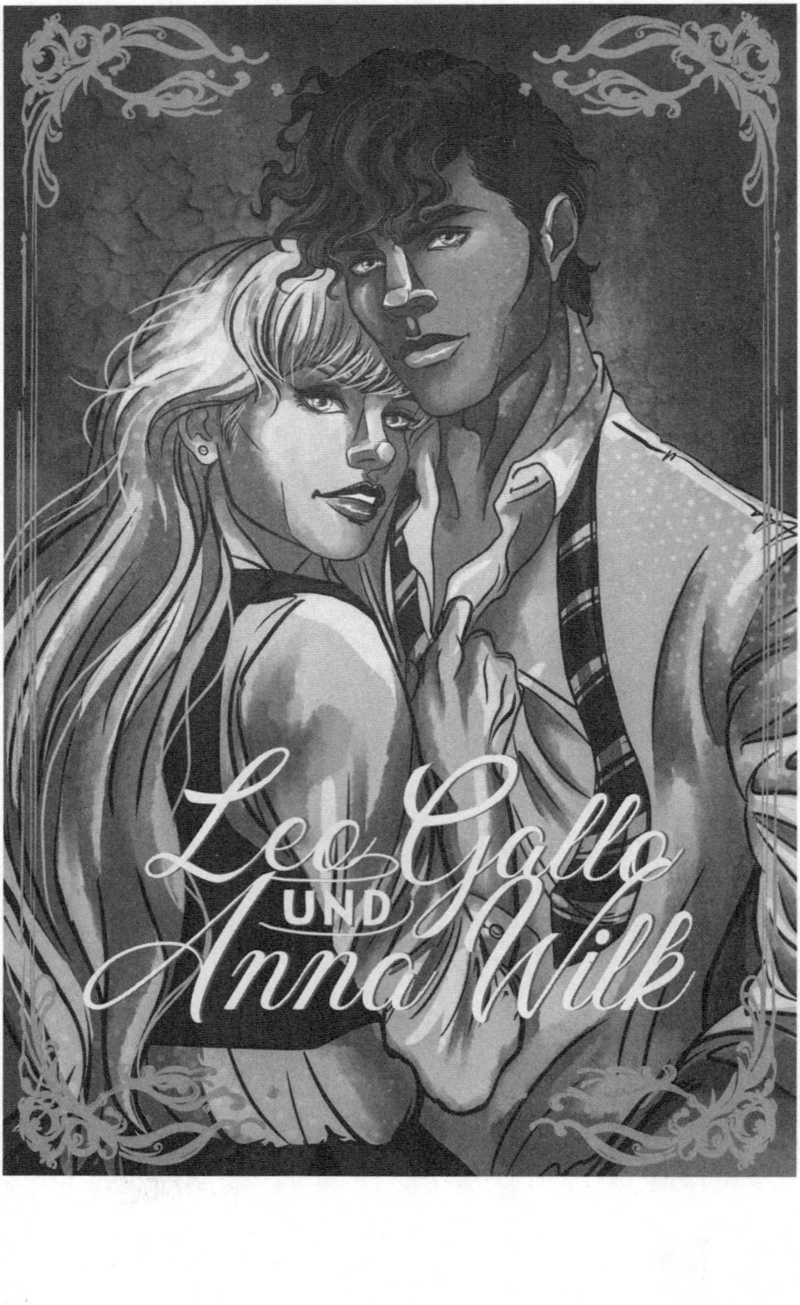
Leo Gallo
UND
Anna Wilk

Prolog

Chicago, Illinois

Dies ist mein letztes Weihnachten zu Hause. Wenn ich in Kingmakers bin, kann ich nur noch im Sommer zu Besuch kommen.

Weihnachten war noch nie so mein Fall – ich bin eher der Halloween-Typ. Aber da dies das letzte Mal ist, dass wir alle zusammen um einen Tisch sitzen, um Truthahn zu essen und Knallbonbons zu ziehen, macht es mich nostalgischer als sonst.

Leo hingegen … weniger.

Er kann es kaum erwarten, zu gehen. Er hat schon so mit der Highschool abgeschlossen, dass ich nicht weiß, wie er die nächsten fünf Monate Unterricht und die Abschlussprüfungen überstehen soll.

Ehrlich gesagt weiß ich nicht, wie er es überhaupt geschafft hat, seine Kurse zu bestehen. Er ist nicht besonders gut darin, Anweisungen zu befolgen.

Im Moment soll er mir eigentlich helfen, die Platzkarten für die Sitzordnung beim Abendessen auszulegen. Stattdessen vertauscht er sie absichtlich.

»Die Familien sollen zusammensitzen«, erinnere ich ihn.

Leo grinst nur. »Wo bleibt denn da der Spaß?«

Wir erwarten vierundzwanzig Leute, da ist es ein Glück, dass das Esszimmer in meinem Elternhaus eher einem Saal in einer mittelalterlichen Burg ähnelt. Der Kamin ist groß genug, dass man darin stehen kann, und der Tisch erstreckt sich fast endlos durch den Raum. Wenn meine Mom und mein Dad an den gegenüberliegenden Enden säßen, könnten sie sich kaum zurufen. Aber sie sitzen immer direkt nebeneinander.

»Denk nicht einmal daran, diese Karte anzufassen.« Ich zeige auf die Karte mit dem Namen Nessa in der hübschen, geschwungenen Schrift meiner Mutter.

»Ich bin ja nicht lebensmüde«, sagt Leo und lässt diese Karte genau an ihrem Platz, direkt neben der, auf der Mikolaj steht.

Leo ist schicker gekleidet als sonst, was bedeutet, dass er eine Hose mit halb eingestecktem T-Shirt trägt. Doch seine dunklen Locken sind zerzaust, und wenn er die Knie beugt, blitzen unter seiner etwas zu kurzen Hose einige Zentimeter grellbunter Weihnachtssocken hervor.

Ich lächle in mich hinein. »Bist du schon wieder gewachsen?«

Falls ja, sollte er besser damit aufhören. Leo ist beinahe so groß wie ein durchschnittlicher NBA-Spieler und passt schon jetzt kaum noch in Flugzeugsitze oder Kleinwagen.

»Lass mal sehen.« Er kommt um den Tisch herum und umarmt mich so, dass er sein Kinn auf meinem Kopf ablegen kann. »Nein, wir sind immer noch genau einen Kopf auseinander.«

»Vielleicht bin ich ja auch gewachsen.«

»Wie soll ich dann irgendetwas beurteilen, wenn du nicht so bleibst, wie du bist?« Er lächelt zu mir herunter, ohne mich loszulassen.

Ich beschwere mich nicht. Leos Umarmungen sind die besten. Wirklich die allerbesten. Zum einen scheint seine Körpertemperatur etwa bei 39 Grad zu liegen. Außerdem drückt er richtig fest.

Bis mein Vater den Raum betritt. Dann lässt Leo mich schnell los.

»Fast fertig?«, fragt mein Vater trocken. So ziemlich alles, was er sagt, kommt trocken heraus. Oder bedrohlich. Oder beides.

Man muss ihn gut kennen, um seine weichen Momente zu erkennen. Er hat eine schmale Ader für Gefühle, aber sie geht bis in sein Innerstes. Seine Liebe ist sehr tief.

Allerdings ist diese Liebe beinahe ausschließlich für mich, meine Mom und meine zwei jüngeren Geschwister reserviert. Er ist nicht der größte Fan von Leo.

Wie Leo nur zu gut weiß.

Leo schenkt mir ein schiefes Lächeln.

»Schau mal, wie schön Anna den Tisch gedeckt hat.«

Cleverer Versuch. Leo weiß, dass der beste Weg, meinen Dad milde zu stimmen, ist, mich zu loben.

Mir scheint, es ist mir ganz gut gelungen. Ich habe Armladungen von weißen Weihnachtsbeeren aus dem Garten hereingeholt, und nun ist die Luft erfüllt vom Duft von immergrünen Pflanzen. Die geisterhaften Beeren und die hohen weißen Kerzen stehen im Kontrast zur schwarzen Tischdecke und den bronzenen Tellern. Es ist elegant und leicht gotisch. Im Grunde das genaue Gegenteil von Leos Socken.

»Annas Geschmack ist fast immer ausgezeichnet«, sagt mein Dad.

Als er außer Hörweite ist, murmelt Leo: »Er meint mit Ausnahme von mir.«

Ich lache. »Ich bin mir ziemlich sicher, dass er von meinen Klamotten gesprochen hat.«

Natürlich habe ich mich ebenfalls chic gemacht, aber wie Leo habe ich meine eigene Definition davon. Mein Lieblingstüllkleid mit den langen, transparenten Lagen und kurzen Puffärmeln sieht aus wie etwas, das eine Vampirin tragen würde, die mit zwölf Jahren gestorben war.

»Schwarz ist ja auch seine Lieblingsfarbe.« Leo grinst. »Wenn ich das richtig sehe, trägt er nichts anderes. Weiß er überhaupt, dass es andere Farben gibt? Hast du ihn jemals Blau tragen sehen? Oder, Gott bewahre … Pink?«

Ich beiße mir auf die Lippen, um mein Lächeln zu verbergen. »Mach dich nicht über meinen Dad lustig.«

»Das würde ich nie tun.« Leo legt seine Hand theatralisch auf die Brust. »Wie gesagt, ich bin doch nicht lebensmüde.«

»Manchmal bin ich mir da nicht so sicher.«

»Oh, schau!« Er packt mich am Arm und zieht mich zum Fenster.

Es hat angefangen zu schneien. Dicke, flauschige Flocken fallen herab und verdecken unseren Blick auf den überwucherten Garten.

Wir schauen schweigend zu.

Was ich unter anderem besonders an Leo mag, ist, dass er zwar mit tausend Takten pro Minute summt, aber auch weiß, wann er still sein muss.

»Lass uns in den Schnee rausgehen«, schlägt er vor.

Wir schleichen uns durch den Wintergarten hinaus, in dem Wissen, dass meine arme gestresste Mutter uns sicher eine weitere Aufgabe zuweisen würde, wenn sie uns sähe.

Der Garten hinter dem Haus ist eine eigene kleine Welt, und ganz besonders, wenn er unter einer Schneedecke liegt. Es ist vollkommen still, die hohen Steinmauern und die hoch aufragenden Bäume blockieren die Geräusche der Stadt.

Meine Eltern verliebten sich in diesem Haus. Mein Vater wäre in diesem Garten beinahe gestorben. Ich wurde in einem der Zimmer oben geboren. Wenn ich an den bevorstehenden Abschied denke, fühlt sich mein Herz an, als würde es sich in zwei verschiedene Richtungen dehnen und fast zerreißen.

Wenn ich Leo anschaue, habe ich das gleiche Gefühl.

Man kann nicht alles haben, was man will. Nicht, wenn man zwei gegensätzliche Dinge gleichzeitig will.

Ich möchte alles, was ich liebe, perfekt und unverändert erhalten, unter Glas konserviert wie eine Schneekugel. Aber ich spüre auch den Sog der Welt da draußen.

»Woran denkst du?«, fragt Leo mich.

Er stellt diese Frage oft, immer, wenn er meinen Gesichtsausdruck nicht lesen kann.

Es macht mir nichts aus. Nicht, wenn er derjenige ist, der das wissen will.

Leo ist der einzige Mensch, den ich an mich heranlasse. Ich kann ihm alles erzählen, und ich muss es nicht übersetzen, abschwächen oder verändern, damit es das ist, was er hören will.

Oder jedenfalls … war es früher so.

Wenn ich Leo in letzter Zeit ansehe, bekomme ich immer noch dieses warme und aufregende Gefühl. Doch ich habe auch das Gefühl, dass ich in Tränen ausbrechen könnte. So wie wenn man ein Lied hört, das so schön ist, dass einem die Brust wehtut und man sich etwas wünscht, das man nicht benennen kann … etwas, das vielleicht gar nicht existiert.

Ich verstehe nicht, was sich zwischen uns verändert hat.

Er ist genau hier, direkt neben mir.

Er schenkt mir dieses Lächeln, das mich mein ganzes Leben lang so gut wie jeden Tag angestrahlt hat.

Aber in letzter Zeit ist Leos Lächeln so sehr Qual wie Freude. Das Lächeln hat sich nicht verändert, nur die Art, wie es mich innerlich zerreißt.

Etwas tief in mir flüstert: Sag es ihm.

»Was ist los?«, fragt Leo. Er neigt den Kopf und mustert mein Gesicht.

Ich schaue in seine braunen Augen, die mich an Honig erinnern, aber das könnte nie die ganze Tiefe der Farben einfangen, die dort tanzen. Leos Augen sind von innen beleuchtet, es sind goldene Lichter, so wild wie das, was auch immer in ihm lebt.

Leise sagt er: »Du hast Schneeflocken in deinen Wimpern.«

Leo auch. In seinen Haaren hat er ebenfalls Schneeflocken, blasse Sterne, die sich in die dunklen Wellen schmiegen. Sie schmelzen, sobald sie seine warme, braune Haut berühren.

Leo brennt heißer als der Rest von uns. Er ist nicht wie irgendjemand sonst.

Selbst inmitten von Menschen, die ich liebe, ist Leo für mich nach wie vor besonders. Kostbar. Uns verbindet ein Band, das so eng ist, dass es wehtut.

Wenn ich ihn jetzt um etwas bitten würde, um irgendetwas, würde er es mir geben.

Doch ich weiß nicht, wonach ich fragen soll.

Versprich mir, dass dies nicht unser letztes Weihnachten ist.

Versprich mir, dass du dich nie ändern wirst.

Unmögliche Dinge. Dumme Dinge. Dinge, die niemand beteuern kann.

Versprich mir, dass ich dich nie verlieren werde.

Selbst das kann niemand garantieren. Jeder von uns könnte heute Nacht sterben, durch einen Blitzschlag. Oder in unserem Fall wahrscheinlich durch etwas Persönlicheres.

Statt all das zu sagen, bitte ich ihn: »Versprich mir, dass wir immer Freunde bleiben werden.«

Leos Lächeln breitet sich langsam über sein Gesicht aus. Ein Gesichtszug nach dem anderen leuchtet auf, bis zu seinen Augen.

»Anna.« Seine Stimme ist leise und geheimnisvoll. Sie wärmt mich bis in die Zehenspitzen. »Du weißt, ich könnte nicht aufhören, mit dir befreundet zu sein. Selbst wenn ich es wollte.«

Die Freude, die in mir brennt, ist heftig, heiß und gefährlich. Daran klammere ich mich: Leo wird immer mein bester Freund bleiben.

Scheinwerfer streifen den Hof.

Leo dreht sich um. »Es sieht aus, als wären alle angekommen.«

***

»Alle«, das sind alle unsere Tanten, Onkel, Cousins und Cousinen. Sie sind angereist, um unser letztes Weihnachten zu Hause zu feiern, sogar Dante und Simone mit ihren Kindern, die den weiten Weg aus Paris gekommen sind, sowie Raylan und Riona mit ihren vier rothaarigen Söhnen von ihrer Ranch in Tennessee.

Simone und ihre Tochter Serena kommen als Erste den Weg hinauf, die Arme beladen mit verpackten Geschenken. Serena sieht in ihrem Pariser Mantel und ihren hochhackigen Stiefeln unglaublich schön und stilvoll aus. Es überrascht mich nicht, dass die drei ältesten Boone-Jungs darum streiten, wer ihr die Pakete aus den Händen nehmen darf.

Nur Teddy, der Jüngste, bleibt immun gegen den Charme unserer wunderschönen ausländischen Cousine und ist viel mehr daran interessiert, mit meinem kleinen Bruder Whelan durchs Haus zu toben.

Es ist nicht Serenas Schuld, dass sie so atemberaubend ist – ihre Mutter ist schließlich ein Supermodel. Und ich kann sie nicht einmal dafür hassen, weil sie so verdammt nett ist.

»Ich habe dir ein paar von deinen Lieblingsmacarons mitgebracht.« Sie drückt mir ein elegant verpacktes Päckchen in die Hände und küsst mich auf beide Wangen.

Ihr älterer Bruder Henry tut dasselbe, nimmt meinen Arm und führt mich über den vereisten Weg.

»Kein Kuss für mich?«, fragt Leo mit einem leicht angespannten Lächeln.

»Wie wäre es mit einer Umarmung?« Henry lässt meinen Arm los.

Der Wettbewerb, wer das größte Familienmitglied ist, läuft heiß, seit Henry Onkel Seb überholt hat und Leo dabei ist, Henry zu überholen.

Henry packt Leo an den Schultern, hält ihn fest und begutachtet ihn. Dann seufzt unser ältester Cousin. »Ja, du hast definitiv aufgeholt.«

»Aufgeholt und überholt!«, ruft Leo.

»Jetzt übertreib mal nicht. Wir sind genau gleich groß.«

»Warum kann ich dann deinen Kopf sehen?«

»Kneif dich selbst. Du träumst.«

Serena hakt sich bei mir ein.

»Mach dir keine Sorgen«, sage ich zu ihr. »Ich weiß schon, dass du größer bist als ich.«

»Ich habe dich vermisst!«, entgegnet sie mit ihrer silberhellen, weichen Stimme, die so melodisch ist wie eine Weihnachtsglocke.

Ich lehne meinen Kopf an ihre Schulter. Die Menschen zu sehen, die ich liebe, und sie noch mehr zu mögen, als ich es in Erinnerung habe, erfüllt mich mit wohltuender Wärme.

»Und mich umarmt niemand? Und keiner hilft mir mit den Paketen?«, murrt Onkel Dante allein und vergessen hinter uns.

Tante Simone lacht, küsst ihren Mann auf die Wange und drückt seinen Bizeps, der so groß ist wie ein Schinken. »Wenn diese Dinger keine Pakete tragen können, wofür sind sie dann gut?«

»Du weißt, wofür sie gut sind«, knurrt er in ihr Ohr.

»Ekelhaft, Dad«, sagt Henry in einem resignierten Ton.

»Wenn dein Dad nicht unwiderstehlich wäre, würde es dich nicht geben«, erinnert ihn Simone.

»Ja, aber wir sind jetzt hier, und wir haben genug davon, euch zwei beim Knutschen zuzusehen«, sagt Simones Jüngster.

»Sag nicht ›knutschen‹«, korrigiert Simone Dario. »Das ist vulgär.«

Nach einem Blick auf seinen finster dreinblickenden Vater senkt Dario den Kopf und sagt: »*Désolé, maman.*« Dann rennt er los, um sich Teddy und Whelan anzuschließen.

»Ich möchte Dante etwas auf Französisch sagen hören«, ruft eine fröhliche Stimme.

Tante Aida kommt den Weg hoch. Ihr schelmisches Gesicht ist gerötet und strahlt.

»Sein Französisch hat sich wirklich verbessert«, sagt Simone, während Dante gleichzeitig grunzt: »Keine Chance.«

»Wie überlebt er in Paris?«, fragt Onkel Nero, der jede Gelegenheit ergreift, zusammen mit seiner Schwester gegen den älteren Bruder zu sticheln.

»Ich wette, er deutet einfach, wenn er was möchte«, sagt Aida. »Oder er tut so, als hätte er das Ding sowieso nicht gewollt.«

Dante verdreht die Augen. »Könntet ihr zwei warten, bis wir drinnen sind, bevor ihr anfangt, gegen mich zu hetzen?«

»Gegen dich hetzen!« Aida stellt sich auf die Zehenspitzen, um ihren Bruder innig zu umarmen, womit sie Leo Konkurrenz machen könnte. »Nicht vor dem Dessert.«

Der Rest unserer Verwandten strömt ins Haus. Leos Eltern kommen als Letzte an, zusammen mit meinen Großeltern, die sie unterwegs aufgesammelt haben.

Bis wir mit den Begrüßungsküssen und Umarmungen fertig sind, ist der Eingangsbereich mindestens zehn Grad heißer, und das Sofa ist unter einem Berg von abgelegten Mänteln und Schals verschwunden.

Meine Mutter läuft überall herum, stapelt Geschenke, bringt Getränke und trennt Whelan und Dario, die bereits angefangen haben, sich zu streiten. Mein Vater hilft ihr, bemüht, bei all den lärmenden Jungen, die durch sein Haus rennen, und all den Umarmungen, die er ertragen muss, nicht das Gesicht zu verziehen.

»Ist diese Weihnachtsstimmung nicht großartig?«, neckt Aida ihn, als Dario einen besonders schrillen Schrei von sich gibt.

Ich glaube, meine Tante Aida ist der einzige Mensch, der mutig genug ist, um meinen Dad aufzuziehen.

Aber ihr Mann ist natürlich auch ziemlich furchterregend.

Onkel Callum sieht nur leicht weniger gequält aus als mein Vater. Sobald es irgendwie als höflich angesehen werden kann, sagt mein Dad, dass sie »etwas besprechen« müssen, was bedeutet, dass sie sich in sein Arbeitszimmer zurückziehen, um in Ruhe ihren Whiskey zu trinken.

Lustig, dass die beiden einmal versucht haben, sich gegenseitig zu ermorden. Jetzt verbindet sie ihre Liebe zur Jazzmusik, die sonst niemand mag, und die bedauerliche Geselligkeit ihrer Frauen.

»Haben wir die seltsamste Familie, die es je gab?«, murmelt Leo mir ins Ohr.

Onkel Nero zeigt meiner Tante Aida sein neuestes Messer. Aida gibt ihm einen geübten Schwung und schickt es durch die Küche, bis es mit dem Griff tief im Truthahn stecken bleibt. Die Boone-Jungs johlen und heulen wie eine Bande rothaariger Paviane.

Tante Riona sieht nicht ganz so beeindruckt aus. »Ich war sieben Stunden mit dem Truthahn beschäftigt!«

»Sein Name war Lawrence«, sagt Teddy traurig.

»Ich habe dir gesagt, du sollst ihm keinen Namen geben.« Onkel Raylan legt eine Hand auf Teddys Schulter. »Das machst du jedes Jahr.«

Leo ist irgendwie mein Cousin. Seine Tante Aida hat

meinen Onkel Callum geheiratet. Es war streng genommen keine freiwillige Ehe – die Griffins und Gallos waren rivalisierende Mafia-Familien, die sich über Generationen hinweg zu zerstören versuchten. Nun essen wir alle zusammen Pumpkin Pie und drohen nur noch scherzhaft, uns gegenseitig umzubringen.

Doch die eisernen Wurzeln unseres Stammbaums bleiben bestehen.

Die Griffins und die Gallos entschieden sich, ihre Zweige zu veredeln, bevor sie einander in die Luft sprengten.

Aber nicht alle unsere Blutfehden sind beigelegt worden. Noch lange nicht.

***

Eine Stunde später sitzen wir alle am Esstisch, mit Ausnahme der jüngsten Cousins, die in der Küche essen. Neros Tochter Sabrina war total empört, dass sie für ein weiteres Jahr an den Kindertisch verwiesen wurde, also hat sie eine Schachtel Pralinen und eine Flasche Wein stibitzt und sich aus dem Staub gemacht. Wahrscheinlich ist sie auf dem Dachboden, der auch mein Lieblingsort war, um zu schmollen.

Ich amüsiere mich mit den Ergebnissen von Leos Platzkartenvertauschung. Serena sitzt direkt zwischen Creed und Marshall Boone, die kurz vor einer Schlägerei stehen, und Tante Aida neben Großmutter Imogen, die entsetzt auf das dreistöckige Truthahn-Cranberry-Sandwich starrt, das Aida baut.

Henry sollte in meiner Nähe sitzen, aber ich merke, dass er jetzt drei Plätze weiter auf der anderen Seite von Onkel Dante Platz genommen hat.

»Wie läuft dein Praktikum?«, fragt ihn Onkel Raylan.

»Ausgezeichnet.« Henry nimmt einen großen Löffel Mais und reicht die Schüssel weiter. »Außer dass ich keinen Schlaf bekomme und kein Leben habe.«

»Das kommt dabei heraus, wenn du der Schlaue bist«, neckt ihn seine Schwester Serena.

»Ich dachte, ich wäre der Schlaue«, bemerkt Marshall.

»Du!«, spottet Creed. »Du bist nicht einmal der Sechstschlauste.«

»Ich habe gehört, Leo hat ein Angebot von Duke bekommen«, wechselt Tante Riona das Thema, um ihre Jungs vom Streiten abzuhalten.

»Ja, aber kommt für mich nicht infrage«, sagt Leo, ohne auch nur darüber nachzudenken.

»Was?«, fragt Tante Yelena etwas zu scharf.

Stille fällt über den Tisch. Die Birkenzweige knistern im Kamin.

Leo blickt zu seiner Mom, die direkt gegenüber von uns sitzt. Tante Yelena ist groß, sogar größer als Tante Simone. In ihrer ruhigen und gefassten Art ähnelt sie einer Wikingerprinzessin. Gerade jetzt, mit blassen Lippen und violett funkelnden Augen, ist sie eine vollwertige Walküre.

Onkel Seb legt einen Arm um ihre Schultern. Sie schüttelt ihn ab.

»Das heißt also, du gehst nicht nach Duke? Wann hast du das entschieden?«

Russische Akzente sind gruseliger als polnische. Das denke ich, als selbst mein Dad den Kopf hebt.

Es ist nicht das angenehmste Gefühl der Welt, wenn zwanzig Augenpaare in deine Richtung blicken, besonders wenn eines dieser Augenpaare deiner extrem wütenden Mutter gehört.

Aber Leo strafft die Schultern und antwortet mit fester Stimme: »Ich habe es dir schon gesagt. Ich gehe nach Kingmakers.«

Mir stockt der Atem.

Ich habe es Leo noch nie mit Sicherheit sagen hören – dass er definitiv geht.

Ich will, dass er mit mir nach Kingmakers geht.

Es ist keine normale Hochschule, nicht einmal eine, die man auf einer Liste von Colleges finden würde.

Kingmakers dient ausschließlich den Kindern von kriminellen Familien aus aller Welt.

Viele Blicke werden in viele Richtungen am Tisch ausgetauscht. Die zwei ältesten Boone-Jungs lehnen sich aufgeregt vor. Sie lieben einen guten Kampf.

Onkel Seb versucht seiner Frau etwas zuzumurmeln und kreist mit seiner großen Hand auf ihrem Rücken. Was sie aber nicht zulässt.

»Nein, *zhizn moya*«, zischt Tante Yelena. »Das reicht mit diesem Unsinn.« Sie richtet sich in ihrem Stuhl, der eine sehr hohe Lehne hat, auf, bis sie wie eine Schneekönigin thront. Ihre Augen glitzern wie violettes Eis. »Du gehst nicht in die Nähe deines Cousins, geschweige denn schläfst du im selben College wie Dean.«

Leo ist Einzelkind. Ich habe gesehen, wie Yelena blass und still wird, wenn die Jüngsten in der Nähe sind, wie unendlich sanft sie mit den Babys umgeht. Meine anderen Tanten wurden leicht schwanger. Früher fragten sie immer, wann Yelena ein weiteres Kind bekommen würde. Sie lachte und sagte: »Wenn Leo weniger Ärger macht.« Doch bald hörte sie auf zu lachen, und die Leute hörten auf zu fragen.

Leo ist ihr Licht und ihre Freude. Normalerweise sieht sie ihm alles nach.

Aber offenbar nicht das.

Leo zögert und spürt die Spannung in der Luft. »Mom, mir wird es gut gehen. In Kingmakers gab es seit Jahren keinen Todesfall mehr. Ich kann auf mich selbst aufpassen.«

»Ach ja? Warst du schon bei vielen Straßenkämpfen?«

Der sanfte Spott kommt von Onkel Nero. Sein Angriff ist unerwartet – Onkel Nero mischt sich nicht oft in die Angelegenheiten anderer Leute ein, und er ist der Letzte, der risikoreiches Verhalten kritisiert.

Ausgerechnet dort, wo er mit Unterstützung gerechnet hat, stößt Leo auf Widerstand. Er faucht zurück: »Ja. Ich war bei ein paar. Man muss nicht bei hundert gewesen sein, um zu beweisen, dass man es kann, Nero.«

Onkel Neros Gesicht verdunkelt sich bei dieser Respektlosigkeit.

Leos Augen treffen meine. Sie sind voller Schmerz und Enttäuschung.

Aber der letzte Stich kommt, schnell und kalt, von meinem Vater. »Wie viele dieser Kämpfe waren gegen einen Russen mit einem Messer?«

Leo presst die Lippen zusammen und spannt die Kiefermuskeln an. Egal wie frustriert er sein mag, er wird nicht mit meinem Vater streiten.

Es spielt keine Rolle. Mein Dad ist noch lange nicht fertig.

»Glaubst du, Dean sitzt heute Abend an einem Tisch wie diesem?« Er gestikuliert in den Raum hinein, der vollgestopft ist mit Alkohol, köstlichem Essen und freundlichen Gesichtern. Mein Vater sitzt am Kopfende, bleich und streng wie ein Geist. »Sieh, welchen weiten Weg unsere Familie zurückgelegt und eine Blutfehde hinter sich gelassen hat. Leo, dein Leben ist in Gefahr, während du hier sitzt. Wenn du nicht glaubst, dass der Sohn von Adrian Yenin viele Möglichkeiten geplant hat, dich in Kingmakers zu töten, hast du ihn bereits unterschätzt. Er wird versuchen, alles zu zerstören, was du liebst.« Er wirft einen langen und brennenden Blick auf meine Mom, die ihre blasse Hand in seine vollständig tätowierte legt. »Er hatte achtzehn Jahre Zeit, seine Rache zu planen. Das würde ich auch tun.«

Die Stille, die jetzt folgt, ist vollkommen.

Irgendjemand muss sie durchbrechen, damit ich atmen kann.

Ich schaue zu Tante Aida. Sie wird mich nicht im Stich lassen wird. Aber sogar Aida ist ernst.

Tatsächlich schaut sie über den Tisch zu ihrem jüngsten Bruder, Onkel Seb. Der Austausch, der zwischen ihnen stattfindet, ist verwirrend. Onkel Seb formt etwas mit den Lippen, das aussieht wie »Es tut mir leid«, und Aida flüstert »Mir auch« zurück.

Alle Erwachsenen am Tisch tauschen schuldige Blicke aus, sogar meine Großeltern.

Und dann, mit einem Ruck, verstehe ich.

Sie erinnern sich an all das, was *sie* vermasselt haben.

An all die Gründe, warum wir in dieser ausweglosen Situation sind.

Und selbst wenn sie recht haben, dass Leo manchmal ein bisschen leichtsinnig sein kann …

Ich werde nicht zulassen, dass sie sich gegen ihn verbünden. Nicht an Weihnachten. Nicht einmal mein Dad.

Also greife ich unter dem Tisch nach Leos Hand und drücke sie fest. Meine Stimme durchschneidet den Raum, hoch und klar.

»Ihr habt alle Angst, weil ihr euch an die Narben von den schlechten Entscheidungen erinnert, die ihr getroffen habt, als ihr jünger wart.« Einige dieser Narben sind wörtlich wie die sechs Einschusslöcher auf Onkel Neros Rücken. Ich sehe ihm direkt in die Augen, und Onkel Seb auch. »Leo ist achtzehn. Wo sind seine Narben? Er hat keine, weil er weiß, was er tut! Er trifft gute Entscheidungen. Er ist der beliebteste Junge an unserer Schule. Jeder liebt ihn. Vielleicht wird er sich mit Dean versöhnen!« Ich werde unbesonnen, doch es ist mir egal, weil ich es glaube, während ich es sage. Ich glaube an Leo. »Er wird einen Weg finden, die Beziehung zu kitten. Ich habe ihn unglaubliche Dinge tun sehen. Ihr solltet ihm vertrauen.«

Leo starrt mich mit offenem Mund an. Zum ersten Mal ist er sprachlos.

Ich auch.

Ich glaube, ich habe noch nie so viel auf einmal bei einem Familientreffen geredet.

Es wird mit der üblichen Würde aufgenommen.

Marshall verdreht die Augen. »Wenn es um Leo geht, ist Anna nie voreingenommen.«

Creed erinnert mich: »Du hast, bis du vierzehn warst, in *Sailor Moon*-Bettwäsche geschlafen.«

Habe ich geglaubt, dass ich diese Leute liebe?

Jetzt verstehe ich, warum so viele Morde während der Feiertage passieren.

Es spielt keine Rolle. Leo schenkt mir ein Lächeln, das alles wert ist, drückt meine Hand und formt ein »Danke« mit den Lippen, bevor er sie loslässt.

»Außerdem«, sagt er zu seinem Dad und erlangt sein Selbstvertrauen zurück, »kann Dean mich nicht wirklich umbringen. Bei dieser ganzen *Auge um Auge*-Mordregel sind sie ziemlich streng.«

»Du sagst also, wenn er dich umbringt, bringen sie ihn um?« Onkel Seb schnaubt. »Zieh nie in den Krieg mit jemandem, der nichts zu verlieren hat.«

»Hör mir auf!«, schnauzt Nero. »Es gibt viele Möglichkeiten, mit Mord davonzukommen.«

Leo sollte hoffen, dass Onkel Nero heute Abend nicht eine davon einfällt, wenn er noch immer über diesen schnippischen Kommentar verärgert ist.

»Möchte jemand schon Kuchen, oder sollen wir noch warten?«, fragt Tante Aida.

Endlich ist die Stimmung wieder etwas aufgelockert.

»Ich bin nur wegen dem Kuchen hier«, sagt Marshall und greift sich einen Stapel Teller. Wer hätte das gedacht? Es braucht Kuchen, um Marshall dazu zu bringen, hilfreich zu sein.

Ich sammele die Gläser ein, fädele sie durch meine Finger wie die Stiele eines Straußes. Leo steht auf und macht mit.

Mein Kopf fühlt sich leicht und schwebend an. Ich habe zwei Gläser Champagner getrunken, und nun frage ich mich, ob Leo vielleicht noch einmal mit mir den Schnee ansehen möchte, jetzt, wo der Mond scheint.

Er hält in der Tür inne und legt seine Fingerspitzen auf meine Hüfte. »Wolltest du mir vorhin etwas sagen?«

»Was?« Ich fühle, wie heiß mein Gesicht ist.

»Vorhin.« Leo sieht mich mit seinen seine goldenen Augen direkt an. »Ich dachte, du wolltest mir vielleicht etwas sagen.«

Der Moment taucht wieder auf, das Flüstern in meinem Kopf … Sag es ihm.

Meine Lippen öffnen sich, als wüssten sie, was sie sagen sollen.

»Küss sie!«

Der Ruf trennt uns.

Tante Aida lacht über den Mistelzweig über unseren Köpfen. Sie hat zu viel getrunken. Oder vielleicht auch nicht – irgendwie benimmt sie sich immer gleich.

»Küss sie«, neckt sie Leo mit schelmischer und herausfordernder Miene.

Und in diesem Moment, als ich in Leos Gesicht blicke, denke ich: *O mein Gott, er wird es wirklich tun. Genau hier, vor aller Augen.*

Das Esszimmer verschwindet.

Leos Augen, die in meine blicken, sind alles, was ich sehe.

Seine vollen Lippen öffnen sich. Er neigt den Kopf.

Und drückt einen Kuss auf meine Stirn.

Die Art von Kuss, die man einer kleinen Schwester gibt. Oder einem Cousin, den man sein ganzes Leben lang kennt.

Demütigung durchflutet mich. Ich höre Marshalls Johlen, und ich würde alles, was ich besitze, geben, um ihm einen Kinnhaken zu verpassen.

Aber dann könnte er Tränen auf meinem Gesicht sehen. Oder Leo könnte etwas viel Schlimmeres sehen.

Ich kann nichts tun außer wegzurennen.

***

Eine Stunde später findet Leo mich. Die Kälte hat längst meine Seele erreicht. Ich sitze im Pavillon und bestrafe mich selbst dafür, dass ich so verdammt erbärmlich bin.

Er zieht seine Jacke aus und legt sie mir um die Schultern. »Sag bitte, dass du nicht die ganze Zeit hier gesessen hast.«

»Habe ich nicht.« Die Lüge geht mir leicht von den Lippen. Erschreckend leicht, wenn man bedenkt, dass ich Leo nie anlüge.

»Gut«, entgegnet er sichtlich erleichtert.

O mein Gott. Er merkt es nicht. Ich dachte immer, es würde ihm auffallen, wenn ich ihn anlüge.

»Aber dir ist kalt.« Leo legt seine warmen Hände auf meine gefrorenen Arme und reibt kräftig.

»Du hast eine dicke Lippe.«

Er berührt die Stelle, wo seine Unterlippe gespalten ist, genau in der Mitte. »Ja. Ich habe Marshall vermöbelt.«

Ich spüre, wie ich rot werde. »Weswegen?«

»Du hast es doch gesehen. Er hat es provoziert.«

Ohne seine Jacke trägt Leo nur sein T-Shirt, doch er scheint nicht zu frieren. Er lehnt sich vor auf seine Knie und verschränkt seine riesigen Hände locker vor sich. Dampfwolken steigen aus seinen warmen Lungen.

Sein Atem berührt mein Gesicht. Die Jacke hängt um mich wie ein Kokon. Sie bedeckt mich wärmend vom Hals bis zu den Knien, und die Manschetten hängen über meinen Händen.

Es ist das schönste Gefühl überhaupt.

Wenn ich es nicht verlieren will, weiß ich, was ich tun muss.

Leo wirft mir einen Blick zu. Er knabbert an seiner aufgesprungenen Lippe. »Tut mir leid wegen vorhin«, sagt er.

»Was meinst du?« Ich neige meinen Kopf leicht zur Seite.

»Mit dem Mistelzweig –«

»Das war nichts«, unterbreche ich ihn. Ich blicke bloß auf den leeren Schnee und sehe ihm nicht in die Augen.

»Oh.« Leo zögert, jetzt nicht mehr ganz so sicher. »Ich dachte vielleicht –«

»Nein«, sage ich mit fester Stimme, während ich innerlich schreie. »Es war mir nur peinlich. Alle haben zugeschaut. Manchmal ist Aida …«

»Ich weiß. Sie kann total blöd sein.«

»Es spielt keine Rolle.« *Was so was von gelogen ist!* »Ernsthaft, mach dir keine Sorgen. Ich habe sie alle satt. Ich kann es kaum erwarten, von hier wegzukommen.«

»Ich auch.« Leo seufzt.

Er ist froh, dass ich das Thema fallen lasse. Froh, dass wir so tun können, als wäre das Ganze nie passiert.

Aber in mir zerreißt etwas.

Tatsächlich ist es bereits weg.

Welcher abtrünnige Teil meines Herzens auch immer rebellierte und nach mehr verlangte, ich habe ihn herausgerissen und in Eis eingeschlossen.

Was dieser Teil will, kann nie passieren.

Es würde alles zerstören, was ich liebe.

Also muss es gefrieren und sterben.

Als ich wieder ruhig und gefasst bin, schaue ich zu Leo. »Kommst du wirklich mit mir? Selbst wenn Dean –«

»Ich komme mit.« Mit dieser starren Gewissheit, die ich

so gut kenne, sieht er mir tief in die Augen. Es bedeutet, dass Leo das tun wird, was er tun will, selbst wenn sich unsere ganze Familie gegen ihn stellt. Aber dann blinzelt er und sagt: »Wenn du es willst.«

Ich weiß, was ich Leo sagen sollte – was seine Eltern wollen würden, dass ich sage.

Leo könnte als Basketballspieler durchstarten. Er bekam Angebote von vielen Colleges, nicht nur von Duke.

Die Blutfehde mit den Yenins ist kein Scherz. Sie haben Leos Urgroßvater getötet. Sie haben Nero angeschossen. Allein für Leos Sicherheit sollte ich ihn weit von Kingmakers fernhalten.

Doch um das zu tun, müsste ich eine weitere Lüge erzählen.

Leo wartet auf meine Antwort. Er hat den Kopf zur Seite geneigt und die Hände in den Hosentaschen gesteckt. Sein weißes T-Shirt ist so klar und leuchtend wie der Schnee gegen die verbrannte braune Haut seiner nackten Arme.

Ich schlinge meine Arme um ihn, streiche über seine weichen Haarsträhnen und flüstere ihm ins Ohr: »Ganz egal, ob es richtig oder falsch ist, ich werde dich immer bei mir haben wollen.«

Kapitel 1

Leo

Wir sind dreiundzwanzig Minuten im Spiel um die Meisterschaft.

Unser Gegner sind die Wolverines der Simeon, ein athletisches Team mit muskelbepackten Riesen, die aussehen, als hätten sie bereits in der zweiten Klasse angefangen, sich zu rasieren, und die vielleicht schon mit einem Basketball in der Hand geboren wurden.

Aus meiner Mannschaft kann niemand mit ihnen mithalten.

Außer mir.

Aber ich brauche die anderen nicht.

Ich bin mit Johnson Bell, ihrem Angriffsspieler, gepaart. Er ist eins neunzig und damit ganze fünf Zentimeter größer als ich. Seine riesigen Füße stecken in alten Jordans. Er ist schnell und stark, da mache ich mir nichts vor. Und vor allem ist er verdammt clever.

Dieser Mistkerl ist schon das ganze Spiel über auf mich losgegangen. Er schlägt auf meine Arme, greift mich an und kratzt mich mit seinen langen Fingernägeln auf, als wolle er das Werwolf-Maskottchen verkörpern, das auf seiner Brust prangt.

Er weiß ebenso wie ich, dass der Headcoach der Kentucky Wildcats in der ersten Reihe am Spielfeldrand sitzt und uns beide beobachtet.

Bell will ein Star sein.

Ich bin bereits einer. Und mir ist dieser Scout total egal. Schließlich gehe ich nicht nach Kentucky oder auf irgendein anderes College in den Staaten.

Aber ich werde dieses Spiel gewinnen.

Bell kommt mit dem Ball in Richtung unseres Korbs und versucht, an mir vorbeizukommen, wobei er ein paar wilde Tanzschritte einlegt. Allerdings stört mich das nicht weiter, denn ich behalte seinen Bauchnabel im Auge. Wie mein Vater immer sagt: Ohne deinen Bauchnabel kannst du nirgendwo hingehen.

Ohne den Ball auch nur anzusehen, schlage ich ihn mit der linken Hand von ihm weg und nehme ihn mit meiner rechten Hand auf. Ich rase an ihm vorbei in die entgegengesetzte Richtung und sprinte zum Korb. Ihr Verteidiger versucht, mich zu blocken, doch ich ziehe kurz hoch und gebe einen herrlichen bogenförmigen Wurf über seine greifenden Finger ab. Ich stehe einen Meter hinter der Drei-Punkte-Linie, aber das macht nichts – der Ball fällt durch das Netz, ohne den Rand zu streifen.

Das Gebrüll der Menge trifft mich wie ein Schlag. Meine Trommelfelle vibrieren. Mein Herz pocht in meiner Brust.

Es gibt kein besseres Gefühl, als von tausend Menschen auf einmal gefeiert zu werden.

Der Buzzer ertönt und signalisiert das Ende der ersten Halbzeit. Ich jogge über das Spielfeld zurück, während mir meine Teamkollegen auf den Rücken klopfen. Wir haben sechs Punkte Vorsprung.

Während mein Team den Tunnel in Richtung Umkleidekabine hinuntereilt, sprintet das Cheerleaderteam in die entgegengesetzte Richtung zum Spielfeld hinauf. Anna und ich schreiten im abgedunkelten Gang aneinander vorbei.

Sie trägt ihre Tanzklamotten und hat sich ziemlich aufgedonnert. Ihre blonden Haare sind zu einem hohen Pferdeschwanz gebunden, sie ist stark geschminkt und überall mit Glitzer besprüht. Wenn ich sie in ihren Kostümen sehe, muss ich immer lachen, denn normalerweise zieht sie sich nicht so figurbetont und auffällig an.

Sie gibt mir einen kleinen Faustschlag, als wir aneinander vorbeigehen, und sagt mit ihrer tiefen Stimme: »Du wirst gewinnen, Leo.«

»Ich weiß«, erwidere ich und grinse sie an.

Anna ist meine beste Freundin. Wir sind zusammen aufgewachsen und enger miteinander als Geschwister. Unsere Väter leiten diese Stadt gemeinsam. Unsere Mütter waren sogar gleichzeitig schwanger. Anna und ich wurden nur zwei Monate auseinander geboren. Sie ist älter als ich, was sie mir bei jeder Gelegenheit gern unter die Nase reibt.

Anna ist die einzige Person, die ich je getroffen habe, die noch intensiver ist als ich. Manchmal macht sie mir ein bisschen Angst. Aber meistens ist sie mein Gleichgewicht, mein Fels in der Brandung.

Hier in Preston Heights bin ich verdammt berühmt.

Alle wollen ein Stück von mir. Sie wollen alle neben mir sitzen oder mit mir reden. Alle Mädchen wollen mit mir ausgehen.

Sie glauben, sie kennen Leo Gallo.

Anna ist die Einzige, die das tatsächlich tut.

Sie weiß genau, wer ich bin, und sie versucht nicht, irgendetwas an mir zu ändern. Im Gegensatz zu meinen Eltern.

Ich habe meine Mutter und meinen Vater zwei Reihen hinter dem Headcoach der Kentucky Wildcats sitzen sehen, ein wenig rechts von ihm. Sie verpassen nie meine Spiele. Sie sind immer da und feuern mich an. Sie feiern meine Siege sogar noch mehr als ich.

Mein Dad hat mir beigebracht, wie man spielt. Er war selbst ein College-Star, bevor er und Onkel Cal in eine Schlägerei gerieten und sein Knie verletzt wurde.

Was aber nicht heißt, dass er mich nicht dennoch coachen kann. Mein Vater hat mir alles beigebracht, was ich weiß. Er hat mit mir trainiert, mich gedrillt, mir beigebracht, wie ich meinen Gegner lese, wie ich den Ablauf auf dem Spielfeld beobachte, wie ich jeden Gegner austricksen und ausspielen kann. Wie ich sie mental und physisch zerstöre. Wie man sie besiegt, ehe ich überhaupt meinen ersten Move gemacht habe.

Mein Vater ist verdammt schlau. Anders wird man nicht der Don von Chicago. Und man bleibt sicher nicht in dieser Position, wenn man dumm ist.

Er hat mir beigebracht, wie man Basketball spielt. Doch was ich wirklich von ihm lernen will, ist, wie man die Welt regiert.

Ich versuche nicht, ein Athlet zu sein.

Ich versuche, ein King zu sein.

Ich werde das Spiel aber trotzdem gewinnen. Denn ich gewinne alles, und zwar immer.

Wir gehen in die Umkleidekabine zurück, damit der Coach uns sagen kann, was wir vermasselt haben und wie wir es in der zweiten Halbzeit besser machen können. Allerdings höre ich ihm kaum zu, schließlich habe ich mehr Spielvideos aus der Zeit vor meiner Geburt studiert, als dieser Typ je gesehen hat. Er ist nur ein Coach, der zufällig den absolut besten Spieler des Landes in seinem Team hat.

Während ich dem hämmernden Beat von »Billie Jean« lausche, der aus der Turnhalle dringt, schlucke ich einen lauwarmen Becher Gatorade hinunter. Ich habe Anna ein Dutzend Mal beim Üben dieser Nummer gesehen, aber ich wünschte immer noch, ich wäre da draußen, um sie live zu sehen, in ihrem Kostüm, vor all diesen Leuten.

Ihre Eltern sitzen direkt neben meinen – Mikolaj und Nessa Wilk, der Boss der polnischen *Braterstwo* und die Prinzessin der irischen Mafia. Anfangs waren Annas Eltern Feinde, genau wie meine. Und genau wie meine sind sie auf seltsame Weise voneinander besessen. Ich schätze, Anna und ich sollten froh sein, dass wir beide aus Familien mit Eltern kommen, die sich lieben. Aber verdammt, sie söllten ihren erwachsenen Kindern nicht ständig sagen, was sie tun sollen!

Anna ist für das Tanzen, was ich für Basketball bin – der Jackpot. Dadurch lässt sie den Rest der Mädchen in ihrem Team ziemlich blass aussehen. Sie steht immer im Mittelpunkt, zieht die Blicke auf sich, sobald sie zu tanzen beginnt, und hält sie noch lange auf sich, nachdem die Musik verklungen ist.

Es zieht mich zu ihr zurück, obwohl ich weiß, dass der Coach sauer sein wird, wenn ich nicht bis zum bitteren Ende seiner Motivationsrede bleibe. Ich warte, bis er an einem besonders mitreißenden Punkt ist. Dann tue ich so, als würde ich denken, dass er fertig ist, springe auf und rufe: »Ganz genau, Coach. Lasst uns da rausgehen und dieses Spiel gewinnen!«

Alle in der Umkleidekabine brechen in Jubelschreie aus, stampfen auf den Boden und grölen, als wären wir Spartaner, die in den Krieg ziehen.

Wir rennen auf den Platz zurück, ich vor allen anderen, weil ich das Ende von Annas Tanz sehen will.

Das Tanzteam ist in einer Art bizarrer Skelett-Aufmachung gekleidet. Ihre Gesichter sind wie mit Juwelen verzierte Totenköpfe bemalt, und sie haben Blumen im Haar.

Anna ist Kapitänin des Tanzteams und die Chefchoreografin. Ihre Nummern zu sehen, ist wie ein Fiebertraum. Sie sind wild, intensiv und knallhart. Der hämmernde Bass des Songs bringt die Tribüne zum Beben, und die Mädchen sehen aus, als wären sie besessen – aber keine mehr als Anna.

Man könnte meinen, sie hätte keinen einzigen Knochen im Leib. Sie wirbelt herum, stark, präzise und straff wie eine Peitsche.

Ich nehme zurück, was ich über die anderen Mädchen gesagt habe. Offenbar hat Annas unbarmherziger Drill gewirkt, denn sie wissen absolut, wie sie die Show rocken. Es ist nur so, dass keine so lebendig ist wie Anna. Sie sieht übernatürlich aus, als sie durch ihre Dreifachpirouette wirbelt und sich dann in den Spagat fallen lässt. Das Publikum feuert sie genauso laut an, wie es das bei mir getan hat.

Die Cheerleader sind die geborenen Champions. In allen drei Jahren, in denen Anna Kapitänin war, gewannen sie die nationalen Meisterschaften und setzten sich dabei sogar gegen ihre schärfsten Konkurrentinnen aus Utah durch, die mit ihren wasserstoffblonden Haaren und ihrem breiten Lächeln früher unschlagbar waren.

Ich vergesse fast, dass wir uns mitten in einem Spiel befinden.

Ich vergesse alles, außer dem niedrigen, blinkenden Licht und dem pulsierenden Beat und den wilden, brillanten Tänzerinnen. Sie sollten die Menge anheizen und die Energie in der Pause hochhalten. Aber sie haben viel mehr als das getan – sie haben eine neue Ebene der Dunkelheit und Intensität in das Geschehen gebracht. Sie haben es so aussehen lassen, als ob es bei diesem Spiel wirklich um Leben und Tod geht.

Das Lied endet, und die Oberlichter gehen an. Ich erinnere mich, dass ich in einer Highschool-Turnhalle bin. Ich rieche wieder den Schweiß, den Gummi und den gewachsten Boden. Ich sehe meine Eltern, die einen stolzen und angespannten Eindruck machen, und Onkel Miko und Tante Nessa, die aussehen, wie sie es immer tun – Miko düster und entschlossen, Nessa mit strahlenden Augen und voller Begeisterung.

Anna verlässt das Spielfeld und winkt mir auf dem Weg nach draußen zu. Ein Junge in einer Sportjacke fängt sie ab. Ich erkenne ihn nicht – er muss auf die Simeon gehen. Er versperrt ihr den Weg und versucht, sie in ein Gespräch zu verwickeln. Zwar kann ich nicht hören, was sie sagen, aber seinem Gesicht und der Art, wie er ihren Arm ohne Erlaubnis ergreift, nach zu schließen, ist es etwas in der Art von *Mädel, du bist ja ziemlich beweglich! Ich würde gern sehen, wie du deine Beine um meinen Kopf schlingst*.

So etwas haben die Jungs an unserer Schule immer zu Anna gesagt, bis sie ihre Lektion gelernt haben.

Ich grinse, weil ich genau weiß, was gleich passieren wird.

Anna reißt seine Hand von ihrem Arm und biegt sein Handgelenk zurück, wobei sich der ganze Druck auf seinen kleinen Finger konzentriert. Sogar von der anderen Seite der Turnhalle kann ich hören, wie der Idiot schreit wie am Spieß. Dann fegt sie an ihm vorbei und schlägt ihm im Vorbeigehen mit ihrem Pferdeschwanz ins Gesicht. Der Typ hält sich die Hand und murmelt etwas.

Ich werfe einen kurzen Blick zu Onkel Miko hoch.

Er hat die beiden genauso beobachtet wie ich. Auch er ist stocksauer, was seine finstere Miene beweist.

Ich kann nur sagen, dass der Junge verdammtes Glück hatte, nur mit einem verstauchten Handgelenk davonzukommen. Hätte er Anna auch bloß einen Moment länger angefasst, wäre er heute Abend wohl nicht mehr nach Hause gekommen.

Grinsend jogge ich zur Bank, um einen letzten Schluck Wasser zu trinken, bevor der Schiedsrichter anpfeift.

Wenige Augenblicke später ist das Spiel wieder in vollem Gange, und wir rennen härter als je zuvor. Mein Team gibt alles, aber die gegnerische Mannschaft auch. Die Wolverines machen volles Tempo, angeheizt von der Wut, dass das Spiel so knapp ist, obwohl sie doch das beste Team des Staates sein sollen.

Das sind sie auch. Aber sie haben nicht den besten Spieler.

Johnson Bell kämpft hart um diesen Titel.

Er ist ein großer Kerl, dick mit Muskeln bepackt, der Schweiß tropft ihm schon nach zwei Minuten im dritten Viertel übers Gesicht. Ich muss zugeben, er ist der härteste Gegner, gegen den ich dieses Jahr angetreten bin. Doch er ist einfach nicht gut genug.

Trotzdem ist es schwer, den Rest von diesen Arschlöchern ganz allein zu übertrumpfen. Kelly Barrett verpasst einen einfachen Korbleger, und Chris Pellie gibt den Ball zweimal ab. Ich muss noch vier Körbe machen, nur um das Spiel ausgeglichen zu halten.

Gegen Ende des dritten Viertels liegt mein Team drei Punkte vorne. Ich bin auf dem Weg zum Korb, als dieses Arschloch Bell hinter mir auftaucht. Ich springe zum Wurf, bin in der Luft, und er schlägt mir die Füße weg. Damit bringt er mich ins Trudeln, sodass ich in einer ungeschickten Drehung, bei der ich keine Luft mehr bekomme, abstürze.

Die Menge keucht und fängt dann an zu buhen, zumindest auf der Seite der Heimmannschaft. Die Wolverine-Fans lachen und verhöhnen mich.

Das macht mich noch wütender als alles andere. Ich hasse es, ausgelacht zu werden.

Bell bekommt das Foul, aber ich will, dass er aus dem verdammten Spiel geworfen wird. Man greift nicht die Füße von jemandem an. Das ist gefährlich und total respektlos. Keuchend ziehe ich mich hoch und wirble herum, um ihn anzusehen. Er grinst mich an und scheint mächtig stolz auf sich zu sein.

Am liebsten würde ich ihn umbringen.

Aber alles, was ich tun kann, ist, meine Körbe zu machen.

Ich versenke sie beide. Was mich aber nicht im Geringsten besänftigt. Das Blut pocht gegen meine Schläfen. Alles, was ich sehen kann, ist Bells selbstgefälliges Gesicht.

Die Wolverines erobern den Ball. Ihr Spielmacher bringt

ihn auf das Spielfeld und gibt ihn dann an Bell weiter. Ich bewache ihn und folge ihm dicht. Er dribbelt vorsichtig, weil er weiß, dass ich verdammt schnell bin und den Ball aus Rache gern zurückstehlen würde.

Er weiß nicht, dass ich etwas Besseres vorhabe.

Wenn er schmutzig spielen will, wälze ich mich gern im Schlamm.

Ich tue so, als wolle ich mir den Ball holen, doch stattdessen verpasse ich ihm einen harten Schulterschlag ins Gesicht. Meine Schulter knallt auf seine Nase, und ich höre den Aufprall, sein Grunzen und das Blut, das sofort auf die Bretter tropft.

»Ups«, sage ich.

Bells Augen schwellen bereits an, als er seinen Platz an der Freiwurflinie einnimmt. Er trifft den ersten, verfehlt jedoch den zweiten, geblendet vom Schmerz in seinem Gesicht. Ich lache leise vor mich hin.

Der Buzzer signalisiert das Ende des dritten Viertels.

Daraufhin zerrt mich der Coach sofort zur Seite und schimpft mit mir, weil ich mich an Bell revanchiert habe.

»Wie oft habe ich dir gesagt, du sollst nicht die Beherrschung verlieren?«, brüllt er mich an. »Weißt du nicht, dass der Headcoach der Kentucky Wildcats da oben auf der Tribüne sitzt und dich beobachtet? Denkst du, er will einen Hitzkopf in seinem Team?«

»Ich glaube, er will den Besten«, sage ich und schiebe mich am Coach vorbei, damit ich mir mit einem Handtuch das Gesicht abwischen kann.

Das letzte Viertel ist eine verdammte Schlägerei. Mein Team ist stinksauer, die Wolverines sind noch wütender. Der Ball wird immer wieder übergeben, während wir um jeden einzelnen Punkt kämpfen.

Der Coach ruft ein Timeout aus, damit er den nächsten Spielzug besprechen kann.

Er bringt uns zusammen und sagt: »Barrett, du deckst Brown. Pellie gibt den Ball an Brown weiter, Brown läuft das Spielfeld hoch, und sobald er die Mittellinie überschritten hat, kommt Gallo und deckt ihn. Brown wird zum Korb laufen, und wenn du eine Chance hast, dann nimm sie wahr – wenn du gedeckt wirst, gib den Ball stattdessen an Miller.«

Als ich diesen Schwachsinn höre, kann ich mich kaum zurückhalten.

Ich, jemandem eine Deckung geben? Du machst wohl Witze!

Schließlich habe ich dieses Team ganz allein bis zur Staatsmeisterschaft gebracht.

Ich mache mir nicht einmal die Mühe, mit dem Coach zu streiten. Er ist derjenige, der wegen dieses Fouls emotional geworden ist und jetzt nicht mehr klar denken kann.

Stattdessen warte ich, bis Chris Pellie den Ball in den Händen hält, und zische ihm zu: »Vergiss, was der Coach gesagt hat. Du gibst den Ball zu mir.«

Pellie schaut mich mit großen Augen an. »W…was?«, stammelt er.

»Du hast mich gehört. Wirf mir den Ball zu, oder ich breche dir jeden Finger einzeln.«

Pellie schluckt und nimmt dann seine Position hinter der Linie ein.

Alle sind aufgestellt, der Schiedsrichter wird gleich anpfeifen. Ich gehe ganz langsam und lässig hinüber, stehe aufrecht, als würde ich kaum spielen.

Der Pfiff ertönt. Mit gefletschten Zähnen und entsetzten Augen wirft mir Pellie den Ball zu. In dem Moment, in dem er meine Hände berührt, lasse ich mich in Gepardenstellung fallen und hebe ab wie eine verdammte Rakete.

Bevor die gegnerischen Spielmacher auch nur blinzeln können, schieße ich an ihnen vorbei.

Noch fünf Sekunden. Vier.

Ich kann den Coach hören, wie er am Spielfeldrand schreit und mit den Armen fuchtelt, rot vor lauter Wut, weil ich nicht auf ihn gehört habe. Das bringt mich bloß zum Schmunzeln. Das hat er nun davon, wenn er versucht, mich zurückzuhalten.

Ich laufe von einer Seite zur anderen wie Danny Ainge in seinem 81er Spiel. Mit meinen langen Beinen, die für nichts anderes als das hier gemacht sind, fliege ich in sechs Schritten über den Platz.

Die Wolverines wissen nicht, was sie tun sollen. Man sollte das Spiel nie als gewonnen betrachten. Auch nicht bei vier Sekunden Restspielzeit. Nicht bei den Staatsmeisterschaften.

Ich bremse nicht eine Sekunde, schließlich darf ich meinen Schwung nicht verlieren.

Ich sollte nach rechts gehen. Das ist meine dominante Hand, und dort steht der Innenspieler. Er ist ein großer, dummer Trottel, der langsamste Kerl im Team.

Aber da ist Bell, der links vom Korb steht. Der Wichser, der mich gestoßen und mir dann die Beine unterm Hintern weggezogen hat.

Das wird er büßen müssen.

Ich greife ihn an wie ein Stier.

Wenn er die Stellung halten würde, müsste ich um ihn herum. Doch er ist nicht standhaft. Er hat die Nerven verloren, ebenso wie seinen Fokus. Seine Füße stolpern zurück.

Ich beuge meine Knie und springe nach oben in einen herkulischen Sprung, höher als jeder andere, den ich zuvor gemacht habe. Angetrieben von Adrenalin und Boshaftigkeit, springe ich über den eins neunzig großen Mistkerl. Ich überspringe ihn wie eine Hürde, meine Beine gehen über seine Schultern und mein Schritt direkt über sein Gesicht. Er fällt rückwärts auf seinen Arsch.

Weißt du, was »plakatiert« bedeutet?

Denke an jedes Plakat, das du jemals gesehen hast, auf dem Jordan oder Kobe die schönsten Dunk-Würfe ihres Lebens machen.

Auf jedem dieser legendären, zeitlosen Bilder gibt es irgendeinen Idioten, der versucht, diese Allzeit-Größe zu bewachen, mit erhobenen Händen und vor Entsetzen verzerrtem Gesicht, während der Gott des Basketballs direkt über ihn hinwegsegelt.

Ich plakatiere Johnson Bell mit meinen Eiern in seinem Gesicht.

Es ist so schön, dass ich weinen könnte.

Brüllend wie ein Löwe knalle ich den Ball mit einem lauten, aggressiven, spektakulären Dunk des Todes in den Korb.

Genau in dem Moment, in dem der Ball auf dem Boden aufprallt, schrillt der Buzzer.

Unter dem kollektiven Geschrei der Menge kann ich es kaum hören. Jeder in der Turnhalle ist aufgesprungen, ballt die Faust und brüllt.

Mein ganzes Team umschwärmt mich, jubelt und klopft mir auf den Rücken. Ich schaue auf Bell hinunter, der ausgestreckt auf dem Boden liegt, und sage: »Wenn sie mir den Ring geben, ritze ich deinen Namen hinein, um mich an den Kerl zu erinnern, der meine Eier geleckt hat, während ich das Spiel gewonnen habe.«

Bell springt auf und stürzt sich, beide Fäuste schwingend, auf mich. Meine Teamkollegen schubsen ihn zurück, während ich ihm ins Gesicht lache.

Ich bin high vom Triumph. Er fließt durch meine Adern, berauschender als jede Droge.

Ich sehe mich um, allerdings nicht nach meinen Eltern, weil ich schon weiß, dass sie mir auch zujubeln. Ich will sehen, ob Anna zugeschaut hat.

Inmitten der Menschenmenge ist es unmöglich, sie zu entdecken. Es ist mein Vater, der mir auf die Schulter klopft und mich in eine Umarmung zieht.

»Du weißt, dass der Headcoach der Kentucky Wildcats hier war und zugeschaut hat«, sagt er.

Ich verdrehe die Augen. »Ja, Dad, ich weiß.«

Meine Mutter küsst mich auf die Wange, ohne sich darum zu kümmern, wie verschwitzt ich bin. »Gut gemacht«, sagt sie auf ihre untertriebene Art. Man kann immer noch den Hauch eines russischen Akzents in ihrer Stimme hören, ebenso wie das volle Maß an russischem Gleichmut, bei dem man die gottverdammte Olympiade gewinnen könnte und sie einem ein Nicken und ein »Könnte besser sein« als Feedback geben würde.

Ich grinse nur, weil ich weiß, dass meine Eltern mich vergöttern. Ich bin ihr einziges Kind. Ihr Ein und Alles.

»Nicht schlecht«, sagt eine tiefe Stimme.

Ich drehe mich um.

Anna steht da, zusammen mit ihren Eltern. Wie so oft trägt sie ihre zerschlissene Jeans und ihre Lederjacke. Sie hat sich abgeschminkt, sodass sie nicht mehr wie die Leichenbraut aussieht, aber sie hat noch immer Reste ihres schwarzen Eyeliners um ihre eisblauen Augen verschmiert.

Das ist der Moment, in dem ich wirklich das Gefühl habe, gewonnen zu haben – als ich ihr strahlendes Lächeln sehe, das sie nicht verbergen kann.

Ich ziehe sie in eine Umarmung hoch und wirbele sie herum.

Als ich sie wieder absetze, sagt sie höflich: »Hi, Onkel Seb. Hallo, Tante Yelena.«

»Hast du das choreografiert, Anna?«, fragt mein Vater sie. »Ich fand es wahnsinnig toll!«

»Das meiste davon«, sagt Anna. »Ein paar Teile habe ich allerdings aus Moms Burlesque-Aufführung übernommen. Mit ein paar Abänderungen.«

Tante Nessa lächelt. »Irgendwie kam es mir gleich so bekannt vor. Ich kann nicht glauben, dass du dich daran erinnerst. Das ist ewig her – damals warst du doch höchstens sechs!«

»Anna erinnert sich an alles«, sagt Onkel Miko. Dann verdüstert sich sein Blick. »Wer war dieser Junge?«

»Welcher Junge?«, fragt Tante Nessa.

»Niemand«, sagt Anna und wirft verächtlich den Kopf zurück.

»Das nächste Mal brichst du ihm das Handgelenk«, sagt Onkel Miko, dessen Lippen immer noch blass und dünn vor Wut sind.

»Macht liegt nicht nur in dem, was wir tun, sondern auch in dem, was wir nicht tun«, erwidert Anna ruhig.

»Verwende nicht meine eigenen Worte gegen mich.« Onkel Miko klingt streng, aber ich kenne ihn gut genug, um die Andeutung eines Lächelns in seinem Gesicht sehen.

»Gab es ein Problem?«, erkundigt sich mein Vater und runzelt die Stirn.

»Nein«, versichert Anna ihm. »Es sei denn, du hältst einen überfürsorglichen Vater für ein Problem.«

Mein Vater grinst und sagt zu Onkel Miko: »Du hättest nicht so eine hübsche Frau heiraten sollen, wenn du keine schönen Töchter haben wolltest.«

»Ich weiß.« Onkel Miko runzelt die Stirn. »Ein schwerer strategischer Fehler.«

»Lass dich von Seb nicht ärgern«, sagt meine Mutter. »Er würde noch viel schlimmer sein, wenn wir Mädchen hätten.«

Sie scherzt, aber ich höre den traurigen Unterton in ihrer Stimme. Meine Eltern wollten mehr Kinder. Sie versuchten es jahrelang. Nach vier Zyklen künstlicher Befruchtung bekamen sie am Ende die äußerst hilfreiche Diagnose »unerklärliche Unfruchtbarkeit«.

Sie mussten sich mit mir begnügen – der ungeplanten Schwangerschaft, auf die nie eine andere folgte.

»Und wie wollen wir unsere zwei Champions jetzt feiern?«, fragt mein Vater und wechselt schnell und taktvoll das Thema.

»Wie wäre es mit einem gemeinsamen Abendessen?«, schlägt Tante Nessa vor. »Irgendwo, wo es chic ist.«

Anna und ich tauschen einen kurzen Blick aus.

Es ist nicht so, dass wir nicht mit unseren Eltern zum Essen gehen wollen. Aber es wird zehn verschiedene Partys geben, um die Meisterschaft und das Ende des Schuljahrs zu feiern.

Als sie meinen Blick versteht, sagt meine Mutter: »Warum gehen wir nicht alle ein Eis essen, und dann könnt ihr euch mit euren Freunden treffen?«

»Das klingt toll«, sagt Anna. »Danke, Tante Yelena.«

»Warst du schon mal bei Pie Cone?«, fragt meine Mutter und hakt sich bei Tante Nessa ein. »Das ganze Eis ist mit Kuchengeschmack. Key Lime Pie, Pumpkin Pie, Blackberry Crumble …«

»Das hört sich toll an.« Nessa lacht. »Nichts wie hin!«

Kapitel 2

Dean

Der unterirdische Fight Club von Moskau wird seinem Namen gerecht und befindet sich in einer ehemaligen, verlassenen U-Bahn-Station. Jetzt dient er als Ort für Raves, Drogendeals und Box-Turniere mit bloßen Fäusten, die von der Bratwa veranstaltet werden.

Die Rufe der Menge hallen durch den Tunnel, wo die Gleise mit Unkraut überwuchert und mit weggeworfenen Injektionsnadeln verstopft sind. An den gewölbten Wänden sind noch die Reste verblichener Werbetafeln zu sehen, die für Produkte werben, die seit dem Untergang der Sowjetunion nicht mehr verkauft werden. Darüber ist Schicht um Schicht Graffiti in tropfender Sprühfarbe aufgetragen.

Es ist kühl hier unten, mindestens zehn Grad kälter als auf der Straßenebene. Also behalte ich meinen Kapuzenpulli bis zum letzten Moment an, damit meine Muskeln warm bleiben.

»Gegen wen kämpfst du?«, fragt Armen mich. Er raucht eine Zigarette, obwohl er in einer Minute selbst kämpfen soll.

»Gegen Chelovek.«

»Er ist ziemlich groß.«

»Und verdammt langsam.«

Armen nimmt einen langen Zug, atmet den blauen Rauch aus, der bis in die Dachgewölbe zieht, und zerdrückt dann die Kippe unter seinem Absatz. »Ich wette auf dich«, sagt er, als ob er mir einen Gefallen tun würde.

»Ich wette nicht auf dich«, erwidere ich.

Armen lacht. »Deshalb bist du reich, und ich bin pleite.«

»Dmitry«, schreit Boris, »du bist dran!«

Das ist der erste Kampf des Abends. Wenn ich kämpfe, benutze ich meinen russischen Namen. Ich benutze ihn für fast alles, wenn ich in Moskau bin.

Ich ziehe meinen Kapuzenpullover aus und entblöße meinen Körper in der Kälte. Die kühle Luft fühlt sich an wie ein elektrischer Strom auf meiner Haut. Ich nehme den Geruch von Armens billiger Zigarette und den feuchten Schimmel des U-Bahn-Tunnels wahr. Ebenso wie den Schweiß der etwa fünfzig Männer, die sich auf dem Bahnsteig drängen, und den Geruch von Alkohol aus den Flaschen in ihren Jacken.

Es gibt keinen Ring. Wir kämpfen in einem Kreidekreis. Wenn wir aus dem Kreis treten, schubsen uns die Zuschauer wieder hinein.

Boris ist der Organisator der Veranstaltung. Obwohl er für sie arbeitet, gehört er selbst nicht zur Bratwa. Er ist dünn, hat einen rasierten Kopf und Tunnel in beiden Ohren und trägt einen langen Mantel mit Pelzkragen. Sein auffälligstes Merkmal ist seine laute, raue Stimme, die den Lärm der Menge übertönt, ohne dass ein Mikrofon nötig wäre.

Ich trete in den Kreis und hüpfe leicht auf den Zehen. Jetzt trage ich nur noch Shorts und flache Turnschuhe. Meine Hände sind bandagiert.

Chelovek schlendert auf die andere Seite des Kreises. Zwar habe ich noch nie gegen ihn gekämpft, aber ich weiß, wer er ist. Er hat rötliche Haare, die zu einem Irokesen rasiert sind, und ein Tattoo mit einem Schlangenschädel, der sich über seine Brust erstreckt. Er nennt sich *Ryzhiy Chelovek*, was so viel heißt wie »Kupferkopf«.

Wir sind ungefähr gleich groß, etwas über eins achtzig. Während ich schlank und drahtig bin, ist er eher massig. Beim echten Boxen wäre er weit außerhalb meiner Gewichtsklasse. Bei den Untergrundkämpfen nennen sie das einfach »Dick und Dünn«.

Wir stehen uns gegenüber. Er hebt die Fäuste unter dem Kinn hoch, die Schultern sind gekrümmt. Ich stehe genau so, wie ich bin, mit den Armen an den Seiten.

Gegen Chelovek habe ich noch nie gekämpft. Aber ich habe gesehen, wie er sich bewegt. Ich kann sogar sagen, was für ein Kämpfer er sein wird – nur aufgrund der Art, wie er in den Ring gestiegen ist: frech, prahlerisch und übermütig.

Und tatsächlich: Sobald Boris die erste Runde anpfeift, kommt Chelovek mit beiden Fäusten auf mich zu, weil er denkt, wenn er einen ordentlichen Schlag landen kann, gehe ich hart zu Boden.

Ich weiche den Hieben leicht aus. *Links, rechts, links, links, rechts, rechts.*

Mann, er ist so berechenbar! Ich kann jeden Schlag aus einer Meile Entfernung kommen sehen.

Er atmet schon schwer. Entweder raucht er wie Armen, oder er hat sein Kardiotraining vernachlässigt. Wahrscheinlich Letzteres. Deshalb ist er in der Mitte seines Körpers so weich.

Ich ducke mich und verpasse ihm einen gezielten Schlag in den Bauch, um seine Muskelspannung zu testen. Er grunzt und atmet schwer aus. Offenbar hat er auch seine Bauchmuskelübungen vernachlässigt.

Ich kann die Zuschauer hören, wie sie ihre Wetten ausrufen. Diejenigen, die anfangs auf Chelovek gesetzt haben, versuchen nun, sich abzusichern. Aber die Zahlen sind nicht mehr so sehr zu seinen Gunsten.

Ich sehe den Freund meines Vaters, Danyl, am Rand des Rings stehen. Er hat die Hände in die Taschen gesteckt und lächelt zahnlos. Ich bin sicher, er war so schlau, nicht gegen mich zu wetten.

Natürlich ist mein Vater nicht selbst hier, um mich gewinnen zu sehen. Er kommt nie zu meinen Kämpfen. Es braucht viel mehr als das, um ihn dazu zu bringen, das Haus zu verlassen.

Ich blocke einen weiteren Schlag von Chelovek, und er trifft mich mit einem linken Haken in die Seite. Da ich eine unangenehme Biegung der Rippen spüre, beuge ich mich leicht vor, aber genug, dass mich sein nächster Schlag am Ohr trifft und ich den Kopf drehe.

Das macht mich wütend, aber ich lasse meinen Zorn nicht über mich kommen. Ich schlucke ihn hinunter wie Kohle in einem Ofen. Ich will, dass die Wut mich anheizt, ohne das Feuer wild werden zu lassen.

Ich halte Ausschau nach einer Möglichkeit, ihn zu treffen.

Links, rechts, links, links –

Diesmal unterbreche ich Cheloveks Sequenz mit einem Kinnhaken. Seine Zähne klicken hart zusammen, und sein Kopf schnappt nach hinten. Benommen und schmerzerfüllt stolpert er auf seinen Fersen zurück.

Ich nehme meine Chance wahr und treffe ihn zweimal in den Körper und noch einmal auf den Kopf. Jetzt weiß ich, dass seine Ohren klingeln, schlimmer als meine.

Chelovek spuckt ein wenig Blut auf den Boden, hebt noch einmal die Fäuste, um sich zu stabilisieren.

Nun kommt er langsamer auf mich zu, vorsichtiger. Er hat seine Lektion gelernt. Oder zumindest denkt er, dass er es getan hat.

Ich könnte ihn auf diese Weise fertigmachen. Ihn müde werden lassen, während ich seinen Schlägen ausweiche. Er hat nicht die Ausdauer, um das lange durchzuhalten.

Aber ich habe meine eigene Wette auf den Kampf abgeschlossen. Ich muss ihn in der ersten Runde k.o. schlagen.

Nur noch zweiundzwanzig Sekunden – laut der Zählung, die ich in meinem Kopf führe.

Wenn ich ihn k. o. schlagen will, muss ich ihm eine Falle stellen.

Chelovek ist verärgert und beschämt. Er will mich schlagen. Wenn ich einen verlockenden Köder anbiete, springt er darauf an.

Ich gebe ihm ein paar schnelle Schläge ins Gesicht und treffe ihn leicht auf die Nase, um ihn noch mehr zu ärgern. Dann halte ich meine Fäuste hoch und entblöße dieselbe rechte Seite für seinen linken Haken.

Und wie erwartet schwingt Chelovek hart nach meinen Rippen. Er trifft mich an derselben Stelle wie zuvor, und dieses Mal höre ich ein Knacken und fühle das unangenehme, heiße Brennen einer gebrochenen Rippe.

Das spielt keine Rolle. Einen rechten Schlag in Richtung seines Kiefers habe ich bereits fliegen lassen. Ich treffe ihn genau an der Stelle, wo der Kieferknochen auf den Schädel trifft. Ich kann fühlen, wie sich der Knochen abspaltet. Ich sehe, wie die ganze untere Hälfte seines Gesichts verrutscht.

Chelovek spürt es nicht. Bevor er auf dem Boden aufschlägt, ist er schon bewusstlos. Er geht zu Boden wie ein Baum, gerade und hölzern, unfähig, auch nur die Hände zu heben.

Die Gewinner schreien triumphierend, und auch diejenigen, die ihre Wetten verloren haben, können nicht anders, als zu brüllen.

Ich stehe aufrecht im Ring und weigere mich, den Schmerz in meiner Seite anzuerkennen.

Boris packt meine Faust und hebt sie in die Höhe.

»Wieder einmal holt sich Dmitry Yenin den Sieg! Das sind jetzt sechs Kämpfe, immer noch ungeschlagen!«

Boris drückt mir ein Bündel Scheine in die Hand, mein Gewinn aus dem Kampf.

Vierzigtausend Rubel sind mir egal. Als ich auf mich selbst gewettet habe, habe ich zehnmal so viel gewonnen. Ich werde es später bei Danyl abholen.

Trotzdem stopfe ich das Geld in die Tasche meiner Shorts.

Ich zucke ein wenig zusammen, als ich mich bücke, um meinen Kapuzenpullover vom Beton aufzuheben.

Armen raucht wieder, während er leicht auf den Zehen wippt, um sich aufzuwärmen. Er hat seinen Kapuzenpulli und seine Jogginghose ausgezogen. Zum Vorschein kommt ein wahrhaft atemberaubendes Paar Seidenshorts, auf denen ein goldener Tiger im Schritt prangt.

»Nicht schlecht«, sagt er zu mir. »Ich bin froh, dass ich ganze zweitausend auf dich gesetzt habe.«

»Ich wette, Chelovek wünscht sich, er hätte das auch getan.«

»Ich glaube, Chelovek wünscht sich, er wäre nie aus der Fotze seiner Mutter gekrochen«, sagt Armen und schnaubt vor keuchendem Lachen.

»Viel Glück!«, wünsche ich ihm.

»Du bleibst nicht, um mich kämpfen zu sehen?«

»Nee. Du hast alles, was du brauchst, um zu gewinnen.«

»Findest du?«, fragt Armen.

»Ja. Außer Geschwindigkeit, Ausdauer und Technik.«

Armen starrt mich eine Sekunde lang an, dann bricht er wieder in Gelächter aus. »Verpiss dich!«, schnaubt er.

»Wenigstens hast du coole Shorts.«

»Da hast du recht.« Armen grinst.

Anschließend gehe ich in den Tunnel zurück und laufe die verlassenen Gleise entlang. Ich höre Boris' Pfiff, der den Beginn von Armens Kampf signalisiert, und die Rufe, mit denen seine Anhänger ihn anfeuern. Als ich um eine Kurve im Tunnel gehe, verschwindet der Lärm.

Ich gehe an der Treppe vorbei, die mich wieder nach oben auf die Straßenebene bringen würde. Aber ich gehe lieber zum alten Bahnhof Park Kul'tury hinunter und von dort aus nach oben. Das ist ein direkterer Weg, der unter einem Fluss namens Moskwa hindurchführt. Außerdem mag ich es unten in den Tunneln. Dort ist es dunkel und ruhig. An manchen Stellen hört man das Vibrieren und Rauschen der Züge, die auf den parallel verlaufenden, noch in Betrieb befindlichen Gleisen vorbeifahren. An anderen Stellen hört man den Fluss selbst über sich hinwegfließen.

Ich habe mein Handy herausgeholt, sodass der Bildschirm gerade genug Licht wirft, um den Weg vor mir zu sehen. *Major Tom* spielt leise in meinen Kopfhörern, meine Schritte fallen ganz natürlich im Takt.

Als ich vor mir ein schlurfendes Geräusch höre, schalte ich die Musik aus. Es ist allerdings keine Ratte. Sondern etwas Schlimmeres als das.

Verdammte Junkies.

Es sind drei von ihnen, zwei Männer und eine Frau. Wenn man sie überhaupt so nennen kann. Sie sehen dürr und heruntergekommen aus, und ich kann sie aus drei Metern Entfernung riechen.

Keine Ahnung, was die hier unten machen. Sie haben einen Seesack auf dem Boden in der Mitte ihres kleinen Haufens, und es sieht so aus, als würden sie Dinge aus ihm herausholen. Wahrscheinlich haben sie ihn von jemandem in der U-Bahn gestohlen oder auf einer überfüllten Straße oben.

Wenn sie schlau sind, lassen sie mich vorbeilaufen.

Zwei von ihnen machen es richtig.

Aber der Dritte steht auf, zuckend und mit leuchtenden Augen.

»Hey«, sagt er. »Wohin gehst du?«

Ich ignoriere ihn und gehe weiter vorbei.

»Hey«, ruft er mit seiner rauen Stimme etwas lauter, »ich rede mit dir!«

Sein schütteres, ungewaschenes Haar hängt ihm um die Schultern. Er trägt eine Jacke, unter der er nichts anhat, sodass seine magere Brust nackt ist. Er hat Schorf im Gesicht und am Körper, und an seinem steifen Gang erkenne ich, dass seine Füße geschwollen sind. Das sind die Auswirkungen von Krokodil, der Droge, die sie sich wahrscheinlich spritzen.

Die Regierung hat schon ein Dutzend Mal versucht, es zu verbieten, aber es taucht immer wieder auf. Es ist einfach so billig herzustellen. Man kann es selbst sogar kochen und braucht dafür nur Salzsäure aus der Apotheke, Farbverdünner aus dem Baumarkt und dann noch Phosphor, das man ganz einfach von der Seite einer Streichholzschachtel kratzt.

Es ist eine Imitation von Heroin, die genauso süchtig macht. Der einzige Nachteil ist die Art und Weise, wie das Fleisch von der Injektionsstelle wegfault und das Gehirn beginnt, im Schädel zu verkümmern. Was nicht gerade zu den besten Entscheidungen führt.

Weshalb dieser Wichser denkt, es wäre eine gute Idee, mit mir zu reden.

»Ist das ein neues iPhone?«, fragt er und begutachtet gierig mein Telefon.

Ich bleibe stehen und drehe mich langsam zu ihm um. »Du wolltest dich doch jetzt verpissen«, sage ich zu ihm. Dann lasse ich das Telefon in meine Tasche gleiten, damit ich die Hände frei habe. Während ich das tue, schließe ich meine Finger um den glatten Griff meines Springmessers.

Ohne das schwache blaue Licht ist der Tunnel noch schummriger. Das macht aber nichts. Ich bin sicher, ich kann besser sehen als die drei Junkies.

Mittlerweile stehen sie alle und schwärmen lautlos aus, sodass die Frau vor mir steht und die beiden Typen versuchen, mich zu flankieren.

»Gib uns das Telefon«, zischt der zweite Mann.

Das Problem beim Kampf gegen diese drei ist, dass ich keine Ahnung habe, welche Krankheiten sie in sich tragen könnten. Ein Kratzer von einem ungeschnittenen Fingernagel und ich könnte Hepatitis bekommen.

Wenn sie sich also um mich scharen, will ich es schnell beenden.

Der Typ auf der rechten Seite greift zuerst an. Ich schicke ihn mit einem Tritt in die Brust gleich wieder zurück. Der zweite Typ hat nicht so viel Glück. Ich drücke den Knopf, um meine Klinge auszufahren, während sie schon durch die Luft auf seinen Torso zusaust. Mit medizinischer Präzision steche ich ihm direkt in die Leber, dann ziehe ich die Klinge heraus, bevor ich Blut abbekomme. Es spritzt noch auf die Spitze meines Sneakers.

Er fällt auf die Knie und stöhnt.

Das nimmt den anderen beiden den Mut.

Das Mädchen hebt die Hände und blubbert: »Wir wollen keinen Ärger.«

»Dann verpiss dich, wie ich gesagt habe«, erwidere ich ihr kalt.

Sie schnappt sich den Seesack und krabbelt den Tunnel hinunter, in die entgegengesetzte Richtung, in die ich gehe.

Der Typ, den ich getreten habe, blickt auf seinen gefallenen Freund, dann zu mir. Er rennt dem Mädchen hinterher und lässt den Mann zurück, den ich niedergestochen habe.

Ich ignoriere ihn auch und gehe weiter den Tunnel hinunter.

Wahrscheinlich wird er verbluten, aber der Gedanke beunruhigt mich nicht mehr als das Wissen, dass jeder Schmetterling, den man sieht, in einem Monat tot sein wird. Das ist der Kreislauf des Lebens – Junkies sterben jung. An den Drogen, an den Leuten, mit denen sie verkehren, oder an dem Versuch, die falsche Person in einem Tunnel auszurauben.

Ich setze meinen Weg fort, bis ich die Treppe zur Krymskiy Proyezd hinauf erreiche.

Der Frühling in Moskau ist die Hölle.

Es gibt ein Wort, das die Russen verwenden, um es zu beschreiben: *slyakot*, was »Matschschlamm« bedeutet. Das ist auch der Grund, warum ich unten in den Tunneln geblieben bin – damit ich nicht durch die Ströme von dickem braunem Schlamm, der voller Eiskristalle ist, navigieren muss.

Die Straßen in Moskau sind immer scheiße. Im Frühling muss man befürchten, dass man durch eine Schneematschverwehung in ein Schlagloch tritt, das einem den Knöchel bricht. Die Bürgersteige sind überfüllt mit schlurfenden, rutschenden Fußgängern, und der Verkehr ist schlimmer denn je. Außerdem sind die schmelzenden Schneewehen schwarz von den Autoabgasen eines ganzen Winters.

Ohne ein ordentliches Abflusssystem sitzt der geschmolzene Schnee in stagnierenden Pfützen. Es ist *rasputitsa* – die Zeit des Jahres, »wenn Straßen aufhören zu existieren«.

Ich hasse Moskau.

Ich bin Amerikaner. Ich wurde in Chicago geboren. Meine Mutter ist Amerikanerin.

Und doch brachte mich mein Vater hierher, zurück in die Stadt, die er selbst nie mochte. Zurück in die Umgebung, die so miserabel war, dass sie meine Mutter dazu trieb, sich halb zu Tode zu trinken – bis die einzige Möglichkeit, sich zu retten, darin bestand, zu gehen.

Ich werde auch bald abhauen.

An den einzigen Ort, den mein Vater zulassen wird – die einzige Sache, die er nicht als Verrat ansehen wird.

Schließlich erreiche ich die Korobeynikov Lane, wo der Schneematsch zugunsten der elitären Bewohner von Noble

Row tatsächlich akribisch von der Straße geräumt wurde. Es ist ein langes Sandsteingebäude, unterteilt in sechs Luxusresidenzen, die jeweils etwa einundzwanzig Millionen amerikanische Dollar wert sind.

Dort wohne ich mit meinem Vater.

Ich vermute, dass die anderen fünf Häuser der Noble Row innen hell und sauber sind, voller funkelnder Kronleuchter und glänzender Holzarbeiten.

So sieht unser Haus nicht aus. Nicht von innen.

Es ist dunkel, überfüllt und schmutzig, weil mein Vater kein Dienstpersonal will. Außer mir lässt er niemanden ins Haus. Nicht mehr, seit meine Mutter weg ist.

Er verschanzt sich dort und verlässt das Haus nur, wenn er seine Geschäfte unbedingt persönlich erledigen muss. Und das schafft er zurzeit kaum.

Ich öffne unsere Haustür und werde von einem Hauch abgestandener und staubiger Luft erschlagen. Es riecht, als wären die Teppiche seit sechs Jahren nicht mehr gesaugt worden, was genau der Fall ist. Es riecht, als ob nie gelüftet wird und die Wände voller Mäuse sind.

Drinnen ist es dunkel, fast so dunkel wie im Tunnel. Die schweren marineblauen Vorhänge, die von der Decke bis zum Boden hängen, sind alle zugezogen. Es ist so still wie in einer Gruft.

Man kann immer noch die Überreste der Dekoration meiner Mutter sehen. Als ich ein Kleinkind war, sind wir zum ersten Mal hierhergezogen, und damals hatte sie noch die Energie für solche Projekte.

Ich erinnere mich eigentlich nicht an diese Zeit, außer an ein paar Bruchstücke – ein paar helle Blitze, die wie Juwelen in mein Gedächtnis eingebettet sind. Meine Mutter mit Farbflecken im Gesicht, die lachte und mir sagte, ich solle nicht mit dem Dreirad im Haus fahren. Mein Vater, der in einem schicken Anzug nach Hause kam, brachte mir eine kleine Tüte Lebkuchen und ließ mich raten, in welcher Tasche sie sich befindet.

Ich kann die Arbeit sehen, mit der sie beschäftigt war – die blaue Blumentapete im Esszimmer. Der goldene Kronleuchter in Form eines Elchhorns. Der Specksteinkamin mit seinem Stapel weißer Birkenholzscheite, nie verbrannt, nie wieder angerührt.

All diese Räume sind jetzt mit anderem Kram gefüllt. Stapel von Büchern, höher gestapelt als ich im Stehen. Auch ein Haufen von Zeitungen. Magazine, alte Rechnungen und Quittungen. Und dann die Kartons: Dinge, die mein Vater bestellt und nie geöffnet hat.

So viele Kartons. Teleskope und Globen. Toaster und Ferngläser. Schreibwaren, Fotoausrüstung, Elektrowerkzeuge und Schuhe. Ich könnte nicht mal raten, was in der Hälfte von ihnen ist. Keine Ahnung, wieso mein Vater anfing, diesen ganzen Mist zu bestellen. Und ich weiß nicht, warum er es auf Tischen und Stühlen stapelt und sich nicht einmal die Mühe macht, das meiste davon anzuschauen.

Ich steige die lange, geschwungene Treppe zu seinem Büro hinauf. Wenn ich abends nach Hause komme, erwartet er, dass ich mich melde.

Ich klopfe an die Tür und warte, bis er »Herein« sagt, bevor ich den Knauf drehe.

Er sitzt hinter seinem riesigen Nussbaumschreibtisch, adrett gekleidet in einen dunklen Anzug mit weißem Kragen. Sein aschblondes Haar ist zurückgekämmt. Die Seite seines Gesichts, auf der Haare wachsen, hat er sorgfältig rasiert. Seine Hände sind auf dem Schreibtisch vor ihm gefaltet – eine glatt und blass, eine rot und vernarbt. Diese Hand funktioniert nicht so gut wie die andere. Das Gewebe ist so zäh und vernarbt, dass er nicht einmal einen Stift greifen kann.

Mein Vater ist ein erschreckender Anblick.

Er ist so gut aussehend und so hässlich zugleich.

Die linke Seite seines Gesichts ist wunderschön, fast schon feminin. Sein Auge hat einen besonderen Blauton, der beinahe violett wirkt und sich auffällig von seiner hellen Haut und seinem weißblonden Haar abhebt.

Im Gegensatz dazu ist seine rechte Seite eine Masse aus aufgeplatztem, verfärbtem Fleisch, wie ein trockener Flussboden, der von der Sonne verbrannt und rissig geworden ist. Sein Haar ist zurückgebrannt, um einen Fleck glänzenden Schädels zu zeigen, und er hat keine Augenbraue auf dieser Seite. Sogar das Auge selbst ist milchig und blass. Auf dieser Seite kann er nichts sehen. Seine Mundwinkel verziehen sich, als ob er grinsen würde, obwohl er das eigentlich nie tut.

Die Narben laufen den ganzen Weg über die rechte Seite seines Körpers. Über seinen Arm und sein Bein.

Er sieht aus wie eine seltsame Art von Cyborg – halb Mensch, halb etwas anderes. Kein Roboter, sondern ein Monster. Vielleicht ist »Chimäre« der beste Begriff.

Nur ein einziges Mal habe ich ihn ohne Hemd gesehen. Er hasst es, so gesehen zu werden. Er hasst es, auf irgendeine Weise gesehen zu werden.

Mit der Zeit ist er nur noch empfindlicher geworden, was sein Aussehen betrifft.

Als ich klein war, ließ er mich auf seinem Schoß sitzen und die raue, faltige Haut an seiner rechten Hand berühren.

Zu dem Zeitpunkt, als meine Mutter ging, ließ er sie nicht mehr in seine Nähe. Sie schliefen in getrennten Zimmern, damit sie ihn nicht einmal beim Umziehen sehen konnte.

Als Hauptbuchhalter – auf Russisch *derzhatel obschaka* – für alle illegalen Geschäfte der Bratwa innerhalb der Stadt Moskau ist mein Vater ziemlich mächtig. Er hat in seinem Team mehrere Untergebene und berichtet nur an zwei Männer.

Und natürlich hat er, wie jeder Kriminelle, Feinde.

Aber es waren nicht seine Feinde, die ihm das angetan haben.

Es war seine Familie.

Alle seine tiefsten Wunden stammen von den Menschen, die er liebte.

Er hat meine Mutter einmal geliebt. Vielleicht hat er sogar mich geliebt.

Das tut er nun nicht mehr.

Er sieht mich mit seinem einen guten Auge und dieser milchigen Kugel an.

Ich dachte immer, dass die doppelte Erscheinung meines Vaters das Gute und das Böse in ihm repräsentierte. Wie die Tage, an denen er freundlich war und mir Lebkuchen brachte, und die Tage, an denen er wütend war und die Dekoration meiner Mutter gegen die Wand warf und alles im Haus zerschlug.

Jetzt denke ich, dass es keinen Teufel und keinen Engel in den Menschen gibt.

Es gibt nur den Anschein des Guten und dann das, was Menschen tatsächlich ausmacht: Schwäche und Unzulänglichkeit. Was sie dazu bestimmt, einen am Ende zu verletzen.

Mein Vater sieht sich meine Calamari an.

»Du hast heute gekämpft?«

Ich nicke.

»Hast du gewonnen?«

»Natürlich«, sage ich.

»Natürlich«, äfft er mich nach. »Du bist arrogant.«

»Es ist keine Arroganz, wenn es wahr ist. Ich bin noch nie geschlagen worden.«

Mein Vater schnaubt leise. »Früher habe ich mich so angehört wie du«, sagt er. »Dummheit muss in diesem Alter weit verbreitet sein.«

Sein gutes Auge huscht zu meiner Schuhspitze hinunter,

wo das Blut des Junkies einen dunklen Fleck auf dem schmuddeligen Stoff hinterlassen hat.

»Dein Blut oder seines?«, fragt er.

»Weder noch. Jemand hat versucht, mich auf dem Heimweg zu bestehlen.«

Mein Vater nickt, ohne Interesse, mehr zu hören. »Sie wussten wohl nicht, wer dein Vater ist.«

Er prahlt nicht, sondern stellt nur eine einfache Tatsache fest. Niemand würde den Sohn eines Bratwas mit Absicht angreifen.

Er schiebt mir einen schweren, teuer wirkenden schiefergrauen Gegenstand über den Schreibtisch zu. Es ist ein Umschlag.

»Was ist das?«, frage ich.

»Öffne ihn.«

Ich knacke das Wachssiegel, das den Umschlag geschlossen hält. Dann ziehe ich die beiden Blätter des Briefpapiers heraus und überfliege die verschnörkelte Schrift.

»Ich wurde angenommen«, sage ich.

»Danyl Kuznetsov hat dich empfohlen.«

»Ich rufe ihn an, um mich bei ihm zu bedanken.«

»Du wirst mehr tun als das. Er erwartet zwei Jahre Arbeit von dir nach deinem Abschluss.«

Ich nicke. Es ist eine angemessene Forderung, wenn man den Wert des Gefallens bedenkt.

Die meisten Studierenden, die in Kingmakers aufgenommen werden, stammen aus Familien, in denen bereits der Vater, der Großvater und der Urgroßvater das College besucht haben.

Mein Großvater war Teil einer KGB-Sondereinheit, die den Auftrag hatte, die Bratwa zu jagen. Doch er lief zu der Organisation über und arbeitete sich dort hoch. Anfangs hassten sie ihn und misstrauten ihm. Er drängte sich in ihre Welt. Durch Gewalt und Rücksichtslosigkeit kam er voran.

Kingmakers ist mehr als exklusiv. Sie sind peinlich genau damit, wen sie aufnehmen. Nur denjenigen, denen man die Geheimnisse von Mafia-Familien aus aller Welt anvertrauen kann, gewähren sie Zutritt.

Ich lese den Brief noch einmal.

»Sie haben mich in die Abteilung der Erben aufgenommen«, sage ich.

Ich war mir nicht sicher, ob sie das tun würden. Moskau ist in drei Territorien mit drei verschiedenen Chefs aufgeteilt. Technisch gesehen ist mein Vater keiner von ihnen. Aber in unserem Teil der Stadt hat der eigentliche Boss keine Kinder und der nächsthöhere auch nicht.

Wenn ich in Kingmakers gut abschneide, hält mich nichts davon ab, mit der Zeit in die Position des *Pakhan* aufzusteigen.

Ich blicke in das Gesicht meines Vaters, suche nach einer Spur von Emotion: Zufriedenheit, Vorfreude, Stolz.

Doch ich sehe nichts.

»Ich bin müde«, sage ich. »Heute gehe ich früh ins Bett.«

Er nickt und wendet sich wieder den Papieren zu, die auf seinem Schreibtisch ausgebreitet sind.

Ich gehe den langen, düsteren Flur entlang zu meinem Badezimmer. Dann ziehe ich mich aus und stelle mich so lange unter den kochend heißen Duschstrahl, wie ich es aushalten kann. Ich nehme meinen Schwamm und schabe grob jede noch so kleine Stelle meiner Haut ab, reinige sie vom Schweiß meines Kampfes, dem Dreck aus den U-Bahn-Tunneln und allen möglichen Haaren oder Hautzellen, die mich von diesen verdammten Junkies berührt haben könnten. Anschließend seife ich mich immer wieder ein, brause mich ab und fange dann noch einmal von vorne an.

Ich achte stets darauf, dass ich perfekt sauber bin, dass ich nach nichts Anstößigerem als Seife rieche. Außerdem mache ich meine Wäsche selbst und gebe meine Kleidung, meine Handtücher und meine Laken jedes Mal, wenn ich sie benutzt habe, gleich in die Maschine.

Ich kann den Gedanken nicht ertragen, dass ich versehentlich so muffig und ungepflegt riechen könnte wie dieses Haus.

Der Gestank haftet an allem, was ich besitze.

Ich hasse diesen Geruch.

Ich hasse es, nach Hause zu kommen.

Als ich endlich sauber bin, schalte ich das Wasser ab und trockne mich ab. Nachdem ich meinen Pyjama angezogen habe, gehe in mein Zimmer und schlüpfe unter die frischen Laken, mit denen ich heute Morgen das Bett bezogen habe.

Anschließend nehme ein Buch von meinem Nachttisch – das, in dem ich die letzten drei Nächte gelesen habe: *Midnight's Children*. Ich schlage es auf und beginne zu lesen, bis die körperliche Erschöpfung des Kampfes schließlich die hektische Aktivität meines Gehirns überholt.

Dann lege ich das Buch weg und lasse meine Augenlider sinken, wobei ich versuche, mich nur an die Worte auf der Seite zu erinnern und meine Gedanken nicht abschweifen zu lassen.

Ich möchte über nichts in meinem wirklichen Leben nachdenken.

Dafür sind Bücher da.

Um in eine andere Welt einzutauchen …

Kapitel 3

Anna

Drei Monate später

Es ist meine letzte Nacht, in der ich in meinem eigenen Bett zu Hause schlafe.

Morgen fahre ich nach Kingmakers für das gesamte Studienjahr.

Wenn wir einmal auf dem Campus sind, können wir bis zum nächsten Sommer nicht wieder nach Hause kommen. Das ist Teil der Sicherheitsmaßnahmen, die notwendig sind, wenn man Kinder rivalisierender Mafia-Familien aus der ganzen Welt zusammenbringt.

Auf der Insel sind keine Handys erlaubt. Und auch keine Laptops oder iPads.

Man kann auf dem Festnetz anrufen oder Briefe schreiben.

Ganz schön altmodisch. Und sehr seltsam. Es gibt mir eher das Gefühl, in eine andere Welt zu kommen als einfach in ein anderes Land.

Ich war noch nie von meiner Familie getrennt.

Wir leben in einer Villa am Stadtrand. Dieses Haus ist bereits wie unsere eigene geheime Welt, weit weg von allem anderen. Die Mauern sind so hoch und die Bäume so dicht, dass man meinen könnte, es gäbe im Umkreis von hundert Meilen niemanden sonst.

Ich liebe unser Haus über alles. Es hat alles, was ich brauche.

Seit ich klein war, habe ich jeden Winkel davon erkundet. Es ist so alt, dass es Dutzende von Kammern und Gängen hat. Früher kletterte ich in den Speiseaufzug und ließ mich bis in die Küche hinunter. Oder durch den Geheimgang, der vom Büro meines Vaters zum Astronomieturm führt. Es gibt Wäscheschächte und eine versteckte Treppe vom Ballsaal zum Weinkeller.

Und dann ist da noch der Dachboden. Er ist vollgestopft mit den Hinterlassenschaften von fünf früheren Generationen von Bewohnern: beschlagene Silberspiegel, alte Kleider, Schallplattenalben, Schmuck, Fotografien, bröckelnde Briefe, vergilbte Spitzentischdecken, geschmolzene und von Mäusen angeknabberte Kerzen, uralte Kinderwiegen und verstaubte Parfümflakons, die noch die Reste von Duft tragen.

Früher verbrachte ich ganze Tage dort oben, wühlte in den verschimmelten Kisten herum, untersuchte Gegenstände und legte sie wieder zurück.

Meine jüngere Schwester Cara liebt es sogar noch mehr als ich. Sie geht so gern mit einer Lampe und einer Tüte Äpfel hinauf, damit sie inmitten von zweihundert Jahren Geschichte in ihr kleines Notizbuch schreiben kann.

Cara denkt, sie sei eine Dichterin oder eine Autorin oder so etwas. Ständig kritzelt sie an einem neuen Projekt herum. Sie lässt es uns aber nie sehen.

Ihre Arbeit ist wahrscheinlich ziemlich gut – oder so gut, wie sie sein kann, wenn sie von einer Vierzehnjährigen kommt. Cara ist brillant, obwohl die meisten Leute das nicht wissen, weil sie so ruhig ist. Fast alles hat sie von unserer Mutter geerbt – alles, außer ihrer Freundlichkeit.

Whelan ist das genaue Gegenteil. Er ist laut, unverblümt und frech und manchmal ein kleines Arschloch. Trotzdem verehren wir ihn alle, denn er ist das Nesthäkchen. Aber er hat es faustdick hinter den Ohren. Seine Erkundungen im Haus enden meist damit, dass etwas kaputtgeht oder er heult, weil er mit dem Kopf zwischen den Eisengeländern des alten Kutschenhauses stecken geblieben ist.

Mein Zimmer überblickt den ummauerten Garten. Es ist ein dunkler Raum mit hohen gotischen Fenstern, tief karminroten Wänden, einem massiven Kamin und alten Samtvorhängen um das Bett. Es war das Zimmer, in dem meine Mutter schlief, als sie zum ersten Mal in dieses Haus kam.

Mein Vater hat sie entführt. Er schnappte sie direkt von der Straße. Dann sperrte er sie monatelang in diesem Haus ein.

Langsam, Stück für Stück, ohne es zu merken oder zu wollen, verliebte er sich in sie, und sie verliebte sich in ihn. Sozusagen simultanes Stockholm-Syndrom.

Es ist eine seltsame Liebesgeschichte, aber in meiner Familie ist alles merkwürdig.

Wenn man als Mafia-Tochter aufwächst, lernt man die Geschichte seiner Vorfahren so, wie es die römischen Kaiser getan haben müssen. Man lernt die Triumphe und Misserfolge seiner Vorfahren, ihre blutigen Kämpfe und ihre Rache.

Meine Eltern haben mich nie vor der Wahrheit abgeschirmt.

Aus diesem Grund hatte ich immer geplant, nach Kingmakers zu gehen.

Meine Mutter erzählte mir, dass sie, als sie entführt wurde, ein unschuldiges Kind war. Bewusst geschützt vor der Realität der kriminellen Unterwelt. Ihr Vater war der Kopf der irischen Mafia, aber sie ging auf eine normale Schule mit normalen Kindern. Sie war völlig unvorbereitet darauf, entführt, gefangen gehalten und als Köder in einer Falle angeboten zu werden, die jedes einzelne Mitglied ihrer Familie vernichten sollte.

»Ich will nicht, dass dir das passiert, Anna«, sagte sie in ernstem Ton. »Ich will nicht, dass du so schwach bist, wie ich es war. Verwirrt und unvorbereitet.«

Mein Vater brachte mir bei, mich zu verteidigen. Die Sprache, die Verhandlungen und die Strategien zu verstehen, die notwendig sind, um in der Unterwelt operieren zu können.

In der Highschool habe ich vielleicht wie ein normales Mädchen ausgesehen. Ich leitete das Tanzteam und ging auf Partys. Aber ich wurde zu einer Mafiosa erzogen, nicht zu einer Ballerina.

Ich schlüpfe unter der schweren Decke hervor und gehe zum Fenster hinüber. Da ich mir nicht die Mühe gemacht habe, die Vorhänge zuzuziehen, strömt das Mondlicht herein. Ich kann auf den überwucherten Garten mit seinen steinernen Statuen und Brunnen hinunterblicken, dessen Kopfsteinpflasterwege mit Moos bewachsen sind.

Eine große, schlanke, schwarz gekleidete Gestalt geht aus dem Garten in den gläsernen Wintergarten.

Es ist mein Vater.

Ich verlasse mein Zimmer und laufe die breite, geschwungene Treppe hinunter, dann durch das dunkle und stille Hauptgeschoss des Hauses in den Wintergarten.

Das Haus ist still, abgesehen von dem üblichen Knarren und Ächzen von altem Holz. Es ist frisch, obwohl noch Sommer ist. Die dicken Steinmauern und die schweren Bäume ringsum halten es kühl, egal zu welcher Jahreszeit.

Der Wintergarten ist wärmer, fängt noch die letzte Hitze des Tages ein. Der berauschende Geruch von Chlorophyll füllt meine Lunge. Hier drinnen ist es dunkel, nur winzige Nadelstiche des Sternenlichts schimmern durch die dicht gedrängten Blätter. Es ist zwei Uhr nachts.

Ich kann meinen Vater hören, obwohl er beinahe stumm ist. Ich weiß, wie man auf den Klang des menschlichen Atems hört.

Ebenso hört er mich kommen – egal, wie leise ich gehe.

»Kannst du nicht schlafen, *mała miłość*?«, fragt er.

»Könnte ich schon, aber ich will nicht.«

»Wieso denn nicht?«

»Ich will meinen letzten Abend zu Hause nicht verschwenden.«

Durch die Bäume und hängenden Lianen habe ich mich bis zu der Bank geschoben, auf der mein Vater sitzt. Er trägt immer noch den Kaschmirpullover und die Hose, die seine übliche Arbeitskleidung ausmacht. Mit hochgekrempelten Ärmeln kann ich die zahlreichen Tattoos sehen, die sich über seine Arme, die Handrücken und die Fingerspitzen ziehen.

Er hat mir erzählt, was einige der Tattoos bedeuten.

Und er hat noch mehr hinzugefügt, seit ich geboren wurde. Den verbleibenden Platz auf seinem Körper füllte er mit Tattoos, die an die Geburtsdaten seiner Kinder erinnern, mit Tattoos für jedes Ballett, das meine Mutter choreografiert hat, und mit Tattoos, die Erlebnisse zwischen den beiden verewigen, die ich nicht kenne.

Ich selbst habe fünf Tattoos: eine Schwalbe für meine Mutter, einen Wolf für meinen Vater, ein Zitat aus dem Lieblingsbuch meiner Schwester, einen Eisenhutzweig für meinen Bruder. Und ein fünftes, das ich noch nie jemandem gezeigt habe.

»Bist du nervös wegen morgen?«, fragt mich mein Vater.

»Nein«, antworte ich ehrlich. »Aber ich bin froh, dass Leo auch geht. Ich könnte einsam sein ohne ihn.«

»Ich bin auch froh, dass er dabei sein wird.« Mein Vater nickt. »Ich weiß, dass du niemanden brauchst, der dich beschützt. Aber jeder braucht Verbündete. Sei in deiner ersten

Woche vorsichtig, wen du in deinen Kreis aufnimmst. Jedes Band, das du knüpfst, kann dir eine Tür öffnen oder eine andere vor der Nase schließen.«

»Verstehe.«

»Lass dich von Leo nicht in irgendwas reinziehen. Er geht nicht strategisch vor.«

»Er führt mit seinem Herzen«, sage ich. »Aber seine Instinkte sind normalerweise gut.«

»Er ist jähzornig.« Mein Vater runzelt die Stirn und sieht mich direkt an.

»Dad, ich weiß, wie Leo ist.«

»Ich weiß, dass du das tust.« Er legt seinen Arm um mich und zieht meinen Kopf an seine Schulter. »Ich liebe dich, Anna. Und ich vertraue dir.«

Mein Herz klopft hart gegen meine Rippen. Es gibt etwas, das ich meinem Vater fragen möchte, doch ich habe Angst, es auszusprechen. Etwas, das ich in meinem Annahmeschreiben gesehen habe, es aber kaum zu glauben wagte.

Ich befeuchte die Lippen und versuche, Mut zu fassen. »Dad …«

»Ja?«

»In dem Brief, den ich von Kingmakers bekommen habe, stand, dass ich in die Erben-Abteilung aufgenommen wurde.«

»Natürlich«, sagt er mit seiner kühlen, schneidenden Stimme.

»War das … hast du … ihnen gesagt, dass sie das tun sollen?«

Er setzt sich auf, sodass wir uns noch einmal ansehen. Ich ähnle meinem Vater mehr als meiner Mutter. Dieselbe blasse Haut ohne einen Hauch von Sommersprossen. Das gleiche blonde Haar. Dieselben eisblauen Augen.

Diese Augen sind Furcht einflößend, wenn sie auf einen gerichtet sind.

»Du bist meine Erbin«, sagt mein Vater bestimmt. »Du bist meine Älteste. Es ist dein Geburtsrecht.«

»Aber Whelan …«, wende ich ein.

»Es ist meine Entscheidung, das Geschlecht oder die Geburtsreihenfolge zu berücksichtigen«, erklärt er. »Schon bevor du geboren wurdest, waren deine Mutter und ich uns einig.«

Mein Herz blieb einen Moment lang stehen. Jetzt schlägt es doppelt so schnell wie normal und versucht, aufzuholen.

»Gut«, sage ich mit zittriger Stimme. »Ich bin froh darüber.«

»Es wird alles dir gehören, wenn du es willst.«

»Ja«, flüstere ich. »Ich will es.«

Mein Vater nickt. Er legt seine Hand in meinen Nacken und zieht mich zu sich heran, damit er mich auf die Stirn küssen kann. »Du wirst alles haben, was du dir auf dieser Welt wünschst, Anna«, sagt er. »Ich wusste es bereits, als ich dich das erste Mal in meinen Armen hielt. Ich wusste, du würdest alles einfordern und es festhalten.«

Wir sitzen still und sprechen nicht.

Ich liebe meine Mutter. Ich liebe sie innig. Es ist unmöglich, es nicht zu tun – sie hat all die guten Eigenschaften, die mir fehlen. Unendliche Freundlichkeit. Kein Egoismus. Eine innere Freude, die den Raum erhellt und jeden um sie herum mitreißt.

Ich bin nicht so. Manchmal bin ich traurig, ohne wirklichen Grund. Manchmal möchte ich in der Stille sitzen und über den Lauf der Zeit nachdenken und wie schmerzhaft es ist, sich an die besten und schlimmsten Momente zu erinnern, die so schnell gekommen und gegangen sind.

Dann bin ich lieber bei meinem Vater, weil ich weiß, dass er genauso fühlt. Er und ich sind uns sowohl innerlich als auch äußerlich ähnlich. Wohl oder übel, ich bin nicht süß und nicht immer glücklich.

Das einzige Mal, dass ich diesen Teil von mir in meiner Mutter sehe, ist, wenn sie ihre Tänze choreografiert. Dann sehe ich, dass sie zwar selbst nicht düster ist, aber sie versteht Kummer und Angst. Sie sieht die Schönheit in beschädigten und beunruhigenden Dingen. Deshalb versteht sie meinen Vater und liebt ihn. Deshalb versteht sie auch mich.

Tanzen ist, wie wir uns verbinden. So habe ich meine schlimmsten und destruktivsten Impulse gebändigt. Ich behalte die Kontrolle über sie, damit sie mich nicht zerstören.

Aber ein Tanzteam wird es in Kingmakers nicht geben.

Ich bin mir nicht sicher, was ich mit den Gefühlen machen soll, die sich in mir aufbauen. Sie bringen meinen Verstand durcheinander. Sie bringen mich dazu, Dinge tun zu wollen, von denen ich weiß, dass ich sie bereuen werde.

»Du solltest ins Bett gehen«, sagt mein Vater zu mir. »Du willst doch nicht müde sein, wenn du so eine lange Reise antrittst.«

»Ich kann im Flugzeug schlafen.«

»Unwahrscheinlich«, erwidert er, »wenn du neben Leo sitzt.«

Ich lächle. Leo ist immer voller Energie und total aufgedreht – vor allem, wenn er etwas Neues macht. Wahrscheinlich wird er auf dem Weg nach Kroatien ununterbrochen reden.

»Leicht wird es in Kingmakers nicht«, sagt mein Vater. »Doch das schaffst du schon. Aber wenn etwas ernsthaft schiefgeht …«

»… dann rufe ich dich an«, verspreche ich ihm.

***

Am nächsten Morgen fliegen wir um zehn Uhr von Chicago nach Frankfurt, von Frankfurt nach Zagreb und dann von Zagreb nach Dubrovnik.

Meine und Leos Familie kommen beide zum Flughafen, um uns zu verabschieden.

Tante Yelena sieht blass und angespannt aus. Ich weiß, sie will nicht, dass Leo nach Kingmakers geht. Sie hält es dort für gefährlich.

Sie muss es wissen – schließlich war sie ein Teil der Bratwa. Sie schicken mehr ihrer Kinder zu den Kingmakers als alle anderen.

Es soll eine Art Zufluchtsort sein. Ein vorübergehender Ausgleich zwischen dem Groll und den Rivalitäten der verschiedenen Familien. Aber für die Kinder von Kriminellen sind Regeln da, um gebrochen zu werden. Sogar das Kingmakers-Motto *Necessitas non habet legem* heißt: *Die Notwendigkeit hat kein Gesetz.*

Außerdem kamen unsere Aufnahmebriefe mit einer Liste von strengen Hausregeln und den dazugehörigen Strafen. Unsere Eltern mussten den Vertrag für die Hausordnung unterschreiben, ebenso wie Leo und ich. Wir mussten unseren Abdruck mit Blut an den unteren Rand der Seite drücken. Es bedeutet, dass wir uns der Autorität der Hochschule unterwerfen.

Wenn wir uns in Schwierigkeiten bringen, werden wir vom Dekan diszipliniert. Er ist – im wahrsten Sinne des Wortes – Richter, Jury und Henker. Unsere Eltern können nicht eingreifen oder sich rächen.

Wie immer scheint Leo von alldem völlig unbeeindruckt zu sein. Er umarmt seine Eltern, hebt seine Mutter hoch und küsst sie kräftig auf beide Wangen.

Tante Yelena blinzelt, als müsse sie sich zwingen, nicht zu weinen. »Sei vorsichtig, Leo«, sagt sie.

Er zuckt mit den Schultern und macht sich nicht einmal die Mühe, so zu tun, als ob er es versuchen würde. »Ich hab dich lieb, Mom.«

Cara legt ihre Arme um meine Schultern und drückt

mich fest an sich, während Whelan das Gleiche mit seinen Armen um meine Taille tut.

Am miesesten fühle ich mich, weil ich Cara verlasse. Sie lässt nicht viele Leute an sich heran. Ich weiß, dass sie ohne mich einsam sein wird, auch wenn sie sich nie beklagt.

»Warum kann ich nicht mitkommen?«, will Whelan wissen.

»Weil du sechs bist«, sagt mein Vater ruhig.

»Das ist nicht fair!«

»Es ist der Inbegriff von Fairness. Du kannst mit achtzehn gehen, genau wie deine Schwester.«

»Es ist nicht fair, dass ich noch nicht achtzehn bin«, murmelt Whelan leise, wohl wissend, dass er es bei unserem Vater nicht allzu weit treiben sollte.

Whelan ist der Einzige von uns, der die Sommersprossen und die grünen Augen meiner Mutter vererbt bekommen hat. Bei ihm sehen sie viel wilder aus, weil er ein kleiner Dämon in Menschengestalt ist. Seine kupferfarbenen Haare stehen immer ab, und man kann nicht sagen, was Sommersprossen und was Schmutz in seinem Gesicht ist. Obwohl er stämmig ist, ist er verdammt schnell und erstaunlich stark.

Cara ist schlank wie ich, mittelgroß, mit eisblauen Augen. Sie hat dunkleres Haar als der Rest von uns, so braun, dass es fast schwarz ist. Sie hat nicht gesprochen, bis sie vier Jahre alt war, und selbst jetzt könnte man meinen, sie hätte es immer noch nicht gelernt.

»Kannst du mich an den Wochenenden anrufen?«, fragt sie mich leise.

»Ich glaube schon.«

»Schreib mir, wenn du es nicht kannst.«

»Das werde ich«, verspreche ich ihr.

Meine Mutter umarmt mich auch. Sie riecht immer sauber und frisch wie das Innere einer Blume.

»Ich fange jetzt schon an, das zu bereuen«, sagt sie. »Weil ich dich vermissen werde.«

»Ich werde versuchen, auf dem Campus etwas zum Üben zu finden«, sage ich.

»Ich musste mir nie Sorgen machen, dass du übst.« Meine Mutter schüttelt den Kopf. »Aber was das Schlafen betrifft …«

»Ich werde versuchen, auch dafür Zeit zu finden.« Ich lächle.

Leo und ich besteigen das Flugzeug und sitzen nebeneinander in der zweiten Reihe der First Class. Niemand sonst in unserem Alter fliegt von Chicago nach Frankfurt. Wir sind die einzigen Mafia-Kinder aus unserer Stadt, die dieses Jahr nach Kingmakers gehen.

Wir kennen eine Person, die bereits dort ist: unseren Cousin Miles.

Er ist ein Jahr älter als wir und hat uns letzten September verlassen. Im Sommer kam er nach Hause zu Besuch, aber wir fliegen nicht zusammen zurück, weil der erste Jahrgang eine Woche später beginnt als alle anderen.

Genau genommen sind Leo und ich Cousins, wenn auch nicht blutsverwandt.

Die Schwester seines Vaters ist mit dem Bruder meiner Mutter verheiratet.

Es ist kompliziert, und niemand in der Schule konnte es je verstehen, wenn wir versuchten, es zu erklären. Sie haben einfach akzeptiert, dass wir eine Familie sind, was in Ordnung war, weil unsere eigene Familie uns auch so sieht. Ich habe seine Eltern immer Onkel Seb und Tante Yelena genannt und er meine immer Onkel Miko und Tante Nessa. Er liebt meine kleinen Geschwister und ist zu ihnen genauso wie zu mir: neckisch, freundlich und manchmal auch nervtötend.

Wie jetzt gerade im Flugzeug. Leo schnappt sich meine

Packung Brezeln – er hat seine eigene schon gegessen – und reißt sie mit den Zähnen auf.

»Träum weiter«, sage ich und schnappe sie mir zurück. »Ich habe auch Hunger.«

Er grinst. »Warum hast du sie dann noch nicht gegessen?«

»Weil ich kein tollwütiges Tier bin, das in fünf Sekunden Essen inhaliert.«

»Das würdest du, wenn du so groß wärst wie ich«, sagt er und versucht, sie wieder zurückzustehlen.

Er ist verdammt schnell, aber ich auch. Ich schaffe es gerade noch, das angerissene Päckchen von seinen greifenden Fingern fernzuhalten.

»Pfoten weg!«, sage ich. »Und komm nicht auf die Idee, deinen Ellbogen auf die Armlehne zu legen. Es ist mir egal, wie groß du bist, du nimmst auf diesem Flug nichts von meinem kostbaren persönlichen Raum in Anspruch.«

»Du machst wohl Witze. Schau dir diese Beine an!«, schreit Leo und streckt seine massiven Oberschenkel aus, jeder so groß wie ein kleiner Baumstamm. Sein Bein drückt gegen die Außenseite meines Beins, und ich kann die Wärme seines Fleisches durch meine Jeans spüren. Als ich ihn zurückschiebe, wird mein Gesicht ganz heiß.

»Dann hättest du zwei Plätze kaufen sollen«, sage ich.

»Mein Dad ist zu geizig«, antwortet Leo säuerlich. Dann grinst er mich wieder an. »Ich wette, deiner hätte dir zwei Plätze besorgt, wenn du ihn nett gefragt hättest …«

»Wahrscheinlich«, sage ich, »aber ich würde ihn nicht fragen, denn ich bin kein verwöhntes Baby wie du.«

Ich hebe eine Brezel an meine Lippen, und Leo schafft es, sie mir aus der Hand zu reißen und sie in seinen Mund zu stecken. Er knuspert sie absichtlich laut, nur um mich zu ärgern.

»Nur zu deiner Information: Wenn du versuchst, einzuschlafen, werde ich jedes Mal vor deinem Gesicht schnippen«, drohe ich ihm.

»Ich werde auf keinen Fall einschlafen!«, behauptet Leo. »Dazu bin ich viel zu aufgeregt.«

Zehn Minuten später schnarcht er, und sein schwerer Kopf ist auf meine Schulter gefallen.

***

Leo und ich steigen in Frankfurt um, haben aber einen sechsstündigen Zwischenaufenthalt. Erfrischt von seinem Nickerchen überredet Leo mich, den Flughafen zu verlassen, damit wir einen richtigen Biergarten finden können, wo er uns zwei riesige schäumende Bier und eine brutzelnde Wurstplatte mit dickem Schwarzbrot bestellt.

Sobald wir wieder in der Luft sind, merke ich das Bier viel stärker als sonst. Mein Kopf fühlt sich angenehm leicht auf den Schultern an, mir ist warm, und ich bin entspannt.

Ich habe den Fensterplatz. Das Flugzeug scheint wie ein Schiff über einem Wolkenmeer zu schweben, dessen Gipfel von der untergehenden Sonne rosa gefärbt sind.

»Schau mal …«, sage ich zu Leo.

Er lehnt sich über mich, sodass er aus dem Fenster blicken kann. Seine Schulter drückt gegen meine Brust, und seine weichen, dunklen Locken streifen meine Wange. Sein Haar duftet gut nach Sandelholz. Darunter rieche ich den reichhaltigeren und gefährlicheren Duft seiner Haut. Er hat die gleiche Wirkung auf mich wie andere Gerüche, die anregend und beunruhigend zugleich sind: Rauch von einem Feuer, Eisen und Blut, verschüttetes Benzin. Er lässt meinen Herzschlag sich beschleunigen.

»Wunderschön«, sagt Leo und blickt mich an, während sein Gesicht direkt neben dem meinen ist. Die Sonne trifft auf seine Iris und beleuchtet jeden goldenen Fleck in seinen braunen Augen. Seine Augen sind heller als seine tief gebräunte Haut. Nach einem langen Sommer voller Bootsfahrten und oberkörperfreien Basketballspielen auf den Plätzen am Seeufer ist er dunkler gebräunt als ein Toast.

Ich bemerke Details. Dinge, die einen Menschen anders machen als andere. Leo hat eine Menge solcher Dinge. Mehr als jeder andere. Es gibt niemanden, der so aussieht wie er.

Ich schiebe ihn weg, damit er nicht so nah an mir ist.

»In Ordnung«, sage ich. »Zurück auf deine eigene Seite.«

Leo hat ein Kartenspiel mitgebracht. Wir spielen irgendein lächerliches Spiel, bei dem man auf eine verdeckte Karte setzt, die der Gegner nicht sehen kann. Leo ist gut darin, mich davon zu überzeugen, was er hat, aber ich habe ein besseres Pokerface. Es ist schwer, nicht zu laut zu lachen, wenn das Kabinenlicht gedämpft ist und alle anderen versuchen, etwas Schlaf zu bekommen.

In Zagreb müssen wir zu einer unchristlichen Zeit wieder umsteigen. Wir schlafen beide auf unseren Reisetaschen ein und wachen gerade noch rechtzeitig auf, um zu unserem letzten Flug zu sprinten.

Verschwitzt und mürrisch landen wir schließlich in Dubrovnik. Es ist eine Hafenstadt an der Adria, ganz am südlichsten Zipfel von Kroatien.

Der Plan ist, hier zu übernachten und am nächsten Morgen ein Boot nach Visine Dvorca zu nehmen.

Visine Dvorca ist eine kleine felsige Insel in der Adria. Dort gibt es einen einzigen Ort, in dem ein paar hundert Einheimische leben, die ihr Geld damit verdienen, Schafe und Ziegen zu züchten oder kleine Bauernhöfe und Weinberge zu bewirtschaften. Die meisten ihrer Produkte werden an das College verkauft.

Mein Vater hat mir das erzählt. Er war selbst nicht in Kingmakers – er stammt nicht aus einer Erben-Familie. Aber sein Adoptivvater Tymon Zajac schon. Mein Vater war zweimal mit Zajac in Kingmakers, um sich mit dem Dekan zu treffen.

Er sagte, er sei noch nie an einem Ort mit einem solchen Sinn für Geschichte gewesen. Das College steht schon seit siebenhundert Jahren an dieser Stelle. Die brillantesten und skrupellosesten kriminellen Köpfe der letzten Jahrhunderte gingen durch diese heiligen Hallen.

Tatsächlich hat Kingmakers meinen Vater beeinflusst, unser Haus in Chicago zu kaufen. Beide Gebäude sind alt, abgelegen und schlossähnlich. Und beide sind vollgestopft mit Geheimnissen.

Wegen der hohen Felsklippen und der Strömungen, die gegen die Insel preschen, kann man sich ihr nur von einer Seite nähern. Es gibt lediglich eine Stelle, an der ein Boot am Hafen anlegen kann. Und das ist es, was Kingmakers so verteidigungsfähig macht. Man kann sich nicht unangemeldet auf die Insel schleichen. Man kann sich der Einrichtung nicht ohne Vorwarnung nähern. Man muss die einzige breite Straße bis zum Eingangstor nehmen, so wie wir es morgen tun werden.

Fürs Erste werden Leo und ich die Nacht in einem Hotel in der Altstadt von Dubrovnik verbringen. Die Grand Villa Argentina thront auf den Klippen über dem blauen Meer. Unten breiten sich die roten Dächer der Altstadt aus, die zum mittelalterlich anmutenden Ploče-Tor mit seinen gedrungenen Steintürmen hinunterführen.

»Ich frage mich, ob sie uns oft nach Dubrovnik kommen lassen werden«, sage ich zu Leo. »Auf der Insel gibt es nicht viel. Was ist, wenn wir neue Kleidung brauchen oder so …«

Wir durften nur jeweils einen Koffer mitnehmen.

»Du wirst keine Anziehsachen brauchen«, entgegnet Leo grimmig. »Wir müssen diese blöden Uniformen tragen.«

»Es soll verhindern, dass wir Gang-Farben tragen oder was auch immer, schätze ich.«

»Das würde für dich keine Rolle spielen«, sagt Leo, »da du nur schwarze Klamotten hast. Wie willst du dich daran gewöhnen, dass du manchmal Grün tragen musst? Und Grau und Silber?«

Die College-Uniformen sind meist schwarz, mit ein paar Stücken in Schattierungen von Anthrazit, Silber, Salbei und Oliv. Es ist alles ziemlich dezent, aber natürlich kann Leo keiner Gelegenheit widerstehen, mich zu ärgern.

»Ich trage nicht bloß Schwarz«, informiere ich ihn.

»Mitternacht und Onyx sind auch Schattierungen von Schwarz …«, neckt er mich.

»Hast du das für diesen Witz vorher nachgeschlagen?«, frage ich. »Gib es zu, du kanntest das Wort ›Onyx‹ gar nicht …«

Leo schnaubt. Er liebt es, mich aufzuziehen, aber was er wirklich will, ist, dass ich zurückschlage. Er würde mich nicht respektieren, wenn ich das nicht täte. Für ihn ist alles ein Wettbewerb.

»Es sind bestimmt schon ein paar andere von unseren Kommilitonen hier, meinst du nicht?«, sagt er.

Ich wünschte, wir hätten mit Miles losfliegen können. Er wäre den ganzen Weg über unser Reiseführer gewesen. Außerdem könnte er uns sofort sagen, wo wir zu Abend essen können – er weiß immer, wo man am besten etwas bekommt.

Natürlich haben Leo und ich ihn ausgefragt, wie Kingmakers ist, doch es ist schwer, eine klare Antwort von Miles zu bekommen. Er ist verdammt sarkastisch und kein Typ, der Gefühle zeigt. Er würde nicht zugeben, wenn etwas wirklich beängstigend oder schwierig wäre. Er tut so, als würde ihm nichts etwas ausmachen.

»Wahrscheinlich«, sage ich. »Wir können nicht die Einzigen sein, die heute angekommen sind.«

Nachdem wir unsere Taschen in unseren Nebenzimmern verstaut haben, gehen wir in die Altstadt hinunter, um uns nach einem Restaurant umzusehen.

Die Altstadt liegt innerhalb hoher Steinmauern, die die Stadt in ihrem ursprünglichen mittelalterlichen Zustand erhalten haben – oder so nah daran, wie es eben möglich war. Sie ist vollgestopft mit barocken Kirchen, Klöstern und Steinpalästen mit meterdicken Mauern. Die Straßen sind grob gepflastert, und die Plätze sind mit flachen Marmorplatten ausgelegt. Die Luft riecht nach Salz, Thymian, wilden Orangenbäumen und der Gischt von Dutzenden von Springbrunnen, die das Grün üppig halten.

Wir entdecken ein kleines Restaurant und setzen uns an den wackeligen Tisch, der von einem Lorbeerbaum beschattet wird. Der Kellner bringt uns heißen Tee und einen warmen Korb mit Fladenbrot, ohne dass wir ihn darum bitten.

Leo stürzt sich auf das Brot, als hätte er seit Wochen nichts gegessen.

»Was können Sie empfehlen?«, frage ich den Kellner.

Es kommen genug Touristen hierher, sodass er recht gut Englisch spricht.

»Wir sind berühmt für unsere Meeresfrüchte«, sagt er. »Wir haben fangfrische Austern, Muscheln, Calamari und Risotto mit Oktopus. Fischeintopf – wir nennen ihn *brudet*. Auch Rindereintopf – das ist *pašticada.*«

»Ich nehme die Austern, bitte«, sage ich.

»Gibt es auch irgendetwas, das kein Fisch ist?«, fragt Leo. Er mag keine Meeresfrüchte.

»*Peka* ist gebackenes Fleisch und Gemüse«, erklärt der Kellner.

Leo nickt. »Klingt gut.«

»Er sagte vorher Rindereintopf«, sage ich zu Leo.

»Ich mag auch keinen Eintopf.«

»Können Sie uns auch noch ein paar Beilagen bringen?«, frage ich den Kellner. »Was immer Sie denken, das wir mögen werden.«

»Natürlich.« Er nickt und eilt davon, um alles vorzubereiten.

»Du bist wählerisch«, sage ich zu Leo. »Was willst du machen, wenn es in Kingmakers nur ein Gericht zur Auswahl gibt?«

»Verhungern, schätze ich.« Leo grinst ohne einen Hauch von Besorgnis.

Während wir auf unser Essen warten, lehnt sich Leo in seinem Stuhl zurück, streckt seine langen Beine aus, verschränkt die Arme über der breiten Brust und betrachtet alles um uns herum.

Ich schaue gern auf den Himmel und das Wasser, die Orangenbäume und die Steinfassaden der Gebäude. Leo interessiert sich vor allem für die Menschen.

Links von uns ist ein Tisch mit sechs Jungen, die lachen und herumalbern. Einige von ihnen unterhalten sich in einer Sprache, die ich noch nie im Leben gehört habe, während die anderen Russisch sprechen. Von Letzteren kann ich ein wenig verstehen – Russisch ist dem Polnischen nahe genug, um das Wesentliche zu begreifen. Leo hat bestimmt jedes Wort verstanden.

»Reden sie über den Wettbewerb?«, frage ich Leo.

»Ja.« Er nickt. »Offensichtlich wollen sie alle Kapitän des Teams des ersten Jahrgangs werden.«

Jedes Jahr veranstaltet Kingmakers einen Wettbewerb namens *Quartum bellum* – der Krieg der Vier. Alle vier Studienjahrgänge nehmen daran teil, sogar der erste. Natürlich gewinnt der vierte Jahrgang normalerweise, aber nicht immer.

Kingmakers ist nach Jahren und auch nach Spezialgebieten unterteilt. Leo und ich sind in der Abteilung der Erben. Es gibt auch die Buchhalter, die Vollstrecker und die Spione. Die Buchhalter kümmern sich um die Finanzen und die Investitionen, die Vollstrecker sind für das Tagesgeschäft und die Sicherheit zuständig, und die Spione befassen sich mit der Umgehung des Gesetzes.

Die Erben sollen selbstverständlich die Bosse sein. Aber es gibt keine Garantie, dass man selbst innerhalb der eigenen Familie Boss wird oder bleibt. Der primäre Zweck unserer Ausbildung wird die Führung sein. Selbst nachdem man ernannt wurde, muss man seine Leute überzeugen, einem zu folgen.

Um genau das zu üben, nehmen wir am *Quartum bellum* teil.

Man gewinnt nur das Recht zu prahlen. Und vielleicht eine Plakette an der Wand. Es gibt keinen Vorteil in der realen Welt.

Doch wir alle wollen es.

Ich weiß, dass ich es will.

Ich kann garantieren, dass Leo es mehr will als jeder andere.

Die Jungs am Tisch scheinen mit ihren künftigen Heldentaten zu prahlen.

Ich kann sehen, wie Leos Augen funkeln. Er brennt darauf, sich in ihr Gespräch einzumischen.

Stattdessen richten sie ihre Aufmerksamkeit auf den dunkelhaarigen Jungen, der allein am Tisch neben ihnen sitzt. Er ist schweigsam und beugt sich über seine Schüssel mit Rindereintopf. Sein Haar ist struppig, seine Haut tief gebräunt und seine Kleidung schäbig. Seine Turnschuhe sehen total abgelatscht aus.

»Hey, Ares«, sagt einer der Jungs. »In welcher Abteilung bist du eigentlich? Haben die eine für Chauffeure und Kofferträger?«

Der einsame Junge schaut mit zusammengekniffenen Augen zu ihnen hinüber. »Ich werde kein Chauffeur sein«, sagt er leise.

Sie haben die Frage auf Russisch gestellt, aber er antwortet ihnen auf Englisch mit leicht akzentuierter Stimme.

»Ich bin überrascht, dass sich deine Eltern die Collegegebühren leisten konnten«, sagt ein anderer Junge. »Wie viele Ziegen mussten sie denn verkaufen? Hoffentlich nicht die, die du als deine Freundin benutzt?«

Ares steht auf und schiebt seinen Stuhl grob zurück.

Auch die anderen Jungs stehen auf, voller bösartiger Energie und Lust auf einen Kampf.

Vielleicht haben sie nicht ganz realisiert, wie groß Ares ist – ich sehe ein paar nervöse Blicke, als sie erkennen, dass er größer ist als jeder von ihnen. Aber es sind immer noch sechs gegen einen.

Bis Leo in perfektem Russisch sagt: *»V chem problema?«*

Die Jungs schauen erschrocken zu ihm herüber. Wahrscheinlich dachten sie, Leo und ich wären nur ein amerikanisches Paar im Urlaub.

»Bratwa?«, murmelt ein schwarzhaariger Junge zu seinem Freund.

Der zweite Junge schüttelt den Kopf. *»Amerikantsy«*, sagt er. *Amerikaner*.

»Habt ihr die Liste der Regeln nicht gelesen?«, frage ich sie scharf auf Englisch. »Kämpfen ist nicht erlaubt.«

»Wir sind noch nicht auf dem Campus«, sagt der erste Junge und lächelt mich wölfisch an. Er ist keiner der Russen – er spricht die andere Sprache, die, die ich noch nie gehört habe. Ich kann nicht sagen, wer er ist oder woher er kommt. Er hat tiefschwarzes Haar und eine Narbe, die sich über sein rechtes Auge zieht. Wenn sein Ausdruck nicht so arrogant wäre, würde er gut aussehen.

»Nun, das werden wir noch früh genug«, sagt Leo. »Also sollten wir versuchen, miteinander auszukommen.«

Leo war in viele Kämpfe verwickelt, aber bei all seiner Überheblichkeit mag er keine Rüpel. Das hat er noch nie. Er schlägt nach oben, nicht nach unten – das ist eines der Dinge, die ich an ihm am meisten mag.

»Wer bist *du?*«, fragt der schwarzhaarige Junge.

»Leo Gallo. Mein Vater ist Sebastian Gallo, der leitende Don in Chicago.«

»Wenn du Italiener bist, wie kommt es dann, dass du Russisch sprichst?«, fragt einer der anderen Jungs und mustert ihn von oben bis unten.

»Meine Mutter ist Russin«, sagt Leo.

Die Jungen tauschen Blicke aus. Einer von ihnen murmelt *»Dvornyaga«*, was wohl so viel wie *Mischling* oder *Halbblut* bedeutet. Ich sehe einen Funken Wut in Leos Augen und muss mich zwischen ihn und die anderen Jungen drängen, um zu verhindern, dass er nach vorne stürmt.

Der schwarzhaarige Junge spottet: »Ist das deine Freundin?«

»Ich bin seine Cousine«, sage ich, bevor Leo antworten kann. »Wer zum Teufel bist du … *Sagat?*«

Der Junge runzelt die Stirn, weil er die Anspielung nicht versteht, aber einer seiner Lakaien schnaubt. Der schwarzhaarige Junge bringt seinen lachenden Freund mit einem Blick zum Schweigen, dann richtet er seine Augen auf mich.

»Ich bin Bram Van Der Berg, Sohn von Bas Van Der Berg«, sagt er hochmütig und stolz.

Oh, Holländer. Deshalb konnte ich ihn nicht verstehen – die Penose-Mafia in Amsterdam ist einheimisch, und sie sprechen ihre eigene bizarre Sprache namens Bargoens.

Kein Wunder, dass Bram so von sich eingenommen ist. Die Penose sind dafür bekannt, klug und bösartig zu sein und bis ans Ende der Zeit einen Groll zu hegen. Aus diesem Grund legt sich niemand mit ihnen an, denn sie werden einem selbst nach zehn Jahren, wo man schon längst vergessen hast, dass man sie beleidigt hat, aufspüren und einen ein Messer in den Rücken rammen.

Ich möchte Bram nicht die Genugtuung geben, zu wissen, dass seine Familie genauso berühmt ist, wie er denkt.

Aber andererseits kann ich nicht vorgeben, so ahnungslos zu sein.

»O ja«, sage ich langsam. »Ich habe von deinem Vater gehört. Macht er nicht Waffeln oder so?«

Wie die meisten Mafia-Familien betreiben die Van Der Bergs ein Geschäft, um das Geld zu waschen, das aus weniger anrüchigen Quellen hereinkommt. In Brams Fall ist es eine Restaurantkette, die so erfolgreich ist, dass ich sie sogar schon in Amerika gesehen habe. Das Maskottchen ist ein pummeliger kleiner holländischer Junge, der stolz einen Teller mit sirupgetränkten Waffeln hochhält.

»Warst du das Modell für das Schild, als du klein warst, Baby Bram?«, frage ich spöttisch.

Bram wird rot, und jetzt sind es seine Freunde, die ihn davon abhalten müssen, nach mir zu schlagen. Es wäre mir scheißegal, wenn er es täte – ich weiß, dass ich nicht so stark bin wie diese Jungs, aber ich habe noch nie jemanden getroffen, der schnellere Reflexe hat als ich. Nicht einmal Leo kann mich erwischen, wenn ich es nicht will.

Leo weiß das. Er greift nicht sofort ein. Aus dem Augenwinkel kann ich sogar sehen, wie er grinst.

Wenn ich raten sollte, mag Leo an mir wahrscheinlich am meisten, dass ich mir von niemandem etwas gefallen lasse. Das nährt seinen Wunsch nach spielerischem Chaos. Außerdem kann Leo mit niemandem befreundet sein, der ihm zu leicht nachgibt.

Im Gegensatz zu Leo findet Bram das gar nicht lustig. Seine Oberlippe ist nach oben gekräuselt, er knurrt mich praktisch an. Ich kann sehen, dass er die Sache weiter vorantreiben will. Allerdings stehen die Chancen nicht mehr ganz so gut – Leo, ich und Ares gegen Bram und seine fünf Kumpels.

Es ist Leo, der als Erster das Wort ergreift und die Spannung unterbricht.

»Warum setzt du dich nicht zu uns?«, sagt er zu Ares. »Woher kommst du noch mal? Davon habe ich noch nie gehört.«

»Aus Syros«, antwortet der Junge leise.

Leo strahlt über das ganze Gesicht. »Dann komm und kläre mich auf.«

»Ja«, spottet Bram. »Geh und setz dich zu den Amerikanern. Vielleicht zahlen sie dir das Abendessen.«

»Ihr müsst mich nicht einladen«, sagt Ares, der mit uns zu unserem Tisch zurückgeht. Als ich zu seinem alten Platz hinüberschaue, sehe ich, dass er nur einen kleinen Teller mit Eintopf bestellt hat und schon alles aufgegessen hat. Kein bisschen ist mehr in der Schüssel. Auf keinen Fall war das genug Essen für einen Kerl seiner Größe.

»Das werde wir auch nicht«, erwidere ich, um seine Würde zu wahren, »aber du solltest etwas von unserem Essen nehmen. Wir haben viel zu viel bestellt.«

Und tatsächlich, noch bevor wir uns gesetzt haben, bringt der Kellner ein riesiges Tablett mit Muscheln, Leos Rindfleisch und einem halben Dutzend Beilagen, die aussehen wie Spinatpastete, marinierter Salat, eingelegtes Gemüse und duftender Reis, gefüllt mit Nüssen und Rosinen. Es riecht phänomenal.

Ares sitzt mir gegenüber und sieht unbeholfen und peinlich berührt aus. Er ist groß und breitschultrig, schlank und schlaksig. Seine Haut hat einen olivfarbenen Ton, aber wenn er mich direkt ansieht, sehe ich, dass seine Augen einen überraschenden blaugrünen Farbton haben wie ein türkisfarbenes Meer.

»Ich habe keine Angst vor ihnen«, sagt er und wirft den Kopf in Richtung Bram und seine Freunde, die sich wieder an ihren Tisch setzen, lachen und sich unterhalten, mit offensichtlichen Sticheleien in unsere Richtung.

»Natürlich nicht«, sagt Leo. »Wir haben uns nicht eingemischt, um dich zu retten. Nur das nicht vorhandene Niveau dieser Idioten hat unsere Aufmerksamkeit erregt.«

Ares gluckst. »Sie waren schon im selben Flugzeug wie ich«, sagt er. »Ich kann nicht gerade sagen, dass ich meine erste Bekanntschaft mit meinen zukünftigen Kommilitonen genossen habe.«

»Kennst du noch jemanden, der kommt?«, frage ich ihn neugierig.

»Nein.« Er schüttelt den Kopf. »Ich kenne kaum jemanden. Was Bram sagte, ist wahr – meine Familie ist klein und hat nicht viel Geld. Syros ist winzig und bettelarm. Wir sind nur dem Namen nach Mafiosi. Mein Vater arbeitet als Reiseleiter. Ich wurde bloß angenommen, weil die Cirillos seit der Gründung nach Kingmakers gehen.«

»Ihr seid eine der ersten zehn Familien«, sage ich interessiert.

»Ja.« Ares zuckt mit den Schultern. »Allerdings die kleinste und am wenigsten beeindruckende.«

»Wen interessiert das schon!«, rufe ich. »Das ist trotzdem cool!«

»Anna liebt Geschichte«, sagt Leo. »Sie weiß wahrscheinlich mehr über Kingmakers als wir alle zusammen.«

»Nein, das tue ich nicht«, korrigiere ich ihn. »Ich habe das College noch nie gesehen, und ich bin sicher, einige der anderen Neuankömmlinge aber schon.«

»Wie auch immer, erzähl uns mehr über Syros«, sagt Leo.

»Es ist wirklich nicht sehr interessant«, sagt Ares und nimmt einen riesigen Bissen von einem Spinatgebäck. »Nur eine kleine griechische Insel. Nicht so schön wie Mykonos oder Santorin. Du meintest, ihr beide seid aus Chicago?«

»Ja.« Leo nickt stolz. Er liebt Chicago mehr als jeden anderen Ort auf der Welt.

»Warst du jemals dort?«, frage ich Ares.

»Vor dem heutigen Tage bin ich noch nicht einmal geflogen«, gibt er zu.

Ich kann mir das Lachen nicht verkneifen. »Ist das dein Ernst?«

»Ja«, sagt er und lächelt ein wenig. Er hat ein schönes Lächeln – ruhig und warm. Ich denke, Ares ist ein sanfter Riese. Ich mag ihn sofort, obwohl ich nicht weiß, wie es mit der Sanftmut dort aussieht, wo wir gleich hingehen werden.

»Irgendetwas Cooles muss es doch auf Syros geben«, sagt Leo, spießt ein riesiges Stück Rindfleisch auf und stopft es sich in den Mund.

»Nun, ich habe eine ganze Farm voller Ziegen«, sagt Ares. »Aber nicht für das, was Bram gesagt hat. Das sind Ziegen, die ohnmächtig werden. Wenn man sie erschreckt, versteifen sie sich wie ein Brett und kippen um. Es ist irgendwie lustig.«

»Hast du noch Geschwister?«, frage ich ihn.

»Zwei Brüder und eine Schwester. Ich bin der Älteste. Ich fühle mich schlecht, weil ich sie verlassen habe …«

»Ich mich auch«, sage ich.

Ein paar Minuten reden wir über unsere Geschwister, und ich kann sehen, wie Leo leicht eifersüchtig aussieht. Er sagt immer, er wünschte, er hätte einen Bruder, aber ich weiß nicht, wie er damit umgehen würde, da Leo es liebt, immer im Mittelpunkt zu stehen.

Der Kellner trägt unsere sich schnell leerenden Teller weg, dann bringt er gekühlte Teller mit *rožata*, einer Art Pudding. Bram und seine Kumpels scheinen sich gelangweilt zu haben und sind gegangen, sodass niemand mehr unangenehme Blicke in unsere Richtung wirft. Wir trinken mehrere Tassen süßen, fruchtigen Schnaps, der Himmel verdunkelt sich, und die alten Steinmauern leuchten von der Reihe der Laternen entlang der Ufermauer. Die Nachtluft duftet nach Orangenblüten und Meersalz.

Leo und ich werden ein bisschen beschwipst, froh, endlich in einem Land zu sein, in dem wir mit achtzehn auch schon Alkohol trinken dürfen. Ares entspannt sich ebenfalls, obwohl er nicht so viel trinkt wie wir. Es ist lustig, dass er nach dem Kriegsgott benannt ist, denn er hat nichts Aggressives an sich. Tatsächlich denke ich, dass er ohne das Kerzenlicht, das sein Gesicht erhellt, traurig und ängstlich aussehen würde. Wahrscheinlich ist er nervös, weil er morgen nach Kingmakers fährt wie wir alle.

»Lasst uns noch eine Runde bestellen!«, sagt Leo und trinkt seinen Schnaps aus.

»Das Boot kommt um sieben Uhr morgens«, erinnere ich ihn.

»Ein Grund mehr, die ganze Nacht aufzubleiben«, kontert er. »Ich hasse es, früh aufzustehen.«

»Deine Logik ist bestechend«, gebe ich trocken zurück.

»Komm schon«, versucht er mich zu überreden.

Ich blicke zu Ares hinüber, der gegen einen Absacker nichts zu haben scheint.

»In Ordnung«, sage ich. »Aber nur noch eine Runde …«

Vater
Mikolaj
und
Anna
Tochter
Zwei
dunkle
Seelen
suchen
das Licht

Kapitel 4

Leo

»Leo!«, schreit Anna, reißt mir die Decke weg und zerrt mich aus dem Bett, sodass ich mit dem Hintern auf den Boden knalle.

Der Aufprall lässt meinen Schädel pochen. Ich weiß nicht, was zum Teufel gestern Abend in diesem Schnaps war, aber ich habe einen fürchterlichen Kater. Der helle mediterrane Sonnenschein, der durch das Fenster hereinströmt, ist etwa zehnmal greller, als ich verarbeiten kann. Viel lieber würde ich wieder in die schöne dunkle Stille eines riesigen Stapels von Decken über meinem Kopf eintauchen.

»Was ist los?« Ich stöhne und puste mir die Haare aus den Augen.

»Wir sollen in zehn Minuten an Bord gehen! Hast du nicht gehört, dass ich an deine Tür geklopft habe?«

»Anna«, murre ich, »kannst du mir einen Gefallen tun? Kannst du bitte einfach … leise sein? Du bist so laut …«

»Aufstehen!«, brüllt sie und lässt meinen Kopf wie eine Glocke klingeln. »Wir werden das Boot verlassen!«

»Okay, verdammt«, sage ich und stehe vom Boden auf.

Anna drückt mir ein Glas mit lauwarmem Leitungswasser in die Hand, und ich trinke es in einem Zug aus. Es schmeckt komisch, wie Wasser an einem fremden Ort immer schmeckt. Ich habe ein flaues Gefühl im Magen.

»Wie kommt es, dass du nicht verkatert bist?«, frage ich sie.

»Weil ich nicht so viel getrunken habe wie du«, antwortet sie.

»Aber ich bin doppelt so groß wie du. Ich sollte in der Lage sein, doppelt so viel zu trinken.«

»Gute Hypothese – wie läuft der Probeversuch bis jetzt?«

»Nicht so toll«, gebe ich zu.

Ich bin in meiner Kleidung eingeschlafen. Nachdem ich mein schmutziges T-Shirt über den Kopf gezogen habe, knöpfe ich meine Jeans auf und lasse sie herunter. Anna dreht sich schnell um und schaut zur Tür.

»Du hast mich doch schon mal nackt gesehen«, necke ich sie. »Und ich habe dich auch …«

»Das ist lange her«, sagt sie kühl.

Wir gingen immer zusammen im Carlyle Lake nackt baden, Anna dünn und blass, egal, wie spät es im Sommer war, und ich braun wie eh und je. Aber es stimmt schon, damals waren wir noch Kinder. Im Grunde habe ich Anna nicht mehr nackt gesehen, seit sie … nun ja … Brüste hat.

»Wie bist du überhaupt hier hereingekommen?«, frage ich sie. Ich bin mir ziemlich sicher, dass ich nicht betrunken genug war, um zu vergessen, die Tür zu verriegeln.

»Ich habe das Schloss geknackt«, sagt sie. »Es ist wohl kaum Fort Knox.«

Anna steckt voller verborgener Talente. Es wäre nicht besonders schlau, mich an der einen oder anderen Fähigkeit mit ihr zu messen. Zumindest nicht, wenn ich der Bessere sein will.

Ich bin gerade auf dem Weg zur Dusche, als Anna ruft: »Dafür haben wir keine Zeit!«

»Okay, okay«, brumme ich und wühle in meinem Gepäck. Ich starre dümmlich auf die Klamotten und stelle fest, dass es fast nur weiße Hemden, graue oder schwarze Hosen, anthrazitfarbene Pullover und salbeigrüne Pullis sind.

Verdammte Uniformen! Das hatte ich ganz vergessen.

Wahllos ziehe ich ein weißes Hemd und eine graue Hose an, die beide total zerknittert sind, weil ich sie nicht richtig gefaltet in meine Tasche gestopft habe. Ich fahre mir mit den Fingern durch die Haare, putze mir fünf Sekunden lang die Zähne, trage Deo und einen Spritzer Eau de Cologne auf, und in weniger als zwei Minuten bin ich fertig.

»Wir haben noch Zeit«, sage ich zu Anna.

Sie verdreht die Augen und marschiert auf die Tür zu, wobei ihr grün karierter Rock hinter ihr herrauscht. Ihre Strümpfe sind bereits hinten aufgerissen, und sie hat dieselben großen, klobigen Doc Martens an, die sie seit der Junior High besitzt.

Ich grinse. »In diesem Rock siehst du sehr *kawaii* aus.«

Anna wirbelt herum und sieht mich finster an. »Fang bloß nicht damit an«, zischt sie.

»Ich meine ja nur …«

»Sag ja nichts. Kein einziges verdammtes Wort.«

Ich vermute, sie ist empfindlich, da ihr die Fähigkeit, sich durch ihre Kleidung auszudrücken, wichtig ist. Auch wenn es so aussieht, als würde sie jeden Tag dieselben deprimierenden Klamotten tragen, kenne ich sie gut genug, um zwischen ihren Fetisch-Anziehsachen, ihrem viktorianischen Vampir-Look und ihrem Punkrock-Outfit zu unterscheiden. Das ist ein guter Hinweis auf ihre Stimmung. Je mehr Ketten sie zum Beispiel trägt, desto besser weiß ich, dass ich mich an diesem Tag lieber nicht mit ihr anlegen sollte.

»Meine Lippen sind versiegelt«, verspreche ich ihr, werfe mir meinen Rucksack über die Schulter und folge ihr aus dem Zimmer.

Wir müssen rennen, um es in den verbleibenden sieben

Minuten zum Dock hinunter zu schaffen. Zum Glück haben wir ein Hotel so nah am Wasser gewählt.

Unser Schiff legt vom allerletzten Liegeplatz ab. Sie haben gerade erst mit dem Beladen begonnen, und das Dock ist noch voll mit Studierenden aus aller Welt.

Ich kann erraten, woher einige von ihnen kommen: Ein Junge hat ein traditionelles Drachentattoo, das sich unter den hochgekrempelten Ärmeln seines Hemdes über den Arm erstreckt. Die schuppige, sich kräuselnde Spitze des Schwanzes wickelt sich um sein Daumengelenk. Wahrscheinlich ist sein Freund auch ein Yakuza, wenn auch ein nicht sehr gehorsamer. Ihm fehlt die Spitze des rechten kleinen Fingers, was bedeutet, dass er *yubitsume* begehen musste, das Entschuldigungsritual, bei dem der Täter seinen eigenen Finger amputieren muss.

Neben den beiden sehe ich ein Mädchen mit feuerroten Locken, das sich den Schweiß aus dem Gesicht wischt und laut »Jaysis, heute ist es ganz schön warm, oder?« sagt.

Das dunkelhaarige Mädchen, mit dem sie spricht, starrt sie ausdruckslos an. »Was?«, entgegnet sie mit einem Akzent, den ich nicht ganz zuordnen kann – vielleicht ist es Galizisch.

»Es ist wahnsinnig heiß!«, wiederholt das irische Mädchen. »Hat irgendjemand ein Mineralwasser?«

»Ich dachte, wir sollten alle Englisch sprechen«, sagt das dunkelhaarige Mädchen säuerlich.

»Das tue ich, verdammt noch mal!«, schreit die Irin.

Ich schaue zu Anna hinüber, um zu sehen, ob sie diesen Austausch genießt, da sie selbst Halbirin ist. Sie scheint kein Wort davon gehört zu haben, denn sie starrt zum Schiff hinauf. Es ist größer, als ich erwartet habe, und ganz und gar nicht die busähnliche Fähre, die ich mir vorgestellt habe. Stattdessen sehe ich eine viermastige Segeljacht mit einem marinegoldenen Rumpf und strahlend weißen Segeln.

»Warum ist es so groß?«, frage ich laut. Es sind weniger als hundert Studierende im ersten Jahrgang, und die Fahrt ist nicht so lang.

»Das Wasser um Visine Dvorca ist verdammt rau«, antwortet mir ein Junge mit kurz geschorenem dunklem Haar. »Wenn du versuchen würdest, mit einem Fischerboot hinüberzufahren, würdest du herumgeworfen werden wie Mais in einer Popcornmaschine. Zu manchen Zeiten im Jahr kann man überhaupt nicht zur Insel kommen oder sie verlassen.«

»Woher weißt du das?«, will jemand wissen.

»Ich habe fünf Geschwister, die bereits in Kingmakers waren«, antwortet der Junge und zuckt mit den Schultern. »Ich habe eine ziemlich gute Vorstellung davon, wie das alles funktioniert.«

»Woher kommst du?«, frage ich ihn.

»Aus Palermo«, sagt er. »Ich bin Matteo Ragusa.«

»Dann bist du katholisch?«

Er grinst. »Genau.«

»Ich bin auch Halbitaliener.« Ich schüttele ihm die Hand. »Leo Gallo.«

»Du kommst aus Chicago, habe ich recht?«

»Ja, woher weißt du das?«

»Zwei meiner Brüder leben in New York. Es gibt viele Italiener in Kingmakers, aber mehr Russen.«

»Ich bin auch Halbrusse.«

Er lacht. »Ich werde es dir nicht übel nehmen. Was man von den anderen nicht behaupten kann.« Er nickt in Richtung unserer Kommilitonen.

»Was ist falsch an den Russen?«, fragt Anna.

»Alles«, sagt Matteo und lacht. »Sie sind ungehobelt und unhöflich. Total fies, wenn auch nicht so fies wie die Albaner. Dann gibt es da noch die Italiener. Du weißt, wir sind alle hitzköpfig und ein bisschen faul. Außerdem die Iren …«

Er bricht ab, als er sieht, dass Anna die Augenbrauen hochzieht.

»War nur ein Scherz«, sagt er und hebt beschwichtigend die Hände. »Es gibt zwanzig verschiedene Arten von Mafia-Familien, mit hundert Arten von Vorurteilen und Missgunst. Und trotzdem sollen wir alle irgendwie vier Jahre lang miteinander auskommen. Bis wir in die reale Welt hinausgehen und wieder kämpfen müssen.«

»Ich mache mir keine Sorgen«, sage ich, hauptsächlich, um Anna zu ärgern. »Ich komme mit allen gut aus.«

Anna schnaubt und schüttelt den Kopf.

Leute, die mich nicht sehr gut kennen, sind immer von mir beeindruckt. Anna kennt mich am besten von allen, und ich imponiere ihr nie. Ich habe die verrücktesten Dinge getan, um sie zu zwingen, zuzugeben, dass ich witzig bin. Oder talentiert. Oder einfach ein verdammt harter Typ. Aber sie würde es nie zugeben.

Ich weiß nicht, welche Art von Kerl ihr den Kopf verdrehen würde. Während ich schon ein Dutzend Freundinnen hatte, scheint sie sich nie in jemanden zu verlieben.

Ein Pfiff ertönt, und einer der Deckshelfer gibt den Studierenden ein Zeichen, mit dem Einsteigen zu beginnen.

»Los geht's«, sagt Matteo nervös.

Ich sehe, wie Ares sich in die Schlange einreiht und einen kleinen, ramponierten Seesack anstelle eines Rucksacks trägt.

»Morgen«, sage ich und suche ihn auf Anzeichen eines Katers ab.

Wie Anna sieht auch Ares viel ausgeruhter aus als ich. *Scheiße, bin ich der Einzige, der nichts verträgt?*

»Du hast es tatsächlich geschafft.« Er grinst.

»Nur knapp.«

»Komm schon«, sagt er. »Wir gehen besser an Bord, wenn wir einen guten Platz am Bug haben wollen.«

Anna und ich reihen uns bei Ares ein, und wir gehen alle über die Rampe auf das Schiff.

Diejenigen mit größeren Koffern ließen sie in einem Stapel auf dem Dock stehen, damit die Deckshelfer sie unten einladen konnten. Ich sehe eine Französin, die sich wütend mit einem der Besatzungsmitglieder streitet, weil sie mindestens drei passende Markenkoffer mitgebracht hat, während in unseren Aufnahmeschreiben stand, dass wir jeweils nur ein Gepäckstück mitnehmen durften.

»Wie soll ich alles, was ich brauche, in *einen Koffer* packen?«, beschwert sie sich, als sei die Idee obszön.

»Ich bringe nur einen auf das Schiff, also sagen Sie mir besser, welchen – oder ich nehme keinen von ihnen mit«, sagt der Deckshelfer säuerlich.

Ich sehe nicht, wie das Drama ausgeht, denn ich trete auf das Deck des Schiffes, auf dem es bereits von uniformierten Studierenden wimmelt. Viele von ihnen haben sich schon ihrer Westen oder Jacken entledigt, denn die Sonne brennt vom Himmel. Wenigstens weht eine leichte Meeresbrise.

»Warum müssen wir Wolle tragen?«, beklage ich mich bei Anna.

»Auf der Insel wird es kühler sein«, sagt Ares. »Draußen auf dem Meer wird es im Winter kühl. Nicht eiskalt, aber nahe dran.«

Ares entdeckt ein Stück Netz, das wie eine riesige Hängematte zwischen zwei Masten gespannt ist. »Kommt schon«, sagt er und wirft seinen Rucksack ins Netz. »Lasst uns hier oben sitzen.«

Anna und ich folgen ihm nach oben. Obwohl wir nur fünf Meter in der Luft sind, haben wir einen viel besseren Blick auf das Treiben, als die Matrosen sich zum Ablegen bereit machen. Wir können mehr vom Hafen sehen und außerdem die weite, dunkle Wasserfläche, die aus der Bucht hinausführt.

Sobald alle Passagiere an Bord sind, machen die Matrosen die Seile los und beginnen, die Segel zu entfalten. Die riesigen weißen Segel füllen sich sofort mit Wind, und die Gabelbäume schwingen herum, um den richtigen Winkel zu bilden, der uns auf das offene Wasser hinausträgt.

Wir schauen alle zum Dock zurück, aber es wartet niemand, um uns zuzuwinken. Die Eltern sind angewiesen, sich in der Heimat zu verabschieden. Wir sind bereits auf uns allein gestellt. Dubrovnik zu verlassen, ist nur ein symbolischer Akt.

Die Stadt sieht für meine Augen fremd aus, und der Ort, an den wir gehen, ist es noch mehr. Nirgendwo auf der Welt gibt es so etwas wie Kingmakers. Ein geheimes College, das lediglich ein paar Dutzend Familien kennen. Ich werde keinen Abschluss oder ein Diplom von diesem Ort bekommen. Nur die Anhäufung von Wissen, das über Generationen von Kriminellen weitergegeben wurde. Wie man verdeckt operiert. Wie man Schlupflöcher im Gesetz findet. Wie man Regierungen und Polizeikräfte austrickst und überlistet. Und wie man tauscht, verhandelt und sich gegenseitig bekämpft.

Der Wind füllt die Segel mit überraschender Kraft. Als das Schiff hart über das Wasser geschoben wird, ächzen die Holzplanken. Trotz seiner Größe nimmt das Schiff schnell an Fahrt auf. Die Planken ächzen nicht mehr – sie haben sich an den Druck und den Temperaturwechsel angepasst. Jetzt scheint sich das Schiff zu verwandeln, so leicht zu werden wie ein Vogel, der über das Wasser gleitet.

Bald fahren wir aus dem Hafen und aufs offene Meer hinaus. Die mittelalterlichen Gebäude der Altstadt mit ihren roten Dächern verschwinden hinter uns. Wir kreuzen die Fischerboote, bewegen uns dorthin, wo sonst niemand ist. Möwen erheben sich aus den Fischernetzen, kreisen kurz um unser Schiff, falls wir etwas Besseres zu bieten haben. Als sie sehen, wie schnell wir uns bewegen, verschwinden sie von unseren Masten und kehren dorthin zurück, woher sie gekommen sind.

»Schau!«, ruft Anna und deutet auf das Wasser hinunter. »Delfine.«

Schnelle graue Geschöpfe rasen neben dem Schiff her, springen in das schaumige Kielwasser hinein und wieder heraus.

»Das nenne ich Glück«, sagt Ares.

»Weißt du, wie man segelt?«, fragt Anna ihn.

»Ja«, sagt er. »Ich hatte ein kleines Skiff auf Syros.«

Zuerst genieße ich die kühle Brise, die Wellen und den Blick auf die Delfine. Aber bald zieht Anna ein Buch heraus und beginnt zu lesen, Ares legt sich mit dem Rücken an den Mast, benutzt seinen Rucksack als Kissen und legt ein anderes T-Shirt über seine Augen, damit er ein Nickerchen machen kann.

Was spannend und aufregend war, wird repetitiv und langweilig. Ich bin der Aussicht überdrüssig. Ich will sehen, was alle unten auf dem Deck machen.

Also schwinge ich mich von unserer provisorischen Hängematte herunter. Matteo hatte recht – das Wasser wird immer rauer, je weiter wir hinauskommen, und ich habe Mühe, mein Gleichgewicht zu halten, als ich das schwankende Deck überquere.

Einige der anderen Passagiere sind seekrank. Mehrere von ihnen stehen Schlange, um über die Reling zu kotzen. Ich kann nicht sagen, dass mein Magen völlig stabil ist, vor allem nicht mit den anhaltenden Auswirkungen meines Katers, aber zumindest bin ich noch nicht so weit.

Oben am Bug entdecke ich eine Gruppe von Jungen, die eine Art Würfelspiel spielen. Ich gehe hinüber, um sie mir genauer anzusehen.

Bram Van Der Berg ist da, zusammen mit zwei seiner Freunde von der Nacht zuvor. Außerdem ein paar Jungen, die bestimmt Armenier sind, und ein asiatisches Mädchen.

Nachdem ich eine Weile zugeschaut habe, kann ich sagen, dass das Spiel nur eine Variation von Street Craps ist. Ich bin mir nicht sicher, doch ich glaube, einer der Armenier benutzt einen manipulierten Würfel. Jedenfalls scheint er öfter eine Elf zu würfeln, als es statistisch gesehen wahrscheinlich wäre.

Bram und ich beäugen uns misstrauisch in der Runde. Er hat sich nicht rasiert, und sein Gesicht ist rau mit Stoppeln. Vermutlich sehe ich auch ungepflegt aus, aber hoffentlich nicht so, als hätte ich gerade eine zehnjährige Isolationshaft hinter mir. Er beobachtet mich, um zu sehen, ob ich plane, die Feindseligkeiten vom Vorabend wiederaufzunehmen.

Ich nehme an, dass es in den ersten Wochen in Kingmakers eine Menge Gerangel um Positionen geben wird. Jeder hier denkt, dass er das Alphatier ist – und das war er wahrscheinlich auch, egal woher er kam. Aber wir können nicht alle die Anführer am College sein. Es wird eine neue Hierarchie geben. Ich habe vor, an der Spitze zu stehen – wie immer.

Bram denkt wahrscheinlich das Gleiche. Er sieht mich finster an, wirft seine langen Haare zurück und murmelt etwas zu seinen Freunden. Die anderen Penose werfen mir giftige Blicke zu.

Bram ist der nächste Spieler. Er würfelt die Punktzahl dreimal, bevor er eine Sieben trifft und die Runde beendet. Grinsend kassiert er seinen Gewinn.

»Hey, Dmitry«, ruft er. »Warum spielst du nicht mit?«

Er ruft einem großen weißblonden Jungen zu, der an der Reling steht und auf das Wasser hinunterschaut. Der Junge hat wegen der Hitze sein Hemd ausgezogen. Rechts neben seiner Wirbelsäule ist ein sibirischer Tiger im klassischen

Stil tätowiert, als würde er seinen Rücken hinaufwandern. Weil der Junge so blass ist, sieht der Tiger schneeweiß mit schwarzen Streifen aus.

Dmitry dreht sich langsam um und schaut zu unserer Gruppe.

Er blickt mich direkt an und scheint mich sofort zu erkennen.

Mir geht es ähnlich.

Er ist mir seltsam vertraut, obwohl ich weiß, dass wir uns nie begegnet sind.

Seine Augen verengen sich, sein Kiefer spannt sich an, und seine Lippen kräuseln sich zu einem Grinsen.

»Nein, danke«, sagt er kalt. »Ich mag ihre Gesellschaft nicht.«

»Was?«, sagt Bram und blickt zwischen uns hin und her. »Die der *Amerikanets*?«

»Was ist das Problem mit den Amerikanern?«, frage ich. Ich halte meine Stimme ruhig, aber ich schaue dem weißblonden Jungen direkt in die Augen.

Gestern Abend haben Bram und ich uns gegenseitig eingeschätzt, und es war klar, dass wir beide denken, wir wären die Besten. Wer jedoch von uns beiden tatsächlich der Bessere ist, bleibt abzuwarten. Mit Dmitry ist es anders. Er sieht mich nicht als Konkurrenten an. Er sieht mich wie einen Feind an.

»Es sind nicht die Amerikaner als solche«, sagt er zu mir. »Das Problem bist *du.*« Seine Stimme trieft vor Verachtung.

Irgendetwas in seinem Tonfall, gepaart mit seiner Wortwahl und der Vertrautheit seiner Gesichtszüge, lässt es auf einmal klick machen.

Ich spreche mit meinem Cousin. Er nennt sich Dmitry, aber das hier ist Dean Yenin, da bin ich mir sicher.

Nicht, dass Dean uns als Verwandte betrachtet.

Sein Vater und meine Mutter sind Zwillinge. Sie waren unzertrennlich, als sie aufwuchsen. Bis meine Mutter meinen Vater über ihre eigene Familie stellte.

Deans Großvater hat bei der Hochzeit meiner Eltern versucht, jeden zu töten, den ich kenne und liebe: meinen Onkel Nero, meine Tante Camille, Onkel Dante, meine Patentante Greta, sogar meinen Vater. Es gelang ihm, meinen Opa Enzo zu ermorden, sodass ich ihn nur von einem Porträt her kenne, das im Büro meines Vaters hängt.

Und im Gegenzug ließ mein Vater blutige Vergeltung auf Deans Familie niedergehen. Deans Großvater ist tot, von meinem Vater zu Tode gewürgt. Und sein Vater Adrian ist schlimmer verbrannt als Darth Vader, soweit ich gehört habe.

Wir *sind* also Feinde, vielleicht mehr als alle anderen auf diesem Schiff.

Ich wusste, dass Dean nach Kingmakers gehen würde.

Ich wusste, dass das kommen würde.

Aber es ist etwas anderes, ihn von Angesicht zu Angesicht zu treffen, nachdem ich noch nicht einmal ein Foto von ihm gesehen habe.

Er ist der Hauptgrund, warum meine Mutter nicht wollte, dass ich hierherkomme. Über die Jahre hat sie versucht, sich mit ihrem Bruder zu versöhnen – sie hat versucht, ihre Beziehung zu kitten, damit sie zumindest ein gewisses Maß an Vergebung haben, auch wenn sie sich nie wieder nahe sein können.

Er reagierte nicht und sprach nie wieder ein einziges Wort mit ihr.

An Deans Gesichtsausdruck sieht man, dass meine Mutter recht hatte. Die Yenins sind uns nicht nur aus dem Weg gegangen. Sie hassen uns verdammt noch mal immer noch.

»Redet man so mit seinem Cousin?«, frage ich Dean.

Ich gönne ihm nicht die Genugtuung, ihn böse anzustarren. Stattdessen schmunzle ich, als ob ich ihn nicht ernst nehmen würde. Ich weiß, das ist der beste Weg, um ihn wirklich zu verärgern.

Natürlich macht er noch ein paar Schritte auf mich zu und schließt den Raum zwischen uns. Instinktiv treten alle anderen einen Schritt zurück. Sie alle kennen das Gefühl, dass ein Kampf kurz bevorsteht. Diese Spannung in der Luft, die Elektrizität zwischen zwei Menschen, die darauf brennen, einander Schaden zuzufügen.

»Nenn mich nicht so«, sagt Dean.

Es ist lustig, wie selbst die einfachsten Worte wirken können, wenn sie scharf genug ausgesprochen werden.

Dean hat seine Stimme nicht erhoben, doch er macht deutlich, dass er nicht herumalbert. Seine Fäuste ballen sich an den Seiten, und seine Schultern schwellen an, als sein Körper in eine aggressivere Haltung wechselt. Er hat den Blick eines Kämpfers, als ob er sich in dieser Position am wohlsten fühlen würde. Wenn ich jemand anderes wäre, würde ich wahrscheinlich einen Schritt zurücktreten und mich zusammenreißen.

Aber ich bin nicht jemand anderes.

Ich bin ich. Und ich weiche vor niemandem zurück.

»Ich soll dich nicht so nennen?«, sage ich. »Sonst was?«

Dean macht einen weiteren Schritt nach vorne, bis wir auf Armeslänge aneinander herangekommen sind. Ich bin zwei Zentimeter größer als er, doch er ist ziemlich muskulös. Ich beobachte ihn aufmerksam, lasse es mir aber nicht anmerken. Ich stehe da, entspannt und lässig wie immer.

»Wir sind nicht verwandt«, zischt Dean. »Weil deine Drecksmutter ihre Familie verraten hat. Sie ist keine Yenin mehr. Sie ist nur ein Stück verräterischer Abschaum.«

Ich will ihn so sehr schlagen, dass meine Fäuste zucken. Das kann ich nicht unbeantwortet lassen.

»Die Yenins haben einen Blutschwur gebrochen«, kontere ich. »Ich weiß nicht, wie zum Teufel du überhaupt hier sein kannst. Du solltest verbannt werden. Wessen Schwanz musste dein Vater lutschen, um dich hierherzubekommen?«

Wir stürzen uns im selben Moment aufeinander. Ich treffe zuerst, direkt in sein dummes, verdammtes Gesicht. Aber zu meiner Überraschung weicht er dem Schlag aus, sodass meine Faust knapp an seinem Kiefer vorbeischrammt. Ich habe noch nie so daneben gezielt.

Gleichzeitig trifft er mich mit einem linken Haken, der mich verdammt noch mal erschüttert. Dean ist vielleicht nicht ganz so groß wie ich, doch er ist irrsinnig schnell und auch stark. Mein Kopf dröhnt, und meine Katerkopfschmerzen kommen zurück.

Ich schwinge zu ihm zurück, und dieses Mal kann er nicht ganz ausweichen. Mit meinen eins fünfundachtzig habe ich eine verdammt große Reichweite, die er nicht gewohnt ist. Ich treffe ihn an der Wange, was sofort eine rote Beule unter seinem Auge verursacht.

Als Vergeltung schlägt er mir in den Bauch, und zwar so hart, dass mir mein Frühstück wieder hochkommt. Mann, er hat einen Vorschlaghammer als Arm!

Die Schreie von Bram und den anderen Studierenden ziehen die Aufmerksamkeit der Schiffsarbeiter auf sich. Zwei der Matrosen reißen uns auseinander, bevor wir den Kampf beenden können. Es sind große, stämmige Männer, und sie schleudern uns auf das Deck und schreien, wir sollen aufhören.

Der größere der beiden, ein Kerl mit einem Glasauge und zwei sinnlich umschlungenen Meerjungfrauen auf dem Unterarm, zeigt mit einem wurstähnlichen Finger auf mich und knurrt: »Heb noch einmal die Fäuste, und ich schmeiß dich in den verdammten Ozean. An Bord wird nicht gekämpft.«

Mit vor der Brust verschränkten Armen steht er da und beobachtet uns beide, bis Dean sich vom Deck erhebt und seine mürrische Position an der Reling wieder einnimmt und ich zum Bug zurückgehe.

Dort klettere ich noch einmal in das Netz hoch, was Ares dazu bringt, sich zu bewegen und mitten in seinem Nickerchen zu murmeln.

Anna blickt von ihrem Buch auf. »O Gott!«, sagt sie und starrt auf mein Gesicht. »Was ist mit dir passiert?«

Ich fahre mir mit der Hand unter die Nase und sehe, wie Blut über meine Knöchel läuft. »Eine kleine Familienzusammenführung.«

»War das Dean?«, fragt Anna mit großen Augen.

»Wer sonst?«

»Warum musstest du dich mit ihm anlegen?«

»Er hat damit angefangen. Ich war bereit, freundlich zu sein.«

»Für wie lange, zwei Sekunden?« Anna runzelt die Stirn.

»Er hat meine Mutter eine Verräterin genannt!«

»Natürlich hat er das! Du weißt, was man ihm wahrscheinlich gesagt hat. Hast du überhaupt versucht, mit ihm zu reden?«

»Es ist nicht meine Aufgabe, mit ihm *zu reden*!«, spotte ich. »Seine Verwandten sind die verdammten Verräter, und wenn er noch ein Wort über meine Mutter sagt, breche ich ihm jeden Knochen einzeln.«

»Das solltest du lieber nicht tun«, sagt Anna düster. »Du kennst die Regeln …«

»Er ist derjenige …«

»Das wird ihnen egal sein!« Anna schneidet mir das Wort ab. »Das ist genau das, worüber sich Tante Yelena Sorgen gemacht hat …«

»Ach, hör doch auf«, weise ich sie ab. »Davon habe ich schon genug gehört, bevor ich gegangen bin.«

Ich hasse es, wenn Anna so tut, als wäre sie auf der Seite meiner Eltern und würde nicht wollen, dass ich nach Kingmakers gehe. Sie sollte froh sein, dass ich mit ihr hierhergekommen bin, anstatt meinen Abschluss an der Universität von Kentucky zu machen. Will sie hier allein sein? Ich dachte, sie würde sich freuen, dass wir beide das zusammen erleben.

Der Gedanke, ohne sie auf irgendein anderes College zu gehen, macht mich krank. Sie ist meine beste Freundin. Wir haben immer alles zusammen gemacht.

Ich weiß, dass Anna sich um mich sorgt. Aber manchmal denke ich, sie braucht mich nicht so, wie ich sie brauche. Sie hat Geschwister und ich nicht. Ich würde das nie im Leben zugeben, doch manchmal bin ich eifersüchtig auf Cara und Whelan. Ich hasse es, dass Anna sie fast so sehr liebt, wie sie mich liebt. Ich will nicht, dass ihre Aufmerksamkeit zwischen mir und ihnen aufgeteilt wird.

Ich weiß, es ist lächerlich, weil sie nur Kinder sind. Doch ich möchte für sie das Wichtigste sein, so wie sie das für mich ist. Auch wenn wir nicht blutsverwandt sind.

Sie sieht mich direkt an. »Leo, so kannst du dich in Kingmakers nicht benehmen!«

»Wie benehmen?«, frage ich dickköpfig.

»Du kannst dich nicht so verhalten, wie du es sonst tust.«

Ich höre den Hauch von Angst in ihrer Stimme, und das ist es, was mich meine schnippische Erwiderung unterdrücken lässt. Normalerweise hat Anna vor nichts Angst.

»Ich weiß«, gebe ich zu. »Ich weiß, es ist nicht mehr die Highschool. Ich werde vorsichtig sein.«

»Versprochen?«

»Ja, versprochen.«

»In Ordnung.« Dann schenkt sie mir ein kleines Lächeln, lehnt sich in der Hängematte zurück und nimmt ihr Buch wieder in die Hand. Sie liest ein altes, ramponiertes Exemplar von *Herr der Fliegen*.

»Lass mich raten«, sage ich zu ihr. »Dein Koffer ist voll mit Büchern, die du schon gelesen hast.«

Anna lächelt ein wenig. »Das nicht gerade«, erwidert sie. »Aber ja, ungefähr die Hälfte.«

»Sie haben eine Bibliothek in Kingmakers«, informiere ich sie.

»Das ist mir egal«, sagt sie. »Das gehörte der anderen Anna.«

Anna ist nach ihrer Tante benannt, die lange vor ihrer Geburt gestorben ist.

Anna hat eine seltsame Verehrung für diese Namensvetterin, die sie nie kennengelernt hat. Sie spricht von der anderen Anna wie von ihrem Schutzengel. Als würde ein Stück ihrer Seele in Anna selbst leben.

Ich bin auch eifersüchtig auf die andere Anna. Ein Mädchen, das vor dreißig Jahren starb.

So bescheuert kann ich sein.

Ich war noch nie in der Lage, rational zu sein, wenn es um Anna geht.

»Wie lange dauert es denn noch, bis wir auf der Insel sind?«, fragt Ares, der unter seinem T-Shirt hervorguckt.

»Ich weiß nicht«, sage ich. »Ich sehe nur den Ozean.«

***

Genau wie Matteo gewarnt hat, wird das Wasser immer rauer, je näher wir nach Kingmakers kommen. Lange bevor wir die Insel sehen, schaukelt das Schiff, und ich kann erkennen, dass sich die Crew in einer Art Zickzackkurs nähert, um Felsen oder Sandbänken unter der Wasseroberfläche auszuweichen – oder vielleicht auch nur wegen der Strömung.

Noch mehr von uns Passagieren werden seekrank, und ich rieche das Erbrochene sogar von oben im Netz. Ich muss selbst nicht gut aussehen, denn Anna sagt: »Wehe, du kotzt mich voll.«

Ares wirkt völlig unbeeindruckt.

»Früher bin ich ständig mit Fischerbooten hinausgefahren«, sagt er. »Die waren viel kleiner als dieses. Sie dümpeln herum wie ein Korken.«

Als wir die Insel endlich entdecken, ragt sie aus dem Wasser wie ein anklagender Finger, der in den Himmel zeigt. Die Kalksteinklippen erheben sich über Hunderte von Metern, und die Wellen schlagen gegen ihren Grund, wobei so viel Gischt aufgewirbelt wird, dass wir sie auf dem ganzen Schiff spüren können. Weit oben auf den Klippen sehe ich die Steinmauern von Kingmakers selbst.

Teils Schloss, teils Festung, ist Kingmakers direkt in die Klippen gebaut, sodass es sich in drei aus dem Fels gehauenen Ebenen erstreckt. Erbaut im Jahr 1300, hat es die meisten der gotischen Elemente, einschließlich sechs Haupttürme, ein Fallgitter, Tore im militärischen Stil und einen gewundenen Zwinger im deutschen Stil, der eine offene Todeszone zwischen den Verteidigungsmauern bildet.

Die Kalksteinwände sind weiß wie Knochen, das steil aufragende Dach ist schwarz. Auch die Spitzbögen und die Buntglasfenster sind dunkel, als ob im Inneren kein Licht brennen würde. Um das Regenwasser vom Dach abzuleiten, sind die Abflussrohre in Form von grotesken Wasserspeiern, Dämonen und Racheengeln gemeißelt.

Ich kann hören, wie die Neuankömmlinge unter uns verstummen und genauso wie Anna und ich zum Kingmakers hinaufschauen. Das College hat uns alle in seinen Bann gezogen. Selbst im mediterranen Sonnenschein haben die hoch aufragenden Steinmauern nichts Helles oder Einladendes an sich.

Unser Schiff muss die Insel umfahren, um sich auf der Leeseite zu nähern. Selbst dann braucht unser Kapitän mehrere Anläufe, um die schmale Lücke in den Hafen zu finden.

Als wir an das einzige Dock heranfahren, wirft die Crew mit offensichtlicher Erleichterung ihre Seile über Bord.

Während die Crew unser Gepäck auslädt, klettern die Studierenden in offene Waggons mit Sitzbänken an beiden Seiten. Jeder Waggon wird von zwei massiven Clydesdale-Pferden gezogen, die sogar größer sind als ich – mit dicken Haarbüscheln, die über Hufe von der Größe eines Tellers hängen.

»Machen wir eine Kutschfahrt?«, fragt eines der Mädchen in unserem Waggon lachend.

»Ich glaube, die haben keine Autos auf der Insel«, sagt Anna zu mir. »Schau mal …«

Sie nickt in Richtung der ungepflasterten Straße, die sich durch das kleine Dorf an der Bucht schlängelt. Natürlich sehe ich nirgendwo auch nur ein Moped.

Sobald die Waggons beladen sind, klettern die Fahrer auf ihre hohen Sitzbänke und geben den Pferden durch Schnippen der Zügel zu verstehen, dass es losgehen kann.

Unser Fahrer ist ein hagerer, gebräunter Mann, der Hosenträger auf einer Hose trägt, die mehr Flicken als Hose ist.

»Arbeiten Sie in Kingmakers?«, frage ich ihn.

»Ja.«

»Wie lange schon?«

Er blickt zu mir herüber und blinzelt in die helle Sonne. »Es fühlt sich an wie hundert Jahre«, sagt er.

»Haben Sie selbst dort auch studiert?«

Er schnaubt. »Schreibst du ein Buch, Junge?«

»Ich bin nur neugierig.«

»Du weißt, die Neugier ist der Katze Tod.«

Ich grinse ihn an. »Ich bin keine Katze.«

Nach einer langen Pause, in der ich denke, dass er nicht antworten wird, sagt er: »Nein, ich war nicht in Kingmakers.

Ich wurde auf dieser Insel geboren. Ich habe mein ganzes Leben hier verbracht.«

»Fahren Sie jemals nach Dubrovnik?«, frage ich ihn.

»Was ist Dubrovnik?«

Er sagt es so trocken, dass Anna ein Lachen unterdrücken muss, damit ich merke, dass er mich verarschen will. Ich lache auch, und der Mann grinst und zeigt Zähne, die neben seinem gebräunten Gesicht erstaunlich weiß sind.

»Ab und zu fahre ich hinüber«, sagt er. »Aber hier gefällt es mir besser.«

Es dauert nicht lange, bis wir das kleine Dorf hinter uns lassen und die lange, kurvenreiche Straße nach Kingmakers hinaufkutschieren. Wir fahren durch Obstplantagen und Ackerland, dann hinauf durch felsigeres Gelände, wo Ziegen und Schafe weiden. Ich sehe Olivenhaine und einen Weinberg, der so voll mit Trauben ist, dass man sich allein vom Duft schon fast betrinken könnte.

Währenddessen fahren wir stetig nach oben und nähern uns den kolossalen Steintoren von Kingmakers. Auf der einen Seite des Tores steht eine geflügelte weibliche Figur, die ein Schwert schwingt, auf der anderen ein gepanzerter Mann, der eine Axt hält. Zwischen den beiden Figuren hindurch schreiten wir auf den Campus.

Aus der Nähe betrachtet ist das Schloss sogar noch größer, als ich erwartet hatte. Es ist beinahe wie eine eigene, in sich geschlossene Stadt mit Gewächshäusern, terrassenförmigen Gärten, Höfen, palastartigen Gebäuden, Türmen, Waffenkammern und mehr. Ich weiß nicht, wie ich jemals pünktlich zum Unterricht kommen soll.

Anna sitzt schweigend neben mir und versucht, alle Eindrücke in sich aufzunehmen.

»Was denkst du?«, frage ich sie.

»Es ist wunderschön.«

Das ist typisch Anna – sie überspringt »seltsam«, »furchterregend« und »einschüchternd« und landet direkt bei »wunderschön«. Ich schätze, in Anbetracht des Hauses, in dem sie aufgewachsen ist, fühlt sich Kingmakers für sie wahrscheinlich mehr wie ein Zuhause an als für irgendjemand anderen.

Da ich in einem normalen Haus mit Sonnenlicht und Edelstahlgeräten aufgewachsen bin, finde ich Kingmakers ein bisschen gruselig.

Als die Wagen in den Haupthof einfahren, werden wir von einem Dutzend Studierenden empfangen, die aussehen, als wären sie wahrscheinlich in den fortgeschrittenen Jahrgängen. Sie sind alle ordentlich gekleidet, haben ihre Hemden in die Hose gesteckt, Krawatten an Ort und Stelle und die Haare ordentlich gekämmt. Sie sehen cool und entspannt aus – und als wären sie zehn Jahre älter als wir statt nur drei.

Wir dagegen purzeln in verschiedenen Zuständen aus den Waggons, sonnenverbrannt und verschwitzt, mit salzigen und von der Meeresbrise verfilzten Haaren. Die wartenden Studierenden grinsen sich gegenseitig an.

Ein großes schwarzes Mädchen tritt vor. Sie ist schlank und elegant. Ihr Haar ist zu einem dicken Zopf geflochten, der ihr über die linke Schulter hängt.

»Willkommen in Kingmakers«, sagt sie kühl. »Ich heiße Marcelline Boucher und bin Buchhalterin im letzten Jahr. Das sind Rowan Doss, Pippa Portnoy, Alfonso Gianni, Johnny Hale, Blake Wellwood, Grant McDonald …«

Sie zeigt auf ihre Kommilitoninnen und Kommilitonen und zählt deren Namen in so schneller Folge auf, dass ich mich einen Moment später an keinen von ihnen erinnern kann.

»Wir sind hier, um euch zu euren Schlafsälen zu bringen. Damit ihr euch … frisch machen könnt«, sagt sie und zieht verächtlich die Augenbrauen hoch. »Ich lese jetzt eure

Namen vor. Nehmt eure Tasche und geht zu eurem Betreuer. Und passt gut auf! Ich werde es nicht noch einmal sagen.«

Sie knurrt ein paar Neuankömmlinge an, die miteinander flüstern. Unter ihrem feurigen Blick schrecken sie auf und werden still.

Marcelline zieht eine Liste aus ihrer Tasche und beginnt, unsere Namen abzulesen.

Anna ist in der ersten und kleinsten Gruppe – es gibt nur drei weibliche Erben in unserem Jahrgang, sie eingeschlossen. Sie holt ihren Rucksack und stellt sich neben Pippa Portnoy, ein zierliches Mädchen mit einem verschmitzten Blick und einem dicken, dunklen Pony, der ihr über die Augen hängt.

Die nächsten beiden Gruppen sind die Vollstrecker – fast alle männlich, mit einem Dutzend Studierenden, die ihren Betreuern zugeteilt werden. Als Nächstes werden die Buchhalter aufgerufen, dann die Spione, und schließlich sind wir bei den männlichen Erben angelangt. Marcelline liest die Namen vor, was sinnlos ist, denn wir sind die Einzigen, die übrig sind: »Bram Van Der Berg, Ares Cirillo, Erik Edman, Leo Gallo, Hedeon Gray, Valon Hoxha, Kenzo Tanaka, Jules Turgenew, Emile Girard und Dean Yenin.«

Ausgezeichnet. Ich werde mir ein Quartier mit den zwei unausstehlichsten Leuten teilen, die ich bisher getroffen habe.

Zumindest Ares wird auch dabei sein. Er gibt mir einen kleinen Faustschlag, als wir uns neben unserem Betreuer aufstellen, einem Polynesier mit Irokesenschnitt und mehreren Ohrpiercings.

»Ich bin Johnny Hale«, erinnert er uns. »Ich soll euch helfen, euch einzuleben. Euch an die Regeln erinnern. Dafür sorgen, dass ihr in der ersten Woche pünktlich zum Unterricht kommt. Aber ich bin nicht euer verdammter Babysitter, und eure Probleme sind mir scheißegal. Also befolgt die Regeln und erwartet nicht, dass ich euch aus der Patsche helfe, wenn ihr es nicht tut. Irgendwelche Fragen, die nicht bescheuert sind?«

Er starrt uns an und fordert uns auf, eine Frage zu stellen, die seinen Kriterien entspricht. Niemand traut sich, es zu versuchen.

»Gut«, grunzt er. »Lasst uns loslegen.«

Er führt uns über den Innenhof in Richtung der Türme an der nordwestlichen Ecke des Campus. Wir gehen durch ein paar Gewächshäuser und dann an etwas vorbei, das wie ein Waffenlager aussieht.

»Die Turnhalle ist da drin«, sagt Johnny. »Dort werden auch eure Kampfkurse abgehalten. Ihr könnt außerhalb der Unterrichtszeiten jederzeit trainieren – es ist die ganze Nacht geöffnet. Es gibt auch einen unterirdischen Pool. Und Duschen, damit ihr euch danach waschen könnt.«

»Sind alle Schlafsäle hier drüben?«, frage ich ihn und überlege, wie weit Anna wohl entfernt sein mag.

»Nein«, sagt Johnny. »Sie sind überall verstreut. Die Vollstrecker sind im Torhaus. Die Spione im Untergeschoss. Die Buchhalter drüben in der Bibliothek. Ihr werdet im Achteck-Turm sein. Die Mädchen sind von den Jungs getrennt – ihr dürft nicht in ihre Zimmer, also kommt nicht auf dumme Gedanken. Es gibt vier Jungs für jedes Mädchen in Kingmakers. Ihr sollt euch nicht verabreden, und die Chancen stehen sowieso nicht gut für euch. Die Hälfte der Mädchen hier hat wahrscheinlich schon einen Ehevertrag in der Tasche, und wenn ihr eine schwängert, wird ihre Familie euch kastrieren lassen. Also behaltet das einfach im Hinterkopf.«

Ich kann nicht sagen, ob er einen Scherz macht oder nicht. Als Bram das hört, sieht er kränklich aus.

»Wir sind hier drin«, sagt Johnny und schiebt eine schwere Holztür beiseite, die mit Metallverstärkungen versehen ist. Das Ding sieht aus, als würde es so viel wiegen wie ein Kühlschrank, aber Johnny verschiebt es mit Leichtigkeit.

Er führt uns in den zweithöchsten der Türme an der Nordostecke des Campus. Im Gegensatz zu den anderen, die zylindrisch sind, ist dieser Turm tatsächlich achteckig. Seine seltsame Form führt zu merkwürdigen Ecken im Hauptgemeinschaftsraum und zu ungünstigen Winkeln für die einzelnen Schlafsäle. Wenigstens sind unsere Zimmer hoch oben mit guter Luftzirkulation und einem atemberaubenden Blick auf die Kalksteinfelsen.

»Immer zu zweit«, sagt Johnny. »Sucht euch euren Zimmergenossen selbst aus, das ist mir scheißegal.«

Es ist offensichtlich, dass ich mir mit Ares ein Zimmer teile. Wir müssen nur Blickkontakt herstellen und uns gegenseitig angrinsen, um dies zu bestätigen.

Ich erwarte, dass Bram Van Der Berg sich mit seinem albanischen Freund Valon Hoxha ein Zimmer teilt, aber zu meiner Überraschung gibt er Dean stattdessen einen schnellen Ruck und fragt: »Wollen wir zwei uns zusammentun?«

Dean beäugt ihn misstrauisch. »In Ordnung«, sagt er. »Solange du ordentlich bist.«

»Natürlich.« Bram nickt.

Sie nehmen das Zimmer am Ende des Flurs von Ares und mir. Ich kann nicht sagen, ob es gut oder schlecht ist, dass sich meine beiden Feinde zusammentun. Zumindest sind sie am selben Ort, sodass ich beide gleichzeitig im Auge behalten kann.

Valon Hoxha sieht verärgert aus, weil er einfach so im Stich gelassen wurde. Er ist gezwungen, sich stattdessen mürrisch an den blonden Norweger Erik Edman zu wenden.

»Hast du schon einen Zimmergenossen?«, murmelt er.

»Nein«, sagt Erik. »Und ich schnarche nicht, also solltest du es auch nicht tun.«

Jules Turgenew wendet sich an den Frankokanadier Emile Girard. *»Serons-nous colocataires?«*

»Pourquoi pas?« Emile zuckt mit den Schultern.

So muss der Junge mit dem Drachen-Tattoo, Kenzo Tanaka, mit dem mürrischen und schweigsamen Hedeon Gray zusammenwohnen, der, wie ich glaube, aus London stammt.

Ares und ich haben das Zimmer ganz am Ende des Flurs. Es ist am weitesten von der Treppe entfernt, aber es hat die beste Aussicht und wird hoffentlich etwas ruhiger sein als die Zimmer, die näher am Gemeinschaftsraum liegen.

Es ist ein kleiner Raum mit zwei Betten an den gegenüberliegenden Seiten des Zimmers und zwei Kommoden, aber keinem Schrank. Schreibtische sind auch nirgends zu sehen – ich schätze, wir sollen unsere Hausaufgaben in der Bibliothek machen. Wenn es überhaupt irgendwelche Hausaufgaben gibt. Schreiben wir Klausuren in Kingmakers? Ich habe keine Ahnung.

Das ist der Moment, in dem mich die Fremdheit dieses Ortes endgültig trifft. Mir wird klar, dass ich keinen blassen Schimmer habe, wie der Unterricht morgen aussehen wird. Dies ist kein normales College. Ich kann mir nicht vorstellen, was wir lernen werden – oder wie.

»Ist es dir wichtig, welches Bett du bekommst?«, fragt Ares mich.

»Nein.«

»Dann nehme ich das hier«, sagt er und wirft seinen Rucksack auf das Bett, das an der rechten Wand des Zimmers steht.

»In Ordnung«, sage ich und lasse mich auf das linke Bett fallen.

Das Bett ist hart und schmal. Meine Füße hängen vom Ende herab.

»Tja, Scheiße«, sage ich und merke, wie schlecht ich in dieses Zimmer passen werde, vor allem mit einem so großen

Kerl wie Ares. »Vielleicht hätten wir uns kleinere Zimmergenossen suchen sollen.«

Ares lacht. »Es würde dir nicht helfen, besser auf die Matratze zu passen.«

Wenigstens sind die Räume sauber. Der Steinboden ist gekehrt, und die Wände sind frisch gestrichen, um alle Kratzer und Kritzeleien zu entfernen, die die früheren Bewohner hinterlassen haben könnten.

»Lässt sich das Fenster öffnen?«, frage ich Ares.

»Ja«, sagt er und versucht es. »Aber Vorsicht – es ist ein langer Weg nach unten.«

Er späht durch das gewölbte Glas an den steilen Wänden des Turms in den darunterliegenden Hof hinunter.

»Was meinst du, wann gibt es Abendessen?« Ich habe das Frühstück ausgelassen, und sie haben uns auf dem Boot nichts zu essen gegeben. Mein Magen knurrt.

»Sollen wir Johnny fragen?«, schlägt Ares vor.

Ich wäge meinen Hunger gegen Johnnys offensichtliche Abneigung darüber ab, dass ihm aufgetragen wurde, sich um uns Neuankömmlinge zu kümmern.

»Ja.« Ich grinse. »Das machen wir. Aber bereite dich darauf vor, zu rennen, wenn er entscheidet, dass das eine dumme Frage ist.«

Kapitel 5

Dean

Am nächsten Tag wache ich im Morgengrauen auf. Ich weiß sofort, dass ich nicht in meinem alten Zimmer zu Hause bin. Das erkenne ich daran, dass die Luft nicht muffig und stickig ist, mit diesem schrecklichen, anhaltenden Geruch von Verwahrlosung, den ich nie abschütteln konnte. Stattdessen rieche ich die Meeresbrise und die frischen Kräuter, die in dem Terrassengarten unter meinem Fenster wachsen.

Bram schnarcht immer noch in dem Bett gegenüber von meinem. Es ist seltsam, sich ein Zimmer mit einem anderen Kerl zu teilen, besonders mit einem, den ich kaum kenne. Doch Bram ist ein Verbündeter, und das ist alles, was zählt. Zwar habe ich ihn gerade erst in Dubrovnik kennengelernt, aber ich habe gesehen, dass er zäh, aggressiv und einigermaßen intelligent ist – und das ist es, was ich in einem Freund sehen will.

In Moskau bin ich immer früh aufgestanden, um joggen zu gehen, solange die Straßen noch leer waren. Wahrscheinlich könnte ich in ein paar Stunden über die ganze Insel laufen. Aber ich kenne die Regeln nicht gut genug, um zu wissen, ob wir den Campus verlassen dürfen.

Besser ist es, einfach die Turnhalle zu benutzen, die uns unser Betreuer am Vortag gezeigt hat.

Leise schlüpfe ich aus dem Bett, öffne meine oberste Schublade und ziehe die Sportklamotten heraus, die ich zusammen mit dem Rest meiner Uniformen gekauft habe. Ich habe meine Klamotten bereits am Vorabend ordentlich gefaltet und in der Kommode verstaut.

Als Bram fragte, ob ich sein Zimmergenosse sein wolle, sagte ich ihm unverblümt, dass er besser aufräumen solle, wenn er sich den Raum mit mir teilen wolle.

»Ich will keine einzige verdammte Socke auf dem Boden sehen«, warnte ich ihn.

Er zuckte mit den Schultern und warf sich die dunklen Haare aus dem Gesicht. »Von mir aus«, sagte er. »Ich schätze, ich sollte sowieso besser lernen, hinter mir aufzuräumen, wenn wir hier keine Dienstmädchen haben.«

Ich nehme an, dass er wie die meisten verwöhnten Mafia-Kinder eine Vollzeit-Putzkolonne im Haus seiner Eltern hatte.

Jedenfalls hat er bisher sein Wort gehalten, und wenn er es nicht tut, schmeiße ich seine Klamotten aus dem verdammten Fenster. Ich kann Unordnung nicht ausstehen. Da könnte ich aus der Haut fahren.

Ich ziehe die schlichte graue Jogginghose und das weiße T-Shirt an, die wir immer tragen müssen, wenn wir Kampftraining oder etwas anderes Körperliches machen. Sogar die weißen Socken sind Pflicht.

Das ist mir eigentlich egal. Ich habe mir noch nie viel aus Kleidung gemacht.

Sobald ich angezogen bin, schleiche ich aus dem Schlafsaal in den leeren Innenhof hinunter. Es ist niemand da, das erste graue Licht beleuchtet die Kanten der Brüstungen.

Es dauert etwas, bis ich die Waffenkammer wiederfinde. Zuerst biege ich falsch ab und lande auf der gegenüberliegenden Seite des Gebäudes, bei einer Gruppe von Orangenbäumen, die eine flache, offene Plattform umgeben, die vielleicht einmal für Waffentraining genutzt wurde.

Ich wäre direkt vorbeigegangen, aber ich höre Musik spielen.

Streng genommen dürfen wir auf dem College keine elektronischen Geräte haben, doch ich denke, es würde ohnehin nichts bringen – es gibt keine Internetverbindung auf der Insel. Trotzdem ist meine Neugierde geweckt. Ich schleiche zu den Orangenbäumen hinüber und spähe durch die Äste, um zu sehen, wer für den Lärm verantwortlich ist.

Es ist ein Mädchen. Sie ist blond und trägt ein schwarzes Trikot und eine zerrissene Strumpfhose. Sie hat ein Paar extrem ramponierte Spitzenschuhe an und tanzt auf dem rissigen Steinpodest wie eine Spieldosenballerina auf dem Ständer. Die Musik ist nicht klassisch – es ist etwas Wehmütiges und Stimmungsvolles, das ich vorher noch nie gehört habe.

Das Mädchen ist groß, was ihre Beine ellenlang aussehen lässt, besonders wenn sie auf den Zehenspitzen steht. Sie ist schlank, aber ich kann die sehnigen Muskeln sehen, die sich auf ihren Schultern und ihrem Rücken sowie auf ihren Oberschenkeln und Waden spannen.

Obwohl ich sehen kann, dass ihre Muskeln arbeiten, wirken ihre Bewegungen völlig mühelos. Sie scheint über den rauen Stein zu schweben. Sie beugt sich und stürzt wie ein Vogel im Flug.

Das Licht des frühen Morgens schimmert silbern auf ihrer Haut und auf ihrem Pferdeschwanz, der ihr beim Drehen um das Gesicht peitscht. Die offene Rückseite ihres Trikots zeigt mehrere Tattoos auf ihrem Schulterblatt, dem Trizeps und dem Handgelenk.

Ihre Augen sind geschlossen. Sie ist völlig in die Musik vertieft, und es scheint, als erfindet sie den Tanz, während sie mitten darin ist.

So eine Choreografie habe ich noch nie gesehen. Sie ist verletzlich, sie ist ungeschönt, sie ist emotional. Der Song ist traurig und sehnsüchtig und handelt von unerwiderter Liebe. Das ist nicht die Art von Musik, die ich mir normalerweise anhören würde – ich gebe einen Scheiß auf die

Liebe und höre sicherlich keine rührselige, weinerliche Musik.

Doch in diesem Moment scheint dieses Mädchen die Emotionen des Songs so sehr zu verkörpern, dass ich es nicht ignorieren kann. Ich kann nicht nicht fühlen, was sie fühlt.

Mein Herz ist eng in meiner Brust. Meine Hände fühlen sich kalt an, und ich merke, dass ich nicht ein einziges Mal geblinzelt habe, seit ich dieses Mädchen zum ersten Mal gesehen habe.

Sie hat mit dem Rücken zu mir getanzt.

Jetzt dreht sie sich um, und nun erst kann ich ihr Gesicht ganz sehen.

Sie ist umwerfend. Das schönste Mädchen, das ich je gesehen habe. Ihre Gesichtszüge sind schmerzhaft scharf, mit hohen Wangenknochen, einem spitzen Kinn und einem schmollenden Mund, der an den Ecken leicht nach unten gezogen ist. Die Oberlippe ist genauso voll wie die Unterlippe.

Sie ist viel zu stark geschminkt. Der weiße Puder lässt sie noch blasser aussehen, als sie tatsächlich ist, außerdem hat sie dunklen Lippenstift und rauchigen Lidschatten aufgetragen.

Vielleicht will sie hart aussehen statt hübsch. Das ist unmöglich. Kein Make-up kann die Lieblichkeit ihrer Züge kaschieren.

Endlich öffnet sie die Augen, und ich kann sehen, dass ihre Iris ein blasses, klares Blau ist. Blau wie Gletschereis. Wie ein blauer Diamant.

Selbst durch die Blätter der Orangenbäume hindurch fixieren mich diese Augen sofort, und ihr verträumter Ausdruck verglüht im Nu, ersetzt durch kalte Wut.

Ich habe mich bereits zurückgezogen, mich umgedreht und bin so schnell wie möglich von ihr weggegangen. Schließlich wollte ich sie nicht beobachten wie ein Perverser, der sich in den Büschen versteckt. Ich wollte sie überhaupt nicht angucken. Es ist einfach passiert – die Musik hat mich hineingezogen, und dann war ich wie gebannt von der Fremdartigkeit dessen, was ich sah.

Jetzt schüttle ich den Kopf und versuche, die Erinnerung physisch aus meinem Gehirn zu schütteln.

Es war nur ein Mädchen, das einen Tanz übte, was dumm ist und in Kingmakers nichts zu suchen hat. Sie muss im ersten Jahrgang sein, denn sonst würde sie an etwas Sinnvollem arbeiten, anstatt herumzutänzeln.

Ich jogge zur Waffenkammer hinüber, wo ich eigentlich hinwollte.

Als ich durch die Türen gehe, schlägt mir der nicht unangenehme Geruch von Schweiß, Eisen und Gummimatten entgegen. Es erinnert mich an das Fitnessstudio, in dem ich in Moskau trainiert habe, und das macht mich glücklich.

Die nächste Stunde verbringe ich damit, meinen Körper unerbittlich zu bestrafen. Ich wechsle zwischen verschiedenen Boxsäcken ab, springe Seil und mache funktionelles Training.

Das Fitnessstudio ist beeindruckend ausgestattet. Es gibt nichts, was sie nicht haben. Als die Sonne aufgeht, gesellen sich noch ein paar andere Studierende zu mir, die frühmorgens trainieren wollen – allerdings nicht ganz so früh wie ich. Inzwischen triefe ich vor Schweiß, und jeder Muskel in meinem Körper schmerzt.

Ich arbeite noch härter als sonst und versuche, das Bild dieses Mädchens aus meinem Kopf zu verbannen.

Ich weiß nicht, warum ich immer noch an sie denke. Weil sie hübsch war? Ich habe schon viele hübsche Mädchen gefickt.

Ich trinke ein Glas kaltes Wasser aus dem Wasserspender und gehe dann in die Richtung, in der ich hoffe, dass die Duschen sind. Es ist mühsam, hier irgendetwas zu finden, denn es gibt keine Schilder wie an einem normalen College. Selbst an den Türen zu den Umkleiden fehlen die üblichen männlichen und weiblichen Strichmännchen.

Es spielt keine Rolle, ich bin sowieso der Einzige hier drin.

Der Umkleideraum ist groß und geräumig, mit Doppelreihen von Spinden und einem Dutzend Duschen in einem offenen Raum. Ich ziehe meine verschwitzten Klamotten aus, falte sie ordentlich zusammen und staple sie auf meine Turnschuhe, lasse den Stapel aber erst einmal auf einer Bank liegen. Dann schalte ich einen der Duschköpfe ein und drehe an der Düse, bis der Strahl heiß und gleichmäßig läuft. Gerade als ich unter die Dusche gehen will, fällt mir auf, dass ich vergessen habe, ein Handtuch mitzunehmen.

Ich eile über die kalten Fliesen und beginne zu frösteln, jetzt, da der Schweiß auf meiner Haut trocknet. Obwohl es immer noch eher Sommer als Herbst ist, sind alle Innenräume von Kingmakers durch die dicken Steinwände gut isoliert, und die Wolluniformen fangen an, für mich viel mehr Sinn zu ergeben. Hier drinnen ist es nie warm, vor allem nicht, wenn man nackt ist.

Ich ziehe ein kratziges, dünnes Handtuch aus dem Wäscheschrank und eile zu meiner Dusche zurück. Mit gesenktem Kopf jogge ich praktisch um die Ecke der nächsten Spinde.

Ich dachte, ich wäre allein hier drin. Der laute Strahl der Dusche hallte durch den Raum und übertönte alle anderen Geräusche.

Ich hatte also nicht erwartet, kopfüber in eine andere Person zu laufen. Wir prallen hart gegeneinander, meine nackten Füße rutschen auf den Fliesen aus, sodass ich auf einen Fremden krache.

Die andere Person ist genauso nackt wie ich. An den langen, schlanken Beinen, die zwischen die meinen gleiten, und der weichen, runden Brust, auf der meine Handfläche landet, erkenne ich schnell – ganz zu schweigen von dem erschrockenen Schrei der Empörung –, dass ich mit einem Mädchen zusammengestoßen bin.

Obwohl wir uns verfangen haben, springt sie wieder auf – so schnell wie eine Katze, die das Wasser berührt hat. Sie überkreuzt die Arme über ihren nackten Brüsten, aber nicht bevor ich einen Blick auf ein Paar milchweiße Titten erhaschen kann, deren blassrosa Nippel sich vor lauter Schock und Wut aufgerichtet haben.

Sie scheint nicht zu merken, dass das Bedecken ihres Busens ihre Muschi nackt gelassen hat. Ich muss meinen Blick gewaltsam zu ihrem Gesicht hochreißen, um nicht auf ihre zarten Schamlippen zu starren, die sauber rasiert sind und die gleiche muschelrosa Farbe wie ihre Brustwarzen haben.

Es ist das Mädchen von draußen. Die, die getanzt hat. Das weiß ich, ehe ich überhaupt einen richtigen Blick auf ihr Gesicht werfen kann.

Sie erkennt mich auch wieder.

»Bist du mir hierher gefolgt?«, fragt sie. »Ich habe gesehen, wie du mir nachspioniert hast!«

»Ich habe nicht *spioniert*. Du hast draußen getanzt. Jeder konnte dich sehen.«

»Warum hast du dich dann im Gebüsch versteckt?«

»Ich habe mich nicht versteckt! Da waren Bäume im Weg. Es ist ein Unterschied, ob man auf der anderen Seite eines Baumes steht oder sich hinter einem Baum versteckt.«

»Das glaube ich nicht.« Sie hat ihr hübsches Gesicht zu einem finsteren Blick verzogen.

»Ich bin dir nicht gefolgt!« Mein Gesicht fühlt sich heiß an, und mein Herz verkrampft sich vor lauter Scham und Verlegenheit. Diese beiden Gefühle habe ich lange Zeit verdrängt. »Ich habe trainiert. Was machst du überhaupt hier drin?«

»Was *ich* hier mache?«, schreit sie halb spöttisch, halb kreischend. »Was zum Teufel machst *du* hier? Das ist die Mädchenumkleide!«

»Nein, ist es nicht«, sage ich, obwohl ich es eigentlich gar nicht so genau weiß.

»Und woher weißt du das?«, fragt sie.

In Wahrheit habe ich nur geraten. Bloß aufgrund der Tatsache, dass die Umkleidekabine groß und düster aussah und roch, als hätte ein Haufen Kerle dort geduscht.

Ich wollte es gerade zugeben, als ich das Aufflackern von Unsicherheit in den blauen Augen des Mädchens wahrnehme, und mir wird klar, dass auch sie nur geraten hat.

»Du weißt es auch nicht«, sage ich.

»Ich … na ja …« In ihrem Unbehagen senkt das Mädchen den Blick, der unweigerlich an meinem nackten Körper entlangwandert. Ich habe mir nicht die Mühe gemacht, mich zu bedecken, und so hängt mein Schwanz offen da, leicht angeschwollen vom unerwarteten Reiben an einem schlanken Frauenkörper.

Sie wird rot und wirft den Kopf mit komischer Geschwindigkeit zur Seite.

»Ziehst du dir jetzt etwas an?«, fordert sie.

»Nein«, sage ich ganz ruhig. »Ich habe noch nicht geduscht.«

»Ich muss auch duschen.«

»Und?«

»Es gibt keine abgetrennten Duschkabinen.«

»Dann geh in die andere Umkleidekabine.«

»Du weißt nicht, ob das überhaupt die Mädchenumkleide ist!«

»Du auch nicht.«

Wir blicken uns gegenseitig an, ebenso entschlossen, stur zu sein, wie wir uns unsicher sind, ob wir tatsächlich im Recht sind.

Keiner von uns will nachgeben. Aber wir können nicht ewig nackt hier stehen.

»Ich dusche hier«, erklärt das Mädchen und wirft ihren Kopf so, dass ihr blonder Pferdeschwanz über ihre Schulter zurückschwingt. Sie lässt die Arme schützend über der Brust hängen, schnappt sich das Handtuch, das sie auf den Boden gelegt hat, und marschiert zu den Duschen.

Ich blicke auf ihren Rücken und versuche, es nicht in ein Starren auf ihren Hintern übergehen zu lassen, dann nehme ich mein eigenes Handtuch und folge ihr.

Sie steht bereits unter *meinem* Duschkopf und seift sich die Haare mit einem kräftigen Shampoo-Schaum ein. Ich ignoriere sie, drehe eine zweite Düse auf und stehe darunter, bevor sie überhaupt warm ist. Dann schrubbe ich mich mit dem gleichen Elan und der gleichen Einstellung von *Ist mir scheißegal*.

Das Problem ist, dass es schwer ist, nicht zu dem Mädchen hinüberzuschauen. Während sie sich die Haare wäscht, läuft ihr die Seifenlauge an ihrem nackten Körper herunter, und ihre kleinen Brüste wippen auf und ab. Ich kann nicht aufhören, daran zu denken, wie glitschig glatt ihre Haut sein muss, und erinnere mich daran, wie ihr nackter Schenkel zwischen meine glitt, als mein Schwanz gegen ihren flachen, festen Bauch drückte.

Ich drehe mich um und wende mich der Duschdüse zu, damit sie nicht sieht, wie sich mein Schwanz wieder versteift.

Ich bin noch nicht ganz mit dem Duschen fertig, als ich ein Geräusch höre, das mir das Blut in den Adern gefrieren lässt: die Stimmen zweier Mädchen, die plaudernd und kichernd in Richtung der Duschen schlendern.

Gerade als ich mich umdrehe, erreichen sie mich.

Die Mädchen bleiben wie angewurzelt stehen. Sie sehen ein bisschen älter aus als ich und sind wahrscheinlich im zweiten oder dritten Jahrgang. Sie haben Handtücher um ihren Körper gewickelt und machen beide einen überraschten und belustigten Eindruck.

»Hallo, hallo«, sagt eine von ihnen zu mir.

»Hast du dich verlaufen?«, fragt die andere.

Tja, Scheiße. Ich schätze, die Ballerina hatte doch recht.

Ich schnappe mir mein Handtuch und eile hinaus, ohne zu antworten. Sie warten nicht einmal, bis ich um die Ecke biege, ehe sie in Gelächter ausbrechen. Ihr Kichern hallt von der Steindecke wider und erinnert mich hundertmal daran, was für ein Idiot ich bin, bevor ich die Tür erreiche.

Ich ziehe noch ein paar amüsierte Blicke auf mich, als ich, nur mit einem Handtuch bekleidet, mit meinem Seesack über der Schulter und meinen Sportsachen unter dem Arm zum Wohnheim zurückgehe.

Es ist mir peinlich, aber ich kann nicht sagen, dass ich die Erfahrung völlig bereue.

Es hatte definitiv seine angenehmen Momente …

Kapitel 6

Anna

Ich kann nicht glauben, dass ich erst seit einem Tag auf diesem College bin und mich schon nackt an einem Fremden gerieben habe.

Mein Gesicht brennt noch eine Stunde, nachdem ich geduscht habe.

Ich hoffe, der Scheißkerl rühmt sich nicht damit und erzählt es all seinen Freunden – aber ich bin sicher, das wird er. Wahrscheinlich hat er das Ganze mit Absicht gemacht. Ich weiß, dass er mich beobachtet hat, und es *war* die Mädchenumkleide. Dieses Arschloch.

So wollte ich meinen ersten Unterrichtstag nicht beginnen. Ich bin schon spät dran. Obwohl das ehrlich gesagt hauptsächlich daran liegt, dass ich beim Tanzen das Zeitgefühl verloren habe. In Kingmakers gibt es keine Tanzstunden, und ich werde auf keinen Fall die nächsten vier Jahre nur in den Sommerferien tanzen. Ich werde allein üben.

Ich sehe es nicht einmal als Übung an. Ich sehe es als einen notwendigen Teil meines Tages wie Essen, Schlafen und Herumlaufen. Wenn ich ein paar Tage auslasse, werde ich unruhig und ängstlich. Mein Körper und mein Gehirn fühlen sich vernachlässigt. Ich brauche den Tanz, um meine Emotionen auszugleichen.

Vielleicht sollte ich mir einen weniger öffentlichen Ort zum Üben suchen. Ich hätte nicht gedacht, dass so früh am Morgen schon jemand in der Nähe ist. Aber ich schätze, an einem so großen College werde ich nie ungestört sein.

Nachdem ich mir eine frische Uniform angezogen habe, gehe ich in den Speisesaal. Ich weiß, dass Leo mich nur verarscht hat, aber die Wahrheit ist, dass ich mich in der vorgegebenen Kleidung wirklich unwohl fühle. Was ich anhabe, ist wichtig für mich. Nicht für andere Leute, sondern für mich selbst.

Ich mag dunkle Farben. Ich finde sie beruhigend. Ich reagiere empfindlich auf hektische Muster, laute Geräusche und unangenehme Texturen. Und ich hasse es, etwas zu tragen, das meiner Stimmung zuwiderläuft. Manchmal möchte ich mich fühlen, als wäre ich in einem dunklen, fantasievollen Traum. Manchmal möchte ich aussehen, als wäre ich ein Geist eines Friedhofes oder eine viktorianische Bettlerin. Manchmal möchte ich mich wie ein Rockstar fühlen.

Niemals würde ich etwas Plüschiges und Rosafarbenes tragen. Keine Schande über die Mädchen, die es mögen – es ist einfach nicht meines.

Zumindest sind die Uniformen relativ dezent. Meistens in Schwarz, Grau und Dunkelgrün, mit ein wenig Silber oder Weiß. Es könnte viel schlimmer sein – die Schulfarben könnten auch Neonorange und Blau sein.

Wir können die Schuhe tragen, die wir mögen, also musste ich nicht auf meine Lieblingsstiefel verzichten. Ich habe sie mit demselben grünen Rock von gestern, einem schwarzen Pullover und einer schwarzen Strumpfhose kombiniert. Nicht schlecht – etwas, das ich vielleicht auch in der normalen Welt getragen hätte.

Es gibt nichts Normales an Kingmakers, und das liebe ich. Ich habe mir nie vorgestellt, auf einem hellen, sonnigen Campus zu sein, Clubs beizutreten und Freunde zu finden, am Wochenende auf Verbindungspartys zu gehen. Ich wollte immer hierherkommen.

Mein Vater erzählte mir alles darüber, seit ich klein war – oder erzählte mir zumindest alles, was er wusste. Er hatte eine tiefe Ehrfurcht vor den Traditionen der Mafia, da er nicht in dieser Welt aufgewachsen war, sondern als Teenager von seinem Adoptivvater eingeweiht worden war.

»Ich hatte nichts, Anna«, erzählte er mir. »Überhaupt nichts. Ich war arm, unglücklich, verzweifelt. Ich versuchte, mir in Warschau ein Leben aufzubauen, wusste aber, dass ich wahrscheinlich so arm leben und sterben würde, wie ich angefangen hatte. Genau wie meine Eltern. Die einzige Person, die mir Freude brachte, war meine Schwester – sie war so brillant wie du. Sie wollte Ärztin werden. Ich hatte vor, zu arbeiten und ihr das Studium zu bezahlen, und wir dachten, dass wir uns eines Tages wenigstens ein Haus in einer schöneren Gegend kaufen könnten. Nun, du weißt, was stattdessen passiert ist.«

Ich hatte genickt und saß neben meinem Vater auf dem Rand eines leeren Steinbrunnens im ummauerten Garten hinter unserem Haus. Obwohl ich damals erst sechs oder sieben Jahre alt war, hatte er mir schon genau erzählt, was mit der anderen Anna passiert war.

Sie war von drei *Braterstwo* überfallen und vergewaltigt worden, als sie eines Tages von der Schule nach Hause ging. Damals war sie erst sechzehn. Sie brachte sich in derselben Nacht um.

»Ich hatte keine Waffen, keine Ausbildung. Aber ich war versessen auf Rache. Ich verfolgte diese Männer. Auf Schritt und Tritt. Ich tötete den Leichtesten zuerst. Es war das erste Mal, dass ich die Hand gegen jemanden erhob, und ich schlitzte ihm, ohne zu zögern, die Kehle auf. Du hast noch nie jemanden getötet, Anna. Aber eines Tages, wenn du meinen Platz einnehmen willst, wirst du diese Entscheidung treffen müssen. Es mag dich mit Entsetzen oder Scham erfüllen. Oder vielleicht, wenn du wie ich bist, wirst du feststellen, dass du keine Reue empfindest, solange du im Recht bist.«

Erneut nickte ich langsam und schaute meinem Vater ins Gesicht.

Meine Mutter habe ich geradezu angebetet. Sie ist reine Freundlichkeit und Licht. Sie ist eine himmlische Göttin auf Erden, die Freude auf alle um sie herum ausstrahlt.

Aber ich wurde aus den Knochen meines Vaters gemacht. Nicht himmlisch, sondern sterblich. Mein Vater ist derjenige, nach dem ich komme. Wenn ich in sein Gesicht blicke, sehe ich mich selbst.

Ich wusste also schon mit sechs Jahren, dass ich eines Tages ein Boss sein wollte, genau wie er. Und dass ich, wenn die Zeit zum Töten kam, es, ohne zu zögern, tun konnte. Mit dem Gefühl, im Recht zu sein.

»Den zweiten Mann habe ich auch getötet«, sagte mein Vater. »Aber als ich den dritten töten wollte … versagte ich. Ich wurde von den *Braterstwo* gefangen genommen. Dann brachte sie mich zu ihrem Boss, Tymon Zajac. Ich dachte, er würde mich foltern und ermorden. Das hatte ich erwartet. Als er hörte, was seine Männer getan hatten, schoss er stattdessen seinem eigenen Lieutenant in den Kopf und vollendete so meine Rache.«

Mein Vater schluckte schwer, ein Muskel in seinem Kiefer zuckte. Selbst all die Jahre später sah ich, was das für ihn bedeutete – dass die andere Anna vollständig gerächt worden war. Er glaubte, ihre Seele könnte sonst nie in Frieden ruhen. Das wusste ich.

Allerdings dachte ich, dass ihre Seele vielleicht keinen Frieden gefunden hatte. Ich dachte, sie könnte mich heimsuchen. Sie starb, bevor ich auf der Welt war – womöglich war ihre Seele sogar in mir wiedergeboren worden.

Der Gedanke erschreckte mich nicht. Auf eine seltsame Art schien es mir tröstlich. Wenn die andere Anna ein rachsüchtiger Geist geworden war, würde mich das nur stärker machen.

Mein Vater fuhr fort: »Was ich in diesem Moment gelernt habe, ist, dass die *Braterstwo* Ehre hatten. Sie hatten einen Moralkodex. Sie waren nicht einfach Kriminelle, wie ich geglaubt hatte. Tymon Zajac sah mich an. Er sah nicht nur ein armes, mageres Kind. Er sah, dass ich wie er war. Oder dass ich eines Tages so sein könnte wie er.

Also bot er mir eine Stelle an seiner Seite an. Er lehrte und trainierte mich. Und er erzählte mir die Geschichte der *Braterstwo*, der Bratwa, der italienischen Mafia, der Penose, der Yakuza. Jede hat ihre eigene Entstehungsgeschichte und Entwicklung. Aber wie jedes Ökosystem sind wir im Laufe der Zeit gewachsen, haben zusammengearbeitet, uns bekämpft und uns verbunden. Und wie viele alte Familien haben wir gemeinsame Vorfahren.

Viele der heutigen kriminellen Familien können ihre Abstammung auf die Diebesgilden des Mittelalters zurückführen. Diese Gilde hatte ihr Hauptquartier in Kingmakers.«

Ich hatte ihn dann schließlich unterbrochen, denn ich war zu interessiert, um noch länger still zuzuhören.

»Wie sieht dieser Ort aus?«, wollte ich wissen, obwohl er es mir bereits gesagt hatte.

Mein Vater gab mir eine Beschreibung der Insel und der Burgfestung, die er mir schon viele Male zuvor genau geschildert hatte, aber ich wollte sie immer wieder hören. Wenn er etwas ausgelassen hatte, erinnerte ich ihn daran.

»Dann sind da noch die Türme«, sagte er.

»*Sechs* Türme!«, rief ich, da ich kein Detail auslassen wollte.

»Eine Bibliothek …«

»Im höchsten Turm!«

Er lächelte. »Das ist richtig.«

Das Lächeln meines Vaters ist nicht wie das meiner Mutter. Ihr Lächeln ist so warm, dass es den Raum erhellt. Ihre Augen funkeln, ihre Wangen werden rosig, und man hat das Gefühl, sie lacht – und man muss ebenfalls lachen.

Das Lächeln meines Vaters ist dünn und verhalten. Es zeigt nicht seine Zähne. Aber es durchfährt einen wie ein elektrischer Schlag. Er ist genauso faszinierend wie meine Mutter, auf seine eigene Art. Sie sind Hades und Persephone: der König der Unterwelt und die Königin des Sommers.

Ich wusste immer, dass ich nach Kingmakers gehen würde. Und jetzt, da ich hier bin, enttäuscht es mich nicht. Jeder Stein, jede Tür scheint vollgestopft mit Antiquitäten und Geheimnissen. Ich möchte jeden Winkel dieses Ortes kennenlernen. Ich möchte meine eigene Geschichte in die Wände einprägen, damit ein Teil von mir hierbleibt, lange nachdem ich weg bin.

Als ich den Speisesaal betrete, sehe ich Leo bereits mit Ares sitzen, jeder stürzt sich auf einen riesigen Teller mit Eiern und Speck. Ich nehme meinen eigenen Teller aus den silbernen Haltern und schnappe mir auch eine Kanne Minztee.

Bis jetzt habe ich festgestellt, dass das Essen hier einfach, aber extrem gut ist. Frisch gebackenes Brot, Fleisch und Produkte von den Feldern, die direkt um den Campus liegen.

»Da bist du ja!«, sagt Leo, als ich mich setze. »Fast hättest du das Frühstück verpasst.«

»Morgen«, sagt Ares und schiebt eine steinerne Kanne mit Sahne für meinen Tee in meine Richtung.

Ares ist ordentlich gekleidet mit einem blütenweißen Hemd, das in eine gut gebügelte Hose gesteckt ist. Seine Schuhe sehen nicht neu aus, aber er hat sie sorgfältig poliert. Ich frage mich, ob er die Uniformen mag, weil es weniger offensichtlich ist, dass er nicht so wohlhabend ist wie der Rest der Studierenden.

Leo hingegen hat keine seiner Klamotten gebügelt, und sein Hemd ist nur halb in die Hose gesteckt. Seine dunklen Locken sehen aus, als wäre er gerade erst aufgestanden, und er hat die Ärmel hochgeschoben, damit er sein Essen besser greifen kann. So sieht man seine nackten braunen Unterarme, an denen auf beiden Seiten Adern entlanglaufen, und seine großen, langfingrigen Hände.

Als er mit der Gabel ein Stück Speck aufspießt, biegt sich sein Unterarm, und mir wird seltsam warm. Leo sitzt wie immer ausgestreckt auf seinem Stuhl, zu groß, um komfortabel in normale Möbel zu passen. Seine langen Beine sind ständig unter Tischen und über Gängen ausgestreckt, seine breiten Schultern nehmen immer mehr als ihren gerechten Anteil an Platz ein.

Leo ist auch laut. Er spricht und lacht mit so viel Lebendigkeit, dass alle Blicke im Raum auf ihn gerichtet ist. Leo ist die Sonne, und jeder will die Sonne auf sein Gesicht scheinen sehen. Mädchen flattern um ihn herum wie Motten. Selbst Jungs können sich seinem Charme nicht entziehen. Alle wollen mit ihm befreundet sein. Alle wollen in seiner Nähe sein.

Ich muss zugeben, dass es schmeichelhaft ist, die beste Freundin eines solchen Kerls zu sein. Jeder will Zeit mit Leo verbringen, und er schenkt mir diese Zeit und Aufmerksamkeit mehr als jedem anderen.

Aber in letzter Zeit kann ich unsere Freundschaft nicht mehr so genießen, wie ich es früher getan habe. Früher war sie so rein und einfach. Leo war mein Bruder, mein Vertrauter und mein Komplize in einer Person.

Gemeinsam segelten wir durch jede Phase des Lebens, ohne dass etwas zwischen uns kam. Als wir in die Pubertät kamen, lachte ich darüber, dass Leos Stimme brach und tiefer wurde, und er neckte mich gnadenlos mit meiner schrecklichen Zahnspange und wie schnell ich in die Höhe schoss, sodass er der einzige Junge in unserer Klasse war, der noch größer war als ich. Er begann, sich mit Mädchen von unserer Highschool zu verabreden und dann mit Mädchen aus anderen Schulen. Ich war nie eifersüchtig, denn während sie vielleicht seine Freundinnen waren, war ich seine beste Freundin.

Ich hatte selbst ein paar Dates, aber ich fühlte nie das, was man eigentlich fühlen sollte, diesen Funken der Verliebtheit. Die Jungs waren manchmal nett, dann aber wieder unausstehlich, und so oder so mochte ich es nicht, wenn sie ihre plumpen Hände an mich legten. Ich wollte nie weiter gehen als bis zu einem peinlichen Kuss am Ende des Abends.

Ich wusste nie, ob Leo mit den Mädchen schlief. Ich nahm an, dass er das tat, denn er ist ein Junge und sehr beliebt – er könnte jeden Tag eine andere abschleppen. Aber das war die eine Sache, über die wir nicht sprachen. Leo hielt sich damit seltsam bedeckt, und da ich keine eigenen Bettgeschichten hatte, schien es sinnlos, es anzusprechen.

Unsere Familien sahen uns als Cousin und Cousine, sogar als Bruder und Schwester. Ich dachte, ich fühlte mich auch so.

Aber letztes Jahr hat sich etwas verändert.

Plötzlich spüre ich eine Spannung, die vorher nicht da war. Mir fallen Dinge an Leo auf, die ich nicht bemerken will. Als er seinen Arm um meine Schultern legt, atme ich seinen Duft ein, und mein Herz beginnt zu rasen. Zu meiner Überraschung stelle ich fest, wie warm und weich seine Haut ist. Ich sehe, wie er sich auf die Lippen beißt, wenn er grinst, und ich bekomme dieses unangenehme Ziehen in den Eingeweiden, das vorher nie da war.

Ich sage mir, dass es aufhören wird. Schließlich war ich noch nie so ausgeglichen wie Leo – das ist etwas, das ich an ihm bewundere. Seine Zuversicht und sein Optimismus sind grenzenlos. Ich hingegen bin oft traurig oder ängstlich, manchmal ohne jeden Grund.

Dieses Anschwellen der Gefühle, die mich komplett überrollen. Dieser bizarre Impuls wird verblassen und sterben, so wie er aus dem Nichts aufgetaucht ist. Ich muss ihn ignorieren, ihn notfalls unterdrücken. Denn was auch passiert, ich kann meine Freundschaft mit Leo nicht riskieren. Nichts ist mir wichtiger.

»Was ist los mit dir?«, fragt Leo. »Du siehst mürrischer aus als sonst.«

»Tue ich nicht«, sage ich und kaue auf einem Stück Speck herum.

Aber ich kann Leo nicht täuschen.

»Was ist los?«, beharrt er. »Hast du schlecht geträumt oder so?«

Er weiß, dass ich Albträume habe. Er weiß alles über mich. Na ja … fast alles.

»Nein«, sage ich und schlucke den heißen Minztee hinunter. »Ich hatte bloß eine seltsame Begegnung heute Morgen …«

Ich will Leo nicht erzählen, was passiert ist, weil ich weiß, dass er sich bei dem Bild, wie ich splitternackt in einen Kerl renne, kaputtlachen wird. Er wird mich das nie vergessen lassen. Aber er wird es sowieso erfahren – eine Geschichte wie diese bleibt nicht lange geheim.

Bevor ich ein Wort sagen kann, verfinstert sich Leos Miene, und er blickt quer durch den Speisesaal.

»Da ist er, der Wichser«, sagt er.

»Wer?« Ich drehe mich um, um zu sehen, wen er meint.

»Dean Yenin.«

Leo starrt auf der anderen Seite des Flurs nicht auf einen

Fremden, sondern auf genau den Jungen, dem ich heute Morgen begegnet bin. Ich erkenne ihn sofort, auch wenn er nun vollständig angezogen ist.

Ich werfe den Kopf zurück und spüre, wie ich rot werde.

»Das ist Dean?«, sage ich.

Ich habe Leo nie gefragt, wie Dean Yenin aussieht. Die weißblonden Haare, die helle Haut, die tiefblauen Augen – ich hätte es mir ja denken können. Er ist Tante Yelenas Neffe, ganz klar.

Wäre ich nicht so peinlich berührt und genervt gewesen, hätte ich es gemerkt. Jetzt, da ich aufpasse, kann ich sogar einen leichten Bluterguss unter seinem Auge sehen – ein Überbleibsel seines Kampfes mit Leo auf dem Deck des Schiffes.

»Ja«, sagt Leo grimmig. »Ich frage mich, ob wir heute mit ihm Unterricht haben werden.«

»Wahrscheinlich«, sage ich. »Die Erben werden meistens zusammen sein, nicht wahr?«

»Welches Fach habt ihr zuerst?«, fragt Ares uns.

Ich nehme meinen Stundenplan aus der Tasche. Wir haben uns die Kurse nicht selbst ausgesucht – sie wurden alle im Voraus festgelegt und uns in einem dieser dicken schiefergrauen Umschläge zugeschickt, die nur von Kingmakers sein konnten.

Die Briefe sind jedes Mal handgeschrieben. Ich frage mich, ob das daran liegt, dass an diesem Ort nichts auf einem Computer gespeichert wird. Sie müssen ein Dutzend Mitarbeiter mit perfekter Schreibkunst haben, denn mein Terminplan sieht aus wie aus einem handschriftlichen Manuskript. Er ist nicht gerade leicht zu lesen – ich sehe Leo, wie er auf die verschnörkelte Schreibschrift schielt und herauszufinden versucht, was zum Teufel seine erste Stunde überhaupt ist.

»Ich glaube, ich habe … Geschichte«, sagt er schließlich.

»Ich auch«, sage ich.

Ares grinst. »Ich ebenfalls.«

»Dann solltest du dich besser beeilen«, sagt Leo. »Wir haben nur fünf Minuten, und ich habe keine Ahnung, wo der Wehrturm ist.«

Ich nehme noch eine Scheibe Speck zwischen meine Finger, stopfe sie mir in den Mund und spüle sie mit einem Schluck Tee hinunter.

»Meinst du, wir sollen das Geschirr abräumen?«, fragt Ares.

»Nein«, antwortet Leo und nickt in Richtung eines Mannes in einer frischen weißen Schürze, der den Nachbartisch abräumt. »Anscheinend macht das der Typ da.«

Ares zögert. Es scheint, als würde er lieber helfen, aber Leo und ich haben bereits unsere Taschen über die Schultern geschwungen.

»Komm schon«, sagt Leo. »Ich weiß nicht, was sie tun, wenn du zu spät kommst – dich wahrscheinlich auf ein Gestell spannen.«

Die strengen Strafen der Einrichtung wurden in unserer Hausordnung festgehalten. Aber bisher ist das alles theoretisch, sodass es für Leo ein Leichtes ist, darüber zu scherzen. Ich bin nicht ganz so zuversichtlich, denn ich habe noch nie erlebt, dass in der Welt der Mafia irgendetwas ein Scherz war.

In unseren Aufnahmeschreiben wurden die Regeln der Vergeltung klar formuliert.

Junge Menschen aus der ganzen Welt kommen nach Kingmakers. Es gibt eine stärkere Konzentration von italienischen, irischen und russischen Studierenden, weil das die Gebiete sind, die dem College am nächsten liegen. Aber da Groll zwischen den Nationalitäten und Familien vorprogrammiert ist – wie man bei Leo und Dean sehen kann –, müssen sie streng gegen Gewalt vorgehen.

Sie wissen, dass es zu Schlägereien kommen wird. Bei so vielen jungen Hitzköpfen, die es gewohnt sind, jedes Problem mit den Fäusten zu lösen, ist das unvermeidlich.

Die eine Sache, die wir immer im Hinterkopf haben und die uns daran erinnert, niemals zu weit zu gehen, sind die Regeln der Vergeltung. Wenn ein Student oder eine Studentin jemand anderen verletzt, verunstaltet oder verstümmelt, wird das mit barer Münze heimgezahlt. Da gibt es keine Diskussion. Keine Berufung. Um einen endlosen Kreislauf von Vergeltungsmaßnahmen zwischen den Familien zu verhindern, wird die Strafe sofort und zügig angewendet. Wenn man jemand anderem den Arm bricht, wird einem selbst auch der Arm gebrochen. Wenn man jemand anderem ein Auge aussticht, wird einem selbst auch eins aus der Augenhöhle gerissen. Und wenn man jemand anderen tötet … nun, das ist dann das Letzte, was man tun wird.

Deshalb war mein Vater besorgt, dass Leo mit mir hierherkommt. Er weiß, wie aufbrausend Leo ist. Und es wäre nicht das erste Mal, dass Leo mich dadurch ebenfalls in Schwierigkeiten bringt.

»Komm schon«, sagt Leo, packt mich am Arm und zerrt mich mit, da ich zu langsam bin, um meine Bücher in meine Tasche zu stecken. »Was meinst du, wo unser Hörsaal ist?«, fragt er Ares.

»Ich glaube, die meisten Räume sind im Wehrturm«, sagt Ares.

Der Wehrturm ist das größte Gebäude in Kingmakers. Er ist fünf Stockwerke hoch, zu denen man über eine Treppe gelangt, die in die Dicke der Steinmauern eingelassen ist. Dies wäre das letzte Bollwerk der Festung, wenn alle anderen Außenmauern an Eindringlinge fallen würden.

Ich glaube nicht, dass jemals jemand Kingmakers tatsächlich angegriffen hat, denn dafür liegt es viel zu abgeschieden. Aber wenn es jemand versucht hätte, wäre es vor der Ära der Drohnenangriffe und Bomber fast unmöglich gewesen, die Klippen zu erklimmen oder die Festungsmauern zu durchbrechen.

Gerade noch rechtzeitig finden wir unseren Hörsaal, der sich im zweiten Stock des Wehrturms befindet. Es ist ein großer, luftiger Raum, die Wände sind mit antiken Landkarten bedeckt, und die Tafel ist bereits überfüllt mit Kreidediagrammen von Stammbäumen und endlosen Notizen in einer feinen, krakeligen Schrift.

Leo, Ares und ich schlüpfen zu drei der letzten verbliebenen Tische in der ersten Reihe. Nur einen Moment später schließt die Dozentin die Tür und tritt vor die Klasse.

Sie ist eine große, dunkelhaarige Frau, um die vierzig, trägt einen perfekt sitzenden Hosenanzug und eine elegante Hornbrille. Sie hat eine heisere Stimme, die sofort die Aufmerksamkeit des Raumes auf sich zieht.

»*Wenn du die Geschichte nicht kennst, dann weißt du gar nichts*«, sagt sie. »*Du bist ein Blatt, das nicht weiß, dass es Teil eines Baumes ist.* Wer hat das gesagt?«

Sie richtet den Blick auf uns. Ihre Nachfrage hallt in einem Raum wider, der so still geworden ist, dass man beinahe unsere einzelnen Herzschläge hören kann.

»Vielleicht … Churchill?«, fragt ein irischer Junge mit unordentlichem braunem Haar zögernd.

»Nein«, sagt Professor Thorn. Ihre Lippen verziehen sich zu einem kaum merklichen Lächeln. »Es war Michael Crichton. Autoren neigen dazu, die sich wiederholenden Zyklen von Ereignissen zu erkennen. Sie suchen nach Mustern im Verhalten, nach Ursache und Wirkung. Wie wäre es mit diesem hier: *Ein Mann, der keinen Sinn für Geschichte hat, ist wie ein Mann, der keine Ohren oder Augen hat?*«

Sie wartet auf eine Antwort von uns. Diesmal traut sich niemand, zu raten.

»Das war Hitler.« Sie lächelt verrucht. »Ich glaube, er hat seinen eigenen Rat nicht befolgt.«

Dann dreht sie sich um und schreibt in feiner, fließender Handschrift etwas an die Tafel.

»La Cosa Nostra«, sagt sie und spricht die Worte laut aus, während sie sich von der Spitze ihrer staubigen Kreide entfalten. »Giuseppe Esposito war das erste sizilianische Mafia-Mitglied, das nach Amerika auswanderte. Er floh dorthin, zusammen mit sechs seiner Männer, nachdem er das Oberhaupt und dessen Stellvertreter seiner Provinz sowie elf andere Mafiosi ermordet hatte.

Die italienische Mafia breitete sich von New York nach New Orleans und später nach Chicago aus. Mehrere Familien stiegen auf und fielen von der Macht – zuerst die Black Hand Gang, dann die Five Points Gang, anschließend Al Capones Syndikat.

Dieses Semester werden wir die Geschichte der italienischen Mafia in Italien und Amerika durchnehmen. Danach werden wir uns die verschiedenen Familien, die in Kingmakers vertreten sind, näher anschauen, bis wir bis zum Ende des vierten Jahres jede einzelne behandelt haben.«

Sie runzelt die Stirn, als sie die Aufregung der italienischstämmigen Studierenden bemerkt. »Freut euch nicht zu früh«, sagt sie streng. »Jedes Jahr sind die Studierenden, die durchfallen, diejenigen, die denken, dass sie schon alles wissen. Glaubt mir, das tut ihr nicht. Jedes Jahr beweist ihr Neulinge, dass ihr schockierend unwissend über eure eigene Geschichte, die Geschichte eures Landes und die Geschichte eurer Freunde und Feinde seid. Wahrscheinlich habt ihr mehr Legenden als Wahrheiten von euren Verwandten erzählt bekommen. Das Gedächtnis ist fehlbar. Und niemand ist anfälliger für eigennützige Rekonstruktionen als diejenigen, die glauben, sie könnten ihr Schicksal nach Belieben schreiben.«

Ich kann spüren, wie Leo neben mir unruhig wird. Ich muss ihn nicht einmal ansehen, um zu wissen, dass er entweder im Raum umherschaut, um zu sehen, was die anderen von dieser Rede halten, oder versucht, aus den Fenstern zu spähen, die nur auf einer Seite des Hörsaals verlaufen.

Ich hingegen spüre einen Schauer der Erregung bei Professor Thorns Worten. Ich habe Geschichte immer geliebt. Man lebt tausend Leben, wenn man etwas über die Menschen erfährt, die vor einem da waren, und kann viel davon lernen.

Die nächsten eineinhalb Stunden verbringe ich damit, eifrig in meinem Notizbuch zu schreiben, während Professor Thorn die Ursprünge der Cosa Nostra in Sizilien erzählt.

Leo macht sich keine Mühe, sich Notizen zu machen, weil er davon ausgeht, dass er meine später abschreiben will. Doch das stört mich nicht. Mich ärgert eher, dass er kaum zuhört, aber schlau genug ist, um dann trotzdem gute Noten zu bekommen.

Ares schreibt langsam und gleichmäßig in sein Notizbuch. Sein gedrungener Bleistift verschwindet in seiner großen Hand. Er ist so weit über sein Notizbuch gebeugt, dass seine Nase fast die Seite berührt. Ich kann nicht sagen, ob er von der Vorlesung genauso fasziniert ist wie ich oder einfach nur sehr konzentriert.

Hinter Ares starrt Hedeon Gray die Professorin mit einem irritierten Blick an. Ich glaube, ich habe ihn noch nie ein anderes Gesicht machen sehen – er sieht gut aus, ist aber ständig mürrisch.

Professor Thorn hat einen faszinierenden Erzählstil. Ihre Geschichtsstunde ist keineswegs trocken. Wie könnte sie auch, ist die Geschichte der Mafia doch gespickt mit hinterhältigen Geschäften, Betrug und natürlich Mord.

Während der gesamten eineinhalb Stunden schaue ich kaum von meinem Notizbuch auf. Tatsächlich bin ich überrascht, als die Professorin mitten im Satz abbricht und sagt: »Das war alles für heute. Wir sehen uns morgen früh wieder.«

Damit dreht sie sich um und schreitet aus dem Raum, ohne sich zu verabschieden.

Leo schießt förmlich aus seinem Sitz hoch. »Mann, ich dachte, das würde nie enden!«

»Mir hat es gefallen«, sage ich.

»Das war ja klar.« Leo verdreht die Augen. »Du lernst gern.«

»Soll das eine Beleidigung sein?« Ich lache.

»Was ist mit dir?«, will Leo von Ares wissen. »Hat dir das eigentlich Spaß gemacht?«

Ares zuckt mit den Schultern. »Ich wusste kaum etwas davon. Ich werde wohl noch viel lernen müssen.«

Leo lacht. »Hier interessiert sich niemand für Noten. Es geht nur darum, wer die Wettbewerbe gewinnt.«

Vor der nächsten Stunde müssen wir uns umziehen. Es ist ein Kampfsportkurs, also ziehen wir unsere Sportsachen und Turnschuhe an. Ich achte darauf, in die richtige Umkleidekabine einzubiegen, und wende meinen Blick absichtlich von der Stelle ab, an der ich mit Dean neben den Duschen zusammengestoßen bin.

Die Sporthalle befindet sich im ehemaligen Waffenlager.

Es ist ein schummriger, kühler Raum. Der Boden ist weich durch dicke Matten. Alte mittelalterliche Waffen hängen an Haken an den Wänden: Streitäxte, Schwerter und Morgensterne und dann auf der anderen Seite des Raumes eine Auswahl an asiatischen Katanas, Bo-Stäben und Wurfsternen. Ich nehme an, dass diese zur Dekoration dienen und nicht etwas sind, mit dem wir tatsächlich lernen werden umzugehen. Aber in Kingmakers kann ich mir bei nichts sicher sein.

Es sind nur vier Mädchen in dem Kampfkurs, mich eingeschlossen. Sobald wir aus dem Umkleideraum kommen, sehe ich, wie die Jungs uns begierig in unseren Shorts anstarren. Wir sind erst seit ein paar Tagen aus der Zivilisation, und schon haben sie den Blick von ausgehungerten Hunden.

Ich gehe an Dean und Bram vorbei, die auf einem Haufen Matten faulenzen. Bram stößt einen leisen Pfiff aus, und Dean grinst. Ich bin sicher, er hat Bram erzählt, was passiert ist.

Nun, scheiß auf die beiden.

Professor Howell gesellt sich zu uns auf die Matten. Er ist mittelgroß, schlank und fit, bekleidet mit einem olivgrünen T-Shirt und einer Cargohose. Er hat kurz geschnittene dunkle Locken und glatte braune Haut. Er steht uns gegenüber, die Hände hinter dem Rücken verschränkt, und lächelt freundlich.

»Guten Morgen allerseits«, sagt er. »In unserem Kampfkurs werdet ihr eine Vielzahl von Kampfsportarten, Selbstverteidigung und Waffentechniken lernen. Ihr werdet separate Stunden haben, um den Umgang mit Waffen und Sprengstoffen zu lernen. Dieses Semester werden wir uns auf Krav Maga konzentrieren. Wie ihr vielleicht schon wisst, ist dies ein militärisches Selbstverteidigungs- und Kampfsystem, das von den israelischen Verteidigungskräften verwendet wird. Es beinhaltet eine Kombination von Techniken aus Aikido, Boxen, Ringen, Karate und Judo.«

Er mustert jeden von uns der Reihe nach. »Du«, sagt er und zeigt auf den größten Jungen, ein stierähnliches Ungetüm mit strohfarbenen Haaren und stämmigen Oberschenkeln, die seine Turnhose bis an die Grenzen dehnen. »Komm her.«

Der Junge gehorcht. Die Turnmatten dellen unter jedem seiner Schritte tief ein.

»Wie heißt du?«, fragt ihn der Professor.

»Bodashka Kushnir«, antwortet der Junge. Er lächelt mit einer unbehaglichen Mischung aus Angeberei und Nervosität.

»Der Hauptgrundsatz von Krav Maga ist instinktives Handeln unter hohem Stress und unvorhersehbaren Umständen.« Professor Howell schaut den blonden Jungen mit einem neckischen Glitzern in den Augen an und fragt ihn: »Was würdest du sagen, wie hoch dein derzeitiges Niveau an Kampffähigkeiten ist, mein Freund?«

Bodashka überlegt. Angestachelt von seinen Freunden, die zusehen, grinst er und antwortet: »Hoch.«

»Ausgezeichnet«, antwortet der Professor. »Das dachte ich mir schon, als ich dich gesehen habe. Warum machen wir dann nicht eine einfache Demonstration? Greife mich an, und wenn ich dazu in der Lage bin, werde ich eine Verteidigung bilden.«

Bodashka scheint von Moment zu Moment an Selbstvertrauen zu gewinnen. Er hebt die Fäuste und stellt sich dem viel kleineren Professor entgegen. Das Gefühl der Vorfreude im Raum ist groß. Seine Bratwa-Kollegen feuern ihn an, während der Rest von uns ahnt, was gleich passieren wird.

Der Junge stürzt sich auf Professor Howell, gibt zwei Faustschläge ab, einen harten rechten Schlag mit der Rückhand und dann einen erstaunlich flinken Tritt ins Gesicht.

Der Professor muss kaum seine Haltung verändern, um jeden einzelnen Schlag abzublocken. Obwohl die Schläge mit voller Kraft ausgeführt werden, ist es Bodashka, der zusammenzuckt, als der Professor seine Ellbogen, Unterarme und Schultern benutzt, um die Schläge abzuwehren. Als Bodashka seinen letzten verzweifelten Kick auf den Kopf des Professors zielt, duckt sich Professor Howell und zieht dem Jungen geschickt das Bein weg, sodass er auf die Matte kracht.

Die Turnhalle hallt wider von der Wucht des Aufpralls des Jungen, der ihm trotz der dämpfenden Matten die Luft nimmt.

»Ich bin sicher, dass ihr alle den Ausdruck *Je größer sie sind, desto härter fallen sie* kennt«, sagt der Professor trocken. »Hütet euch vor einem kleineren Gegner mit einem niedrigeren Massenschwerpunkt.«

Er hilft dem gedemütigten Bodashka vom Boden auf und demonstriert mit ihm einige Grundblöcke. Sobald wir alle die Lektion verstanden zu haben scheinen, sagt er uns, dass wir uns in Paare aufteilen sollen, um zu üben.

»Willst du es mal versuchen?«, fragt Leo mich.

Es ist nicht das erste Mal, dass wir kämpfen. Ich habe mit Leo gerungen und geboxt, seit wir alt genug waren, um zu stehen.

»Warum nicht?« Ich grinse.

Wir stehen uns gegenüber und warten auf das Signal des Professors, um zu beginnen.

Ich warte darauf, bis Leo den ersten Schritt macht.

Er greift mich spielerisch an, und ich weiche ihm leicht aus, weil ich weiß, dass das nicht einmal annähernd seine Höchstgeschwindigkeit ist. Er hat verdammt lange Arme, also muss ich mich entweder weit außerhalb seiner Reichweite bewegen oder nach vorne stürmen, um ihn zu treffen, ehe er mich erwischen kann.

Leo schlägt wieder spielerisch nach mir, und als ich versuche, mich zu ducken, geht er genau wie der Professor auf mein Bein los. Obwohl ich es kommen sehe, ist er so verdammt schnell, dass er es trotzdem schafft, mein rechtes Bein unter mir wegzuschlagen. Ich gleiche es aus, indem ich zwischen seinen Beinen hindurchrolle, hochspringe und ihm von hinten in die Nieren trete.

»Du kleines Arschloch«, sagt Leo, packt mich am Handgelenk und verdreht mir den Arm auf den Rücken.

Ich versuche, mein Handgelenk aus seinem Griff zu reißen, bevor er mich festhalten kann, aber es ist unmöglich. In Windeseile hat er meinen Arm auf den Rücken geklemmt und seinen anderen Arm um meine Taille geschlungen, wobei mich das Gewicht seines ganzen Körpers niederdrückt.

»Gib auf«, knurrt er in mein Ohr.

»Niemals, verdammt!«, zische ich ihm zurück.

»Zwing mich nicht, dir gleich schon am ersten Tag den Arm zu brechen«, sagt er. Ich weiß, dass er grinst, ohne dass ich sein Gesicht sehen muss.

Ich trete ihm kräftig auf den Fuß und zwinge ihn so dazu, mich loszulassen, gerade als der Professor die Zeit stoppt. Als Leo lachend von mir zurückweicht, spüre ich, dass uns noch jemand beobachtet. Ich schaue nach rechts, wo Dean uns anstarrt. Seine leuchtenden Augen sind das einzige Lebenszeichen in seinem steifen, blassen Gesicht.

Leo folgt meinem Blick.

»Siehst du etwas, das dir gefällt?«, fragt er in aggressivem Ton.

»Ich habe es heute Morgen schon gesehen«, antwortet Dean mit seiner tiefen, kalten Stimme.

»Was soll das denn heißen?«

»Oh, sie hat es dir nicht erzählt?« Dean grinst. »Deine Freundin und ich hatten heute Morgen eine intime Begegnung.«

»Ach ja?« Leo lacht. »Wie früh? Hört sich an, als ob du noch schlafend und träumend in deinem Bett lagst.«

Aber als er zu mir blickt, kann er sehen, wie verlegen ich bin.

»Wovon redet er?«, sagt Leo und zieht die Brauen zusammen.

»Von nichts.« Ich schüttle den Kopf.

»Was hat …«

Wir werden durch den Professor unterbrochen, der nach einem weiteren Freiwilligen fragt. Verängstigt durch das, was Bodashka passiert ist, hebt niemand die Hand. Nur Dean tritt vor.

»Ich melde mich freiwillig«, sagt er.

»Tritt vor«, sagt Professor Howell und deutet mit einer Geste auf den leeren Platz vor ihm, als würde er Dean einladen, bequem auf einem Sofa Platz zu nehmen.

Dean nähert sich, seine Augen sind auf den Professor gerichtet. Er hat weder den Übermut noch die Nervosität des ersten Freiwilligen. Er strahlt eine kühle Zuversicht aus, die uns alle ihn aufmerksam beobachten lässt, Leo am allermeisten.

»Ein gleichzeitiger Block und Schlag kann sehr effektiv sein«, sagt der Professor und demonstriert einen Außenblock mit seinem rechten Arm und einen Gegenschlag mit dem Handballen in Richtung von Deans Gesicht. »Ich werde angreifen. Mal sehen, ob unser Freund hier sowohl abwehren als auch kontern kann.«

Professor Howell kommt ohne Vorwarnung auf Dean zu, feuert zwei schnelle Schläge und einen Ellbogen in sein Gesicht. Dean entkommt allen drei Schlägen knapp, indem er sich duckt und in sauberen, engen Bewegungen ausweicht. Als der Professor einen vierten Schlag auf Deans Gesicht zielt, blockt er ihn ab und schafft es, Professor Howell mit einem kurzen, festen Schlag auf die Brust zu treffen. So schnell der Schlag auch war, wir alle hören den Aufprall. Der Professor scheint überrascht.

Deans Geschwindigkeit und seine Präzision sind makellos. Wie ich an Leos Schweigen erkenne, kann selbst er nicht leugnen, dass Dean weiß, wie man kämpft.

»Gut gemacht«, sagt Professor Howell anerkennend.

Dean nickt und nimmt das Lob kommentarlos an. Aber ich sehe einen Muskel in seinem Kiefer zucken. Er ist erfreut.

»Bildet Paare zum Üben«, weist uns der Professor an.

Dieses Mal ist Leo nicht annähernd so verspielt. Wir sparren miteinander, üben Gegenangriffe, doch er beobachtet mich nicht wirklich, sondern schaut immer wieder durch den Raum zu Dean.

Weil er nicht aufpasst, treffe ich ihn hart auf den rechten Wangenknochen.

»Aua«, sagt er und reibt sich die Seite seines Gesichts.

»Reiß dich zusammen«, erwidere ich verständnislos.

Er sieht mich durchdringend an. Ich habe Leos Augen oft genug aus der Nähe gesehen, um mir ihre genaue Farbe eingeprägt zu haben. Sie sind nicht braun, nicht wirklich: Stattdessen gibt es einen dunklen, rauchigen äußeren Ring, fast so schwarz wie die Pupille selbst. Dann eine helle bernsteinfarbene Iris, die mich an ein Tier im Dschungel denken lässt – einen Tiger oder einen Panther. Ein Raubtier, das im Dunkeln sehen kann.

Diese Augen können warm und lachend sein. Oder sie können grimmig und wild sein, so wie jetzt gerade. Sie studieren mich. Untersuchen jede meiner Bewegungen.

»Wovon hat er gesprochen?«, fragt Leo.

»Wer?«

»Dean«, sagt er ungeduldig.

»Oh. Es war nichts.«

»Es war nicht nichts. Ich habe dein Gesicht gesehen. Was war los?«

Ich seufze und verdrehe die Augen, um Zeit zu gewinnen, denn ich möchte das wirklich nicht erklären müssen. »Wir sind heute Morgen in der Umkleidekabine aneinandergeraten. Er will mich nur ärgern, weil er mich nackt gesehen hat.«

»Er hat dich nackt gesehen?«, zischt Leo.

»Ja«, sage ich, »aber wen interessiert das? Es ist nicht …«

Leo hört nicht zu. Mit zu Fäusten geballten Händen starrt

er wieder zu Dean hinüber. Er sieht angespannt und verärgert aus, als wolle er hinübersprinten und sich auf Dean stürzen.

»Hey!«, sage ich. »Wir sollten doch …«

Leo wird ärgerlich. »Warum hast du mir das heute Morgen nicht gesagt?«

»Wovon redest du?«

»Beim Frühstück. Warum hast du mir nicht gesagt, dass das passiert ist?«

Er funkelt mich an, aber ich kenne Leo gut genug, um etwas anderes in seinem Gesicht zu sehen als Zorn. Etwas, das mehr wie eine Verletzung oder ein Misstrauen aussieht.

»Ich weiß es nicht«, stottere ich. »Die ganze Sache war dumm …«

»Wenn er dich noch mal anfasst …«, knurrt Leo.

»Das wird er nicht. Leo, du musst dich verdammt noch mal beruhigen …«

Bevor ich noch etwas sagen kann, ruft der Professor die Klasse wieder zur Ordnung.

Leo ist weiterhin total geladen, und seine Augen kehren immer wieder zu Dean auf der anderen Seite des Raumes zurück.

Und Dean blickt zurück – nicht so oft, aber mit einer kalten Wut, die Leos Hitze locker standhält.

Mir dreht sich der Magen um. Der Unterricht hat kaum begonnen, und schon gerät Leo in eine Art Rachefeldzug gegen Dean.

So habe ich mir meinen Einstieg in Kingmarkers nicht vorgestellt.

Kapitel 7

Leo

Nach dem Kampfunterricht gibt es eine Mittagspause.

Anna plaudert mit Ares über Gegenangriffe, aber ich bin immer noch auf dieses verdammte Arschloch Dean fixiert. Ich erinnere mich daran, wie sein Blick über ihren Körper strich, als er sagte: »Ich habe es heute Morgen schon gesehen.« Als würde sie ihm verdammt noch mal gehören, nur weil er sie nackt gesehen hat.

Allein die Tatsache, dass er sie überhaupt gesehen hat, macht mich verdammt wütend. Ich glaube nicht, dass es ein Unfall war, nicht eine Sekunde lang. Und ich wette, Onkel Mikolaj wäre wütend, wenn er davon hören würde.

Ich soll auf Anna aufpassen, mich um sie kümmern. Bereits am ersten Tag hier versucht so ein Arschloch, sich an ihr aufzugeilen, indem er sie heimlich begafft.

Nicht nur irgendein Arschloch.

Sondern jemand, der uns Schaden zufügen will. Der uns unser ganzes Leben lang gehasst hat.

Während wir weitergehen, blicke ich finster drein und höre kaum Annas Gespräch mit Ares.

Dann sehe ich die eine Sache, die mich möglicherweise aufmuntern könnte.

Eine vertraute Gestalt lehnt an der Außenwand des Waffenlagers, die Hände in die Hosentaschen gesteckt. Er trägt die gleichen Klamotten wie alle anderen, aber irgendwie sieht es an ihm nicht wie eine Uniform aus. Vielleicht liegt es daran, dass ihm jedes Teil tadellos passt, oder daran, dass er der Einzige ist, der seine Hose in Salbeigrün statt in Grau oder Schwarz gekauft und mit einem Paar limitierter Turnschuhe kombiniert hat – von denen ich weiß, dass sie sofort ausverkauft waren, als sie auf den Markt kamen. Aber natürlich hat Miles schon immer bekommen, was er wollte.

Seine unordentlichen dunklen Locken hängen ihm über das Gesicht, und er macht einen gelangweilten Gesichtsausdruck, der zeigt, dass er dem Freund, der ihm ins Ohr plappert, kaum zuhört.

»Anna«, sage ich und unterbreche ihr Gespräch, »schau!«

Als sie aufblickt, strahlt sie, was nur sehr selten vorkommt.

»Miles!«, schreit sie und läuft zu ihm hinüber.

Miles ist Annas und mein Blutscousin. Seine Mutter ist die Schwester meines Vaters, und sein Vater ist der Bruder von Annas Mutter, wenn man diese Zusammenhänge zu entwirren versucht.

Er ist ein Jahr älter als wir, also ist er bereits in seinem zweiten Jahr in Kingmakers. Das bedeutet, dass wir keine Kurse mit ihm haben werden, aber ich habe gehofft, dass wir ihn ziemlich oft auf dem Campus sehen werden.

Er schaut zu uns. Die rechte Seite seines Mundes verzieht sich zu einem langsamen, trägen Lächeln.

»Hey, Kleine«, sagt er zu Anna und erlaubt ihr, für eine Umarmung unter seinen Arm zu schlüpfen und ihm sogar einen flüchtigen Kuss auf die Wange zu geben. Dann nickt er mir zu. »Hey, Superstar«, begrüßt er mich und gibt mir einen Faustschlag.

»Ich dachte, du würdest oben auf den Mauern mit einem Willkommensbanner auf uns warten«, sage ich.

Miles lacht leise. »Tut mir leid, dich zu enttäuschen.«

Wenn es eine Sache gibt, die ich über meinen Cousin weiß, dann, dass er sich einen Dreck darum schert, Leute zu enttäuschen. Ich glaube sogar, sein größtes Vergnügen überhaupt ist es, Erwartungen zu trotzen. Oder vielleicht in Schwierigkeiten zu geraten und dann genauso schnell wieder aus ihnen herauszufinden.

Wie Miles seinen Abschluss in Preston Heights geschafft hat, ohne von der Schule verwiesen zu werden, ist mir ein Rätsel. Er braucht wohl kaum Kingmakers, um zu lernen, wie man sich außerhalb der Grenzen des Gesetzes bewegt. Auf unserer Highschool betrieb er eine Lieferkette mit zehn verschiedenen Arten von Schmuggelware – alles von Partydrogen bis zu Spickzetteln. Wahrscheinlich erzielte er einen siebenstelligen Gewinn, als er seinen Abschluss machte.

Nicht, dass er das Geld gebraucht hätte. Sein Vater war acht Jahre lang Bürgermeister von Chicago, ganz zu schweigen vom Boss der gesamten irischen Mafia. Die Griffins schwimmen im Geld, und Miles ist in einem Haus am See aufgewachsen, das aussieht wie ein durchsichtiges Prisma aus Glas, welches auf Stelzen thront. Keine Vorhänge – nur Bäume rundherum und dann offenes Wasser entlang des Seeufers. In bestimmten Räumen des Hauses kann man nach unten schauen und Fische unter den Füßen schwimmen sehen.

»Das ist Ozzy«, sagt Miles und stellt uns seinen Freund vor.

Ozzy ist eher klein, stark tätowiert und durch Nase, Augenbraue und jeden Zentimeter seiner Ohren gepierct. Er trägt einen Pullunder ohne Hemd darunter, sodass ich die Tätowierungen sehen kann, die an beiden Armen herunterlaufen. Die meisten davon sehen aus, als wären sie bestenfalls von Amateuren gemacht worden, sehr wahrscheinlich von ihm selbst mit seiner nicht dominanten Hand.

»Die Cousins.« Er grinst und schüttelt uns kräftig die Hand. »Warum zum Teufel seid ihr alle so groß? Was tun die euch in Chicago in die Milch? Es ist schon schlimm genug, neben Miles zu stehen.«

»Gib uns nicht die Schuld dafür«, sagt Miles und nickt in Richtung Ares. »Er ist unabhängig von uns so groß geworden.«

»Das ist Ares«, stelle ich ihn vor. »Er kommt aus Syros.«

»Wo zum Teufel liegt das?«, fragt Ozzy.

»Es ist eine griechische Insel«, sagt Ares unbeeindruckt. »In der Nähe von Mykonos.«

»Verstehe«, sagt Ozzy mitfühlend. »Ich komme aus Tasmanien, und dort interessiert sich auch niemand für den Ort. Die würden uns gar nicht kennen, wenn es nicht die Looney Toons gäbe.«

»Ich kenne die Looney Toons nicht«, gibt Ares zu.

»Tja, Scheiße.« Ozzy lacht. »Dann ist es ja egal. Der Punkt ist, dass es mir lieber ist, wenn niemand weiß, woher ich komme, als dass sie immer wieder dieselben verdammten Witze machen müssen. Das sind doch alles Klischees! Die denken, wir sagen *cunt, mate* und *how ya goin'*.«

»Du sagst all diese Dinge«, stellt Miles fest.

»Aber nicht die ganze Zeit!«, empört sich Ozzy.

»Buchstäblich die ganze Zeit«, sagt Miles.

Ozzy ignoriert ihn und fährt mit seiner Rede fort: »Jedes Mal, wenn jemand zu mir *g'day mate* sagt, würde ich mir am liebsten den Arm ausreißen und ihn damit erschlagen.«

»Das kannst du auch machen, wenn dein Arm noch dran ist«, entgegnet Miles trocken.

»Es wäre aber nicht so dramatisch«, sagt Ozzy.

»Ich würde nie versuchen, dich davon abzuhalten, dramatisch zu sein«, sagt Miles.

»Das würde dir auch gar nicht gelingen.« Ozzy grinst.

»Oh, Achtung«, sagt Miles leise und versucht, hinter Ares zu treten, damit er nicht gesehen werden kann.

Zu spät, denn eine wütende Stimme schreit: »Netter Versuch, Griffin. Ich sehe dich da drüben und will meinen Stift zurück, und zwar sofort!«

Ein Professor stürmt auf uns zu. Sein dicker Bauch überragt den Rest seines Körpers, und vor lauter Wut ist er ganz rot im Gesicht. Er trägt einen Tweed-Sportmantel und hochglanzpolierte Budapester. Auf seiner Nasenspitze befindet sich eine silberne Brille, die fast genau die gleiche Farbe hat wie sein Bart. Er sieht aus wie ein intelligenter Mann, der gerade in den Wahnsinn getrieben wird, die Haare stehen ihm zu Berge, und sein Sportmantel ist am falschen Loch zugeknöpft.

So wie ich meinen Cousin kenne, kann ich genau erahnen, was der Anstoß zum Wahnsinn sein könnte.

Miles, der die Hände immer noch in die Hosentaschen gesteckt hat, tritt hinter Ares hervor. Sein Gesicht ist ein Abbild von verwirrter Unschuld. »Warum sollte ich Ihren Stift haben, Professor? Was würde er mir nützen – Sie wissen, dass ich mir nie Notizen mache.«

»Versuche es gar nicht erst«, zischt der Professor, dessen blasse Augen sich hinter seiner Brille wölben. »Versuche nicht, mich zu veralbern. Ich habe vier Stifte verloren, seit das Semester begonnen hat – vier sehr teure Stifte. Jeder einzelne davon ist verschwunden, während du in meiner Klasse warst.«

»Ich glaube nicht, dass ich der Einzige in dieser Klasse bin«, sagt Miles mit ruhiger Vernunft.

»Du bist der Einzige mit langen Fingern und frech genug, mich zu bestehlen«, sagt der Professor und steht mit seiner Nase nur einen Zentimeter von Miles' entfernt.

»Ist Ihr Stift nicht genau da?«, fragt Miles und nickt in Richtung der Brusttasche des Mantels des Professors.

»Das ist ein *anderer* Stift«, antwortet der Professor und macht keinen Hehl daraus, wie wütend er ist. »Es ist der letzte, der sich in meinem Besitz befindet. Das ist ein *La Dona Menagerie*-Füllfederhalter mit Krokodilkopf-Design, einzeln nummeriert, einer von nur 888, die jemals hergestellt wurden!«

Wir alle bestaunen das Stückchen Stift des Professors, das aus seiner Tasche herausragt. Ich habe keine Ahnung von Kugelschreibern, doch die filigrane silberne Kappe sieht teuer aus – vor allem, wenn die winzigen roten Steine, mit denen sie übersät ist, echte Rubine sind.

»Wie du *sehr wohl weißt*«, zischt der Professor Miles an, »war der Stift, den du heute Morgen gestohlen hast, ein Romain Jerome, hergestellt aus wiedergewonnenen Materialien von der *Titanic*. Jeder völlig anders in Farbe und Stil.«

»Das klingt wirklich schön«, sagt Miles. »Aber leider verwende ich nur Montblancs. Romain Jerome ist ein bisschen zu spießig für meinen Geschmack.«

Der Professor sieht aus, als würde er auf der Stelle ein Aneurysma bekommen. Sein Gesicht ist nicht mehr nur rot, sondern tieflila geworden.

Entgeistert bellt er: »Leere deine Taschen aus!«

»Braucht man dafür nicht einen Durchsuchungsbefehl?«, sagt Miles in diesem trockenen Ton, der nie verrät, ob er scherzt oder nicht.

»Wenn du einen Fuß auf diesen Campus setzt, übergibst du dein Leben an mich, Junge«, zischt der Professor. »Ich könnte dich ausziehen und nackt am Torhaus aufhängen lassen, wenn es mir Spaß machen würde.«

»Professor Graves …«, sagt Miles und zieht die Augenbrauen hoch, »ich wusste nicht, dass Sie so über mich denken …«

Die Hand des Professors zuckt, und ich bin mir ziemlich sicher, dass er Miles an der Kehle packen und erdrosseln will. Das wollte ich auch schon das eine oder andere Mal tun, also habe ich ein gewisses Maß an Mitgefühl. Aber der Großteil meiner Konzentration gilt der unmöglichen Aufgabe, das Lachen zu unterdrücken, das in mir aufzusteigen droht. Professor Graves ist eindeutig kurz davor, auszuflippen, und es wäre typisch für Miles, ihn bis zum Äußersten zu reizen, nur damit sich seine Wut stattdessen an mir entlädt, weil ich dumm genug bin, ein Lachen von mir zu geben.

»Leere. Deine. Taschen. Aus«, schimpft der Professor.

»In Ordnung«, sagt Miles und tut so, als würde er sich zum Gehorsam zwingen.

Er leert seine Hosentaschen aus, und zum Vorschein kommen nur ein paar Münzen, ein einzelner Kaugummi und ein gebogenes Stück Draht, das wie Müll aussieht – obwohl ich den leisen Verdacht habe, dass man damit ein kleines, einfaches Schloss knacken könnte. Wie ein Schloss, mit dem man einen Schreibtisch verschließt.

»Hm.« Miles zuckt mit den Schultern. »Kein Stift, schätze ich.«

Professor Graves kneift die Augen zusammen und mustert Miles noch einmal, als ob er besagten Stift hinter seinem Ohr versteckt haben könnte. Ich merke, dass er keinen Rückzieher machen will, aber es fällt ihm auch nichts Weiteres ein, wo Miles ihn sonst versteckt haben könnte. Mein Cousin würde nie etwas so Banales wie eine Büchertasche tragen.

»Das war das letzte Mal, dass ich dich gewarnt habe«, sagt er zu Miles in stiller Wut.

»Professor«, sagt Miles, »ich weiß, dass wir letztes Jahr einen holprigen Start hatten, aber dieses Jahr bin ich fest entschlossen, Ihre höchsten Erwartungen an mich zu erfüllen. Ich glaube wirklich, dass ich Sie überraschen werde.« Sein Gesicht ist in einem solchen Ausdruck von Aufrichtigkeit fixiert, dass sogar ich es fast glaube.

»Das bezweifle ich«, entgegnet Professor Graves kalt. »Und jetzt verschwindet von hier, das ist kein Ort, an dem man sich versammeln sollte.«

»Ja, Sir«, sagt Miles mit einem kleinen Salut.

Der Salut geht von seiner Stirn direkt auf den Professor zu. Graves wendet sich bereits ab, sodass er nicht sieht, wie Miles' flinke Fingerspitzen Kontakt mit der Brusttasche seines Jacketts aufnehmen. Selbst ich hätte das Aufblitzen des Silbers in der Hand meines Cousins nicht bemerkt, wenn ich nicht darauf geachtet hätte.

Der Professor schlendert davon.

Miles wartet, bis er ganz weg ist, bevor er Professor Graves' allerletzten Stift hochhält und die feine Silberkappe so dreht, dass sie im Sonnenlicht glänzt.

»Er hat recht«, sagt Miles. »Das ist wirklich ein teurer Stift.«

»Willst du ihn zu deiner Sammlung hinzufügen?« Ich lache.

»Oh, die anderen habe ich nicht behalten«, entgegnet Miles achtlos. Und damit wirft er den Stift in ein Grasbüschel am Rande des Waffenlagers. Ich sehe, wie Ares einen wehmütigen Blick darauf wirft, als ob er ihn hätte benutzen wollen, aber er bückt sich nicht, um ihn wieder aufzuheben. Ozzy hat keine solche Zurückhaltung – er schnappt ihn sich und steckt ihn in seine Tasche.

»Warum gehst du hier aufs College, wenn du fest entschlossen bist, die Dozenten zu ärgern und nie etwas zu lernen?«, fragt Anna Miles.

»Oh, ich lerne Dinge«, antwortet Miles. »Nur nicht genau das, was sie lehren.«

»Was lehrt dieser Professor?«, will ich wissen.

»Finanzen«, erwidert Miles. »Ihr werdet ihn wahrscheinlich auch haben. Zum Glück hat keiner von euch den Nachnamen Griffin, also wird er euch das nicht übel nehmen.«

Da bin ich mir nicht so sicher. Aber auf der anderen Seite weiß ich, dass Miles nicht der einzige Studierende ist, der in Kingmakers Ärger macht.

Da wir gerade dabei sind …

»Ich habe Dean Yenin gesehen«, erzähle ich Miles.

»Ach ja?«, sagt er ohne großes Interesse.

»Er ist ein genauso großes Arschloch, wie man es erwarten würde.«

Miles zuckt mit den Schultern. »Arschlöcher und Psychopathen. Das ist die Hälfte der Studierenden hier.«

»Die anderen haben keinen Groll gegen uns.«

»Sei dir da nicht so sicher«, sagt Miles. »Wie auch immer, mir ist jeder Groll egal. Unsere Großväter wollten sich gegenseitig umbringen – wen interessiert das schon? Wir haben keinen von beiden je getroffen.«

Eigentlich ist Miles der Einzige von uns, der Opa Enzo kennengelernt hat, auch wenn Miles damals noch ein Baby war. Außerdem hat er noch seinen anderen Großvater Fergus Griffin, während meine beiden tot sind. Vielleicht tut er deshalb so, als wäre es ihm egal. Oder vielleicht ist Miles wirklich alles scheißegal.

Ich stand Miles noch nie so nahe wie Anna. Nicht nur, weil er ein Jahr älter ist als wir, sondern weil er der einzige Junge ist, den ich kenne, der mich ein bisschen einschüchtert. Er ist so verdammt rücksichtslos. Wenn es eine Regel gibt, will er absichtlich gegen sie verstoßen, nur um zu sehen, was passiert. Für ihn gibt es keine Grenze. Es gibt nichts, was er nicht tun würde.

Er erinnert mich an meinen Onkel Nero, der verdammt unheimlich sein kann. Eigentlich sind die meisten meiner Verwandten auf die eine oder andere Weise unheimlich. Onkel Dante ist so groß wie ein Büffel und könnte einem mit zwei Fingern den Rücken brechen. Ich habe Gerüchte darüber gehört, was mein eigener Vater tun musste, um seine

Position als Don zu sichern. Selbst meine Tante Aida – die Mutter von Miles – hat diese wilde Ader, die man von einer Politikergattin mit drei Kindern nicht erwarten würde. Auf einer Reise nach Hawaii sah ich, wie sie sich von einer dreißig Meter hohen Klippe ins Meer stürzte, lachend wie eine Verrückte, ohne zu wissen, was unten im Wasser auf sie wartete.

In gewisser Weise tröstet es mich, zu wissen, dass sie alle diesen Anflug von Verrücktheit teilen, der manchmal in mir hochkocht.

Aber es macht mir auch Angst, weil es sich anfühlt, als wären wir alle Rennwagen, die herumrasen und sich kaum noch an irgendeine Kontrolle halten können.

In Preston Heights war ich von einem Haufen Camrys und Fiats umgeben. Jetzt bin ich in Kingmakers mit einer ganzen Menge anderer aufgemotzter Rennfahrer. Und in der Masse der Ferraris und Maseratis scheint es unmöglich, dass keiner von uns kollidiert und spektakulär in Flammen aufgeht.

Miles und Ozzy gesellen sich zu Anna, Ares und mir zum Mittagessen in die Mensa. Die Tische sind voll mit Studierenden.

Miles zeigt auf einige der Kinder aus Familien, die wir kennen – Leute, die ich schon einmal getroffen habe oder von denen ich nur am Rande gehört habe.

»Das da drüben ist Calvin Caccia«, sagt Miles und nickt in die Richtung eines mürrisch aussehenden Jungen mit einem riesigen Diamantstecker in einem Ohr, der so schnell wie möglich einen Teller mit frisch zubereiteter Pasta hinunterschaufelt. »Er ist im dritten Jahrgang, Erbe einer der Fünf Familien in New York.«

Neben Calvin sitzt ein schmächtiger Junge mit Brille, der seinem Freund ununterbrochen ins Ohr quatscht.

»Das ist Damari Ragusa«, sagt Miles. »Er sieht nicht beängstigend aus, aber er hat ein halbes Dutzend Geschwister hier am College, und sie sind alle mit den italienischen Familien in Palermo und New York verbunden.«

»Ich glaube, ich habe seinen Bruder auf dem Schiff hierher getroffen«, sage ich.

»Matteo?«, fragt Miles, der schon vor mir dran ist. »Ja, er ist das Nesthäkchen der Familie. Wahrscheinlich ist er Buchhalter wie der Rest der Familie.«

»Wer ist das da drüben?«, fragt Ares und deutet auf einen Tisch mit gepflegten Studierenden. Sie tragen Uniformen wie der Rest von uns, aber es umgibt sie ein undefinierbarer Hauch von Stil und Wohlstand. Es hilft, dass die Hälfte von ihnen blond und extrem gut aussehend ist.

»Das sind Jules und Claire Turgenew, Neve und Ilsa Markov, Louis Faucheux und Coraline Paquet«, zählt Miles ohne Zögern auf. »Die Markov-Schwestern sind aus Moskau, und die Turgenews sind Pariser Bratwa.«

»Geschwister?«, fragt Ares.

Jules und Claire Turgenew sehen sich sehr ähnlich – beide haben das gleiche aschblonde Haar und Augen von einem sonderbaren rauchigen Grün. Sie sehen eher wie Dichter als wie Mafiosi aus – Jules' Haare sind lang und hell von der Sonne, und er trägt ein Kreuz, das von einem Ohr baumelt. Claire hat einen verträumten Ausdruck und deutliche Spuren von Farbe unter ihren Fingernägeln.

»Cousin und Cousine«, korrigiert Miles ihn. »Eigentlich eine etwas chaotische Situation. Claire ist ein Jahr älter, aber Jules ist der erste Junge. Ihre Mutter und sein Vater sind Halbgeschwister. Sie betreiben die Pariser Bratwa als Triumvirat, mit Claires Dad als drittem Mitglied. Ich bin mir nicht sicher, wer eigentlich erben soll oder ob sie vorhaben, das beizubehalten. Jules und Claire sind beide als Erben eingetragen.«

»Jules wohnt bei mir im Gebäude«, sage ich.

»Er ist im ersten Jahr.« Miles nickt. »Claire ist im zweiten.«

»Da ist Bram Van Der Berg.« Anna blickt in Richtung des Tisches, an dem Bram mit einem halben Dutzend Freunden sitzt – allerdings ist Dean nicht dabei. »Wir haben ihn in Dubrovnik kennengelernt. Er war ein ziemliches Arschloch.«

»Alle Penose sind so«, sagt Miles achtlos.

Miles scheint jeden zu kennen, und jeder kennt ihn. Ein Dutzend verschiedener Leute kommen an unserem Tisch vorbei, um ihm einen kurzen Faustschlag zu geben oder eine Frage zu stellen oder zu quatschen. Sogar die Studierenden im dritten Jahrgang scheinen ihn zu respektieren.

Zweimal sehe ich, wie jemand Miles Bargeld zusteckt, während er ihm die Hand schüttelt, und einmal sehe ich, wie er im Gegenzug ein Päckchen zurückreicht. Sieht so aus, als würde mein Cousin seine alten Tricks wieder anwenden. Ich bin sicher, was immer er liefert, ist in der isolierten Umgebung der Insel umso wertvoller.

»Er ist auch in unserem Haus«, sage ich und nicke in Richtung Hedeon Gray, der neben seinem Zimmergenossen Kenzo Platz genommen hat, es aber wahrscheinlich bereut, da sich alle Freunde von Kenzo auf Japanisch unterhalten.

Hedeon ist gut aussehend, hat ein ausgeprägtes Kinn, einen athletischen Körperbau und frisch geschnittenes dunkles Haar, das zu einem Undercut gestylt ist. Aber er hat einen permanent finsteren Blick und meistens die Arme vor der Brust verschränkt, was ihn grundsätzlich unnahbar wirken lässt. Er stürzt sich auf sein Mittagessen, als ob er es hassen würde.

»Sie haben ihn zum Erben gemacht, hm?«, sagt Miles und zieht die Augenbrauen hoch.

»Warum sollte er das nicht werden?«

»Er ist adoptiert«, sagt Miles. »Er ist nicht wirklich ein Gray. Und er ist auch nicht der einzige adoptierte Sohn. Sein Bruder ist gleich da drüben.«

Miles neigt seinen Kopf in Richtung eines Tisches mit Vollstreckern. Ich hoffe, er meint nicht den Kerl, der aussieht, als wäre er mit einem stumpfen Meißel aus Granit gehauen worden. Er sieht noch mürrischer aus als Hedeon, wenn so etwas möglich ist.

»Das ist sein Bruder?«

»Silas Gray.« Miles nickt. »Nun, das ist der klassische Psychopath. Die Grays haben mehr Geld ausgegeben, um seine Opfer auszuzahlen, als er jemals für sie verdienen wird. Wahrscheinlich haben sie deshalb den Titel an Hedeon gegeben.«

Mir ist aufgefallen, dass Hedeon es nicht einmal in Betracht gezogen hat, sich an den Tisch seines Bruders zu setzen. Sonderlich gern scheinen sie sich nicht zu haben, wenn sie nicht einmal zusammen essen wollen.

»Wo ist der Dekan?«, frage ich Miles neugierig. »Ich dachte, wir würden ihn zu Beginn kennenlernen.«

Ich erinnere mich an die tintenschwarze Unterschrift von Luther Hugo auf meinem Kingmakers-Annahmebrief.

»Glaub mir, es ist besser, wenn du ihn nicht triffst«, sagt Miles. »Wenn du ihm begegnest, bedeutet das, dass du ziemlich tief in der Scheiße steckst.«

»Ist er einschüchternd oder so?«, frage ich.

»Ja«, sagt Miles unverblümt. »Wie auch immer, du wirst ihn kennenlernen, sobald das *Quartum bellum* beginnt.«

»Wann wird das sein?«, frage ich und versuche, den Eifer aus meiner Stimme herauszuhalten.

»In ein paar Wochen«, sagt Miles.

»Willst du versuchen, Kapitän zu werden?«

»Nein, verdammt.« Miles schüttelt den Kopf. »Ich will mit dieser Scheiße nichts zu tun haben.«

»Ich würde es annehmen«, sagt Ozzy. »Es ist besser, der Boss zu sein, als auf ein anderes Arschloch hören zu müssen, das den Job bekommt. Es ist wie mit dem Präsidentenamt – derjenige, der den Job wirklich will, ist wahrscheinlich am wenigsten geeignet dafür.«

»Aber du hast gesagt, du willst es«, sagt Miles.

»Genau.« Ozzy grinst. »Und ich bin am wenigsten geeignet dafür.«

»Was ist mit euch?«, sage ich zu Anna und Ares.

»Vielleicht«, antwortet Anna und runzelt die Stirn. »Ich müsste mehr darüber wissen.«

Ich schaue zu Ares hinüber, um seine Meinung zu hören.

»Ich nicht.« Er schüttelt den Kopf. »Daran bin ich nicht interessiert.«

Ich weiß nicht, ob das tatsächlich stimmt oder ob Ares nur denkt, dass niemand Befehle von jemanden annehmen will, der nicht gerade an der Spitze der sozialen Ordnung steht.

»Ich will es«, sage ich bestimmt. »Weil ich die ganze verdammte Sache gewinnen will.«

Miles spottet: »Neulinge gewinnen nie.«

»Aber ich werde es.«

Miles schüttelt nur den Kopf über mich und lacht leise. »Du änderst dich nie, Cousin.«

***

In dieser Nacht passiert etwas mit mir, was noch nie zuvor geschehen ist.

Ich liege in meinem Bett, während Ares auf der anderen Seite des Zimmers fest schläft. Er scheint in der Sekunde bewusstlos geworden zu sein, in der sein Kopf das Kissen berührt hat, aber ich bin immer noch viel zu aufgedreht aufgrund der Tatsache, dass ich tatsächlich in Kingmakers bin, auf einer Insel mitten in der Adria.

Mein Gehirn rast mit all den Eindrücken und Geräuschen des Tages plus all den wilden Fantasien, die ich für das kommende Jahr habe.

Fantasien sind so viel mehr als Träume – sie sind eine Vision des Weges, den man gehen muss, um zu bekommen, was man will.

Professionelle Sportler wissen das. Die Visualisierung in deinem Kopf ist genauso wichtig wie das körperliche Training im Fitnessstudio.

Wenn ich also hier so liege, schwelge ich nicht nur in angenehmen Träumen. Ich stelle mir meine Zukunft vor.

Ich sehe mich selbst als Captain. Ich sehe mich selbst als den ersten Neuling, der das *Quartum bellum* gewinnt. Und dann sehe ich mich selbst als Don von Chicago. Ich werde der mächtigste Mafiaboss an der Ostküste. Und schließlich in ganz Amerika.

Die Fantasie baut sich immer weiter auf, wenn ich sehe, wie mein zukünftiges Ich einen Erfolg nach dem anderen erzielt.

Aber weil ich erschöpft bin, verliere ich nach einiger Zeit die Kontrolle über mein Gehirn, und es beginnt zu treiben und zu schweben, es fängt an, diese Visionen ohne jede bewusste Kontrolle zu spinnen. Was ich sehe, wird detailreicher, realer als der Raum um mich herum oder das Rauschen des Meeres, das weit unten an die Klippen schlägt.

Ich sehe die Villa, in der ich eines Tages leben werde, noch größer und prächtiger als das Haus meiner Eltern. Ich sehe eine Jacht, einen Privatjet, ein Bankkonto mit einer unfassbaren Anzahl von Nullen.

Und dann sehe ich etwas, was ich noch nie gesehen habe: zwei kleine Kinder, die in meinem Haus herumlaufen. Zwillinge, die genau gleich groß sind. Sie sind von mir weggedreht, sodass ich ihre Gesichter nicht sehen kann, aber ich höre ihre hohen Stimmen, wie sie sich unterhalten und lachen, und ich sehe ihre dunklen Locken, genau wie meine in diesem Alter. Ich höre ihre kleinen Füße, wie sie über einen dicken Perserteppich von mir weglaufen.

Ich habe mir noch nie vorgestellt, Kinder zu haben. Ich schätze, ich bin immer davon ausgegangen, dass ich welche haben würde, aber ich bin erst achtzehn – das ist nichts, was ich jetzt unbedingt erleben möchte.

Dennoch macht es Sinn, dass eine Vision meiner Zukunft die Kinder einschließt, die die Gallo-Linie fortführen werden. Warum ein Imperium aufbauen, wenn niemand da ist, der es erhält?

Und in diesem traumähnlichen Zustand spüre ich, wie ich mich umdrehe und nach meiner Frau suche.

Stattdessen sehe ich Anna direkt hinter mir stehen. Sie trägt ein elegantes, schwarzes Kleid, ihr langes, blondes Haar liegt über den Schultern.

Sofort habe ich ein schlechtes Gewissen, weil ich Anna nicht so ansehen soll. Jeder Idiot kann sehen, dass sie schön ist, aber ich sollte nicht bemerken, dass sie *sexy* ist. Ich soll mir nicht vorstellen, meine Hände um ihre schmale Taille zu legen oder meine Lippen auf die seidig glatte Haut an ihrem langen, eleganten Hals zu drücken. Ich soll mir nicht vorstellen, die dünnen Träger des Kleides über ihre Schultern zu ziehen, ihre wunderschönen Brüste zu entblößen und sie mit meinen Händen zu bedecken …

Mein ganzes Leben lang hat man mir gesagt, dass Anna zur Familie gehört. Ich wurde dazu erzogen, sie wie eine Schwester oder eine Cousine zu behandeln.

Jedes Mal, wenn ich bemerkte, wie gut ihr Haar roch oder wie voll ihre Lippen geworden waren, unterdrückte ich diesen Gedanken, wenn auch aus keinem anderen Grund, als um Onkel Miko davon abzuhalten, mich zu ermorden. Ich redete mir ein, dass es noch andere schöne Mädchen gab und dass ich ihnen Aufmerksamkeit schenken sollte.

Ich habe es versucht … Ich ging auf so viele Dates. Aber zu oft, wenn ich die Chance hatte, ein Mädchen ein zweites oder drittes Mal auszuführen, kam irgendetwas mit Anna dazwischen – sie bat mich, mir mit ihr einen Film anzuschauen, oder erzählte mir, dass sie auf irgendeine Party geht. Und jedes Mal zog ich es vor, stattdessen mit ihr abzuhängen.

Jetzt, in diesem Traumzustand, sehe ich Anna vor mir stehen, wie sie am umwerfendsten und sinnlichsten aussieht. Jede ihrer Körperkonturen ist fein und genau wie ein Kalligrafiestrich. Ihre eisblauen Augen sind auf meine fixiert und ihre vollen, schmollenden Lippen zu diesem spöttischen Lächeln geschwungen, dem ich noch nie widerstehen konnte. Diesem Lächeln, das mich dazu bringt, die gefährlichsten Dinge mit ihr tun zu wollen, nur um sie zu beeindrucken …

Sie fährt mit ihren Fingern meine Brust hinunter, den ganzen Weg von meinem Brustbein bis hinunter zum Bund meiner Jeans, und schaut dann zu mir auf. »Leo … ist dein Schwanz auch so groß wie der Rest von dir?«

Ich schlucke schwer. »Willst du ihn sehen?«, flüstere ich.

Anna nickt, ohne ihren Blick von meinem abzuwenden.

»Mach du es«, sage ich. »Mach meine Hose auf.«

Ich sehe, wie ihre schlanken, blassen Hände mit dem Knopf meiner Jeans kämpfen. Beim zweiten Versuch gelingt es ihr. Danach zieht sie den Reißverschluss herunter. Meine Jeans rutscht von mir hinab und verschwindet. Auf magische Weise tut meine Unterwäsche das Gleiche.

Mein Schwanz springt auf, härter, als ich ihn je gesehen habe. Pochend, darauf brennend, berührt zu werden.

Anna schaut ihn mit großen Augen an. »Darf ich ihn anfassen?«, fragt sie.

Ich sollte Nein sagen. Ich sollte aufhören.

Aber weil dies bloß ein Traum ist, mache ich stattdessen, was ich will.

»Nur zu«, sage ich.

Anna kniet sich vor mir nieder. Sie spreizt ihre vollen, rosigen Lippen und nimmt den Kopf meines Schwanzes in den Mund.

Ich spüre einen letzten Stich von Schuldgefühlen, und dann höre ich auf, daran zu denken, denn alles, was ich spüre, ist das exquisite Gefühl von Annas Mund um meinen Schwanz, Annas Zunge, die über die empfindlichsten Stellen streichelt, ihre weichen Lippen, die am Schaft auf- und abgleiten.

Noch nie habe ich so etwas Himmlisches gefühlt. Ich stoße immer wieder in ihren Mund, bis ich ihre leise Stimme murmeln höre: »Mach schon, spritz in meinem Mund ab.«

Anna diese Worte sagen zu hören, stellt schreckliche Dinge mit meinem Hirn an.

Und dann komme ich so gewaltig, dass sich heißes Sperma wie Lava über meinen Handrücken ergießt.

Ich schrecke auf und merke, dass es meine eigene Hand ist, die meinen Schwanz umklammert, nicht Annas Mund. Anna ist überhaupt nicht hier. Ich bin allein in meinem Bett, schwitzend und zitternd nach dem härtesten Orgasmus meines Lebens.

Der Raum ist stockdunkel. Bestimmt habe ich ziemlich laut geschrien. Ich warte in der Stille, mein Herz klopft vor Verlegenheit, und ich bete, dass Ares es nicht gehört hat.

Auf der anderen Seite des Raumes ist sein Atem immer noch langsam und gleichmäßig. Sein Rücken ist ein massiver Klotz unter der Decke, und er bewegt sich nicht.

Gott sei Dank!

Meine Hand ist ein einziges Chaos, und meine Laken sind es auch.

Scheiße, ich kann nicht glauben, dass ich wie ein verdammter Teenager gekommen bin.

Ich habe noch nie so einen lebendigen Traum gehabt.

Und ich habe noch nie von Anna geträumt. Ich kann fühlen, wie mein Gesicht im Dunkeln brennt.

Ich weiß, dass es falsch ist.

Meine Familie würde es nicht mögen. Ihre Familie würde es hassen. Sie würden denken, dass wir ekelhaft sind. Sie sehen uns als Cousin und Cousine. Ich meine, das sind wir ja auch, nur nicht blutsverwandt.

Und vor allem ist Anna meine beste Freundin. Was würde sie denken, wenn sie den Traum sehen könnte, den ich gerade hatte? Wäre sie wütend, dass sogar ich – ausgerechnet ich – nicht widerstehen kann, sie lüstern als Objekt zu sehen?

Ich sage mir, dass es nicht mehr vorkommen wird.

Aber mein Schwanz pocht immer noch so stark, dass ich ihn kaum in meine Hose zurückstecken kann.

Kapitel 8

Dean

Die ersten Wochen des Unterrichts sind die schwierigsten.

Allein das Auskundschaften der weitläufigen Anlage des Schlosses ist eine Herausforderung. Die Dozenten haben keine Geduld mit uns, wenn wir zu spät kommen, und sperren uns die Türen vor der Nase zu, wenn wir nicht ankommen, bevor der Kurs anfängt.

Langsam, aber sicher lerne ich, welche Gänge mich zu meinem Ziel führen und wie ich die hellen Weiten des offenen Hofes an den heißen, sonnigen Tagen meiden kann, wenn ich nicht schwitzend im Unterricht ankommen will.

Diese heißen Tage halten nicht lange an. Im Oktober wird die Luft morgens schon etwas kühler, und die Meeresbrise wechselt von erfrischend zu kühl. Immer mehr Studierende nutzen die Pullover und College-Jacken, die zu unseren Uniformen gehören.

Der Lehrplan ist strenger, als ich erwartet hatte. Gut, dass ich gern lese, denn wir bekommen ständig Projekte zugeteilt, die den Besuch der riesigen und höhlenartigen Bibliothek beinhalten, die mit staubigen ledergebundenen Büchern gefüllt ist, welche älter als Karl der Große sind.

Für die Studierenden, die dachten, wir würden nur lernen, wie wir unser Geld zählen, ist die anspruchsvolle Forschung über Gifte und Sprengstoffe, psychologische Analysen, internationale Finanzen und die endlose Betrachtung von Gesetzeslücken ein großer Schock.

Die Studierenden sind in vier Bereiche eingeteilt.

Die Vollstrecker werden hauptsächlich als Soldaten und Consiglieri arbeiten. Sie nehmen die meisten Kampfkurse von allen und lernen die praktischen Fähigkeiten, um Leute zu »überzeugen«. Ihr Lehrplan beinhaltet Verhandlungs- und Verhörkurse und auch Anatomie, damit sie lernen können, effizient zuzuschlagen. Und wie man eine Leiche zerstückelt und entsorgt, falls nötig.

Die Buchhalter konzentrieren sich vor allem auf Finanzen: Investitionen, Geldwäsche, Vermögensdiversifizierung und Zahlungsstrukturen. Das hätte mein Vater auch gelernt, wäre er nach Kingmakers gekommen. Stattdessen wurde er von dem Buchhalter ausgebildet, der den Job vor ihm innehatte.

Die Spione sind die kleinste Abteilung und die am wenigsten vertrauenswürdige. Jede Mafia-Gruppe braucht Spione, die sich mit Informationssystemen, Hacking, Gegenspionage, Verbindungsleuten und Sicherheit auskennen. Aber eine ihrer Hauptaufgaben ist es, Maulwürfe und Verräter innerhalb der eigenen Organisation aufzuspüren. Aus diesem Grund gibt es einen gewissen schonungslosen Ton in ihren Studien.

Der Lehrplan der Erben ist der anspruchsvollste von allen. Von uns wird erwartet, dass wir lernen, zu lenken und zu kontrollieren, doch wir müssen auch die Verantwortlichkeiten aller verstehen, die unter unserem Kommando stehen werden.

Die ersten paar Wochen unter den Erben sind ein Gerangel um die Macht. Wir alle wollen an die Spitze, und keiner von uns ist es gewohnt, Befehle von jemand anderem anzunehmen.

Selbst in dem Gebäude, in dem ich wohne, stoße ich mit Bram zusammen, der es gewohnt ist, der Anführer seines Wolfsrudels zu sein. Ich glaube, er wollte sich mit mir ein Zimmer teilen, weil er dachte, er würde mich in seine Gruppe ziehen. Stattdessen habe ich ihn langsam, aber sicher meinem Willen gefügig gemacht.

Die männliche Hierarchie ist eine wahre Meritokratie. Um der Chef zu sein, muss man einfach der Beste sein.

Und ich bin der Beste.

Ich bin der Klügste, der Stärkste und der Rücksichtsloseste.

Bram ist witzig, und er weiß, wie man kämpft. Und er hat das Selbstvertrauen eines Anführers. Aber er knickt unter dem Druck all dieser Kurse ein. Er würde durchfallen, wenn ich ihm nicht helfen würde. Und das bedeutet, dass er mir einen Gefallen schuldet.

Es fängt ganz subtil an. Bram schaut zu mir herüber, um zu sehen, ob ich seinen Kommentaren zustimme oder ob ich über seine Witze lache. Die anderen Penose bemerken es. Bald schauen sie auch zu mir, um Zustimmung zu bekommen.

Dann ist da noch unsere Leistung in den jeweiligen Kursen. Die Erben werden ständig gegeneinander gewertet. Es dauert nicht lange, bis jeder sieht, wer in den Prüfungen und in den eher praktischen Fähigkeiten des Schießens, Kämpfens und Infiltrierens an die Spitze der Listen steigt.

Bald sammeln sich in unserer Clique alle um mich. Ich entscheide, was wir nach dem Unterricht oder am Wochenende machen sollen.

So unauffällig verschiebt sich die Macht. Bram wehrt sich anfangs dagegen. Aber schließlich gibt er nach, nennt mich seinen »besten Freund« und überlässt mir das letzte Wort.

Unsere Gruppe integriert einige der Moskauer Bratwa, die Armenier und auch ein paar türkische Arifs. Bald habe ich ein Rudel von einem Dutzend der Härtesten aus dem ersten Jahrgang auf dem Campus.

Währenddessen baut Leo Gallo seine eigene Gruppe auf. Er ist eher bereit, die Außenseiter aufzunehmen. Dieser Ares zum Beispiel – er ist ein verdammter Niemand. Bettelarm, mit keinen nennenswerten Freunden oder Verbündeten. Seine Eltern sind so gut wie keine Mafiosi.

Und dann ist da noch Leos beste Freundin, ein verdammtes *Mädchen*. Man macht eine Ballerina nicht zu seiner rechten Hand. Ich nehme an, die Tatsache, dass Anna unbestreitbar schön ist (trotz all der Scheiße, die sie sich ins Gesicht schmiert), hat seine Entscheidungsfindung getrübt.

Sie ist auch klug, das gebe ich zu. Sie und ich wetteifern um die besten Noten in unserem Jahrgang. Leo könnte mit uns mithalten, wenn er nicht zu gleichen Teilen faul und arrogant wäre.

Manchmal hängen sie mit ihrem anderen Cousin, Miles Griffin, und diesem australischen Punk, mit dem er sich herumtreibt, ab. Aber Miles gehört nicht so richtig zu ihrer Gruppe. Ich würde ihn nicht als Teil einer bestimmten Clique bezeichnen. Er ist ein einsamer Wolf und total chaotisch. Aber nützlich – wenn man Schmuggelware will, kann er sie besorgen. Ich habe seine Dienste selbst in Anspruch genommen, obwohl er mit dem mordenden, hinterhältigen Abschaum verwandt ist, der meinen Großvater getötet und meinen Vater lebendig verbrannt hat.

Ich hasse sie alle, verdammt!

Doch ich habe wichtigere Dinge, auf die ich mich konzentrieren muss.

Unter der Woche reiße ich mir beim Lernen den Arsch auf, und am Wochenende schmeißen die verschiedenen Abteilungen geheime Partys, die verdammt lustig sein können, manchmal auf dem Campus und manchmal in versteckten Winkeln der Insel.

Ich fange an, mich an diesem Ort sicher zu fühlen. Tatsächlich fange ich sogar an, ihn zu mögen.

Ich habe das Haus meines Vaters nie gemocht, und ich habe Moskau verdammt noch mal gehasst.

Visine Dvorca ist wunderschön. Das Schloss auch. Es ist alt, aber es ist nicht dreckig und muffig wie das Haus meines Vaters. Es riecht nach Stein und sauberer Seeluft, manchmal nach warmer Hefe aus der Backstube und der Brauerei. Es gibt frische Orangen, warme Lorbeerblätter, wilde Minze und süßen Sauerampfer, der auf dem Gelände wuchert. Die Sonne kommt nach wolkigen Tagen immer wieder zurück, das Schloss ist kühl und feucht, und es gibt keinen verdammten Schnee, keinen Schneematsch oder Eis.

Und auch keinen Vater.

Ich fragte mich, ob ich ihn vermissen würde. Immerhin habe ich ihn jeden Tag gesehen. Er ist meine einzige Familie.

Ich vermisse ihn überhaupt nicht.

Ich denke kaum noch an ihn.

Einmal in der Woche schickt er einen Brief. Er ist kalt und förmlich, fragt, wie meine Noten sind, sagt mir, dass er hofft, ich würde mir hier einen Namen für unsere Familie machen.

Ich schreibe ihm auf die gleiche Art und Weise zurück, zähle die Prüfungen auf, in denen ich Bestnoten bekommen habe, und beschreibe ihm in möglichst nüchternen Worten, was wir lernen.

Der einzige Moment, in dem ich mich nicht ganz wohlfühle, ist spät in der Nacht, wenn ich nicht schlafen kann. Wenn ich auf meinem Bett liege, während Bram auf der anderen Seite des Zimmers schnarcht und die Wellen hart gegen die Kalksteinklippen schlagen.

Dann denke ich an meine Mutter.

Ich vermisse meine Mom. Ich vermisse sie, verdammt

noch mal! Ich weiß, man soll das nicht zugeben. Man soll es nicht einmal fühlen. Ich bin achtzehn, ich bin jetzt kein Kind mehr, sondern erwachsen. Ich sollte mich einen Dreck um meine Mom scheren. Schon gar nicht um eine Mutter, die eine Säuferin ist. Die uns verlassen hat.

Aber ich tue es trotzdem.

Und das hasse ich noch mehr.

Es ist acht Jahre her, dass sie heimlich ihre Tasche gepackt hat und in ein Flugzeug gestiegen ist. Fünf Jahre seit der letzten Karte, die sie zu meinem Geburtstag geschickt hat.

Ich war erst zehn, als sie ging. Sie hätte mich mitnehmen können.

Ich weiß, warum sie es nicht getan hat. Mein Vater hätte uns gefunden. Ich bin sein einziges Kind, sein einziger Sohn. Sein Erbe.

Aber sie hat es nicht mal versucht. Und ich bin so verdammt wütend auf sie.

Die Geburtstagskarten kamen aus Barcelona, Lissabon und London. Irgendwann hörte das auf.

Mein Vater hat sich nie zu den Karten geäußert, als sie ankamen oder später dann nicht mehr. Er hat überhaupt nicht mehr über meine Mutter gesprochen, seit sie weg ist.

Ich frage mich, ob er weiß, wo sie ist.

Ich frage mich, ob er weiß, was mit ihr passiert ist.

***

Sobald die Neuankömmlinge sich eingelebt haben, wechselt das beliebteste Gesprächsthema von gelegentlichen Erwähnungen des *Quartum bellum* zu einer Fixierung auf nichts anderes. Die Vorfreude ist groß, denn die Neulinge lassen ihren Ruhmesfantasien freien Lauf.

Dass die Studierenden der höheren Jahrgänge es genießen, uns mit ihren grausamsten Geschichten von vergangenen Wettkämpfen zu quälen, hilft dabei auch nicht gerade. Es ist unmöglich zu wissen, welche Geschichten der Wahrheit entsprechen und welche ausgeschmückt oder komplett erfunden sind, nur um unsere Gesichter blass werden zu sehen. Aber es scheint klar zu sein, dass jedes Jahr mindestens ein oder zwei Studierende schwere Verletzungen erleiden und einige sogar getötet wurden.

»Warum zum Teufel nehmen wir an diesem Wettbewerb teil?«, frage ich Bram.

Er ist seit dem ersten Tag fest entschlossen, der Kapitän des ersten Jahrgangs zu werden, und bringt das *Quartum bellum* mehr als jeder andere zur Sprache.

»Weil der Gewinner eine verdammte Legende ist!«, sagt er. »Niemand interessiert sich für deine Noten, nicht wirklich. Das ist die Chance, deine Überlegenheit gegenüber jeder anderen Mafia-Familie zu beweisen – die einzige Möglichkeit, es außerhalb eines echten Krieges zu tun.«

Er schleppt mich in die Trophäenhalle hinüber, die im Nebengebäude des Waffenlagers liegt.

»Schau!«, sagt er, und seine Augen glänzen vor Gier.

Der Flur ist mit einer Doppelreihe von Plaketten gesäumt, die die Siegerteams der vergangenen Jahre mit ihren Kapitänen auflisten. Jede gerahmte Plakette enthält ein Foto des Kapitäns in gestochen scharfem Schwarz-Weiß, sodass auch die letzten Jahre einen Hauch von zeitloser Größe haben.

Tatsächlich zeigt Bram auf den jüngsten Gewinner: einen schwarzhaarigen Jungen mit einem grimmigen Ausdruck des Triumphs, dessen Bild die Siegerteams der letzten drei Jahre anführt.

»Adrik Petrov«, sagt Bram in einem ehrfürchtigen Ton. »Er hat die letzten drei Wettbewerbe gewonnen – nur in seinem ersten Jahr noch nicht. Er ist ein verdammter Star.«

»Wer ist er?«, frage ich. »Ein Erbe?«

»Nein«, gluckst Bram. »Das ist das Beste daran. Er ist gar kein Erbe, er war ein Vollstrecker. Er ist einer der St. Petersburger Petrovs. Aber er ist so ein Wilder, dass er seit seinem Abschluss praktisch die ganze Stadt übernommen hat.«

Bram senkt die Stimme, obwohl niemand sonst mit uns auf dem Gang ist, und beugt sich vor, sodass sein heißer Atem mein Ohr kitzelt.

»Einige Leute sagen, dass er die Nachfolge seines Onkels antreten wird anstelle des eigentlichen Sohnes von Ivan Petrov. Das ist die Macht, wenn man sich hier beweist.«

Interessant.

Ich habe auch keinen Platz als gesicherter Boss in Moskau. Wenn das Gewinnen des Wettbewerbs etwas außerhalb der Mauern von Kingmakers bedeutet, ist das für mich vielleicht etwas wert.

Und es gibt noch einen Grund, warum ich es will.

Ich weiß, wie sehr Leo Gallo gewinnen will. Er ist eine Sportskanone mit all der idiotischen Besessenheit eines Athleten, beliebige Ziele zu erreichen. Nichts auf der Welt will er mehr, als Kapitän zu werden. Was bedeutet, dass ich nichts mehr will, als es ihm wegzunehmen.

Er denkt, er sei der Größte. Er läuft auf dem Campus herum, als gehöre er ihm, und natürlich himmeln ihn die anderen an. Sogar die Dozenten. Sie denken, er ist so witzig und charmant … Ich denke, er ist schwach, so wie alle Amerikaner. Er war nur ein großer Fisch in einem kleinen Teich. Er wird noch früh genug herausfinden, wie es ist, mit echten Haien zu schwimmen.

Die ärgerlichste Zumutung von allen ist, dass Anna Wilk immer an seiner Seite ist.

Es gibt zu wenige Frauen auf dem Campus. Einige von ihnen sind hübsch, aber keine kann es mit der ätherischen Schönheit von Anna aufnehmen.

Ich habe Mädchen gesehen, die mich anstarren. Sogar einige der Studentinnen aus den Jahrgängen über mir. Doch ich bin an keiner von ihnen interessiert. Ich will die Tollste – oder gar keine. Anna ist die Tollste.

Sie ist sowohl die Klügste als auch die Schönste. Außerdem die Klassenbeste – oder sie wäre es, wenn ich nicht wäre. Unsere Noten wechseln hin und her, mal liege ich vorn, mal sie.

Die Praxiskurse sind anders. Dort konkurriere ich mit Leo Gallo auf ganzer Linie. Artillerie, Gefecht, Aufklärung, sogar Tauchen … Wenn es ein körperliches Element gibt, dann zeigt Leo ein wahnsinniges Talent, das ihm ohne Mühe und Übung zuzufliegen scheint.

Jeder Jahrgang wird einen Kapitän haben, vom ersten bis zum vierten. Das Kapitänsamt wird durch eine geheimnisvolle Kombination aus Studienleistungen, Empfehlungen von Professoren und die Abstimmung des Jahrgangs entschieden.

Wir haben immer noch kein klares Bild davon, wie der Wettbewerb selbst aussehen wird, bis wir in der sechsten Unterrichtswoche dazu aufgerufen werden, uns in der alten Aula des Wehrturmes zu versammeln.

Die alte Aula ist riesig und dunkel. Die hoch aufragenden Torbögen sehen wie die Rippenknochen eines uralten Tieres aus. Wenn wir uns im Bauch eines Wals befinden, dann wäre sein Herz das tosende Feuer in dem gewaltigen Kamin am Ende der Halle.

Die Wände sind mit alten Bannern der zehn Gründerfamilien von Kingmakers bestückt. Ich kenne nicht die Namen aller Familien, aber ich kann ihre Siegel deutlich genug auf den staubigen Wandteppichen sehen. Zwei gekreuzte Äxte. Ein brüllender Bär. Eine Bergkette mit drei Gipfeln. Ein Falke auf einem Feld aus Sternen. Ein goldener Schädel mit fratzenhaften Zähnen. Ein schlauer Rotfuchs. Eine brennende Flamme. Ein Einhorn, das mit seinem Horn ein Wildschwein aufspießt. Ein Kelch mit Wein. Und ein Greif mit ausgebreiteten Flügeln.

Ich frage mich, wie viele von diesen zehn Familien noch Nachkommen an diesem College haben. Und wie viele sich sogar noch an die Sprüche auf ihren Wappen erinnern.

Ich bin neidisch auf die Studierenden, die eine so lange Familiengeschichte haben. Die einzige Person in meiner Familie mit Ambitionen und Ehre war mein Großvater. Bis er von Sebastian Gallo ermordet wurde.

Sebastian hat versucht, meinen Vater lebendig zu verbrennen.

Ich schaue zu dem Banner direkt über meinem Kopf hinauf, das eine tiefrote Flamme zeigt. Wenn ich ein Siegel haben sollte, wäre das meines.

Die Gallos haben versucht, uns mit Feuer zu vernichten, aber ich wurde stattdessen das Feuer. Es brennt in mir, und es wird nie erlöschen.

Das Gerede im Saal verstummt, als eine unbekannte Gestalt den Raum betritt. Die Studierenden drehen sich in ihren Sitzen, wollen den ersten Blick auf den Mann erhaschen, der nun vor den Kamin schreitet.

Er ist ein wenig größer als der Durchschnitt, mit einer kräftigen Statur. Sein Haar ist kohlschwarz und reicht bis zu den Schultern, ebenso wie sein Bart. Kleine Silberfäden schlängeln sich wie eingewebter Draht durch die Locken. Sein Gesicht ist rau und gezeichnet, es sieht viel älter aus als sein Körper. Seine Augenbrauen sind an den äußeren Ecken spitz, und seine Augen blicken darunter hervor, glitzernd wie zwei Edelsteine, die in sein zerstörtes Gesicht eingelassen sind.

Wenn er spricht, dröhnt seine Stimme und bringt das letzte Geflüster zwischen den Studierenden zum Verstummen, die ihn mit ehrfürchtigen Gesichtern anstarren.

»Willkommen in Kingmakers«, sagt er. »Hoffentlich habt ihr euch inzwischen alle eingelebt. Ich glaube nicht, dass ich die Regeln dieses Ortes durchgehen muss – ihr habt sie alle gelesen und unterschrieben, bevor ihr gekommen seid. Ich glaube auch nicht, dass ich euch daran erinnern muss, dass der Ruf eurer Familien von eurer Leistung hier abhängt oder dass euer eigenes zukünftiges Schicksal von dem geprägt sein könnte, was ihr in diesen Mauern lernt. Ihr seid alle erwachsen, wenn auch erst seit Kurzem.«

Er blickt über die Menge der Studierenden hinweg, die im Vergleich zu diesem Mann, der aussieht, als hätte er schon ein Dutzend Leben hinter sich, weniger wie Erwachsene aussehen als je zuvor.

»Mein Name ist Luther Hugo«, sagt er unnötigerweise. »Ich bin der Dekan. Ich bin die letzte und endgültige Autorität für alles, was in diesen Mauern vor sich geht. Mein Vorfahre war Barnabus Hugo. Er hat das allererste Banner in dieser Halle aufgehängt.«

Hugo zeigt auf das Wappen, auf dem der goldene Totenkopf abgebildet ist.

»Von diesen ersten zehn Familien sind jetzt nur noch sieben übrig. Vergesst nie, dass euer Überleben nicht gesichert ist. Ihr könntet die Generation sein, die das Erbe eurer Familie vergeudet. Ihr könntet der Narr sein, der eine jahrhundertealte Linie beendet.«

Das ist nicht gerade die mitreißende Rede, die sich die Studierenden erhofft haben. Wir schauen uns alle voller Unbehagen an. Selbst Bram sieht leicht beunruhigt aus. Ich bezweifle, dass ich so überrascht bin wie die anderen, da meine Familie ein solches Ereignis nur knapp überlebt hat.

»In den nächsten Wochen werden wir eure Leistungen in euren Kursen bewerten«, sagt Hugo und starrt jeden von uns der Reihe nach mit seinen funkelnden schwarzen Augen an. »Jeder Jahrgang wird eine Stimme für seinen Kapitän abgeben. Die erste Prüfung des *Quartum bellum* wird in der ersten Novemberwoche stattfinden. Das ist alles.«

Abrupt steckt Hugo die rechte Hand in die Tasche seines formellen Anzugs und schreitet den Weg, den er gekommen ist, zurück.

Die Studierenden sitzen einen Moment lang schweigend da, dann brechen sie in aufgeregtes Geplapper aus.

»Ich will mein Bild in dieser Halle sehen«, verkündet Bram grimmig.

Ich antworte nicht, weil ich nicht glaube, dass Bram eine Chance hat, die Stimmen der Studierenden zu bekommen, geschweige denn die Unterstützung der Dozenten.

Aber ich könnte es schaffen …

Kapitel 9

Anna

Langsam lebe ich mich in Kingmakers ein.

Die größte Herausforderung war es, einen Ort zu finden, an dem ich ohne unerwünschte Unterbrechungen tanzen konnte. Ich habe verschiedene Orte getestet, mitunter einen leer stehenden Kursraum und den alten Weinkeller neben der Mensa.

Am Ende entschied ich mich für die verlassene Kathedrale an der Westseite des Campus. Sie ist weiter weg als die anderen Optionen, aber dort kommt nie jemand hin und stört mich.

Vielleicht hatten unsere Vorfahren zu der Zeit, als Kingmakers gebaut wurde, noch eine Art religiöses Empfinden. Doch es ist schon so lange her, dass die Insel keinen Pfarrer mehr hatte, weshalb die Kathedrale in Verfall geraten ist. Unkraut wächst durch die Ritzen im Boden, und ein riesiger Granatapfelbaum ist mitten im Altarraum emporgewachsen.

Einige der Buntglasfenster sind durch Wind oder Vögel zerbrochen, aber die meisten sind noch intakt. Buntes Licht besprenkelt den Boden. Ich höre das Gurren von Tauben, die oben in der Kuppel nisten.

Tanzen ist das, was einer spirituellen Erfahrung am nächsten kommt, also scheint es passend, in der kühlen, luftigen Stille zu üben. Es ist weit genug von allem anderen entfernt, dass ich meine Musik Tag und Nacht spielen kann, ohne jemanden zu stören.

Das andere kleine Ärgernis ist, dass ich meine Zimmergenossin nicht besonders mag. Es gibt nur zwei andere weibliche Erben in meinem Jahrgang – Zoe Romero und Chay Wagner.

Zoe ist Galizierin. Sie ist groß und dunkelhaarig, außerdem sehr ernst und fleißig. Ich glaube, wir hätten uns sehr gut verstehen können, wenn wir schweigend auf gegenüberliegenden Seiten unseres Zimmers sitzen und unsere Hausaufgaben machen.

Leider hat Zoe das einzige Privatzimmer auf unserer Etage bekommen, welches zwar nur die Größe eines Schrankes hat, aber immerhin ihr allein gehört.

Ich habe ein schönes großes Zimmer, teile es mir allerdings mit Chay Wagner, der Erbin der Berliner Night Wolves.

Chay ist ungeheuer laut, selbstbewusst und unerträglich fröhlich. Gepaart mit einer gesunden Dosis deutscher Unverblümtheit muss ich mir Chays Meinung zu praktisch allem anhören, was ich den ganzen Tag über mache.

Sie ist zierlich, hat rotblondes Haar, und ihre Arme sind voller Tattoos. Sie erzählt mir, dass die Tattoos von den besten Künstlern in Berlin gemacht wurden, als sie geschäftlich mit ihrem Vater zu tun hatten. Jedes ist in einem anderen Stil gestaltet, und es gibt alles von Pop-Art bis zu ultra-realistischen schwarzen und grauen Porträts.

Die Night Wolves sind eine faszinierende Mafia-Gruppe, denn sie sind eine Mischung aus Rock'n'Roll-Fans und Bikern – aus der Zeit, als beides in Moskau noch illegal war. Was mit der Organisation von Underground-Konzerten begann, hat sich zu einer Reihe von Tattoo-Shops und Rock-Clubs in ganz Europa entwickelt, zusammen mit einem Shop für maßgefertigte Motorräder und sogar einem eigenen Rennsport-Team.

Als Erbin des Berliner Zweigs der Night Wolves ist Chay so etwas wie eine kleine Berühmtheit auf dem Campus, was ein weiterer Grund dafür ist, dass unser Zimmer nie ruhig ist. Sie erzählte mir, ein deutscher Sender hätte versucht, sie für eine Reality-TV-Serie zu gewinnen, aber ihr Vater hat es strikt untersagt.

»Nach meinem Abschluss werde ich meine eigene Kollektion entwerfen«, sagt sie. »Lederjacken, Westen, Biker-Klamotten, du weißt schon ... Ich glaube, es ist falsch, dass Dad die Aufmerksamkeit meidet. Neunzig Prozent unserer Einnahmen sind sowieso legal verdient. Ehrlich gesagt denke ich, dass Dad nur mit den illegalen Werkstätten und dem Schutzgeld weitermacht, weil er die Vorstellung nicht erträgt, völlig gesetzestreu zu sein.«

Es ist klar, dass Chay Kingmakers als etwas ansieht, das sie durchsteht, um ihren Vater zu besänftigen. Sie hat so gut wie kein Interesse an unserem Unterricht und macht sich kaum Gedanken über ihre schlechten Noten.

»Warum lernst du so viel?«, fragt sie, während ich in einem alten ledergebundenen Bibliotheksbuch über Vertragsrecht blättere.

Ich zucke mit den Schultern. »Ich lese gern. Ich lerne gern Dinge.«

»Du bist auch wetteifernd«, sagt Chay verschmitzt.

»Nein. Ich denke bloß, dass es keinen Sinn hat, etwas zu tun, wenn man es nicht gut machen will.«

»Es ist nicht nur das. Ich weiß, dass du die Klassenbeste sein möchtest. Das ist nicht zu übersehen.«

Ich halte in meiner Lektüre inne und frage mich, ob sie recht hat. Bin ich mehr wie Leo, als mir bewusst ist?

»Vielleicht versuche ich nur, mir zu beweisen, dass ich gut genug bin, um diesen Job zu machen«, sage ich zu Chay.

Chay lacht. »Bei all den Idioten, die es schaffen, Chefs zu sein, denke ich, dass dir das schon gelingen wird.«

Die Kurse sind anspruchsvoll, aber ich lerne wirklich gern. Es ist hundertmal interessanter als der Scheiß, den ich in der Highschool lernen musste. Wen interessiert schon die Reihenfolge der Präsidenten oder Logarithmen oder die Geschichte des Pelzhandels? Alles, was ich jetzt lerne, werde ich eines Tages gebrauchen können, wenn ich das Imperium meines Vaters übernehme.

Leo und Ares sind in den meisten meiner Kurse, was schön ist. Ich hasse den Prozess, neue Freunde zu finden. Ich hasse den Teil, wo man höflich sein und dummes Zeug reden muss, um einander kennenzulernen. Ich weiß bereits alles über Leo, und Ares ist so locker, dass er direkt in unsere kleine Gruppe gekommen ist, als ob er schon immer dazugehören sollte.

Mittwochs haben Leo und ich einen Kurs, der *Environmental Adaptation* heißt. Als ich ihn auf meinem Stundenplan sah, vergaß ich für einen Moment, welche Art von College ich besuchte, und fragte mich, ob er etwas mit »umweltbewusst werden« zu tun hatte.

Er hat natürlich nichts mit Umweltbewusstsein zu tun. Stattdessen geht es darum, sich an unerwartete Umgebungen zu gewöhnen. In unserem ersten Jahr bedeutete das, Tauchen zu lernen.

Unser Ausbilder ist ein Mann namens Archie Bruce, der offenbar ein Navy SEAL war, bevor er zum Söldner wurde. Er hat einen rasierten Kopf, eisblaue Augen und eine Höckernase, die ihm eine gewisse Autorität verleiht.

Er unterrichtet uns im unterirdischen Pool, der unter dem Waffenlager ausgehoben wurde.

Der Pool begann als natürliches Wasserloch im Kalkstein, in das Meerwasser sickert. Er wurde ausgegraben und vergrößert, aber die Wände des Pools sind immer noch rauer, blasser Stein, und das Wasser ist salzig. Er ist viel tiefer als ein normales olympisches Schwimmbecken, und selbst mit den in den Wänden eingelassenen Lichtern kann man nicht bis auf den Grund sehen.

Die unterirdische Höhle ist riesig und widerhallend. Professor Bruce bellt uns an, die Klappe zu halten, denn er wird kein einziges Wort der Lektion wiederholen.

Ich beobachte genau, wie er uns jedes Teil der Ausrüstung zeigt und wie man es bedient. Ich fühle mich ängstlich, denn obwohl Leo und ich seit unserer Kindheit zusammen im Carlyle Lake schwimmen, habe ich mich im Wasser nie ganz wohlgefühlt. Die Vorstellung, auf dem Grund des Beckens zu atmen, mit dem vollen Gewicht von ein paar tausend Liter Wasser auf mir, ganz zu schweigen von all dem Stein und dem Schloss selbst über meinem Kopf, löst eine besondere Art von Klaustrophobie aus.

»Bist du okay?«, fragt Leo. Seine goldbraunen Augen treffen meine.

»Natürlich«, sage ich. »Warum sollte ich das nicht sein?«

»Nur so«, sagt er mit einem leichten Schulterzucken. Aber er ergreift meine Hand und drückt sie trotzdem kurz. Nach bloß einer Sekunde lässt er sie wieder los. Dennoch scheint die Wärme seiner Hand meinen Arm hinaufzuwandern, sich in meiner Brust auszubreiten und meinen Herzschlag ein wenig zu verlangsamen.

Ein dunkelhaariges Mädchen steht auf der anderen Seite des Pools, uns gegenüber. Wir besuchen diesen Kurs mit einem Haufen Spione, und ich nehme an, dieses Mädchen ist eine von ihnen. Ihr schwarzes Haar sieht im reflektierten Licht des Pools fast blau aus. Als ich zu ihr hinüberschaue, sind ihre Augen ruhig auf den Professor gerichtet. Doch ich weiß, dass sie uns eine Minute zuvor beobachtet hat.

»Zieht euch an!«, schreit Professor Bruce. »Ich will, dass ihr in zwei Minuten alle im Pool seid.«

Leo und ich ziehen unsere Ausrüstung an, die kalt und feucht von der vorherigen Stunde ist. Ich trage einen dünnen, einteiligen Badeanzug und spüre, wie meine Brustwarzen durch das Material stechen, während ich zittere.

Ich sehe, dass Leo es bemerkt. Ich erwarte, dass er einen Witz darüber macht, aber zu meiner Überraschung schaut er abrupt weg und zerrt etwas zu fest am Band seiner Taucherbrille, sodass das Gummiband reißt.

»Scheiße«, murmelt er.

»Gibt es ein Problem?«, fragt Professor Bruce sofort.

»Ich habe das Band an meiner Taucherbrille zerrissen«, sagt Leo.

»Finde eine Lösung«, sagt der Professor kalt. »Der Sinn dieses Kurses ist es, sich anzupassen und Schwierigkeiten zu überwinden.«

»Tausche mit mir«, murmle ich zu Leo. »Dein Kopf ist größer als meiner. Ich kann das Gummiband zu einem Knoten binden.«

»Willst du etwa sagen, dass ich einen großen Kopf habe?« Leo lacht und tauscht mit mir die Masken.

»Du hast den größten Kopf, der mir je begegnet ist – in jeder Hinsicht«, erwidere ich liebevoll.

Leo gluckst und setzt seine Maske auf. Es ist eine Vollgesichtsmaske, und sie sieht in beunruhigender Weise aus wie eine Gasmaske, als wären wir mitten in einem Krieg oder einer Seuche. Ich knote das Gummiband zu und ziehe sie mir über den Kopf. Sie ist zu eng, aber ich schaffe es, sie aufzusetzen.

Nachdem wir auch unsere Flossen und Tanks angelegt haben, lassen wir uns ins Wasser fallen.

Mein Herz beginnt auf der Stelle zu rasen. Ich habe noch nicht einmal mein Gesicht unter Wasser getaucht. Leo, der meinen Stress spürt, bleibt direkt neben mir. Obwohl er das auch noch nie gemacht hat, sieht er ganz entspannt aus, wie er im Wasser auf- und abwippt, als ob seine Ausrüstung gar nichts wiegt.

Professor Bruce steigt mit uns in den Pool. Mit seinen Taucherflossen und den kräftigen Tritten seiner Beine, die ihn über Wasser halten, sieht er aus wie ein stämmiger Frosch.

Er nimmt seinen Atemregler heraus, damit er uns anschreien kann. »Während wir an der Oberfläche sind, üben wir Handsignale, das Leeren der Masken und die Bergung des Atemreglers. Danach werden wir abtauchen.«

Er bringt uns die Signale für *Okay*, *Stop*, *Komm auf mein Level*, *Auftauchen*, *Abtauchen* und *Folge mir* bei. Dann geht er auf die Masken- und Atemreglertechniken ein. Mir geht das alles viel zu schnell, und ich wünschte, er würde es noch einmal mit uns durchgehen. Mit jeder neuen Anweisung scheint sich die vorherige in meinem Gehirn aufzulösen. Da hilft es auch nicht, dass ich ständig an das dreißig Meter tiefe Wasser direkt unter mir denke.

»Hast du alles verstanden?«, flüstert Leo mir zu.

»Ich … ich glaube schon.«

»Mach es mir einfach nach«, sagt er in seinem warmen, beruhigenden Ton. »Ich weiß, was zu tun ist.«

Viele Leute denken, dass Leo zu selbstbewusst ist. Aber wenn er sagt, dass er etwas tun kann, hat er fast immer recht. Ich halte meinen Herzschlag unter Kontrolle, weil ich ihm vertraue. Ich fühle mich sicher mit ihm hier an meiner Seite.

Zu früh wird es Zeit, abzutauchen. Ich nehme meinen Atemregler in den Mund und folge Leo, während Professor Bruce uns in kleinen Schritten auf den Grund des Beckens hinunterführt. Mit unseren neu erlernten Handzeichen sagt er uns, wann wir eine Pause machen, wann wir den Druck in den Ohren ausgleichen und wann wir weiter nach unten gehen sollen.

Jeder Meter, den wir hinabsteigen, erzeugt einen immensen Druck durch das Gewicht des Wassers über uns. Ich versuche, nicht daran zu denken, wie weit ich unter der Oberfläche bin. Ich versuche, nicht daran zu denken, wie abhängig ich von dem kleinen Lufttank bin, den ich auf dem Rücken trage.

Leo bleibt direkt neben mir. Die Abgabe von Luftblasen aus der Seite seiner Maske scheint langsam und gleichmäßig zu sein. Ich versuche, es ihm gleichzutun, damit ich nicht hyperventiliere und meinen Sauerstoff zu schnell verbrauche.

Wir sinken ganz auf den Grund des Beckens, wo wir im Schneidersitz in einem großen Kreis sitzen, mit Professor Bruce in der Mitte. Das dunkelhaarige Mädchen und ihre rothaarige Freundin sitzen immer noch direkt gegenüber von Leo und mir. Es ist schwer zu sagen, ob sie unter ihren Masken lächeln oder nicht. Schwer zu sagen, ob sie uns so sehr anstarren, wie es scheint.

Ich versuche, das Gefühl der ruhigen Schwerelosigkeit zu spüren, das beim Tauchen angenehm sein soll. Sollte Tauchen nicht so etwas wie Tanzen sein?

So fühlt es sich für mich nicht an. Es fühlt sich an, als wäre man in nassem Zement eingeschlossen, während man durch einen Strohhalm atmet.

Ich bin erleichtert, als Professor Bruce uns alle wieder an die Oberfläche bringt. Diese Erleichterung hält nicht lange an, denn er hebt seine Maske und sagt: »Dieses Mal werden wir das Partneratmen üben. Wenn dein Atemregler kaputt ist oder dir die Luft ausgeht, kannst du den deines Partners benutzen. Das ist das Signal, das bedeutet: ›Ich habe keine Luft.‹« Er demonstriert die schneidende Bewegung der Hand über der Kehle. »Wir gehen nach unten. Dann komme ich herum und nehme die Hälfte der Tanks weg.«

Mein Magen verkrampft sich. Ich fühle mich in keiner Weise bereit, dort unten ohne Luft zu sein.

Aber es gibt nichts, was ich tun kann, außer ihm zurück unter das Wasser zu folgen.

Wenigstens habe ich Leo als Partner. Er macht keine Witze wie sonst, wahrscheinlich, weil er weiß, dass ich total angespannt bin. Er sitzt direkt neben mir auf dem rauen, felsigen Boden des Pools und wartet geduldig darauf, dass Professor Bruce sich nähert.

Leo ist bereits dabei, die Gurte seines Tanks zu lösen, um ihn dem Professor anzubieten.

Unser Tauchlehrer wittert Schwäche. Er verengt seine eisblauen Augen hinter seiner Maske, schüttelt den Kopf und deutet auf mich. Mit zitternden Händen löse ich meinen Tank und gebe ihn ab.

In dem Moment, in dem ich das Beatmungsgerät aus dem Mund nehme, gerate ich in Panik. Ich schaue auf die ferne, glänzende Oberfläche des Pools hinauf, unmöglich weit oben. Mit dem einzigen Atemzug, der in meiner Lunge gefangen ist, könnte ich nicht den ganzen Weg nach oben schwimmen.

Leo nimmt seinen Atemregler ab und schiebt ihn mir in den Mund. Er stützt seine Hände auf meine Schultern und sieht mir durch unsere Masken in die Augen. Während ich mehrere Atemzüge mache, wartet er geduldig und beobachtet mein Gesicht. Ich muss nicht sprechen können, um zu wissen, was er mir sagen will. Mit seinen braunen Augen, die in meine blicken, kann ich seine Stimme in meinem Kopf hören: *Entspann dich, Anna. Ich bin da. Du schaffst das. Ich werde dich nicht auf dem Grund dieses Pools ertrinken lassen. Zum einen würde dein Dad mich umbringen …*

Es bringt mich beinahe zum Lächeln, wenn ich mir vorstelle, was Leo sagen würde.

Nur Leos Gelassenheit erlaubt es mir, meine zu bewahren. Hätte er mir zu früh die Luft weggenommen oder mich gar ungeduldig angestarrt, ich glaube nicht, dass ich damit hätte umgehen können.

Ich weiß, was für ein guter Schwimmer er ist. Ich weiß, wie lange er die Luft anhalten kann.

Ich lasse mir Zeit, um den nötigen Sauerstoff zu bekommen, und gebe dann den Regler an Leo zurück. Er nimmt zwei schnelle Atemzüge und gibt ihn mir wieder, wobei er mich durch seine Maske genau beobachtet. Ich kann seine Besorgnis sehen. Ich weiß, dass er mich nie ohne Luft lassen würde.

Professor Bruce zwingt uns, über zwanzig Minuten lang dort unten zu sitzen und die Luft zu teilen. Zwei der Studierendengruppen kommen damit nicht klar. Einer der Spione fängt an, sich um den Atemregler zu streiten, und reißt den Schlauch fast aus dem Tank, bevor der Professor eingreift. Auf der gegenüberliegenden Seite des Kreises verliert ein albanischer Erbe namens Valon Hoxha völlig die Nerven und stürzt sich ohne Tank vom Boden ab und versucht, an die Oberfläche zu schwimmen.

Er schafft es bloß bis zur Hälfte, ehe er einen unfreiwilligen Schluck Wasser nimmt und zu ertrinken beginnt. Zu seinem Glück ist der Professor direkt hinter ihm. Er nimmt den strampelnden Hoxha in den Schwitzkasten und zwingt ihm den Atemregler in den Mund. Immer noch strampelnd und kämpfend, wird Hoxha an die Oberfläche gezerrt und von dem irritierten Tauchlehrer aus dem Becken geworfen. Schließlich kommt Professor Bruce allein wieder herunter. Er gibt uns ein Zeichen, dass wir ihm nach oben folgen sollen.

Ich habe immer noch keinen Sauerstofftank.

Leo ergreift meine Hand und beginnt, langsam nach oben zu schwimmen. Er hält häufig inne, damit wir unsere Aufstiegsgeschwindigkeit kontrollieren können, und reicht den Atemregler hin und her.

Trotz all seiner Hilfe bin ich heilfroh, als mein Kopf wieder an die Oberfläche kommt und ich ungehindert Luft holen kann. Leo schiebt sich die Maske vom Gesicht und grinst mich an.

»Du hast es geschafft!«

»Nur deinetwegen«, sage ich ehrlich.

Leo zuckt mit den Schultern. »Ich bestehe Geschichte nur deinetwegen«, sagt er. »Aber sag das nicht Ares, denn er hat den Eindruck, dass ich allein gelernt habe.«

»Wieso sollte er das denken?«, schnaube ich.

»Weil ich seine letzte Einladung, zusammen in der Bibliothek zu lernen, abgelehnt habe.« Leo grinst.

Ich ziehe die nasse, kalte Taucherausrüstung aus.

Überall um mich herum tun meine Kommilitonen das Gleiche.

Mir fällt auf, dass Hedeon Gray im Wasser ein T-Shirt trug, obwohl er in guter Form ist und nichts zu verbergen hat.

Als er seinen Tank abnimmt, rutscht sein Hemd nach oben, und ich kann einen Blick auf seinen nackten Rücken werfen.

Er ist mit Narben übersät, Schicht um Schicht. Dicke, verschlungene, sich überlappende Striemen, die in alle Richtungen verlaufen.

Ich will nicht starren, aber ich bin für einen Moment wie gelähmt. So etwas habe ich noch nie gesehen.

Hedeon reißt sein Hemd wieder herunter und blickt mich finster an. Der Ausdruck in seinem Gesicht ist pure Wut.

Ich drehe mich schnell um und versuche, so zu tun, als hätte ich es nicht gesehen, obwohl wir beide wissen, dass ich das sehr wohl habe.

»Was?«, fragt Leo.

»Nichts«, sage ich und schüttle den Kopf.

Mir dreht sich der Magen um. Das sind nicht die Narben von einem Unfall oder einer Verletzung.

Jemand hat ihm das angetan.

***

Obwohl Leo in den meisten meiner Kurse ist, stimmen unsere Zeitpläne nicht ganz überein.

Dienstags und donnerstags habe ich Internationales Bankwesen, während Leo und Ares Foltertechniken belegen. Die meisten anderen Studierenden in meinem Kurs sind Buchhalter.

Mir macht das nichts aus, denn ich mag die Buchhalter. Sie sind konzentriert und methodisch. Kein Haufen aggressiver Dummköpfe wie die Vollstrecker und nicht hinterhältig und misstrauisch wie die Spione.

Allerdings ist der Kurs sehr konkurrenzorientiert. Einige der schlausten Köpfe in unserem Jahrgang sind Buchhalter. Es war schon ein Kampf, überhaupt unter den ersten zwanzig Prozent zu bleiben.

Wenn ich den absoluten Spitzenplatz haben will, muss ich Dean Yenin ausstechen. Er ist auch in diesem Kurs, allerdings zum Glück nicht mit seinem Handlanger Bram. Er sitzt zwei Reihen hinter mir, und ich spüre oft, wie sich seine Augen in meinen Rücken bohren, besonders, wenn ich gerade eine Frage richtig beantwortet habe.

Seit dem Vorfall in der Umkleidekabine habe ich versucht, nicht mehr mit ihm zu sprechen. Er scheint auch zufrieden damit zu sein, mir aus dem Weg zu gehen, obwohl ich ihn mehr als einmal dabei erwischt habe, mich anzustarren.

Ich weiß nicht, ob er mich hasst, weil ich mit Leo befreundet bin, oder ob er weiß, dass mein Vater Sebastian Gallo geholfen hat, das von den Bratwa umkämpfte Gebiet in Chicago zu halten. Mein Vater war nicht direkt an der Ermordung von Deans Großvater oder der Verstümmelung seines Vaters beteiligt, aber er hat einige von Yenins Männer getötet, und es gibt genug böses Blut.

Ich wünschte, wir könnten die ganze Sache hinter uns lassen. Wir reden hier über eine zwanzig Jahre alte Fehde, bei der niemand saubere Hände hat.

Leo genießt den Konflikt und den Wettbewerb. Ich möchte einfach in Ruhe gelassen werden, um meine Arbeit in Frieden zu erledigen.

Ich bin mir nicht sicher, was Dean will. Ich habe nicht gesehen, dass er so oft Schlägereien anzettelt und Ärger macht wie sein Zimmergenosse, aber er umgibt sich sicherlich mit Schlägern und Arschlöchern. Und ich glaube, er hat nicht ein Mal gelächelt, seit wir hier sind.

Nicht, dass ich normalerweise jemanden deswegen verurteilen würde. Ich bin auch nicht so großzügig mit meinem Lächeln.

Heute lernen wir etwas über Offshore-Konten.

Professor Graves sitzt oben an der Tafel und redet über Briefkastenfirmen. Er ist derselbe Professor, der Miles am ersten Tag der Vorlesung angebrüllt hat (zu Recht), aber zum Glück scheint er sich nicht daran zu erinnern, dass ich beim Diebstahl seines allerletzten Kugelschreibers dabei war. Oder zumindest war er zu mir nicht unhöflicher als zu jedem anderen in unserem Kurs.

Ich mache mir Notizen von Hand und fülle damit mein viertes Notizbuch des Semesters. Das meiste von dem, was der Professor sagt, schreibe ich auf, aber ich zeichne auch gern meine eigenen Diagramme. Im Moment mache ich ein Diagramm von Steueroasen, geformt wie russische Matrjoschka-Puppen. Obwohl es eigentlich nicht nötig ist, schmücke ich jede der Puppen mit einem kleinen Kopftuch und einer blumengemusterten Schürze.

»Gemeinnützige Körperschaften können als zusätzliche Schutzmaßnahme nützlich sein«, sagt der Professor. »Eine private Stiftung kann dann eine Kapitalgesellschaft besitzen, die eine weitere Ablenkung zu eurem Steuerumgehungsschema hinzufügt.«

Wir befinden uns im dritten Stock des Wehrturmes, was bedeutet, dass der Himmel vor dem Fenster voller großer, schwerer Wolken ist, die sich wie massive Schiffe auf dem Wasser durch den Wind bewegen. Heute gibt es keinen Sonnenschein, sondern nur einen schiefergrauen Himmel und diese Wolken, die auf ihren Unterseiten dunkel sind vor lauter Regen, der nicht fällt. Die Luft ist frisch mit einem erdigen Geruch.

Ich male Regenwolken über meine Matrjoschka.

»Für diese Aufgabe werde ich euch in Paare aufteilen«, sagt der Professor.

Ich blicke abrupt auf. Ich habe nicht auf die Details der Aufgabe geachtet, und er hat sie nicht an die Tafel geschrieben.

»Wilson und Paulie«, sagt der Professor und sieht sich im Raum um. »Kyrie und Nelson. Anna und Dean.«

Mein Magen zieht sich zusammen. Ich werfe einen unwillkürlichen Blick in Deans Richtung.

Er sieht genauso genervt aus wie ich. Aber er zögert nicht, seine Bücher in die Hand zu nehmen und sich zu mir an den Tisch zu setzen.

»Welchen Teil der Aufgabe willst du erledigen?«, fragt er, sobald er Platz genommen hat.

»Nun … ich …«

Ich habe nicht darüber nachgedacht, weil ich nicht zugehört habe.

Dean schaut auf mein aufgeschlagenes Notizbuch, auf die Matrjoschka und die Regenwolken. Er runzelt die Stirn.

»Weißt du überhaupt, was wir zu tun haben?«, fragt er mit seiner kalten, verächtlichen Stimme.

»Ja«, lüge ich. »Vergiss nicht, dass ich hier die Klassenbeste bin.«

Erst seit letzter Woche, weil ich Dean bei unserer letzten Prüfung um mickrige zwei Punkte geschlagen habe.

Ich kann fast hören, wie Deans zusammengebissene Zähne hinter seiner vollen Unterlippe knirschen.

Die Sanftheit von Deans Gesichtszügen passt überhaupt nicht zu seiner Persönlichkeit. Das weißblonde Haar, die feine blasse Haut, seine langen Wimpern und sein schmollender Mund stehen in völligem Widerspruch zu seinem spöttischen Grinsen und seinem Körper, der wie aus Marmor gemeißelt aussieht.

Ich wette, er hasst es, hübsch zu sein.

Damit kann ich mich irgendwie identifizieren, denn ich sehe äußerlich nicht so aus, wie ich mich innerlich fühle.

Ich sehe aus, als sollte ich süß und zart sein. Aber ich könnte jemandem, ohne mit der Wimper zu zucken, die Kehle aufschneiden.

Aus diesem Grund würde ich Dean niemals unterschätzen.

»Du wirst mich bis zum Ende des Jahres in nichts schlagen«, zischt er.

Ich zucke mit den Schultern. »Das werden wir ja sehen. Wir werden beide die gleiche Note für dieses Projekt bekommen, also kannst du mir auch sagen, wie du es aufteilen willst.«

Dean räuspert sich langsam und genervt, dann erklärt er mir die Aufgabe noch einmal, und jeder von uns notiert sich die Teile, die er bearbeiten will.

»Es ist eine Analyse von karibischen gegenüber Schweizer Banken«, sagt er. »Wir müssen sie gemeinsam präsentieren, also können wir nicht die ganze Arbeit separat machen.«

»Das ist in Ordnung«, sage ich. *Eigentlich nicht, aber ich komm schon damit klar.* »Wir können die Bücher nach dem Unterricht aus der Bibliothek holen.«

Es ist seltsam, Seite an Seite mit Dean zu sitzen, während der Professor die Vorlesung beendet. So nah war ich ihm nicht mehr, seit wir in der Umkleidekabine zusammengestoßen sind. Er riecht wahnsinnig gut, genau wie damals. Nach

Seife und frischem Shampoo, obwohl er noch gar nicht geduscht hat. Es bringt mir unser erstes Treffen lebhaft zurück, und ich halte meinen Blick starr auf die Tafel gerichtet, in der Hoffnung, dass er die Rötung auf meinen Wangen nicht bemerkt. Ich weiß nicht, warum mir das immer noch peinlich ist, denn es ist nicht meine Art, an einem dummen, unbedeutenden Fehler festzuhalten.

Als der Professor uns entlässt, schnappt sich Dean seine Bücher und beginnt, in Richtung Bibliothek zu gehen – ohne zu schauen, ob ich ihm folge.

Ich werfe mir meine Tasche über die Schultern und mache lange Schritte, um ihn einzuholen.

Dean hört, wie meine Stiefel auf den Steinplattenboden aufschlagen, und blickt auf meine Füße hinunter.

»Hast du das auch alles gezeichnet?«, fragt er und nickt zu meinen Doc Martens hin.

Ich habe sie mit weißem Stift vollgekritzelt. Monde, Sterne, Drachen, Reben, Flüsse, Blumen und Vögel.

»Ja.«

»Zeichnen und Tanzen«, sagt Dean. »Vielleicht hättest du auf eine Kunsthochschule gehen sollen.«

»Ich bin genau da, wo ich sein will«, erwidere ich kalt. »Ich bin eine Erbin. Ist dein Vater nicht Buchhalter?«

Wenn Blicke töten könnten, würde ich explodieren und auf der Stelle sterben, so wie Dean mich voller Abscheu anschaut.

»Es spielt keine Rolle, was mein *Vater* ist«, gibt er zurück. »Ich werde *Pakhan* sein, weil ich es mir selbst verdiene.«

Ha! Schön zu wissen, dass ich Dean aus dem Konzept bringen kann, wenn ich es will.

Es ist ein langer Weg zur Bibliothek, die sich im höchsten Turm an der nordwestlichen Ecke des Campus befindet. Die Bücherregale bilden eine riesige aufsteigende Spirale wie im Leuchtturm von Alexandria. Meist sind die Bücher nach

Themen geordnet, aber wenn man etwas nicht findet, kann man immer Miss Robin, die Bibliothekarin, fragen.

Sie ist schüchtern und ruhig, jedoch hinter ihrer dicken Brille ziemlich schön. Sie hat kastanienbraunes Haar und dunkle Augen. Wahrscheinlich ist sie in ihren Vierzigern, obwohl sie sich wie eine alte Katzendame kleidet.

Ich bin neugierig, wie sie dazu kam, diese Stelle in Kingmakers anzutreten. Praktisch alle Dozenten waren selbst Mafiosi, aber sie war es offensichtlich nicht. Sie ist so schüchtern, dass sie beinahe erschrickt, wenn man ein Buch zu fest zuklappt. Sie muss die Tochter oder Nichte von jemandem sein.

Vermutlich arbeitet sie gern hier, weil Kingmakers so abgelegen und die Bibliothek ruhig und friedlich ist. Außerdem ist sie ein Traum für jeden, der gern liest, was Miss Robin eindeutig tut. Jedes Mal, wenn ich hierherkomme, hat sie ihre Nase in einem Buch vergraben oder einen Haufen Papiere und Tabellen auf ihrem Schreibtisch ausgebreitet.

Ich muss sie nicht fragen, wo die Bankabteilung ist, denn ich habe schon oft nach Materialien für diesen Kurs gesucht. Dean und ich durchforsten die Regale und finden ein halbes Dutzend Bücher, die uns helfen sollten.

Dean holt sie herunter – eine Mischung aus modernen Publikationen und ein paar alten Wälzern, die dicker als ein Telefonbuch sind. Er wird abgelenkt, als er ein altes Exemplar von *Die Abendröte im Westen* sieht, das bereits aufgeschlagen auf unserem Lesetisch liegt. Er nimmt das Buch in die Hand und blättert durch die ersten Seiten. Seine Augen, die hin und her flacken, verraten sein Interesse.

»Hast du das schon mal gelesen?«, frage ich ihn.

Dean erschrickt, als hätte er vergessen, dass ich da bin. Er lässt den Roman wieder auf den Tisch fallen, als hätte ich ihn beim Anschauen von Pornos erwischt.

»Ja«, gibt er zu. »Ich habe es gelesen.«

Interessant.

Ich nehme an, ich sollte nicht überrascht sein, schließlich ist Dean einer der Besten in unserem Jahrgang. Er ist offensichtlich nicht dumm. Ich hätte nur nicht gedacht, dass er Romane zum Vergnügen liest.

»War das für die Schule«, frage ich ihn.

Er sieht mich stirnrunzelnd an. »Nein«, sagt er. »Es war nicht für die Schule.«

»Reine Neugier«, sage ich. »Cormac McCarthy ist einer meiner Lieblingsautoren.«

Seine Lippen verziehen sich, und für einen Moment denke ich, dass er etwas Unhöfliches sagen wird. Oder mir zumindest mitteilt, dass wir uns auf unser Projekt konzentrieren sollten. Stattdessen sagt er: »Ich mochte *Kein Land für alte Männer* lieber.«

»Hast du den Film gesehen?«, frage ich ihn. »Es ist eine der besten Verfilmungen, die ich gesehen habe – vielleicht sogar besser als das Buch.«

»Der Film ist nie besser als das Buch«, spottet Dean.

»Doch, das ist möglich«, kontere ich und zähle die besten Beispiele an meinen Fingern auf. *»Fight Club*, *Gone Girl*, *Das Schweigen der Lämmer*, *Der weiße Hai* …«

Dean starrt mich an. Es ist seltsam, sein Gesicht so nah zu betrachten. Seine Augen haben genau die gleiche Farbe wie die von Tante Yelena. Es ist ein Blauton, den ich noch nie bei jemand anderem gesehen habe. Wie die Schwertlilien, die im ummauerten Garten meines Elternhauses wachsen.

»Vielleicht hast du recht«, sagt Dean unerwartet.

Mir fällt die Kinnlade herunter. Natürlich dachte ich, dass ich die ganze Zeit recht hatte. Aber ich habe nicht erwartet, dass er es zugeben würde.

Wir setzen uns nebeneinander an den uralten, stark zerkratzten Bibliothekstisch. Für einige der Studierenden mag es seltsam sein, an einem Ort zu leben, an dem jeder Stein, jeder Wandleuchter, jedes Möbelstück Jahrhunderte älter ist als sie selbst. Mich erinnert es einfach an zu Hause.

Ich mag Objekte mit Geschichte. Ich stelle mir gern vor, wer vor mir an diesem Tisch gesessen hat und wer in zehn oder zwanzig oder hundert Jahren hier sitzen könnte. Diese Bibliothek ist voll mit den Entdeckungen von Tausenden von Menschen. Das ist die Stärke der Menschen. Wir können zusammenarbeiten. Wir können teilen. Tausend von uns zusammen sind unendlich viel stärker, als es eine einzelne Person sein kann.

Vorausgesetzt, wir kommen miteinander aus.

Dean schlägt sein Notizbuch auf und fängt an, mir zu erzählen, was wir für die Aufgabe tun werden.

»Hey«, unterbreche ich ihn. »Du hast hier nicht das Sagen.«

»Und du denkst, du hast es?«

»Wir sind Partner«, sage ich. »Schon mal davon gehört?«

»Nein«, sagt Dean ernst. »Ich halte es für besser, wenn es einen Anführer gibt. Eine Person an der Spitze. Normalerweise ist es am besten, wenn diese Person ich bin.«

»Nun, falls du es noch nicht bemerkt hast, alle Erben fühlen sich so.«

Dean zieht die Augenbrauen hoch. »Es gibt bei einigen den Wunsch, der Mann zu sein. Aber das ist ein Unterschied dazu, tatsächlich der verdammte Mann zu sein.«

»Ich bin lieber die verdammte Frau«, sage ich.

Dean lacht. Es ist kein spöttisches Lachen. Eigentlich ist es ziemlich aufrichtig. »Ach ja?«

»Ja.«

»Vielleicht würde ich das auch. Wenn ich so aussehen würde wie du.«

Er hat sich bereits wieder dem Bücherstapel vor ihm zugewandt, aber ich denke über diesen speziellen Kommentar nach.

War das ein Kompliment?

Unmöglich zu sagen, denn Dean ist sofort wieder kalt, unnahbar und wortkarg, während wir uns in der nächsten Stunde durch das Lesematerial arbeiten, uns durch den Vergleich der Bankensysteme wühlen und uns vieles notieren.

Im Gegensatz zu dem, was er gesagt hat, kooperiert Dean tatsächlich ziemlich gut, als wir erst einmal in Schwung gekommen sind. Er ist clever, detailorientiert und organisiert. Wir streiten uns nur einmal darüber, ob wir die historischen Vorteile jedes Bankensystems abwägen oder uns auf ihre aktuellen Stärken und Schwächen konzentrieren sollen.

Beim Abendessen ist die frostige Spannung zwischen uns so weit geschmolzen, dass Dean sagt: »Kann ich dich etwas fragen?«

»Ja«, antworte ich zögerlich.

»Wieso schminkst du dich eigentlich so?«

Es ist eine Frage, die ich hasse, und sie lässt mich umgehend alle wohlwollenden Gefühle verlieren, die ich über unsere erfolgreiche Zusammenarbeit entwickelt habe.

Ich schaue ihn finster an. »Mir gefällt es«, sage ich.

»Aber was bedeutet das?«

Er sieht mich an, aufrichtig neugierig. Er versucht nicht, mich zu verarschen oder sich darauf vorzubereiten, einen dummen Witz darüber zu machen.

»Du willst eine ehrliche Antwort?«

»Ja«, sagt Dean. »Sonst würde ich nicht fragen.«

»Kleidung, Haare, Make-up … all das ist Teil deiner Persönlichkeit. Was du repräsentierst. Wie du willst, dass andere Menschen dich wahrnehmen.«

»Du willst also als … dunkel und unheimlich wahrgenommen werden?«

»Nein. Es geht eher darum, wie ich *nicht* wahrgenommen werden möchte. Ich möchte nicht, dass die Leute mich als jemanden sehen, der nach Anerkennung oder Zugehörigkeit sucht. Ich will kein Teil von Trends oder Stilen sein. Und ich will nicht so aussehen, als würde ich versuchen, jemanden anzuziehen.«

»Du willst niemanden anziehen?«, fragt Dean ungläubig.

»Nein. Das tue ich nicht.«

»Warum nicht?«

»Es gibt niemanden, den ich anziehen möchte. Ich mag keine Dates.«

Dean wirft mir einen undurchschaubaren Blick zu. Ich erwarte, dass er fragt, ob Leo und ich zusammen sind. Oder vielleicht fragt er, ob ich gern rummache. Das ist normalerweise die nächste Frage: *»Wenn du dich nicht verabreden willst, willst du dann wenigstens ficken?«*

Stattdessen sagt er: »Ich weiß, was du magst.«

»Ach ja? Und das wäre?«

»Du tanzt gern.«

»Das ist kein großes Geheimnis – du hast mich üben sehen.«

»Ich weiß, dass du jeden Tag übst. In der Kathedrale.«

Ich kann spüren, wie meine Wangen heiß werden. Ich wünschte, sie würden das nicht tun. Den Rest meines Gesichts kann ich ruhig und ausdruckslos halten, wenn ich will. Aber ich kann nie verhindern, dass sich diese verdammte leichte Röte in meinem Gesicht ausbreitet.

»Woher weißt du das?«, frage ich steif.

»Du bist nicht die Einzige, die nicht schlafen kann. Ich geistere hier überall herum.«

Es gibt mir ein seltsames Gefühl, zu wissen, dass Dean mitten in der Nacht auf dem Gelände herumläuft – genau wie ich, wenn die meisten anderen schon schlafen.

Um das Thema zu wechseln, sage ich: »Meine Mutter ist Tänzerin.«

»Sie hat es dir beigebracht?«

»Ja.«

»Du musst ihr sehr nahestehen.«

Jetzt sehe ich etwas in seinem Gesicht, von dem ich glaube, dass er nicht möchte, dass ich es sehe. Schmerz. Und Neid.

»Sie liebt mich«, sage ich. »Aber wir stehen uns nicht nahe. Nicht so nahe, wie wir es sollten. Ich bin nicht wie sie. Ich könnte es nicht sein, selbst wenn ich wollte.«

Ich weiß nicht, wieso ich ihm das gesagt habe. Vermutlich, weil ich es gewohnt bin, ehrlich zu sein. Ich bin zu sehr daran gewöhnt, Zeit mit Leo zu verbringen, in der ich immer genau das sage, was ich denke und fühle und mich nie zurückhalte. Na ja, fast alles.

»Warum solltest du wie deine Eltern sein wollen?«, fragt Dean. Sein Gesicht verfinstert sich. »Ich hasse es, wenn ich …«

Er bricht abrupt ab und hält den Rest seiner Worte zurück.

Ich wünschte, er würde zu Ende sprechen. Ich möchte sehr gern wissen, wie das Ende dieses Satzes ausgesehen hätte.

Stattdessen stößt er sich vom Tisch ab, schließt sein Notizbuch und stopft es in seine Tasche zurück.

»Ich habe Hunger«, sagt er. »Das ist genug für heute.«

Ohne meine Antwort abzuwarten, schwingt er sich seine Tasche über die Schultern und schlendert aus der Bibliothek.

Ich bleibe genau da, wo ich bin, und denke über das Dutzend verschiedener Dinge nach, die er vielleicht sagen wollte.

Ich glaube nicht, dass Dean zu reden aufhörte, weil er nicht wollte, dass ich es höre. Ich glaube, er hörte auf, weil er sich mit dem, was beinahe aus seinem Mund kam, selbst überrascht hat.

Ich kann mir nicht sicher sein, aber es scheint am wahrscheinlichsten, dass er sagen wollte: *Ich hasse es, wenn ich wie mein Vater bin.*

Kapitel 10

Leo

Anna und ich wandern auf der Ostseite der Insel. Es ist Samstag, das heißt, wir haben keinen Unterricht und viel Zeit zum Erkunden. An den Wochenenden nutzt jeder die Chance, den Campus zu verlassen, in das kleine Dorf unten am Hafen zu gehen oder durch die malerische Landschaft zu schlendern.

Dort tut sich nicht viel, selbst wenn es andere Möglichkeiten der Unterhaltung gäbe. Aber auf der Insel scheint jede Ortsveränderung aufregend zu sein. Also gehen Anna, Ares und ich oft in das Dorf hinunter, um in dem kleinen Café am Hafen Kaffee zu trinken oder um in dem noch kleineren Restaurant, das nur ein einziges Gericht serviert, frisch gebratenen Fisch und Pommes zu essen.

Ich gebe zu, es sind die verdammt besten Fish and Chips, die ich je gegessen habe. Sie machen ihn mit Barsch, der am selben Morgen gefangen wurde und noch kalt aus dem Meer kommt, wenn sie ihn in die Fritteuse werfen. Das ist die einzige Art, wie ich Fisch und Meeresfrüchte genieße: paniert, frittiert und angemacht.

Ich denke, wir sollten uns eine Portion gönnen, sobald wir mit dem Wandern fertig sind. Es braucht eine Menge Kalorien, um diesen riesigen Körper zu bewegen, und ich bin regelrecht am Verhungern.

Anna besucht gern die Klippen direkt über der Bucht. Sie

sind nicht ganz so steil wie die Klippen direkt unterhalb von Kingmakers, aber es gibt viele Stellen auf dem Weg, an denen der Pfad so steil wird, dass man Hand in Hand den Felsen hochklettern muss.

Ich sehe Anna zehn Meter über mir, wie sie sich flink wie ein Wiesel den weißen Felsen hochzieht. Sie wandert immer, als wäre sie in einem Rennen, versucht, so schnell wie möglich durchzukommen. Ich bin schneller als Anna und stärker, doch sie hat einen unglaublichen Elan. Sie scheint nie müde zu werden, oder zumindest würde sie es mich nie sehen lassen.

Ich merke, wie ich grinse, während ich etwas schneller klettere und versuche, sie einzuholen.

Wir haben Kapuzenpullis getragen, als wir heute früh losgezogen sind, denn der Himmel war bedeckt, und es wehte ein frischer Wind. Jetzt ist die Sonne herausgekommen, und ich schwitze vom Aufstieg.

Als ich näher an Anna herankomme, rutscht ihr Fuß unter ihr weg. Ich fange ihre Ferse geschickt in meiner Hand auf und schiebe ihren beschuhten Fuß wieder hoch, damit sie ihre Position wieder einnehmen kann.

»Da habe ich dich aber gerade noch mal gerettet«, sage ich.

Anna schaut auf mich herab und wirft ihren langen blonden Pferdeschwanz über die Schultern zurück. »Ich wäre nicht gefallen«, sagt sie verächtlich.

»Natürlich nicht«, sage ich. »Denn ich war genau hier, um dich zu retten.«

Sie gibt einen missbilligenden Laut von sich und klettert noch schneller. Ich kann aber sehen, dass sie lächelt. Ich kann Anna immer zum Lächeln bringen, ob sie es will oder nicht.

Als wir ganz oben auf der Klippe ankommen, setzt sich Anna auf den Felsvorsprung, der über das Meer ragt. Das ist das Ziel, die Belohnung für den Aufstieg. Einer der schönsten Ausblicke auf der Insel. Man sieht die Fischerboote auf dem Wasser und die Wellen, die an den Felsen am Fuß der Klippe schlagen und dicke weiße Gischt aufwirbeln. Zu unserer Linken ist das halbmondförmige Dorf, das sich um den Hafen gruppiert, jedes der Gebäude perfekt und einheitlich wie ein Modellsatz.

Anna blickt über das Wasser, ihre eisblauen Augen sind scharf und aufmerksam. Ich möchte wissen, was sie denkt. Ich will immer wissen, was sie gerade denkt. Ich weiß, dass ihr immer etwas Faszinierendes durch den Kopf geht – sie ist nie einfach nur abwesend und träumt vor sich hin. Anna ist brillant. Einer der wenigen Menschen, die immer wieder Dinge sagen, die ich vorher noch nie in Betracht gezogen habe.

Bevor ich sie fragen kann, was sie auf dem Herzen hat, zieht sie sich den Pullover über den Kopf, damit sie sich in der Meeresbrise abkühlen kann. Darunter trägt sie ein dunkelgraues Trikot. Es ist rückenfrei und hat ein Netz aus feinen Trägern, die sich über ihre Wirbelsäule kreuzen.

Anna hat die reinste Haut, die ich je gesehen habe. Sie ist glatt und makellos über ihre Schultern und ihren Rücken und leuchtet in der Sonne. Die einzigen Flecken auf ihrem Fleisch sind die fein gezeichneten Tattoos, die all die Menschen repräsentieren, die sie liebt: ihre Mutter, ihren Vater, ihre Schwester und ihren Bruder. Allerdings keines für mich. Ich frage mich, ob sie sich eines mit mir machen lassen würde, wenn ich sie darum bitten würde.

Ich habe den Drang, mit dem Finger über die Schrift auf der Rückseite ihres Arms zu fahren – ein Drang, der so stark ist, dass sich meine Hand schon bewegt, bevor ich merke, dass das komisch ist, und ich balle stattdessen die Faust in meinem Schoß.

»Was ist los mit dir?«, fragt Anna.

»Nichts«, sage ich. »Nur ein leichter Krampf.«

Anna nimmt meine Hand in ihre und massiert mit ihren Fingern meine Handfläche. Sie drückt ihre Daumen fest in mein Fleisch, findet all die müden Muskeln, erweckt sie wieder zum Leben. Es fühlt sich gut an, wirklich gut. Ihre Hände sind so weich und gleichzeitig so stark.

»Ich sehe dich nie als Mädchen«, platze ich heraus.

»Was meinst du?«, fragt Anna und hält mit der Massage inne.

»Weißt du, wie manche Leute eine Art Klischee von sich selbst sind? Ich sehe dich nie als ein Mädchen oder eine Ballerina oder welche Kategorie auch immer. Du bist einfach … du selbst. Deine eigene Kombination.«

»Danke«, sagt Anna.

Sie sieht mich nicht an. Ich glaube, ich habe sie aus Versehen beleidigt.

»Es ist nicht schlimm, ein Mädchen zu sein«, sage ich und wünschte, ich könnte besser erklären, was ich meine.

»Ich weiß.«

»Ich meinte nur …«

»Es ist in Ordnung, Leo. Ich verstehe dich«, sagt Anna.

Das tut sie immer. Aber sie sieht beunruhigt aus. Nicht ganz glücklich auf einmal.

»Wie läuft es mit deinem Bankenkurs?«, frage ich sie. Es ist einer der wenigen Kurse, die wir nicht gemeinsam belegt haben.

»Gut.«

»Ziemlich langweilig mit all diesen Buchhaltern?«

»Nein. Es ist nicht langweilig. Ich habe Zahlen schon immer gemocht.«

Einen Moment lang herrscht Schweigen, während ich versuche, mich davon abzuhalten, das zu fragen, was ich wirklich fragen will. Anna ist angespannt, sie erwartet es.

»Ich hoffe, Dean macht dir keinen Ärger«, sage ich und versuche, lässig zu klingen.

Ich mag es nicht, dass sie diesen Kurs zusammen haben, ohne mich dort. Es sollte keine Rolle spielen, doch es irritiert mich – wie etwas, das sich in meinen Zähnen verfängt. Wenn Anna in dem Kurs ist und ich in Foltertechniken, muss ich immer an sie und dieses Arschloch denken, die zusammen in einem Raum sind. Ich habe gesehen, wie er sie anschaut. Als wäre sie ein Stück Fleisch und er am Verhungern. Es ist fast schlimmer als die eigentlichen Foltertechniken, die unser Professor gelegentlich an einem unwilligen Freiwilligen vorführt.

»Er stört mich nicht«, sagt Anna.

Ich kann sehen, wie ihre Wangen rot werden, und weiß, dass es noch etwas zu sagen gibt, aber sie will es mir nicht verraten.

»Was?«

»Ich … wir arbeiten zusammen an einem Projekt«, entgegnet Anna. »Der Professor hat die Gruppen eingeteilt.«

»Nur ihr beide?«, frage ich. Meine Frage kommt schärfer heraus, als ich beabsichtigt habe. Ich weiß nicht, warum mein Herz so schnell klopft. Es ist nur ein Uniprojekt.

»Ja«, sagt Anna und heuchelt Lässigkeit.

Ich versuche, noch lässiger zu klingen. Als ob es mich überhaupt nicht interessiert.

»Wie ist das gewesen?«

»Erstaunlich gut.«

Ich habe ein flaues Gefühl im Magen. Es ist dumm – ich will nicht, dass Dean blöd zu ihr ist. Ich will nicht, dass ihre Aufgabe vermasselt wird – Annas Noten sind ihr wichtig. Aber irgendwie lässt die Tatsache, dass es gut läuft, mich noch beschissener und ängstlicher fühlen.

»Nun, er ist … klug«, sage ich zähneknirschend.

»Ja, das ist er.«

Anna stimmt zu leicht zu. Zu enthusiastisch. Mein Magen verkrampft sich noch fester. Mein Gesicht ist heiß, die

Sonne fühlt sich zu grell an. Ich ziehe meinen eigenen Pullover aus, mit unnötiger Aggression.

»Das Wetter ist hier verdammt unbeständig«, sage ich wütend. »In der einen Minute frierst du, und in der nächsten schwitzt du dir die Eier ab.«

»Ich nicht«, sagt Anna mit einer seltsamen Schärfe in ihrer Stimme. »Weil ich keine Eier habe. Weil ich in der Tat ein Mädchen bin.«

»Ich weiß.«

»Komm schon«, sagt Anna und steht abrupt auf. »Lass uns den langen Weg hinunter nehmen, damit wir in die Stadt kommen. Ich will noch mehr Briefmarken besorgen.«

Sie schreibt immer an ihren kleinen Bruder und ihre kleine Schwester. Wahrscheinlich auch an ihre Eltern.

Meine Mutter erwartet, dass ich jede Woche anrufe, und mein Vater hängt zumindest einen Teil der Zeit in der Leitung. Er ist wirklich neugierig auf Kingmakers. Die Fragen meiner Mutter sollen vor allem dazu dienen, sich zu vergewissern, dass mir hier nichts Schreckliches zustößt.

Als Anna und ich den sanfteren Hang in Richtung Stadt hinuntergehen, ertappe ich mich dabei, dass ich hinter ihr herlaufe, damit ich sie beobachten kann, ohne dass sie es merkt.

Ich bin seltsam fixiert auf ihren geschmeidigen Gang, ihre langen Beine, die den Hügel hinunterschreiten. Ihren blonden Pferdeschwanz, der wie ein Pendel hin- und herschwingt. Die Kante ihres Gesichts im Profil, als sie zu mir zurückschaut.

Für einen kurzen Moment erinnere ich mich an den Traum, den ich über Anna in unserer ersten Woche am College hatte. Und dann schlucke ich diese Erinnerung wieder hinunter, so wie ich es jedes Mal zu tun versuche, wenn sie in meinem Gehirn auftaucht.

Wir haben kaum einen Fuß auf die Hauptstraße des Dorfes gesetzt, als wir mit Ares zusammenstoßen, der aus dem

Postamt kommt. Er hat ein paar Briefe in der Hand und stopft sie in seine Tasche, ohne sich darum zu kümmern, dass sie zerknüllt werden.

»Hey!«, sage ich. »Ich dachte, du würdest heute Morgen lernen.«

»Ich bin fertig«, erwidert er.

»Ich glaube, du wolltest nur dem Wandern entkommen.« Ich grinse. »Was ich dir nicht verdenken kann. Anna die Klippe hinaufzujagen ist brutal. Es muss nicht immer Kardiotraining sein, weißt du, Anna?«

Anna lächelt »Sollte es aber.«

»Du bist echt eine Masochistin.«

»Was macht das aus dir?«, fragt mich Ares.

»Einen Hedonisten.« Ich grinse. »Ich habe den ganzen Weg über von Fish and Chips geträumt. Willst du mitkommen?«

»Ich habe gerade gefrühstückt …«, sagt Ares. »Aber ja, verdammt, ich will Chips!«

Ares wartet, während Anna ihre Briefmarken kauft, dann gehen wir alle zu dem kleinen Restaurant hinüber, das von außen kaum größer aussieht als eine Telefonzelle. Es gibt keine Tische oder Stühle, an die man sich setzen könnte, sobald man seine Bestellung aufgegeben hat. Man nimmt einfach sein heißes, fettiges Päckchen, eingewickelt in Zeitungspapier, und sucht sich einen bequemen Stein oder Bordstein, um sich über das Essen hermachen zu können.

Wir bestellen bei dem Einheimischen, der uns immer böse anschaut, als hätte er schlechte Laune, aber trotzdem unsere Bestellung in weniger als fünf Minuten fertig hat – jedes Mal auf den Punkt gebraten, sodass alles ganz knusprig ist.

»Er sieht nicht wie ein Zauberer aus«, sage ich und beiße in ein goldbraunes Stück Barsch. »Aber er macht dahinten irgendeine Art von Zauberei.«

»Seine Schürze ist immer sauber«, sagt Anna. »Und seine Hände sind es auch. Ich wette, seine Küche ist perfekt organisiert.«

»Meinst du, die Einheimischen hassen uns?«, fragt Ares mit einem beunruhigten Unterton. »Manchmal habe ich das Gefühl, sie starren uns an.«

»Das Dorf könnte ohne Kingmakers nicht existieren«, sagt Anna. »Die meisten Menschen auf der Insel leben auf die eine oder andere Weise vom College.«

»Wen kümmert's?«, sage ich. »Solange sie weiter für uns kochen.«

Ares stürzt sich auf seine Fish and Chips, als hätte er seit Monaten nichts gegessen, geschweige denn vor einer Stunde. Er hat ein bisschen zugenommen, seit wir hier vor Ort sind, aber er ist immer noch schlank. Offensichtlich bräuchte er eine Infusion mit reiner Butter, um wirklich dick zu werden.

Anna übergießt ihre Chips mit Malzessig, bis mir die Augen tränen.

»Was ist falsch an Ketchup?«, frage ich sie.

Sie zuckt mit den Schultern. »Ich mag sie so.«

»Das ist die europäische Art«, erklärt mir Ares. »Essig ist besser als Ketchup.«

»Ach ja?«, sage ich. »Was ist mit Pommes-Sauce?«

»Was ist Pommes-Sauce?«, fragt Ares und blickt verstört drein.

»Mayo und Ketchup zusammengemischt.«

»Nein«, sagt er entschieden, »nur Deutsche machen Mayonnaise auf Pommes.«

Meine Laune verbessert sich langsam, als ich mit zwei meiner Lieblingsmenschen in der warmen Sonne sitze. Sowohl Ares als auch Anna sind eine äußerst angenehme Gesellschaft. Ares ist so entspannt, dass ich glaube, er bliebe selbst dann ruhig, wenn er in einem brennenden Zimmer aufwachen würde. Und Anna ist einfach … jemand, mit dem ich für immer zusammen sein könnte.

Während wir essen, kommen zwei Mädchen vom College vorbeigeschlendert, die jeweils eine kleine Tüte aus dem Teeladen tragen.

»Morgen«, sagt das Mädchen, das mir am nächsten ist, als sie vorbeigeht. Sie hat blauschwarzes Haar und gerade Augenbrauen, die sich an den äußeren Rändern nach oben biegen wie bei einem Vulkanier. Sie ist in unserem *Environmental Adaptation*-Kurs – ich glaube, sie heißt Gemma.

»Was ist in der Tasche?«, frage ich sie.

»Kristalle«, sagt sie und hält inne, um sie mir zu zeigen. Sie zieht mehrere kleine Kristalle heraus, die einzeln in Tücher eingewickelt sind. Einer sieht aus wie Rosenquarz, einer könnte Amethyst sein, die anderen kenne ich nicht.

»Hübsch«, sage ich.

»Danke«, antwortet sie und lächelt mich an, als hätte ich ihr ein Kompliment gemacht und nicht den Kristallen.

»Wofür sind die?«, fragt Ares.

»Sie haben heilende Kräfte.«

Ich höre, wie Anna neben mir ein wenig Luft ausstößt, und ich weiß, dass es ein leises Schnauben war. Anna hält nicht viel von Spiritualität.

So leise sie auch war, Gemma nimmt Anna sofort ins Visier. Ihre dunklen Augen verengen sich.

»Du glaubst nicht daran?«, fragt Gemma.

»Nein«, sagt Anna kühl.

»Das ist in Ordnung«, entgegnet Gemma und schüttelt den Kopf. »Die meisten Leute verstehen das nicht.«

»Es ist schwer, Dinge zu verstehen, die erfunden sind«, stimmt ihr Anna mit verblüffender Ruhe zu.

Als sie Gemmas Irritation sieht, wirft ihre rothaarige Freundin schnell ein: »Kommt ihr heute Abend alle auf die Party?«

»Welche Party?«, fragt Ares.

»Ein paar von uns gehen zum Moon Beach hinunter, sobald es dunkel wird.«

»Ihr solltet mitkommen«, sagt Gemma und sieht dabei mich an.

»Vielleicht werden wir das«, antworte ich.

Gemma nickt. »Dann sehen wir uns heute Abend.«

»Tschüss.« Ihre Freundin winkt Ares zu.

Anna zerknüllt die Zeitung mit ihren letzten Pommes.

»Du kommst auch mit«, informiere ich sie.

»Das glaube ich nicht«, sagt Anna.

»Was ist los? Magst du die Mädchen nicht?«

»Ich mag Shannon. Sie ist in meinem Vertragskurs.«

Mir fällt auf, dass sie es vermeidet, Gemma zu erwähnen.

»Komm schon«, überrede ich sie. »Du liebst doch Partys.«

Anna sieht mich an. Ihre blauen Augen sind klar und ernst. »Willst du, dass ich komme?«, fragt sie leise.

»Natürlich will ich das.«

Anna schweigt einen Moment, dann sagt sie: »Na gut, überredet.«

»Schön.« Ich schmunzle. »Ich weiß, dass Ares mitkommen wird. Ich glaube, dieses irische Mädchen hat dich extra eingeladen.«

Ares lächelt und schüttelt den Kopf. »Sie wollte nur freundlich sein.«

»Ja«, sage ich und grinse. »Ich glaube, sie will *sehr* freundlich zu dir sein.«

Auf dem Weg zurück zum College ist Anna auffällig still. Ares spricht über unsere bevorstehende Prüfung in Sicherheitssystemen.

»Ich dachte, es würde um Sicherheit im Allgemeinen gehen, aber es geht fast bloß um Elektronik und Computersysteme«, sagt er mürrisch.

»Du wirst bestehen«, versichere ich ihm. »Du bist mehr in der Bibliothek als wir beide zusammen.«

»Weil ich das muss«, sagt Ares. »Ich kann mir nicht alles merken, nur weil ich es einmal gelesen habe, so wie ihr beide.«

»Das trifft bloß auf Leo zu«, sagt Anna. »Ich lerne tatsächlich.«

»Ich lerne auch«, sage ich in einem verletzten Ton.

»Für fünf Minuten vor dem Test«, schnaubt Anna.

»Das zählt.«

Als wir durch die schweren Steintore auf den Campus gehen, höre ich das Stimmengewirr der Studierenden, die sich in den Aufenthaltsräumen versammeln. Ich höre eine Mischung aus aufgeregtem Geflüster und genervtem Stöhnen.

Bevor ich auch nur in die Nähe des Nachrichtenbrettes kommen kann, um zu sehen, was verkündet wurde, klopft mir eine schwere Hand auf die Schulter.

»Glückwunsch!«, sagt Hedeon Gray mit einer Grimasse, als täte es ihm weh, es zu sagen.

»Wofür?«

»Sie haben die Teamkapitäne veröffentlicht.«

Ich eile nach vorne, um mit eigenen Augen zu sehen, ob das, was Hedeon gesagt hat, wahr ist. Tatsächlich ist ein glänzend weißes Papier an das Brett gepinnt worden, mit einer einzigen Überschrift und vier Namen in frischer blauer Tinte.

Teamkapitäne:
Erster Jahrgang: Leo Gallo
Zweiter Jahrgang: Kasper Markaj
Dritter Jahrgang: Calvin Caccia
Vierter Jahrgang: Pippa Portnoy

»Du hast es geschafft«, sagt Anna mit echter Freude.

Ich gebe mich ganz lässig. »Natürlich!«

In Wahrheit war ich mir nicht so sicher, und meinen Namen in unübersehbarer Schrift geschrieben zu sehen, lässt mich vor Begeisterung übersprudeln. Ich wollte Kapitän werden, ich wollte es wirklich, verdammt noch mal! Und natürlich hielt ich mich am qualifiziertesten dafür, aber es gab eine verdammt harte Konkurrenz. Ich hatte nicht die besten Noten in unserem Jahrgang, also musste es auf die praktische Leistung oder die Abstimmung meiner Kommilitoninnen und Kommilitonen angekommen sein.

»Hervorragend«, sagt Ares und gibt mir einen Faustschlag. »Ich wollte wirklich nicht, dass es so ein Arschloch wie Bram wird.«

Ich wollte nur nicht, dass es Dean wird. Er war mein größter Konkurrent.

Ich schaue mich vergnügt um und will die Wut in seinem Gesicht sehen, wenn er die Liste erblickt. Leider ist er nicht da.

Das ist in Ordnung. Ich werde es ihm bald unter die Nase reiben.

Ich fühle mich wie im Rausch des Triumphs. Ich platze vor Vorfreude. Schade, dass der Wettbewerb nicht schon heute beginnt. Ich bin so verdammt bereit, ich werde der Erste aus dem ersten Jahrgang sein, der dieses Ding gewinnt.

»Sieht so aus, als ob die meisten Teamkapitäne Erben sind«, sinniert Anna und liest den Rest der Liste.

Den anderen Namen hatte ich kaum Beachtung geschenkt. Jetzt lese ich sie genauer und überlege, mit wem ich es zu tun habe.

Ich weiß, wer Pippa Portnoy ist, denn sie war Annas Betreuerin am ersten Schultag. Sie sieht von den Kapitänen körperlich am wenigsten einschüchternd aus, denn sie ist bloß etwa eins sechzig, schlank und schmächtig. Aber das täuscht mich nicht. Anna hat mir schon erzählt, dass Pippa in der Abschlussklasse die besten Noten hat und nicht nur schlau, sondern auch gerissen ist. Sie ist immer von Freunden umgeben, die ihr trotz ihrer zierlichen Statur sichtlich Respekt zollen.

»Woher kommt Pippa eigentlich?«, frage ich Anna und denke, ich sollte besser ein wenig über meine Konkurrenten recherchieren.

»Sie ist die Erbin der Liverpool Mafia«, sagt Anna. »Und sie ist mit dem Erben der Real IRA verlobt, Liam Murphy. Ihre Familie ist auf Drogenhandel und Auftragsmorde spezialisiert, also glaube ja nicht, dass sie ein Schätzchen ist, nur weil sie aussieht wie Audrey Hepburn.«

»Das würde ich nie über jemanden hier denken«, versichere ich ihr.

»Calvin Caccia ist derjenige, auf den uns Miles im Speisesaal hingewiesen hat«, sagt Ares.

»Genau.« Ich nicke. »Aus New York. Was ist mit dem anderen – Kasper Markaj. Kennt den jemand?«

»Er ist der Einzige, der kein Erbe ist«, sagt Anna. »Er ist ein Vollstrecker für die Albaner. Ein großer Kerl mit langen Haaren, der immer außerhalb der Mauern Fußball spielt.«

»Stimmt.« Ich nicke. Irgendwie scheint der Wettbewerb auf einmal viel realer zu sein. Besonders, weil die anderen aus dem ersten Jahrgang mich beobachten und einschätzen – in der Hoffnung, dass sie die richtige Person für die Führung ausgewählt haben. Und einige ärgern sich über mich, da sie selbst Kapitän werden wollten.

Ich muss sie dazu bringen, dass sie alle hinter mir stehen. Oder wir haben keine Chance zu gewinnen.

Ich schaue über den Platz zu Bram Van Der Berg. Er hat die Arme vor seiner breiten Brust verschränkt und starrt mich mit purer Abscheu an.

Ich muss sie alle dazu bringen, auf die eine oder andere Weise an einem Strang zu ziehen. Selbst diejenigen, die mich hassen.

Kapitel 11

Dean

Ich liege auf meinem Bett und lese ein Buch, als Bram hereingestürmt kommt. Bram ist verdammt launisch und regt sich immer über irgendwas auf. Wahrscheinlich ist das Brot, das er so gern isst, im Speisesaal ausgegangen.

»So ein Mist!«, schreit er und wirft sich auf sein eigenes Bett. Seine Masse lässt die Federn bedenklich knarren, und es scheint ihm egal zu sein, dass er seine schmutzigen Schuhe auf seine Laken legt. Er scheint auch einen frischen Verband um seinen Unterarm gewickelt zu haben.

»Was ist das Problem?«, frage ich ruhig und blättere in meinem Buch.

Bram starrt zu mir herüber. »Warum liest du?«, fragt er. »Ich dachte, du hättest das Projekt mit Wednesday Addams beendet.«

Bram denkt, er sei lustig. Anna »Wednesday Addams« zu nennen, ist aber nur dämlich. Es passt sowieso nicht zu ihr. Sie ist nicht düster und sarkastisch. Wenn ich sie mit jemandem aus einer Fernsehserie vergleichen würde, dann wäre es … jemand wie Dark Phoenix aus *X-Men*. Mächtig und überirdisch.

Natürlich werde ich das nicht zu Bram sagen.

Ich werde ihm gar nichts über Anna erzählen.

Er hat recht, unser Projekt ist fertig. Wir haben eine ausgezeichnete Bewertung erhalten, einschließlich der Bonuspunkte für das wunderschön illustrierte Diagramm, das Anna zur Veranschaulichung unseres Referats erstellt hat.

Seitdem ist meine Stimmung getrübt. Keine gemeinsamen Ausflüge mehr in die Bibliothek.

»Ich lese zum Vergnügen«, sage ich zu Bram. »Schon mal davon gehört?«

Bram lacht. »Nur wenn es der *Playboy* ist.«

»Da kann ich dir nicht helfen«, sage ich und blättere wieder um.

Bram schweigt einen Moment lang und blickt finster drein. Ich weiß aus Erfahrung, dass er einen weiteren Pfeil in meine Richtung werfen wird. Er kann nicht anders, als zu versuchen, jeden so unglücklich zu machen, wie er selbst ist, wenn er schlechte Laune hat.

Was ich nicht erwarte, ist, dass der Pfeil mich verdammt noch mal trifft.

»Leo Gallo ist Kapitän«, sagt er.

Ich lege das Buch langsam weg. »Was?«

»Sie haben die Liste einfach unten im Gemeinschaftsraum ausgehängt. Dieser arrogante Wichser hat es anstelle von mir bekommen.«

Ich würde Bram gern sagen, dass er nicht den Hauch einer Chance hatte, Kapitän zu werden. Ich und mindestens drei andere Leute waren besser qualifiziert. Aber wie zum Teufel hat Leo es bekommen?

»Meine Noten sind besser als seine«, zische ich, ohne es laut sagen zu wollen.

»Ich war in der Treffsicherheit genauso gut wie er«, sagt Bram.

»Waren es die Dozenten?«, frage ich Bram. »Wer hatte das letzte Wort?«

Ich habe das mulmige, ohnmächtige Gefühl, dass die Professoren Leo mir vorgezogen haben. Weil er charmant und überzeugend ist – und weil sein Familienname mehr bedeutet als meiner.

Bram zuckt mit den Schultern. »Vielleicht kam es auf die Abstimmung des Jahrgangs an.«

»Dann war das ein Beliebtheitswettbewerb?«, frage ich.

Ich koche vor Wut. Der verdammte Leo Gallo, der Goldjunge, bekommt *alles*, was er will. Den Dozenten scheint es egal zu sein, dass er faul und eingebildet ist – sie himmeln ihn trotzdem an. Überall, wo ich auf diesem verdammten Campus hingehe, rufen die Leute seinen Namen und versuchen, ihn dazu zu bringen, sich zu ihnen zu setzen oder mit ihnen zu reden. Die Mädchen würden alles dafür tun, damit er sie nur angucken würde. Und das eine Mädchen, die eine Person, von der ich etwas halte, von der ich wünschte, sie würde seinen Blödsinn durchschauen … sie mag ihn mehr als alle anderen. Viel mehr als mich. Sie ist seine beste Freundin. Während ich hier sitze und Trübsal blase mit dem verdammten Bram Van Der Berg.

Leo hat mein Leben schon ruiniert, bevor er überhaupt geboren wurde.

Er hat alles. Und ich habe nichts.

Eltern, die ihn lieben. Ein schönes, sauberes Haus. Freunde und Familie – seine Cousins und Cousinen, hier auf dem College. Und das schönste, klügste Mädchen, das ich je gesehen habe, direkt an seiner Seite.

Warum hat er das alles? Warum verdient er das und ich nicht?

Er hat es *nicht* verdient.

Er sollte alles verlieren, so wie ich es tat.

»Ich werde ihm nicht helfen, zu gewinnen«, sagt Bram mürrisch. »Ich werde ihn verdammt noch mal sabotieren.«

»Wenn wir vom ersten Jahrgang versagen, stehen wir auch dumm da«, sage ich.

»Das ist mir egal«, wütet Bram. »Kannst du dir vorstellen, wie verdammt unerträglich er sein wird, wenn sein Name an der Wand steht?«

»Neulinge gewinnen nie.«

Ich wehre die Andeutung von Sabotage ab, aber in Wirklichkeit ist Brams Idee vielleicht gar nicht schlecht …

Im Chaos des Wettbewerbs könnte es viele Gelegenheiten geben, den Möchtegernstar von Kingmakers zu hintergehen.

Wenn Leo der Kapitän ist, ist er derjenige, der am dümmsten aussehen wird, wenn alle seine Pläne in die Hose gehen.

»Kommst du zu der Party?«, fragt Bram im Tonfall von jemandem, der sich aufmuntern will.

»Keine Ahnung.«

Ich habe nichts gegen die Partys, die wahllos geschmissen werden, wenn jemand Alkohol stiehlt, schmuggelt oder einen Einheimischen besticht, damit er genug besorgt, um einen Haufen von uns besoffen zu machen. Normalerweise steht Miles Griffin im Mittelpunkt, denn er scheint alles in die Finger zu bekommen, und es scheint ihm egal zu sein, ob er vom College verwiesen wird. Es scheint fast so, als würde er es darauf anlegen.

Aber wenn Leo dort ist, muss ich mit ansehen, wie er sich darüber freut, dass er ausgewählt wurde, und so tut, als wäre er bescheiden, wenn ihm jemand gratuliert. Ich werde verdammt noch mal ersticken, wenn ich das die ganze Nacht mit ansehen muss.

»Ich weiß nicht, ob ich Lust habe, mitzukommen«, sage ich zu Bram.

»Wie du willst«, sagt er, rollt sich vom Bett und zieht sich das Hemd über den Kopf. Brams Rücken ist muskelbepackt, und er hat mehrere hässliche Narben, zusätzlich zu der in seinem Gesicht. Ich habe gehört, dass er viele Geschichten darüber erzählt hat, wie er zu seinen Narben gekommen ist, aber keine davon passt zu ihm, also bezweifle ich, dass er jemals die Wahrheit gesagt hat.

Nachdem er sich umgezogen hat, geht Bram. Ich lese noch ein oder zwei Stunden, dann gehe ich in den Speisesaal hinunter, als ich mein Magenknurren nicht länger ignorieren kann.

Sie servieren gebratene Hähnchen, jedes in der Mitte geteilt und mit Rosmarin und Thymian aus dem Schlossgarten gefüllt. Daneben Kartoffeln, die so knusprig und braun sind, dass sie aus der Schale platzen.

So gut habe ich … eigentlich noch nie gegessen. Ich vermisse ein paar Gerichte, die es früher in Moskau gab. Ich liebe einen guten Borschtsch. Aber im Allgemeinen ist das Essen in Kingmakers viel besser als alles, was ich in kleinen Eckläden und Schnellimbissen gekauft habe.

Ich sitze mit Bodashka und Valon zusammen, die eifrig über die Vorzüge ihrer Lieblingsfußballmannschaften debattieren, was ein sinnloses Unterfangen ist, da keiner von uns seit zwei Monaten ein Spiel gesehen hat. Im Grunde achte ich gar nicht richtig darauf, was sie sagen, weshalb ich die Unterhaltung der beiden Mädchen am Tisch hinter mir gut hören kann.

»Sag mal, leihst du mir dein seidiges Oberteil – das mit Spitze?«

»Wenn du willst.«

»Es sieht sexy an mir aus, findest du nicht?«

»Ja … aber ich weiß nicht, ob das eine Rolle spielen wird.«

»Warum?«

»Na ja … er bringt *sie* doch mit, oder?«

»Nur weil sie kommt, heißt das nicht, dass er sie mitbringt, so wie bei einem Date. Sie sind nicht zusammen.«

»Woher weißt du das?«

»Sie sind Cousin und Cousine.«

Das lässt mich hellhörig werden. Sie sprechen über Leo und Anna, hundertpro. Es gibt nicht so viele Cousins in Kingmakers. Jedenfalls nicht viele, über die es sich zu reden lohnt.

Möglichst unauffällig, damit die Mädchen meinen Blick nicht bemerken, schaue ich über die Schulter zu ihnen hin. Ich sehe ein schwarzhaariges Mädchen und eine Rothaarige, die mit dicht zusammengesteckten Köpfen miteinander sprechen. Das dunkelhaarige Mädchen ist Gemma Rossi. Mit ihrer perfekt gebügelten Bluse und ihrem Haarreif mag sie wie eine Prinzessin aussehen, aber Valon hat mit ihr einen Kurs in Artillerie und Treffsicherheit, und er sagte, sie sei eine verdammt gute Schützin. Das andere Mädchen, mit dem Gemma spricht, kenne ich nicht. Sie klingt irisch.

Gemma schaut intensiv und entschlossen, die Rothaarige rümpft die Nase und macht ein Gesicht, als wüsste sie, dass ihrer Freundin nicht gefallen wird, was sie gleich sagen wird.

»Ich meine … es ist ziemlich offensichtlich, dass er sie mag. Sind sie überhaupt Cousin und Cousine? Marina Voss hat mir erzählt …«

»Sie sind nicht zusammen!«, unterbricht Gemma sie. »Ich habe sie nie Händchen halten sehen oder so. Er mag mich, ich weiß es. Er hat zugesagt, heute Abend zu kommen, nachdem ich ihn gefragt habe …«

Ich wende mich wieder meinem Hühnchen zu und beiße einen großes Stück aus dem Schenkel, um mich davon abzuhalten, Gemma zu sagen, dass sie echt realitätsfern ist. Keine Ahnung, was es mit Leo und Anna auf sich hat, aber ich weiß mit Sicherheit, dass kein Kerl, der Augen im Kopf hat, Gemma Rossi vorziehen würde, wenn er auch Anna Wilk haben kann.

Trotzdem: Zu wissen, dass Anna auf die Party geht, hat eine bestimmte Wirkung auf mich. Es bringt mich dazu, auch gehen zu wollen. Selbst wenn es bedeutet, Leo grinsen zu sehen, wie er hundert Schulterklopfer bekommt.

Anna wird ihre normalen Klamotten anziehen, wahrscheinlich ihr Haar offen tragen und ihr Gesicht wie die Königin der Untoten bemalen. Und das ist etwas, das ich sehen will, auch wenn es aus hundert Metern Entfernung ist.

Ich treffe eine Entscheidung, schiebe meinen Teller weg und stehe auf, während Bodashka und Valon noch mitten im Gespräch sind.

»Wo willst du hin?«, fragt mich Valon.

»Ich gehe duschen.«

***

Die Party findet ganz unten am Moon Beach statt, einem der wenigen Teile der Insel, der einen weißen Sandstrand hat. Der Strand ist ganz klein und hat die Form einer Mondsichel, und man kann dort eigentlich nicht schwimmen – es sei denn, man will von den heftigen Fluten weggezerrt und ertränkt werden, die nur ein paar Meter weiter draußen im Wasser herrschen. Aber bei den jungen Leuten ist dieser Ort sehr beliebt, um spazieren zu gehen oder sich bei schönem Wetter zu sonnen.

Um die Kälte der Nacht zu bekämpfen, haben einige Studierende ein Lagerfeuer errichtet, das die Luft mit knisternden Funken füllt und den Sand in wechselndes orangefarbenes Licht taucht.

Ich bin mit Bram gekommen. Er hat sich so weit wieder beruhigt, dass er sich sofort eine verstaubte Weinflasche von einem seiner Penosen schnappt und die Hälfte davon hinunterkippt.

»Wo ist die verdammte Musik?«, schreit er.

»Ich habe einen Lautsprecher«, sagt Chay Wagner. Ich kannte sie schon, bevor ich überhaupt auf den Campus kam – die Night Wolves haben dank ihres Rennteams, ihrer Tattoo-Shops und ihrer öffentlichkeitswirksamen Konzerte eine Art Promi-Flair. Doch ich wüsste so oder so genau, wer sie ist, weil sie mit Anna zusammenwohnt. Sie ist ein hübsches Mädchen, zierlich, aber stark, gekleidet wie ein Rockstar in enger Lederhose und einem kunstvoll aufgeschlitzten *Guns N' Roses*-T-Shirt.

Der Lautsprecher, den sie auf einem Haufen Treibholz aufstellt, ist derselbe, den Anna benutzt, wenn sie tanzt.

Die Musik strömt aus, ungestüm und laut, und hallt von den Kalksteinfelsen wider. Es ist *Daisy* von Ashnikko.

Ich habe vergessen, wie lange es her ist, dass ich einen Film oder eine Fernsehsendung gesehen oder Musik über Ohrhörer gehört habe. Kingmakers ist ein Schloss, eingefroren in der Zeit. Alle tragen Uniformen und verbringen ihre ganze Zeit mit Lernen oder bestrafen ihre Körper im Fitnessstudio. Es könnte heute sein. Oder vor zwanzig Jahren. Oder vor hundert.

Annas Zimmergenossin ist mit ihrem Lautsprecher hier, aber Anna selbst nicht. Ich hatte nicht vor, zu trinken, doch als eine Stunde vergeht, in der ich nur mit denselben Leuten spreche und nicht mit der einen Person, die ich eigentlich sehen wollte, werde ich gereizt und wütend, nehme die restliche halbe Flasche Wein von Bram und kippe sie hinunter.

»Na also, es geht doch«, sagt er anerkennend.

Normalerweise trinke ich nicht mit ihm. Ich trinke überhaupt nicht viel und nehme auch keine Drogen. Es fällt mir schon schwer genug, mich zu kontrollieren, wenn ich nüchtern bin. Wer weiß, was ich tun würde, wenn ich völlig ungehemmt wäre.

»Willst du tanzen?«, fragt mich ein Mädchen mit Locken nervös. Ich glaube, sie ist in meinem Kampfunterricht.

»Nein.«

Ich tanze nicht. Ich käme mir wie ein Narr vor, wenn ich das öffentlich tun würde.

»Okay. Tut mir leid«, murmelt sie und eilt mit hochrotem Gesicht davon.

»Was ist dein Problem?«, sagt Bram. »Sie sieht nicht schlecht aus.«

»Dann fick du sie«, sage ich.

»Das werde ich, wenn ich die Möglichkeit dazu bekomme.« Bram grinst. Aber er bleibt, wo er ist, und nippt an einem Mischgetränk aus einem Plastikbecher. Seine wolfsähnlichen Augen streifen über die etwa fünfzig Studierenden, die um das Feuer herum verstreut sind. Wie ich will er nicht irgendein Mädchen. Er will die Tollste, die er kriegen kann.

Endlich sehe ich, worauf ich die ganze Zeit gewartet habe: Anna Wilk.

Sie schreitet über den Sand, anmutig wie immer, während alle anderen auf dem unebenen Boden wanken und stolpern. Ihre langen blonden Haare sind offen, genau wie ich gehofft hatte. Es fällt ihr bis zur Taille, wenn sie es nicht zu einem Dutt oder Pferdeschwanz hochgesteckt hat.

Wir sollen nicht einmal am Wochenende unsere normalen Klamotten anziehen, aber alle tun es, wenn sie den Campus verlassen. Anna trägt Jeans, die mehr Löcher als Stoff sind, ihre blasse Haut zeigt sich durch die Schlitze und schimmert golden im Feuerschein. Ihr Oberteil ist ein kompliziertes Sammelsurium von Trägern und Schnallen. Alles, was mich interessiert, ist, wie schmerzhaft eng es aussieht – wie es ihre kleinen, runden Brüste hochschiebt und den unmöglichen Umfang ihrer Wespentaille betont.

Mein Schwanz ist steinhart in meiner Jeans, und sie hat erst fünf Schritte über den Sand gemacht.

Bram folgt meinem Blick. Er stößt ein leises Glucksen aus.

»Ohhh …«, sagt er. »Darauf hast du also gewartet.«

Ich antworte ihm nicht. Direkt hinter Anna, ihr folgend, als wären sie durch eine unsichtbare Schnur miteinander verbunden, kommt Leo fucking Gallo. Er schreitet hinter ihr her, groß wie sie, durchtrainiert wie sie, glühend im Feuerschein wie ein goldener Löwe.

Aber er ist nicht für sie gemacht.

Ich bin es.

Wenn Leo die Sonne ist, dann bin ich die ganze Ausdehnung des Nachthimmels. Und da gehört Anna hin – eingewickelt in meine Arme wie die Mondgöttin, die sie ist.

Mein Bedürfnis nach ihr ist so scharf und intensiv, dass ich es in meinem Mund wie Säure schmecken kann.

Genau wie erwartet scharen sich Leos Schoßhündchen um ihn und diskutieren lebhaft über den bevorstehenden Wettbewerb. Sie umgeben ihn, fordern seine Aufmerksamkeit und lenken ihn von Anna ab.

Anna macht das nichts aus. Sie tritt zur Seite, damit sie mit Leo sprechen können. Als sie Chay am Feuer entdeckt, gesellt sie sich zu ihrer Zimmergenossin, und die beiden Mädchen unterhalten sich kichernd über etwas, was ich nicht hören kann. Chay nimmt den Lautsprecher in die Hand, und Anna fummelt einen Moment daran herum, dreht die Lautstärke hoch und wechselt zu einer anderen Playlist.

Daisy verschwindet, und stattdessen kommt Annas Lieblingssong. Ich weiß, dass es ihr Lieblingslied ist, weil sie es immer und immer wieder spielt, wenn sie in der leeren Kathedrale übt.

Sie weiß nicht, wie oft ich mich in die Kirche geschlichen habe, um zu lauschen. Ich beobachte sie nicht zu lange, denn ich möchte nicht riskieren, dass sie mich erwischt. Aber ich spähe immer um die Ecke zu ihr, zumindest für einen Moment, damit sich ein Bild von ihr in mein Gehirn einbrennt, wie sie auf Zehenspitzen in den Strahlen des vielfarbigen Lichts balanciert, mitten in der Pirouette oder mitten im Sprung, ihre langen Beine in einem unglaublichen Winkel ausgestreckt.

Dieses Lied spielt immer wieder in meinem Kopf. Damit verbinde ich Anna.

Ich beobachte, wie sie mit Chay spricht. Ich sehe die Emotionen, die über ihr Gesicht ziehen, dezent und flüchtig wie Schatten auf dem Wasser. Anna ist ein Geheimnis. Ich habe nur an der Oberfläche dessen gekratzt, was sie in sich verschlossen hält.

Als sie meinen Blick auf ihrem Gesicht spürt, schaut sie auf, und wir sehen uns direkt in die Augen.

Ich kann die Tatsache nicht verbergen, dass ich sie beobachtet habe. Und ich will es auch gar nicht verbergen.

Ich lasse Bram allein stehen und schreite zu ihr hinüber, bahne mir einen Weg durch alle, die zwischen uns sind.

»Hallo«, begrüßt mich Anna behutsam.

»Ich habe auf dich gewartet.«

Sie wird ganz verlegen und wirft einen kurzen Blick auf Chay, die uns mit großen Augen beobachtet.

Auf ihre Zimmergenossin gebe ich einen Scheißdreck.

»Tanz mit mir«, sage ich zu Anna.

Ich tanze nie. Doch das ist das, was aus meinem Mund kommt, und ich nehme es nicht zurück.

Jetzt ist es Leo, den sie anschaut – Leo, der mit einem Dutzend verschiedener Freunde redet und lacht. Es ist ihm egal, dass sie hier ist. Aber sie meldet sich trotzdem bei ihm.

»Ich glaube nicht, dass das eine gute Idee ist«, antwortet Anna leise.

»Warum nicht?«, frage ich.

Ihre blauen Augen treffen meine, klar und direkt. »Du weißt, warum.«

»Wegen *ihm*?«, spotte ich.

»Ich will keinen Ärger zwischen euch beiden.«

»Er hat nichts damit zu tun«, sage ich, und meine Hand schließt sich um ihr Handgelenk. Es ist das erste Mal, dass ich sie berühre, seit wir in der Umkleidekabine zusammengestoßen sind. Ihre Haut brennt – heiß von der Nähe zum Feuer.

Anna zögert. Dann dreht sie schnell ihr Handgelenk und entzieht es meinem Griff, ehe meine Finger es überhaupt umschließen können.

»Nein«, sagt sie bestimmt.

Sie dreht sich um und geht von mir weg, zurück zu Leo.

Meine Zähne knirschen so stark, als ich sie zusammenbeiße, dass ich denke, sie könnten brechen.

Die Wut, die ich auf Leo Gallo empfinde, ist hundertmal heißer als dieses Feuer. Ich könnte ihn in Flammen setzen, wenn er mich auch nur ansieht.

Chay, die die Hände in die Taschen ihrer Lederhose gesteckt hat, betrachtet mich mit unverhohlener Neugierde. »Du steckst voller Überraschungen.«

Ich schlucke hinunter, was ich ihr erwidern möchte, und schleiche stattdessen zu Bram zurück.

»Kein Glück, hm?«, kommentiert Bram mit einer ärgerlichen Mischung aus Mitleid und Selbstgefälligkeit.

Ich balle die Hände an meinen Seiten zu Fäusten. Ich bin so wütend, dass ich ihm direkt ins Gesicht schlagen könnte. Bevor ich etwas tun kann, drückt er mir etwas in die Handfläche. Es ist klein und hart. Eine Pille – rund, gelb, kleiner als mein kleiner Fingernagel.

»Es gibt andere Wege«, sagt Bram. Seine Augen glänzen im Feuerschein.

»Was zum Teufel ist das?«, frage ich.

»Wirf es in ihren Drink. Danach wird sie dich nicht mehr abweisen.«

Ein verdammter Roofie.

Ich will nicht, dass Anna ohnmächtig und hilflos ist. Ich will, dass sie auf mir reitet, ihr langes Haar wie ein Vorhang um uns herum, ihr wunderschönes Gesicht wild von der Empfindung meines Schwanzes, der in sie hinein- und aus ihr herausgleitet.

Ich bin kurz davor, die Pille in den Sand zu werfen.

Dann blicke ich zu Leo und Anna hinüber, und mir kommt eine andere Idee in den Sinn.

»Danke«, sage ich zu Bram.

Ich entdecke die provisorische Getränkestation am Rande der Bucht und mixe einen Cocktail – wenig Schnaps, viel Fruchtpunsch. Als Nächstes werfe ich die Pille hinein und schwenke den Becher, damit sie sich auflöst.

Dann suche ich nach meiner Beute.

Ich sehe sie neben ihrer rothaarigen Freundin stehen. Sie trägt ein seidiges Camisole-Top, ihre Haare und ihr Make-up sind mit einer jämmerlichen Sorgfalt gemacht. Alles umsonst – ich bezweifle, dass Leo auch nur einmal zu ihr hinübergeschaut hat.

Ich schleiche mich an sie heran und halte das Getränk lässig in der Hand, als wäre es meines.

»Genießt du die Party?«, frage ich sie.

Gemma sieht überrascht aus, weil ich mit ihr spreche. »Ich denke schon«, sagt sie zögernd.

Ich wende mich an ihre Freundin. »Was ist mit dir?«

»Aye«, sagt der Rotschopf mit etwas mehr Begeisterung.

»Hey, warst du nicht ein Ass im letzten Schießwettbewerb?«, frage ich Gemma.

»Ja …«, antwortet sie und runzelt die Stirn. »Aber woher weißt …«

»Leo hat es erwähnt«, sage ich. Was gelogen ist. Es war Valon, der es mir erzählt hat. Doch sie ist zu dumm, um zu erkennen, dass Leo und ich über nichts reden, schon gar nicht über sie.

»Oh!«, sagt sie und klatscht vor Freude in die Hände. »Wirklich?«

Gemma wirft ihrer Freundin einen triumphierenden Blick zu. Die Rothaarige runzelt leicht die Stirn, sagt aber nichts.

»Apropos Leo«, sage ich zu Gemma, »hast du ihm schon gratuliert?«

»Nein …«, entgegnet sie zögernd.

»Solltest du aber.« Ich drücke ihr den Drink in die Hand. »Gib ihm das – es ist sein Lieblingsgetränk. Mal sehen, ob er mit dir anstoßen will.«

»Okay«, sagt Gemma eifrig.

Sie eilt über den Sand, trägt ihren Drink und den, den ich gemixt habe. Ich beobachte sie genau, um sicherzugehen, dass sie Leo den richtigen gibt. Natürlich drückt sie ihm den Drink direkt in die Hand und brabbelt etwas vor sich hin. Leo hört mit einem verwirrten Gesichtsausdruck zu, grinst dann, zuckt mit den Schultern und hält das Getränk in die Höhe, um anzustoßen. Seine enge kleine Gruppe von Freunden jubelt ihm zu, und schließlich heben alle ihre Gläser an die Lippen. Leo kippt sein Getränk in einem Zug hinunter.

Die Rothaarige beobachtet das alles genauso wie ich. Danach wendet sie sich mir zu. Ihre blassgrünen Augen sind auf mein Gesicht fixiert, und ihr finsterer Blick ist intensiver denn je.

»Leo hat dir das nicht gesagt«, sagt sie.

»Woher willst du das wissen?«, erwidere ich kalt.

Ich drehe mich um und gehe von ihr weg.

Als ich an Annas Lautsprecher vorbeikomme, stoße ich wie zufällig mit dem Ellbogen dagegen und trete mit dem Absatz ein wenig Sand darüber, während ich weiterlaufe.

Kapitel 12

Anna

»Willst du mit mir auf die Party gehen?«, fragt mich Chay.

Sie ist bereits in eine enge Lederhose geschlüpft und hat sich mit einem halben Dutzend Halsketten geschmückt. Sie sieht nervös und aufgeregt aus. Ich weiß, dass sie in einen muskulösen britischen Vollstrecker verknallt ist und hofft, heute Abend mit ihm flirten zu können.

»Geh du ruhig vor«, sage ich. »Ich bin noch nicht mal annähernd so weit.«

Der wahre Grund ist, dass ich mit Leo hingehen will. Nur wir beide. Aber das will ich Chay nicht sagen.

»Was dagegen, wenn ich mir deinen Lautsprecher leihe?«, fragt sie. »Wir wollen Musik haben.«

»Bedien dich.«

»Ich hätte auch einen hereinschmuggeln sollen«, murrt sie. »Ich hatte Angst, gegen die Regeln zu verstoßen. Der Zulassungsbescheid war so erschreckend … Ich wünschte, ich hätte auch mehr Kleidung mitgebracht.«

»Du durftest bloß eine Tasche mitbringen – wo hättest du sie hingetan?«

Chay hatte bereits doppelt so viele Klamotten mitgebracht wie alle anderen. Ihr Koffer platzte aus allen Nähten. Sie hat keinen einzigen Schlafanzug mitgenommen und stattdessen Dutzende von alten Band-Shirts in die Tasche gestopft, dazu acht verschiedene Paar Schuhe. Sie trägt jeden Tag Stilettos zum Unterricht, zusammen mit einem Sortiment von Nietenarmbändern und Kettengürteln, die beim Gehen klirren.

»Ich hätte noch mindestens fünf weitere Outfits mitbringen können, wenn ich sie mir einfach alle angezogen hätte«, sagt Chay wehmütig. »Ich hätte im Zwiebel-Look auf das Boot gehen können.«

»Du wärst an einem Hitzschlag gestorben«, erinnere ich sie. »Es war kochend heiß an diesem ersten Tag.«

»Das wäre es wert gewesen!«, sagt Chay vehement. »Wie auch immer, ich nehme den Lautsprecher mit hinunter, wenn es dir nichts ausmacht.«

»Nur zu.«

Chay schnappt sich den Lautsprecher, und ich gehe zu den Duschen.

Ich verbringe viel mehr Zeit als sonst, um mich für die Party fertig zu machen. Es dauert ewig, bis ich mir die Haare gewaschen und geföhnt habe. Sie sind einen Meter lang, schnurgerade und fein wie Spinnenseide. Aber das ist die Mühe wert, denn wenn sie so sauber sind und locker fallen, gleiten sie über meine Haut und schimmern metallisch, wenn das Licht darauf fällt.

Ich trage Lidschatten auf, der meine Iris eher grau als blau erscheinen lässt. Dann verwandle ich meine Brauen in dunkle Schrägstriche, umrande meine Augen mit einem Fineliner und führe meinen schwarzen Lippenstift an meine Lippen.

Ich zögere.

Ohne den Grund dafür zu kennen, stecke ich den Lippenstift in meine Tasche zurück und lasse meinen Mund so, wie er ist.

Schließlich besprühe ich mich mit Parfüm und lege meine Lieblingskette an.

Leo hat sie mir geschenkt, als wir erst acht Jahre alt waren. Die Kette ist so fein, dass man sie kaum auf meiner Haut sehen kann. Der Anhänger ist eine kleine Mondsichel.

Er selbst trägt nur ein einziges Schmuckstück: ein goldenes St.-Eustachius-Medaillon von seinem Vater.

Als ich endlich fertig bin, gehe ich zu dem knorrigen Olivenbaum an der nordwestlichen Ecke des Wehrturmes. Dort treffen Leo und ich uns immer, weil es genau auf halber Strecke zwischen unseren Schlafsälen liegt.

Er steht schon da und plaudert freudestrahlend mit Miles und Ozzy. Bestimmt erzählt er Miles, dass er zum Kapitän gewählt wurde. Nicht, dass es für Miles eine Neuigkeit wäre – er erfährt immer alles als Erster, was auf dem Campus passiert. Wahrscheinlich wusste er, dass Leo gewählt wurde, bevor es überhaupt veröffentlicht wurde.

»Hey, Schwarzer Schwan«, sagt Miles und drückt mir etwas in die Hand. Ich schaue nach unten und sehe meinen Lieblingsschokoladenriegel – Dairy Milk Marvelous Creations. Es ist die seltsamste Süßigkeit aller Zeiten – Pop Rocks und Jelly Beans gemischt mit Schokolade. Ich bin süchtig nach dem Zeug.

»Wie bist du denn an die gekommen, Miles?« Ich lache. »Die kann ich nicht mal in Amerika finden.«

»Du willst nicht wissen, was ich dafür tun musste«, antwortet Miles düster.

»Wenn du weniger als drei Menschen ermordet hast, war es das wert«, sage ich, reiße es sofort auf und nehme einen riesigen Bissen.

»O mein Gott«, stöhne ich. »Ich habe dich so sehr vermisst …«

Leo schüttelt mit entrüsteter Miene den Kopf. »Diese Süßigkeit ist ein Verbrechen«, sagt er. »Das Schlimmste, was die Briten uns je angetan haben.«

»Vielleicht magst du es jetzt«, entgegne ich und halte es

ihm neckisch ins Gesicht. »Du bist nicht mehr so wählerisch wie früher – ich habe dich diese Woche tatsächlich Lachs essen sehen.«

»Ich war verzweifelt«, sagt Leo mit leidgeprüfter Miene. »Aber ich werde nie verzweifelt genug sein, um explodierende Schokolade zu essen.«

»Darf ich das mal probieren?«, fragt Ozzy und blickt den Riegel neugierig an.

»Natürlich«, sage ich und gebe ihn ihm.

Ozzy nimmt einen Bissen und kaut behutsam. Nach einem Moment, als die Schokolade auf seiner Zunge schmilzt und die Pop Rocks ausbrechen, zittert er, als ob gerade ein elektrischer Strom seine Wirbelsäule hinaufliefe. »O Gott, nein!«, schreit er und reicht mir den Rest des Riegels zurück.

»Es ist toll, oder?«

»Ich hasse es … und ich liebe es«, sagt er vergnügt und verdreht die Augen.

»Kommst du mit uns an den Strand?«, fragt Leo Miles.

»Vielleicht später«, sagt Miles. »Erst muss ich noch was erledigen.«

Leo macht sich nicht die Mühe zu fragen, was er zu erledigen hat. Miles genießt es, geheimnisvoll zu sein.

»Dann sehen wir uns vielleicht später«, sagt Leo.

»Was ist mit Ares?«, frage ich Leo.

»Er wollte nicht kommen. Er meinte, er würde lernen.«

»Glaubst du, dass er das tatsächlich tut?«

»Ich weiß es nicht.« Leo zuckt mit den Schultern. »Vielleicht will er einfach mal allein im Zimmer sein. Kingmakers ist nicht der einfachste Ort für einen Introvertierten.«

»Wem sagst du das«, sage ich und denke an Chays unaufhörliche Kommentare. Je länger wir zusammenwohnen, desto mehr mag ich sie. Sie ist unverblümt und lustig und hegt keinen Groll gegen irgendetwas. Aber ich wünschte, sie hätte nicht das Bedürfnis, mir jede einzelne Sache zu erzählen, die ihr im Laufe des Tages passiert.

Ich kann nicht sagen, es würde mir leidtun, dass nur Leo und ich zum Moon Beach hinuntergehen. Es ist schon eine Weile her, dass Leo mich in etwas anderem als unserer College-Uniform gesehen hat. Als wir zwischen den Zwillingsfiguren hindurchschlüpfen, die die Steintore des Campus bewachen, bemerke ich, wie Leos Blick auf die entblößte Haut fällt, die nicht von meinem Korsett-Oberteil verdeckt wird. Er lenkt seinen Blick schnell wieder auf den steinigen Pfad vor uns, aber ich weiß, dass er mich auf eine Weise ansieht, wie er es in Chicago nie getan hat.

Keiner von uns beiden spricht. Es liegt eine seltsame Spannung in der Luft – wie eine Brise, die man hören, aber noch nicht wirklich auf der Haut spüren kann.

Heute Abend wird etwas passieren. Da bin ich mir sicher.

Ich habe keinen Grund, es zu glauben, aber mein Herz rast trotzdem. Leo sieht anmutig und kraftvoll aus, wie er im Mondlicht den Weg entlangpirscht. Er vibriert geradezu vor lauter Energie.

Man sollte meinen, dass ich mich an seine Schönheit gewöhnt hätte, da ich ihn bereits mein ganzes Leben lang kenne. Doch stattdessen ist das Gegenteil der Fall – er ist mein Maßstab dafür, wie ein Mann sein sollte. Groß, muskulös, mit der eleganten Anmut eines Raubtieres. Seine bernsteinfarbenen Augen und seine tief gebräunte Haut lassen ihn exotisch aussehen, als könnte er von überall herkommen. Seine Haut und sein Haar strahlen vor Gesundheit und Vitalität. Seine Zähne glänzen, wenn sich seine vollen Lippen zu einem Lächeln teilen.

Er lacht. »Was glotzt du denn so?«

»Ich schaue dich an«, sage ich ehrlich.

»Wie kommt das?«, fragt Leo.

Ich atme tief durch und versuche, mutig genug zu sein, das zu sagen, was ich sagen will. »Ich habe das Gefühl, dass die Dinge anders sind, seit wir in Kingmakers sind.«

Leo sieht mich an, ausnahmsweise ernst. »Du meinst, zwischen uns?«

»Ja.«

Es herrscht ein langes Schweigen, in dem mein Herz so stark gegen meine Rippen schlägt, dass ich glaube, ich bekomme einen blauen Fleck.

»Ich glaube, du hast recht«, sagt Leo leise.

Wir haben aufgehört zu laufen und stehen uns in der Mitte des Weges gegenüber. Es ist nur ein oder zwei Meter Platz zwischen uns. Plötzlich fühlt sich die Nacht zwanzig Grad wärmer an. Genug, dass meine Haut leicht zu schwitzen beginnt.

Ich habe Leo noch nie so gesehen, wie er mich ansieht. Er sieht … fast ängstlich aus. Leo ist sonst nie ängstlich.

Seine Zunge befeuchtet die Unterlippe, und er öffnet den Mund, will etwas sagen.

Dann schreit jemand: »Leo!«

Matteo Ragusa und Emile Girard kommen den Weg entlanggejoggt, dicht gefolgt von ein paar Mädchen aus unserem Jahrgang.

»Hast du gesehen, wie Bram einen Anfall bekommen hat, weil er nicht Kapitän wurde?«, sagt Matteo vergnügt. »Er hat ein Loch in ein Fenster geschlagen und sich den Arm aufgeschnitten, der Blödmann. Er musste auf die Krankenstation und genäht werden.«

Leo zieht mich für einen Moment zu sich heran und murmelt in mein Ohr: »Wir reden später darüber.«

Dann lässt er mich los, lacht laut und sagt: »Mann, was würde ich dafür geben, das auf Video zu haben!«

»Nicht, dass er selbst hätte Kapitän werden können«, sagt Matteo. »Seine Noten sind scheiße.«

»Er ist ein guter Schütze und hat in unseren Tauchkursen gut abgeschnitten«, sagt Emile.

Matteo lacht. »Nicht gut genug, offensichtlich.«

Wir gehen als Gruppe weiter den Weg hinunter. Matteo und Emile flankieren Leo, und ich laufe zwischen den Jungs und den Mädchen hinterher. Einige Male blickt Leo zu mir zurück, aber Matteo und Emile quasseln ihn von beiden Seiten voll.

Ich bin halb enttäuscht und halb erleichtert. Meine Nerven waren so angespannt, dass ich beinahe das Gefühl hatte, ich müsste mich übergeben. Vielleicht wäre es besser, einen Drink zu nehmen, ehe wir wieder zu reden versuchen.

Es dauert fast eine halbe Stunde, um zum Strand hinunterzulaufen. Wir müssen einen Weinberg durchqueren und dann einen steilen Abhang hinunterklettern, um den Weg zum Strand zu finden. Da es nirgendwo auf der Insel Straßenlaternen gibt, stolpern wir auf dem Weg alle im Dunkeln über Steine und Grasbüschel.

Lange bevor wir ankommen, hören wir Musik spielen. Chay nutzt meinen Lautsprecher und lässt eine meiner Playlists durchlaufen. Ich höre das Knistern eines Lagerfeuers und das gleichmäßige Rauschen der Wellen am Ufer. Einige Studierende schreien und lachen und klingen bereits beschwipst, obwohl die Party gerade erst begonnen hat.

Sobald wir einen Fuß auf den Sand setzen, rufen mehrere Leute Leos Namen und eilen herbei, um über den bevorstehenden Wettbewerb zu sprechen. Die Neulinge sind aufgeregt. Wenn uns jemand zum Sieg verhelfen kann, dann ist es Leo. Die Studierenden aus den anderen Jahrgängen auf der Party machen sich ganz offen über unsere Hoffnungen lustig.

»Ihr werdet verdammt noch mal geschlachtet«, informiert uns Matteos Bruder Damari.

»Vielleicht.« Leo grinst. »Aber ich schätze meine Chancen besser ein als deine.«

Calvin Caccia verschränkt die Arme vor der Brust und runzelt die Stirn. Er wurde als Kapitän für den dritten Jahrgang gewählt. Und wahrscheinlich empfindet er eine zusätzliche Rivalität mit Leo, da er selbst darauf wartet, ein italienischer Don zu werden – in New York statt in Chicago. Die Gallos und die Caccias haben in der Vergangenheit schon Geschäfte miteinander gemacht. Vermutlich werden Calvin und Leo auch außerhalb von Kingmakers gegeneinander antreten müssen. Wie sie im *Quartum bellum* abschneiden, könnte den Ton für diese Begegnungen angeben.

»Und warum denkst du das?«, fragt Calvin mit seiner grollenden Stimme.

Leo zuckt mit den Schultern und lächelt leicht. »Ich setze immer auf mich.«

»Möchtest du eine Wette auf den ersten Wettbewerb platzieren?«, fragt Calvin. Sein markantes Gesicht ist streng, und er lächelt nicht.

Leo grinst ihn völlig unbeeindruckt an. »Welche Wette?«

»Mein Team belegt beim ersten Wettbewerb einen besseren Platz als deines«, sagt Calvin. »Der Verlierer kommt am nächsten Tag nackt zum Frühstück.«

Leo lacht. »Das ist eine Win-win-Situation für dich, Calvin. Entweder du schlägst mich, oder du darfst mich nackt sehen.«

Calvins Mundwinkel verziehen sich zum Anflug eines Lächelns, und er streckt seine große, schwielige Hand zum Schütteln aus. Leo erwidert seinen Griff ebenso fest.

»Als ob du noch mehr Druck bräuchtest«, sage ich zu Leo, nachdem Calvin davongeschlendert ist, um seinen Drink nachzufüllen.

»Ich mag es, die Dinge interessant zu halten«, entgegnet Leo. Er öffnet den Mund, um noch etwas zu sagen, wird aber sofort von mehreren Kommilitonen unterbrochen, die über die kommenden Ereignisse spekulieren wollen.

Ich lasse sie allein und gehe zum Lagerfeuer, um mir einen Drink zu holen. Chay spielt mit meinem Lautsprecher herum und versucht, die Playlist zu ändern.

»Es wiederholt dieselben sechs Lieder«, sagt sie. »Wie kriege ich es dazu, dass …«

»Du hast nicht die komplette Liste«, antworte ich. »Du bist nur auf der Liste der *am häufigsten gespielten*. Hier, lass mich …«

Das System ist uralt. Es war fast unmöglich, einen Lautsprecher zu finden, der mit Batterien lief. Kingmakers hat einen riesigen Generator, der das elektrische Licht und andere Systeme betreibt, die Strom benötigen, aber es gibt so gut wie nirgendwo auf dem Campus Steckdosen. Das soll die Studierenden davon abhalten, Handys, Tablets und so weiter einzuschmuggeln. Wir müssen alle unsere Aufgaben mit der Hand schreiben, und die einzigen Nachrichten, die wir bekommen, sind Telefonanrufe und Briefe von zu Hause. Sogar die Telefone sind eine einzige Ansammlung aus umfunktionierten Telefonkabinen, die nur an Samstagen und Sonntagen für Anrufe genutzt werden können – es können keine Anrufe hereinkommen, außer über das Hauptbüro.

»Da«, sage ich, nachdem ich die Playlist umgeschaltet habe.

Sofort beginnt mein Lieblingslied zu spielen. Ich habe es bereits tausendmal gehört, aber ich werde es nie leid.

»Danke!«, sagt Chay.

»Kein Problem. Bist du schon lange hier?«

»Etwa eine Stunde. Sam ist noch nicht da.« Chay schmollt.

»Hat er gesagt, dass er kommt?«

»Ja. Bei so was ist er immer dabei. Er war derjenige, der letzte Woche die Party im Torhaus organisiert hat.«

»Ja, das war cool«, sage ich und versuche, höflich zu sein. Ich verstehe nicht, was Chay an Sam Underhill findet. Er ist der typische Klassenclown, immer bereit, sich für einen Lacher zum Affen zu machen. Chay scheint das allerdings toll zu finden, also schätze ich, es könnte mit ihnen klappen.

Ich spüre Blicke auf mir und schaue auf, weil ich denke, dass es Leo ist.

Stattdessen sehe ich Dean Yenin, der auf der anderen Seite des Feuers steht und mich anstarrt. In dem Moment, in dem er meinen Blick bemerkt, kommt er auf mich zu. Ich habe einen seltsamen Impuls zu fliehen, rühre mich jedoch nicht vom Fleck.

Dean hält erst an, als er direkt vor mir steht. Seine Brust ist nur wenige Zentimeter von meiner entfernt, sodass ich meinen Kopf nach hinten neigen muss, um ihm ins Gesicht zu schauen. Wenn Dean nicht lächelt, sieht er wütend aus, und ich spüre, wie Chay uns neugierig beobachtet – unsicher, ob Dean mich anbaggern will oder Streit sucht.

»Ich habe auf dich gewartet«, sagt Dean in seiner unverblümten Art.

Ich kann spüren, wie ich rot werde, sosehr ich auch versuche, dagegen anzukämpfen. Ich hasse es, dass er mich so in Verlegenheit bringen kann. Normalerweise kann ich meine Reaktionen gut kontrollieren.

»Tanz mit mir«, fordert er mich auf.

»Das werde ich nicht tun.«

»Warum nicht?«

»Du weißt, warum.«

Wir können beide Leo rechts von uns sehen, immer noch umgeben von Freunden, die lachen und scherzen. Wenn Dean versucht, mich herumzukriegen, wird er sich allerdings nicht lange ablenken lassen. Ich weiß, dass Dean Leo hasst. Aber ich werde nicht zulassen, dass er mich benutzt, um irgendeinen Streit anzufangen.

»Er hat nichts damit zu tun«, sagt Dean.

Seine Hand schnellt hervor und ergreift mit einer seltsamen, beängstigenden Geschwindigkeit mein Handgelenk. Um mich aus seinem Griff zu befreien, muss ich mein Handgelenk stark verdrehen, und in dem Moment, in dem ich es tue, eile ich von ihm weg, bevor er mich wieder packen und vor all diesen Leuten eine Szene machen kann.

Mein Gesicht steht in Flammen, und ich verstehe nicht, was zum Teufel er denkt, was er tut. Ich dachte, Dean und ich hätten uns zusammengerauft. Wir haben unser Bankenprojekt mehr oder weniger konfliktfrei beendet und dafür sogar eine sehr gute Note bekommen. Ich dachte, das sei der Beweis, dass wir, wenn wir schon keine Freunde sein können, wenigstens keine Feinde sein müssen.

Aber jetzt versucht er wieder, irgendeinen Mist mit Leo anzuzetteln.

Dann erinnere ich mich, warum.

Das Kapitänsamt. Es wurde heute bekannt gegeben. Dean muss sauer sein, dass Leo es statt ihm bekommen hat. Das ergibt Sinn. Ich kann mir nicht vorstellen, dass es Dean gefallen wird, Befehle von Leo anzunehmen. Das Gleiche gilt für Bram.

Leo wird es schwer haben, zu gewinnen, wenn die Hälfte seines Teams gegen ihn ist.

Ich möchte mit Leo darüber reden – eigentlich über eine Menge Dinge –, aber es sind so verdammt viele Leute um ihn herum, dass ich nicht mehr tun kann, als seinen Blick zu erhaschen, worauf er mir ein warmes und entschuldigendes Lächeln schenkt.

Normalerweise stört es mich nicht, dass Leo so beliebt ist. Ich gönne ihm alle Zuneigung und Aufmerksamkeit der Welt. Doch gerade bin sehr unsicher, denn es nagt an mir, dass wir unterbrochen wurden, als wir uns aussprechen wollten.

»Das sind alles Kriegsspiele!«, sagt Matteo und schwingt seine Arme so wild herum, dass sein Getränk aus dem Glas schwappt und seinen Ärmel benetzt. »Die höheren Jahrgänge werden natürlich mehr Erfahrung haben, aber wenn wir …«

Ich höre Matteos brillanten Plan nicht, denn Gemma Rossi, die zwei rote Plastikbecher in den Händen hält, drängt sich in die Mitte der Gruppe.

»Leo«, sagt sie, »ich habe gehört, du bist Kapitän geworden. Glückwunsch! Wir werden garantiert gewinnen, wenn du uns anführst.«

Sie schaut zu ihm auf und klimpert mit den Wimpern, so fest sie kann. Im Vorbeigehen ist sie mir auf den Fuß getreten, und ich bereue ernsthaft, dass ich ihr nicht ein Bein gestellt habe, wie ich es eigentlich vorhatte. Mit ihren vollen Händen wäre sie auf das Gesicht gefallen.

»Lasst uns alle auf Leo anstoßen!«, zwitschert sie und drückt Leo einen der Drinks in die Hand.

Leo wirft mir einen Blick zu, weil er weiß, dass ich normalerweise nur darauf warte, die Augen zu verdrehen. Aber ich tue es nicht. In diesem Moment bin ich weder sarkastisch noch vergnügt, sondern einfach nur … ängstlich.

Alle halten ihre provisorischen Getränke in die Höhe – die staubigen Flaschen mit selbst gebrautem Bier, die eigentlich für die Dozenten gedacht sind, aber häufig von den Studierenden gestohlen werden. Der Wein aus dem Weinberg südlich des Campus, die Flaschen mit dem Visine-Dvorca-Etikett. Und die Cocktails, gemixt mit Schnaps, den die Studierenden in ihren Koffern schmuggelten oder zu unverschämten Preisen von den Fischern kauften, die mit Nachschub für die Insel hin und her fahren.

Ich habe nichts zu trinken. Leo hält mir seinen Becher

hin, doch ich schüttle den Kopf. Also stößt er mit allen anderen an, trinkt das aus, was Gemma ihm gebracht hat, und grinst, als alle ihm zujubeln.

Leo senkt seinen Becher und leckt sich genüsslich die Lippen.

»Es kommt ganz auf die Taktik an«, meint Matteo.

»Nein, auf die Fitness«, argumentiert sein Freund.

In diesem Moment bricht die Musik abrupt ab. Einen Augenblick später setzt sie wieder ein, aber sie klingt verzerrt und dumpf.

Ich schaue mich um, um zu sehen, ob Chay wieder mit dem Lautsprecher herumspielt. Oder vielleicht ist es der lang ersehnte Sam, der endlich angekommen ist und mit Kasper Markaj einen Fußball über den Sand hin und her kickt, ohne Rücksicht darauf, wer oder was zwischen ihnen liegt.

Chay ist nirgends zu sehen und der Lautsprecher auch nicht – der Haufen Treibholz, auf dem er stand, ist jetzt leer.

Fluchend gehe ich zum Feuer hinüber, um zu sehen, was passiert ist.

Als ich dem stotternden Geräusch folge, finde ich meinen Lautsprecher halb im Sand vergraben. Irgendein Idiot muss ihn umgeworfen haben – ich wette, es war Sam.

Ich nehme den Lautsprecher in die Hand und stoppe die Musik, damit ich die äußere Hülle entfernen, die Batterien herausnehmen und den ganzen Sand aus dem Gerät entfernen kann. Ich hätte ihn gar nicht erst Chay leihen sollen. Wenn er kaputtgeht, wie zum Teufel soll ich dann morgens üben?

Nach zwanzig Minuten akribischer Reinigung bin ich mir ziemlich sicher, dass ich auch das letzte Sandkorn erwischt habe. Mit dem Fingernagel schraube ich das Gehäuse wieder zusammen, dann prüfe ich, ob es noch funktioniert.

Gott sei Dank wird die Playlist an genau derselben Stelle fortgesetzt. Das einzig Gute an alter Elektronik ist, dass sie wie ein Panzer gebaut ist. Sie ist dafür gemacht, eine Menge auszuhalten.

Triumphierend stehe ich auf und bürste meine Hände ab.

Es sind noch mehr Studierende zur Party geströmt, und der kleine Strand ist jetzt voll mit Leuten. Alle sind betrunken genug, um zu glauben, dass sie tanzen können, und johlen und pfeifen, als die Musik weitergeht.

Paare schleichen sich in die buschigen Baumbestände rund um den Strand, schleppen Decken mit, um sich in den Sand zu legen und sich, so weit sie wollen, auszuziehen.

Einige dieser Paare sind gar keine Paare, sondern eher zwei Jungs, die sich mit einem extrem beschwipsten Mädchen zusammentun. Das ist ein Anblick, an den ich mich in Kingmakers gewöhnt habe, wo das Geschlechterverhältnis so aus dem Gleichgewicht geraten ist.

Wir dürfen nicht miteinander ins Bett gehen. Einige dieser Mädchen sind bereits in Heiratsverträgen mit anderen Mafia-Familien gebunden. Einige der Jungs auch. Aber da niemand hier ist, der sie aufhält, haben sie offensichtlich beschlossen, ihre Chance zu nutzen.

Die Zeiten, in denen erwartet wurde, dass man an seinem Hochzeitstag noch Jungfrau ist, liegen weit hinter uns. Zu Zeiten meiner Eltern erwarteten einige der Familien der alten Schule noch eine ärztliche Untersuchung, um zu beweisen, dass man »intakt« ist. Nun muss man bloß noch einen Schwangerschaftstest bestehen. Das Einzige, was die Familien wirklich interessiert, ist, dass ihre Erben tatsächlich blutsverwandt sind.

Sogar mein Onkel Callum hatte eine arrangierte Ehe mit Tante Aida. Das würde man jetzt nie vermuten, so besessen sind sie voneinander.

Ich habe eine Menge Beispiele für Eheglück, aus denen ich schöpfen kann. Wie Tante Riona und Onkel Raylan in Tennessee mit ihren Söhnen. Sie sind ein außergewöhnliches Paar, denn sie ist eine toughe Anwältin und er ein richtiger Charmeur. Aber die beiden vergöttern sich.

Ganz zu schweigen von meinen Eltern, die verliebter sind als alle anderen Menschen, die ich kenne.

Vielleicht sind meine Ansprüche zu hoch. Sollte ich jemals heiraten, erwarte ich von meinem zukünftigen Partner, dass er sich mir völlig hingibt. Wer könnte dem gerecht werden?

Es gibt nur eine Person in meinem Leben, die mich nie enttäuscht hat …

Ich suche am überfüllten Strand nach Leo, aber er scheint verschwunden zu sein.

Leo und ich wurden wie Blutsverwandte erzogen, obwohl wir das nicht sind. Für unsere Eltern waren wir eine Familie. Und es schien klar zu sein, dass es da uns nicht anders ginge.

Ich kenne ihn seit seiner Geburt. Wir sind wirklich zusammen aufgewachsen. Ich sollte einen Bruder in ihm sehen …

Aber das tue ich nicht.

Das wird mir jeden Tag klarer.

Diese Gefühle, die ich habe … diese Bedürfnisse … sie gehen nicht weg.

Je mehr ich versuche, sie zu verdrängen, desto stärker tauchen sie auf, immer und immer wieder, wie eine Hydra mit hundert Köpfen. Ich schlage einen ab, und zwei weitere kommen brüllend zurück.

Ich glaube, Leo spürt es auch. Zuerst dachte ich, er würde es nicht. Aber er gab sein Stipendium auf, um mit mir nach Kingmakers zu kommen, auch wenn seine Mutter davon überhaupt nicht begeistert war. Und seit wir hier sind, ist alles anders zwischen uns. Ich habe gesehen, wie er mich ansieht. Ich sehe, wie eifersüchtig er wird, wenn Dean mit mir redet.

Heute Abend habe ich etwas zwischen uns gespürt. Ich weiß, dass er es auch gespürt hat.

Wir müssen jetzt unbedingt darüber reden. Ich sehe mich überall um und frage mich, wohin er so schnell verschwunden ist. Dann gehe ich zum Wasser hinunter, aber niemand ist so dumm, hier zu schwimmen – nicht einmal, wenn er betrunken ist.

Ich gehe wieder zu den Klippen und überprüfe den steilen Pfad, um zu sehen, ob er aus irgendeinem Grund in diese Richtung zurückgegangen ist.

Schließlich laufe den ganzen Weg um das Lagerfeuer herum und frage mich, ob ich ihn in der Menge irgendwie übersehen haben könnte. Es ist schwer, mich durch das Gedränge zu bewegen, vor allem, wenn Chay versucht, mich zum Tanzen mit ihr zu bringen, und Matteo mir irgendeine dumme Frage über eine bevorstehende Geschichtsprüfung stellen will.

Der einzige Ort, den ich nicht überprüft habe, sind die kleinen Baumbestände auf beiden Seiten des Strandes.

Meine Stiefel füllen sich mit Sand. Ich ziehe sie aus, schütte sie aus und werfe sie mir an den Schnüren über die Schulter. Dann gehe ich barfuß über den Boden und spähe in den buschigen Wald, um zu sehen, ob Leo hierhergekommen ist.

Alles, was ich sehe, sind Pärchen, die sich auf Decken rekeln oder an Bäume gepresst rummachen.

Gerade als ich mich wieder umdrehen will, höre ich ein Stöhnen, das mir einen Schauer über den Rücken jagt.

Ich habe ihn noch nie so klingen hören. Aber ich würde Leos Stimme überall erkennen.

Ich drehe mich um und spähe durch die Dunkelheit auf einen besonders dichten Baumbestand.

Da ist Leo, der sich an den Stamm eines Mandelbaums stützt, den Kopf zurückgelehnt und die Augen halb auf die Blätter über ihm gerichtet.

Gemma ist vor ihm auf den Knien und gibt ihm einen Blowjob. Ich kann die feuchten Geräusche ihres Mundes hören und sehe, wie ihr dunkles Haar schwingt, während ihr Kopf auf- und abwippt.

Mein Magen zieht sich so sehr zusammen, dass ich mich fast direkt auf dem Sand übergeben muss. Es kostet mich meine ganze Kraft, es herunterzuschlucken und das Schluchzen zu unterdrücken, das aus mir herausbrechen will.

Das Einzige, was ich denken kann, ist: *Zum Glück kann er mich nicht sehen. Und auch nicht hören.*

Es tut so wahnsinnig weh. Der Schmerz ist so heftig, so dicht, so kalt und so vergiftet, dass er sich überall in mir ausbreitet.

Ich war noch nie so enttäuscht.

Als ich allein den langen, dunklen Weg zum Schloss zurückgehe, kämpfe ich mit den Tränen.

Kapitel 13

Leo

Ich habe einen Wahnsinnstraum.

Ich habe den letzten Wettkampf im *Quartum bellum* gewonnen. Ganz Kingmakers umschwärmt mich, hebt mich auf die Schultern und ruft meinen Namen.

Ich blicke über das Meer von Menschen und sehe Anna, die dort steht und zu mir aufschaut. Ihre blauen Augen schimmern wie Sterne. Sie lächelt mich an, sie ist so verdammt stolz auf mich.

Ich dränge mich durch die Menge, um zu ihr zu gelangen, hebe sie hoch und drehe sie herum. Ihr langes Haar wirbelt um sie herum, wie es das immer tut, wenn sie tanzt.

Als ich sie wieder absetze, sieht sie zu mir auf, so wie damals, als wir auf dem dunklen Pfad auf dem Weg zur Party standen. Sie hat denselben Gesichtsausdruck – verängstigt, aber hoffnungsvoll. Ich kann sehen, dass sie mich liebt. Ich wusste immer, dass sie mich liebt. Doch das ist etwas anderes – nicht die Liebe einer Cousine oder einer besten Freundin. Dies ist die Liebe einer Seelenverwandten. Einer Frau, die mich so sehr will, wie ich sie will.

Ich küsse sie, genau wie ich es mir früher in der Nacht vorgestellt habe. Ich berühre ihre weichen, warmen Lippen mit meinen und schmecke ihre Süße.

Ich lasse meine Hand über ihren Rücken gleiten. Ich schlinge meine Arme um sie.

Und dann verschwinden alle um uns herum, denn Anna zieht mich weg, sie führt mich an der Hand, zieht mich in den Wald. Ihre Fingerspitzen wandern über meine Brust, meinen Bauch hinunter, berühren leicht den Knopf meiner Jeans. Sie macht das, was ich mir in der Nacht in meinem Bett ausgemalt habe. Diesmal muss ich mich nicht schämen und schuldig fühlen, weil ich weiß, dass es nur ein Traum ist, auch wenn es sich so real anfühlt.

Sie drückt mich gegen den Baum, dann lässt sie sich vor mir auf die Knie fallen. Ich spüre, wie ihre weichen Hände am Knopf meiner Jeans herumfummeln und den Reißverschluss hinunterziehen, um meinen Schwanz hervorzuholen. Dann schließt sie ihren warmen, feuchten Mund um ihn …

Ich schaue zu einem Geflecht aus Blättern und Ästen hinauf, hinter dem die Sterne hervorstechen. Aber die Sterne stehen nicht still, sie drehen sich um meinen Kopf, was mich schwindelig und krank macht.

Annas Mund fühlt sich gut an meinem Schwanz an, doch ansonsten geht es mir schlecht. Mein Kopf ist schwer, und mein Magen dreht sich. Ich scheine keine Kontrolle über meine Arme und Beine zu haben. Meine Hände hängen lose an meinen Seiten, und mein Kopf fällt gegen meine Schulter.

Ich höre ein nasses, sich wiederholendes Geräusch, als ob ein Hund mich ablecken würde.

Mein Schwanz ist nicht mehr hart, ich fühle mich zu krank.

»Stimmt etwas nicht?«, fragt eine Stimme.

Ich lasse meinen Kopf nach vorne fallen, damit ich nach unten schauen kann.

Ein fremdes Gesicht blickt zu mir auf. Nicht Annas Gesicht – dieses Mädchen hat blauschwarze Haare, sie ist nicht blond, und ihre Augen sind dunkler als die von

Anna. Sie sind ausdruckslos und glitzern im Halbdunkel. Sie sieht unheimlich aus, wie sie da unten hockt und mit nassem Gesicht und verschmiertem Make-up zu mir hochschaut.

»Was tust du …«, murmle ich.

»Was meinst du, was ich tue?«, kichert das Mädchen. »Was denkst du denn, was ich mache?«

Sie packt meinen schlaffen Schwanz und nimmt ihn wieder in ihren Mund. Sie saugt und schlürft daran und versucht, ihn wieder zum Leben zu erwecken. Es fühlt sich an, als würde ich lebendig aufgefressen werden.

»Hör auf damit«, sage ich und versuche, sie wegzuschieben.

Meine Hand ist taub und fühlt sich an, als würde sie nicht mir gehören. Ich habe keine Kontrolle über sie.

Und meine Stimme ist breiig. *»Hör auf damit«* klingt eher wie *»Hööörüuuufit«*.

Das Mädchen scheint mich nicht zu hören. Sie macht weiter. Das Wippen ihres Kopfes bringt meinen Körper zum Schaukeln, was mich seekrank macht.

»Stopp …«, sage ich, noch schwächer.

Diesmal versteht sie mich, zumindest genug, um sich wieder aufzurichten.

»Was ist dein Problem?«, fragt sie.

Als ich die Möglichkeit bekomme, mich zu bewegen, hieve ich mich vom Baum weg. Aber ich habe unterschätzt, wie sehr ich die Stütze brauche. Ich purzle auf den Knien nach vorne und lasse mich dann auf alle viere fallen. Das ist eine viel zu große Bewegung, die mein Magen nicht aushält. Ich fange an, mich auf den Boden zu übergeben.

»Wie viel hast du getrunken?«, fragt das Mädchen, teils angewidert, teils besorgt.

Ich weiß nicht, wie viel ich getrunken habe. Ich kann mich nicht erinnern.

Der Beginn der Nacht scheint sich aufzulösen. Ich weiß nicht, wie ich hierhergekommen bin oder was hier passiert.

Wenn ich mich ganz stark konzentriere, kann ich mich irgendwie daran erinnern, dass das Mädchen Gemma heißt und wir diesen Tauchkurs zusammen haben. Aber alles direkt vor diesem Moment ist ein pochender, dunkler Schleier.

»Ich muss gehen.«

»Wenn du meinst«, erwidert Gemma.

Ich öffne den Mund, um zu antworten, doch alles, was herauskommt, ist noch mehr Erbrochenes.

Kapitel 14

Dean

Ich folge Anna auf den Campus zurück.

Dabei halte ich einen großen Abstand zwischen uns, damit sie mich nicht hören kann.

Ehrlich gesagt glaube ich nicht einmal, dass sie eine Blaskapelle hinter sich hören würde. Sie stolpert vor sich hin, ohne die übliche Anmut.

Ich mag es nicht, sie so zu sehen. Es schmerzt mich, sie zu verletzen. Aber es schmerzt mich mehr zu denken, dass sie wegen diesem verdammten Arschloch Leo Gallo traurig ist. Er hat ihre Hingabe nicht verdient. Er hat keine halbe Stunde gebraucht, um mit Gemma Rossi in den Wald zu stolpern. Es gibt keine Droge auf der Welt, die mich von Anna ablenken könnte.

Ich beobachte sie den ganzen Weg vom Strand bis zum Schloss. Sie flieht über den Boden wie ein weißer Vogel, ihr Haar weht hinter ihr her. Und ich jage ihr nach wie ein Jäger mit einem Pfeil im Anschlag.

Als sie durch die Tore in Kingmakers schreitet, beobachte ich, in welche Richtung sie abbiegt.

Genau wie ich erwartet habe, biegt sie nach links ab, weg von ihrem Zimmer. Ich weiß genau, wo sie hingeht.

Sie geht zwischen dem Torhaus und den Gewächshäusern hindurch, dann nimmt sie die Lücke zwischen dem Speisesaal und der Brauerei. Sie biegt scharf links ab, passiert den

Bibliotheksturm und eilt weiter in Richtung Kathedrale auf der Westseite des Geländes.

Die Kathedrale sieht im Mondlicht skelettartig und gespenstisch aus. Die große Fensterrose über den Doppeltüren blickt uns wie ein böses Auge an.

Anna hat ihren Lautsprecher nicht dabei, denn sie hat ihn auf der Party vergessen. Aber sie ist trotzdem hierhergekommen, denn dies ist ihr Zufluchtsort.

Bevor ich die Türen erreiche, ist sie bereits drinnen. Als ich hindurchschlüpfe, erwarte ich, ihr Schluchzen an den Steinwänden widerhallen zu hören.

Stattdessen ist es vollkommen still.

Ich gehe leise das Kirchenschiff entlang. Meine Augen suchen die schattigen Räume nach einem Zeichen von Anna ab. Alle Möbel sind schon lange aus der Kathedrale entfernt worden – keine Kirchenbänke, keine Altäre, keine Schreine. Selbst die Tauben sind still und schlafen oben in den Dachsparren.

Schließlich entdecke ich Anna auf dem Steinboden des Altarraums. Sie hat die Knie an die Brust gepresst, die Arme um die Schienbeine geschlungen und die blonden Haare wie ein Leichentuch um sich gelegt.

»Anna«, sage ich.

Meine Stimme hallt in dem leeren Raum wider, obwohl ich leise gesprochen habe.

Sie blickt auf, und ich erkenne, dass sie gehofft hat, Leo zu sehen. Sie dachte, er sei hinter ihr her. Ein Schmerz blitzt in ihrem Gesicht auf, als sie sieht, dass ich es stattdessen bin.

Sie springt auf, wirft ihre Haare über die Schultern zurück und versucht, auch jetzt noch die Fassung zu bewahren.

Ich empfinde wilde Bewunderung für dieses Mädchen, das sich weigert, sich irgendeine Schwäche anmerken zu lassen, selbst wenn ich weiß, dass sie kurz davor ist, zusammenzubrechen.

»Was machst du denn hier?«, fragt sie.

Ich höre es, obwohl sie so sehr versucht, es zu verbergen … Ich höre das Zittern in ihrer Stimme.

Ich durchquere den Raum in drei Schritten und schlinge meine Arme um sie.

Ich ziehe sie dicht an meine Brust, wiege ihren Kopf in meiner Hand und drücke ihre Wange an mein Herz. Sie versucht, sich wegzuziehen, doch ich halte sie fest, meinen anderen Arm um ihren Körper geschlungen.

Ich zwinge sie dazu, sich von mir trösten zu lassen.

Sie kämpft gegen mich an, aber nicht hart. Sie ist zu niedergeschlagen von dem, was passiert ist. Die Kraft ist aus ihr gewichen.

Nach einem Moment fügt sie sich.

Sie hört auf, sich zu wehren, und lässt sich von mir halten.

Ich atme den Duft ihres Haares ein – rauchig vom Feuer, aber darunter noch frisch und sauber.

Ich halte sie fest, lasse sie die Wärme meines Körpers spüren, die Stärke meiner Arme, das Zittern der Muskeln, das verrät, wie lange und wie intensiv ich mir das gewünscht habe.

Und dann passiert etwas Magisches. Etwas, das ich nicht vorhersehen konnte: Anna beginnt zu weinen.

Sie weint, als würde ihr Herz brechen. Ihre Tränen durchnässen die Vorderseite meines Hemdes, und sie zittert am ganzen Körper. Als sie zu mir aufsieht, sind ihre Augen hell und feucht, und ihre Lippen beben.

Mir wird klar, dass das jetzt die Gelegenheit ist, auf die ich gewartet habe.

Also zögere ich nicht, sondern küsse ihre weichen und erschütterten Lippen.

Kapitel 15

Anna

Am nächsten Morgen lasse ich das Frühstück ausfallen, weil ich niemanden sehen will.

Was aber nicht klappt. Leo drängt mich sofort vor meinem Wohnheim in die Enge, als ob er dort schon seit Stunden warten würde.

Er sieht furchtbar aus. Seine Haare sind durcheinander, und er hat dunkle Ringe unter den Augen. Er sieht leicht verzweifelt aus, und sobald er mich sieht, rennt er zu mir und drückt mich praktisch mit seinem ganzen Körper an die Wand, damit ich nicht abhauen kann.

Ich versuche, an ihm vorbeizukommen, und sage: »Ich kann jetzt nicht reden, ich muss in die Bibliothek.«

Es ist eine offensichtliche Lüge. Leo kauft mir das keine Sekunde lang ab.

»Anna, bitte«, fleht er. »Ich weiß nicht, was letzte Nacht passiert ist.«

»Ich weiß es genau.«

Ich wollte dieses Gespräch nicht führen, aber nun, da er mich dazu zwingt, muss ich wieder an vergangene Nacht denken, und diesmal schmerzt es noch mehr als je zuvor. Ich sehe ihn an den Baum gelehnt, den Kopf genüsslich nach hinten geneigt und höre – als ob es in diesem Moment direkt in meinen Ohren wäre – Gemmas schlürfenden Mund.

Letzte Nacht war ich einfach nur verletzt. Doch heute Morgen verwandelt sich dieser Schmerz in Verbitterung.

Ich weiß, dass Leo und ich nicht zusammen sind. Ich weiß, dass wir nichts explizit zueinander gesagt haben. Aber genauso weiß ich, dass da etwas zwischen uns war – ein Verständnis, eine gemeinsame Absicht. Ich habe mir das nicht nur eingebildet.

Leo war das scheißegal. In dem Augenblick, als er die Chance hatte, mit Gemma in den Wald zu gehen, hat er sie ergriffen. Er hat überhaupt nicht an mich gedacht.

»Ich habe dich gesehen«, sage ich und funkele ihn an. »Ich habe gesehen, wie du dir von dieser kleinen Schlampe deinen Schwanz hast lutschen lassen.«

Eigentlich fühle ich mich nicht gut dabei, Gemma eine Schlampe zu nennen. Es ist ja nicht so, dass sie die Fantasie kannte, die ich in meinem Kopf hatte, wie meine Nacht ablaufen sollte. Es ist nicht so, als hätte sie eine Verantwortung mir gegenüber – wir sind nicht mal Freundinnen.

Es ist Leo, der mich verletzt hat, nicht sie. Doch in meiner Wut benutze ich die bösartigsten Worte, die mir in den Sinn kommen, und wende sie gedanklich sowohl auf Leo als auch auf sie an.

Leo ist ein Arsch. Er liebt Aufmerksamkeit, wo immer er sie bekommen kann. Er versteht nicht das Geringste von Treue oder Liebe.

Leo stottert und stolpert, ist nicht annähernd so geschmeidig wie sonst.

»Ich war wirklich betrunken«, sagt er. »Ich schwöre, ich wollte es nicht einmal tun. Ich weiß nicht mal, wie es passiert ist.«

Ich starre ihn an, als ob ich ihn gar nicht kennen würde. »Das ist eine erbärmliche Ausrede.«

»Ich weiß!«, schreit er. »Du hast ja recht! Ich habe noch nie so die Kontrolle verloren, ich verstehe es nicht.«

Leos Versuch, sich zu erklären, macht mich nur noch wütender.

»Ich will deine Ausreden nicht hören«, fauche ich ihn an. »Du kannst ficken, mit wem du willst. Lass mich einfach da raus.«

»Anna … ich weiß … ich wollte …«

Er stammelt hilflos, unfähig zu sagen, was er mir sagen will. Ich weiß bereits, was er mir zu sagen versucht. Er bereut es, so unvorsichtig gewesen zu sein – er hat nicht gemerkt, wie sehr es mich verletzen würde.

Aber das ist Leos Problem – er ist verdammt gedankenlos.

Ich versuche, mich wieder an ihm vorbeizudrängen, und in seiner Verzweiflung schreit er: »Wo bist du letzte Nacht hin?«

»Ich bin gegangen.«

»Du bist ganz allein hierher zurückgekommen?«

Ich bin von dieser Art der Befragung genervt. Ich schätze es nicht, dass Leo mich beschützen will, nachdem er mir das Herz gebrochen hat.

Außerdem will ein kleiner, hässlicher Teil von mir ihn nun auch verletzen.

Also sage ich: »Nein. Ich war nicht allein.«

Leo kann die Drohung in meiner Stimme hören. Seine Augenbrauen ziehen sich zusammen.

»Wer war bei dir?«, fragt er. Er will die Antwort nicht wirklich wissen.

Ich schaue in sein hübsches Gesicht. Das Gesicht, das ich mein ganzes Leben lang geliebt habe. Das Gesicht, das ich nie versucht habe, vom Glück in den Kummer hinunterzuziehen, nicht ein einziges Mal.

Ich weiß, dass ich mir ein oder zwei Tage Zeit nehmen sollte, um mich abzureagieren. Deshalb bin ich nicht zum Frühstück gegangen – ich wollte genau dieses Gespräch vermeiden, bis ich nicht mehr so geladen bin.

Aber der andere Teil von mir – der Teil von mir, der Gemma eine Schlampe genannt hat und der wütend, rachsüchtig und selbstzerstörerisch ist –, dieser Teil antwortet Leo. Die Worte kommen mir über die Lippen, bevor sie sich überhaupt in meinem Gehirn gebildet haben.

»Ich war mit Dean Yenin zusammen«, sage ich.

Leo starrt mich an.

Ich bereue es jetzt schon. Ich bereue es, es zu sagen, ich bereue es, es zu tun. Ich bereue alles, was passiert ist.

Zu spät.

Erkenntnis zieht über sein Gesicht wie eine dunkle Wolke über die Sonne.

»Dean«, sagt er. Seine Stimme ist ein warnendes Knurren.

Dieses Knurren klingt zu sehr wie das Geräusch, das er letzte Nacht machte, als er bei Gemma war. Als ich im Dunkeln den Kopf zu ihm drehte, weil ich den Klang von Leo irgendwoher kannte.

Wut, Angst, Traurigkeit, Bedauern. Sie durchlaufen mich immer und immer wieder, bis ich keine Ahnung mehr habe, was ich will oder was ich fühle.

Bedauern, Traurigkeit, Angst … Wut.

Wild und trotzig hebe ich das Kinn. »Genau.«

»Was soll das heißen, du warst mit ihm zusammen?«

»Was denkst du, was ich meine?«, frage ich. Die Worte sprudeln aus mir heraus. »Ich kann tun, was ich will. Ich bin ein freier Mensch, genau wie du. Ist es nicht so, Leo? Schließlich sind wir nur *Cousin und Cousine*.«

Ich spucke die Worte aus, als würde ich sie hassen.

Vielleicht tue ich das.

Ich wollte Leo einen kleinen Stich geben, aus Rache dafür, wie er mich hat fühlen lassen. Aber ich habe ernsthaft unterschätzt, wie wütend ihn das machen würde. Seine Augen lodern wie gelbes Feuer, und jetzt drückt er mich tatsächlich gegen die Steinwand am Fuße der Treppe, An den

Seiten hat er die Hände zu Fäusten geballt und zittert am ganzen Körper.

»Bist du wahnsinnig?«, zischt er mir zu. »Du gehst nicht mit Dean Yenin aus.«

»Es geht dich nichts an, mit wem ich ausgehe«, weise ich ihn zurecht. »Du hast mir nichts zu sagen.«

Leo drückt sich näher an mich, als wir es je in unserem Leben getan haben. Seine Brust erdrückt mich, sein Oberschenkel presst meine Hüfte an die Wand. Seine Hand zuckt, und ich glaube, er ist fast wütend genug, um mich an der Kehle zu packen. Er ist verzweifelt, es zerreißt ihn, keiner von uns ist mehr er selbst – geschweige denn die Person, die wir normalerweise füreinander sind.

Leo schreit mich direkt an, unsere Gesichter sind nur wenige Zentimeter voneinander entfernt.

»Er ist unser Feind!«, schreit Leo. »Und er benutzt dich nur, um sich an mir zu rächen!«

Ich lache ihm ins Gesicht. »Du denkst wirklich, die ganze Welt dreht sich nur um dich, oder?«, sage ich. »Ist es für dich wirklich so unvorstellbar, dass mich jemand mögen könnte?«

»Mach dich nicht lächerlich!«, entgegnet Leo. »Damit hat es nichts zu tun. Es ist Dean – er ist ein schleimiger, manipulativer, hinterhältiger …«

»Ich will nichts davon hören«, unterbreche ich ihn. »Ich habe genug von eurer dummen Rivalität. Und ich habe es satt, dass du denkst, du kannst mich kontrollieren, während du herumrennst und tust, worauf du Lust hast.«

Ich ducke mich unter Leos Arm, und er versucht, mich zu packen und festzuhalten.

Diesmal schubse ich ihn, härter, als ich das je zuvor getan habe. Das ist kein Spiel, sondern ich sage ihm, dass ich ihm das Handgelenk breche, wenn er seine verdammten Hände nicht bei sich behält.

Wir atmen beide schwer, und Leos Gesichtsausdruck ist so, wie ich ihn noch nie gesehen habe. Er ist ein Fremder für mich. Ich kenne ihn nicht, und er kennt mich nicht.

»Hör einfach auf!«, zische ich ihm zu.

Er zögert. Zum ersten Mal in seinem Leben.

In diesem Moment sieht er aus wie ein verwirrter kleiner Junge.

Ich gehe von ihm weg, und dieses Mal versucht er nicht, mich aufzuhalten.

***

Dieser Sonntagnachmittag ist lang und einsam. Normalerweise machen Leo, Ares und ich Hausaufgaben in der Bibliothek oder gehen gemeinsam ins Dorf hinunter. Oder wir spielen Karten mit Miles und Ozzy und klauen frische Himbeeren aus dem Gewächshaus.

Heute habe ich keine Lust, irgendetwas davon zu tun. Ich kann nicht einmal tanzen, weil ich meinen Lautsprecher im Zimmer vergessen habe, und Chay hat den ganzen Tag geschlafen, nachdem sie erst um fünf Uhr morgens nach Hause gekommen ist. Sie hatte Sand in den Haaren, und ihr Oberteil war verkehrt herum angezogen, also nehme ich an, dass Sam sie endlich bemerkt hat – oder Chay hat sich auf jemand anderen eingeschossen, der genauso interessant ist.

Ich stelle sicher, dass ich in den Speisesaal gehe, sobald die Essensausgabe beginnt und noch bevor jemand anderes dort ist. Dann nehme ich mir ein frisch gebackenes Brötchen und zwei Äpfel, damit ich woanders essen kann. Ich gehe nicht nur Leo aus dem Weg, sondern auch dem Gedanken, Dean zu sehen.

Was Leo gesagt hat, glaube ich keine Sekunde. Ich glaube nicht, dass Dean mich benutzt, um an ihn heranzukommen. Dean hat mich kein einziges Mal nach Leo gefragt, ebenso wenig wie nach irgendwelchen Familienmitgliedern, die wir gemeinsam haben könnten. Wenn überhaupt, dann hat er das Thema vermieden. Und ich habe Dean oft genug dabei erwischt, wie er mich anstarrt, um zu wissen, dass er schon eine Weile an mir interessiert ist.

Nein, wenn überhaupt, dann bin ich es, die ihn gestern Abend benutzt hat, um sich besser zu fühlen. Und ich, die ihn heute Morgen benutzt hat, um Leo eifersüchtig zu machen. Ich fühle mich schuldig und weiß nicht, wie ich Dean sagen soll, dass es nur ein Moment der Schwäche war, dass er und ich nicht zusammen sein werden. Wenn es überhaupt das ist, was er will.

Ich esse das Brötchen und einen der Äpfel, während ich zum Bibliotheksturm hinübergehe.

Ich muss noch nicht einmal durch die Türen gehen, um zu wissen, dass die Bibliothek leer sein wird. Das Wetter ist warm und lau, und alle anderen Studierenden nutzen die Gelegenheit, um in der Sonne zu spielen oder sich in der Meeresbrise von ihrem Kater zu erholen.

Als ich die Wendeltreppe hinaufsteige, die ins Innere des Turms führt, kann ich fast das Gewicht von zehntausend Büchern spüren, die auf ihren uralten Regalen über meinem Kopf knarren und ächzen. Die Luft fühlt sich schwer an, wenn man sich vorstellt, dass so viele längst tote Menschen ihre Worte aus den Seiten flüstern.

Ich schlendere über den Orientteppich und entdecke Miss Robin hinter dem Hauptschreibtisch. Wie üblich hat sie den Kopf über ein halbes Dutzend aufgerollter Architekturpläne gebeugt, deren Tinte so verblasst ist, dass sie genauso gut mit verschüttetem Tee geschrieben sein könnten. Sie blinzelt auf das vergilbte Papier hinunter, die Nase kaum einen Zentimeter von der Seite entfernt, und fährt mit ihrem langen, schlanken Finger unter eine Zeile, damit sie eine Anmerkung in kleiner Schrift besser lesen kann.

Ich räuspere mich, um sie nicht zu erschrecken.

Sie erschrickt trotzdem. Ihre dicke Brille rutscht ihr die Nase herunter.

»Anna!«, quiekt sie. »Ich habe dich nicht hochkommen hören.«

»Woran arbeiten Sie?«

»Ach, das ist nichts«, sagt sie und rollt die langen Schriftrollen zusammen. »Nichts Interessantes.«

»Sie arbeiten immer an etwas.«

»Nun …« Miss Robin zögert, als wäre es ihr peinlich zu sagen. »Ich schreibe eine Dissertation über die Grundrisse von antiken Klöstern. Ich habe eine Theorie über die Aquäduktsysteme, die nach römischem Vorbild gebaut wurden …«

»Sind Sie deshalb gekommen, um in Kingmakers zu arbeiten?«

»Ja«, sagt sie. »Die Archive hier enthalten Karten und Dokumente, die man nirgendwo sonst auf der Welt finden kann. Und sie werden vom akademischen Mainstream so gut wie gar nicht erforscht. Was im Grunde ziemlich tragisch ist. Der Reichtum an Wissen hier ist geheim, aus offensichtlichen Gründen. Und was ich veröffentlichen darf, ist begrenzt. Aber ich habe großes Glück, dass ich diesen Zugang erhalten habe. Es ist nicht einfach, hier eine Stelle zu bekommen. Der vorherige Bibliothekar hatte diese Stelle siebenunddreißig Jahre lang inne. Ich weiß nicht, ob ich so lange hier sein werde … aber wer weiß? Es ist unglaublich friedlich. Ich habe noch nie so viel Arbeit erledigt bekommen.«

Sie lächelt und zeigt eine Reihe sehr hübscher weißer Zähne. So nah war ich Miss Robin noch nie, und ich sehe, dass das, was ich vermutet habe, stimmt. Unter den struppigen kastanienbraunen Haaren, der dicken Brille und der Strickjacke, die aussieht, als hätte sie eine Anfängerin gestrickt, ist sie ziemlich schön.

»Dann ist das also Ihr erstes Jahr hier?«

»Ja. Ich habe im Herbst angefangen, genau wie du«, sagt sie.

»Steht Ihre Familie in irgendeiner Verbindung zu Kingmakers?«, frage ich neugierig.

»Luther Hugo ist mein Onkel«, antwortet sie. »Er ist derjenige, der mir den Job besorgt hat. Nur hat er mir nicht genau gesagt, um was für ein College es sich handelt. Ich komme mir jetzt dumm vor, weil ich es nicht erkannt habe. Ich schätze, ich bin nicht sehr gut darin, Hinweise aufzugreifen.«

Sie schiebt die schwere Brille auf ihrem Nasenrücken nach oben und schüttelt den Kopf über sich selbst.

»Fühlen Sie sich nicht schlecht«, sage ich. »Viele der Studierenden hier sind aufgewachsen, ohne wirklich zu wissen, was ihre Familien gemacht haben. Ich nicht, aber viele von den anderen.«

»Du hast es immer gewusst?«, fragt sie und blickt mich mit leicht geneigtem Kopf an.

»Ja. Aber meine Mutter wusste es nicht, als sie aufwuchs. Sie dachte, ihr Vater sei Geschäftsmann und ihr Bruder sei hauptsächlich Politiker.«

Miss Robin lacht. »Es ist das *hauptsächlich*, das wir hinterfragen müssen.«

Sie hat ein weiches, sanftes Lachen. Miss Robin hat eine seltsame Ausstrahlung – am Anfang erkennt man sie nicht. Aber je näher man ihr kommt, desto mehr zieht es einen in seinen Bann.

»Wie auch immer.«, sagt sie. »Du bist sicher nicht an einem Sonntagnachmittag hergekommen, um alles über mich zu erfahren. Womit kann ich dir helfen?«

Ich sage ihr, welches Buch ich für meinen Kurs namens *Verträge und Verhandlungen* brauche, und sie hilft mir, es zu finden – ganz oben im Turm, in einem der Regale, die man nur mit einer Regalleiter erreichen kann.

»Ich bin überrascht, dass Sie wissen, wo alles ist«, sage ich.

»Na ja …« Sie lächelt. »Ich wohne hier. Da oben.«

Sie zeigt nach oben an die Decke. Ich sehe eine Falltür im Dach, die zu einem Dachboden zu führen scheint, der sich unter der spitzen Spitze des Turms befindet.

»Sie schlafen da oben?«

»Von dort hat man die beste Aussicht auf der Insel.«

»Dafür ist es einsam«, sage ich, ohne nachzudenken. Ich wollte eigentlich nur sagen, dass es der am weitesten entfernte und isolierteste Teil des Schlosses ist. Aber ich bereue meine unbedachte Bemerkung, als ich das schnelle Aufblitzen von Schmerz auf Miss Robins Gesicht sehe.

»Ja«, sagt sie leise. »Ab und zu ist es das.«

***

Ich kehre mit meinen Armen voller Bücher in mein Zimmer zurück und mache mir nicht die Mühe, leise zu sein, da Chay inzwischen wach sein muss. Als ich mich durch die Tür dränge, sehe ich die Silhouette von jemandem am Fenster stehen.

Ich lasse meine Bücher auf das Bett fallen und sage: »Danke, dass du daran gedacht hast, meinen Lautsprecher mitzubringen, obwohl du vermutlich nur zu zwanzig Prozent bei Bewusstsein bist.«

»Chay ist nicht hier.«

Als die männliche Stimme ertönt, drehe ich mich um. Dean steht direkt hinter mir und sieht mich verlegen an, wobei ihm sein weißblondes Haar über das linke Auge fällt. Er ist frisch geduscht und rasiert, außerdem sind sein Hemd und seine Hose makellos gebügelt.

»Ich bin's«, sagt er unnötigerweise und steckt die Hände in die Taschen.

»Stimmt«, sage ich und wünschte, ich hätte noch meine Bücher, die ich als Barriere zwischen uns halten könnte. »Das sehe ich jetzt.«

»Ich habe dich den ganzen Tag gesucht«, sagt er. »Ich dachte mir, dass du irgendwann hierher zurückkommen musst.«

»Du darfst nicht in den Mädchenzimmern sein«, erinnere ich ihn. »Du wirst dich in Schwierigkeiten bringen.«

»Ich glaube, ich bin schon in Schwierigkeiten.«

Seine tiefe Stimme jagt mir einen Schauer über den Rücken – halb faszinierend, halb erschreckend.

»Dean …«, fange ich an.

»Ich weiß, was du sagen willst«, unterbricht er mich.

»Ach ja?«

»Du wirst mir sagen, dass letzte Nacht ein Fehler war. Dass es nur passiert ist, weil du sauer auf Leo warst.«

Ich sehe ihn an, die Lippen geöffnet, die Zunge ruhig. Ich hätte nicht gedacht, dass er das schon weiß.

»Das ist mir egal«, sagt er. »Ich will dich trotzdem.«

Ich schlucke schwer. »Leo denkt, du bist nur an mir interessiert, weil du dich an ihm rächen willst.«

Dean sieht mich eindringlich an. »Leo ist ein verdammter Idiot. Er hatte dich all die Jahre direkt neben sich und hat nichts damit angefangen.«

Nach dem Schmerz, das mein Ego letzte Nacht eingesteckt hat, bedeuten mir Deans Worte etwas. Aber ich kann sie nicht in mich aufnehmen, nur weil es sich gut anfühlt. Ich muss ehrlich zu ihm sein.

»Dean …«, sage ich leise, »was ich für Leo empfinde. das ist keine Schwärmerei. Es ist etwas, das ich nicht abstellen kann. Selbst wenn ich stinksauer auf ihn bin.«

»Das ist mir egal«, sagt er wieder. Und jetzt durchquert er den Raum zwischen uns, bevor ich blinzeln kann, nimmt meine Hand und hält sie in seinen beiden Händen vor der

Brust. Ich kann die Schwielen an seinen Handflächen spüren, die von den endlosen Stunden des Seilspringens im Fitnessstudio stammen. Ich sehe seine Knöchel, geprellt und geschwollen vom Schlagen auf den schweren Sandsack mit dem kalten, stillen Feuer, das in ihm lodert.

»Gib mir wenigstens eine Chance«, sagt er. »Ein Date, das ist alles, worum ich dich bitte. Wenn du nicht mit mir zusammen sein willst, kann ich dich nicht zwingen. Aber gib mir wenigstens eine Chance.«

Er sieht mich mit diesen Augen an, die mehr violett als blau sind. Sein Gesicht ist gleichzeitig hart und verletzlich. Es ist eine quälende Kombination – eine, die ich nur schwer ansehen kann, ohne meinen Blick abzuwenden.

»Okay. Aber diese Sache mit dir und Leo …«, sage ich.

»Ich werde nicht so tun, als ob ich damit einverstanden wäre, was seine Eltern meiner Familie angetan haben«, entgegnet Dean. »Aber das hat nichts mit uns beiden hier zu tun.«

»Ich will keinen Streit.«

Seine Lippen pressen sich zu einer dünnen Linie zusammen. Er schweigt einen Moment lang, denkt nach. Dann endlich sagt er: »Gut. Solange ich mit dir zusammen bin, werde ich Leo nichts antun.«

»Wir sind aber nicht zusammen. Es ist nur ein Date.«

Dean hebt meine Hand und drückt sie an seine Lippen. Er schaut mir in die Augen, grimmig und entschlossen.

»Es wird mehr als ein Date sein«, sagt er.

Kapitel 16

Leo

Stell dir vor, du stehst auf einer Klippe und merkst nicht, dass es eine Klippe ist. Du denkst, du stehst auf festem Boden, bis dir der Boden unter den Füßen wegrutscht. Du beginnst zu fallen. Nach dem ersten Schreck fuchtelst du mit den Armen und versuchst, das Gleichgewicht zu halten. Aber du fällst und fällst. Du denkst dir: *Ich werde jeden Moment auf dem Boden aufschlagen. Das werde ich nicht überleben.* Doch du fällst und fällst und fällst. Und schließlich merkst du, dass es keinen Boden gibt – du stürzt in die Hölle hinab.

So war es, Anna zu verlieren.

Es gibt keinen Boden.

Ich falle immer noch.

Jeder Tag, der vergeht, ist schlimmer als der Tag davor.

Wenn ich am Tag nach der Party nur nicht so verdammt dumm gewesen wäre! Wäre ich doch bloß bei ihr angekrochen gekommen, hätte gebettelt und mich entschuldigt.

Aber ich wachte auf, und mein Kopf war immer noch verschwommen und schmerzte. Ich rollte mich aus dem Bett, nicht einmal sicher, wie ich überhaupt dorthin gekommen war. Ich hatte eine vage Erinnerung an ein Mädchen, das vor mir kniete und mich angeblickt hatte – ein Mädchen mit dunklen Haaren und Augen, ein Mädchen, das definitiv nicht Anna war.

Ich wusste, dass ich es irgendwie vermasselt hatte. Doch ich hatte nicht wirklich das Gefühl, dass es meine Schuld war. Es schien alles wie ein Traum, als wäre es jemand anderem passiert.

Also wartete ich vor ihrem Wohnheim, um mich zu entschuldigen, aber es war bloß eine halbherzige Entschuldigung. Mein Kopf pochte, und mir war flau im Magen. Ich dachte, Anna würde es ebenso sehen wie ich, dass die Nacht zuvor nur ein dummes Durcheinander war es das alles nichts bedeutet hatte. Ich dachte, sie wüsste, was ich für sie empfinde.

Ich habe mich geirrt.

Ich hätte sehen müssen, wie sehr ich sie verletzt habe.

Der Schmerz war ihr deutlich anzusehen. Wenn mein eigener Kopf nicht wie eine Trommel gepocht hätte, hätte ich es erkannt.

Stattdessen habe ich die Beherrschung verloren.

Sie erzählte mir, dass sie mit Dean nach Hause gegangen war, und ich fühlte diese überwältigende Welle von Eifersucht und Wut. Ich wusste nicht, ob sie ihn geküsst oder gevögelt hatte oder lediglich neben ihm gegangen war – und es war mir auch egal. Ich fühlte, dass sie zu mir gehörte und dass Dean versucht hatte, mein Eigentum zu stehlen.

Wenn ich jetzt zurückblicke, könnte ich mir ins Gesicht schlagen.

Ich hatte nichts getan, um dafür zu sorgen, dass Anna mir gehörte. Ich nahm einfach an, dass ich sie besaß und das auch immer so bleiben würde. Ich dachte, ich besäße sie, ohne es mir vorher wirklich verdient zu haben.

Also habe ich sie angeschrien. Ich habe sie beleidigt. Und vertrieb sie in dem einen und einzigen Moment, in dem ich sie vielleicht zum Bleiben hätte überreden können.

Und nun ist sie stattdessen mit Dean zusammen. Und ich hasse ihn, verdammt noch mal!

Aber nicht annähernd so sehr, wie ich mich selbst hasse.

Ich habe den einen Menschen auf der Welt verloren, der mir am wichtigsten war.

Und was die Ironie an der Sache ist: Ja, es lässt mich verdammt noch mal vor Eifersucht brennen, die beiden zusammen zu sehen. Zu sehen, wie sie Hand in Hand über den Platz laufen. Zu sehen, wie er seine Handfläche auf ihren Rücken legt oder mit dem Fingerrücken über ihre Wange streicht. Und wenn er sie küsst … Ich war noch nie einem Mord näher.

Aber das, was ich am meisten vermisse, ist meine beste Freundin.

Mir war nie bewusst, wie sehr sich jeder Tag um Anna drehte. Sie war die Erste, der ich meine Neuigkeiten erzählte, die Person, die ich am meisten beeindrucken wollte. Wenn ich einen Witz erzählte, blickte ich sie an, um zu sehen, ob sie lachte. Wenn ich joggen, etwas essen oder auf Erkundungstour gehen wollte, hatte ich sie immer an meiner Seite. Wenn ich einen Rat oder Trost brauchte, war sie die Einzige, die ihn mir geben konnte. Sie kannte mich. Sie kannte meine ganze Geschichte und wusste genau, wer ich war. Sie kann nicht ersetzt werden.

Ich verbringe jetzt die meiste Zeit mit Ares. Und er ist ein guter Freund, versteht mich nicht falsch. Aber er ist nicht Anna.

Ich habe nie realisiert, wie einsam mein Tag sein kann. Ich bin von Freunden und Kommilitonen umgeben, doch das ist alles, was sie sind. Nichts weiter.

Anna sitzt nun bei Dean oder bei den beiden anderen weiblichen Erben des ersten Jahrgangs, Chay und Zoe. Sie isst mit ihnen zu Mittag und zu Abend.

Wir sind keine Feinde – sie ist höflich zu Ares und mir, wenn sie uns sieht. Aber höflich ist fast schlimmer als hasserfüllt. Denn es ist keine Leidenschaft darin. Kein Gefühl der Zuwendung. Es gibt nun eine Barriere zwischen uns. Ich kann Anna sehen, aber nicht fühlen. Es tut so verdammt weh, ihr so nah und doch so weit weg zu sein.

Meine Eltern merken, dass etwas nicht stimmt. Wenn ich sie am Wochenende anrufe, können sie hören, dass die ganze Freude aus meiner Stimme verschwunden ist.

Letzten Sonntag verließ mein Vater unser Gespräch, um an die Tür zu gehen, als es klingelte und meine Mutter sagte: »Leo, *Milyy*, sag mir, was los ist.«

»Es ist alles in Ordnung, Mom«, sagte ich. »Am College läuft es gut. Meine Noten werden immer besser. Ich habe wieder angefangen, beinahe jeden Morgen zu trainieren. Ich esse sogar schon Salat. Du wärst stolz auf mich.«

»Ich bin *immer* stolz auf dich, mein Schatz«, sagte meine Mutter. »Aber ich kenne dich, Leo. Ich weiß, wenn du etwas vor mir verheimlichst.«

»Es ist nichts«, log ich. Ich konnte ihr nicht sagen, was ich getan hatte.

Meine Mutter ist klug. Vielleicht sogar klüger als mein Vater.

»Ist etwas mit Anna passiert?«, fragte sie spitzfindig.

Als ich Annas Namen hörte, hatte ich sofort einen Kloß im Hals.

»Nein«, log ich erneut. »Ich muss aufhören, Mom. Es gibt noch andere Leute, die auf die Telefone warten.«

Ich legte auf, bevor sie antworten konnte, und schwor mir, mindestens zwei Wochen zu warten, ehe ich sie wieder anrufen würde. In der Hoffnung, dass sie es bis dahin aufgegeben hat.

***

Der erste Wettbewerb findet Anfang November statt.

Ich sehe ihm mit Schrecken entgegen. Anscheinend habe ich mein brennendes Selbstvertrauen verloren, das immer in mir war wie eine Zündflamme, die nie erlischt und stets bereit ist, sich in ein wütendes Lagerfeuer zu verwandeln, wann ich es brauche.

Das Konzept ist einfach: eine modifizierte Version von Erobern der Flagge. Jedes Team bekommt seine eigene Basis auf seinem eigenen Bereich der Insel. Und jeder hat eine Flagge zu verteidigen: weiß für den ersten Jahrgang, silber für den zweiten, grün für den dritten und schwarz für den vierten Jahrgang.

»Warum ist unsere am einfachsten zu sehen?«, brummt Bram.

»Wen interessiert das?«, antwortet Dean kühl. Er sieht entspannt und wachsam aus, als er in unserer provisorischen Basis steht, die eigentlich ein leerer Schafstall auf der Ostseite der Insel ist.

Ich hasse seinen selbstgefälligen Blick. Er quält mich fast mehr als die Anwesenheit von Anna selbst.

Mit düsterer Miene verschränkt Anna die Arme vor der Brust und lehnt sich an den Zaun. Sie lächelt kein einziges Mal. Wir hatten kurz Blickkontakt, als sich unser Team versammelte, aber es ist schon einige Wochen her, dass wir ein richtiges Gespräch miteinander geführt haben. Mir ist klar, dass sie mit Dean zusammen ist, auch wenn sie im Moment nichts so Offensichtliches tun wie Händchen halten.

Ich weiß, dass Dean niemals so fröhlich hier sitzen und mir zuhören könnte, wenn er nicht das Gefühl hätte, dass das Kapitänsamt kaum noch eine Rolle spielt – da er bereits etwas Besseres hat.

Ich sehe Anna an und frage mich, ob sie mich so vermisst, wie ich sie vermisse. Oder ob sie nur Mitleid mit mir hat, weil sie merkt, dass ich leide.

Anna nicht mehr als beste Freundin zu haben, ist, als hätte ich Augen, ohne etwas sehen zu können, oder als hätte ich einen Stumpf statt einer Hand. Hundertmal am

Tag fällt mir etwas Lustiges ein, das ich ihr erzählen will, oder eine Frage, die ich ihr stellen möchte. Und dann erinnere ich mich daran, dass wir kaum noch miteinander sprechen.

Zum ersten Mal in meinem Leben kann ich nicht essen. Meine Shorts fühlen sich um meine Hüften lockerer an als sonst, und es macht mich wütend, Dean zu sehen, der gesünder aussieht. Sein Haar ist glatt, seine Haut so klar wie die von Anna. Ich hasse es, dass sie nebeneinander gut aussehen, dass er besser zu Anna passt als ich, beide blond und hell. Ich habe das Gefühl, er saugt das Leben aus mir heraus. Während ich schwächer werde, wird er stärker. Anna war meine Lebenskraft, und er hat sie mir gestohlen.

Wir tragen alle unsere Sportklamotten – graue Pullover und kurze Hosen, denn es ist windig und bewölkt. Die Seevögel krächzen laut, wenn sie beim Versuch, von den felsigen Klippen abzuheben, hin und her geschleudert werden.

Ich habe die siebzig Studierenden des ersten Jahrgangs um mich herum versammelt, wie ein General, der seine Truppen positioniert. Ich muss unbedingt selbstbewusst und klar sprechen. Es ist das erste Mal, dass ich sie anführe. Alles hängt von meiner Fähigkeit ab, sie zu überzeugen, mir zu folgen. Ohne Fragen und ohne zu zögern.

Das kann ich von Dean natürlich nicht erwarten. Ich kann höchstens hoffen, dass er von offener Sabotage absieht.

In diesem Fall sollte ich wohl dankbar sein, dass er Anna hat, die ihn ablenkt. Es scheint ihn nicht zu kümmern, dass Bram schlechte Laune hat. Er scheint um nichts besorgt zu sein.

Ich hingegen trage die Verantwortung.

Jeder von uns hat einen weißen Stoffstreifen, der eine Flagge symbolisiert und im Bund der Hose steckt. Wie beim Flagfootball kann jeder aus dem gegnerischen Team unsere

Flagge klauen. Dann wandert man direkt ins Gefängnis. Man kann seine Teamkameraden aus dem Gefängnis befreien, riskiert aber dabei, weitere Männer zu verlieren. Gleichzeitig müssen wir unsere eigene große Flagge schützen, während wir versuchen, die Flaggen der anderen Teams zu stehlen.

Unsere Flagge schwebt an der Spitze eines fünf Meter hohen Mastes. Wir können die Flagge bewegen, aber nicht ganz verhüllen. Sie muss auf der Stange bleiben.

»Wir sollten die Fahne in den hintersten Winkel unseres Territoriums bringen, damit sie über das meiste Gelände vorrücken müssen, um uns anzugreifen«, sagt Jules Turgenew in herrischem Ton.

Die anderen Erben finden es nicht so toll, dass ich die Verantwortung trage. Jules wohnt im selben Wohnheim wie ich, und bis jetzt hatten wir noch keinen Konflikt. Meistens hält er sich an die anderen Franzosen, sei es sein Zimmergenosse Emile oder die Pariser Bratwa. Doch wie die meisten der Erben ist er fit, gut aussehend, hochmütig und offensichtlich daran gewöhnt, anderen zu sagen, was sie zu tun haben.

»Nein«, sage ich und versuche, ruhig, aber bestimmt zu klingen. »Wir bringen sie auf den Hügel. Sie wird sichtbar sein, aber niemand wird sich an uns heranschleichen können.«

Ich sehe, wie Jules einen zweifelhaften Blick mit Hedeon Gray austauscht. Ich ignoriere sie beide. Ich habe das Kommando. Solange meine Befehle sinnvoll sind, wird mich niemand direkt herausfordern.

Bevor irgendjemand anderes mit seiner Strategie aufwarten kann, teile ich die Neulinge schnell in Gruppen ein. Wir brauchen Kerkermeister, Wachen, um die Flagge zu sichern, und Angriffstrupps, um andere Flaggen anzugreifen. Ich bin hin- und hergerissen, weil ich weiß, wie verdammt schnell Dean ist, doch ich bin mir nicht sicher, ob ich ihm zutrauen kann, eine Flagge zu stehlen. Es ist vielleicht am sichersten, ihn zum Kerkermeister zu ernennen, wo der schlimmste Schaden, den er anrichten kann, darin besteht, seine Gefangenen zu leicht gehen zu lassen – wobei ich denke, dass sein Stolz das verhindern wird.

Am Ende überwiegt mein Bedürfnis zu gewinnen. Ich beauftrage Dean, Bram, Valon Hoxha und drei weitere Mitglieder ihrer Crew damit, die Flagge des zweiten Jahrgangs zu erobern.

Zähneknirschend teile ich Anna ebenfalls in ihr Team ein. Das Letzte, was ich tun will, ist, Anna in Deans Arme zu treiben, aber ich weiß, wie sehr er sie beeindrucken will. Wenn sie zusieht, wird er es nicht versauen.

Mein anderes Dilemma ist, ob ich mich bei dem Angriff auf ein bestimmtes Team konzentrieren oder versuchen soll, mehrere Flaggen auf einmal zu stehlen. Wir kennen die Territorien der anderen Teams, wissen aber nicht genau, wo sie ihre Flaggen aufbewahren werden. Der dritte Jahrgang befindet sich nördlich, am nächsten zum Campus, in einem steinigen Gebiet voller Felsen, Klüfte und buschigen Olivenbäumen. Der zweite Jahrgang ist westlich von uns in den Weinbergen. Und der vierte Jahrgang hat den am besten zu verteidigenden Bereich von allen: den Flussgrund.

Ich beschließe, eine zweite Einheit gegen den dritten Jahrgang loszuschicken, aber die Ältesten in Ruhe zu lassen, zumindest am Anfang. Vielleicht ist es feige, doch etwas sagt mir, dass es nicht einfach sein wird, Pippa Portnoys Flagge zu stehlen.

Professor Howell leitet den Wettbewerb. Zu Beginn lässt er eine Sirene ertönen, die man auf der ganzen Insel hören kann. Sie ertönt und erschreckt wahrscheinlich jedes einzelne Schaf und jede Ziege im Umkreis von mehreren Kilometern.

Meine ersten beiden Angriffsteams sprinten nach Norden und Westen los, in Richtung der Teams des zweiten und dritten Jahrgangs. Dean bleibt stehen und beobachtet mich aus den Augenwinkeln.

Ich halte Deans Team noch zurück. Ich habe es den ersten beiden Teams nicht gesagt, aber sie sind sozusagen die Bauern. Da ich meine schnellsten Läufer nicht zuerst riskieren will, habe ich die schlechteren Teams losgeschickt, weil ich weiß, dass sie gefangen werden könnten. In der Zwischenzeit habe ich meine Verteidiger in einem Kreis aufgestellt, von dem einige an versteckten Aussichtspunkten hocken, damit sie den anderen unten Warnungen zurufen können.

So beginnt eine sechsstündige schweißtreibende, blutige Schlacht, die sich immer weiter hinzieht. Das Gebiet, das wir abdecken müssen, ist riesig, und es wird schnell klar, dass dies ein Kampf der Ausdauer und der Zermürbung ist – genauso wie ein Kampf der mutigen Angriffe.

Zweimal werden unsere Angreifer gefangen genommen, einmal von Kasper Markaj, der den Großteil seiner Spieler in die Defensive gestellt hat und entschlossen Jagd auf die gegnerischen Spieler macht und sie in seinem fast uneinnehmbaren Gefängnis einsperrt. Dann noch einmal von Pippa Portnoy, deren ältere Spieler mit übernatürlicher Geschwindigkeit aus dem Schatten zu steigen und aus dem Rasen zu kriechen scheinen.

Ich merke schnell, wie viel erfahrener die höheren Jahrgänge wirklich sind. In den ersten zwanzig Minuten verlieren wir fast unsere Flagge, als Calvin Caccias Team einen blitzartigen Angriff auf unseren Hügel startet. Wenn ich nicht persönlich sechs oder sieben Flaggen von seinen Angreifern geschnappt und seine Gruppe in zwei Hälften geteilt hätte, hätten wir sie nicht aufhalten können.

Ich muss an hundert Orten gleichzeitig sein. Der Schweiß rinnt mir übers Gesicht und brennt in den Augen, während ich versuche, ein Dutzend verschiedener Gruppen zu koordinieren, sie wie Figuren auf einem Schachbrett zu verschieben und meine Strategie mit jeder neuen Angriffswelle unserer Feinde zu ändern.

Und die ganze Zeit über kann ich nicht aufhören, Anna zu beobachten. Sie befolgt meine Anweisungen vorbildlich, doch ich werde das Gefühl nicht los, dass wir nicht mehr so zusammenarbeiten wie früher. Sie kämpft nicht gegen mich, aber sie gibt mir auch keine Ratschläge – sie gehorcht einfach. Darin liegt nichts Befriedigendes. Es fühlt sich hohl an.

Ich glaube, sie könnte mir mehr helfen, wenn sie wollte.

Zumindest erfüllt sie ihren Zweck, indem sie Dean zu seinen besten Anstrengungen anspornt. Zweimal kommt er aus Markajs Gebiet dreckig und schweißgebadet zurück. Von seinem Team ist sonst nur noch Valon übrig geblieben. Beim dritten Mal bringt er Anna und den Rest seiner Männer wieder mit, nachdem er sie erfolgreich aus dem Gefängnis befreit hat. Ich wünschte, er hätte stattdessen die Flagge zurückgebracht, doch es ist besser als nichts.

Ich höre Professor Howells Sirene erneut ertönen, und eine silberne Rauchwolke steigt aus der Richtung des vierten Jahrgangs in den Himmel auf. Das bedeutet, sie haben die Flagge des zweiten Jahrgangs erobert. Das Team von Kasper Markaj ist aus dem Wettbewerb ausgeschieden.

Ich bin froh, dass wir es nicht sind, aber ich fühle mich trotzdem schlecht für ihn. Er ist ein anständiger Kerl, und ehrlich gesagt würde ich in den folgenden Wettbewerben lieber gegen ihn antreten als gegen den aggressiveren Calvin Caccia oder die hinterhältigere Pippa Portnoy.

Ein dürrer Spion namens Casey Pope stöhnt aus dem Inneren unseres Gefängnisses. »Was!?«, schreit er. »Wir sind zuerst raus? Auf gar keinen Fall. Nicht möglich.«

Ozzy lacht. »Wenn ich nicht farbenblind bin, ist das definitiv unser Grauton.« Er sitzt im Gefängnis, direkt neben Casey, doch er scheint sich nicht allzu sehr darüber aufzuregen. Ich habe den Eindruck, dass er und Miles dem Wettbewerb ungefähr denselben Grad an Ernsthaftigkeit verleihen, den sie auch einer mitreißenden Runde Monopoly zukommen lassen würden.

Hedeon Gray dagegen behandelt den Wettkampf wie die Schlacht von Stalingrad. Er entwickelt sich zu einem exzellenten Stellvertreter, nachdem er die Enttäuschung, nicht selbst Kapitän zu sein, abgeschüttelt hat.

»Es ist mir egal, ob ihr müde seid!«, brüllt er ein paar Buchhaltungsanfänger an. »Geht verdammt noch mal da raus und bewacht die Flagge!«

Es ist gut, dass er die Verteidigung beaufsichtigt, denn mit zunehmender Dauer werden die Angriffe des dritten Jahrgangs immer fieser. Es gibt keinen Grund zur Gewalt – man muss nur jemandem die Flagge stehlen, und schon ist er im Knast. Aber die gegnerische Mannschaft schlägt uns absichtlich mit Fäusten und Ellbogen ins Gesicht, um uns einzuschüchtern und zu verunsichern.

Ohne miteinander zu sprechen, verstärken Hedeon und sein Bruder Silas daraufhin unsere Verteidigung. Hedeon organisiert unsere Gruppen um, die sich verstecken und von der Seite angreifen, während der dritte Jahrgang unsere Flagge stürmt und Silas sich in eine Schlägerei mit zwei der gewalttätigsten Gegner stürzt.

Ich muss ein Auge auf Silas haben, denn er ist brutal und geht darauf los, ohne eine Strategie zu haben. Einen unserer eigenen Mannschaftskameraden hat er umgerannt, als er einen von Pippas Leuten angriff und den Knöchel des Jungen so verstaucht, dass dieser auf die Krankenstation humpeln musste.

Sein Gesicht ist ausdruckslos, als er beobachtet, wie unser verletzter Spieler das Feld verlässt.

Hedeon sieht mir in die Augen und schüttelt einmal langsam den Kopf, bevor er sich wieder seiner Aufgabe widmet.

Ich habe Ares mit meinem besten Angriffstrupp losgeschickt, um dem zweiten Jahrgang die Flagge zu stehlen, aber jetzt, da ich den silbernen Rauch gesehen habe, weiß ich, dass das nichts bringen wird – ihre Flagge ist bereits erobert worden. Hoffentlich hat Ares das auch gesehen und widmet seine Bemühungen einem anderen Zweck.

Wenn der zweite Jahrgang raus ist, haben wir technisch gesehen unseren Platz in der nächsten Runde schon gesichert. Wir kämpfen nur noch um das Recht zu prahlen. Aber da ist noch eine kleine Sache, nämlich meine Wette mit Calvin Caccia. Ich habe keine Lust, morgen nackt zum Frühstück zu erscheinen.

Ich muss diese verdammte Flagge holen – entweder die des dritten oder des vierten Jahrgangs.

»Hast du das im Griff?«, frage ich Hedeon.

»Ja.« Er nickt. »Niemand legt Hand an unsere Flagge.«

Ich schaue mich nach meinen verbliebenen Mitstreitern um. Meine Armee wird immer kleiner. Zu viele sind gefangen genommen worden, und wir haben es nicht geschafft, sie wieder aus dem Kerker zu holen.

Meine Möglichkeiten sind begrenzt. Ich ziehe Matteo Ragusa in Betracht, verwerfe die Idee schließlich aber wieder – er ist verdammt ungeschickt und würde mir eher ein Bein stellen, als mir zu helfen. Dann sehe ich Jules Turgenew, der dank eines von Calvins Schlägern stark aus der Nase blutet.

»Jules«, rufe ich, »du kommst mit mir.«

Jules begibt sich neben mich und läuft mühelos über den unebenen Boden. Er ist schmutzig und blutverschmiert, aber das hat den hochmütigen Ausdruck nicht aus seinem Gesicht gewischt, als wäre er ein Prinz, der gezwungen ist, mit einfachen Leuten zu verkehren.

»Wohin gehen wir?«, fragt er.

Ich zögere.

Der dritte Jahrgang ist das offensichtliche Ziel. Ich weiß genau, wo sich ihre Flagge befindet – oben auf einem Felsvorsprung, so weit hinten in ihrem Gebiet wie möglich.

Im Gegensatz dazu hat Pippa ihre Flagge ständig bewegt. Sie bleibt nie länger als zehn oder zwanzig Minuten an derselben Stelle, was bedeutet, dass sie nicht immer vollständig geschützt ist. Aber es ist schwierig, einen Angriff im Voraus zu planen, ohne zu wissen, wo sie sein wird.

Die Flagge des dritten Jahrgangs ist stark geschützt. Ich habe nur Jules bei mir. Es ist unwahrscheinlich, dass wir es allein schaffen. Außerdem hat Ares vermutlich seine Strategie geändert und den dritten Jahrgang angegriffen, als er sah, dass der zweite keine Option mehr war.

»Wir gehen zum Flussgrund«, sage ich Jules.

Er zieht die Augenbrauen hoch, entgegnet aber nichts.

Der vierte Jahrgang hat das beste Territorium – das Gebiet rund um den einzigen Fluss auf der Insel, der durch eines der am stärksten bewaldeten Gebiete verläuft. Es passt zu Pippas Strategie der Tarnung und Mobilität.

»Wie willst du die Flagge finden?«, fragt mich Jules.

»Indem wir einen besseren Aussichtspunkt bekommen«, sage ich und nicke in Richtung einer windgepeitschten Kiefer.

Widerwillig folgt Jules mir, während ich mich in den Baum hochziehe. Wir klettern immer höher, der Stamm schwankt bedenklich unter unserem gemeinsamen Gewicht. Als wir so weit wie möglich oben sind – ohne zu riskieren, dass die stets dünner werdenden Äste unter uns wegbrechen –, drücke ich mich an den Stamm und schaue mich nach Anzeichen von Bewegung um.

Jules setzt sich ebenfalls, schüttelt sich die zotteligen blonden Haare aus dem Gesicht und zieht eine Schachtel Zigaretten aus der Tasche.

»Wenigstens ist Zeit für eine Kippe«, sagt er, zieht eine lange Zigarette aus der Packung und hält sie auf europäische Art an die Lippen, eingeklemmt zwischen Daumen und Zeigefinger.

Ich reiße sie ihm aus der Hand, bevor er sie anzünden kann.

»Nicht«, sage ich. »Jemand wird den Rauch sehen.«

Irritiert steckt Jules sein Feuerzeug in seine Hose zurück.

Das bringt mich auf eine Idee. Ich bezweifle, dass Jules der einzige Student ist, der raucht. Es sind bereits sechs Stunden vergangen. So viel Angst sie auch vor Pippa haben, ich wette, ihre Soldaten sind mittlerweile ziemlich gelangweilt davon, sich mit der Flagge zu verstecken.

Anstatt nach einem schwarzen Stofffetzen zu suchen, beginne ich, nach einem schwachen grauen Dunst zwischen den Bäumen Ausschau zu halten. Und dann entdecke ich ihn, eine halbe Meile westlich von uns.

»Da sind sie«, hauche ich.

Jules schaut in die Richtung meines zeigenden Fingers.

»Sie sind zu sechst«, sagt er. »Und nur zwei von uns.«

»Aber wir haben das Überraschungsmoment.« Ich grinse.

Schnell und leise steigen Jules und ich von unserer Position herunter. Wir schleichen uns an die Gegner heran, von denen sich zwei eine schnelle Zigarette teilen, während ein dritter kurz auf seine Uhr schaut.

»In vier Minuten müssen wir wieder los«, mahnt er sie.

Leise flüsternd sage ich zu Jules: »Greif von hinten an. Schnapp dir so viele Flaggen, wie du kannst und so schnell du kannst.«

Er nickt. Jules ist schnell, deshalb habe ich ihn mitgenommen.

Er umkreist unsere Widersacher, um hinter sie zu gelangen. Dann bricht er aus der Deckung hervor und schnappt sich zwei Flaggen, bevor sich unsere Gegner überhaupt umdrehen können. Der Student mit der Uhr versucht, ihn zu packen, aber Jules entkommt seinem Griff.

Das ist mein Moment, die Sekunde der Ablenkung, ehe sie merken, dass Jules unmöglich allein gekommen sein kann. Zwei der Studierenden erkennen die Lage, wollen sich umdrehen und nach den restlichen Angreifern suchen. Ehe sie das tun können, renne ich schon mit Vollgas auf sie zu.

Der Junge mit der Uhr stürzt sich auf Jules, verfehlt ihn nur knapp und fällt auf Hände und Knie. Ich setze meinen Fuß mitten in seinen Rücken und stoße mich von ihm ab wie von einem Tritthocker, sodass ich hochspringen und ihre Fahne in der Luft von der Stange reißen kann.

Noch bevor ich den Boden berühre, sprinte ich los, renne, so schnell ich kann, ohne zurückzuschauen, um zu sehen, was mit Jules passiert ist. Er wird es verstehen – die Flagge ist das Ziel, egal wie hoch die Verluste sind.

Schreiend vor Wut jagt der vierte Jahrgang hinter mir her. Ich habe lange Beine und freie Bahn nach vorne. Das ist die Schwäche von Pippas Strategie – ihre Verteidiger sind Gott weiß wo, und jetzt sind sie alle hinter mir.

Es sind fast drei Meilen zurück zu meiner eigenen Basis. Ich laufe den ganzen Weg und gebe ihnen keine Chance, mich zu stoppen.

Jules kommt nicht wieder – ich hoffe, unsere Gegner haben ihn nicht aus Wut zu sehr verprügelt.

Als ich mich unserer Basis nähere, erwartet mich ein schrecklicher Anblick: keine weiße Flagge auf der Spitze unseres Mastes.

Hedeon geht am Fuß unseres leeren Mastes auf und ab, unsicher, ob er die Flagge verfolgen oder auf meine Rückkehr warten soll. Sein Gesicht wechselt von Schuldgefühlen zu Unglauben, als er mich mit der schwarzen Flagge in der Hand heranlaufen sieht.

»Lauf!«, brüllt er. »Lauf, verdammt noch mal!«

Das muss er mir nicht zweimal sagen. Obwohl ich einen tödlichen Stich an meiner Seite spüre und mir der Schweiß übers Gesicht läuft, verdopple ich mein Tempo und versuche, die Flagge zur Basis zurückzubringen, damit ich unsere schwarze Rauchbombe zünden kann.

Zu spät …

Mit einem Knall zünden die Studierenden des dritten Jahrgangs ihren weißen Rauch. Sie haben unsere Flagge gestohlen und sind mit weniger als dreißig Sekunden Vorsprung zurück zur Basis.

Ich muss die schwarze Flagge fallen lassen, wo ich stehe, und ziehe eine Grimasse der Abscheu. Einer von Pippas Soldaten kommt, um sie zu holen, und zwanzig Minuten später sehe ich eine grüne Rauchwolke vom Flussgrund aufsteigen. Sie haben auch die Flagge des dritten Jahrgangs erwischt.

Kurz darauf kommt Ares mit einer hässlichen Wunde an der Wange und leeren Händen zurückgejoggt. Dean und Anna sind ihm dicht auf den Fersen.

»Liam Murphy hat die Flagge zehn Sekunden vor unserem Eintreffen gestohlen«, sagt Ares wütend. »Wir waren so verdammt nah dran.«

Dean äußert sich nicht dazu, sondern steckt nur die Hände in die Hosentaschen. Sein Gesichtsausdruck ist nicht zu deuten. Ich kann nicht sagen, ob er irritiert ist, dass Pippas Angreifer besser war als er – oder ob er vielleicht versucht, ein Lächeln zu unterdrücken.

Kapitel 17

Dean

Anna erweist sich als schwer zu knacken.

Nach meinem anfänglichen Erfolg, eine Roofie-Granate zwischen Leo und Anna zu werfen, die ihre Freundschaft in die Luft sprengt, und dann Annas Moment der Schwäche auszunutzen, um sie zu küssen, dachte ich, es würde gut für mich laufen.

Aber ihre Beziehung zu Leo ist tiefer, als ich dachte.

Sie versucht, nicht zu zeigen, wie sehr sie verletzt ist, doch das ist offensichtlich. Es macht mich verrückt, dass sie immer nach ihm Ausschau hält und sofort aufblickt, sobald er was sagt.

Bei unserem Date muss ich sie von mir überzeugen.

Also werde ich aufs Ganze gehen. Dafür habe ich was richtig Romantisches überlegt.

Ich weiß, dass es nicht lange dauern würde, bis Leo erkennen würde, was für ein Narr er gewesen war, sie gehen zu lassen – also weiß ich, dass ich schnell handeln muss, bevor er wieder ihr Vertrauen gewinnt.

Eine ganze Woche verbringe ich damit, unser Date zu planen. Ich bringe alles über Anna in Erfahrung, was ich kann. Ich befrage ihre Zimmergenossin und ihre Kommilitoninnen und zermartere mir das Hirn über jede noch so kleine Information, die sie jemals preisgegeben hat, um herauszufinden, was das perfekte Date sein würde.

Ihre Zimmergenossin Chay ist nicht hilfreich. Sie mag mich ohnehin nicht, also weigert sie sich standhaft, hinter ihrem Rücken über Anna zu reden. Alle anderen sind sogar noch nutzloser. Sie kennen Anna auch nicht besser als ich. Die einzigen Leute in Kingmakers, die mir Tipps hätten geben können, sind Leo Gallo, der mir eher die Kehle durchschneiden würde, als mir zu helfen, oder vielleicht Miles Griffin, dessen Familie das Einzige ist, was er nicht für bares Geld verkaufen würde.

Am Ende mache ich etwas ziemlich Beschissenes.

Ich breche erneut in ihr Zimmer ein und lese alle ihre Briefe von ihrer Schwester.

Dafür schwänze ich den Kampfunterricht, weil ich weiß, dass Anna beschäftigt sein würde. Ich schleiche mich in ihr Zimmer und lese alle vierzehn Briefe, einen für jede Woche, die wir bereits am College sind.

Die Briefe sind eine wahre Fundgrube an Informationen. Ich wünschte nur, ich könnte auch die sehen, die Anna zurückgeschrieben hat.

Sie hat mir erzählt, dass sie ihrer kleinen Schwester so nahesteht wie kaum jemandem sonst und dass Cara gern schreibt. So viel ist aus den Briefen ersichtlich. Sie sind halb Roman, halb Tagebuch, lang und voll von Grübeleien, Beschreibungen und Erinnerungen.

Letzteres ist der nützlichste Teil – Cara erinnert sich an gemeinsame Erfahrungen mit Anna, von denen ich weiß, dass ich sie zu meinem Vorteil nutzen kann.

Ich verschlinge die Briefe regelrecht. Es ist, als würde man Szenen aus Annas Kindheit durch die Augen ihrer Schwester sehen.

Erinnerst Du Dich, als wir in Belize durch diese Höhlen getrieben sind? Ich hatte Klaustrophobie, und es machte mir Angst, in der Dunkelheit auf dem Wasser zu treiben. Du hast mir gesagt, ich solle die Augen schließen. Du sagtest, so würde ich besser sehen, wenn ich stattdessen meine Ohren benutze. Du sagtest, wir seien im Herzen der Erde und es gäbe keinen sichereren Ort …

Ich habe vor allem Angst, und Du scheinst nie vor etwas Angst zu haben. Höhen, Hunde, Friedhöfe, Blut …

Wenn ich sehe, wie mutig Du bist, fühle ich mich auch mutiger.

Ich vermisse Dich. Mom und Dad vermissen Dich auch. Sogar Whelan, obwohl er es nicht zugeben würde.

Habe ich Dir erzählt, dass er sich in Dein Zimmer geschlichen hat, nur um da drinnen zu sitzen? Nicht einmal, um Deine Sachen kaputt zu machen. Ich schätze, unter all der Dämonenenergie hat er doch ein Herz.

Keine Sorge, er hat Deine Vögel nicht angefasst. Ich habe mich um sie gekümmert, und ich lasse ihn nicht zu der Voliere.

Schade, dass Mom allergisch ist und wir nie einen Hund oder eine Katze haben können. Eines Tages werde ich mir einen Welpen zulegen. Ich wette, Du würdest lieber eine Katze haben. Haha, nein, das ist zu zahm – vielleicht einen Schneeleopard.

Ich glaube, Dad hatte diese Woche Ärger bei der Arbeit. Er war am Donnerstag und Freitag die ganze Nacht unterwegs. Mom hat auf ihn gewartet, und Du weißt, dass sie das bloß macht, wenn es ein Problem gibt.

Wie sind Deine Kurse? Hast Du immer noch Tauchunterricht?

Zwei Stunden vergehen wie im Flug. Ich habe das Zeitgefühl völlig verloren und merke erst, was passiert ist, als ich Mädchenstimmen vor der Tür höre. Jetzt bin ich geliefert, so viel ist klar. Mir bricht der Angstschweiß aus. Zum Glück ist es aber nur die galizische Erbin, die sich mit Pippa Portnoy unterhält. Ich warte, bis sie an der Tür vorbeigegangen sind, und eile dann hinaus, ehe Anna zurückkommen kann.

Es macht mich süchtig, Dinge über Anna zu erfahren, die sie mir nie erzählt hat. Dinge, für die sie vielleicht Monate oder Jahre gebraucht hätte, um sie mir anzuvertrauen.

All diese Informationen nutze ich, um unser Date zu planen. Ich weiß, dass es nicht etwas so Banales wie ein Spaziergang um die Insel oder ein Besuch im Café im Dorf sein kann.

Ich muss sie beeindrucken. Ich muss sie etwas fühlen lassen – etwas, das den Rest ihrer Bindung an Leo Gallo durchbrechen würde.

Dann warte ich vor ihrem Zimmer auf sie. Sie kommt ein paar Minuten zu spät und sieht zögernd aus, als hätte sie überlegt, gar nicht zu kommen. Ich kann ihr ansehen, dass sie sich Zeit genommen hat, um sich fertig zu machen – und das ist die einzige Ermutigung, die ich brauche.

Ich lehne Annas seltsame Art, sich zu kleiden, nicht mehr ab. Stattdessen hat es einen pawlowschen Effekt auf mich. In dem Moment, in dem ich ihre zerrissene Strumpfhose oder ihren dicken schwarzen Eyeliner sehe, spüre ich, wie mein Schwanz steif wird und mein Herz rast. Ich will ihr die Strumpfhose vom Leib reißen. Ich will sehen, wie ihr Make-up über ihr Gesicht läuft, während sich ihren vollen, schmollenden Lippen um meinen Schwanz legen.

Aber noch nicht jetzt …

Ich weiß, dass ich geduldig sein muss.

Ich bringe sie vom Campus weg, weil ich weiß, dass sie sich innerhalb der Mauern von Kingmakers nie wohlfühlen würde, denn dort könnte Leo uns zusammen sehen.

»Wohin gehen wir?«, fragt sie mich.

»Das ist eine Überraschung.«

Wir gehen einen langen Weg die kurvenreiche Hauptstraße der Insel hinunter, die von College zum Hafen führt. Ich gehe langsam, da ich viel Zeit haben will, um Anna mit Gesprächen über ihre Lieblingsbücher aufzulockern. Aus einem der Briefe ihrer Schwester weiß ich bereits, dass Anna

Romane von Jane Austen liebt, und ich habe Anfang der Woche ganz bewusst einen davon gelesen, als ich in einem der übergepolsterten Sessel in der Bibliothek saß.

Ich erwähne es beiläufig und sehe, wie Annas Gesicht aufleuchtet, als sie sagt: »Ich liebe *Überredung*. Jeder denkt, dass *Stolz und Vorurteil* ihr bestes Werk ist, aber *Überredung* hat so einen schönen Bogen von Melancholie zu Glück …«

Ich empfinde es nicht als Betrug an ihr. Ich sehe es als Beweis dafür, was ich tun würde, um sie glücklich zu machen. Was ich tun würde, um ihr die Unterhaltung zu geben, die sie verdient – die sich um ihre Vorlieben und Interessen dreht anstatt um irgendeinen Schwachsinn, über den Leo Gallo mit ihr gesprochen hätte. Er hätte kein Buch gelesen, nur um es mit ihr zu besprechen. Er hätte nicht die ganze Woche damit verbracht, ein Date zu planen.

Als wir auf der Schaffarm ankommen, führe ich Anna direkt in den kleinen Stall, den ich Anfang der Woche ausgekundschaftet habe.

»Was hast du …?« Als sie sieht, wohin ich sie gebracht habe, bricht sie ab.

Drei kleine Lämmer rollen sich in einem Haufen zusammen, zwei weiße und ein schwarzes.

Ihre Mutter steht in der Nähe und sieht erschöpft aus.

»Was machen die denn hier?«, fragt Anna erstaunt.

»Manchmal kommen sie zu früh im Winter«, sage ich. »Dieses Mutterschaf hatte drei, also hat der Bauer sie mit der Flasche gefüttert. Er sagte, wir könnten helfen, wenn wir wollten.«

Tatsächlich habe ich ihn mit einem ansehnlichen Batzen Geld bestochen, damit ich mit Anna diesen kleinen Ausflug machen kann. Dem Brief ihrer Schwester habe ich entnommen, dass sie Tiere lieben muss.

Natürlich nimmt sie die Flasche mit warmer Milch, die ich aus dem Bauernhaus geholt habe, gern an und kniet sich ins Stroh, um sie den gierigen Lämmern zu geben. Das Mutterschaf kümmert sich nicht darum – es scheint erleichtert zu sein, dass wir da sind, um die Arbeitslast zu teilen.

Die Lämmer sind erst drei Tage alt. Ihre Knie sind noch knorrig und unsicher, ihr Fell bauschig und sauber. Sie purzeln übereinander und kämpfen um die Flasche. Anna lacht vor Vergnügen, zieht sie auf ihren Schoß und füttert sie der Reihe nach.

Das kleine schwarze Lamm knabbert an ihren Fingern, und eines der weißen Lämmer versucht, ihr Haar zu kosten. Anna drückt ihre Nase zwischen die flauschigen Ohren und atmet den sauberen Duft ihrer Wolle ein.

Mir sind die Lämmer scheißegal. Ich beobachte Anna – sehe, wie ihr Gesicht weicher wird, wie sich ihre Lippen verziehen, wie ihre Verteidigung nachlässt. In Kingmakers ist sie immer so darauf bedacht, zu verkörpern, dass sie hart und emotionslos ist. Hier, nur ein paar Meilen entfernt, wo niemand außer uns und den Tieren ist, erhasche ich einen flüchtigen Blick auf die wahre Anna. Dieselbe, die ich in der Nacht der Party gesehen habe. Diejenige mit dem verletzlichen Herzen.

»Willst du sie füttern?«, fragt Anna und sieht zu mir auf.

»Klar«, sage ich, bloß um einen Vorwand zu haben, mich neben sie ins Heu zu setzen.

Ich schnappe mir eines der weißen Lämmer und stopfe ihm die Flasche in den Mund. Es kuschelt sich an mich, sein schnelles kleines Herz schlägt gegen meine Hand. Ich bin überrascht, wie weich sich seine Wolle anfühlt und wie wohlig seine Wärme und sein Gewicht wirken, trotz seiner winzigen Größe.

»Ich bin keine Vegetarierin«, sagt Anna. »Aber ich könnte es nie übers Herz bringen, Lammfleisch zu essen. Sie sollten etwas Zeit zum Leben haben, auch wenn sie am Ende geschlachtet werden.«

»Ich glaube, sie benutzen diese Schafe nur für die Wolle«, entgegne ich.

»Hast du jemals Bilder von dem Schaf gesehen, das weggelaufen ist und sich sechs Jahre lang in einer Höhle versteckt hat?« Anna lacht. »Als sie es schließlich einfingen, war sein Fell so dick geworden, dass sie ihm dreißig Kilo Wolle abrasiert haben.«

»Dreißig Kilo?« Ich rümpfe ungläubig die Nase.

»Ja! Das Schaf wurde in Neuseeland eine Berühmtheit.«

»Das denkst du dir doch aus.«

»Nein, tue ich nicht! Es war im Fernsehen. Sie schrieben Kinderbücher über das Schaf. Es hat den Premierminister besucht.«

Am liebsten hätte ich sie wieder geküsst, genau jetzt, da ihre Abwehr gering und ihr Oxytocin durch den Kontakt mit den Lämmern hoch ist.

Aber ich warte. Geduldig und strategisch.

Als Nächstes gehen wir zum Strand hinunter. Nicht zum Mondstrand, denn ich will nicht, dass sie an Leo denkt, wenn ich ihre ganze Aufmerksamkeit auf mich richten muss.

Stattdessen nehme ich sie zur Ostseite der Insel mit hinunter, wo die Wellen Höhlen in den Kalkstein gefressen haben. Wir spazieren durch die Höhlen. Tropfsteine hängen herab wie bleiche Eiszapfen aus Stein, und Meerwasser sickert in blassgrüne Becken im Fels.

Ich habe einen Rucksack voller Lebensmittel mitgebracht, die ich aus der Küche gestohlen habe: Orangen, Brot, Käse und zwei Flaschen des örtlichen Biers. Ich löse die Kronkorken vom Bier und reiche Anna eines davon.

Sie nimmt es in die Hand. Ich schäle eine Orange und reiche ihr auch diese.

»Dean«, sagt sie, und am Tonfall ihrer Stimme erkenne ich sofort, dass sie etwas über Leo sagen will, »das war wirklich nett, aber ich …«

Ich unterbreche sie: »Ich weiß, dass du gern Zeit mit mir verbringst.«

»Ja«, gibt sie zu.

»Und ich weiß, dass du Gefühle für Leo hast.«

Sie antwortet nicht darauf, sondern sitzt still in dem schummrigen grünen Licht der Höhle, das ihre Augen blaugrün aussehen lässt wie arktisches Meerwasser.

»Er hatte sein ganzes Leben Zeit, dich zu lieben, Anna«, sage ich grimmig. »Er hat nie etwas dafür getan. Ich wollte dich von dem Moment an, als ich dich zum ersten Mal sah.«

Anna schweigt und beißt sich auf den Lippenwinkel. Sie hält die geschälte Orange in der Hand, unangetastet. »Ich kann meine Gefühle für ihn nicht abstellen«, sagt sie leise. »Ich habe es versucht.«

»Ich versuche nicht, dich aufzuhalten«, erwidere ich.

Das ist gelogen. Ich habe vor, jedes Band zu zerschneiden, das sie und Leo verbindet, eines nach dem anderen. Aber ich habe Zeit, um das zu tun. Alles, was ich jetzt brauche, ist, dass Anna sich mir öffnet, nur ein bisschen.

»Gib mir wenigstens eine Chance. Um zu sehen, ob du vielleicht auch etwas für mich empfinden könntest.«

Sie presst die Lippen zusammen, und ich denke, sie würde gleich den Kopf schütteln. Also packe ich sie bei der Hand und ziehe sie von ihrem Platz auf dem weichen, kalkhaltigen Boden nach oben.

»Hier«, sage ich. »Komm und schau dir das an.«

Ich ziehe sie tiefer in die Höhle, zu der Stelle, an der das Meerwasser mit der Flut vom Ozean hereinströmt. Dort ist es finster, fast völlig dunkel. Unbewusst verschränken sich Annas Finger mit meinen.

»Was willst du mir zeigen?«, fragt sie.

»Warte kurz …«

Das Wasser strömt mit jedem Satz Wellen ein, kalt und dunkel.

Und dann, als die ankommenden Wellen in den dunklen Vertiefungen der Höhle gegeneinander aufgewühlt werden, beginnen die Becken zu leuchten. Zuerst ist das Licht bloß schwach, lediglich türkisfarbene Fäden im schwarzen Wasser. Dann breitet sich die Farbe aus, bis das gesamte Becken von einem lebendigen, sich verändernden und sich bewegenden Licht erhellt wird. Organisch und surreal. Das Licht wird von den Höhlenwänden reflektiert und schimmert auf Annas glatter Haut.

Sie starrt mich mit weit aufgerissenen Augen an.

»Was ist das?«, fragt sie.

»Dinoflagellaten«, antworte ich. »Sie sind biolumineszierend.«

Es ist wie unzählige winziger Glühwürmchen unter Wasser. Jede neue Welle aus dem Ozean erhöht ihren Bestand und ihre Lebendigkeit. Bald glüht die ganze Höhle, und Anna bleibt vor Staunen der Mund offen stehen.

In diesem Moment küsse ich sie wieder. Ihre Lippen sind bereits geöffnet, und ich lasse meine Zunge in ihren Mund gleiten, schmecke die warmen Reste des Bieres und die Süße von Anna selbst. Ich ziehe sie fest an mich heran. Ich versuche, mich zurückzuhalten, aber es ist so gut wie unmöglich, als ihr Geschmack mich nach mehr hungern lässt. Das Gefühl ihres schlanken, festen Körpers an meinem lässt mich fast die Beherrschung verlieren, ihr nicht jedes Stückchen Kleidung vom Leib zu reißen, damit ich das nackte Fleisch sehen kann, von dem ich seit dem ersten Schultag besessen bin.

Zärtlich streichele ich die Seite ihres Halses und lasse anschließend meine Hand zu ihrem Schlüsselbein hinuntergleiten, dann zum Ansatz ihrer Brust. Ich tauche meine Finger unter den engen Stoff ihres Oberteils, die warme Wölbung ihrer Brust hinunter. Mein Ringfinger streift gerade ihre steife Brustwarze, bevor Anna ihre eigene Hand über meine legt, um mich aufzuhalten.

»Warte«, sagt sie.

Ich halte still, obwohl ich es nicht will. Ich habe immer noch eine Hand an ihrer Hüfte, und die andere ruht auf ihrer wunderschönen Brust. Ich will sie wieder an mich ziehen, ihr Oberteil ganz herunterreißen und die harte Brustwarze in meinen Mund nehmen.

»Ich bin nicht … sehr erfahren«, stammelt Anna. »Du musst sanft sein.«

In diesem Augenblick wird mir klar, dass Anna noch Jungfrau ist. Nie im Leben hätte ich gedacht, dass ein so hübsches Mädchen auf dem College noch Jungfrau sein könnte. Zumindest habe ich angenommen, dass sie und Leo irgendwann in ihrer Vergangenheit herumgemacht haben müssen. Ich kann mir keine Welt vorstellen, in der er diese Kirsche in der Hand gehabt hätte, ohne sie zu kosten.

Falls ich denke, dass ich vorher in Anna vernarrt war, ist das nichts im Vergleich zu der Besessenheit, die mich nun ergreift. Ich schwöre mir, dass ich Anna entjungfern oder bei dem Versuch sterben würde. Ich würde ihr erster Liebhaber sein. Und das würde sie an mich binden – egal, was Leo danach tun würde.

Bei diesem Gedanken läuft mir buchstäblich das Wasser im Mund zusammen. Ich muss schwer schlucken, bevor ich antworten kann: »Das ist in Ordnung. Ich verstehe das.«

Da Anna sagt, ich solle »sanft sein«, bedeutet das, dass sie mich es versuchen lassen würde. Sie will mich weiterhin sehen. Was heißt, dass ich aufpassen muss, es nicht zu versauen und sie nicht zu verschrecken. Auch wenn es unmöglich scheint. Auch wenn es eine Qual ist, meine Hände von ihr zu lassen.

Aber das ist, was ich tue. Ich küsse sie wieder, langsam und zärtlich. Und dann bringe ich sie nach Kingmakers in ihr Zimmer zurück. Ich habe nicht versucht, sie rumzukriegen, damit sie glaubt, dass ich respektvoll bin. Damit sie wieder mit mir ausgehen würde.

Und die ganze Zeit plane ich, wie ich der Erste sein würde, den Anna Wilk ranlässt, damit ich dieses Stück von ihr immer haben würde. Damit sie zu mir gehören würde.

***

In den folgenden Wochen verfolge ich Anna unerbittlich. Ich nutze jede Gelegenheit, um sie von Leo fernzuhalten, lade sie ein, mit mir in unseren gemeinsamen Kursen und bei den Mahlzeiten zu sitzen, und versuche ständig, ihre Zeit mit Verabredungen und Aktivitäten zu füllen, die nichts mit ihm zu tun haben.

Der erste Wettkampf des *Quartum bellum* ist der beste Teil von allen, weil Leo selbst gezwungen ist, Anna und mich zusammenzubringen, damit ich einen Babysitter habe. Zugegeben: Das hindert mich daran, das Ganze zu sabotieren, doch es gibt mir auch reichlich Gelegenheit, Anna daran zu erinnern, was für ein tolles Team wir zusammen sind, und sie dramatisch aus dem Gefängnis zu retten.

Ich ärgere mich, dass Kasper Markaj so einfach aus dem Wettbewerb eliminiert wird, aber immerhin belegt der erste Jahrgang den letzten Platz der drei Siegerteams. Das Beste daran ist, dass Leo seine blöde Wette mit Calvin Caccia verliert.

Am nächsten Morgen muss er splitternackt zum Frühstück kommen.

Ich erwarte, dass er von der Wette zurücktritt oder zumindest mit einem angemessenen Maß an Peinlichkeit durch den Speisesaal schleicht.

Jeder am College hat von den Bedingungen der Wette gehört, und jeder einzelne Platz ist voll mit Studierenden, die darauf warten, beim Anblick des eingebildeten Neulings, der buchstäblich nackt ist, zu lachen und zu spotten.

Stattdessen schlendert Leo um Punkt acht in den Speisesaal, nackt wie am Tag seiner Geburt. Frisch geduscht und nur mit einem Paar Flip-Flops bekleidet, winkt er grinsend seinen Freunden zu.

Er lässt sich Zeit mit der Auswahl von Eiern und Speck aus den Edelstahlbehältern, dann wählt er einen Platz in der Mitte des Flurs und stürzt sich genüsslich auf sein Frühstück.

Während einige ihn weiterhin verhöhnen und sich über ihn lustig machen, ist es unmöglich, in gröber zu beleidigen, wenn Leo so ein unbestreitbares Kraftpaket ist.

Ich hasse ihn, verdammt noch mal! Selbst ich muss zugeben, dass seine Größe, seine Bräune und sein Körperbau nicht zu verachten sind. Tatsächlich glaube ich, dass es ihn beliebter macht als je zuvor – vor allem, wenn die Mädchen einen guten Blick auf das Paket bekommen, das zwischen seinen Beinen schwingt.

Ich sehe, wie Gemma Rossi sich in ihrem Sitz nach vorne lehnt, offen auf seinen Schwanz starrt und ihr praktisch das Wasser im Munde zusammenläuft – etwas, das für Anna nicht unbemerkt bleibt.

Ich hatte erwartet, Leos Demütigung zu genießen, und stattdessen brodelt es in mir vor Ärger, lange bevor er sich überhaupt hingesetzt hat.

Es hilft nicht, dass ich sehe, wie Annas Augen sich immer wieder unwiderstehlich zu Leo hingezogen fühlen, als sie versucht, ihn zu ignorieren, während sie neben Chay ihr Frühstück isst.

Noch ehe Leo mit dem Essen fertig ist, verwandelt sich der Spott in einen Sprechchor, angeführt von den Studierenden des ersten Jahrgangs und einer beträchtlichen Anzahl des zweiten, die sich einen Dreck darum scheren, dass sie ihren Platz im Wettbewerb verloren haben.

»Leo! Leo! Leo! Leo!«

Ihre Stimmen hallen durch den Speisesaal, und die Teller klappern, als sie mit den Fäusten auf die Tische schlagen.

Ich greife meine Gabel so fest, dass ich sie fast in der Mitte verbiege.

Wie kommt es, dass sich alles, was Leo anfasst, von Scheiße in Gold verwandelt?

»Leo! Leo! Leo!«

Er steht von seinem Platz auf und gibt der Menge einen kleinen Salut. Dann sinkt er in eine tiefe Verbeugung und zeigt mit seinem nackten Hintern in Richtung des Tisches von Calvin Caccia. Der Speisesaal bricht in schallendes Gelächter aus, während Calvins Gesicht eine hässliche Röte annimmt.

Ich schiebe meinen Teller wütend und angewidert von mir weg.

Ich kann nicht umhin, wieder zu Anna hinüberzuschauen. Sie beobachtet Leo, der winzige Hauch eines Lächelns spielt um ihre Mundwinkel.

O Mann! Leo ist nackt und sollte bloßgestellt und öffentlich beschämt sein, und ich sitze hier und bin mal wieder neidisch auf ihn.

Kapitel 18

Anna

Weihnachten in Kingmakers ist deprimierend. Wir dürfen nicht nach Hause fahren, um unsere Familien zu sehen. Wir können ihnen auch keine Geschenke schicken, obwohl sie uns ein Paket zukommen lassen dürfen.

Ich erhalte meines in der Woche vor den Feiertagen. Es enthält vier neue Romane, die sicher meine Mutter ausgesucht hat, denn sie haben alle wunderschöne Hardcover mit Blattgold und eingeschnittenen Illustrationen. Mein Vater hat mir einen neuen Anhänger für das Armband geschickt, das er mir vor sechs Jahren geschenkt hat. Es ist ein winziger goldener Kompass, der sich tatsächlich an einem kleinen Scharnier öffnen und schließen lässt. Ich frage mich, ob er symbolisieren soll, dass ich irgendwann wieder nach Hause finde, oder ob er mir die Richtung weisen soll, in die ich als Nächstes gehen soll.

Cara hat mir ein Päckchen mit hübschem Briefpapier geschickt, damit ich ihr weiterhin schreiben kann, und Whelan hat mir ein Bild gemalt, auf dem er auf dem Rücken eines Drachen reitet und fröhlich ein Dorf unter sich abfackelt. Ich hänge es über meinem Bett auf.

Der Unterricht geht wie gewohnt weiter, aber um die Feiertage festlich zu gestalten, veranstalten die Dozenten an Heiligabend eine Party – die erste *offizielle* Party des akademischen Jahres.

Wir sollen uns chic anziehen. Ich sage Dean, dass ich nicht zusammen mit ihm hingehen will – nicht als Paar –, aber ich sage, dass ich mit ihm tanzen werde.

Auch Zoe Romero verspricht, mitzukommen. Sie kommt nicht zu den inoffiziellen Studentenpartys – aus Angst, dass sie jemand bei ihren strenggläubigen Eltern verpetzen könnte.

Zoe ist die dritte Erbin in unserem Wohnheim. Ich verbringe mehr Zeit mit ihr, seit Leo und ich uns nicht mehr so gut verstehen.

Zoe, Chay und ich haben ein tolles Trio gebildet. Chay mochte Zoe anfangs nicht, weil sie dachte, sie sei zu ernst und hochnäsig, und Zoe war sicher genervt von der ständigen Parade von Freunden, die Chay einlud, im Gemeinschaftsraum direkt vor Zoes Tür abzuhängen.

Zoe verbringt die meiste Zeit mit Lernen, denn ihre Eltern sind streng und anspruchsvoll. Sie erwarten einen ständigen Bericht über ihre Noten und verlangen, dass ihre Cousins auf dem College ein wachsames Auge auf sie haben, falls sie es wagt, die Grenzen des restriktiven Ehepaktes zu überschreiten, den sie unterzeichnet haben, als Zoe erst zwölf Jahre alt war.

Zoe ist mit einem der Studierenden im dritten Jahrgang verlobt, einem deutschen Erben namens Rocco Prince. Chay kannte ihn bereits, da sie zusammen auf dem Internat waren. So wurden sie und Zoe schließlich Freunde – über ihren gegenseitigen Hass auf Rocco.

»Er hat einem kleinen Kind im Dorf vor unserer Schule ohne jeglichen Grund das Ohr abgeschnitten«, sagt Chay. »Sogar die Lehrer hatten Angst vor ihm.«

»Ich verabscheue ihn«, sagt Zoe leise.

Ihre Familie wollte überhaupt nicht, dass sie nach Kingmakers geht. Sie haben nur zugestimmt, weil Zoe sagte, dass sie die Hochzeit sonst nicht durchziehen würde. Der Hochzeitstermin ist bereits für eine Woche nach der Abschlussfeier angesetzt.

Chay und ich erfahren all das, als Miles mir eine vom Festland eingeschmuggelte Flasche Ballantine's gibt und ich Zoe einlade, sie mit uns zu trinken. Sie ist sicher, wenn sie in unserem Zimmer trinkt, wo niemand sie sehen kann. Offensichtlich hat sie es nötig, denn sie sieht schon die ganze Woche blass und düster aus.

»Ist Rocco jemals halbwegs anständig?«, frage ich Zoe.

»Niemals«, sagt Zoe mit einem Schaudern. »Er ist zu klug, um etwas in der Öffentlichkeit zu tun – zumindest etwas, was unsere Familien als Übertretung ansehen würden. Aber die Dinge, die ich gehört habe … die Gerüchte … er macht mich krank. Er starrt mich an, als würde er mich am liebsten lynchen, seit ich ein kleines Mädchen war. Und er hat überhaupt keinen Sinn für Humor. Ich habe ihn noch nie lachen gehört.«

Da Zoe einer der ernsthaftesten Menschen ist, die ich je getroffen habe, kann ich mir kaum jemanden vorstellen, der noch humorloser ist.

»Warum ziehst du es dann durch?«, fragt Chay. »Du bist doch die Erbin, nicht wahr? Du hast doch andere Möglichkeiten.«

»Mein Vater würde mich umbringen, wenn ich es nicht täte«, sagt Zoe. »Er hasst mich schon dafür, dass ich als Mädchen geboren wurde. Jedes Mal, wenn er irgendeinen unerreichbaren Standard für mich setzt, erfülle ich ihn, weil ich denke, dass ich ihn irgendwann für mich gewinnen werde. Aber er verachtet mich nur noch mehr. Nun hat er endlich einen Weg gefunden, mich zu dem zu machen, was er will – machtlos und unglücklich.«

»Was wäre, wenn du weglaufen würdest?«, frage ich.

Es ist kein brillanter Plan – nur der erste, der meinem beschwipsten Hirn einfällt. Es ist schwer, sich in der Unterwelt zu verstecken. Mafia-Familien sind viel zu geübt darin, Verräter, Diebe und Zeugen aufzuspüren.

Zoe schüttelt den Kopf aus einem anderen Grund. »Ich habe eine Schwester. Catalina ist nur ein Jahr jünger als ich. Selbst wenn ich es schaffen würde, könnten meine Eltern meinen Namen aus dem Ehevertrag streichen und stattdessen ihren einsetzen. Ich würde meine Last nur auf ihren Schultern abladen.«

Zu diesem Zeitpunkt ist sie ziemlich betrunken, obwohl man das nicht vermuten würde. Sie sitzt immer noch aufrecht in ihrem Stuhl, ihre Stimme ist bedächtig und kontrolliert, ohne jeden Anflug von Lallen. Ich weiß nur, dass sie betrunken sein muss, weil ich mit eigenen Augen gesehen habe, wie sie zehn Shots getrunken hat. Das und die Tatsache, dass ich in einer Stunde mehr über Zoe lerne, als ich im ganzen Semester erfahren habe.

»Das ist verrückt!«, schreit Chay. Sie ist viel offensichtlicher betrunken, ihre Wangen sind gerötet, und ein Knopf ist vorne von ihrer Schulbluse abgerissen, als sie etwas zu wild gestikulierte, während sie uns eine Geschichte über ihr allererstes Motorrad erzählte. »Was wirst du tun? Du kannst nicht einfach diesen Kerl heiraten und verdammt unglücklich sein …«

»Ich weiß es nicht«, sagt Zoe leise. »Vielleicht verwandle ich mich in einen Vogel und fliege weg …«

Eine Träne läuft ihr über die Wange, unbemerkt von Zoe, die aus dem Fenster auf die stürmische See blickt. Vielleicht stellt sie sich vor, wie sie über das Wasser davonschwebt. Oder vielleicht stellt sie sich vor, wie sie von den Klippen springt, ob sie nun fliegen kann oder nicht.

Ich lege meine Hand auf ihre, unfähig, an etwas Sinnvolles zu denken, was ich sagen könnte.

Am nächsten Morgen wachen wir alle mit fürchterlichen Kopfschmerzen auf, nachdem wir in höchst unbequemen

Positionen eingeschlafen sind. Ich habe mitten auf dem Boden geschlafen, mit einem Schuh als Kopfkissen.

Ich glaube, Zoe hofft, dass wir betrunken genug waren, um zu vergessen, was sie gesagt hat.

Aber ich beobachte, wie sie jedes Mal zusammenzuckt, wenn Rocco sie in den Gängen in die Enge treibt und sich dicht an sie lehnt, um ihr Gott weiß was ins Ohr zu flüstern.

Ich sehe, wie sie wie versteinert dasteht, während er mit dem Finger über ihre Wange fährt und die offensichtliche Abneigung seiner Verlobten gegen ihn zu genießen scheint.

Bald fange ich an, Rocco genauso zu verachten, wie Chay und Zoe es tun.

***

Am Abend der Weihnachtsfeier ziehen Chay, Zoe und ich uns alle zusammen in Chays und meinem gemeinsamen Zimmer an.

Unser Wohnheim ist das kleinste, aber wohl das schönste auf dem Campus. Früher war es das sogenannte Solar, das Privatquartier des Lords und seiner Familie. Aus diesem Grund ist das Zimmer von Chay und mir viel größer als normal, mit einem funktionierenden Kamin und einem großen Panoramafenster, das einen Blick auf die Klippen freigibt. Pippa Portnoys Zimmer gehörte wahrscheinlich dem Lord selbst – es ist das größte und prächtigste von allen, obwohl ich unseres vorziehe, da ihres nur auf die Waffenkammer zeigt. Pippa teilt ihr Zimmer mit niemandem, da sie die andere Erbin ihres Jahrgangs erfolgreich dazu gedrängt hat, ein weitaus schlechteres Zimmer zu nehmen. Claire Turgenew und Neve Markov, die Erbinnen des zweiten Jahrgangs, wohnen zusammen im nächsten Stockwerk.

Unser Zimmer sieht schon viel wohnlicher aus als bei unserer Ankunft. Chay und ich haben Dutzende unserer

Skizzen an den Wänden aufgehängt. Meine sind meist botanisch und landschaftlich – Teile der Insel, die ich bei meinen Erkundungen gesehen habe. Die von Chay sind fast alle Tattoo-Entwürfe, die sie sich selbst stechen lassen will, obwohl ich mir nicht ganz sicher bin, wo sie den Platz dafür finden wird.

Chays Mutter schickte ihr eine handgestrickte Decke als Weihnachtspaket, sodass ihr Bett in Meergrün und Blau statt des üblichen schlichten Graus bezogen ist. Sogar meine Ballettschuhe, die an ihren Bändern am Kleiderschrank hängen, verleihen dem Raum eine gewisse persönliche Note.

Chay wühlt in ihren Klamotten und versucht zu entscheiden, was sie anziehen soll.

Sie wirft ein dunkles Ombré-Kleid auf mein Bett. »Das würde dir stehen«, sagt sie.

Ich habe nicht daran gedacht, irgendwelche formellen Kleider in meinen Koffer zu packen, und hätte sowieso keinen Platz gehabt. Mir gefällt das Kleid, das Chay mir anbietet – es sieht an den Schultern und der Oberweite schwarz aus und geht am Saum in Smaragdgrün über.

»Schminkst du mich auch?«, frage ich sie.

»Na klar!« Sie grinst. Sie liebt es, wenn Zoe und ich zustimmen, ihre Barbiepuppen zu sein.

Chay zaubert mir eine Art glitzernden, rauchigen Meerjungfrauenlidschatten, und ich trage mein Haar offen, an den Schläfen mit einem schwarzen Samtband zurückgebunden.

Bei Zoe nimmt sie weniger Make-up, weil sie weiß, dass Zoe nicht gern zu viel aufträgt. Sie braucht es sowieso nicht, denn sie hat einen strahlenden Teint und ihre dichten schwarzen Wimpern und Augenbrauen sehen aus wie mit Tinte aufgemalt.

Chay sieht in ihrem feuerroten Kleid mit einem dramatischen Schlitz an der Seite umwerfend aus. Sie trägt ein Paar Armbänder, die an Stahlfesseln erinnern, und Absätze, die einen Mann töten könnten. Mit diesem Idioten Sam ist sie nicht mehr zusammen, und es ist klar, dass sie auf der Suche nach einem neuen Liebhaber ist.

Zoe ist die Schönste von allen. Sie trägt ein strenges marineblaues Kleid, das sie vom Hals über das Handgelenk bis zum Knöchel bedeckt, aber die atemberaubende Figur darunter nicht verbergen kann. Mit ihren langen dunklen Haaren, die sie wie eine Krone am Kopf hochgesteckt hat, sieht sie aus wie eine Königin. Wenn sie auf der Party tanzen würde, könnte sie aus einer langen Schlange von Jungs auswählen.

Der alte Saal im Erdgeschoss des Wehrturmes ist für das Fest geschmückt. Goldene Lichterketten ziehen sich durch den Raum und bilden über dem Kopf eine Art Baldachin wie ein leuchtendes Zelt. Ein riesiger Tisch an der Wand ist mit Essen gedeckt. Außerdem werden Champagner und Wein angeboten, denn offenbar hält sich Kingmakers an die europäischen Standards für Alkoholkonsum und schert sich nicht darum, dass die meisten von uns nach amerikanischem Verständnis noch minderjährig sind.

Sobald wir durch die Tür gehen, fängt uns Bram ab. Er nickt mir zu, was für ihn freundlich ist. Er ist viel höflicher geworden, seit ich mit Dean zusammen bin, was ich nicht für einen Fortschritt halte.

Ich muss zugeben, dass Bram in seinem schwarzen Smoking, mit seinen langen, zurückgekämmten Haaren und seinem ordentlich rasierten Gesicht fast schon gut aussieht.

Er verschwendet keine Zeit, seinen Effekt zu verderben, indem er seinen Arm um Chays Schultern legt, sich schwer an sie lehnt und versucht, an der Vorderseite ihres Kleides hinunterzuspähen, während er murmelt: »Heb dir deinen ersten Tanz für mich auf, Prinzessin.«

»Du überraschst mich, Bram«, sagt Chay fröhlich. »Ich habe noch nie ein Schwein gesehen, das tanzen kann!«

Brams stämmiger Arm verengt sich schmerzhaft um ihre Schultern, aber Chay weigert sich, zu zucken. Er nimmt ihr Kinn in seine Hand und zwingt sie, ihm ins Gesicht zu schauen, bis sich ihre Nasen beinahe berühren.

»Diese große Klappe wird dich eines Tages in Schwierigkeiten bringen«, knurrt er sie an. »Es sei denn, du lernst, sie für seinen Zweck zu nutzen …«

»Redest du vom Schwanzlutschen?«, fragt Chay ruhig. »Ich bin sicher, du könntest mir ein paar Tipps geben, da du deinen Mund ja immer um Deans …«

Bevor sie diesen Satz beenden und Bram in völlige Wut versetzen kann, sagt Dean: »Wer redet über mich?«

Er erscheint hinter mir und legte sanft seine Handfläche auf meinen unteren Rücken, sodass mir ein Schauer über die Haut läuft.

»Niemand«, sage ich. »Bram wollte gerade gehen.«

Bram schaut mich finster an, traut sich aber nicht, etwas zu sagen, da Dean direkt daneben steht. Er lässt Chays Gesicht los und stapft davon, eine Spur der Wut hinter sich lassend.

»Was hat er für ein Problem?«, fragt Dean.

»Zu lange gestillt oder nicht lange genug«, sagt Zoe trocken.

Dean lacht ein wenig. »Ist es das, was es verursacht?«

Er ist ungewöhnlich gut gelaunt, und er sieht auch ungewöhnlich gut aus. Er trägt einen weißen Smoking mit einer einzelnen blassvioletten Blüte im Revers. Ich frage mich, woher er sie hat – wahrscheinlich aus einem der Gewächshäuser des Schlosses.

Als mein Blick auf der Blume landet, sagt er: »Keine Sorge, ich habe auch eine für dich«, und steckt eine passende Blüte in das Samtband, das mein Haar zurückhält.

In dem Moment, als er das tut, blicke ich durch den Raum und sehe, dass Leo uns beobachtet.

Während Dean gepflegter und ausgeruhter denn je aussieht, ist Leo das genaue Gegenteil. Ich habe ihn noch nie so verwahrlost gesehen. Seit Wochen war er nicht mehr beim Friseur, und seine dunklen Locken sehen wild aus. Er hat sich auch nicht rasiert oder richtig für die Feier angezogen. Er trägt nur seine normale Schulhose und ein Hemd, beides nicht richtig gebügelt.

Aber es ist sein Gesicht, das mich verfolgt. Er hat abgenommen, so stark, dass seine Wangen hohl aussehen und sein ganzer Körperbau leicht geschrumpft scheint. Vielleicht ist es nur der Hänger in seinen Schultern. Leo war immer von einem Licht erleuchtet, das so hell war, dass es einen blenden konnte. Jetzt ist es weg. Er sieht unglücklich aus, erschöpft und einfach nur verdammt traurig.

Es bringt mich um, ihn so zu sehen.

Es muss der Stress des *Quartum bellum* sein. Wir haben es durch den ersten Wettkampf geschafft, aber nur ganz knapp. Ich weiß, dass das für Leo nicht gut genug ist. Es geht für ihn um alles oder nichts. Gewinnen oder sich bei dem Versuch umbringen.

Seither haben Leo und ich kaum noch miteinander gesprochen. Er hasst es, dass ich mit Dean zusammen bin – das weiß ich.

Vielleicht vermisst er mich. Ich zumindest vermisse ihn schrecklich. Aber ich mache mir nicht vor, dass das der Grund ist, warum er so verzweifelt aussieht. In einem Punkt hatte Dean recht: Leo hatte sein ganzes Leben lang Zeit, sich an mich heranzumachen, wenn er das wollte. Allerdings hat er es nie getan. Und als ich versuchte, etwas zu unternehmen, nutzte er die erste Gelegenheit, um alles zu vermasseln.

Das ist es, was ich in dieser Nacht entschieden habe – ob Leo mich bewusst verletzen wollte oder nicht, er hatte jede Chance auf ein Zusammensein mit mir sabotiert. Er war nicht bereit oder er wollte es nicht. So oder so, ich werde ihm nicht hinterherlaufen. Ich habe mich bereits geöffnet, mich verletzlich gemacht, und man sieht ja, was es mir gebracht hat: die schlimmste Nacht meines Lebens. So einen Schmerz will ich nie wieder fühlen.

Also schaue ich Leo von der anderen Seite des Raumes an und hebe meine Hand zu einem stillen Winken. Ich lasse ihn wissen, dass ich ihm nicht böse bin. Dass wir immer noch Freunde sein können. Aber im Moment ist es ist besser, wenn wir Freunde aus der Ferne sind. Bis ich den Teil in mir abtöten kann, der sich immer noch danach sehnt, zu ihm zu rennen und seine Arme um mich zu spüren.

Als ich den Kopf wieder zurückdrehe, beobachtet mich Dean schweigend. Ich weiß, dass er gesehen hat, wie ich Leo zugewinkt habe.

»Willst du rübergehen?«, fragt Dean. Sein Gesicht ist reglos und blass, so wie es immer ist, wenn Leo zwischen uns auftaucht.

»Nein.« Ich schüttle den Kopf.

Ein Teil von mir will es verzweifelt – um zu versuchen, diese Kluft, die zwischen uns entstanden ist, zu schließen. Um alles zu tun, was nötig ist, um die Dinge wieder in Ordnung zu bringen, damit wir reden und lachen und uns zusammen wohlfühlen können, so wie wir es früher getan haben.

Der andere Teil von mir weiß, dass das unmöglich ist.

Die Dinge können nie wieder so werden, wie sie waren, also ist es sinnlos, es zu versuchen.

Das ist die neue Realität. Leo da drüben. Ich hier. Der Grand Canyon zwischen uns.

Ich schnappe mir ein Glas Champagner vom nächsten Tisch und trinke es, während ich versuche, mir einzureden, dass ich Spaß habe. Ich willige ein, mit Dean zu tanzen, und lasse mich von ihm über die Tanzfläche wirbeln, wobei ich mich zwinge, nicht zu schauen, ob Leo immer noch zusieht.

Dean riecht sauber und frisch wie immer und bewegt sich mit sanftem Vertrauen. Seine Hand ist fest auf meinem zierlichen Rücken.

Ich trinke mehr Champagner, dann ein Glas Wein. Dean bietet mir an, mir einen Teller vom Buffet zu holen, aber ich schüttle den Kopf. Mein Magen dreht sich zu sehr, um zu essen.

Chay tanzt mit Thomas York. Er sieht verblüfft aus, als könne er sein Glück nicht fassen. Sie hat mit der Hälfte der Jungs auf der Party getanzt und zeigt keine Anzeichen, damit aufzuhören.

Zoe hat mit niemandem getanzt.

»Wahrscheinlich werde ich bald zurückgehen«, sagt sie und unterdrückt ein Gähnen hinter ihrer Hand.

Sie versteift sich, als Rocco Prince sich ihr nähert. Sein zurückgekämmtes Haar verleiht seinem Gesicht einen hohlen, leichenhaften Ausdruck. Im schummrigen Licht sehen seine Lippen lederfarben aus.

Zoe steht auf – nicht aus Vorfreude, glaube ich. Eher, weil sie nicht in einer verletzlichen sitzenden Position sein möchte.

»Ich wusste nicht, dass du kommen würdest«, sagt sie nervös.

»Wusstest du es nicht, oder hast du gehofft, ich würde nicht kommen?«, fragt Rocco mit seiner tiefen, weichen Stimme. Es ist ein unangenehmes Zischen in der Art, wie er sein »s« ausspricht.

Zoe bleibt stumm, denn sie ist zu ehrlich, um zu lügen.

»Komm«, sagt Rocco und nimmt Zoes Arm. Es ist keine Aufforderung. Er steuert sie auf die Tanzfläche, seine Hand drückt fest ihren Oberarm. Dann zwingt er sie durch die Schritte, als sei er ein Puppenspieler und sie die Marionette.

»Er ekelt mich an«, sage ich zu Dean und beobachte sie.

»Das solltest du nicht so laut sagen«, antwortet Dean. »Die Princes sind mächtig. Sie sind eine gute Partie für sie.«

»Man kann regelrecht sehen, wie angeekelt sie ist.«

Dean zuckt mit den Schultern. »Nicht jede Vereinigung ist eine Liebesheirat.«

Ich kneife die Augen zusammen, verärgert über seinen selbstgefälligen Ausdruck. »Deine Mutter war Krankenschwester, keine Mafiosi. Dein Vater hat sie geheiratet, weil er sie liebte.«

»Das stimmt«, sagt Dean kalt. »Und sieh nur, wohin sie das gebracht hat.«

Ich nehme noch ein Glas Champagner und trinke.

Im Laufe des Abends wird die Musik immer weniger förmlich. Die Playlist wechselt von Klassik zu Pop, und die Studierenden drängen sich auf der provisorischen Tanzfläche, wo aus dem Walzer enge Tänze werden.

Sogar einige der Dozenten tanzen. Ich sehe Professor Thorn, die viel weniger zugeknöpft aussieht als sonst, gekleidet in ein glitzerndes schwarzes Kleid und mit ihren dunklen Haaren, die aus einem straffen Dutt fallen. Sie wird von Professor Howell herumgewirbelt – kein Leichtes, wenn man bedenkt, dass sie einen Kopf größer ist als er.

Professor Bruce sieht so aus, als wolle er tanzen, aber Professor Graves, dessen Gesicht von seinem dritten oder vierten Glas Wein gerötet ist, redet auf ihn ein. Ich blicke auf die Brusttasche von Graves' Jacke und kann mir ein Kichern nicht verkneifen, als ich nur einen traurig aussehenden Bic-Kugelschreiber sehe.

Sogar Dekan Luther Hugo hat einen schnellen Auftritt, setzt sich kurz mit dem gruseligen Professor Penmark, der Foltertechniken lehrt, zusammen und trinkt ein einziges Glas Portwein in den übergepolsterten Stühlen vor dem lodernden Feuer, bevor er so schnell wieder aus dem Raum fegt, wie er gekommen ist.

Ich sehe den Dekan selten auf dem Campus. Ich weiß nicht einmal, ob sein Hauptwohnsitz in Kingmakers ist. Es ist möglich, dass er uns Studierende meidet, um seine Aura von Autorität und Gefahr aufrechtzuerhalten. Oder er ist einfach mit Verwaltungsaufgaben beschäftigt.

Die einzige Mitarbeiterin, die ich nicht sehe, ist Miss Robin. Das überrascht mich nicht, denn sie ist schrecklich schüchtern, und eine Party ist der letzte Ort, an dem ich sie erwarten würde. Sie isst nicht einmal in der Mensa, obwohl viele der anderen Dozenten ihre Mahlzeiten zusammen mit den Studierenden einnehmen.

Ich wünschte, sie wäre gekommen. Auch wenn sie im Grunde keine Dozentin ist, ist sie meine Lieblingsmitarbeiterin. Ich wette, sie würde hübsch aussehen, wenn sie sich herausgeputzt hätte.

Die Musik wechselt zu einem Remix von *Candy Shop*, einem alten Lieblingssong, den Miles, Leo und ich immer zusammen gehört haben.

Unfähig, mich zurückzuhalten, suche ich wieder nach Leo, weil ich denke, dass er die Gelegenheit zum Tanzen nicht verpassen wird.

Jeder in unserer Familie liebt das Tanzen. Miles ist mittendrin, mit einem kleinen Publikum um ihn herum, weil er wirklich verdammt talentiert ist und viele Leute ihm einfach nur zuschauen wollen.

Leo ist jedoch nicht neben Miles. Ich sehe ihn an einem Nebentisch sitzen, umgeben von Ares, Matteo, Hedeon und ein paar anderen Freunden, aber er spricht mit keinem von ihnen.

Um mich aufzumuntern, schließe ich mich Miles an und beginne mit dieser albernen Nummer, die wir erfunden haben, als wir etwa zehn Jahre alt waren. Es ist Hip-Hop der alten Schule – eine ganze Menge coole Tanzschritte, Körperrollen und andere Figuren. Miles macht sofort mit, und für eine Sekunde bin ich wieder glücklich und muss fast lachen, denn Miles ist verdammt geschmeidig, er hat Schwung und Stil, und es macht mit niemandem mehr Spaß, zu tanzen.

Ozzy schreit und lacht und versucht, uns zu kopieren, und bald haben wir ein Dutzend Studierende, die versuchen, die Routine zu lernen.

Ich komme angenehm ins Schwitzen, spüre endlich wieder dieses Gefühl des Auftriebs, als ob alles irgendwie und irgendwann klappen könnte.

Ich schaue auf und denke, dass sich Leo vielleicht zu uns gesellen wird. Er kennt den Tanz genauso gut wie ich. Doch er sitzt nicht mehr am Tisch. Ich sehe mich um und versuche, einen Blick durch die Menschenmenge zu werfen. Ich kann ihn nirgends sehen. Er ist wie vom Erdboden verschluckt.

Ich bin enttäuscht und beinahe wütend. Ich weiß nicht, warum ich wütend bin. Vielleicht, weil diese Seifenblase des Glücks so schnell geplatzt ist, wie sie gekommen ist.

Danach höre ich auf zu tanzen, aber nicht auf zu trinken. Ich verliere den Überblick über die Champagnerflöten, die ich in einem Zug hinunterschlucke. Eine Stunde später muss mich Dean praktisch in mein Zimmer zurücktragen.

Er drückt mich gegen die Tür, greift mich mit seinen Lippen an, stößt seine Zunge in meinen Mund, beißt und saugt an meinem Hals.

In meinem Kopf dreht sich alles, und ich kann kaum noch stehen. Ich weiß nicht, warum ich mich so elend fühle und so verwirrt bin. Beim Tanz ist nichts schiefgegangen. Es hätte ein festlicher Abend werden sollen.

Ich versuche, Dean zu sagen, er soll aufhören und mich ins Bett gehen lassen. Ich habe zu viel getrunken und habe Angst, dass ich mich vom aggressiven Küssen übergeben muss.

Bevor ich die Worte herausbekomme, drückt er meine Beine mit seinem Oberschenkel auseinander und schiebt seine Hand unter meinen Rock. Er schiebt seine Finger unter den Gummizug meiner Unterwäsche und beginnt, meine Muschi zu reiben.

Ich lehne mich schwer an seine Schulter – unfähig, mich aufrecht zu halten. Wenn er mich nicht mit seinem Gewicht an der Wand festhalten würde, würde ich umfallen. Ich fühle mich schlaff und außer Kontrolle, kann meine Beine nicht schließen, weil sein Knie meinen Oberschenkel gegen die Wand drückt und meine Arme zwischen uns eingeklemmt sind.

»Dean, nicht …«, versuche ich zu sagen, aber er bringt mich mit seinem Mund auf meinem zum Schweigen. Währenddessen streichen seine Finger an meinen Schamlippen auf und ab, sein Mittelfinger streift bei jedem Durchgang über meinen Kitzler.

Seine Finger werden immer feuchter, und ich weiß, dass er das genauso gut spüren kann wie ich. Mit jeder Streicheleinheit seiner Hand wird meine Klitoris empfindlicher, und das warme Pochen breitet sich über meine Schenkel bis in meinen Bauch hinauf aus.

Jetzt spreizen seine Finger meine Schamlippen, und ich weiß, dass er meinen Eingang ertastet und seine Finger ganz hineinschieben will.

Ich versuche, meinen Kopf zur Seite zu drehen, aber er hält seine Lippen auf meinen, seine Zunge in meinen Mund geschoben, sodass ich nicht sprechen kann.

Er schiebt einen Finger in mich hinein, dann zwei. Währenddessen reibt sein Daumen über meine Klitoris hin und her, und meine Muschi krampft sich hilflos um seine Finger.

Ich kann seine Erektion durch seine Hose hindurch spüren, die hart an meiner Hüfte reibt. Seinen Hunger kann ich auch spüren – seinen heißen Atem und sein rasendes Verlangen nach mir. Ich bin erregt, ob ich es will oder nicht. Es ist eine unangenehme Mischung aus Schuld, Angst und Verlangen.

Dean gibt endlich meinen Mund frei und beginnt, hart an der Seite meines Halses zu saugen, während er mich grob fingert.

Ich kann es nicht aufhalten, ich kann mich nicht zurückhalten. Ich fange an, um seine Finger herum zu krampfen. Während ich komme, flüstert mir Dean ins Ohr: »Früher oder später wirst du mir schon geben, was ich will, Anna …«

***

Der Januar kommt kalt und grau daher. Zum ersten Mal spüre ich wirklich, wie einsam und isoliert Kingmakers mitten auf dem Meer liegt. Der Wind heult nachts, als wolle er das Schloss von den Klippen reißen, und die Gischt gefriert zu dickem schwarzem Eis an den Brüstungen.

Mittlerweile tragen wir alle die Blazer und Pullover, die zu unseren Uniformen dazugehören. Die Mädchen beschweren sich über ihre Röcke, und es ist zum Trend geworden, sich von dem Jungen, den man mag, einen übergroßen Pullover zu leihen – denn die Pullover sind dicker, und wenn der betreffende Junge groß genug ist, bedeckt der Pullover die Hände und reicht fast bis zu den Knien.

Dean bietet mir bereitwillig einen von seinen an, aber ich nehme ihn nicht. Ich bin genervt von ihm. Er hat mich gebeten, mit ihm zu Mittag zu essen, nur damit sich fünf Minuten später Bram Van Der Berg und einige andere aus ihrer Gang um uns herum hinsetzen.

Ich mag Bram nicht, und ich mag es nicht besonders, wie Dean sich verhält, wenn Bram in der Nähe ist. Es bringt die Seite von Dean zum Vorschein, die gefühllos und sogar ein wenig grausam ist.

Offenbar mag Bram seinen Schinken mit Erbsen nicht. Er schnippt die unerwünschten Erbsen in Richtung von Matteo Ragusa und Paulie White. Paulie tut so, als würde er die Erbsen auf seinem Arm nicht bemerken, aber ich kann sehen, wie seine dünnen sommersprossigen Wangen rosa werden.

Ich weiß, dass Dean genauso deutlich sieht, was vor sich geht, wie ich, doch er ignoriert es völlig und redet mit mir über unseren Vertrags- und Verhandlungskurs am Morgen. Er schert sich einen Dreck um Matteo, der ein Freund von Leo ist, oder Paulie, der streberhaft und unbeholfen und nur ein Buchhalter aus einer kleinen Mafia-Familie ist.

Bram schleudert seine nächste Erbse besonders hart und trifft Paulie am Ohr.

»Könntest du damit aufhören?« Ich schnauze Bram an und unterbreche Dean mitten im Satz.

»Warum sollte ich?«, sagt Bram träge, setzt eine weitere Erbse in seinen Löffel und macht sich bereit, sie zum nächsten Tisch hinüberzuschleudern.

»Weil das kindisch ist«, entgegne ich.

»Halte deine Freundin im Zaum«, sagt Bram zu Dean.

Bevor Dean irgendetwas zu einem von uns sagen kann, strecke ich meine Hand aus und stoße Brams Teller um, sodass die Reste seines Schinkens, seiner Sauce und seiner Erbsen direkt auf seinen Schoß fallen.

Bram springt vom Tisch auf. Der Schritt seiner Hose ist fettverschmiert, die Fäuste sind an den Seiten geballt.

Dean und ich springen ebenfalls auf, wobei Dean sich in der Mitte positioniert, Bram gegenübersteht und mich gleichzeitig hinter sich schiebt.

»Denk nicht einmal daran«, sagt Dean zu Bram.

»Sie macht dich weich«, zischt Bram zurück. »Sei vorsichtig, sonst endest du wie dein Vater.«

Dean packt Bram vorne am Hemd, und für einen Moment denke ich, dass sie aufeinander losgehen werden. Aber einer der Penose gibt einen leisen Pfiff von sich und ruckt mit dem Kopf in Richtung Tür, wo einige der stämmigen Küchenmitarbeiter stehen und zusehen. Der Speisesaal ist kein guter Ort für eine Schlägerei.

Zögernd lässt Dean Bram los. Sie atmen beide schwer und starren sich gegenseitig an. Bram tritt langsam zurück, dann nickt er seiner Penose zu. Sie schreiten aus dem Speisesaal und lassen nur Deans Bratwa zurück, der noch an unserem Tisch sitzt.

Dean erwartet, dass ich mich auch wieder setze, doch mir ist der Appetit vergangen.

»Wo willst du hin?«, fragt er.

»Zu meinem nächsten Kurs«, sage ich.

Er folgt mir sofort und versucht, im Flur meinen Arm zu nehmen. Ich ziehe ihn von ihm weg.

»Du brauchst mich nicht zu begleiten«, sage ich.

»Ich gehe nur mit dir.« Dean packt mich fester am Arm und zwingt mich zum Anhalten. »Was ist dein Problem? Ich habe mich bei Bram für dich eingesetzt.«

»Du hast aber nichts gesagt, als er sich wie ein Arschloch gegenüber Matteo und Paulie verhalten hat.«

»Warum sollte es mich kümmern, was er mit ihnen macht?«, fragt Dean. Er sucht mein Gesicht mit seinen violetten Augen ab, aufrichtig verwirrt.

»Weil er ein Tyrann ist«, antworte ich.

»Na und? Das ist kein Kaffeekränzchen, das ist Kingmakers. Bram ist ein Erbe. Sie sind ein Niemand.«

»Das heißt aber nicht, dass er ohne Grund ein Arsch sein muss.«

Ich versuche, weiterzugehen, und wieder hält mich Dean auf und drückt mich mit dem Rücken gegen die Wand. Jetzt fängt er wirklich an, mich zu nerven.

»Du bist auch eine Erbin«, sagt Dean. Seine Augen sind

auf meine gerichtet. »Du wirst Männer wie Bram befehligen müssen. Du wirst ihren Respekt nicht gewinnen, wenn du süß und sentimental bist.«

»Ich bin nicht *süß*, verdammt noch mal!«, knurre ich Dean an. »Und ich brauche dich nicht, damit du mir sagst, wie man ein Anführer ist. Ich werde meine *Braterstwo* kontrollieren, weil sie mich respektieren werden. Weil ich Ehre und hohe Standards für mein Verhalten haben werde und das Gleiche von ihnen erwarte. Ich schneide einem Mann die Kehle durch, wenn es sein muss. Aber ich werde ihn nicht zum Spaß quälen.«

Damit schiebe ich mich an ihm vorbei und gehe zu meinem nächsten Kurs.

Ich bin wütend auf Dean, weil er so herablassend ist. Aber auch, weil ich Angst habe, dass er recht haben könnte. Meine Leute werden immer nach Zeichen der Schwäche in mir suchen. Ich werde rücksichtsloser sein müssen als jeder von ihnen, um zu zeigen, dass ich stark bin und das Zeug zum Boss habe.

Kapitel 19

Leo

Die Wochen nach dem ersten Wettkampf sind eine seltsame Mischung aus Lob von meinen Kommilitonen und versteckter Feindseligkeit von den Studierenden aus den höheren Jahrgängen.

Überraschenderweise ist Kasper Markaj der Einzige, der keinen Groll hegt. Nach dem Wettkampf kam er direkt auf mich zu, klopfte mir auf die Schulter und sagte: »Das hast du gut gemacht. Dein Team vertraut dir.«

»Es war Pech, dass ihr als Erstes rausgeflogen seid«, sagte ich.

Mit entschlossener Miene schüttelte er den Kopf. »Im Wettbewerb gibt es kein Glück. Nur gute und bessere Strategien.«

Wir haben zwar bloß den dritten Platz belegt, aber wir haben es geschafft, Pippa Portnoys Fahne zu stehlen, was nicht unbemerkt geblieben ist.

Jetzt ertappe ich sie oft dabei, wie sie mich beobachtet, schlau und schweigsam, die Lippen zu einem ewigen Grinsen verzogen. Wenn sie nicht in der Nähe ist, ist es fast noch schlimmer. Ich hätte sie lieber in Sichtweite, wo ich wenigstens sehen kann, was sie vorhat.

Überall, wo ich auf dem Campus hingehe, ernte ich Blicke und Gemurmel und ein paar nicht nur scherzhafte Drohungen.

Miles scheint das alles urkomisch zu finden. Ihm ist es völlig egal, dass sein eigenes Team aus dem Wettbewerb ausgeschieden ist.

»Sie wissen nicht, was für ein verzweifelter kleiner Psycho du bist«, sagt er fröhlich zu mir. »Sie wissen nicht, dass du buchstäblich lieber sterben würdest, als zu verlieren.«

»Stimmt«, erwidere ich dumpf.

Gewinnen war für mich schon immer das Wichtigste auf der Welt. Als wir in Kingmakers ankamen, gab es nichts, was ich mehr wollte, als Kapitän zu werden und der Erste zu sein, der jemals das *Quartum bellum* im ersten Jahrgang gewinnt.

Doch mit jeder Woche, die vergeht, fällt es mir schwerer, auch nur eine grundlegende Begeisterung für den nächsten Wettkampf zu empfinden.

Meine Konkurrenten teilen meinen Verdruss nicht.

Calvin Caccia hat sich vom freundlichen Rivalen zum totalen Feind gewandelt. Er mochte meinen Auftritt im Speisesaal nicht, der zwar die Bedingungen unserer Wette erfüllte, aber nicht den Spott brachte, den er sich erhofft hatte.

Für mich war das der letzte Tag, an dem ich auch bloß annähernd Glück empfand.

Der Jubel und das Schulterklopfen meiner Kommilitonen gaben mir ein Gefühl des Triumphs. Doch er verblasste beinahe umgehend, und ich sank in die Düsternis zurück, die mich in den letzten zwei Monaten erdrückt hatte.

Ich fühle mich matt und ausgelaugt, und es fällt mir schwer, mir Gedanken darüber zu machen, was als Nächstes auf mich zukommen wird.

»Das erste Mal war eine Art Aufwärmen«, sagt Matteo, »aber beim nächsten Mal werden sie uns nicht mehr so leichtfertig behandeln.«

»Du dachtest, das wäre einfach?«, schreit Ares. »Wir hätten fast verloren.«

»Ja, aber es wird noch viel schlimmer werden«, antwortet Matteo düster. »Letztes Jahr hat sich einer meiner Brüder beim zweiten Wettkampf das Bein so schlimm gebrochen, dass sie es beinahe amputieren mussten.«

»Warum zum Teufel machen wir das überhaupt?«, fragt Ares und schüttelt verwundert den Kopf.

»Warum sind wir überhaupt nach Kingmakers gekommen?« Matteo grinst. »Um ein weniger gewöhnliches Leben zu führen.«

»Das normale Leben war schön«, sagt Ares wehmütig.

Seit ich selbst so schlecht gelaunt bin, wird mir zunehmend bewusst, dass Ares nicht immer so fröhlich ist, wie ich dachte. Was ich zuerst für eine entspannte Haltung hielt, könnte in Wirklichkeit eine sorgfältig aufrechterhaltene Fassade der Ruhe sein, um die turbulenteren Emotionen darunter zu verbergen.

Ich dachte, dass Ares in unser Zimmer oder in die Bibliothek verschwindet, weil er die ständigen sozialen Kontakte satthat, die das Leben, Essen, Schlafen und Studieren auf dem Campus mit sich bringt. Aber jetzt denke ich, es könnte etwas anderes sein. Ich denke, er könnte deprimiert sein. Wenn ich ihn unerwartet antreffe, wenn er nicht weiß, dass ihn jemand beobachtet, sieht er manchmal entmutigt oder sogar verärgert aus.

Wenn ich versuche, mit ihm darüber zu sprechen, weist er mich lächelnd ab und sagt mir, dass ich mir das nur einbilde.

»Ich bin bloß müde«, sagt er und schiebt sich mit einer Handbewegung die Haare aus den Augen. »Es sind die ganzen Hausaufgaben. Ich hatte noch nie so tolle Noten. Wahrscheinlich habe ich noch nie Leben so viele Wörter geschrieben wie im letzten Semester.«

Ich weiß, dass Ares sich mir nicht öffnen wird. Er will sich mir nicht anvertrauen. Und das macht mir klar, dass ich ihm nicht so ein guter Freund bin, wie ich dachte.

Vielleicht bin ich für niemanden ein so guter Freund.

Ich raste durchs Leben, mit mir im Zentrum meines eigenen Universums und allen anderen im Orbit um mich herum. Dass sie alle so glücklich und zufrieden waren, wie sie schienen, hielt ich für selbstverständlich. Ich habe mir nie die Mühe gemacht, tiefer unter die Oberfläche zu schauen.

Ich dachte, ich sei der Star der Show, und ehrlich gesagt spielte Ares eine Nebenrolle. Ich hatte ihn nicht wirklich als jemanden mit so akuten oder komplexen Kämpfen wie meinen eigenen betrachtet.

Das Gleiche galt für Anna. Ich habe Vermutungen über ihre Gefühle und ihre Ziele angestellt. Ich habe nicht darauf geachtet, herauszufinden, was sie wirklich wollte. Ich nahm sie als selbstverständlich hin.

Ich glaube nicht, dass ich sie zurückgewinnen kann, aber zumindest kann ich Ares besser behandeln. Ich versuche mein Bestes, ihm bei seinen Hausaufgaben zu helfen, stelle ihm hübsche Mädchen vor und stelle ihm hundert Fragen über seine Familie und sein Zuhause – in der Hoffnung, dass ich herausfinden kann, was ihn bedrückt.

Es ist wahrscheinlich zu viel, denn nach ein oder zwei Wochen sagt Ares: »Brauchst du eine Niere oder so? Du bist zu nett, und das macht mich wahnsinnig.«

»Nein«, sage ich peinlich berührt. »Tut mir leid. Ich versuche nur … du weißt schon, dir ein guter Freund zu sein.«

Ares lacht leise und schüttelt den Kopf über mich. »Du bist der beste Freund, den ich hier habe.«

»Ja?« Ich lächle. »Na gut. Dann schalte ich mal einen Gang zurück.«

Ich versuche, mich zusammenzureißen und auf meine Hausaufgaben zu konzentrieren. Nur so kann ich vermeiden, ständig Anna anzustarren, die ebenfalls an den meisten meiner Kurse teilnimmt und meist nur ein paar Tische von mir entfernt sitzt.

Jedes Mal, wenn sie mit einem ihrer anderen Freunde spricht oder lacht – sogar mit ihren weiblichen Freunden wie Chay und Zoe –, brenne ich vor Neid. Und wenn sie mit Dean spricht, möchte ich das ganze College in Brand setzen.

Dean ist eine Art dunkler Doppelgänger, der es geschafft hat, den Platz mit mir zu tauschen. Jetzt wusste ich genau, wie er sich in den ersten Monaten hier gefühlt hatte, als Anna und ich zusammensaßen, Anna und ich Blicke austauschten, wenn der Prof etwas Lustiges sagte, Anna und ich uns lässig aneinander festhielten, wenn wir über den Campus gingen.

Er hat die Positionen mit mir getauscht. Nun sonnt er sich im Licht des schönsten Mädchens von Kingmakers, und ich bin derjenige, der ausgesperrt ist und eifersüchtig hineinschaut, mit dem Gesicht an die Scheibe gepresst.

***

Am 17. Januar rufe ich, wie jedes Wochenende, meine Eltern an. Meine Mutter nimmt gleich beim ersten Klingeln den Hörer ab und hört sich aufgeregt an, was gar nicht typisch für sie ist.

»Leo, wie geht es dir?«

»Gut«, sage ich. »Du weißt schon … ich bin etwas müde, aber sonst ist alles gut.«

»Wir müssen dir etwas mitteilen«, sagt mein Vater. Seine Stimme ist angespannt vor Vorfreude.

»Was ist los?«, frage ich, und mein Magen zieht sich zusammen. Im Moment bin ich nicht wirklich in der Stimmung für eine Überraschung.

»Wir bekommen ein Baby!«, sagt meine Mutter in aller Eile. »Du bekommst ein Geschwisterchen!«

»Ich … wie?«, stottere ich.

Jahrelang haben meine Eltern versucht, noch ein Kind zu bekommen, was aber nie geklappt hat. Meine Mutter wurde nicht einmal schwanger, vom Austragen eines Kindes ganz zu schweigen.

Jetzt ist sie dreiundvierzig. Ich dachte, sie hätten es längst aufgegeben.

Mein Vater lacht. »Es ist auf die übliche Weise passiert.«

Ich kann ihm ansehen, dass er überglücklich ist, doch ich höre meiner Mutter zu – ihr zittriger Atem, die Art, wie sie versucht, die Tränen zurückzuhalten. Sie wollte das so sehr seit so langer Zeit.

Und sie hat es verdient. Sie war für mich die beste Mutter der Welt. Ich bringe es nicht übers Herz, etwas anderes zu empfinden, als mich für sie zu freuen. Da ich kürzlich selbst eine Enttäuschung erlebt habe, werde ich nichts sagen, was ihre Vorfreude trüben könnte.

»Glückwunsch, Mom!«, sage ich. »Das sind tolle Neuigkeiten!«

»Freust du dich, Leo?«, fragt sie mich.

»Ja«, sage ich. »Ich kann es gar nicht erwarten, bis das Baby kommt.«

Das ist nicht hundertprozentig wahr. Ich war mein ganzes Leben lang Einzelkind, daher ist der Gedanke an ein Geschwisterchen zu diesem späten Zeitpunkt eher bizarr als verlockend. Außerdem wurde ich gerade aus Annas Leben gestrichen und durch Dean ersetzt. Ich kann nicht sagen, dass es angenehm ist, sich vorzustellen, dass meine Eltern ihr ganzes Leben auf ein quengelndes neues Baby ausrichten.

Aber das ist nicht meine Entscheidung. Nichts von diesen Dingen ist meine Entscheidung.

Ich versuche, nicht mehr egoistisch und unreif zu sein.

Ich werde meine Eltern unterstützen und sehen, ob ich diesem Kind ein besserer Freund sein kann, als ich es für Anna war.

***

Drei Tage später ist Annas Geburtstag. Ich habe nicht daran gedacht, ihr ein Geschenk nach Kingmakers mitzunehmen, also zahle ich dem Gärtner eine unverschämte Summe für eine Orchidee im Topf und stelle sie vor ihre Tür. Bestimmt wird sie auch ohne Karte wissen, dass sie von mir ist, denn Orchideen waren schon immer ihre Lieblingsblumen.

Ich wüsste nicht, was ich auf eine Karte schreiben sollte. Ich wüsste nicht mal, wie ich sie unterschreiben sollte. »In Liebe, Leo« scheint nicht mehr richtig zu sein.

Als ich sie an diesem Nachmittag im Chemiekurs sehe, schenkt sie mir ein kleines Lächeln, erwähnt aber das Geschenk nicht.

Ich spreche es auch nicht an.

***

Die letzte Januarwoche ist die bisher kälteste. Die Luft ist voller Graupel, und das Gras ist am Boden festgefroren.

Ungeachtet dessen verlangt Professor Knox, dass wir für Zielübungen nach draußen gehen.

»Wie sollen wir schießen, wenn unsere Finger gefroren sind?«, stöhnt Hedeon.

»Nicht alle Schlachten finden bei perfektem Wetter statt«, sagt Professor Knox unbarmherzig.

Wir marschieren alle zum Schießstand südlich des Campus. Es ist ein elender Fußmarsch dorthin, und noch schlimmer ist es, wenn wir uns auf die gefrorene Erde legen müssen, um unsere Scharfschützengewehre aufzustellen.

Der Schießstand ist nur ein Feld, an dessen Ende man eine Reihe von Metallzielen in Menschengestalt sieht. Oder zumindest kann man sie sehen, wenn man das Auge an das Zielfernrohr hält. Für das bloße Auge sind sie nichts als schwacher Silberschimmer.

Ares fungiert als mein Beobachter für die erste Runde,

dann tauschen wir die Positionen. Anna steht rechts von mir und passt auf Chay auf. Gott sei Dank ist Dean nicht in diesem Kurs.

Ich habe Mitleid mit den Mädchen, die in ihren kurzen karierten Röcken und nackten Knien auf dem kalten Boden liegen. Anna trägt eine Strumpfhose statt Socken, aber sie zittert nach wie vor und hat die Arme um sich geschlungen.

»Windgeschwindigkeit acht bis zwölf«, sagt Ares und überprüft den Windmesser.

Ich nehme die notwendigen Einstellungen vor, dann drücke ich sanft den Abzug und halte die ganze Zeit die Augen offen. Als mein Geschoss den Rand der Scheibe streift, sehe ich einen Funken.

»Ein bisschen zu sehr nach links«, sagt Ares unnötigerweise.

»Ich weiß«, murmle ich.

Neben mir gibt Chay einen kleinen Triumphschrei von sich, als sie ihr Ziel genau in der Mitte trifft.

Nachdem ich das Ziel viermal getroffen habe, tauschen Ares und ich die Positionen. Ich stehe auf und schüttle meine verkrampften Beine aus.

Anna wartet immer noch darauf, dass sie an der Reihe ist, hüpft auf der Stelle und versucht, warm zu bleiben. Ihre Lippen werden schon blau. Ohne nachzudenken, ziehe ich meinen Pullover aus und drücke ihn ihr in die Hand.

»Sei nicht albern«, sagt sie mit klappernden Zähnen. »Du wirst im T-Shirt erfrieren. Ich habe meinen Blazer an.«

»Dein Blazer hilft dir einen Scheißdreck«, sage ich unwirsch.

Sie schaut zu mir auf. Es ist das erste Mal seit mehreren Tagen, dass wir Blickkontakt haben. Es ist das erste Mal seit Wochen, dass wir so nahe beieinanderstehen. Ich sehe einen vertrauten Goldschimmer an ihrem Hals – die hauchdünne Kette mit dem kleinen Mondanhänger, den ich ihr vor so langer Zeit geschenkt habe, als wir noch Kinder waren. Sie trägt ihn immer noch.

»Bist du sicher, dass du nicht frieren wirst?«, fragt sie mit ihrer tiefen, klaren Stimme.

In diesem Moment, als Anna nur wenige Zentimeter vor mir steht und ihre blauen Augen auf mein Gesicht gerichtet sind, friere ich nicht im Geringsten. Eigentlich bin ich von Wärme durchflutet. Ich kann den Wind kaum noch spüren.

»Ja, ich bin sicher.«

»Na dann … danke«, sagt sie. Und sie lächelt mich zum ersten Mal seit langer Zeit an. Sie zieht sich den Pullover über den Kopf. Er ist so groß an ihr, dass sie mit ihren klobigen Stiefeln, ihren vom Wind zerzausten Haaren und ihren großen blauen Augen, die zu mir aufschauen, wie ein kleines Kind aussieht. Der Anblick ist unglaublich liebenswert.

Ich muss mich abrupt abwenden, bevor ich etwas sage, das mich nur demütigt.

»Bist du okay?«, fragt Ares, als ich meine Position neben ihm wieder einnehme.

»Natürlich«, antworte ich und knirsche mit den Zähnen gegen die Kälte.

Die Wärme von Anna ist bereits verblasst, und ich weiß, dass es eine elende halbe Stunde dauern wird, bis dieser Kurs beendet ist.

»Willst du *meinen* Pulli?«, fragt Ares und versucht, nicht zu grinsen.

»Nein«, sage ich. »Und halt die Fresse!«

Ares lacht, während er sein Auge gegen das Zielfernrohr presst. »Das ist der Leo, den ich kenne und schätze!«

Kapitel 20

Dean

Ich dachte, ich hätte mir Anna geschnappt und es wäre ein fließender Übergang von unserem ersten Date zu meiner vollen Besitznahme von ihr.

Stattdessen beginnt eine höchst unwillkommene und widersprüchliche Entwicklung.

Je fester ich meinen Griff um sie schließe, desto mehr versucht sie, diesem zu entkommen.

Sie macht das nicht bewusst. Aber ich kann sehen, dass sie sich jedes Mal zurückzieht, wenn ich versuche, ihr näher zu kommen. Sie weist mich nie direkt zurück. Doch sie tanzt immer von mir weg, nur ein wenig außerhalb meiner Reichweite.

Es ist eine ständige Herausforderung, sie von Leo fernzuhalten. Das erfordert Voraussicht und Planung.

Ich wusste, dass er versuchen würde, etwas an ihrem Geburtstag zu unternehmen, also bin ich früh aufgestanden und habe ihr Zimmer überwacht.

Natürlich kam er kurz vor dem Frühstück mit einer Orchidee aus dem Gewächshaus herangeschlendert. Er stellte sie vor ihrer Tür ab, wahrscheinlich in dem Glauben, sie würde noch schlafen – obwohl sie in Wirklichkeit in der Kathedrale auf der anderen Seite des Campus war.

Sobald er das Gebäude verließ, rannte ich die Treppe hinauf, schnappte sie und warf sie in den Müllschlucker mitsamt dem Topf. Es war keine Karte dabei. Schade – ich hätte zu gern gesehen, was Leo sich trauen würde zu schreiben.

Ich hatte ihr eine Schachtel mit handgemachtem Toffee aus dem Süßwarenladen im Dorf besorgt. Anna bedankte sich, aber sie probierte sie nicht gleich, sondern steckte sie in ihre Tasche.

Sie verbringt immer mehr Zeit mit Chay und Zoe, was mir das Gefühl gibt, dass sie es absichtlich vermeidet, mit mir allein zu sein. Gleichzeitig entzieht sie sich, wann immer Bram oder meine anderen Freunde zu uns stoßen, als könne sie es nicht ertragen, in der Nähe von ihnen zu sein.

Diesen Teil kann ich nachvollziehen. Bram ist verdammt aggressiv und befindet sich auf einer Art Rachefeldzug gegen Chay. Sie verachten sich gegenseitig, und unsere beiden Gruppen können keine fünf Minuten im selben Raum koexistieren, ohne dass ein Kampf zwischen ihnen ausbricht.

Wahrscheinlich hat es damit zu tun, dass keiner von beiden einen Filter zwischen seinem Gehirn und seinem Mund hat.

Kaum sind wir uns heute auf der Wiese über den Weg gelaufen, sagt Chay zu Bram: »Hast du bemerkt, dass ich heute deine Punktzahl auf dem Schießstand geschlagen habe?«

»Das ist ein verdammter Tornado da draußen«, antwortet Bram sauer.

»Und trotzdem habe ich es geschafft, acht Kopfschüsse zu machen«, teilt Chay ihm süffisant mit. Innerhalb der Burgmauern ist es nicht so windig wie außerhalb, aber sie hat dennoch die Arme vor der Brust verschränkt und die Hände unter die Achseln geklemmt.

Anna kommt ebenfalls durch die Tore geeilt. Da sie den Blick gesenkt hat, sieht sie uns nicht, bis sie fast in uns hineinläuft.

»Was ist mit dir?«, frage ich sie. »Hast du auch Rekorde aufgestellt?«

Anna blickt erschrocken auf. Ich erkenne, dass sie das Sweatshirt von jemandem trägt. Von jemand sehr Großem, denn die Ärmel hängen ihr über die Hände, und der Saum reicht tiefer als der Rock, sodass es aussieht, als sei sie darunter nackt.

Ich weiß bereits, ohne zu fragen, wem der Sweater gehört. Ihre rosigen Wangen kommen nicht nur von der Kälte.

Die Eifersucht, von der ich dachte, ich hätte sie besiegt, kommt in mir hoch wie ein feuerspeiender Drache. Sie war nicht tot, sie schlief nur.

»Nein«, sagt Anna. »Es war zu kalt.«

Sogar mit diesem Pullover?, möchte ich sagen, aber ich verkneife mir die Worte, um mir nicht anmerken zu lassen, wie wütend ich bin.

Ich hasse es, dass sie mit Leo Unterricht hat, wenn ich nicht da bin.

Ich hasse es, dass sie achtzehn Jahre Vergangenheit mit ihm hat.

Ich hasse es, dass Leo Gallo jemals geboren wurde.

»Ich muss dich heute Abend sehen«, sage ich abrupt zu Anna.

»Ich … ich muss Hausaufgaben machen«, erwidert sie und blickt auf den Boden.

»Ich muss dich sehen«, wiederhole ich. Es ist keine Bitte.

Anna sieht mich nun doch an. Ihre dichten schwarzen Wimpern schwingen wie ein Fächer nach oben, und ihre eisblauen Augen durchbohren mich.

»In Ordnung«, sagt sie schließlich. »Wir treffen uns nach dem Essen.«

Sie hakt sich in Chays Arm ein, und sie eilen zu ihrem nächsten Kurs.

Bram zieht die Augenbrauen hoch, ohne zu lächeln.

Seine Vorstellung davon, wie man eine Frau behandelt, ist, sie zu bändigen, bis sie bricht. Er denkt, Anna hat mich um ihren kleinen Finger gewickelt. Und er könnte recht haben.

Anna hat mir die Seele aus dem Leib gerissen. Sie hält sie fest in ihren schlanken, blassen Händen.

Es ist an der Zeit, dass ich mir etwas von ihr nehme.

Kapitel 21

Anna

Ich hatte das Gefühl, dass ich Fortschritte gemacht hatte, mich von Leo zu lösen. Inzwischen war ich in der Lage, mit ihm am Unterricht teilzunehmen, ohne dass ich jedes Mal ein mulmiges Gefühl hatte, wenn ich den Raum betrat. Mit Chay und Zoe hatte ich wirklich Spaß. Und ich habe mich sogar mit Dean ein wenig entspannt – ich habe versucht, mich auf ihn als Mensch zu konzentrieren, ohne ihn ständig mit Leo zu vergleichen.

Das einzige Problem ist, dass ich nicht genau weiß, wie sehr ich Dean mag.

Es gibt sicherlich Dinge an ihm, die mich anziehen. In erster Linie seine Intelligenz. Außerdem seine Disziplin. Und sein intensives Interesse an mir ist natürlich schmeichelhaft.

Aber andere Dinge mag ich nicht. Egal, was er über die Hierarchie der Erben und aller anderen sagt, ich mag sein Elitedenken einfach nicht. Selbst in der Welt der Mafia gibt es zwei Arten von Bossen: diejenigen, die durch Angst führen, und diejenigen, die durch Loyalität führen. Ich weiß, welcher von beiden ich sein möchte. Ich glaube nicht, dass Dean auf dieselbe Seite fällt.

Und dann ist da noch der ständige Druck. Ich habe ihm ein Dutzend Mal gesagt, dass ich es langsam angehen will, dass ich nicht bereit bin, mich in eine ernsthafte Beziehung zu stürzen. Doch er drängt mich unaufhörlich zu mehr gemeinsam verbrachter Zeit, mehr Interaktion und vor allem zu mehr Körperkontakt.

Dieser Teil ist mein Fehler.

Wahrscheinlich ist es ein Fehler, sich mit jemandem zu verabreden, wenn ich ihn nicht ficken will. Sex ist das, was jeder Junge erwarten wird.

Und ich bin nicht dagegen, Sex zu haben. Das war ich noch nie. Es hat sich nur noch nie nach dem richtigen Moment angefühlt. Es ist, als gäbe es eine Barriere, die mich davon abhält, den letzten, endgültigen Schritt ins Erwachsensein zu machen.

Ich wünschte, ich könnte mit dem Thema so entspannt umgehen, wie es andere Leute tun. Ehrlich gesagt wäre es mir am liebsten, wenn es einfach vorbei und erledigt wäre. Ich weiß nicht, warum ich Angst davor habe, aber ich kann es nicht ändern. Ich will nicht, dass es etwas bedeutet, doch das tut es.

Und dann bringt mich Leo zu allem Überfluss genau in dem Moment, in dem ich das Gefühl habe, ein wenig das Gleichgewicht wiederzuerlangen, wieder aus dem Konzept.

Es war nur ein verdammtes Sweatshirt. Ich musste es nicht einmal annehmen.

Aber es war kalt, und Leo sah mich mit seinen bernsteinfarbenen Augen an, die wärmer brannten als jede Flamme und mich von innen zu erleuchten schienen, mich schwach machten und zum Schmelzen brachten.

Ich nahm das Sweatshirt und zog es mir über den Kopf.

Und du lieber Gott, es füllte meine ganze Lunge mit seinem Duft. Leo riecht besser als jeder andere Mensch auf der Welt. Sein Duft ist warm, süß und würzig – alles auf einmal –, und er ist mit unzähligen glücklichen Erinnerungen verbunden, die fast zu meinen schönsten überhaupt gehören. Er lässt meine Gedanken verrücktspielen, mein Herz pochen und meine Haut pulsieren.

Ich habe keine Kontrolle darüber. Leo zieht mich an wie eine übernatürliche Kraft. Sie überwältigt mich in einem Augenblick und wischt monatelange Fortschritte weg.

Dann traf ich Dean, als ich noch den verdammten Pulli trug, und ich weiß, dass er es gesehen hat. Meine Wangen brannten vor Schuldbewusstsein, und er verlangte, dass ich heute Abend zu ihm komme, also habe ich zugestimmt.

Jetzt bin ich auf dem Weg zu ihm und frage mich, was zum Teufel ich mit alldem anfangen soll.

Es ist Nacht, nach zehn Uhr an einem der kältesten Tage des Jahres, und das Schlossgelände ist fast leer. Die weiten Räume zwischen den steinernen Türmen und Mauern sehen trostlos und windgepeitscht aus. Nur die Gewächshäuser sind noch hell und üppig, ihre Fenster beschlagen von der Wärme der Pflanzen darin und das satte Grün durch die beschlagenen Scheiben sichtbar.

Die schwarze Kuppel des Himmels ist dunkel und sternenlos.

Ich fühle mich schlecht.

Sosehr ich auch versucht habe, dagegen anzukämpfen, eine schwere Depression hat mich gepackt.

Das ist etwas, womit ich mein ganzes Leben lang gekämpft habe. Ich fürchte, ich habe es von meinem Vater geerbt. Oft und nicht immer aus gutem Grund ergreift die Traurigkeit von mir Besitz. Ich muss aktiv dagegen ankämpfen, ich muss versuchen, mich auf die Dinge zu konzentrieren, die hell, anregend und interessant in der Welt sind, sonst wickelt die Depression ihre Tentakel um mich und beginnt, mich hinunterzuziehen.

Meine Mutter ist das ganze Gegenteil. Sie hat eine hell leuchtende Freude in sich, die niemals ausgelöscht werden kann. Deshalb ist sie der Nordstern für meinen Vater. Sie führt ihn immer wieder aus der Dunkelheit heraus, wenn diese ihn ganz zu verschlingen droht.

Langsam wird mir klar, dass Leo diese stimmungshebende Wirkung auf mich hatte. Ich wusste nicht, wie abhängig ich von ihm war, weil ich ihn so häufig sah. Mir war nicht klar, dass es seine Fröhlichkeit war, sein unbändiger Charme, der mich Tag für Tag aufmunterte.

Jetzt ist das weg, und meine Gedanken nehmen dunkle Wendungen, meine Träume werden gewalttätiger und beunruhigender, und die Dinge, die mich normalerweise glücklich machen, haben nicht mehr den gleichen Effekt.

Selbst das Tanzen verliert seinen Glanz.

Das ist die eine Sache, von der ich dachte, sie würde mich nie im Stich lassen. Der eine Ausweg, an den ich mir immer offenstand.

Aber heute Morgen, als ich früh aufwachte, zur Kathedrale ging und meine Schuhe schnürte, fühlte ich mich schwer und antriebslos. Meine Bewegungen waren mühsam, und es fehlte mir an Anmut. Die Musik vibrierte nicht so durch meinen Körper, wie sie es eigentlich sollte. Die Choreografie floss nicht wie ein Fluss durch mein Gehirn. Tatsächlich stolperte ich ständig – unsicher, was ich als Nächstes tun sollte.

Ich fühle mich verloren und so allein.

Ich gehe in die entlegenste Ecke des Campus, wo das alte Eishaus steht. Es ist eine gedrungene steinerne Hütte, verlassen und weit weg von allem anderen.

Deshalb ist es zum bevorzugten Ort für Studierende geworden, die »Zeit allein« miteinander verbringen wollen.

Ich weiß, was es bedeutet, dass Dean mir mitgeteilt hat, ihn hier zu treffen.

Und es war ein Befehl. Ich konnte sehen, dass, wenn ich mich weigerte, wir im Begriff waren, einen ernsthaften Streit zu haben. Dafür hatte ich einfach nicht die Energie, denn ich war schon total erschöpft.

Die Tür ist entriegelt.

Ich ziehe sie mit einem Ächzen der nicht geölten Scharniere auf.

Dean wartet dort bereits auf mich, wie ich es erwartet habe. Er hat eine Decke, Getränke und Snacks auf einer alten Matratze ausgebreitet, außerdem brennen mehrere Kerzen. Nicht alle Gebäude in Kingmakers haben elektrisches Licht, vor allem nicht diejenigen, die nachts nicht betreten werden sollen.

Er hat sogar Musik laufen, einen Remix von *Crazy in Love*, den ich noch nie gehört habe. Nicht so fröhlich wie das Original, es hat einen schwermütigen, fast bedrohlichen Klang, der mir Schauer über den Rücken jagt.

Die winzigen blonden Härchen auf meinen Armen stellen sich auf, und ich spüre, wie sich meine Brustwarzen unwillkürlich versteifen – nicht vor Erregung, sondern vor etwas viel Unangenehmerem.

Ich sehe, wie Deans Augen die Vorderseite meiner dünnen Bluse hinunterwandern. Er erkennt meine Reaktion. Seine Augen glänzen, und seine Zunge kommt hervor, um seine Lippen zu befeuchten. Er ist wie elektrisiert. Die Sehnen treten an seinen nackten Unterarmen hervor, wo seine Ärmel bis zum Ellbogen hochgekrempelt sind.

Ohne ein Wort zu sagen, verringert er mit einem raschen Schritt den Abstand zwischen uns. Er greift um mich herum, zieht die Tür zu und drückt mich dann fest an seinen Körper.

Schon habe ich Panik, mein Herz stottert in meiner Brust, ich zittere am ganzen Körper. Meine Hände sind klamm und kalt, und ich spüre das kranke Gefühl des Versinkens, das ich in unseren Tauchkursen immer ertragen musste, sobald wir abtauchten – tief hinunter auf den Grund des Beckens, während die schimmernde Wasseroberfläche über mir verblasste und schließlich unerreichbar weit weg war.

Ich weiß nicht, was ich tue.

Ich habe meinen Nordstern nicht mehr.

Dean nimmt mein Gesicht zwischen seine beiden Hände. Er hält mich fest und zwingt mich, ihm direkt in die Augen zu sehen. Dort leuchtet eine Art Wahnsinn. Ich fühle mich, als würde ich darin versinken und jede Kontrolle verlieren.

Er küsst mich heftig. Er beißt mir auf die Lippen, saugt mir den Atem aus der Lunge. Ich stehe da und lasse es mit mir geschehen.

Er reißt meine Bluse auf, die Knöpfe klirren auf den Steinboden und rollen in alle Richtungen davon. Dann schnappt er sich meinen BH und reißt ihn ebenfalls auf, sodass meine Brüste in der kühlen Luft heraushüpfen.

Ich gebe ein Geräusch von mir, das zwischen einem Keuchen und einem Schluchzen liegt.

Dean drückt mich auf die Matratze, wobei die abrupte Bewegung eine der Kerzen auslöscht, sodass der Raum beinahe dunkel ist und nur von einer schwachen Flamme erhellt wird.

Er küsst mich und reibt sich an mir, drückt mich nach unten, und mein Körper versinkt in der Matratze wie in Treibsand, sodass ich kaum atmen, geschweige denn mich bewegen kann.

Ich spüre, wie sein Schwanz, härter als Eisen, sich gegen meinen Oberschenkel presst, nur mit seiner Hose zwischen uns, denn mein Rock hat sich bereits um meine Taille gewickelt.

Er wird heute Abend nicht aufhören, das weiß ich jetzt schon.

Ich weiß, er hat sich die ganze Zeit kaum zurückhalten können.

Wenn ich will, dass das aufhört, muss ich es ihm nun sagen.

»Dean …«, beginne ich, aber er legt seine Hand über meinen Mund.

»Nicht«, knurrt er.

Er schiebt seine andere Hand vorne in meine Unterwäsche und fängt wieder an, mich zu reiben. Er versucht, mich zu zwingen, sein Erregungsniveau zu erreichen, versucht, mich durch schieren körperlichen Zwang dazu zu bringen, das zu tun, was er von mir will.

Es fühlt sich gut an. Ob ich es will oder nicht, es tut es.

Doch es macht mich nicht glücklich. Stattdessen erfüllt es mich mit einer Art von kranker, sinkender Panik. Ich fühle mich gefangen und verzweifelt. Ich weiß, was Dean vorhat. Er will mich. Er denkt, wenn er meinen Körper nimmt, gehören ihm auch mein Herz und meine Seele.

Aber sie gehören bereits jemand anderem. Ich habe versucht, es zu ignorieren, es zu verleugnen, es sogar zu ersticken. Es hat nicht funktioniert. Und das wird es auch nie.

Ich bin mit Leo aufgewachsen. Er hat mich jeden Tag meines Lebens geprägt. Ich habe nie gelernt, jemanden außer ihn zu lieben.

Ich reiße Deans Hand von meinem Mund weg.

»Ich kann das nicht tun, Dean«, sage ich unter Tränen. »Ich liebe ihn immer noch. Ich habe versucht, es zu stoppen, ehrlich, ich habe es jeden Tag versucht. Aber es geht nicht. Ich kann nicht aufhören.«

Er schaut mir ins Gesicht, und ich sehe, wie sein Kiefer arbeitet und seine Oberlippe zuckt. Ein Karussell der Gefühle wirbelt über sein Gesicht.

Ich erwarte, dass er wütend auf mich wird. Oder mich wieder küsst.

Ich hätte nie erraten können, was er als Nächstes tut.

Er rollt mich auf sich, sodass ich rittlings auf ihm sitze. Dann bläst er die letzte Kerze aus und stürzt uns in die Dunkelheit. Alles, was ich höre, ist der tiefe, eindringliche Takt der Musik und mein eigenes Herzklopfen.

»Stell dir vor, ich bin er«, sagt Dean.

»W…was?«

»Tu so, als wäre ich er«, wiederholt er. Seine Stimme ist tief und eindringlich. »Ich will dich, Anna. Ich brauche dich. Wenn du ihn nicht vergessen kannst, dann vergiss ihn nicht. Stell ihn dir vor, während du mich fickst. Stell dir vor, dass er es ist, den du reitest. Ruf seinen Namen, während du auf meinem Schwanz kommst. Das ist mir scheißegal, solange ich dich habe.«

Es ist verrückt.

Und dennoch … bin ich in Versuchung.

Diese Sehnsucht habe ich schon so lange in mir. Ich kann das nicht abstellen, und ich kann nichts dagegen tun.

Wenn ich tue, was Dean verlangt, habe ich wenigstens einen Moment der Erleichterung.

Wer weiß, vielleicht ist es das, was ich brauche, um diese Fixierung ein für alle Mal loszulassen …

Ich beuge mich vor, um Dean zu küssen. Meine nackten Brüste drücken gegen seine warme, harte Brust.

Bevor sich unsere Münder treffen können, rieche ich den sauberen Duft seiner Haut. Er riecht frisch und angenehm. Aber es ist nicht Leo.

Ich springe von ihm hoch, als ob ich einen Stromschlag bekommen hätte.

Ich renne zur Tür und halte nicht einmal an, um in der Dunkelheit nach meinen Klamotten zu suchen.

»Warte!«, ruft Dean hinter mir her.

Doch das tue ich nicht, nicht mal eine Sekunde lang.

Kapitel 22

Leo

Ich mache mir Sorgen um Anna.

Sie sieht nicht gut aus. Sie scheint in sich zusammenzufallen wie ein Stern, der vom Himmel fällt. Sie wird noch stiller als sonst im Kurs. Keine Andeutung eines Lächelns auf ihrem Gesicht.

Womöglich hat sie ja mit Dean Schluss gemacht. Ich habe sie nicht mehr gemeinsam beim Mittagessen sitzen oder zusammen über das Gelände laufen sehen.

Zugegeben: Ich habe Anna kaum gesehen, weil sie in dem Moment zu verschwinden scheint, in dem der Unterricht zu Ende geht, und sie muss zu untypischen Zeiten essen, denn ich habe sie auch nicht in der Mensa gesehen.

Es ist mir zu peinlich, ihre Freundinnen zu fragen. Sie wissen vielleicht sowieso nicht, was los ist. Anna war schon immer zurückhaltend, was ihr Liebesleben angeht.

Der Hauptgrund, warum ich denke, dass Anna sich von Dean getrennt haben könnte, ist, weil Dean schlechte Laune hat. Ich sah, wie er Bram beim Frühstück anschnauzte, bis zu dem Punkt, an dem sich die beiden fast geprügelt hätten, und am nächsten Tag waren seine Knöchel geschwollen und geprellt, da er auf einen Sandsack eingeschlagen hatte.

Er stapft auf dem Campus herum und hofft, dass jemand dumm genug ist, sich mit ihm anzulegen.

Vor ein paar Monaten hätte ich wahrscheinlich die Gelegenheit ergriffen, genau das zu tun. Doch ich bin nicht mehr so daran interessiert, mich mit ihm zu streiten.

Was ich will, ist, mit Anna zu reden. Ich möchte mit ihr so reden, wie wir es früher getan haben – als wir uns perfekt verstanden und alles auf der Welt wie ein Witz für uns beide erschien, den nur wir verstehen konnten.

Es ist schwer, sie zu finden, denn sie scheint mich zu meiden. Oder vielleicht geht sie jedem aus dem Weg.

Dieses Semester haben wir nicht so viele Kurse zusammen. Und die Vorbereitungen dafür werden immer schwieriger. Ich muss mehrere Stunden pro Tag für die Hausaufgaben aufwenden.

Wir sind zur selben Zeit im Schießtraining, aber es kann nicht viel gesprochen werden, weil wir alle Ohren- und Augenschutz tragen und auf Ziele schießen. Der Kurs *Psychologische Befragung* hat zugewiesene Sitzplätze, und wir sind auf gegenüberliegenden Seiten des Raumes. Also habe ich wahrscheinlich während Chemie die besten Chancen, mit ihr zu sprechen.

Unser Chemieunterricht ist eher wie ein Labor. Letztes Semester haben wir uns mit nicht nachweisbaren Giften beschäftigt. Dieses Semester sind wir zu den Sprengstoffen übergegangen.

Die Pulte sind rechteckige Tische, an die jeweils zwei Personen passen. Normalerweise sitzt Anna bei Zoe, aber Zoe ist der Grippe zum Opfer gefallen, die in Kingmakers umgeht. Daher nutze ich die Gelegenheit und schlüpfe auf den Platz neben Anna, während Professor Lyons noch eine Zutatenliste an die Tafel schreibt.

Anna erschrickt, als ich mich neben sie setze, und ich sehe, wie sich ihre Hand in ihrem Schoß verkrampft.

»Hey«, sage ich.

»Hallo«, murmelt sie.

»Ist Zoe immer noch krank?«

Das ist eine dumme Frage. Ich wusste schon, dass sie krank ist, bevor ich mich hingesetzt habe, denn ich hatte Chay diese Frage bereits beim Frühstück gestellt.

»Ja«, sagt Anna. »Ich glaube, mich erwischt es vielleicht auch. Ich habe total Kopfweh.«

Sie drückt die Hand an ihre Schläfe und versucht, die Kopfschmerzen zu lindern, die unter der Haut zu pochen scheinen.

»Die haben bestimmt Aspirin auf der Krankenstation«, sage ich dümmlich.

»Wahrscheinlich«, stimmt mir Anna zu.

Ich hätte ihr anbieten sollen, ihr welche zu besorgen. Zu spät – Professor Lyons fängt schon mit dem Kurs an, und ich habe diese kostbaren Momente damit verschwendet, über Zoe und verdammtes Aspirin zu reden.

Nun müssen wir bloß noch hier sitzen und zuhören, während ich mir Annas schlanker Gestalt neben mir schmerzlich bewusst bin, der Strähne ihres Haares, die meinen Arm kitzelt, und des leisen Luftzugs, der über meine Fingerknöchel streicht, wenn sie einen Seufzer ausstößt.

Der Kurs scheint endlos zu sein. Ich möchte Anna anschauen, nicht den Professor, doch ich kann meinen Kopf nicht drehen, ohne dass sie es merkt – nicht, wenn wir so nebeneinandersitzen.

Sie macht sich keine Notizen, wie sie es sonst tut. Ihr Notizbuch liegt zugeklappt vor ihr, ihre Stifte liegen unangetastet daneben.

Ihr schwarzer Nagellack ist abgeplatzt, was ungewöhnlich für Anna ist, denn sie achtet auf ihr Äußeres. Sie muss wirklich krank sein. Oder traurig wegen Dean.

Mein Magen zieht sich schmerzhaft zusammen.

Als der Kurs endlich zu Ende ist, platze ich heraus: »Was hast du als Nächstes?«

»Verträge und Verhandlungen«, sagt Anna.

»Ich bringe dich hin.«

Ihre blauen Augen huschen zu meinem Gesicht hinauf, und für einen Moment spüre ich einen Hauch dieses alten Funkens, dieser Verbindung zwischen uns.

»In Ordnung«, sagt sie.

Wir steigen die lange, spiralförmige Treppe am Südende des Wehrturmes hinunter und gehen dann in die Februarsonne hinaus. Draußen ist es immer noch kühl, aber man kann den ersten Hauch von Frühling in der Luft riechen – das frische Gras, das auf den Wiesen wächst, und bauschige weiße Wolken am Himmel, die aufheiternder sind als der dicke graue Nebel, den wir den ganzen Januar über hatten.

Der Wind scheint Anna an das letzte Mal zu erinnern, als wir miteinander sprachen. Sie sagt: »Ich habe dir deinen Pullover nie zurückgegeben.«

»Das ist in Ordnung«, sage ich. »Ich habe drei.«

»Es war nett von dir, ihn mir zu leihen«, meint Anna. Der unausgesprochene Teil ihres Satzes ist: *wenn man bedenkt, dass wir kaum noch Freunde sind.*

Meine Brust schmerzt, und ich frage mich, wie ich dieses Gespräch am Laufen halten kann, ohne es irgendwie zu versauen. Früher habe ich mir nie Gedanken darüber gemacht, was ich zu Anna sage. Jetzt scheine ich nur noch Fehler zu machen.

»Kein Problem«, sage ich.

Falsch. Das war falsch. Es hörte sich so an, als wäre es mir egal, ihr den Pullover zu geben, als hätte ich es für jeden getan. Es nahm der Geste die Bedeutung und ließ es so aussehen, als ob keine Emotion dahintersteckte. Obwohl die Wahrheit ist, dass ich gezwungen war, ihr zu helfen. Ich kann es nicht ertragen, Anna zitternd oder frierend oder in irgendeiner Weise unglücklich zu sehen.

Mit einem leichten Stirnrunzeln wechselt sie das Thema. »Der nächste Wettkampf steht an.«

»Nur noch eine Woche.«

»Bist du aufgeregt?«

Anna spricht von dem alten Leo, der den Wettbewerb mehr als alles andere liebte. Ich spüre immer noch etwas von dieser Vorfreude. Aber ich bin nicht annähernd so übermütig, wie ich es früher war. Inzwischen bin ich lange genug in Kingmakers, um zu verstehen, wie brillant, rücksichtslos und erfahren die älteren Studierenden sind, wie viel sie in den drei Jahren gelernt haben, in denen sie hier waren, während ich nicht hier war.

»Ich wünschte, wir wüssten vorher, wie die Wettkämpfe aussehen werden«, sage ich. »Es ist schwer, sich vorzubereiten.«

»Du warst schon immer gut darin, spontane Entscheidungen zu treffen«, entgegnet Anna.

Ich höre einen Hauch ihres alten Vertrauens in mich. Es gibt mir ein warmes Glühen, es beflügelt mich mehr, als alles andere es könnte.

Ermutigt atme ich tief durch und frage sie: »Geht es dir gut, Anna?«

Sie wirft mir einen kurzen Blick zu. »Natürlich«, sagt sie. »Warum sollte es nicht?«

»Ich dachte, vielleicht ist etwas mit dir und Dean passiert.«

Schweigend geht sie neben mir her. Wir haben fast die Kreuzung erreicht, an der sich unsere Wege zum nächsten Kurs trennen werden. Jetzt oder nie.

»Seid ihr noch zusammen?«

Sie dreht sich zu mir um. Ihr Gesichtsausdruck ist unmöglich zu deuten. »Warum fragst du?«

Ich fühle mich, als würde ich auf einem dünnen Seil über einem Abgrund balancieren. Wie steuere ich das? Wie sage ich die richtigen Dinge?

»Ich … ich wollte mich nur entschuldigen«, sage ich. »Dafür, dass ich versucht habe, dir vorzuschreiben, mit wem du ausgehen sollst. Es ist natürlich deine Entscheidung, ob du mit Dean ausgehen willst. Ich hatte kein Recht, dir zu befehlen, es nicht zu tun.«

Anna blickt zu mir auf. »Du freust dich also für mich«, sagt sie tonlos.

Nein. Nein, das tue ich natürlich nicht, verdammt! Ich werde nie glücklich sein, solange Anna mit jemand anderem zusammen ist.

Aber sie gehört mir nicht. Ich dachte, sie würde es. Ich war wie ein Kind mit einem Spielzeug – sorglos und dumm. Bis ich sie verlor.

»Ja«, lüge ich. »Ich freue mich für dich.«

Ich weiß nicht, ob ich Anna schon mal angelogen habe. Es fühlt sich nicht gut an, als es aus meinem Mund kommt. In der Tat fühlt es sich total schrecklich an.

Anna betrachtet mich mit einem Blick, den ich nicht deuten kann. Vielleicht ist es Traurigkeit. Vielleicht ist es Verachtung.

Ohne zu antworten, dreht sie sich um und geht weg.

Ich weiß, dass ich es wieder einmal versaut habe. Doch ich habe keine Ahnung, wie ich damit aufhören kann.

Kapitel 23

Dean

Anna verschwindet für mehrere Tage vom Unterricht.

Seit der Nacht im Eishaus hat sie kaum mit mir gesprochen.

Ich bin zu gleichen Teilen wütend auf sie und verzweifelt, sie zu sehen.

Nach dem Kampfunterricht schleiche ich mich in ihr Wohnheim und plane, wieder in ihr Zimmer einzubrechen. Bevor ich auch nur eine Hand an ihre Tür lege, reißt sie jemand von innen auf, und ich sehe Chay Wagner vor mir.

»Sie ist krank und will nicht mit dir reden«, erklärt sie mir.

»Lass mich rein«, sage ich und versuche, mich an ihr vorbeizudrängen.

Chay versperrt mir den Weg und hält die Tür größtenteils geschlossen, sodass ich nicht einmal sehen kann, ob Anna tatsächlich im Bett liegt oder ob sie überhaupt da ist.

»Geh aus dem Weg«, knurre ich sie an.

»Wie wär's, wenn du aus unserem Wohnheim verschwindest, bevor ich nach Pippa rufe?«, erwidert Chay. »Du darfst nicht hier oben sein.«

Wahrscheinlich ist es eine leere Drohung. Pippa Portnoy ist bestimmt gerade selbst im Unterricht, aber ich möchte mich nicht mit der bekanntermaßen bösartigen älteren Studentin anlegen, die nicht zögern würde, mich zu melden, wenn ich sie verärgern würde – oder ein noch unangenehmeres Zusammentreffen mit einem ihrer vielen Lakaien zu arrangieren.

»Anna!«, versuche ich über Chays Schulter zu rufen.

Chay schaut mich bloß finster an und sagt: »Ihr seid nicht mehr zusammen. Finde dich damit ab«, und knallt mir die Tür vor der Nase zu.

Technisch gesehen können Anna und ich uns nicht trennen, weil wir technisch gesehen nie ein Paar waren.

Aber das ist irrelevant.

Ich habe Anna sofort für mich beansprucht, als ich sie sah.

Ich dachte, sie würde zu Leo zurücklaufen, sobald sie aus dem Eishaus geflohen war. Doch das hat sie nicht getan – zumindest noch nicht.

Ich habe ein paar Theorien, warum das so ist.

Erstens: Obwohl sie es nie zugeben würde, weiß ich, dass es Anna tief getroffen hat, als sie sah, wie Leo einen Blowjob von Gemma Rossi bekam. Seitdem streuen die fortwährende Anwesenheit von Gemma und ihr offensichtliches Interesse an Leo nur noch mehr Salz in ihre Wunde. Ich habe gesehen, wie Anna sich konsequent weigerte, eine der beiden anzusehen, wenn wir alle zusammen im Kurs waren. Sie geht Gemmas ganzer Gruppe von Spionen aus dem Weg – zum Glück für mich, denn diese neugierige Rothaarige Shannon Kelly ist die einzige Person, die möglicherweise einen Verdacht haben könnte, was in dieser Nacht wirklich passiert ist. Gemma hat offensichtlich keine Ahnung und Leo anscheinend auch nicht – er denkt einfach, er war betrunken und hat eine schlechte Wahl getroffen.

Anna mag immer noch an Leo hängen, aber sie hat auch ihren Groll von der Party nicht aufgegeben. Mein kleiner Plan war erfolgreicher, als ich es mir je hätte träumen lassen.

Ich nehme an, es war nicht das erste Mal, dass Leo mit irgendeinem beliebigen Mädchen herumgefickt hat, doch soweit ich weiß, war es das erste Mal, dass es hier, in Kingmakers, passiert ist – und offenbar bedeutet das Anna etwas. Sie muss gedacht haben, dass die Dinge anders sein würden, wenn sie zusammen aufs College gehen würden.

Vielleicht hätte sie ihm verziehen, wenn Leo gebettelt hätte und angekrochen wäre. Soweit ich weiß, hat er das nie getan. Er ist wahrscheinlich zu stolz, der verdammte Idiot. Oder er wusste, dass es nicht klappen würde.

Anna ist intensiv. Sie liebt stark und hasst noch stärker. Das ist genau das, was ich an ihr mag. Ich möchte, dass sie diese ganze unverdiente Zuneigung zu Leo auf mich überträgt. Bei all dem Vergnügen, das ich mit Anna hatte – ihre Hand zu halten, mit ihr spazieren zu gehen, mit ihr zu reden, diese seidige Haut und diese vollen Lippen zu berühren –, habe ich bisher kaum einen Schluck aus diesem Becher getrunken. Ich möchte sie bis auf den Grund austrinken. Ich will alles von ihr, jedes letzte bisschen – und nicht ein Stückchen für Leo übrig lassen.

Allerdings habe ich einen Fehler gemacht, als ich sie endlich allein hatte.

Ich war verzweifelt. Ich versuchte, alles zu tun, um sie zu entjungfern. Ich dachte, das würde sie mit mir verbinden, ob sie es wollte oder nicht.

Aber das war eine Fehlkalkulation.

Was ich tatsächlich tun muss, ist, sie vor die Wahl zu stellen. Ich muss ihr unbestreitbar zeigen, dass ich der tollere Typ bin. Klüger als Leo, stärker als er. Ich muss ihn demütigen und zerstören. Und wenn sie dann sieht, wie erbärmlich er wirklich ist, wird sie zu mir zurückkommen. Bereitwillig und bedingungslos.

Aus diesem Grund freue ich mich auf den zweiten Wettkampf im *Quartum bellum* fast so sehr wie Leo selbst.

Er denkt, es ist seine Chance auf Wiedergutmachung.

Ich weiß, dass er im Begriff ist, öffentlich und spektakulär zu scheitern.

Zumindest, wenn ich etwas dazu zu sagen habe.

***

Nachdem die Studierenden aus dem zweiten Jahrgang im ersten Wettkampf beschämend besiegt wurden, tritt der erste Jahrgang gegen den dritten und vierten an. Sie sind zuversichtlich, dass sie uns vernichten können. Aber es liegt ein gewisses Kribbeln in der Luft – die unangenehme Erkenntnis, dass dieser Wettbewerb nicht ganz so einseitig ist, wie sie gehofft hatten.

Damari Ragusa erzählt mir, dass es eine Allianz zwischen Calvin und Pippa gibt. Sie haben sich darauf geeinigt, Leo schnell zu erledigen, damit sie in der letzten Runde gegeneinander antreten können.

Das Problem ist, dass Calvin nicht wirklich den Weg für Pippa frei machen will, um ins Finale zu segeln. So arrogant er auch ist, er muss wissen, dass Pippa schlauer ist als er, und sie führt ihre Crew wie ein General. Sie wird Calvin benutzen, um Leo loszuwerden, und ihn dann in einem finalen Schlagabtausch abschlachten.

Ich weiß all diese Dinge. Ich frage mich, ob Leo sie auch weiß.

Ich sehe, wie er sich mit Ares und Hedeon verkriecht und Strategien schmiedet.

Obwohl er wegen des Verlusts von Anna Trübsal bläst, ist Leo immer noch der Liebling der meisten Neulinge. Durch seine Freundschaften mit Hedeon und Kenzo hat er die Londoner und die Yakuza dazu gebracht, begeistert mit ihm zu arbeiten. Die Pariser Bratwa scheinen ihn auch zu mögen, trotz der Tatsache, dass er Jules Turgenew im Feindesland zurückgelassen hat. Nur meine Crew verachtet ihn fast so sehr wie ich. Aber selbst sie spüren die Verlockung eines noch nie da gewesenen Sieges des ersten Jahrgangs.

»Meinst du, wir könnten Pippa schlagen? Wenn wir es bis zum Ende schaffen würden?«, fragt mich Bram eines Abends mit gespielter Lässigkeit.

»Nein«, sage ich unverblümt. »Und es spielt sowieso keine Rolle. Wir haben den ersten Wettkampf kaum überstanden. Den zweiten werden wir nicht gewinnen.«

Das Wetter scheint mit mir übereinzustimmen. Am Morgen des zweiten Wettkampfes blitzt es, und es regnet in Strömen. Die Felder rund um Kingmakers sind durchnässt und schlammig, als wir unsere Plätze an den drei Spitzen eines dreieckigen Spielfelds einnehmen, das mit verschwimmender Sprühfarbe markiert ist.

Wir tragen alle Westen mit unseren Jahrgangsfarben – weiß für den ersten, grün für den dritten und schwarz für den vierten.

Ich blinzle über das Feld und sehe Calvin Caccia, der zu uns zurückstarrt. Sein Haar ist vom Regen platt auf den Schädel gedrückt, seine graue Sportkleidung ist bereits durchnässt und klebt an seinem massigen Körper.

Pippas Team sieht noch einschüchternder aus. Die anderen aus ihrem Team sind im Durchschnitt deutlich größer als wir – und muskulöser. Pippa steht vor ihnen, die Kleinste im Bunde, aber die Beunruhigendste. Mit ihrem dunklen, vom Wind zerzausten Haar sieht sie aus wie eine Hexe, die eine Armee von Riesen befehligt.

Ich beobachte Leo und versuche, seine Stimmung einzuschätzen. Er läuft hin und her – nicht nervös, sondern in stürmischen Schritten wie ein Tier. Er ist seinem Vater wie aus dem Gesicht geschnitten. Ich sehe nichts von meiner Tante in ihm.

Ich weiß, wie Sebastian Gallo aussieht – er ist nicht darauf bedacht, seine Bilder online zu löschen. Nicht wie mein Vater. Man kann nirgendwo ein Bild von Adrian Yenin finden, nicht einmal in unserem eigenen Haus. Früher stand ein Hochzeitsfoto auf unserem Kaminsims. Meine Mutter war damals eine hübsche, schlanke Frau und lachte in ihrem kurzen Fifties-Hochzeitskleid in die Kamera. Mein Vater lächelte ebenfalls und wandte ihr das Gesicht zu, sodass nur die schöne Seite von ihm zu sehen war.

Ich glaube, er hat das Foto verbrannt, nachdem sie uns verlassen hat.

Man sollte meinen, er hätte Angst vor Feuer, aber das hat er nicht. Er ist eher davon fasziniert. Ich habe gesehen, wie er viele Aufnahmen von sich selbst aus seinen jüngeren Jahren verbrannt hat, wobei er die Flammen beide Seiten seines Gesichts einnehmen ließ.

Der Regen prasselt auf meinen Kopf. Mein Gewehr hängt an einem Riemen über meiner Schulter.

Professor Howell hat die Regeln des zweiten Wettkampfes bereits erläutert.

Jedes Team hat eine Bombe. Keine echte Bombe – es ist eine Metallkugel, die durch eine Zuglasche ausgelöst wird und mit Farbe geladen ist. Auch unsere Gewehre sind nur Paintball-Pistolen. Aber nicht die übliche Art von Kügelchen. Diese Geschosse haben die Größe eines Hühnereis und tun verdammt weh. Sie sind ähnlich den Gummigeschossen, die auf Randalierer geschossen werden. Ein direkter Schuss könnte leicht eine Rippe brechen und wird sicherlich einen Bluterguss verursachen, der größer ist als eine Faust.

Anders als im ersten Wettkampf bedeutet ein Treffer nicht, dass man ausgeschieden ist. Man kann weitermachen, wenn man dazu in der Lage ist. Doch ein Schuss auf die falsche Stelle – zum Beispiel auf die Hoden – wird einen ziemlich schnell außer Gefecht setzen.

Ich würde Leo direkt ins Auge schießen, wenn wir keine Schutzbrille tragen würden. Im Regen nützt sie nicht viel. Mit meiner kann ich kaum etwas sehen, und dabei ist sie noch nicht einmal vom Laufen beschlagen.

Das Ziel ist einfach: Bringe die Bombe in eine der gegenüberliegenden Ecken und lasse sie dort explodieren. Die ersten beiden Teams, denen das gelingt, sind die Gewinner.

Leo murmelt Befehle zu unserem Team und legt seine Strategie fest. Es klingt so, als wolle er eine Speerspitze bilden, um die Bombe in die Ecke des dritten Jahrgangs zu bringen.

»Warum der dritte Jahrgang?«, fragt Hedeon. »Sollten wir nicht warten, um zu sehen, welche Seite einfacher ist?«

»Das *wird* das leichtere Ziel sein«, sagt Leo mit großer Zuversicht.

Hedeon nickt und schließt sich der offensichtlichen Vermutung an, dass der vierte Jahrgang schwerer zu überwinden sein wird.

Ich bin mir nicht so sicher, ob er recht hat. Pippa Portnoy ist verdammt aggressiv. Geschwindigkeit und Einschüchterung sind ihre Lieblingswaffen. Ich denke, es besteht eine gute Chance, dass sie wieder versuchen wird, uns zu stürmen, wie sie es beim vorherigen Wettkampf getan hat.

»Sobald wir durch sind, wird sich unser kleines Team aufteilen«, erklärt Leo. »Ich brauche die schnellsten Läufer, die bei mir bleiben. Erik, Kenzo und Thomas, ihr bleibt ganz vorne. Hedeon und Silas, ihr flankiert uns und überrennt ihre Verteidiger, wenn es sein muss. Ich will, dass die besten Fernschützen hinter uns bleiben – Chay, das bist auf jeden Fall du. Warum nimmst du nicht Anna, Ares und Zoe mit? Ich weiß, dass ihr alle gut zusammenarbeitet.«

Anna nickt Leo kurz zu, sagt aber nichts. Ihre blasse Haut wirkt im Regen fast transparent, und das Blumen-Tattoo auf ihrem Unterarm sticht wie ein Brandzeichen hervor. Sie weigert sich hartnäckig, mir in die Augen zu sehen, obwohl ich genau weiß, dass sie spürt, dass ich sie beobachte.

»Wir kümmern uns darum«, sagt Ares zu Leo. Er hat die Arme um sich geschlungen, weil er trotz des Regens nur ein dünnes weißes T-Shirt trägt, keinen Pullover. Wahrscheinlich, weil er sich die Hälfte der Sachen, die er hierher mitbringen sollte, nicht leisten kann. Er mag aus einer der Gründerfamilien stammen, aber heutzutage sind die Cirillos eine Blamage. Es kotzt mich an, dass sein Name immer noch so viel Einfluss hat, obwohl er ein verdammter Bettler ist – während ich zwei Jahre meines Lebens opfern musste, um überhaupt auf dieses College zu kommen.

»Dean, Bram, Valon«, sagt Leo und starrt mich mit einem direkten Blick an, »bleibt mit euren Leuten hier zur Verteidigung und schaltet die Angreifer aus. Jules und der Rest der Pariser werden als Scharfschützen an den Rändern agieren. Denkt daran, innerhalb der Linien zu bleiben.«

Er denkt, wenn er die Pariser Bratwa bei uns lässt, wird das sicherstellen, dass wir die Angreifer nicht zu leicht durchlassen. Die Mafia-Ehre schreibt vor, dass man die Befehle des Bosses befolgt, unabhängig von der eigenen Meinung oder den eigenen Gefühlen in dieser Sache. Auch wenn man sich diesen speziellen Boss nicht ausgesucht hat. Selbst wenn man ihn abgrundtief hasst.

Ich würde gern mein ganzes Magazin in Leos Rücken feuern, sobald er sich umdreht.

Aber ich kann nicht riskieren, dass jemand sieht, wie ich das Team sabotiere. Zum einen wollen die meisten der Neulinge wirklich gewinnen. Sogar die Bratwa und Penose, die keine Sympathie für Leo haben.

Das andere Problem ist, dass Yenin seinem Namen im Moment nicht gerade alle Ehre macht. Mein Großvater war beim KGB, bevor er zur Bratwa kam. Und was Leo auf dem Schiff sagte, war größtenteils wahr – mein Großvater brach seinen Blutschwur mit den Gallos. Das ist ein schweres Vergehen. Eines, das dafür gesorgt hätte, dass er bis zu seinem Todestag von den anderen Mafia-Familien gemieden worden wäre, wenn dieser Tag nicht so schnell gekommen wäre.

Der Teil, den Leo vergessen will, ist, dass seine Familie es verdammt noch mal verdient hat. Sie haben gelogen, gemordet und uns jahrelang bestohlen. Sie haben gegen jede Regel unseres Volkes verstoßen, auch als Sebastian Gallo die einzige Tochter meines Großvaters geschändet hat. Also haben sie es verdient.

Aber es ist immer noch ein schwarzer Fleck auf meinem Namen. Ich will meinen Ruf in Kingmakers wiederherstellen. Und mich nicht wieder als Verräter zeigen.

Was jedoch nicht heißt, dass ich Leo zum Sieg verhelfen werde.

Ich werde das absolute Minimum tun, mit dem ich davonkommen kann.

Und wenn sich mir die Chance bieten sollte, ihm heimlich in den Rücken zu fallen, ohne dass es jemand merkt, werde ich sie auf jeden Fall nutzen.

Leo starrt immer noch auf Bram und mich und wartet auf eine Antwort.

Bram grunzt seine widerstrebende Zustimmung.

Ich schenke ihm nur ein halbes Lächeln, das alles Mögliche bedeuten könnte. Leo sieht mich finster an und wendet sich ab, die Bombe wie einen Fußball unter dem Arm geklemmt.

Alle drei Teams kauern in ihren jeweiligen Ecken. Unsere durchnässten Turnschuhe machen ein quietschendes Geräusch.

Professor Howell steht in der Mitte des Dreiecks, die Startpistole in den wolkenverhangenen Himmel erhoben. Die Regentropfen zerspringen, als sie auf die unnachgiebige

Oberfläche seines Ponchos treffen, und seine Pistole sieht glatt und glänzend aus. Er feuert ab und signalisiert damit den Beginn des Wettkampfes.

Sofort stürmen fast alle Studierenden des vierten Jahrgangs und ein Drittel des dritten Jahrgangs auf unsere Ecke zu. Offensichtlich haben sie sich im Vorfeld abgesprochen und planen, uns auszuschalten, bevor sie sich gegenseitig angreifen.

Ich nehme an, dass Pippa zustimmen musste, den Großteil ihrer Streitkräfte loszuschicken und Calvin zu erlauben, die meisten seiner Leute in der Verteidigung zu behalten, weil er ihr sonst nicht vertrauen würde. Das ist egal – wenn sie zusammenarbeiten, werden sie uns überrennen.

Sie kommen in der Mitte des Dreiecks zusammen, stürmen in einer Gruppe auf uns zu und planen, uns mit ihrer überlegenen Größe und Anzahl zu überwältigen.

»Rückt zusammen!«, brüllt Leo und ruft seiner Gruppe von Neulingen zu, Schulter an Schulter zu stehen.

Anstatt der Versuchung nachzugeben, auf die anderen Teams zuzurennen, befiehlt Leo seinem Team, dicht gedrängt die Stellung zu halten.

»Zielen und feuern!«, ruft er.

Die Studierenden an der Spitze beginnen, auf die heranstürmenden Gegner zu feuern. Da die Angreifer rennen und die Neulinge nicht, kann Leos Team besser zielen. Und da sie in einer engen Formation stehen, können die Studierenden aus dem dritten und vierten Jahrgang nur auf die Neulinge an der Außenseite der Gruppe schießen.

Leo hat einige seiner besten Scharfschützen direkt an der Spitze der Linie positioniert. Im Tandem mit seinen Scharfschützen richten sie bei unseren Angreifern Verwüstung an. Die Geschosse treffen ihre Brust, Gliedmaßen und sogar ihre Gesichter und hinterlassen grelle Spritzer knallroter Farbe, die sich mit dem Regen vermischt und herunterläuft.

Unmerklich ziehen sich Pippas Leute zurück, sodass die Studierenden aus dem dritten Jahrgang die Hauptlast der Schläge einstecken müssen. Ein Dutzend von ihnen stolpert und fällt, der Rest schwankt und blickt zu Calvin, um auf Anweisungen zu warten.

»Macht weiter, ihr verdammten Idioten!«, schreit er.

Er hält seine Bombe in den Händen und sieht aus, als wolle er sie in unserer Ecke platzieren. Aber ich bemerke, dass Liam Murphy, Pippas rechte Hand, ebenfalls ihre Bombe trägt. Ich habe den heimlichen Verdacht, dass Pippa dafür sorgen wird, ihre Bombe zuerst zu zünden – egal, was sonst passieren könnte.

Natürlich gibt Pippa einen scharfen Pfiff von sich, und ihre Leute teilen sich auf und versuchen, Leos Verteidigung zu flankieren. Leo nutzt die Gelegenheit und stürmt direkt durch die Mitte. Seine Gruppe bleibt eng und schnell, mit Leo an der Spitze, die Bombe schützend unter seinem Sweatshirt, um sie vor dem Regen zu bewahren.

Ich erwarte, dass Leo versucht, das Feld zur Seite von Pippas Ecke zu überqueren – es ist kaum bewacht. Aber Pippa achtet darauf, ihn in die andere Richtung zur Ecke des dritten Jahrgangs zu drängen.

Was eine dumme Idee ist. Leo wird es auf keinen Fall schaffen. Ich erwarte, dass er umdreht, auch wenn er eine größere Strecke zurücklegen muss. Stattdessen sprintet er weiter direkt auf die Ecke des dritten Jahrgangs zu und denkt, er könne sich einen Weg hindurchbahnen.

Als Leo das Mittelfeld passiert, spaltet sich der hintere Teil seiner Verteidigung ab, drängt sich zusammen und hebt die Gewehre, um Leo Deckung zu geben. Ich sehe Anna, Ares, Chay und Zoe weit weg auf dem Spielfeld, die versuchen, eine Lücke für Leo frei zu machen. Sie sind nicht in der richtigen Position und können nicht viel ausrichten.

Leo stürmt mit seinen verbliebenen Soldaten vorwärts, duckt sich, weicht aus und versucht, so viele der verteidigenden Studierenden wie möglich zu umgehen. Es klappt nicht. Leo wird immer wieder von Geschossen in Brust und Beine getroffen, fast alle Schüsse zielen auf ihn, während sein Team das Beste gibt, so viele Wachen wie möglich zu beschießen und auszuschalten.

In der Zwischenzeit greifen die Teams von Pippa und Calvin immer noch unsere Ecke an. Ich schieße auf ein paar ankommende Studierende, nur um zu sehen, wie sie zusammenzucken und taumeln, als die übergroßen Geschosse explodieren und ihre Hemden mit grellen scharlachroten Spritzern besudeln.

Da ich mir keine Feinde unter den älteren Studierenden machen will, halte ich mich vom vierten Jahrgang fern. Ich bin vollkommen zufrieden damit, Pippa ihre Bombe legen zu lassen. Wenn niemand zusieht, würde ich ihr sogar selbst helfen, den Stift zu ziehen.

Ich kann sehen, wie sie sich heimlich an der Seitenlinie entlangschleicht, direkt hinter Liam. Calvin Caccia pflügt durch die Mitte, weil er denkt, dass er freie Bahn auf unsere Ecke hat. Wie Leo trägt Calvin die Bombe selbst, aber er ist nicht bereit, Schüsse von unseren Verteidigern abzukriegen. Aus diesem Grund kommt er langsamer voran, da er gezwungen ist, sich in der Mitte seiner eigenen Verteidiger zu halten. Dennoch rückt er stetig in einer geraden Linie auf uns zu.

Ich feuere weiter, nur so zum Schein, und ziele kaum. Es ist mir völlig egal, ob Calvin oder Pippa zuerst ihre Bombe zünden. Alles, was ich will, ist, dass Leo scheitert.

Ich behalte ihn im Auge, während er seinen verrückten, verzweifelten Angriff auf die Ecke des dritten Jahrgangs fortsetzt. Er wird immer wieder in die Schulter, in den Oberschenkel, dann direkt in den Bauch getroffen. Er krümmt sich, stolpert, fällt beinahe. Als er einen Schuss in sein rechtes Bein kurz oberhalb des Knies bekommt, fällt er tatsächlich. Die Studierenden des dritten Jahrgangs lachen und verhöhnen ihn. Sie haben großes Vergnügen daran, auf diesen eingebildeten kleinen Scheißer zu schießen, der die Dreistigkeit besaß, zu glauben, er könne das ganze College besiegen. Sogar einige der wenigen Ältesten, die ihre eigene Ecke bewachen, sind näher herangekommen, damit sie zusehen können.

Leo rappelt sich noch einmal auf, aber er steht vor einer regelrechten Wand aus Gegnern. Es gibt keine Möglichkeit, dass er es tatsächlich bis zur Ecke schafft. Er sollte einfach aufgeben.

Mit einem Gebrüll stürmt er trotzdem auf sie zu. Sie heben ihre Gewehre und feuern ihre Geschosse massenhaft ab.

Das Sperrfeuer übertönt die Rufe von der anderen Seite des Spielfelds. Im strömenden Regen, den donnernden Gewehren und dem Johlen und Schreien merke ich nicht, was passiert. Bis ein hoher Schrei den Lärm durchbricht:

»Sie haben die Bombe!!!«

In Zeitlupe drehen wir uns alle zur Ecke des vierten Jahrgangs. Ares sprintet zu der Ecke, die Bombe unter einen Arm geklemmt. Anna, Chay und Zoe sind direkt hinter ihm und feuern auf die verbliebenen Verteidiger. Sie zielen auf die Hände der Gegner und treffen sie genau in die Finger, sodass sie ihre Gewehre fallen lassen, aufheulen und ihre mit Farbe bespritzten Hände schütteln.

Ungläubig blicke ich zu Leo Gallo zurück, der auf dem durchnässten Gras ausgestreckt liegt und fast von Kopf bis Fuß mit roter Farbe bedeckt ist. Er stöhnt und rollt sich auf den Rücken. Als er einen zusammengeknüllten Pullover unter seinem Hemd hervorzieht, grinst er.

Die letzten beiden vom vierten Jahrgang versuchen, Ares den Weg mit ihren Körpern zu versperren, aber selbst sie sind seiner Größe nicht gewachsen. Er stürmt durch sie hindurch und schultert sie mit solcher Wucht, dass sie aus dem Spielfeld fliegen. Er platziert die Bombe genau in der Ecke und zieht den Clip heraus. Sie bricht aus wie ein Vulkan und spuckt weiße Farbe in die Luft.

Calvin Caccia starrt Pippa Portnoy einen Moment lang dumm an, als ihm das Ausmaß seiner Situation bewusst wird. Erst jetzt wird ihm klar, warum Pippa zugestimmt hat, ihr Team loszuschicken und ihre Ecke ungeschützt zu lassen.

Beinahe alle aus dem dritten Jahrgang sind in ihrer eigenen Ecke gruppiert, während Pippas Team ausgeschwärmt ist. Calvin hat zwanzig Männer um sich, während Pippa fünfzig hat. Sie rennen auf uns zu wie schnelle, dunkle Schatten, und wir haben keine Chance. Es ist bereits eine unumstößliche Tatsache.

Der vierte Jahrgang lässt seine Bombe explodieren, die pechschwarze Farbe sichert ihnen den Einzug ins Finale. Calvin sieht zu, sein Gesicht ist vor Wut verzerrt.

Die Neulinge strömen über das Spielfeld und ziehen Leo vom Boden hoch, damit er zu Ares humpeln und sich den wilden Feierlichkeiten anschließen kann. Ihr Jubel ist doppelt so groß wie beim ersten Wettkampf. Der erste Sieg schien ein Zufall zu sein – dieser ist viel realer.

Sie klopfen sich gegenseitig auf den Rücken, und Leo zuckt jedes Mal zusammen, wenn er an seinem zerschundenen und ramponierten Fleisch berührt wird. Sie lachen und schreien, jeder Einzelne von ihnen.

Alle außer mir.

Ich beobachte stumm und regungslos, wie Leo und Anna sich langsam durch die Menge aufeinander zubewegen. Sie stehen sich gegenüber und schauen sich in die Gesichter, während der Regen härter denn je auf ihre Köpfe prasselt. Leo ist fast von Kopf bis Fuß mit tropfender roter Farbe bedeckt, Anna hat nur zwei helle Flecken auf dem Körper: einen auf dem Bizeps und einen auf der Hüfte.

Leo sagt etwas, und Anna antwortet. Ich bin zu weit weg, um sie zu hören oder gar von den Lippen zu lesen.

Aber ich sehe deutlich, wie Leo Anna fest in die Arme schließt und sie hochhebt.

Kapitel 24

Anna

Jede Dusche im Schloss ist in Gebrauch.

Chay und ich laufen zum Waffenlager hinunter, aber auch dort stehen die Mädchen zu zweit oder dritt unter einem Duschkopf und versuchen, die rote Farbe von ihrer Haut zu schrubben.

Unser Fleisch ist eine einzige Ansammlung aus Striemen, Schnitten und blauen Flecken. Die riesige lila Beule auf meinem Bizeps sieht aus, als würde etwas unter der Haut wachsen und wäre bereit, herauszubrechen. Meine Hüfte tut noch schlimmer weh. Ich humple herum wie eine Oma und frage mich, ob sie gebrochen sein könnte.

»Warum zum Teufel haben sie so massive Farbkugeln verwendet?«, frage ich Chay, während ich meinen Kopf mit Shampoo tränke und versuche, die getrockneten Farbreste in meinem Haar zu entfernen.

»Weil sie uns gern leiden sehen«, sagt Chay und streift ihren grauen Pullover ab, bei dem ein Ärmel fast abgerissen ist. »Hast du Erik gesehen? Er hat einen Treffer auf den Mund kassiert, und ihm fehlen zwei Zähne!«

»Leo war ein Wrack«, sage ich und schüttle den Kopf bei der Erinnerung an sein zerschrammtes Gesicht.

Er hatte ein blaues Auge, eine Beule auf der Stirn, eine aufgeplatzte Lippe, zwei klaffende Wunden auf seiner Wange und einen riesigen Bluterguss an der Seite seines Halses –

ganz zu schweigen von den Teilen, die von der Kleidung bedeckt waren. Trotzdem grinste er, als ich zu ihm hinüberlief.

»Ich weiß nicht«, sagt Chay verschmitzt. »Für mich sah er ziemlich glücklich aus, als er dich umarmt hat.«

Ich drehe mein Gesicht zum Duschstrahl, um sie nicht ansehen zu müssen.

Im Hochgefühl des Sieges verloren Leo und ich unsere ganze Unbeholfenheit. Ich rannte direkt auf ihn zu und rief: »Das war einfach der Hammer!«, und Leo erwiderte: »Ich wusste, dass du es schaffst.« Wir lächelten uns beide an, als wäre nie etwas Schlimmes passiert, als wären wir wieder alte Freunde. Und bevor einer von uns etwas sagen konnte, um es zu ruinieren, umarmte er mich fest. Sein Körper war wie ein Ofen im Vergleich zum eiskalten Regen.

Dann wurden wir von anderen Studierenden umschwärmt, und es blieb keine Zeit mehr für irgendetwas. Alles, was Leo tun konnte, war, schnell »Kommst du heute Abend zur Party?« zu rufen, und ich schrie »Ja!« zurück, obwohl ich nicht weiß, ob er mich gehört hat.

Ich hatte eigentlich nichts von einer Party gehört, aber ich wusste, dass es sicher eine geben würde. Seit zwanzig Jahren hat es der erste Jahrgang nicht mehr in die Endrunde des *Quartum bellum* geschafft. Wir wollen alle feiern.

»Hat Leo dir im Voraus gesagt, was er vorhat?«, fragt Chay mich.

»Er hat es Ares erzählt, dann hat Ares es mir erzählt, und ich habe es dir erzählt«, antworte ich. »Es musste echt aussehen, dass er auf die Ecke zusteuert. Alle mussten in die falsche Richtung schauen, sonst wäre es kein richtiges Ablenkungsmanöver gewesen.«

»Ich dachte, wir würden es nicht schaffen«, sagt Chay und schrubbt ihre Arme mit einem Schwamm. »Es hätte nicht geklappt, wenn Ares nicht so ein Ungeheuer wäre. Wer hätte gedacht, dass er es in sich hat?«

»Er mag ein Schatz sein, aber er ist nicht weich«, sage ich.

»Nein, er ist definitiv nirgendwo *weich* …«, erwidert Chay mit einem lasziven Grinsen. »Hast du ihn in diesem klatschnassen T-Shirt gesehen? Verdammte Scheiße, der hat einen Körper unter den Klamotten …«

»Komm nicht auf dumme Gedanken«, warne ich sie. »Ihm muss nicht das Herz gebrochen werden.«

»Was redest du da? Das würde ich nie tun!«, sagt Chay höchst beleidigt.

»Das hast du dieses Jahr schon mindestens dreimal getan.«

»Wann?«

Ich zähle die Namen an meinen nassen Fingern auf. »Sam …«

»Sam ist ein Idiot. Er dachte, Narwale wären erfunden. Wie Einhörner!«

»Reggie …«

»Er hatte schrecklichen Mundgeruch. Selbst Kaugummi hat das nicht behoben.«

»Was ist mit Thomas York?«

»Er wurde wütend, als ich ihn beim Schießtraining schlug.«

»Die Gründe spielen keine Rolle. Sie haben alle monatelang Trübsal geblasen, nachdem du sie abserviert hast. Ich glaube nicht, dass Ares das überleben würde. Er sieht vielleicht groß und stark aus, aber er hat eine verletzliche Seite.«

»Ich weiß«, sagt Chay völlig gelassen. »Das ist es, was ich an ihm mag. Er ist bescheiden – nicht wie der Rest der arroganten Scheißkerle an diesem College.«

»Dich eingeschlossen«, necke ich sie.

»Natürlich mich eingeschlossen!«, schreit Chay. »Aber ich habe ein Recht darauf, arrogant zu sein. Weil ich fantastisch bin.«

Ich muss lachen. »Dem kann ich nicht widersprechen.«

Chay und ich gehen zu unseren Zimmern zurück, um uns umzuziehen. Als wir an Zoes Tür vorbeikommen, stecke ich meinen Kopf hinein und frage: »Kommst du zur Party?«

Zoe schüttelt den Kopf. »Besser nicht.«

Sie hat noch nicht geduscht, und ihr Gesicht ist noch mit einem feinen Farbnebel wie scharlachrote Sommersprossen besprenkelt.

Sie hat einen offenen Brief auf ihrem Bett liegen. Dem Aussehen der steifen, formellen Schrift und ihrem eigenen Ausdruck der Unzufriedenheit nach zu urteilen, nehme ich an, dass es ein weiterer Brief ihres Vaters ist, der sie für das, was einer seiner Spione berichtet hat, zur Rechenschaft zieht.

»Scheiß drauf, was er sagt«, rate ich ihr. »Er ist in Spanien, und du bist hier. Er kann dich nicht davon abhalten, Spaß zu haben.«

»Es sind nur noch zwei Monate in diesem Semester«, sagt Zoe leise. »Dann hat er alle Möglichkeiten, mich zu bestrafen.«

Chay und ich tauschen unglückliche Blicke aus. Wir wollen, dass Zoe mit uns kommt, aber sie natürlich nicht in ernsthafte Schwierigkeiten bringen.

»Dann lass uns zusammen in unserem Zimmer etwas trinken«, sagt Chay. »Da drin sieht dich keiner.«

»In Ordnung«, sagt Zoe und lächelt ein wenig. Sie schiebt sich vom Bett hoch, lässt den unerwünschten Brief liegen und folgt uns in unser Zimmer.

Diese Woche hatten Chay und ich noch keine Zeit zum Aufräumen, also gibt es ein Durcheinander von Schuhen und Kleidung, die von den Betten geworfen werden müssen, bevor wir uns irgendwo hinsetzen können.

Ich liebe unser Zimmer, auch wenn es unordentlich ist. Es fühlt sich endlich wie zu Hause an.

Trotzdem löst Zoes Bemerkung, dass unser erstes Jahr hier schnell vorbeigeht, eine schmerzhafte Erinnerung an mein eigentliches Zuhause so weit jenseits des Ozeans aus. Ich war noch nie so lange von meinen Eltern und Geschwistern getrennt. Ich frage mich, ob sie denken werden, dass ich mich verändert habe, wenn sie mich wiedersehen.

Leo hat sich verändert.

In der Hitze des Gefechts habe ich es nicht bemerkt, aber wenn ich jetzt darüber nachdenke, war es sehr untypisch für ihn, die Bombe Ares zu geben und ihm zu vertrauen, dass er sie bis zum Ende trägt, während Leo für die Ablenkung sorgt.

Leo tat, was er zum Wohle des Teams tun musste, und es war ihm egal, dass Ares den größten Teil des Ruhmes erntete. Leo hat viel eingesteckt, und ich weiß, dass es nicht nur um den Sieg ging, den er sich wünschte. Er tat, was er tun musste, um der Anführer zu sein, den wir alle brauchten.

Das hätte er vor einem Jahr noch nicht getan.

Ich frage mich, ob er die Veränderung in sich selbst sieht.

Chay holt die Flasche Wodka heraus, die in ihrem Weihnachtspaket war.

»Durchsuchen die nicht alle Pakete?«, fragt Zoe neugierig. Ihre Eltern haben nur drei frische College-Uniformen und ein Buch geschickt. Sie würden ihr sicher keine Schmuggelware schicken.

»Denen ist es egal, ob deine Mutter dir eine Flasche schickt, solange sie versiegelt ist«, sagt Chay achtlos. »Die interessieren sich nur für die wirklich dubiosen Sachen. Messer oder Knarren oder Gift oder was auch immer. Was urkomisch ist, weil wir all das auf dem Campus haben.«

»Es wird alles nach dem Unterricht eingeschlossen«, betont Zoe.

»Genau – und keiner von uns weiß, wie man ein Schloss knackt.« Chay verdreht die Augen.

Chay schraubt den Deckel des Iordanovs ab, auf dessen Vorderseite ein grinsender rosa Totenkopf prangt und der bereits zu drei Vierteln leer ist, denn es ist nicht das erste

Mal, dass wir uns alle einen Schlummertrunk teilen. Chay gießt drei Shots in Wassergläser, die sie aus dem Speisesaal gestohlen hat.

»Auf unsere verdeckte Operation!«, sagt Chay, grinst und hebt ihr Glas.

Ich schlucke den Wodka hinunter und nehme mir fest vor, dass es mein einziger Drink in dieser Nacht sein wird. Ich will mit Leo reden, wenn ich die Chance dazu bekomme, und ich will nichts Dummes sagen, weil ich zu beschwipst bin.

»Wir waren ein tolles Team.« Zoe lächelt. »Wir und Ares – wie die drei Engel für Charlie und Bosley.«

»Wer?« Chay runzelt die Stirn.

»Sie sind – ach, egal.« Zoe schüttelt den Kopf.

Zoe ist ein Fan von alten Fernsehsendungen, und ihre größte Enttäuschung kam an dem Tag, als Chay gestand, dass sie noch nie von Lucille Ball gehört hatte.

»Ich denke immer noch, du solltest zur Party kommen«, sagt Chay.

Zoe schüttelt traurig den Kopf. »Ich werde zu Hause bleiben und lernen«, erwidert sie. »Ich habe zu viele Chemiestunden verpasst, und jetzt weiß ich nichts über Sekundärsprengstoffe.«

Während wir uns anziehen, bleibt sie jedoch bei uns. Ich ziehe ein schwarzes Seidenmieder und eine Samthose an. Es ist ein weicherer und romantischerer Look als das, was ich normalerweise trage – vor allem, nachdem Zoe mein Haar ausbürstet und es zu einem langen und komplizierten Zopf mit einem schwarzen Band durchflochten hat.

»Du bist so schön«, sagt Zoe ohne die Spur von Eifersucht.

»Das bist du auch«, gebe ich das Kompliment zurück.

Es ist wahr. Mit ihren rabenschwarzen Haaren und den hellgrünen Augen hat Zoe eine Art übernatürliche Anmut, die nur noch verstärkt wird, wenn sie unglücklich aussieht wie in diesem Moment. Sie sieht aus wie eine Elfenprinzessin, gefangen in einem dunklen Märchen. Was sie in gewisser Weise auch ist. Auf Anordnung ihres Vaters muss sie die ganze Nacht in diesem Turm eingesperrt bleiben, während der Rest von uns frei ist und gehen kann, wohin er will.

»Was ist mit mir?«, fragt Chay, mehr um unsere melancholische Stimmung zu unterbrechen, als dass sie sich tatsächlich um Komplimente schert. Ihr Selbstwertgefühl ist ein Perpetuum mobile, das keinen Treibstoff braucht.

Ich begutachte ihre kirschrote Hose und das abgeschnittene T-Shirt. »Du siehst aus wie Mick Jagger.«

»Oh«, schmollt sie. »Ich wollte eigentlich David Bowie sein.«

Ich umarme Zoe kurz, bevor sich unsere Wege an der Tür trennen.

»Komm später runter, wenn du deine Meinung änderst«, sage ich zu ihr. »Wenn alle zu besoffen sind, um dich zu verpetzen.«

Chay und ich überqueren schnell den Hof, halten unsere Blazer als provisorische Regenschirme über unsere Köpfe, weil es immer noch regnet. Wir sind auf dem Weg zu den Ställen, wo das Getümmel einer laufenden Party sogar über das Rauschen des Regens zu hören ist.

Die Ställe befinden sich auf der äußersten Westseite des Campus und sind bei schlechtem Wetter ein beliebter Ort zum Feiern. Es ist schon lange her, dass hier Tiere gehalten wurden, aber man kann nach wie vor Spuren von Heu zwischen den Holzdielen finden. An einem Ende des Stalls lagert der Kleinkram – kaputte Tische und Stühle, verschimmelte Lehrbücher, verschlissene Mopps und Besen, Stapel von Aktenkisten mit den Unterlagen längst verstorbener Absolventen. Die noch lebenden Studierenden haben die gegenüberliegende Seite frei geräumt, sodass wir uns hier versammeln können, ohne zu viel Aufmerksamkeit zu erregen.

Die funktionalsten der kaputten Möbel wurden repariert, um Sitzplätze zu schaffen. Dazu gehört ein großes Sofa, das anscheinend im Büro des Dekans stand, bis zwei der Beine abbrachen. Jetzt ist sein grüner Samt fleckig und zerrissen, und es ächzt unter dem Gewicht einer Gruppe von Vollstreckern.

Musik ertönt aus einem Lautsprecher, der aussieht wie der, den Dean in der Nacht, als ich ihn im Eishaus traf, ausgeliehen hat. Die Tonqualität ist blechern, aber das stört niemanden. Er ist voll aufgedreht und dröhnt Mac Miller.

Ich sehe Dean nicht, was eine Erleichterung ist. Ich bezweifle, dass er kommen wird, denn das Letzte, was er will, ist, Leo bei der Feier seines Sieges zuzusehen. Bram jedoch steht bei einer ausgehöhlten Wassermelone, die zu einer provisorischen Bowle umfunktioniert wurde, und schüttet eine übel aussehende Kombination von Spirituosen hinein.

Mein Blick schweift weiter, bis ich die Person entdecke, die ich am liebsten sehen möchte: Leo. Er ist umgeben von einer Menge ekstatischer Studierender und versichert ihnen, dass unsere Chancen, das *Quartum bellum* zu gewinnen, noch nie so gut waren.

Als ob er spürt, dass ich ihn ansehe, blickt er auf und setzt ein Grinsen auf, zuckt dann aber sofort zusammen, weil das Lächeln seine aufgeplatzte Lippe wieder aufgerissen hat. Ich habe ihn noch nie Leben so zugerichtet gesehen. Sein rechtes Auge ist fast komplett zugeschwollen, und sein ganzes Gesicht ist eine Sammlung aus Schnitten und blauen Flecken. Aber irgendwie kann das seine Attraktivität nicht schmälern – ganz im Gegenteil. Seine hellen Augen und sein breites Grinsen strahlen trotzdem und zeigen, dass nichts auf der Welt Leo lange aufhalten kann.

Ich wünschte, es wären nicht so viele Leute hier. Der Geruch von Alkohol, der Lärm der Party und das Gedränge der aufgeregten Studierenden, die sich um Leo drängen, bringen schmerzhafte Erinnerungen zurück. Das ist genau wie die Nacht vor drei Monaten, als Leo Kapitän wurde.

Ich ging voller Hoffnung und Vorfreude in diesen Abend.

Ich habe Angst, mir zu erlauben, dieselben Gefühle noch einmal zu empfinden.

Leo und ich haben unsere Freundlichkeit wiedergefunden, Stück für Stück. Aber ich weiß nicht, ob wir jemals wieder dahin zurückkehren können, wo wir waren. Eigentlich bin ich mir sicher, dass wir das nicht können. Seitdem ist zu viel passiert. Es ist so, wie ich oben in meinem Zimmer bereits erkannt habe: Leo hat sich verändert. Und ich mich auch.

In der Nacht der anderen Party, als wir den Weg zum Moon Beach hinuntergingen, wollte ich nur, dass Leo mich küsst. Ich wollte sehen, ob das, was ich fühlte, physische Form annehmen könnte. Ich wollte sehen, ob die Anziehung, die ich mir vorstellte, zum Leben erwachen würde, wenn seine Lippen meine trafen.

Jetzt … jetzt will ich etwas ganz anderes als das.

Ich denke an das Vertrauen, die Kameradschaft und die Verbindung, die wir hatten. Ich will all das als Liebe, nicht nur als Freundschaft.

Doch ich weiß nicht, ob das möglich ist. Wie könnten Leo und ich uns nach dem, was passiert ist, einander wirklich hingeben? Er hat mich verletzt, und ich habe ihn verletzt. Er hat ein Mädchen fast vor meinen Augen gevögelt, und ich war mit seinem schlimmsten Feind zusammen.

Ich weiß, dass ich auch Fehler gemacht habe. Es war nicht nur Leo – in diesem Jahr musste ich ziemlich schnell erwachsen werden.

Aber es schmerzt mich immer noch, wenn ich darüber nachdenke. Meine Hoffnungen, die an diesem Abend so groß waren, zerschlugen sich, als ich Leo mit Gemma sah.

Kann man jemals wirklich etwas verzeihen, das so sehr wehgetan hat?

Will Leo mir überhaupt verzeihen … oder mit mir zusammen sein?

Neulich hat er mir praktisch seinen Segen gegeben, dass ich mit Dean ausgehe. Es schien, als wäre es ihm völlig egal.

Das ist nun alles vorbei, so oder so. Ich habe es Dean ein paar Tage nach seinem desaströsen Versuch, mich zu ficken, mitgeteilt. Er trieb mich vor meinem Wohnheim in die Enge, und ich sagte ihm, es sei vorbei. Er sah mich mit zusammengekniffenen Augen an und sagte: »Nein, ist es nicht.«

»Das ist nicht deine Entscheidung«, sagte ich und versuchte, meine Hände vor dem Zittern zu bewahren. »Ich will dich nicht mehr sehen.«

Er starrte mich an und antwortete nicht. Dann sagte er endlich: »Das werden wir noch sehen.«

Ich weiß nicht, was das bedeuten sollte, und es ist mir auch egal.

Vielleicht hätte ich Leo sagen sollen, dass Dean und ich Schluss gemacht haben, aber es verletzte meine Gefühle erneut, die Art und Weise, wie er sich nicht mehr darum zu kümmern schien. Die Art, wie er es geradezu zu unterstützen schien.

Deshalb renne ich auch nicht gleich zu Leo hinüber und dränge mich durch die Menschenmenge um ihn herum. Denn nach all dieser Zeit weiß ich immer noch nicht, was er für mich empfindet.

Es kann sein, dass er nur seine beste Freundin zurückhaben will.

Sosehr ich Leo auch vermisst habe, ich weiß nicht, ob ich das noch für ihn sein kann. Nicht so, wie ich mich fühle. Es wäre eine Tortur.

»Hey«, sagt Chay und sieht meine unglückliche Miene, »komm, tanz mit mir!«

Bevor ich antworten kann, zieht sie mich auf die unebenen Holzbretter. Sie bahnt sich einen Weg durch die Menge der Studierenden, die herumspringen, mitsingen, ohne den Text zu kennen, sich aneinander reiben und alles andere tun, außer tatsächlich zu tanzen.

Chay weiß, wie man sich bewegt. Sie hat diese mühelose Sinnlichkeit, die alle Blicke im Raum auf sich zieht – nicht nur die der Jungs, sondern auch viele der Mädchen. Sie weiß, wie sie ihre Hüften und ihre Hände einsetzt, wie sie sich auf die Unterlippe beißt und ihre Haare so wirft, dass vier oder fünf verschiedene Kerle innerhalb von wenigen Sekunden versuchen, sie anzusprechen.

»Nein, verpiss dich! Ich tanze mit Anna!«, schreit sie und schubst sie kurzerhand weg.

Aber ich spüre, wie Chays Blick zu Ares auf der gegenüberliegenden Seite des Raumes hinüberwandert. Er hat die Hände in die Taschen gesteckt und lehnt an der Wand. Eine Menge Leute gehen auf ihn zu, um ihm zu gratulieren. Er weist sie auf die netteste Art und Weise ab. Ich kann ihn praktisch sagen hören: »Das war doch nichts. Es war Leos Idee.«

Ares ist allergisch gegen Aufmerksamkeit – wahrscheinlich, weil so viel der Aufmerksamkeit, die er von Idioten wie Bram bekommt, negativ ist. Außerdem glaube ich, dass er es einfach nicht mag. Wenn er nicht mit Leo befreundet wäre, würde er vermutlich nie aus seinem Zimmer kommen.

Chay sieht das als Herausforderung. Nun hat sie sich Ares direkt zugewandt und zeigt ihm einige ihrer besten Moves. Sie zwinkert und winkt ihm zu, zu uns zu kommen. Ares errötet, schüttelt den Kopf und wendet seinen Blick entschlossen woandershin.

»Wie kann er das ablehnen?«, fragt Chay mit finsterem Blick und gestikuliert zu ihrer straffen Figur.

Ich lache. »Er muss sich bei diesem Wettkampf den Kopf gestoßen haben.«

»Wer würde nicht gern mit den zwei hübschesten Mädchen von Kingmakers tanzen?«, sagt eine tiefe Stimme.

Ich drehe mich um und sehe, dass Leo sich hinter uns geschlichen hat. Es war ein dummes Kompliment, etwas, das nichts bedeuten könnte, aber bereits jetzt brennt meine Haut, nur weil wir so nahe beieinanderstehen.

»Scheiße, du bist ein Wrack!« Chay lacht und blickt auf Leos ramponiertes Gesicht.

»Als ob ich das nicht wüsste.« Er grinst. »Aber das war es wert. Ihr Mädels wart verdammt atemberaubend. Das ganze Schießtraining hat sich gelohnt.«

»Es war deine Idee«, entgegne ich. Dann fasse ich mir ein Herz und sage etwas Wahrhaftigeres: »Ich bin stolz auf dich. Dass du Ares so vertraust. Uns allen zu vertrauen, anstatt es selbst zu tun.«

Leo blickt auf mich herab. Die Brauen hat er auf eine Art zusammengezogen, die ich nicht ganz deuten kann.

»Manchmal ist es das Schwierigste, loszulassen«, sagt er.

Mir rutscht das Herz in die Hose. Meint er das mit uns? Hat er den Gedanken an das, was zwischen uns hätte sein können, losgelassen? Er könnte es schon vor Monaten aufgegeben haben. Er könnte jetzt meilenweit darüber hinweg sein.

Die Musik wechselt von peppigem Pop zu dem traurigen Anfang von *Wicked Game*.

Schnell sagt Chay: »Ich brauche einen Drink!«, und lässt uns auf der Tanzfläche stehen.

Leo und ich sehen uns einen Moment lang unbeholfen an, und dann legt er seine Hände um meine Taille, und ich greife nach oben um seinen Hals. Wir passen so gut zusammen. Leo ist genau so groß wie ich, wenn ich Absätze trage. Er führt mich, und es ist so leicht, sich zusammen zur Musik zu bewegen.

Ich schaue in seine Augen. Sie glühen wie Glut in der tief gebräunten Haut seines Gesichts. Ich sehe den Hunger in ihnen brennen – diesen Ausdruck, wenn Leo etwas sieht, das er unbedingt haben will. Wenn es einen Preis gibt, für den er alles geben würde.

Mein Herz pocht und ist heiß in meiner Brust. Meine Wangen brennen. Ohne dass ich weiß, warum, kämpfe ich mit den Tränen.

Leo schluckt schwer, seine Kehle zieht sich zusammen. Seine Lippen öffnen sich, und ich habe Angst vor dem, was er gleich sagen wird, bin aber auch voller Vorfreude. Alles auf der Welt hängt von diesem Moment ab.

»Ich habe dich vermisst, Anna«, sagt er mit Nachdruck. »Ich habe dich so sehr vermisst.«

Ich blinzle, und zwei Tränen laufen mir über die Wangen und hinterlassen parallele Spuren auf der Haut.

»Das ganze Licht ist aus meinem Leben verschwunden«, flüstere ich. »Es war so dunkel ohne dich.«

»Wirklich?«, fragt Leo. Seine Stimme bricht.

Ich nicke und lasse die Tränen auf den Boden tropfen.

Leo drückt mich fest an seine Brust. Ich rieche seinen Duft – das, was ich am meisten auf der Welt liebe. Ich möchte nicht einen Tag ohne ihn verbringen.

Dann schubst uns jemand und reißt uns auseinander.

Dean knurrt: »Nimm deine verdammten Hände von meiner Freundin weg!«

Kapitel 25

Leo

Dean steht mir mit bereits angehobenen Fäusten gegenüber, Bram und Valon Hoxha sind direkt hinter ihm.

Dean wird nie rot, wenn er wütend ist. Seine Haut wird blasser als je zuvor, und sein Gesicht so reglos wie eine Maske. Das einzig Helle darin ist das Schimmern seiner Schneidezähne, als sich seine Oberlippe zu einem Knurren hochzieht.

»Ich bin nicht deine Freundin«, sagt Anna wütend.

Dean ignoriert sie völlig. Seine Augen sind auf mich und nur auf mich gerichtet.

Also sage ich es noch einmal, um sicher zu sein, dass er es gehört hat.

»Anna gehört nicht zu dir.«

»Einen Scheiß gehört sie nicht zu mir«, zischt Dean. »Wenn du sie auch nur ansiehst, schneide ich dir deine verdammte Kehle durch.«

»Leo …«, sagt Anna warnend.

Wahrscheinlich macht sie sich Sorgen, dass Dean den Verstand verloren hat, weil er definitiv verrückt genug aussieht, um zu versuchen, mich zu töten. Oder sie könnte besorgt sein, dass es drei gegen einen sind. Bis Ares sich neben mich stellt. Er schweigt, aber er starrt die Penose auf eine Art an, die sehr deutlich macht, dass er mich unterstützen wird, was auch immer passiert.

»Es ist okay, Anna«, sage ich und werfe ihr einen beruhigenden Blick zu.

Offensichtlich war es Dean ernst damit, dass ich Anna nicht ansehen soll, denn das ist alles, was es braucht. Er hebt die Fäuste in seine Boxerhaltung und stürmt auf mich zu. Ich habe kaum Zeit, meine eigenen Hände zu heben, ehe er einen Hagel von Schlägen direkt auf mein Gesicht loslässt.

Ich bin nicht in der besten Verfassung für einen Kampf. Diese Geschosse aus dem Wettkampf zuvor waren kein Spaß – mein Kopf pochte bereits, bevor Dean mich mit einer harten rechten Flanke traf, die mein Gehirn in meinem Schädel herumwirbelte.

Vage nehme ich wahr, dass Bram und Valon auf Ares losgegangen sind. Die drei wälzen sich auf dem Boden, treten und schlagen sich gegenseitig. Aber darauf kann ich mich nicht konzentrieren, da Dean immer noch mit Vollgas angreift. Er ist kein leichter Gegner, selbst wenn ich in Topform bin.

Er knallt seine Faust in meine Rippen – Rippen, die schon von einem halben Dutzend der Geschosse aus dem Wettkampf zuvor gebrochen sein könnten. Der Schrei, der aus mir herauskommt, ist erstickt und heiser.

Ein Schlagabtausch mit Dean, solange er voller Energie ist und ich angeschlagen bin, ist eine schlechte Idee. Ich muss dem Beispiel von Ares folgen und diesen Wichser zu Boden bringen.

Ich tauche unter Deans nächstem Schlag hindurch, ramme meine Schulter in seine Brust und stoße ihn nach hinten. Er geht hart zu Boden, mein ganzes Gewicht liegt auf ihm. Zwar versucht er, sich herauszuwinden, aber ich habe bereits die Vorderseite seines Hemdes ergriffen und halte ihn fest, während ich mit meiner rechten Hand auf ihn einprügle. Ich habe die größere Reichweite und treffe ihn drei- oder viermal hart ins Gesicht, wohingegen seine Schläge mich nur knapp berühren.

Valon befreit sich von Ares und schlägt mir hart auf das linke Ohr, sodass ich von Dean herunterfalle.

Wütend tritt Anna Valon mitten ins Gesicht, doch sie wird von einem anderen Penose um die Taille gepackt und rückwärts aus dem Kampf gezogen.

An diesem Punkt ist es eine totale Schlägerei. Die Feierstimmung hat sich in ein Dutzend verschiedene Faustkämpfe verwandelt, meist zwischen Deans Penose und Bratwa und einigen meiner engeren Freunde, darunter Kenzo und Hedeon.

Ich kann Anna nicht sehen. Während ich abgelenkt bin und nach ihr suche, trifft mich Dean mit einem linken Haken, der blendende Lichtblitze durch meine Sicht schickt. Ich schlage ihm auf die Nase und den Kiefer, und schon bald rollen wir wieder herum, schlagen mit den Knien und mit den Ellenbogen auf jede noch so kleine Stelle des anderen ein, die wir erreichen können. Unser Blut tropft auf die kahlen Bretter, etwas von Dean, aber mehr von mir.

Dean versucht, seinen Daumen in mein Auge zu stecken, ich stoße ihm meinen Fuß gegen die Brust und schiebe ihn so von mir weg. Wir rappeln uns beide wieder auf, Dean blutet stark aus der Nase, und ich muss mich zur Seite lehnen, denn meine Rippen sind eine einzige Qual.

Gerade als wir uns wieder aufeinander stürzen, höre ich Anna »Stopp! Bitte hört auf!!!« schreien.

Dean und ich starren uns an, schwer atmend, das Blut rinnt von uns in Strömen.

Ich will nicht aufhören. Ich will ihn verdammt noch mal umbringen.

Aber ich würde alles für Anna tun.

»In Ordnung«, sage ich und hebe die Hände. »Ich werde aufhören.«

Ich drehe mich um und sehe Anna an.

Das ist der Moment, in dem Deans Faust mit dem letzten Schlag, den ich spüren kann, meinen Kiefer trifft.

Kapitel 26

Dean

Anna schreit, dass wir aufhören sollen zu kämpfen, und Leo hält die Hände hoch, um zu signalisieren, dass er bereit ist, aufzuhören.

Doch das hat nicht er zu entscheiden.

Es ist erst vorbei, wenn ich es sage.

Leo sieht zu Anna hinüber, er sieht *meine* verdammte Anna an, nachdem ich ihn gerade erst gewarnt hatte. Ich hole mit der Faust aus und verpasse ihm einen kräftigen Schlag von der Seite, den verdammt härtesten Schlag meines Lebens, mit jedem bisschen meiner Wut und Bitterkeit dahinter.

Ich sehe, dass er bewusstlos wird, sobald ich ihn treffe. Das war zu viel für ihn an einem Tag. Seine Knie knicken ein, und er kippt um. Wenn ihn nicht Hedeon Gray von der Seite aufgefangen hätte, der unter Leos totem Gewicht zurückstolpert, wäre er ganz zu Boden gekracht.

Ich habe nur eine Sekunde Zeit, meinen Triumph zu genießen, bevor Anna mir eine harte Ohrfeige gibt. Und ich meine wirklich verdammt hart – der Schlag lässt meine Ohren klingeln und meine Augen tränen. Ich muss heftig blinzeln, damit ihr blasses und zorniges Gesicht wieder in meinem Blickfeld erscheint.

»Du Arschloch!«, faucht sie.

Anna kocht vor Wut. Ich kann fast sehen, wie die Funken der Empörung auf ihrer Haut sprühen. Und ich fühle genau dasselbe. Warum sieht sie nicht, dass wir beide in unserem tiefsten Inneren gleich sind? Ich weiß, dass sie die gleiche Fähigkeit zu Besessenheit, Extremismus und Gewalt hat, die in mir lebt. Wenn wir unsere Kräfte kombinieren würden, wären wir unbesiegbar.

Aber sie besteht darauf, immer wieder zu Leo Gallo zurückzukehren.

Was wird nötig sein, um ihr zu zeigen, dass ich der tollere Kerl bin …

»Ich bin ein Arschloch«, sage ich zu ihr. »Ein Biest. Ein Killer. Ich tue, was nötig ist, um den Kampf zu gewinnen. Und ich werde nie aufhören, um dich zu kämpfen.«

Ich sehe Leo an, gestützt von Hedeon Gray.

»Er ist schwach«, höhne ich. »Und ihm liegt Verrat im Blut. Du verdienst etwas Besseres.«

Damit gehe ich von ihr weg, Bram und Valon in meinem Gefolge.

Bram gluckst, als wir die Ställe verlassen. »Dieser verdammte Idiot – das hat er nicht kommen sehen!«

Für mich war das Hochgefühl, Leo zu treffen, nur von kurzer Dauer. Ich bin schon wieder voller Bitterkeit, denn das Bild von Anna, die mit Leo tanzt, hat sich in mein Gehirn eingebrannt. Die Art, wie sie ihm in die Augen schaute. Der Ausdruck in ihrem Gesicht, den ich noch nie gesehen habe, wenn sie mich ansieht – kein einziges Mal.

Leo wurde k.o. geschlagen, weil er sich von ihr ablenken ließ. Weil er auf sie hörte, als sie ihn bat, aufzuhören.

So macht man sich lächerlich. So macht man Fehler, die einen umbringen können – wenn man sich von einer Frau das Urteilsvermögen verzerren lässt. Wenn man für sie schwach wird.

Wegen Anna habe ich mich bereits zum Narren gemacht. Ich weiß, dass Bram und die Penose so denken. Das untergräbt meine Autorität. Sie unterstehen mir noch, aber sie respektieren meine Besessenheit von Anna nicht.

Sie erwarten, dass ich meine Frau kontrolliere. Auch wenn sie selbst eine Erbin ist.

Ich kann sie nicht an einen anderen Mann verlieren.

Und vor allem nicht an den verdammten Leo Gallo.

Was ist nötig, um ihn zu schlagen?

Er ist der Dorn in meiner Seite. Das Arsen, das alles vergiftet, was ich schmecken will.

Die Wurzel allen Übels in meinem Leben liegt bei den Gallos.

Wenn Sebastian Gallo meinen Großvater nicht ermordet hätte, wäre ich in Chicago statt in Moskau aufgewachsen.

Wenn er meinen Vater nicht verbrannt und verstümmelt hätte, dann wäre meine Mutter nie von uns gegangen.

Und wenn meine Tante unsere Familie nie verraten und den Feind geheiratet hätte, dann gäbe es Leo Gallo gar nicht.

Es wäre *mein* Vater, der mit Mikolaj Wilk befreundet und verbündet wäre. Es wären Anna und ich, die Seite an Seite aufgewachsen wären. Wir hätten einen Heiratspakt geschlossen, als wir Teenager waren. Wir wären schon miteinander verlobt nach Kingmakers gekommen.

Anna und ich sind füreinander bestimmt. Es war nur eine schicksalshafte Veränderung, die uns trennte.

Ich kann das deutlich sehen. Warum kann sie das nicht?

Wegen Leo. Er hat sie geblendet. Sie verwirrt. Sie von mir weggelockt.

Die einzige Möglichkeit, die Fehler der Vergangenheit zu korrigieren, ist, die Dinge wieder so zu richten, wie sie hätten sein sollen.

Leo Gallo sollte nicht existieren.

Bram grübelt über seine eigenen Irritationen nach. »Für wen zum Teufel hält sich dieser griechische Bauer, dass er mir eine verpasst?«

Es sieht so aus, als hätte Ares mehr als nur einen Schlag abgegeben – Brams Nase ist nicht mehr annähernd so gerade wie vorher, und er hat bereits die ersten Anzeichen eines massiven blauen Auges. Valon sieht auch nicht besser aus.

»Ich schätze, es bräuchte drei von euch, um mit ihm fertigzuwerden«, knurre ich.

»Er ist ein richtiges Ungeheuer«, beschwert sich Valon.

»Ganz harmlos bist du aber auch nicht, oder?«

Bram und Valon starren mich an.

Das ist mir scheißegal. Sie brauchen eine Erinnerung an ihre eigenen Unzulänglichkeiten. Es macht mich wütend, dass Leos Freunde besser im Kampf sind als meine. Warum zum Teufel hat er alles, während ich nur Scheiße habe?

»Er wird den letzten Wettkampf nicht gewinnen«, sagt Bram, der offenbar beschlossen hat, dass sein Hass auf Leo und Ares größer ist als sein Wunsch, den Wettkampf zu gewinnen.

»Er wird den letzten Wettkampf nicht überleben«, sage ich leise.

Der Blick, den Bram und Valon jetzt austauschen, spricht von eindeutigem Unbehagen.

»Wie meinst du das?«, fragt Valon.

»Na ja, ich werde ihn umbringen.«

Eine lange Stille dehnt sich aus, in der man nur unsere Schritte auf dem aufgeweichten Gras und den Regen hören kann, der immer noch um uns herum niedergeht. Der Hof ist dunkel und leer, der Regen isoliert uns vor der Möglichkeit, von jemand anderem belauscht zu werden. Ich würde das nicht einmal laut sagen, außer zu meinen beiden engsten Verbündeten.

»Du willst ihn hier töten?«, fragt Bram. »In Kingmakers?«

Ich antworte mit einem Nicken.

»Was ist mit der Bestrafung?«, fragt Valon. »Was ist mit der Regel der Vergeltung?«

Er meint, wenn wir erwischt werden, werden wir selbst hingerichtet.

»Es gibt keine Vergeltung, wenn wir nicht erwischt werden«, erkläre ich.

Ich kann sagen, dass Valon diese Idee überhaupt nicht gefällt, doch er ist kein Rebell. Er mag vom Titel her ein Erbe sein, aber von Natur aus ist er ein Soldat. Er wird alles tun, was Bram und ich ihm befehlen.

Bram denkt einen Moment lang über die Idee nach, dann sehe ich, wie er sie annimmt. Ein Schimmer von Vorfreude tritt in seine Augen, und sein Mund verzieht sich zu einem Grinsen.

»Unfälle passieren immer wieder«, sagt er. »Besonders im *Quartum bellum*.«

»Genau«, erwidere ich. »Sehr richtig.«

Kapitel 27

Anna

Hedeon Gray und Ares helfen mir, Leo zur Krankenstation zu tragen. Leo ist ein verdammtes Wrack, und das nicht nur wegen Dean. Ich bin mir ziemlich sicher, dass er schon vor dem Kampf eine schwere Gehirnerschütterung hatte. Jetzt kommt er phasenweise zu sich und murmelt Dinge, die keinen Sinn ergeben.

Obwohl wir nass vom Regen den Hof überqueren, brennt Leos Haut.

Die Krankenstation befindet sich in einem langen, gedrungenen Gebäude, das früher als Schlachthaus für all das Geflügel, die Schweine und Rinder diente, die das Fleisch für das Schloss lieferten. Es ist schwer zu sagen, ob der verweilende Geruch von Eisen in der Luft von diesen längst verstorbenen Kreaturen stammt oder von all den Studierenden, die seither Blut auf den Dielen vergossen haben.

Wir hämmern an die Tür und wecken Dr. Cross, der seine Büros und seine Wohnung im hinteren Teil des Gebäudes hat. Selbst nachdem ich sehe, wie sein Licht aufflackert, braucht er lange, um die Tür zu erreichen, weil er etwa hundert Jahre alt ist.

Schließlich öffnet er die Tür und schaut durch seine zentimeterdicke Brille zu uns hoch. Er ist in einen Morgenmantel mit Batikmustern eingehüllt und trägt Gartenclogs.

»Warum müsst ihr Studierenden euch immer zu so ungünstigen Zeiten in Schwierigkeiten bringen?«, seufzt er zur Begrüßung.

»Tut uns leid«, sagt Hedeon. »Leo wurde vorhin bei dem Wettkampf ziemlich verprügelt. Und dann … ist er die Treppe heruntergefallen und hat sich wieder den Kopf gestoßen.«

Hedeon lügt nicht nur zu Deans Gunsten. Obwohl Dean Ärger bekommen würde, weil er Leo verletzt hat, würde Leo auch für die Prügelei bestraft werden. Es gibt eine unausgesprochene Vereinbarung unter den Studierenden, dass Kämpfe um jeden Preis vertuscht werden, solange beide Beteiligten am Leben bleiben.

Dr. Cross verdreht nur die Augen und öffnet die Tür weiter, um uns hereinzulassen. Er hat schon zu viele schwache Ausreden gehört, um so zu tun, als würde er unsere glauben. Die Wahrheit ist deutlich, denn sowohl Ares als auch Hedeon zeigen ebenfalls massive Anzeichen eines Kampfes – Ares mit Blut zwischen den Zähnen und Hedeon mit seinem zerrissenen Hemd, der das Tattoo auf seiner Brust zeigt.

»Bringt ihn rein«, krächzt Dr. Cross und schlurft über den unebenen Boden.

Ares und Hedeon schleppen Leo ins Innere. Weil das Dach so niedrig ist, stößt Ares mit dem Kopf gegen die Deckenlampe, sodass diese schwingt und die Schatten im Raum wild hin und her schwanken.

»Pass auf!«, sagt Dr. Cross. »Im Moment brauche ich keine weiteren Patienten.«

Er zeigt Ares und Hedeon das Feldbett, auf das er Leo gelegt haben will.

Hedeon legt Leo so hart nieder, dass dieser ein Stöhnen ausstößt.

»Vorsicht!«, sage ich.

»Er ist nicht gerade leicht!«, erwidert Hedeon. In diesem

Jahr hat er sein Temperament besser unter Kontrolle, aber er ist immer noch mürrisch und wird schnell wütend.

Ich schlucke meine Irritation herunter und sage stattdessen: »Danke, dass du ihn getragen hast. Ihr könnt gehen, wenn ihr wollt. Ich werde bei ihm bleiben.«

»Okay, ich werde gehen«, sagt Hedeon und streicht sich das regennasse Haar zurück. »Denn da war eine hübsche kleine Buchhalterin, die mich beobachtet hat. Wahrscheinlich ist sie während der Schlägerei weggelaufen, aber wenn nicht …«

Ares sieht aus, als wolle er anbieten, zu bleiben, doch dann schaut er zwischen mir und Leo hin und her und überlegt es sich anders.

»Ich gehe dann mal ins Bett«, sagt er. »Wir sehen uns beim Frühstück.«

Die beiden Jungs verschwinden und lassen mich mit Dr. Cross und Leo allein.

»Wo sind die anderen?«, frage ich.

Ich habe viele verletzte Studierende gesehen, die nach dem Wettkampf hierhergehumpelt sind.

»Ich habe sie zusammengeflickt und weggeschickt«, sagt Dr. Cross mürrisch. »Deshalb bin ich auch so müde – ich bin erst vor ein oder zwei Stunden mit dem Letzten fertig geworden. Ich wollte mich gerade schlafen legen, als ihr mich so unhöflich unterbrochen habt.«

»Entschuldigung«, murmle ich bescheiden.

Dr. Cross untersucht Leo auf Knochenbrüche und besonders schlimme Schürfwunden und Prellungen. Er drückt auf Leos rechte Seite, woraufhin Leo zusammenzuckt, stöhnt und etwas Unzusammenhängendes murmelt.

»Die Rippen sind gebrochen«, sagt Dr. Cross sachlich. »Und das hier muss genäht werden.« Er zeigt auf eine hässliche Wunde auf Leos Stirn.

Er wäscht sich sorgfältig die Hände am Industriewaschbecken, dann rollt er einen Stahlwagen mit Antiseptikum, Verbandszeug, Salbe, Nylonfaden und einer seltsam gebogenen Nadel herbei.

Dr. Cross dabei zuzusehen, wie er versucht, diese Nadel einzufädeln, ist eine der nervenaufreibendsten Erfahrungen meines Lebens. Seine Hände zittern so sehr, dass ich mir nicht vorstellen kann, wie er den Faden jemals durch das fast unsichtbare Loch bekommen soll – geschweige denn, wie er Leos Wunde zusammennähen will. Aber nach drei Versuchen schafft er es, die Nadel auszurichten und den Faden durchzuziehen.

Nachdem er Leos Schnitt mit Jod gesäubert hat, sticht er hinein, ohne sich die Mühe zu machen, die Wunde in irgendeiner Weise zu betäuben. Die Nadel geht direkt hindurch und zieht die Ränder der gerissenen Haut zusammen.

Das lässt Leo ganz schnell wach werden.

»Au, verdammt!«, schreit Leo und schreckt auf.

»Halte ihn fest, damit er nicht herumzappelt«, sagt Dr. Cross teilnahmslos.

Sanft drücke ich Leo in die Kissen zurück und sage: »Halt still, das dauert nur eine Minute.«

Es dauert viel länger als eine Minute, weil Dr. Cross unfassbar langsam ist, aber ich muss zugeben, dass die Stiche erstaunlich gleichmäßig sind, als er fertig ist. Der Schnitt sieht sauber und geschlossen aus.

»Warum hast du mich hierhergebracht?«, fragt mich Leo.

»Weil du ein verdammtes Wrack warst«, sagt Dr. Cross, bevor ich antworten kann. »Deine Rippen sind gebrochen, Junge, da kann ich nichts machen, also benimm dich einfach die nächsten sechs Wochen und falle keine Treppen mehr herunter.«

Leo zieht die Augenbrauen in meine Richtung hoch und lächelt ein wenig über Dr. Cross' unbeeindruckten Ton.

»Sie hat mich geschubst, Doc«, sagt Leo.

»Falls sie es getan hat, hast du es sicher verdient«, antwortet Dr. Cross, schneidet das Ende des Fadens ab und setzt seine Nadel ab. »Also … du kannst heute Nacht hier schlafen. Nur du, Junge, nicht das Mädchen. Morgen früh werde ich nach dir sehen. Aber du, junge Dame, sag dem Rest der Rowdys, dass ich mein Hörgerät herausnehme und ins Bett gehe. Ich habe nicht vor, auf weiteres Klopfen an der Tür zu reagieren.«

»In Ordnung«, sage ich. »Kein Problem.«

Während Dr. Cross seinen Verbandswagen abräumt und sich am Waschbecken noch einmal die Hände wäscht, nutze ich die Gelegenheit, noch ein paar Worte mit Leo zu wechseln, ehe ich die Krankenstation verlassen muss.

»Geht es dir wirklich gut?«, frage ich ihn, nehme seine Hand und überprüfe seine Augen nach den Nachwirkungen der Gehirnerschütterung.

Als Antwort packt mich Leo im Nacken, zieht mich an sich und küsst mich hart.

Seine Lippen sind geschwollen und aufgeplatzt, und ich kann das Blut in seinem Mund schmecken.

Aber ich schmecke auch Leos süßen, warmen Atem, den ich schon hundertmal auf meinem Gesicht gespürt habe, wenn wir die Köpfe zusammensteckten, lachten und uns unterhielten.

Er ist warm, so unglaublich warm, trotz des Regens und der kühlen Nacht. Seine Lippen sind weich und voll, dennoch fest und stark gegen meine. Es ist lange her, dass er sich morgens rasiert hat. Der Hauch von Stoppeln auf seiner Oberlippe raspelt über meine Haut, was ein köstlicher Kontrast zu seiner Zunge ist, die in meinen Mund gleitet und meine eigene massiert.

Ich küsse meinen besten Freund. Nach all dieser Zeit weiß ich endlich, wie es sich anfühlt, Leo zu küssen.

Es fühlt sich schockierend und belebend und einfach wunderbar an.

Es fühlt sich an wie zwei Puzzleteile, die zusammenklicken. Es fühlt sich an, als würde man sich endlich an etwas erinnern, das man vergessen hat. Es fühlt sich an, wie nach Hause zu kommen.

So oft ich es mir auch vorgestellt habe … es ist besser.

Es ist genau richtig.

Leo lässt mich los, gerade so lange, dass ich ihm in die Augen schauen kann, die nur wenige Zentimeter von meinen entfernt sind.

»Ich habe mich noch nie im Leben besser gefühlt«, sagt er und lächelt mich an.

Dr. Cross räuspert sich und will, dass ich gehe, damit er wieder schlafen kann.

»Morgen früh komme ich wieder«, verspreche ich Leo.

»Das solltest du auch besser«, sagt er.

Mit klopfendem Herzen verlasse ich die Krankenstation.

Meine Sinne sind bis zum Äußersten geschärft. Ich kann jeden einzelnen Regentropfen auf meiner Haut zerplatzen spüren. Es fühlt sich kühl und sprudelnd an, als würde ich durch Limonade schwimmen. Das Gras riecht frisch und lebendig, und selbst die Kalksteinmauern des Schlosses scheinen den Geruch des alten Ozeans zu verströmen, in dem sie entstanden sind.

Ich kann Leo immer noch auf meinen Lippen schmecken. Ich kann immer noch seine starken, warmen Finger spüren, die meinen Nacken umfassen.

Ich schwebe schwerelos über dem Boden. Wenn ich jetzt in die Kathedrale gehen würde, um zu tanzen, würde ich die beste Vorstellung meines Lebens geben. Ich glaube, ich könnte buchstäblich fliegen.

Ich wende mich in diese Richtung und durchquere den dunklen Campus, ohne darüber nachzudenken.

Dann öffne ich gewaltsam die schweren Doppeltüren und gehe in den Raum, den ich seit Wochen nicht mehr betreten habe, weil ich zu traurig und deprimiert war.

Hier drinnen ist es stockdunkel. Ich finde die Kerzen, die ich im alten Altar verstaut habe, und fuchtle an den Streichhölzern herum, die vom Regen feucht geworden sind. Die ersten beiden Streichhölzer zerbrechen, aber das dritte entzündet sich, und ich entflamme ein halbes Dutzend der ungleichmäßigen und stark geschmolzenen Stumpenkerzen, die ich aus dem Wehrturm gestohlen habe.

Nachdem ich die Kerzen rund um das Kirchenschiff aufgestellt habe, ziehe ich mein durchnässtes Oberteil und meine Hose aus, sodass ich nur noch meine Unterwäsche trage. Es macht nichts, denn es ist niemand da, der mich sehen könnte.

Ich habe keinen Lautsprecher, aber das ist mir auch egal. Ich höre deutlich die Musik, die in meinem Kopf spielt: *Love Chained*, das Lied, das ich so in- und auswendig kenne, dass es sogar in meinen Träumen spielt.

In dem Moment, in dem ich zu tanzen beginne, spüre ich wieder diese Leichtigkeit, dieses Gefühl des Auftriebs, des Schwebens, das Gleiten über den Stein. Mein Gehirn und mein Körper trennen sich, sodass ich mir fast selbst beim Tanzen zusehen kann, beim Wirbeln, Drehen, Eintauchen, während mein Geist frei durch den höhlenartigen Raum schwebt, losgelöst von der Erde.

Ich habe das beinahe so sehr vermisst wie Leo.

Jetzt verstehe ich, dass sie miteinander verbunden sind. Tanzen ist mein Weg, mich mit meinen tiefsten Gedanken und Gefühlen zu verbinden. Und die meisten davon drehen sich um Leo. Als ich versucht habe, meine Gefühle für ihn zu verleugnen, konnte ich überhaupt nicht tanzen.

Sogar dieses Lied … mein Lieblingslied … es handelte immer von ihm.

Ich bin an Leo gekettet. Das bin ich, und das war ich schon immer. Seit unserer Geburt sind wir miteinander verbunden. Selbst wenn wir sterben, werden die Atome von ihm und die Atome von mir zueinanderfinden.

Ich tanze, bis mir der Schweiß von der Haut rinnt wie die Regentropfen, die an den Buntglasfenstern über mir heruntergleiten.

Dann sinke ich auf den Boden der Kirche und höre mein Herz in der widerhallenden Stille schlagen.

Die Kerzen sind bis auf den letzten Rest heruntergebrannt, die Flammen ertrinken in den Lachen aus geschmolzenem Wachs. Es muss zwei oder drei Uhr nachts sein – Geisterstunde. Die Zeit, in der fast alle im Schloss schlafen werden.

Leo wird sicherlich in seinem Krankenbett schlafen, sein Körper versucht, sich nach den zahlreichen Schäden, die er heute abbekommen hat, zu heilen.

Ich kann förmlich sehen, wie sein Gesicht im Kerzenlicht vor mir leuchtet. Ich will ihn unbedingt persönlich sehen, wenn auch nur für einen Moment, und zwar sofort.

Also schnappe ich mir meine durchnässten Klamotten und schlüpfe wieder aus der Kathedrale.

Jedes Fenster im Schloss ist dunkel, kein einziger Laut ist über dem unerbittlichen Regen zu hören.

Oh – eigentlich stimmt das nicht. Es brennt ein Licht hoch oben auf dem Dachboden des Bibliotheksturms. Oben in Miss Robins Zimmer. Bestimmt liest sie, weil sie nicht schlafen kann.

Ihr Licht fühlt sich unterstützend an, als ob sie es nur angezündet hat, um mir zu helfen, meinen Weg über das dunkle Gelände zu finden.

Es ist ein langer Weg zurück zur Krankenstation, vorbei am Taubenschlag, dem Backhaus, den Ställen und dem alten Weinkeller.

Als ich mich dem Speisesaal nähere, sehe ich etwas Seltsames: Hedeon Gray, der in das Untergeschoss hinabsteigt, wo die Spione ihre Schlafzimmer haben. Ich bin mir sicher, dass er es ist, denn er trägt dasselbe Hemd, das bei dem Kampf zerrissen wurde.

Warum geht Hedeon dort hinunter?

Er meinte, er würde das Mädchen von vorhin suchen, aber das Mädchen war eine Buchhalterin.

Sein Bruder wohnt auch nicht dort unten – Silas ist Vollstrecker und hat sein Zimmer im Torhaus.

Könnte Hedeon stattdessen Pläne mit einem anderen Mädchen gemacht haben?

Ich erreiche die Krankenstation, also verlassen alle Gedanken an Hedeon meinen Geist.

Obwohl ich mich danach sehne, hineinzugehen, zögere ich vor der Tür. Ich mache mir keine Sorgen, dass ich Dr. Cross wecken könnte. Um ihn beim ersten Mal aus dem Bett zu bekommen, mussten wir ewig an die Tür hämmern. Es ist Leo, an den ich denke. Ich sollte ihn nicht wecken, er braucht seinen Schlaf. Trotzdem möchte ich ihn so gern sehen.

Ich ziehe eine Haarnadel aus meinem Zopf, stecke sie in das Schloss und bewege die schweren alten Klinken, bis sie hörbar einrasten. Dann schiebe ich die Tür auf, wobei die Scharniere knarren.

Sobald ich durch die Tür trete, kann ich den warmen Duft von Leos Haut riechen und seinen schweren Atem hören.

Ich schleiche über den Fußboden und fühle das gleiche Gefühl der berauschenden Vorfreude, das ich als Kind am Weihnachtsmorgen hatte, als ich zum Baum ging, um die Geschenke zu bestaunen.

Da liegt er auf der Seite. Seine breite Gestalt überragt die Enden der dünnen Bettdecke, seine Füße hängen fast über den Rand des Bettes, seine dunklen Locken fallen unordentlich auf dem Kissen.

Als ich näher komme, will ich Leo nur ansehen, ihn nicht berühren oder riskieren, ihn aufzuwecken. Aber als ich um die Seite des Bettes schreite, um sein Gesicht zu sehen, erblicke ich den Glanz seiner Augen, die zu mir aufschauen, und das weiße Glitzern seiner Zähne, als er lächelt.

Mit schlaftrunkener Stimme sagt er: »Das hat ja auch lange genug gedauert. Ich habe gewartet …«

Ich lache leise. »Du wusstest nicht, dass ich zurückkommen würde. Ich wusste es nicht einmal selbst.«

»Ich kenne dich besser als du dich selbst«, sagt Leo.

In seiner Stimme ist jetzt keine Neckerei mehr zu hören. Er meint es ernst. Und er hat recht.

»Leg dich zu mir«, sagt Leo.

»Ich bin ganz nass und kalt.«

»Das ist mir scheißegal«, knurrt er. Er hebt die Decke an und zeigt auf die perfekte kleine Kuhle darunter – den Platz, den er für mich aufgespart hat.

Ich ziehe meine nassen Klamotten erneut aus und lasse sie auf den Boden fallen. Dann schlüpfe ich in den weichsten, einladendsten Ort, den ich je gesehen habe, mit Leos breiter Brust an meinem Rücken und seinen langen, kräftigen Schenkeln, die meine Beine umschließen. Leo schlingt seine Arme um mich und zieht mich fest an sich, wobei er sein Gesicht fest an meinen Hals drückt.

»Mmm«, seufzt er. »Das ist es, was ich brauche.«

Eine Welle von Wärme und Schläfrigkeit überrollt mich. Das Einschlafen fällt mir nie leicht – es ist jede Nacht ein Kampf. Aber ich könnte nun in die Vergessenheit sinken, in die tiefste und angenehmste Ruhe meines Lebens.

Außer dass ich spüre, wie Leo sein Gesicht an meinen Hals schmiegt, und höre, wie er meinen Duft tief und vollständig einatmet. Er atmet mich ein. Während er das tut, spüre ich, wie etwas Hartes gegen meinen unteren Rücken drückt. Sein Schwanz wird steif und schwillt mit jedem Atemzug an.

Ich wölbe meinen Rücken ein wenig und drücke meinen Hintern gegen ihn, um zu testen, ob es wirklich das ist, was ich fühle. Leo stößt ein tiefes, dröhnendes Knurren aus, und sein Schwanz wird doppelt so hart, ist wie eine Eisenstange zwischen uns.

Meine ganze Schläfrigkeit ist im Nu verflogen. Mein Blut rast durch meine Adern, als Leo mich ruckartig umdreht, sodass wir uns gegenüberliegen. Sein Schwanz drückt gegen meinen Bauch.

Wir liegen uns gegenüber und sehen uns in die Augen. Langsam fährt Leo mit seiner Zunge über meine Lippen, um mich zu schmecken. Dann küsst er mich, tief und intensiv. So habe ich noch nie jemanden geküsst. Unsere Münder sind weit geöffnet, unsere Zungen tauchen tief ein, unser Atem vermischt sich. Ich fühle mich, als würde ich mit ihm verschmelzen und er mit mir. Ich habe mich noch nie so mit einem anderen Menschen verbunden gefühlt, als würden wir gemeinsam zu einer Person werden.

Ich kenne Leo so gut, dass ich fühlen kann, was er fühlt. Ich weiß, was er denkt. Ich habe das Gefühl, ich werde zu ihm und er wird zu mir, dass sich sogar unser Bewusstsein vermischt.

Es ist surreal und fast spirituell. Verdammt noch mal, es *ist* spirituell – die erhellendste Erfahrung meines Lebens. Das ist Nirwana. Das ist das Aufsteigen über die irdische Ebene. Das ist der Inbegriff der menschlichen Existenz – zwei Seelen, die sich zu einer vereinen.

Und das alles nur wegen eines Kusses.

Es geht sehr, sehr lange so weiter. Beinahe eine ganze Stunde lang. Bis meine Lippen genauso geschwollen sind wie die von Leo und empfindlicher, als sie es je waren. Mein ganzer Körper konzentriert sich auf die Lippen, die Zunge, den Mund, und meine Hände halten Leos Gesicht fest umklammert.

Endlich lösen wir uns, bloß ein oder zwei Zentimeter voneinander entfernt. Leo schaut mir in die Augen. All die Verwirrung, der Groll und die Missverständnisse zwischen uns sind wie weggespült. Ich habe all das losgelassen. Ich gebe ihm für nichts die Schuld. Ich sehe ihn, so wie er ist: Ein Mensch, der jung ist und wächst, der Fehler macht, aber der beste Mensch ist, den ich kenne, und der nichts anderes tun kann, als jeden Tag besser zu werden.

Ich hoffe, er sieht dasselbe in mir. Denn ich werde alles tun, um Leo glücklich zu machen.

»Es tut mir leid«, sagt Leo.

»Mir tut es noch mehr leid«, entgegne ich. »Aber das spielt keine Rolle. Du musst nicht perfekt sein, um der perfekte Partner für mich zu sein.«

»Aber ich habe es versaut, Anna. Ich will, dass du weißt, dass ich mich nie für ein anderes Mädchen interessiert habe. Ich habe immer nur für dich so empfunden.«

»Ich weiß«, sage ich. »Mir geht es genauso.«

»Und es ist mir egal, dass du mit Dean geschlafen hast, es spielt keine Rolle …«

»Habe ich nicht«, unterbreche ich ihn. »Ich habe nie mit Dean geschlafen. Wir sind eigentlich nie … du weißt schon … so weit gegangen.«

»Es ist okay, wenn du das getan hast«, sagt Leo. »Es ist mir egal.«

Er denkt, ich versuche, seine Gefühle zu schützen.

»Ich habe nicht mit ihm geschlafen«, sage ich bestimmt. »Einmal waren wir nahe dran, aber ich konnte es nicht tun. Ich habe an dich gedacht.«

Leo ist einen Moment lang still. Einen langen Moment. Dann sagt er: »Mir ging es genauso.«

Ich schaue ihn an, seinen ruhigen und ernsten Gesichtsausdruck, den ich in der dunklen Krankenstation kaum erkennen kann.

»Was meinst du?«

»Jedes Mal, wenn ich es tun wollte … konnte ich es einfach nicht.«

Jetzt bin ich diejenige, die verwirrt die Stirn runzelt und ihn nicht versteht.

»Leo … versuchst du mir zu sagen, dass du noch Jungfrau bist?«

Es gibt eine verlegene Pause, und dann sagt er: »Ja.«

Fast möchte ich lachen. Das scheint unmöglich, sogar lächerlich. Doch ich würde ihn nie auslachen, wenn ich merke, dass er sich so offensichtlich unwohl fühlt.

»Wie ist das möglich?«, frage ich und denke an die unzähligen Mädchen, die sich Leo in der Highschool an den Hals geworfen haben.

»Ich meine, ich habe viel herumgealbert. Aber als es dann tatsächlich dazu kam, fühlte es sich einfach nie richtig an. Es fühlte sich nie nach dem richtigen Mädchen an. Ich wollte nicht darüber nachdenken. Ich habe mir nie eingestanden, dass du die Richtige sein musstest.«

Ich vermute, wenn ich Leo deutlicher sehen könnte, würde er vielleicht tatsächlich zum einzigen Mal in seinem Leben rot werden.

»Mir ging es genauso«, sage ich leise. »Ich bin auch noch Jungfrau.«

»Ja?«, sagt Leo, und nun höre ich noch etwas anderes in seiner Stimme: große Erleichterung.

Es trifft mich genau im selben Moment.

Ich bin im Begriff, etwas zu haben, von dem ich nie dachte, dass ich es haben könnte.

Leo und ich sind dabei, zum ersten Mal gemeinsam Sex zu erleben.

Kapitel 28

Leo

Ich kann nicht glauben, dass Anna auch noch Jungfrau ist.

Ich kann es wirklich nicht glauben.

Mein Herz hämmert gegen meine Brust, und ich versuche, sie beim Umarmen nicht zu fest zu drücken.

Dieses Szenario habe ich mir nicht einmal vorstellen können.

Aber jetzt, da es passiert, scheint es, als hätte es nie anders sein können.

Das Schicksal hat jede Verwirrung, jedes Zögern, jede gescheiterte Beziehung, die es vorher gab, so inszeniert, dass Anna und ich genau diesen Moment erleben konnten und zusammenkommen, als wir endlich und vollständig bereit sind.

Anna liegt in meinen Armen, bekleidet mit ihrer feuchten Unterwäsche. Wir sind ganz allein auf der Krankenstation. Dr. Cross ist zu alt und zu weit weg, um uns zu hören, und jeder andere Mensch auf dem Campus schläft tief und fest.

Es gibt nichts, was mich davon abhält, sie hier und jetzt zu nehmen. Nichts außer meiner eigenen Angst, es zu versauen.

Ich hatte noch nie so viel Angst.

Ich weiß, was ich tun muss, aber ich habe es nie wirklich getan. Natürlich weiß ich, wie Sex funktioniert. Ich habe viele Pornos gesehen. Doch das ist nicht das Gleiche, wie Erfahrung zu haben.

Es ist auch Annas erstes Mal. Das muss perfekt für sie sein. Ich will es nicht versauen. Ich will sie nicht enttäuschen.

Sie spürt den Druck des Augenblicks genauso wie ich. Ich kann spüren, wie ihr Puls unter meinen Fingerspitzen wild klopft, wo meine Hand die Seite ihres Halses streichelt.

Um ihr zu helfen, sich zu entspannen, lasse ich meine Hand nach unten gleiten und beginne, die angespannten Muskeln in ihrem Nacken zu massieren. Als ich spüre, wie ihre Anspannung nachlässt, bewege ich meine Hände weiter nach unten, massiere ihre Schultern und drücke meine Daumen in den verspannten Muskel direkt über ihren Brüsten.

Ich weiß, dass ihre Muskeln von all dem Laufen, Kämpfen und Schießen früher am Tag schmerzen müssen. Natürlich kann sie meiner Berührung nicht widerstehen. Sie wird entspannt und fügsam in meinen Armen wie ein auf den Rücken gedrehtes Kaninchen.

Der Gedanke an Anna, die hilflos in meinen Armen liegt, ist seltsam erotisch. Anna ist heftig und stur. Sie ist niemals hilflos. Aber mir ist plötzlich bewusst, dass ich, so stark, wie sie auch ist, noch viel stärker bin.

Das ist es, was es bedeutet, eine Frau zu besitzen – es bedeutet, dass, wenn man sie auf die richtige Weise berührt, sie buchstäblich unter deine Kontrolle gerät. Ihr Körper ist Wachs in deinen Händen.

Ich greife hinter ihren Rücken, löse ihren BH, ziehe ihn aus und lasse ihn auf den Boden gleiten. Ich verfluche, wie dunkel es in der Krankenstation ist, denn ich will sie nackt sehen. Nur ein schwaches bläuliches Licht geht von der Digitaluhr an der Wand aus. Es ist gerade genug Licht, um den silbrigen Schimmer von Annas Haut und die festen, vollen Wölbungen ihrer wunderschön geformten Brüste zu sehen.

Ich kann sehen, wie sich ihre Brustwarzen leicht nach oben gebogen abzeichnen und darauf brennen, berührt zu werden.

Sanft fahre ich mit meiner Hand über ihre Brust, spüre die butterweiche Haut und den einzelnen harten Punkt ihrer Brustwarze, der sich über die Mitte meiner Handfläche zieht. Anna stöhnt und wölbt ihren Rücken, um ihre Brust fester gegen meine Handfläche zu drücken. Ich schließe meine Hand um ihre Brust, um sie leicht zu massieren, und dann gleite ich mit meinen Fingern nach unten, um die Brustwarze selbst zu streicheln und daran zu ziehen – um zu sehen, wie viel steifer sie werden kann.

Dieses offensichtliche Zeichen von Erregung wirkt wie ein elektrischer Schlag auf meinen Schwanz. Er springt nach oben und stößt gegen Annas Hüftknochen.

Ich schlinge meine Arme um ihren ganzen Körper, ziehe sie an meine Brust, damit mein Schwanz hart gegen sie drücken und ich spüren kann, wie klein sie im Vergleich zu mir ist.

»Ich habe mir geschworen, wenn ich dich jemals zurückbekomme, werde ich dich nie wieder gehen lassen«, knurre ich ihr ins Ohr.

Ich drücke sie fest an mich, damit sie weiß, dass ich stark bin, dass ich sie beschützen und nie loslassen werde.

Ich drücke zu, bis ich spüre, wie sie sich gegen mich entspannt und sich der Umarmung hingibt, weil sie nichts anderes tun kann.

»Ich gehöre zu dir, Leo«, flüstert sie. »Das habe ich schon immer.«

Sie gibt sich mir hin. Jeder Teil von ihr. Sogar die Teile, die lange Zeit die geheimsten und verbotensten waren.

Mit diesem allgegenwärtigen Gefühl des Tabus, das nach wie vor über mir schwebt, greife ich an ihrem flachen Bauch hinunter und schiebe meine Hand unter den Bund ihres

Tangas, um die unfassbar weiche Haut ihrer Muschi zu berühren. Wie oft habe ich Anna in einem Trikot tanzen sehen, und der Gedanke schlich sich in meinen Kopf, wie eng und perfekt geformt diese kleine Muschi darunter sein muss, die nur von dem dünnsten und kleinsten Streifen Stoff bedeckt ist …

Ich habe noch nie eine so weiche Haut gespürt wie ihre nackten Schamlippen. Meine Finger gleiten über die Oberfläche wie Satin. Dann greife ich ein wenig tiefer, in die schmale Spalte zwischen ihren Falten, bis ich die Nässe um ihren Eingang herum finde. Ich tauche meine Fingerspitze hinein und benutze die Feuchtigkeit, um meine Finger in ihrer Muschi auf- und abgleiten zu lassen.

Anschließend hebe ich meinen Finger an meine Lippen und schmecke ihre Nässe. Ich habe noch nie ein Mädchen gekostet. Zwar habe ich schon viele Blowjobs bekommen, aber es nie bei einer erwidert. Ich wollte es auch nie.

Das ist etwas völlig anderes.

Ich *will* Anna nicht nur lecken. Ich *muss* es tun.

Ich brauche es mehr als meinen nächsten Atemzug.

Ich gleite ihren Körper hinunter und stütze mich mit meinen Händen auf ihren Oberschenkeln ab. Dann ziehe ich ihr den Tanga aus und lasse ihn über ihren BH auf den Boden fallen.

Ihre Beine öffnen sich wie eine Blume, die Knie zeigen nach außen, denn Anna ist beweglich. Ich liebe es, wie sie ihre Muschi für mich öffnet. Ich kann nur die blassrosa inneren Schamlippen sehen, den winzigen Noppen ihrer Klitoris, der oben freiliegt, und dann ihre Öffnung, die überhaupt nicht offen aussieht. Es sieht so aus, als würde nicht einmal mein kleiner Finger hineinpassen, was mich ein wenig beunruhigt, wie ich dort hineinkommen soll.

Für den Moment tue ich das, von dem ich weiß, dass ich es tun kann. Ich lecke ihre Muschi sanft und vorsichtig, lasse meine Zunge den ganzen Weg über ihren Schlitz gleiten, mit der hoffentlich richtigen Geschwindigkeit. Ich lecke sie, wie man Eiscreme leckt – ich koste sie vorsichtig aus und versuche, jedes kleinste Stückchen von ihr zu erreichen.

Anna reagiert umgehend, stöhnt und hebt ihre Hüften auf den Laken. Sie zieht sich nicht von mir zurück, sondern drückt ihre Klitoris gegen die flache Seite meiner Zunge. Ich nehme an, dass ihr das gefällt und ich es gut mache.

Sofort bekomme ich dieses Wettbewerbsfeuer, diesen Wunsch, meine Technik zu perfektionieren. Ich will alles testen, um zu sehen, was am effektivsten ist. Also fange ich an, mit meiner Zunge verschiedene Striche zu machen, mit unterschiedlichem Druck, analysiere sorgfältig die Laute, die sie von sich gibt, die Art und Weise, wie sie sich bewegt, und achte darauf, nur das fortzusetzen, was ihr das leiseste Stöhnen und Keuchen der Lust entlockt, und nichts zu tun, was zu intensiv oder unangenehm erscheint.

Bald wird Annas Atem zu einem gleichmäßigen Hecheln, als würde sie rennen. Sie wimmert, und ich merke, dass sie sich steigert. Vorsichtig schiebe ich einen Finger in sie hinein. Ich bin schockiert, wie fest ihr Fleisch dort ist, wie fest sie meinen Finger umfasst, wie eine Hand, die mich umklammert.

Ich kann nicht glauben, wie nah ich dran bin, meinen Schwanz dort hineinzustecken. Ich will es unbedingt tun, und doch will ich nichts überstürzen, denn ich will, dass das alles ewig dauert.

Noch bevor ich meinen Schwanz in sie stecke, will ich Anna auf jeden Fall zum Orgasmus bringen. Wenn ich mich nicht beherrschen kann und sofort komme, will ich sichergehen, dass sie zuerst ihren Spaß hatte.

Als ich spüre, wie fest sie meinen Finger drückt, habe ich kein Vertrauen in meine Fähigkeit, meinen Höhepunkt zurückzuhalten.

Ich habe den richtigen Rhythmus gefunden, gleite mit meinem Finger sanft in sie hinein und wieder heraus, während ich sie im gleichen Tempo lecke. Als sie immer stärker hechelt, packt sie mich an den Haaren und hält meinen Kopf fest. Dabei reibt sie ihre Muschi an meiner Zunge und teilt mir wortlos mit, dass ich mein Gesicht stillhalten soll, während sie genau den Druck ausübt, den sie braucht.

Ich bin besessen davon, sie zu riechen. Ich habe gehört, dass Männer den Duft von Frauen kritisieren – sie müssen völlig verrückt sein. Ich atme ihren Duft bewusst ein, er ist so reichhaltig und süß wie an ihrem schlaftrunkenen Hals. Wie die Pheromone der Haut, aber mit einer viel breiteren und tieferen Amplitude. Es ist ein natürlicher Duft wie Sommergras im Sonnenschein.

Ich lecke wild an ihrer Muschi und kann nicht genug davon bekommen.

Anna beginnt zu kommen, was mich so erregt wie noch nie zuvor. Ihr Orgasmus ist für mich erregender als alles, was ich selbst erlebt habe.

Als sie sich schüttelt und schaudert und auf das Bett zurückfällt, gehe ich auf die Knie, rage über sie und schaue auf sie herab. Ich will die ganze Länge ihres herrlichen nackten Körpers sehen.

Von all den Teilen von ihr, die ich gesehen oder mir vorgestellt habe, hätte ich mir niemals die Perfektion ihrer völlig nackten Form vorstellen können. Würde man daraus ein Gemälde machen, wäre es das berühmteste Kunstwerk der Welt.

Ich nehme meinen Schwanz in die Hand. Er füllt meine ganze Hand aus, pochend und schwer. Ich knie zwischen Annas Beinen, beuge mich vor und reibe die schwere, brennend heiße Spitze meines Schwanzes an ihrer noch immer empfindlichen Klitoris. Anna stöhnt und windet sich, kann es kaum aushalten. Es ist ein unglaubliches Gefühl, wenn der empfindlichste Teil von mir an dem empfindlichsten Teil von ihr reibt.

Während ich sie mit meinem Schwanz reibe, benutze ich meine freie Hand, um ihre Brüste zu massieren und an ihren Brustwarzen zu ziehen. Ihre Brustwarzen sehen so sexy aus, dass ich mich vorbeuge und eine in den Mund nehme, erstaunt darüber, wie weich auch diese Haut ist. Jeder Teil von ihr ist weicher als alles, was ich mir vorgestellt habe.

Ich schmiege meine Nase an ihren Hals, küsse ihren weichen Hals, atme ihren Duft ein.

»Ich will in dir sein«, sage ich.

»Ja«, keucht Anna.

Ich positioniere mich auf ihr, stütze mich auf meine Ellbogen und verlagere meine Hüften so, dass die Spitze meines Schwanzes gegen ihre Muschi drückt. Ich erwarte, dass sie sich jetzt von meinem Finger, ihrer extremen Nässe und der Tatsache, dass sie einen Orgasmus hatte, ein wenig gelockert hat.

Aber als mein Schwanz gegen ihre Öffnung drückt, hat sich nichts verändert. Es fühlt sich kaum so an, als wäre da überhaupt ein Eingang, und ich bin mir nicht ganz sicher, was ich tun soll.

Anna treibt mich an, hält ihre Beine weit gespreizt, reibt ihre Hüften gegen mich, um mir zu helfen, hineinzukommen.

»Es wird nicht passen«, sage ich leicht verlegen. »Willst du, dass ich fester drücke?«

»Ja!«, keucht sie.

Ich schiebe und stoße, mit dem schlechten Gewissen, dass ich ihr wehtun muss. Doch es funktioniert. Ich spüre intensive Hitze und Wärme, als die Spitze meines Schwanzes Millimeter für Millimeter in sie eindringt.

Dieses Gefühl macht etwas mit mir. Es erhebt mich weit über einfache Erregung hinaus. Es entfesselt ein Ungeheuer in mir. Eine Bestie, die zielstrebig in ihrer Lust ist.

Nun gibt es kein Halten mehr, kein Zögern. Ich genieße das Gefühl ihrer Muschi, die sich um meinen Schwanz windet. Die Wärme und Nässe nehmen zu, und es ist mir egal, ob es Blut oder Erregung ist.

Ich beiße in die Seite ihres Halses, und das Ungeheuer in mir knurrt: »Ich werde mit meinem Schwanz ein Loch in dich graben. Diese perfekt enge Muschi werde ich so formen, dass sie nur für mir geeignet ist, und ich werde mir einen Weg bahnen, damit sie passt.«

Damit stoße ich ein letztes Mal ganz in sie hinein, sodass ich vollständig in ihr stecke, und Anna stößt einen Schrei aus, der Dr. Cross sicherlich aufwecken würde, wenn er nicht schon halb im Grab läge.

Ich werde etwas langsamer – zum Teil, um Anna eine Pause zu geben, aber vor allem, weil ich dieses exquisite Gefühl auskosten will: Mein Schwanz ist von der Spitze bis zum Ansatz fest in ihr verankert.

Dann fange ich wieder an, sie zu ficken, beschleunige die Penetration, gleite den ganzen Weg hinein und heraus, während jeder meiner Stöße ihren Körper erschüttert.

Als Anna sich immer wohler zu fühlen scheint, gehe ich wieder in die Knie, halte ihre Beine an den Knöcheln weit geöffnet und dringe tief in sie ein. Ich denke an all die Male, die ich sie auf dem Boden gesehen habe, wie sie sich streckte und beugte, die Beine im Spagat weit geöffnet, den Körper ganz nach vorne gebeugt. Ich erinnere mich an die Lust, die jedes verdammte Mal in mir aufstieg, und wie unmöglich es war, sie im Zaum zu halten.

Nein, daran darf ich nicht denken. Ich werde explodieren, wenn ich mir vorstelle, wie ich ihren Turnanzug zur Seite ziehe und sie ficke. Ich explodiere sowieso gleich, wenn ich nicht aufhöre, so tief in sie hineinzugleiten.

Hastig wechsle ich die Position, um den Drang zum Abspritzen zu unterdrücken.

Ich hebe Anna hoch, setze sie auf meinen Schoß und lasse sie auf meinen Schwanz sinken, als würde sie an einer Stange herunterrutschen. Obwohl Anna nicht klein ist, fühlt sie sich in meinen Armen winzig und leicht an. Sie ist so stark, dass sie ihr eigenes Gewicht mit ihren Armen um meinen Hals tragen kann und ich sie mit den Händen unter ihrem Hintern leicht auf meinem Schwanz auf- und abwippen lasse. Die Kontrolle, die ich über ihren Körper habe, ihre völlige Hingabe, ist äußerst erregend. Ich kann spüren, wie sich mein Orgasmus wieder aufbaut. Ich kann ihn kaum noch halten, wie ein tollwütiger Hund, der kurz davor ist, seine Leine zu zerreißen.

Ich versuche, sie auf meinem Schoß zu schaukeln, wobei mein Schwanz nicht mehr hinein- und herausgleitet, sondern nur noch in flachen Stößen gegen ihren Gebärmutterhals schlägt und ihre Klitoris direkt über meinem Schwanz gegen meinen Unterbauch reibt.

Sie drückt ihr Gesicht an meinen Hals und beginnt, tief einzuatmen, wie ich es zuvor bei ihr getan habe. Sie liebt meinen Duft, so wie ich ihren liebe. Das lässt sie mich härter reiten, als wäre ich ein Pony in einem Rennen. Sie geht vom Schritt in den Galopp über.

Dann schiebt sie mich auf das Bett, beißt und saugt an meinem Hals.

Das hat eine seltsame Wirkung auf mich. Ich war schon zu siebenundneunzig Prozent hart, und plötzlich bin ich bei hundertzehn Prozent. Mein Schwanz schwillt mehr an, als er es jemals zuvor getan hat. Bizarrerweise scheint dies meinen Orgasmus zurückzuhalten, nur für einen Moment. Aber sofort spüre ich, wie er sich wieder aufbaut, noch stärker als zuvor.

Anna setzt sich halb auf. Ihre Handflächen liegen auf meinen Brustwarzen, ihre Fingernägel graben sich in meine Haut. Sie reitet immer noch auf mir und stemmt ihre Hüften kräftig nach vorne. Nie im Leben hätte ich gedacht, dass es tatsächlich so erotisch sein würde, dieses wunderschöne Mädchen so verzweifelt auf mir reiten zu lassen. Ich fühle mich wie ein verdammter Glückspilz, dass so ein Mädchen mich so sehr will und sich an meinem Schwanz erfreut.

Ich habe schon Körbe in letzter Minute in einer Basketballarena voller Menschen getroffen, aber so einen Rausch habe ich noch nie gespürt. Annas animalische Anziehungskraft auf mich ist besser als jeder Sieg, jeder Triumph, jedes Hochgefühl.

Anna ist wie eine Katze, und meine Pheromone sind Katzenminze. Sie wird wild, beißt und kratzt an meiner Brust.

Zwischen uns haben sich jahrelang Frustrationen aufgestaut, sexuelle Spannungen, die wir uns nicht eingestanden haben, geschweige denn je abbauen konnten. Je härter wir uns gegenseitig ficken, je mehr wir diese Bisse und Kratzer geben und empfangen, desto mehr Erlösung spüren wir.

Wir lassen all unseren Schmerz und unsere Frustration heraus, all die Zeit des Wartens, all die Qualen des Getrenntseins. Sie hatten sich bis zum Äußersten aufgestaut.

Jedes Mal, wenn Anna anfängt, etwas langsamer zu werden, beugt sie sich vor und atmet den Duft meiner Haut ein und greift mich dann von Neuem an, wilder als zuvor.

Mein Schwanz pocht und pocht. Ich kann nicht glauben, dass ich noch nicht gekommen bin. Nur die Verwirrung meines Körpers hält ihn zurück – nicht irgendeine Art von Willenskraft, die ich möglicherweise aufbringen könnte.

Sie beißt und saugt an meinem Hals, leckt leicht an meinen Ohrläppchen.

O mein Gott, das habe ich noch nie gefühlt! Von all den Dingen, die sie getan hat, sind es die verdammten Ohren, die mich fertigmachen. Ich werde es nicht mehr halten können, ich werde verdammt noch mal abspritzen.

Ich packe sie an den Hüften, meine Finger graben sich in ihren Hintern. Ich ziehe sie dicht an mich heran, sodass ihre nackte Brust fest an meiner liegt.

Ohne es zu wollen, stöhne ich: »Ich will für immer nur in dir kommen.«

Und dann lasse ich mich komplett fallen.

Es ist, als würde ich seit Stunden am Rande einer Klippe hängen.

Dieser Orgasmus ist die sofortige, perfekte Befreiung, der pochende Schmerz des Zurückhaltens wird umgehend von der intensiven Erleichterung des Loslassens überspült.

Es ist eine massive Pheromonausschüttung. Chemische Stoffe fluten durch mein Gehirn und anschließend durch meinen ganzen Körper, strömen von meiner Haut aus. Sie treffen Anna wie eine Welle, und ihr ganzer Körper vibriert wie eine Musiknote. Sie fängt wieder an zu kommen, zittert und pulsiert auf mir, unsere Körper beben bis in die letzten Neuronen.

Das Gefühl ihrer Muschi, die um meinen Schwanz krampft und pulsiert, während ich Sperma in sie spritze, ist die reinste Form der Glückseligkeit.

Nichts kann diesem Moment gleichkommen. Nichts wird das jemals können.

Kapitel 29

Dean

Die letzten zwei Monate in Kingmakers sind ein einziger Albtraum.

Jeden Tag beobachte ich, wie sich Leo und Anna immer mehr ineinander verlieben.

Sie gehen überall zusammen hin, Seite an Seite, Hand in Hand. Das ganze College könnte um sie herum einstürzen, und sie würden es nicht merken, denn sie haben nur Augen füreinander.

Anna spürt nicht mehr, wenn ich sie beobachte, und auch nicht, wenn ich sie anstarre. Sie hat jedes Gefühl für alles außer Leo verloren.

Und Leo selbst ist sogar noch unerträglicher. Ich höre sein Lachen über den Campus hallen, seine dummen Witze und die anbiedernde Antwort seiner Freunde, die sich um ihn scharen.

Das alles nährt meinen Hass.

Jeden Tag wird er stärker und mächtiger.

Ich glaube nicht, dass ich Anna zurückbekommen werde. Schließlich hatte ich sie nie wirklich, wenn ich ehrlich zu mir selbst bin. Aber es gibt eine Sache, zu der ich entschlossen bin: diesen verdammten Leo Gallo aus meinem Leben zu entfernen.

Mein Großvater hat seine Rache verdient. Genau wie mein Vater.

Drei Wochen vor Ende des Semesters rufe ich über die Telefone, die nur samstags und sonntags für uns Studierende zugänglich sind, meinen Vater an.

Das Telefon klingelt und klingelt eine lange Zeit, ohne dass jemand abhebt. Er könnte sich mit dem *Pakhan* treffen – die Bratwa respektieren den Sabbat sicher nicht. Oder er könnte sich einfach in seinem Zimmer verkriechen und sich weigern, zu antworten.

Gerade als ich den Hörer auflegen will, höre ich ihn »Was ist los?« krächzen.

»Hallo, Vater«, sage ich.

»Dmitry.«

Ein Schauer läuft mir über den Rücken.

So hat er mich immer genannt. Als ich nach Kingmakers kam, benutzte ich den Namen, den meine Mutter mir gab. Vielleicht war das ein Fehler.

»Was gibt's?«, fragt mein Vater.

Wenn ich mich bei ihm melde, brauche ich einen triftigen Grund. Wir rufen uns nicht wegen belanglosen Dingen an, etwa um uns zu erkundigen, wie es dem anderen geht. Geschweige denn, dass wir »ich vermisse dich« oder »ich will deine Stimme hören« sagen. Das sind lächerliche westliche Konzepte.

Mein Vater wartet immer noch am anderen Ende der Leitung.

Ich atme tief durch und frage ihn: »Was zählt mehr? Ehre oder Rache?«

Es herrscht eine lange Stille, in der ich nur den Atem meines Vaters höre, der einen hohlen, nachhallenden Ton hat. Früher war er sehr athletisch – ist geschwommen und gelaufen und hat Polo gespielt. Mittlerweile kommt er auf der Treppe außer Atem.

Zum Schluss sagt er: »Es gibt keine Ehre. Und es gibt keine Rache.«

Ich halte den Hörer fest in der Hand und drücke ihn an mein Ohr, als ob ihn das zu einer Erklärung zwingen würde, um mir eine Orientierung zu geben.

»Was dann?«, frage ich verzweifelt. »Was soll ich denn machen?«

Wieder eine lange Stille und dann ein Geräusch, das ich nicht ganz glauben kann … lacht mein Vater tatsächlich?

Sein seltsames, gehauchtes Lachen geht in ein Husten über. »Meinst du, *ich* weiß es, Dmitry?«, sagt er mit tiefer Verachtung.

Ich knalle den Hörer wieder auf. Mein Gesicht brennt.

Scheiß auf meinen Vater! Er ist schwach, das habe ich immer gewusst. Schwach, gebrochen und verloren.

Ich werde nicht wie er sein.

Ich werde nicht mehr zu ihm aufschauen.

Nur mein Großvater hatte das einzig Richtige gemacht. Was würde er tun, wenn er hier wäre?

Er würde alles tun, was nötig ist, um sein Ziel zu erreichen. Egal, wie hoch das Risiko ist. Egal, was es kostet.

Ich kann nichts planen, bevor ich nicht weiß, was im dritten Wettkampf auf uns zukommen wird. Natürlich ist es ein Geheimnis – keiner von uns soll es im Voraus wissen. Keiner soll einen Vorteil haben.

Ich kann aber davon ausgehen, dass Professor Howell ihn organisieren wird, so wie es bei den ersten beiden Wettkämpfen der Fall war.

Also beschatten Valon, Bram und ich in den letzten Wochen des Semesters Professor Howell überall, wo er hingeht. Wir beobachten und warten.

Drei Tage vor dem Wettbewerb sehe ich endlich, wie er anfängt, Vorbereitungen zu treffen. Ich folge ihm, als er den Campus verlässt und Orte auskundschaftet. Und dann folge ich ihm wieder, als er unter die Waffenkammer geht und beginnt, die Tauchflaschen zu füllen.

Kapitel 30

Anna

Mit Leo zusammen zu sein, ist so einfach, wie in ein warmes Bad zu tauchen.

Ich habe mich gefragt, ob es sich seltsam anfühlen würde, mit ihm Händchen zu halten, ihn zu küssen, mit ihm romantisch in der Öffentlichkeit zu sein. Stattdessen ist es die natürlichste Sache der Welt.

Selbst Miles scheint das nicht seltsam zu finden.

Als er uns das erste Mal Händchen halten sieht, verdreht er nur die Augen und sagt: »Verdammt, endlich. Könnt ihr beide jetzt endlich aufhören, Trübsal zu blasen, als wäre jemand gestorben?«

»Findest du das nicht seltsam?«, frage ich ihn nervös.

»Ich sag's ja nur ungern«, meint Miles, »aber ihr zwei seid nicht gerade unauffällig. Ihr habt einen echten *Sweet Home Alabama*-Vibe, seit ihr ungefähr zwölf seid.«

»Warum hast du dann nie etwas gesagt?«, will Leo wissen.

»Wegen meinem ausgeprägten Feingefühl«, sagt Miles. »Außerdem ist es mir scheißegal. Fickt miteinander oder lasst es bleiben. Hört nur einfach auf, deswegen zu schmollen.«

»Da fühle ich mich gleich ein bisschen besser«, sage ich. Wenn Miles das eklig fände, würde er sich bestimmt nicht zurückhalten, das zu sagen. Er ist alles andere als feinfühlig.

»Du glaubst also, dass alle damit einverstanden sein werden?«, fragt Leo. »Wir haben es unseren Eltern noch nicht gesagt …«

»Natürlich nicht«, sagt Miles. »Onkel Miko wird das ganz und gar nicht cool finden. Er wird dich verdammt noch mal umbringen, Leo. Ich dachte, das wäre dir klar.«

»Wirklich?«, sagt Leo und sieht leicht kränklich aus.

»O ja. Langsam und schmerzhaft. Wir werden kleine Stücke von dir in ganz Chicago finden. Also genieße auf jeden Fall deine letzte Woche auf dem College. Es ist wahrscheinlich alles, was du noch hast.«

Ich kann sehen, dass Leos Leben vor seinen Augen aufblitzt. Er starrt Miles ausdruckslos an und lacht überhaupt nicht.

Ich packe seine Schultern und schüttle sie. »Er macht nur Spaß, Leo.«

»Ich mache keine Witze.«

»Miles …«

»Das ist meiner voller Ernst.«

»Hör auf damit.«

»Das ist es, was du Onkel Miko entgegenschreien wirst, wenn er deine Leber herausschneidet, Leo.«

Ich schlage Miles fest auf die Schulter, aber er lacht bloß und schlendert davon, wobei er über seine Schulter zurückruft: »Ich will deinen Jeep, Leo! Hinterlasse ihn mir in deinem Testament!«

Ich schaue zu Leo auf, dessen Augen so groß sind wie noch nie zuvor.

»Er macht nur Spaß, Baby. Mein Dad liebt dich.«

»Er *hat* mich geliebt. Bevor ich seine Tochter entjungfert habe.«

»Ich habe dich auch entjungfert. Glaubst du, Onkel Seb wird sauer auf mich sein?«

»Nein, er ist zu gut gelaunt, um sich über irgendetwas zu ärgern.«

»Warum?«, frage ich.

»Oh, ich habe vergessen, dass ich dir das noch nicht erzählt habe …«, sagt Leo. Sein Gesicht leuchtet auf.

»Was?«

»Nein, es ist zu gut, ich kann es nicht sagen.«

Er ist jetzt richtig übermütig. Es gibt nichts, was Leo mehr liebt, als mich bei den seltenen Gelegenheiten, bei denen er zeigen kann, dass er etwas weiß, was ich nicht weiß, zu necken.

»Spuck's aus«, sage ich.

»Was gibst du mir, wenn ich das tue?«

Ich beiße mir auf die Lippen und versuche, nicht zu lachen. »Ich verhandle nicht mit Terroristen.«

»Wie wäre es mit einem Tauschgeschäft?«

Ich schaue mich um. Wir waren auf dem Weg zu unserem Chemieunterricht und sind gerade in die dritte Etage des Wehrturmes hinaufgestiegen. Auf diesem Stockwerk gibt es viele leere Kursräume.

»In Ordnung«, sage ich. »Ich werde dafür sorgen, dass es sich für dich lohnt. Jetzt rück schon raus damit, bevor ich all diese praktischen Foltertechniken anwende, die wir gelernt haben.«

»Meine Mutter ist schwanger.«

Ich starre ihn mit offenem Mund an. »Hör auf.«

»Es ist wahr. Sie haben es mir bereits im Januar gesagt, aber ich war … du weißt schon … irgendwie deprimiert.«

Ich zögere, weil ich weiß, dass das eine große Umstellung für Leo ist. Eine, bei der ich mir nicht immer sicher war, ob er sie auch genießen würde.

»Bist du … aufgeregt?«, frage ich zaghaft.

»Das bin ich tatsächlich«, sagt Leo. Ich kann die Aufrichtigkeit in seinem Gesicht sehen. »Meine Mutter wollte immer noch ein Kind. Wenn sie früher eines bekommen hätte, wäre ich vielleicht nicht so ein verwöhnter Scheißer.« Er lacht und fügt dann etwas ernster hinzu: »Sie verdient das. Und ich bin auch aufgeregt. Ich würde mich über einen kleinen Bruder oder eine kleine Schwester freuen.«

»Das ist unglaublich«, sage ich und schüttle den Kopf.

»Ja, das ist es.« Leo packt mich an der Hand und zieht mich in den gerade menschenleeren Kursraum von Professor Holland: »Und jetzt bezahlst du …«

»Wir kommen zu spät zum Chemieunterricht …«, sage ich.

»Das ist mir scheißegal.«

Er drückt mich gegen die Tafel, ohne sich darum zu kümmern, dass wir uns die Kreide auf den Rücken unserer Uniformen schmieren. Er küsst mich heftig und knöpft schon die Vorderseite meiner Bluse auf.

Die ganze Länge seines überdimensionalen Körpers drückt gegen mich, drückt mich an die Wand. Ich liebe es, wie riesig Leo ist, weil ich mich im Vergleich dazu klein fühle.

Was hat es mit Sex auf sich, dass er jeden Feminismus aus meinem Gehirn verbannt?

Im echten Leben bin ich gern stark und fähig.

Aber sobald ich erregt bin, möchte ich hochgehoben, umgedreht und von einem Mann gefickt werden, der viel größer ist als ich.

Na ja … ein bestimmter Mann zumindest …

Ich lasse mich vor Leo auf die Knie fallen. Ich liebe es, wie gigantisch er aussieht, wenn ich in dieser Position bin. Seine Schultern sind unfassbar breit, weit entfernt über mir. Und sein Schwanz … er sieht bereits riesig aus und wölbt sich gegen den Hosenschlitz.

Ich öffne den Reißverschluss seiner Hose und lasse seinen Schwanz mit einem dumpfen Schlag in meine Handfläche fallen.

Leos Schwanz ist verdammt schön. Ich meine, ich habe nicht viel, womit ich ihn vergleichen könnte, aber er ist so glatt und braun und sieht gesund aus wie der Rest von ihm, dick mit Adern überzogen wie seine Unterarme. Der Peniskopf sieht schwer und mächtig aus.

Er ist völlig männlich, als ich mit meiner Zunge den Schaft zum samtweichen Kopf hinauffahre. Und dann schmecke ich diese Haut, die zarter ist als jede andere Stelle an seinem Körper.

Die Spitze seines Schwanzes füllt meinen Mund und liegt schwer auf meiner Zunge. Ich kann spüren, wie er pocht, einige Grad wärmer als sein Körper.

Das Knien ist eine unterwürfige Position, aber die Macht, die ich über Leo habe, wenn sein Schwanz in meinem Mund ist, ist unvergleichlich. Ich kann ihn zum Stöhnen und Zittern bringen. Ich kann ihn dazu bringen, dass er mich anfleht, weiterzumachen. Und ich kann ihn jederzeit zum Kommen bringen, wenn ich will.

Mir gefällt es, zu lecken und zu saugen, bis er kurz vor dem Orgasmus steht, dann ziehe ich mich zurück und bewege mich zu seinen Eiern hinunter, um sie zu reizen und zu necken, dann wippe ich mit dem Kopf noch einmal auf seinem Schwanz, um seinen Höhepunkt von Neuem aufzubauen.

Es ist ein Spiel von Unterwerfung und Kontrolle, Geben und Nehmen. Ich könnte das stundenlang machen, nur ist die Tür zum Kursraum nicht verschlossen, und ich weiß, dass jeden Moment jemand hereinkommen könnte.

Außerdem hat Leo heute keine Geduld. Er hat Appetit auf mich, ist geradezu ausgehungert.

Ich hatte vorgehabt, ihn bis zum Orgasmus zu bringen, aber er lässt es nicht zu. Nach nur ein oder zwei Minuten, in denen ich seinen Schwanz gelutscht habe, zieht er mich auf meine Füße und beugt mich über das Pult. Er reißt meinen Rock bis zur Taille hoch und zieht mein Höschen zur Seite.

Dann stößt er seinen Schwanz, noch feucht von meinem Speichel, in meine schmerzende, pochende Muschi.

Es macht mich so feucht, wenn ich ihm einen blase. Es ist fast noch erregender, ihm einen zu blasen, als wenn er mich leckt. Ich bin mehr als bereit, gefickt zu werden, und das Gefühl, wenn dieser dicke, harte Schwanz in mich eindringt, befriedigt mich sofort und intensiv.

Jeder Stoß knallt meine Oberschenkel gegen den Schreibtisch. Wahrscheinlich werde ich morgen blaue Flecken auf den Oberseiten meiner Oberschenkel haben, aber das ist mir scheißegal. In den letzten Wochen habe ich viele blaue Flecken durch Sex bekommen, und jeder einzelne davon war es mehr als wert.

Alles, was ich mit Leo mache, scheint zu Geschlechtsverkehr zu führen. Wenn wir im Kampfkurs gegeneinander antreten, muss ich ihn danach ficken. Wenn wir lachen und uns gegenseitig necken, ist da jetzt diese zusätzliche Art der Aggression, diese Spannung, die nur auf eine Weise abgebaut werden kann. Wir haben uns in jede mögliche Ecke des Campus geschlichen, um den Trieb zu befriedigen, den keiner von uns mehr verstecken muss.

Das warme Frühlingswetter hilft uns. Wir können ruhige Plätze außerhalb des Campus finden, draußen auf den Feldern oder unten am Strand, wo wir uns eine Decke hinlegen und uns im Sonnenschein nackt ausziehen können, um uns stundenlang zu lecken, zu küssen und zu berühren.

Es war an einem Nachmittag wie diesem, als Leo mein letztes Tattoo fand – das eine, das ich noch nie jemandem gezeigt habe.

Es ist ein Sternbild auf meinen Rippen, direkt unter meinem Herzen.

Leo fuhr mit dem Finger darüber und sagte: »Was ist das? Das hast du mir nie gezeigt.«

»Ich weiß.«

»Warum nicht? Was bedeutet es?«

»Es ist Leo«, sagte ich. »Der Löwe. Ich habe ihn letztes Jahr stechen lassen, als ich dachte, dass du vielleicht nicht mit nach Kingmakers kommst. Also würde ich dich so oder so dabeihaben.«

Leo blickte auf mein Gesicht hinunter, seine Augen strahlten golden vor Sonnenschein. »Warum hast du mir das nicht gesagt?«

»Ich … ich weiß es nicht. Ich hatte schon angefangen zu begreifen, dass ich vielleicht etwas für dich empfinde … etwas, das du vielleicht nicht für mich fühlst.«

»Das habe ich aber«, sagte Leo mit Nachdruck. »Ich habe es gespürt. Lange bevor ich es wusste.« Nach einem Moment fragte er: »Was ist dein Sternzeichen?«

Ich musste lachen. »Du weißt, dass ich nicht an dieses Zeug glaube. Ich habe dieses hier nur, weil deine Mutter dich so genannt hat. Nicht, weil ich wirklich an Astrologie glaube.«

Leo sah mich aufmerksam an. »Aber es gibt das Schicksal«, sagte er. »Es gibt dich und mich, zusammengebracht zu dieser einen Zeit an diesem einen Ort, aus all den Milliarden von Jahren und unendlichen Meilen des Raumes im Universum. Glaubst du an so etwas?«

»Ja«, sagte ich leise. »Das tue ich.«

»Dann sag es mir.«

»Ich bin Wassermann.«

»Dann ist das das erste Tattoo, das ich mir stechen lassen werde«, sagte Leo. »Sobald wir zu Hause sind. Sag mir einfach, wo ich es hinmachen soll.«

Leo dreht mich auf Professor Hollands Schreibtisch um und zu ihm hin, sodass meine Beine um seine Taille geschlungen sind und er mich küssen kann, während er mich fickt.

Er hat meine langen Haare um seine Hand gewickelt, presst meine Lippen unter seine und stößt so fest in mich hinein, dass der Schreibtisch wackelt und ich Angst habe, dass dessen Beine abbrechen.

Als ich anfange, zu kommen, denke ich, dass ich ihm sagen werde, dass er sich sein Tattoo an der gleichen Stelle wie meines stechen lassen soll. So werden sie sich berühren, wenn unsere Körper aneinandergepresst sind.

Kapitel 31

Leo

Es ist der letzte Wettkampf des *Quartum bellum* und die letzte Uniwoche.

In drei Tagen werden alle Kingmakers-Studierenden mit dem Schiff nach Dubrovnik zurückfahren und von dort aus die Heimreise antreten.

Anna und ich werden gemeinsam nach Hause nach Chicago fliegen, um unseren Familien persönlich zu sagen, dass wir verliebt sind und vorhaben, zusammen zu sein.

Ich freue mich darauf und auf einen ganzen Sommer, in dem ich nichts anderes zu tun habe, als jeden möglichen Moment mit Anna zu verbringen.

Doch bevor ich das tun kann, muss ich diesen verdammten Wettkampf gewinnen.

Mein Wunsch, zu gewinnen, ist wieder da. Er ist stärker als je zuvor, aber irgendwie anders. Es ist nicht mehr für mich. Ich will Anna stolz machen.

Sie hat mir gesagt, dass es ihr egal ist, ob wir gewinnen oder verlieren – »Du hast dich bereits besser geschlagen, als irgendjemand erwartet hätte.«

Doch Anna hat einen Gewinner verdient.

Die Studierenden aus dem dritten Jahrgang sind raus. Es spielen jetzt nur noch die Neulinge gegen den vierten Jahrgang.

Wie bei den vorherigen Wettkämpfen habe ich keine

Ahnung, was heute auf uns zukommen wird. Und trotzdem bin ich nicht nervös. Ich habe keine Angst. Anna wird bei mir sein, direkt an meiner Seite. Ich kann das schaffen.

Mein Team versammelt sich auf dem Feld südlich von Kingmakers, an demselben Ort, an dem auch der zweite Wettkampf stattfand. Diesmal ist kein dreieckiges Spielfeld mit Sprühfarbe abgesteckt. Tatsächlich gibt es keine Anzeichen für einen bevorstehenden Wettkampf außer einer einfachen Holzkiste, die auf dem Rasen steht – die Art von Kiste, die Sportgeräte, Leibchen oder fast alles andere aufnehmen könnte. Professor Howell, gekleidet in seiner üblichen olivgrünen Arbeitskleidung mit einer silbernen Stoppuhr um den Hals, schaut gespannt und erwartungsvoll, als die Studierenden des vierten Jahrgangs zu uns stoßen.

Pippa Portnoy steht an der Spitze ihres Teams, direkt neben ihr ist Liam Murphy positioniert. Liam ist selbst ein Erbe, groß und fit, mit einem feuerroten Bart und einem Haarschopf in der gleichen Farbe, der mit einem Band zurückgebunden ist.

Liam wird von seinen IRA-Soldaten respektiert, und er selbst ist schnell und kompetent, einer der besten Scharfschützen am College. Dennoch hat er Respekt vor seiner Verlobten Pippa. Das sagt alles darüber aus, wie clever und rücksichtslos sie sein muss.

Sie sieht mich jetzt mit ihren dunklen Augen an und zeigt keine Regung darüber, dass wir uns in der letzten Runde des Wettbewerbs gegenüberstehen oder dass wir ihr im ersten Wettkampf die Flagge gestohlen haben. Wenn überhaupt, dann lächelt sie voller Vorfreude.

»Willkommen, erster Jahrgang. Willkommen, vierter Jahrgang«, sagt Professor Howell erfreut. »Was für ein perfekter Tag für den letzten Wettkampf!«

Er hat recht. Der Himmel ist klar und wolkenlos, die Sonne strahlt, und nur der schwache Hauch einer Brise bewegt das Gras um unsere Füße.

»Für den letzten Wettkampf braucht ihr nicht euer gesamtes Team. Stattdessen werdet ihr jeweils sechs Mitglieder aus eurem Team auswählen, um die letzte Aufgabe zu erfüllen.«

»Sechs einschließlich uns selbst?«, will Pippa wissen.

»Sechs *zusätzlich* zu dir«, sagt Professor Howell und lächelt, sodass seine spitzen Schneidezähne zu sehen sind.

»Werden Sie uns zuerst sagen, was die Aufgabe ist?«, frage ich. Die Parameter der Herausforderung würden natürlich beeinflussen, wen ich auswählen würde.

»Nein«, sagt Professor Howell und lächelt noch breiter. »Ihr müsst euch zuerst entscheiden.«

Pippa und ich drehen uns beide zu unseren jeweiligen Mannschaften, unsere Augen streifen die eifrigen und nervösen Gesichter vor uns.

Ich bin hin- und hergerissen, denn meine natürliche Neigung ist es, die schnellsten, stärksten und körperlich begabtesten Personen auszuwählen. Aber was, wenn der Wettkampf darin besteht, eine Rohrbombe zu bauen oder einen Code zu entschlüsseln? Dann würde ich jemanden mit mehr technischen Fähigkeiten wollen.

»Trefft eure Auswahl«, fordert Professor Howell uns auf.

»Liam, Sam, Johnny, Sven, Mikhail und Marcelline«, rattert Pippa ohne Zögern herunter.

»Ausgezeichnet. Und du, Leo?«, fragt Professor Howell.

»Ares, Hedeon und Anna …«, sage ich. Diese drei sind einfach. Aber für die anderen drei … ohne die Aufgabe zu kennen, denke ich, ich sollte einen Studierenden aus jedem Fachgebiet auswählen: einen Vollstrecker, einen Spion und einen Buchhalter. »Silas. Isabel. Und ich schätze … Matteo.«

Matteo sieht geschockt aus, weil er ausgewählt wurde, und auch nicht besonders glücklich darüber. Ich hoffe, ich mache keinen großen Fehler.

Im Gegensatz dazu verfinstert sich Deans Gesicht sofort, als er erkennt, dass er ausgeschlossen worden ist. Er ist zu Recht sauer, denn seine praktischen und akademischen Leistungen rechtfertigen sicherlich eine Aufnahme. Aber wenn er glaubt, dass ich ihm zutraue, uns beim letzten Wettkampf zum Sieg zu führen, hat er wirklich den Verstand verloren. Die Tatsache, dass er überhaupt nicht dabei sein wird, ist die beste Nachricht, die ich bis jetzt gehört habe.

Was meine letzten drei Wahlmöglichkeiten angeht, bin ich nur bedingt zuversichtlich. Ich habe mich für Silas entschieden, weil ich nicht glaube, dass irgendjemand ihn schlagen kann, wenn es eine Aufgabe gibt, die reine, rohe Stärke erfordert. Andererseits ist er bösartig und nicht besonders strategisch. Ihn zu wählen, könnte mir leicht um die Ohren fliegen.

Isabel Dixon hat einige der besten Noten von allen Spionen, und ich weiß, dass sie auch geschickt mit ihren Händen ist, besonders beim Zusammenbau von Bomben, Waffen und Maschinen.

Matteo ist ein Genie, was Zahlen, Codes und Forschung betrifft. Aber er ist ungelenk und körperlich schwach. Wenn er in einer Art Kampfherausforderung landet, sind wir geliefert.

»Der Rest von euch kann ins Schloss zurückkehren«, sagt Professor Howell und entlässt diejenigen, die nicht ausgewählt wurden. Sie machen sich auf den Weg. Einige sind sichtlich verärgert darüber, nicht ausgewählt worden zu sein, andere lachen und reden aufgeregt, da sie nun die Freiheit haben, das Ergebnis ohne Leistungsdruck zu genießen.

Erst als wir allein sind – sieben aus dem ersten Jahrgang, sieben aus dem vierten und Professor Howell selbst –, reibt er sich erwartungsvoll die Hände und sagt: »Ausgezeichnet. Also, wir werden Folgendes tun: Diese Herausforderung ist in sieben Teile aufgeteilt. Jedes Teammitglied hat eine Aufgabe zu erfüllen. Am Ende der Aufgabe erhaltet ihr ein Puzzleteil. Setzt alle Teile zusammen, löst das Puzzle, und ihr werdet herausfinden, wo ihr den letzten Preis findet.«

»Es ist also eine Schnitzeljagd«, sagt Pippa.

»Im Wesentlichen«, sagt Professor Howell und lächelt auf eine Weise, die mich glauben lässt, dass es nicht ganz so einfach sein wird.

Er kniet sich hin, um die Holzkiste zu entriegeln, und holt einen Stapel handgezeichneter und handbeschrifteter Karten heraus. Er reicht sieben an Pippa und sieben an mich.

»Das sind die Karten, auf denen die Orte der Aufgaben verzeichnet sind. Gebt jedem eurer Teamkollegen eine, und dann beginnen wir den Wettkampf. Ihr habt fünf Minuten Zeit, eure Karten aufzuteilen.«

Er startet seine Stoppuhr, und mein Team versammelt sich um mich, um die Karten zu prüfen.

»Das ist die Bibliothek«, sagt Matteo und deutet auf die erste Karte.

»Ja, natürlich«, sagt Hedeon und verdreht die Augen.

»Das ist der Schießstand, also wird das wohl eine Herausforderung für die Treffsicherheit sein …«, sage ich und schaue auf die zweite Karte.

»Das hier ist in der Waffenkammer. Ich wette, es ist ein Kampf«, sagt Isabel.

»Das hier sieht aus wie der Grund des Flusses«, sage ich. »Was könnte das für eine Aufgabe sein?«

Ares zuckt verblüfft mit den Schultern.

»Und das hier ist unten im Dorf …«, sagt Hedeon und runzelt die Stirn.

Es ist schwer zu wissen, wie man die Karten aufteilen soll,

ohne tatsächlich zu wissen, was die entsprechenden Aufgaben sein werden. Ich kann die Sekunden auf der Stoppuhr von Professor Howell ticken hören.

»Matteo, du kannst die Bibliothek haben«, sage ich und drücke ihm die Karte in die Hand. Ich hoffe, es ist nicht irgendein Trick im Spiel und die Aufgabe in der Bibliothek entpuppt sich tatsächlich als ein Kraftakt. »Hedeon, du nimmst den Schießstand. Isabel, du gehst zum Flussgrund, und Silas, du nimmst das Waffenlager.«

Silas grunzt wie immer mit ausdrucksloser Miene.

»Ares, du gehst ins Dorf runter«, sage ich und denke, dass es vielleicht etwas mit dem Segeln zu tun haben könnte. Ares ist der Einzige, von dem ich sicher weiß, dass er ein Boot steuern kann.

»Was sind die letzten beiden?«, fragt Isabel.

»Das sind die Seehöhlen«, sagt Anna und zeigt auf sie.

»Woher weißt du das?«, frage ich sie.

Sie errötet. »Ich war schon einmal dort.«

»Willst du diese Aufgabe annehmen?«

Sie zögert. »Nein«, sagt sie. »Ich nehme das hier … an den Klippen.«

»Dann mache ich die Höhlen«, erwidere ich.

Ich habe sie hauptsächlich deshalb gewählt, weil die Höhlen direkt neben den Klippen liegen und ich lieber in Annas Nähe bleibe, wenn ich kann. Nur für den Fall, dass sie meine Hilfe braucht.

»Die Zeit ist um«, sagt Professor Howell und klickt auf seine Stoppuhr.

Ich war so vertieft in die Aufteilung der Karten, dass ich nicht darauf geachtet habe, was Pippa getan hat. Vielleicht war das ein Fehler – vielleicht hätte ich versuchen sollen, meine Spieler mit ihren zusammenzubringen. Es wäre nicht gut, wenn Matteo gegen Liam antreten müsste oder Silas gegen Pippa.

Ich knirsche mit den Zähnen und denke, dass die meisten von Pippas Team älter, weiser und besser vorbereitet sind als wir. Es ist egal, mit wem ich mich zusammentue – wir sind bereits im Nachteil.

Ich schüttle meinen Kopf kräftig, um ihn zu klären. Das ist nicht die richtige Art zu denken. Wir können es schaffen oder nicht – und wir werden es früh genug herausfinden.

»Kümmert euch nicht um sie«, sage ich zu meinem Team. »Wir treten nicht gegen sie an. Wir treten gegen uns selbst an. Zögert nicht, zweifelt nicht an euch selbst, und was auch immer ihr tut, gebt verdammt noch mal nicht auf.«

»Werden wir nicht«, entgegnet Ares bestimmt.

Professor Howell hebt seine Startpistole in den Himmel. »Fertig …«, sagt er, »… los!«

Ich höre nicht einmal den Pistolenschuss, denn ich bin schon mit Anna an meiner Seite auf und davon. Wir sprinten in Richtung Osten zu der auf der Karte markierten Stelle – dort, wo sie die steilen Kalksteinklippen hinaufsteigen und ich in die andere Richtung, hinunter in die unterirdischen Meereshöhlen, gehen muss.

Anna sieht frisch und eifrig aus, sie rennt so schnell wie ein Reh über das Feld. Ihr Haar fliegt hinter ihr her und leuchtet golden im Sonnenschein, und ich habe das Gefühl, dass nur sie und ich gegeneinander antreten.

Rechts von uns sehe ich Johnny Hale und Mikhail Agapov in eine parallele Richtung joggen, die offenbar die gleichen Karten erhalten haben wie Anna und ich.

»Welche Herausforderung, glaubst du, hat Pippa gewählt?« Ich keuche.

»Wer weiß!«, schnauft Anna. »Wie kann sie so furchterregend sein, wenn sie so winzig ist?«

»Hast du auch Angst vor ihr?«, sage ich und lache. »Ich dachte, du hättest dich daran gewöhnt, weil sie im selben Wohnheim wohnt.«

»Scheiße, nein!«, schreit Anna. »Es wird nur noch schlimmer. Neulich hat sie gesagt, Angeliques Parfüm stinkt, und hat den Flakon aus dem Fenster geworfen.«

»Hat es gestunken?« Ich lache und drücke meine Hand gegen die Naht in meiner Seite.

»Nun ja«, gibt Anna zu. »Ich schätze, sie hat uns allen einen Gefallen getan. Aber sie hätte sie nicht zum Weinen bringen müssen.«

Anna und ich haben den Punkt erreicht, an dem wir einen steilen Pfad zum Strand hinunterklettern müssen. Ich halte ihr meine Hand hin, um ihr zu helfen. Anna ignoriert sie, lacht und rutscht auf ihren Fersen schneller hinunter, als ich folgen kann.

»Komm schon, du Lahmarsch!«, ruft sie.

Ich rutsche hinter ihr her, ohne mich darum zu kümmern, dass der lose Kies meine Turnhose aufreißt, denn schließlich werde ich sie nur noch ein paar Tage tragen müssen.

Als wir den Strand erreichen, müssen Anna und ich uns trennen – sie, um die steilen Klippen zu erklimmen, und ich, um in die Höhlen zu gelangen.

Ich schaue zu den Klippen hinauf, die unvorstellbar steil und schroff erscheinen.

»Ich sehe keine Seile …«, sage ich.

»Ich brauche keine«, antwortet Anna und wirft ihr Haar über die Schultern zurück.

»Anna …«

»Ich mach das schon, Leo!«, sagt sie und schüttelt den Kopf über mich. »Geh einfach!«

»In Ordnung.«

Ich fühle ein seltsames Zögern, sie zu verlassen, aber ich weiß, dass Anna es nicht dulden wird, dass ich sie vor allem behüten will, nur weil wir jetzt zusammen sind. Außerdem sind Johnny und Mikhail direkt hinter uns. Ich muss mich wirklich beeilen.

»Bis bald«, sage ich.

Damit laufe ich in die Kalksteinhöhlen hinein. Meine Turnschuhe plätschern in den flachen Becken mit Meerwasser, die schnell tiefer werden, je weiter ich hineingehe.

Die Karte gab keinen Hinweis darauf, was ich hier drinnen finden würde. Selbst mitten am Tag verblasst das Sonnenlicht keine zwanzig Meter vor dem Eingang. Ich muss mich entlangtasten, bis ich merke, dass das schwache Licht vor mir gar kein Sonnenlicht ist, sondern der Schein einer Lampe.

Ich folge dem Licht, höre das Keuchen und Plätschern von Mikhail direkt hinter mir.

Wir erreichen die Lampe fast zeitgleich.

Dort, am Rande eines tiefen, dunklen Pools, stehen zwei Sätze Tauchausrüstung.

»Ach du Scheiße!«, sagt Mikhail.

Ohne ihm zu antworten, setze ich mich hin und beginne, die Flossen, den Bleigurt und den Tank anzuziehen.

Mikhail sieht merklich nervös aus, aber er folgt mir.

»Meinst du, wir müssen da rein?«, fragt er.

»Muss so sein«, stimme ich ihm zu.

»Nur … fass mich bloß nicht an.«

»Professor Howell hat nichts von einem Kampf um Puzzleteile gesagt. Du bleibst mir aus dem Weg, und ich bleibe dir aus dem Weg.«

»Kein Problem.« Mikhail ist sichtlich erleichtert.

Hoffentlich ist dieses Puzzleteil nicht so winzig wie ein Standardpuzzle. Ansonsten weiß ich nicht, wie zum Teufel ich es jemals unten in einer stockdunklen Meereshöhle finden soll, selbst mit einer Stirnlampe.

Ich ziehe meine Maske über mein Gesicht und lasse mich ins Wasser fallen. Es ist kalt, besonders ohne Neoprenanzug. Meine Stirnlampe leuchtet nur einen winzigen Bereich vor mir aus. Die Kalksteinwände der Höhle sehen blass und geisterhaft aus, als wären sie aus Knochen gemeißelt.

Ich kann bloß raten, in welche Richtung ich tauchen soll. Als ich weiterschwimme und vorsichtig mit den Flossen strample, erkenne ich, dass es sich nicht um eine einzige Höhle handelt. Stattdessen sehe ich Öffnungen, die auf allen Seiten abzweigen. Es ist eine Bienenwabe aus Gängen und Höhlen, die alle miteinander verbunden sind und sich ungeheuer ähneln. Einige der Gänge sind sehr eng. Ich muss mich hindurchzwängen, kämpfe gegen das schreckliche Gefühl der Klaustrophobie an und gegen das Wissen, was mit mir passiert, wenn ich in einem Raum eingeklemmt werde, aus dem ich nicht entkommen kann. Ich habe nur einen Tank mit Luft.

Ich schwimme und versuche, meinen Orientierungssinn zu behalten. Dies ist ein Labyrinth. Wenn ich nicht aufpasse, suche ich immer wieder dieselben Höhlen ab, während ich womöglich genau an jener Stelle vorbeikomme, wo das Puzzleteil versteckt ist.

Ich muss davon ausgehen, dass es nicht winzig ist, dass es etwas ist, was eine Person mit nur einer Stunde Luft tatsächlich finden könnte.

Als ich in eine besonders große Höhle schwimme, sehe ich Mikhail, der mir entgegenkommt. Er blickt auf meine Hände, um zu sehen, ob ich etwas gefunden habe, und ich schüttle den Kopf. Er macht eine irritierte Geste, als wäre er schon müde vom Suchen, und wir tauchen aneinander vorbei.

Zweimal halte ich nach dem Puzzleteil Ausschau und stoße mir versehentlich den Kopf am Kalkstein. Beim zweiten Mal blicke ich überrascht auf, und mein Kopf durchbricht die Wasseroberfläche, obwohl ich noch tief unten sein muss. Ich stelle fest, dass in einigen der Höhlen oben Luft ist – nur ein paar Zentimeter zwischen Wasser und Stein. Ich scanne auch diesen Bereich, für den Fall, dass hier meine Beute versteckt ist, aber ich vermute, dass sie tiefer unten sein wird.

Das Schwimmen hilft, meine Muskeln warm zu halten. Trotzdem werde ich mit jeder Minute immer langsamer und steifer. Ich bin jetzt weit vom Eintrittspunkt entfernt. Hoffentlich finde ich das Puzzleteil bald, sonst wird es schwierig, zurückzuschwimmen.

Die Höhlen beginnen alle miteinander zu verschwimmen. Ich muss der unvollkommenen Karte in meinem Kopf vertrauen, dass ich diese hier noch nicht gesehen habe.

Gerade als ich mich umdrehe, fällt mir ein goldener Schimmer ins Auge.

Dort … dort unten am Grund, wo ich es vermutet habe …

Ich tauche auf den sandigen Höhlenboden hinunter und schließe meine Hand um einen Metallbrocken von der Größe meiner Faust. Er ist an einer gebogenen Seite glatt, an den anderen uneben. Es sieht aus, als könnte es eine Kugel sein, wenn alles zusammengefügt ist.

Ich stecke das Teil in meine Tasche, dann drehe ich mich um, um wieder aus den Höhlen zu schwimmen.

Langsam geht mir die Luft aus, aber ich habe wahrscheinlich noch zehn oder zwanzig Minuten, je nachdem, wie kräftig ich atme. Genug Zeit, um hier herauszukommen.

Ich habe nur ein Puzzleteil gesehen, was bedeutet, dass entweder Mikhail seines schon gefunden hat oder die beiden Teile in getrennten Höhlen versteckt waren.

Während ich darüber nachdenke, biege ich an einer Abzweigung versehentlich falsch ab und gerate in eine Sackgasse.

»Scheiße«, murmle ich in meinen Atemregler. Solche Fehler kann ich mir nicht erlauben. Jede Sekunde zählt.

Als ich mich gerade umdrehen will, packt mich etwas von hinten. Mein Regler wird mir aus dem Mund gerissen und blendet mich mit einem Sprühnebel aus silbrigen Blasen.

Ich wirble herum und denke, dass Mikhail in mich hineingeschwommen ist oder aus irgendeinem unerklärlichen

Grund beschlossen hat, mich anzugreifen. Tief in meinem Gehirn beschwört der weniger rationale Teil von mir Bilder von Seeungeheuern herauf.

Doch ich sehe etwas viel Schlimmeres: einen Jungen in Neoprenanzug und Schwimmbrille, mit einem Schopf weißblonder Haare, die wie bleicher Seetang über ihm schweben und einem Messer in der Hand.

Dean Yenin.

Ich erwarte, dass er mich angreift. Um mich mit dem Messer zu erstechen.

Stattdessen schlitzt er meinen Schlauch mit der Luftzufuhr mit seinem Messer auf. Mit einem schnellen Schnitt schneidet er den Regler ab, dann stößt er hart mit seinen Flossen und schwimmt davon.

Ich jage ihm hinterher, denn ich weiß, dass er das Einzige in der Hand hält, was mich am Leben erhalten kann: seinen Lufttank.

Er schwimmt mit aller Kraft und versucht, von mir wegzukommen, und ich tue dasselbe, ziehe mit den Armen und trete kräftig mit den Flossen, obwohl meine Lunge schon brennt.

Ich packe ihn am Bein. Er tritt mir ins Gesicht, seine Ferse trifft auf meine Nase. Verbissen halte ich ihn wieder fest. Wir rangeln, kämpfen, die beiden Lichtkreise unserer Kopflampen schwanken wild umher.

Unsere Schläge unter Wasser sind dumpf, und Deans violett gefärbte Augen sehen hinter den Glasscheiben seiner Tauchermaske aus, als wäre er wahnsinnig. Seine gefletschten Zähne umklammern das Mundstück seines Atemreglers.

Ich erwarte, dass er versucht, mich mit dem Messer abzustechen, aber seltsamerweise schiebt er es stattdessen in seinen Gürtel, damit er mich mit beiden Händen schlagen und würgen kann. Ich erkenne mit einer kranken und beängstigenden Gewissheit, dass er das deswegen macht, weil er keine Stichwunden an meinem Körper haben will. Er will, dass es wie ein Unfall aussieht, wenn sie mich ertrunken auffinden.

Meine Lunge schreit, krampft, während sie versucht, mich zu einem Atemzug zu zwingen, der sie nur mit Meerwasser überfluten wird.

Ich schaffe es, Deans Atemregler aus seinem Mund zu reißen, aber bevor ich Luft holen kann, schlägt er wieder zu, befreit sich aus meinem Griff und schwimmt mit dem einzigen funktionierenden Tank davon.

Ich könnte versuchen, ihn ein letztes Mal zu greifen, doch ich weiß, dass ich bloß noch ein paar Sekunden habe. Also drehe ich mich stattdessen um und schwimme, so schnell ich kann, zu dem, was mich retten könnte.

Jetzt ist keine Zeit mehr für falsche Abzweigungen. Schwarze Punkte blitzen bereits vor meinen Augen auf, und das eindringliche Röcheln meiner Lunge lässt sich nicht mehr lange leugnen.

Ich habe höchstens fünf Sekunden Zeit.

Vier …

Drei …

Mein Kopf schießt nach oben und stößt an die Decke der Höhle. Ich drücke mein Gesicht gegen den Stein und ringe nach Luft.

Ich habe die zwei Zentimeter Platz am oberen Ende der Höhle gefunden. Ich kann atmen, aber nur, wenn ich genau hierbleibe und mein Gesicht in den winzigen Raum zwischen dem Kalkstein und dem Wasser neige.

Ich sitze in der Falle.

Ich könnte versuchen, einen tiefen Atemzug zu nehmen und ihn anzuhalten, während ich zur nächsten Höhle schwimme, doch ich weiß bereits, dass es zu weit ist. Ich kann weder vor noch zurück.

Ich habe keine Ahnung, wie lange diese Luft reichen wird. Es sind lediglich ein paar Zentimeter – wie viel Sauerstoff braucht ein Mensch jede Minute, jede Stunde? Ich habe mich nicht gerettet, ich habe bloß das Unvermeidliche hinausgezögert. Die Luft wird ausgehen, und ich werde genauso sicher ersticken, wie ich es unter Wasser tun würde.

Das salzige Meerwasser umspült mein Gesicht, kälter als je zuvor. Ich muss mein Kinn höher heben, um es aus dem Wasser zu halten.

Ein weiterer Kälteeinbruch trifft meine Beine, und ich kippe mein Kinn noch höher.

Der Raum wird immer kleiner.

Die Flut kommt herein.

Kapitel 32

Dean

So schnell ich kann, schwimme ich aus den Höhlen heraus und schaue mich sorgfältig um, um sicher zu sein, dass Mikhail Agapov nirgendwo in der Nähe ist.

Keiner hat mich gesehen.

Ich trage Handschuhe. Ich ließ Leos Atemregler in einen Höhleneingang fallen. Es wird so aussehen, als sei er abgerissen, während er durchschwamm, dabei in Panik geriet und ertrank.

Als ich wieder aus dem Wasser klettere, sehe ich nur die Laterne neben dem Becken stehen. Kein benutzter Tank oder Flossen – Mikhail ist noch nicht draußen.

Ich zögere und frage mich, ob es möglich ist, dass er Leo da unten findet. Nein … Leo hatte schon fast keine Luft mehr. Er muss innerhalb von Minuten ertrunken sein. Ob Mikhail ihn findet oder nicht, er ist bereits tot.

Ich trage meinen eigenen Neoprenanzug, meine Flossen und meinen Tank mit mir hinaus. Ich muss sie ins College zurückschmuggeln, in den Lagerraum neben dem unterirdischen Pool.

Es ist wichtig, alle Beweise zu vernichten. Es darf keine fehlende Ausrüstung geben, keinen Hinweis darauf, dass das, was mit Leo passiert ist, kein Unfall war.

Ich hatte Bram und Valon am Schießstand und am Flussgrund postiert. Das waren unsere einzigen Chancen, Leo heimlich anzugreifen. Wäre er in die Waffenkammer, die Bibliothek oder ins Dorf gegangen, hätte es zu viele Zeugen gegeben.

Es war Schicksal, dass er sich diesen Teil des Wettkampfes ausgesucht hat. Schicksal, dass ich ihn unten in den Unterwasserhöhlen fand.

Endlich stehen die Sterne gut für mich.

Er ist tot. Leo ist tot.

Ich drücke meine Handfläche gegen meine Brust und erwarte, dass mein Herz mit tausend Meilen pro Minute schlägt.

Ich kann es nicht fühlen. Kein Klopfen, kein Puls.

Ich fühle überhaupt nichts. Nur einen dunklen, leeren Raum, wo mein Herz einmal war.

Das ist besser, nehme ich an.

Ich war es leid, verletzt zu sein.

Kapitel 33

Anna

Der Start- und Endpunkt meiner Aufgabe sind auf der Karte deutlich markiert, also weiß ich, dass ich diese Klippe erklimmen muss.

Wie Leo bemerkt hat, gibt es keine Seile, die auf mich warten. Keine Anker, kein Sicherheitsgeschirr.

Aber das macht mir nichts aus. Ich hatte noch nie Höhenangst.

Ich bin gern in der Luft, sei es beim Tanzen, Klettern oder Fliegen. Das Gefühl der Schwerelosigkeit ist befreiend.

Es ist das Gegenteil vom Tauchen, wo das Wasser einen erdrückt und festhält. Dieser Kurs hat mir nie gefallen, und ich bin froh, dass er vorbei ist.

Sobald ich den Fuß der Klippe erreicht habe, beginne ich zu klettern.

Ich kann Johnny Hale direkt neben mir sehen. Er ist stämmig, kräftig und strotzt nur so voller Muskeln. Wie zu erwarten, fängt er schnell an, zieht sich Hand über Hand hoch.

Er sollte seine Beine benutzen. Die Arme ermüden viel schneller.

Ich klettere nicht so schnell wie er, aber ich bin beständig. Leo hat immer gesagt, ich hätte einen Motor, der einfach nicht aufhören will. Zwar war ich nie der schnellste Sprinter oder Schwimmer, doch es stimmt, dass ich beinahe ewig weitermachen kann.

So bin ich nicht überrascht, als Johnny nach einem Drittel des Weges die Klippe hinauf langsamer wird und ich beginne, ihn einzuholen.

Ich habe mein Tempo nicht erhöht. Ich bewege mich einfach weiter und aufwärts, setze meinen ganzen Körper ein. Meine Fingerspitzen graben sich in die Spalten des Felsens, und die starken Muskeln meiner Oberschenkel und Waden helfen, mich nach oben zu schieben.

Ich bin fast auf gleicher Höhe mit Johnny, als wir die Hälfte der Strecke erreicht haben. Die Sonne brennt auf uns herab und glitzert auf seinen Piercings. Sein Gesicht trieft vor Schweiß. Seine Brust und Arme auch. Ich bezweifle, dass das seinem Griff hilft.

Verschmitzt rufe ich ihm zu: »Macht das nicht Spaß?«

»Fick dich«, knurrt er zurück.

»Es ist nicht so schlimm«, sage ich. »Solange man nicht nach unten schaut …«

Unwillkürlich senkt Johnny seinen Blick auf die vom Meer zerklüfteten Felsen unter ihm. Sein Gesicht wird blass, und sein Auge beginnt zu zucken.

Man spürt das Gefühl der Höhe erst, wenn man nach unten schaut. Dann schlägt der Schwindel zu, und es dreht einen.

Ich würde nie nach unten schauen, nur nach oben.

»Wir sehen uns oben«, sage ich lachend und klettere schneller als je zuvor.

Meine Schultern brennen, und meine Handflächen sind rau, als sie den spitzen Stein immer wieder greifen und festhalten. Einmal bröckelt eine Handvoll des weichen Kalksteins in meiner linken Hand ab, und mein Gewicht fällt mit einem schmerzhaften Ruck auf meinen rechten Arm.

Ich schüttle es ab und klettere weiter. Das ist eine Einbahnstraße – wenn ich oben angekommen bin, kann ich durch die Schafsfelder zum College zurücklaufen. Die Strecke ist weiter, aber ich denke, es wird schneller sein als der Versuch, wieder hinunterzuklettern.

Als ich vier Fünftel des Weges hinauf bin, entdecke ich auf einem schmalen Steinsockel ein Albatrosnest. Das Nest ist riesig, wird Jahr für Jahr von fleißigen Vögeln erweitert und muss einen Durchmesser von einem Meter haben.

Mein Puls beschleunigt sich. Ich bin sicher, dass ich dort das Puzzleteil finde.

Ich klettere zu dem Vorsprung und schaue in das grob geflochtene Nest aus Zweigen und Schlamm. Tatsächlich finde ich zwei Goldklumpen, identisch in Form und Größe. Ich stecke einen davon vorne in mein Hemd, in meinen Sport-BH, wo es einen unhandlichen Klumpen bildet, der etwas kleiner als ein Softball ist. Den anderen lasse ich für Johnny an Ort und Stelle.

Ich habe mir gesagt, dass ich nicht nach unten schaue, aber ich kann nicht umhin, nachzusehen, wie nah er ist.

Er hat etwa drei Viertel des Weges über die Klippe innegehalten und versucht, einen Krampf aus seinem Arm zu schütteln. Die ganzen Muskeln belasten ihn. Es gibt einen Grund, warum die besten Felskletterer schlank und drahtig sind.

Gerade als ich mich umdrehen und wieder hochklettern will, sehe ich unten am Eingang zu den Seehöhlen einen hellen Blitz: Sonne, die auf Metall glitzert. Kurz denke ich, es könnte Leo sein, der herauskommt, doch ich erkenne, dass es stattdessen jemand ist, der hineingeht. Jemand, der einen Tank trägt. Jemand mit weißblondem Haar.

Mein Herz hört für einen Moment auf zu schlagen.

In einem Augenblick ist er weg, so schnell, dass ich es mir nur eingebildet haben könnte.

Es gibt keinen Grund für Dean, hier zu sein. Er ist nicht einmal ein Konkurrent.

Ich kann Johnny direkt unter dem Vorsprung grunzen und schnaufen hören. Er wird jeden Moment hier hochklettern. Also habe ich nur einen kurzen Vorsprung vor ihm.

Ich sollte dieses Puzzleteil nehmen und zum Schloss zurücklaufen. Das hat Leo mir anvertraut. Er verlässt sich auf mich.

Aber ich schwitze und schmecke Säure in meinem Mund. Der Adrenalinstoß sagt mir, dass da etwas nicht stimmt.

Ich schwinge meine Beine über den Vorsprung und beginne, hinunterzuklettern.

»Was zum Teufel machst du da?«, fragt Johnny. »War es da drin? Ist es im Nest?«

Ich antworte nicht. Ich steige einfach weiter hinab und versuche, den Eingang der Höhle auf andere Personen zu überprüfen, die hinein- oder hinausgehen.

Es ist viel schwieriger, hinunterzuklettern als hinauf. Ich muss meinen Halt ertasten, und immer wieder verpasse ich die Platzierung meiner Füße und rutsche ab.

Meine Hände und Arme sind furchtbar erschöpft. Meine Finger verkrampfen sich. Ich habe Angst, dass sie jeden Moment einfach loslassen.

Ich habe nicht erwartet, dass ich so zurückkommen muss. Ich habe keine Energie für den Abstieg aufgespart.

Ich kann den Eingang nicht im Auge behalten. An manchen Stellen der Klippe kann ich ihn gar nicht sehen, weil sich der Felsen nach außen wölbt. Ich weiß nicht, ob Dean wieder herausgekommen ist oder Leo. Vielleicht ist Leo schon wieder im Schloss. Ich kann nicht ständig nachsehen, weil ich aufpassen muss, was ich tue – sonst rutsche ich aus und falle ein paar hundert Meter tief, und dann kann ich niemandem mehr helfen.

Es ist zum Verrücktwerden, wie langsam das alles geht. Ich brauche doppelt so lange, um hinunterzuklettern, die Minuten ticken, während mein Gehirn mir zuruft, dass etwas Schlimmes passiert ist und ich mich beeilen muss.

Die Zeit dehnt sich aus, meine Schultern und mein Rücken pochen, meine Hände sind so rau, dass ich sie kaum noch spüren kann. Die Sonne ist zu heiß, der Schweiß brennt in den Augen, und mein Kopf dreht sich, was entweder ein Hitzschlag oder nur Schwindel bedeuten könnte.

Endlich sehe ich den Boden unter mir.

Ich habe Angst, die Klippe loszulassen, falls es nur eine Illusion ist und ich immer noch hoch oben in der Luft bin. Ich kann mit meinen Händen nicht loslassen, bis ich spüre, dass meine Fußsohlen festen Boden berühren.

Ich drücke meine Füße gegen den flachen Boden und versichere mir, dass ich es tatsächlich geschafft habe.

Dann renne ich zum Höhleneingang, wobei meine Beine so stark zittern, dass ich ausrutsche und über den felsigen Boden stolpere.

Als ich hineinrase, stoße ich mit jemandem zusammen, der herauskommt. Wir fallen beide auf den Hintern zurück.

»Was zum Teufel …?«

Ich rapple mich wieder auf und sehe nur Mikhail. Er trägt eine hochgeschobene Taucherbrille auf dem Kopf.

»Wo ist Leo?«, schreie ich ihn an.

»Woher soll ich das wissen?«

»Hast du ihn gesehen? Ist er da drin?«

Mikhail versucht, an mir vorbeizukommen, damit er zum Schloss zurücklaufen kann, aber ich lasse ihn nicht vorbei.

»Ist Leo unten im Wasser?«, rufe ich.

»Es ist ein Labyrinth da unten«, sagt Mikhail. »Ich habe keine Ahnung, wo er hingegangen ist.«

»Gib mir die«, befehle ich und reiße Mikhail die Brille vom Kopf. Er schiebt sich an mir vorbei und hält einen Goldklumpen in der Hand. Offenbar hat er sein Puzzlestück gefunden.

Ich laufe in die Höhle und folge dem fernen Schein, von dem ich hoffe, dass es eine Taschenlampe ist.

Dort finde ich eine Lampe und den durchnässten, verhedderten Haufen von Mikhails benutzter Taucherausrüstung. Es gibt nirgendwo ein Zeichen von Leo und auch nicht von Dean.

Ich hebe Mikhails Tank auf. Es ist bloß noch eine kleine Menge Luft drin – vielleicht für zehn Minuten.

Trotzdem ziehe ich ihn auf meinen Rücken.

Ich mache vielleicht einen großen Fehler. Aber ich gehe nicht, bevor ich nicht nach Leo gesucht habe.

Ich lasse mich in das Wasser hinab, das viel tiefer und kälter ist, als ich erwartet hatte. Als ich Mikhails Stirnlampe einschalte, sehe ich die erschreckende Wahrheit dessen, was er mir sagen wollte: Es ist ein Labyrinth hier unten. Ein riesiges, verzweigtes, unmöglich verwirrendes Gewirr von Tunneln und Höhlen.

Ich habe keine Ahnung, in welche Richtung ich schwimmen soll.

Meine Brust ist starr vor Angst. Wenn ich mich hier unten verirre … habe ich keine Luft mehr, um den Weg zurückzufinden.

Das ist mir egal. Ich weiß, dass ich Dean hier hereinkommen sah. Und ich weiß, dass es nicht grundlos war.

Ich schwimme schnell, prüfe jede Höhle, an der ich vorbeikomme, und versuche, mich in der Dunkelheit nicht zu verirren.

Ich bin auf der Suche nach Leo, aber auch nach Dean. Oder möglicherweise nach beiden zusammen.

Die Zeit vergeht zu schnell – ich habe schon die Hälfte der verbliebenen Luft verbraucht. Ich muss schneller schwimmen, obwohl mich das zu tieferen Atemzügen zwingt.

Als ich mir einen Weg durch eine enge Kalksteinröhre bahne, sehe ich etwas, das mich aus der Bahn wirft: etwas Schwarzes und Metallisches. Ich tauche hinunter, um es zu bergen.

Es ist ein Atemregler, der an einem kurzen Schlauchstück befestigt ist.

Das Grauen, das ich auf einmal empfinde, ist riesig und erstickend.

Jemand ist hier unten ohne Luft.

Ich versuche, nicht zu schluchzen, während ich weiter vorwärts schwimme. Tief in mir drin weiß ich, dass das Einzige, was ich jetzt finden kann, eine Leiche ist – entweder Leo oder Dean. Ich biege um eine letzte Ecke, und dann sehe ich ihn – jemand, der sich unbeholfen gegen die Decke der Höhle schlägt, das Gesicht nach oben gerichtet. Jemand, der groß, braun gebrannt und langbeinig ist. Jemand, den ich mehr liebe als alles andere auf dieser Welt.

Ich schwimme zu ihm und ersticke beinahe an meinem Mundstück, schluchze hinter meiner Maske, sicher, dass Leo tot ist. Ich greife nach seinem Körper.

Und er packt mich ebenfalls. Die Hände, die mich festhalten, sind lebendig und warm. Ich kann nicht glauben, was ich fühle, bis Leo sein Gesicht unter das Wasser taucht und mir direkt in die Augen schaut.

Er nimmt den Regler sanft aus meinem Mund und saugt einen tiefen Lungenzug Luft ein. Dann steckt er ihn wieder zwischen meine Lippen und umarmt mich fest.

Das Zifferblatt am Tank piept wütend. Uns geht fast die Luft aus, und wir sind nun zu zweit.

Aber wir wissen, wo wir hinmüssen. Hand in Hand, kräftig strampelnd, schwimmen Leo und ich aus den Höhlen. Wir halten nur inne, um den Atemregler hin und her zu reichen, damit wir die letzten Reste der Luft teilen können.

Es wird immer schwieriger, Luft zu holen. Der Tank piept ununterbrochen, die Anzeige ist weit über den roten Strich hinaus.

Leo und ich schwimmen weiter. Meine Muskeln verkrampfen sich, und mein Kopf wird schwummrig. Ich glaube nicht, dass wir in der Nähe der letzten Höhle sind. Es ist unvorstellbar weit weg. Wir werden es nicht schaffen.

Ich werde immer langsamer. Wie ein Albtraum, egal wie sehr ich paddle, ich komme nicht voran. Das Wasser ist dick wie Öl. Ich kann kaum mehr meine Füße bewegen.

Ich gebe Leo ein Zeichen, den Tank zu nehmen.

Stattdessen packt er meine Hand, schwimmt mit aller Kraft vorwärts und zieht mich mit. Ich kann das Licht meiner Stirnlampe nicht mehr sehen. Ich kann nichts sehen, alles ist schwarz …

Leo reißt mich aus dem Wasser und wirft mich auf den Kalkstein. Er drückt mir fest auf die Brust und drückt das Wasser heraus. Danach legt er seinen Mund auf meinen und atmet Luft in meine Lunge.

Ich drehe mich auf die Seite und erbreche Seewasser.

Leo bedeckt mich mit seinem Körper und versucht, mich zu wärmen. Als er es sich anders überlegt, nimmt er mich schließlich in die Arme und trägt mich aus der Höhle in die Sonne hinaus.

Möwen kreisen und krächzen über dem Wasser. Die Wellen schwappen rhythmisch gegen die Felsen.

Ich blinzle zu Leos Gesicht hinauf, zu den glänzenden Meerwassertropfen, die in seinen Wimpern glitzern.

»Hast du das Puzzlestück bekommen?«, frage ich ihn.

»Ist es das, woran du gerade denkst?«

»Ich habe meines«, sage ich und fische es aus meinem BH. »Du könntest noch gewinnen, Leo …«

Er zieht sein eigenes Puzzlestück aus der Tasche und hält es hoch, sodass es in der Sonne glüht.

»Glaubst du, du kannst laufen, Anna?«

Kapitel 34

Leo

Während Anna und ich von den Seehöhlen zurückhumpeln, zittern uns die Knie und unsere Lungen brennen. Als wir das Feld südlich von Kingmakers erreichen, finden wir Silas und Hedeon, die bereits auf uns warten, jeder mit seinem Teil des Puzzles. Hedeon hat ängstlich in alle Richtungen nach dem Rest unseres Teams Ausschau gehalten, während Silas einfach im Gras sitzt, wortkarg und ausdruckslos wie immer.

Auf der gegenüberliegenden Seite des Feldes sehe ich, dass Mikhail und Johnny natürlich schon zurückgekehrt sind. Beide haben ihre Aufgaben weit vor Anna und mir erledigt. Auch Sam und Liam scheinen ihre Puzzlestücke gefunden zu haben.

»Ich habe ihn fertiggemacht«, grunzt Silas und ruckt mit dem Kopf in Richtung Sam auf der gegenüberliegenden Seite des Feldes. »Wir mussten jeder gegen drei Gegner kämpfen. Ich habe den dritten besiegt, bevor er überhaupt mit dem zweiten fertig war.«

Der Beweis für Silas' Kampf ist ihm deutlich anzusehen. Sein linkes Auge ist fast zugeschwollen, und seine Nase macht ein seltsames pfeifendes Geräusch. Er scheint sich allerdings nicht an seinen Verletzungen zu stören. Ich bin mir nicht ganz sicher, ob Silas ein Mensch ist.

»Liam war vor mir fertig«, gibt Hedeon zu. »Er ist so ein verdammt guter Schütze.«

Hedeon ist ein anständiger Schütze, aber nicht unter den ersten fünf in unserem Jahrgang. Wenn ich gewusst hätte, was die Aufgaben sein würden, hätte ich jemanden wie Chay oder sogar Gemma Rossi gewählt, so unangenehm das auch sein mag.

»Es ist in Ordnung«, sage ich. »Sie können ihr Puzzle nicht ohne die restlichen Teile zusammensetzen.«

»Warum habt ihr so lange gebraucht?«, fragt Hedeon und runzelt die Stirn. »Mikhail ist schon lange zurück und Johnny noch länger.«

»Tut mir leid, dass ihr warten musstet!«, schnauzt Anna ihn an. »Wir waren gerade dabei, zu ertrinken, während Liam dich beim Schießtraining vorgeführt hat.«

»Es waren keine stationären Ziele …«, beginnt Hedeon, aber ich halte meine Hand hoch, um ihn zu unterbrechen, ehe er und Anna sich weiter anstacheln können. Vorsichtshalber lege ich meinen Arm um Annas Schultern und ziehe sie an meine Seite. Sie ist immer noch blass und zittert und hat sich noch überhaupt nicht von unserer Tortur erholt.

»Das spielt keine Rolle«, sage ich. »Gebt mir alle Teile – mal sehen, ob wir sie zusammensetzen können.«

So wie Mikhail, Johnny, Sam und Liam in einem engen Kreis am gegenüberliegenden Ende des Feldes zusammenstehen, vermute ich, dass sie an derselben Sache arbeiten.

»Was ist das?«, fragt Hedeon und dreht die ungleichmäßigen Metallklumpen in seinen Händen. »Wie sollen die denn zusammenpassen?«

»Ich weiß es nicht«, entgegne ich.

In diesem Moment sehe ich Marcelline durch die Tore von Kingmakers herauslaufen. Die Sonne glitzert auf dem Gold in ihren Händen.

»Sie hat ihres«, sagt Hedeon.

»Wo ist Matteo?«, fragt Anna.

Wir richten unsere Augen auf die Tore und hoffen, Matteo dicht hinter ihr zu sehen. Jede Sekunde, die verstreicht, fühlt sich unendlich an. Jetzt verstehe ich, warum Hedeon so angespannt aussah, als wir endlich ankamen.

Drei oder vier Minuten später kommt Matteo schnaufend über das Feld gerannt. Sein rundes Gesicht ist vom Laufen ganz gerötet.

»Tut mir leid«, keucht er und drückt mir sein Puzzleteil in die Hand. »Wir mussten einen verdammten Code lösen, der extrem schwer war. So etwas habe ich noch nie gesehen. Diese Marcelline ist eine gottverdammte Androide.«

Noch bevor ich Matteos Puzzleteil zu unseren anderen hinzugefügt habe, kommt Pippa aus der Richtung des Flussgrunds hochgesprintet. Sie wirft ihr Puzzleteil triumphierend zu Liam.

»Scheiße!«, murmelt Hedeon. »Wenn Pippa zurück ist, sind wir erledigt.«

»Ihnen fehlt immer noch ein Teil«, erinnere ich ihn, doch ich spüre dasselbe Gefühl von drohendem Unheil. Es gibt noch kein Zeichen von Isabel, und wenn Sven Ares besiegt, bezweifle ich, dass Pippa lange brauchen wird, um das Rätsel zu lösen.

»Zeig mal her«, sagt Matteo und nimmt Anna die Stücke ab. Er dreht sie um und begutachtet sie von allen Seiten. »Ah!«, murmelt er und schafft es, zwei der Teile zusammenzufügen.

Sein früher Erfolg ist trügerisch. Nach weiteren fünf Minuten hat er keine Fortschritte bei den anderen vier gemacht.

Ich halte Ausschau nach Isabel und Ares. Ich erwarte, Isabel zuerst zu sehen, da Pippa bereits zurück ist, aber stattdessen kommt Ares mit gebeugtem Körper die Straße vom Dorf heraufgehumpelt. Er ist leichenblass.

Ich laufe die Straße zu ihm hinunter, erschrocken über den Anblick seines grauen Gesichts.

»Was zum Teufel ist mit dir passiert?«

Als Antwort beugt er sich vor und erbricht eine große Menge Wasser. Dann wischt er sich den Mund an der Rückseite seines Arms ab und stöhnt: »Sie haben uns mit Waterboarding gefoltert. Wir mussten zwei Minuten durchhalten. Ich weiß, das hört sich nicht nach viel an, aber es war …«

Sein Körper verkrampft sich, und er würgt wieder. Diesmal kommt nichts heraus.

Ich werfe seinen Arm über meine Schulter, damit ich ihn den Rest des Weges stützen kann.

»Sie sagten uns, wir könnten jederzeit anhalten. Und wir könnten uns ausruhen, wenn wir wollten. Aber wir mussten zwei Minuten am Stück machen, um das Puzzleteil zu bekommen. Es tut mir leid, dass ich so lange gebraucht habe …«

»Sven ist noch nicht zurück«, sage ich. »Vielleicht schafft er es nicht mehr.«

»Fast hätte ich es auch nicht geschafft«, stöhnt Ares kläglich.

Er drückt mir das vorletzte Puzzlestück in die Hand.

»Das verdammte Ding sollte besser echtes Gold sein für das, was ich tun musste, um es zu bekommen«, sagt er.

Ich helfe ihm zu den anderen zurück.

Anna starrt entsetzt auf Ares' schwitzenden, zitternden Körper. »Was ist mit dir passiert?«, schreit sie.

»Es war einfach … der schlimmste Nachmittag meines Lebens«, sagt Ares und lacht schwach.

»Gib mir das!«, ruft Matteo, schnappt sich Ares' Teil und setzt es schnell ein. »Das habe ich gebraucht.«

Ich scanne das Feld in Richtung des Flussgrunds und warte ängstlich auf Isabel. Sie ist unsere letzte Teamkollegin und unser letztes Puzzlestück. Wenn sie vor Sven zurück ist, könnten wir es tatsächlich schaffen. Wir könnten tatsächlich gewinnen …

Anna hilft Matteo beim Puzzeln. Sie richtet das vierte Teil aus, aber dann gibt es eine lange und quälende Pause, während der sie nicht herauszufinden scheinen, wie die anderen beiden dazu passen.

»Das sollte einfach sein!«, beschwert sich Anna frustriert.

»Warum sehen die alle gleich aus und passen trotzdem nicht zusammen?«, knurrt Hedeon.

Silas versucht nicht, zu helfen. Missmutig starrt er über das Feld zu den Studierenden des vierten Jahrgangs, die ebenfalls an ihrem Puzzle arbeiten, unter der strengen Beobachtung von Pippa, die Befehle bellt, die ich nicht ganz verstehe.

Ich sehe Bewegung am Ende des Feldes. Mein Herz schlägt höher, als Isabel sich endlich durch die Bäume schiebt. Doch im selben Moment humpelt und torkelt Sven mit einem Goldklumpen in der Hand die Straße herauf.

»Verdammt noch mal!«, murmle ich.

Ich brauche Isabel nicht zu sagen, dass sie rennen soll, denn sie sprintet bereits mit Höchstgeschwindigkeit, schneller als Sven es schafft. Mit ihren verfilzten und schlammigen Haaren, den abgebrochenen Fingernägeln und wund gekratzten Händen und Armen ist sie ein Wrack. Sie drückt mir das letzte Puzzleteil in die Hand und sagt: »Es tut mir leid, aber diese verdammte Pippa …«

Matteo und Anna nehmen das letzte Teil an sich, doch es wird nicht klar, wie sie das Puzzle fertigstellen sollen. Was auch immer sie bauen, ist seltsam geformt, und Matteo entfernt eines der anderen Teile, das bereits an seinem Platz war, nicht sicher, ob es die richtige Stelle war.

Immer noch schwer atmend sagt Isabel: »Wir mussten durch dieses verdammte Durcheinander von Schlingen und Stolperdrähten kommen. Sie hat sie absichtlich auf mich gerichtet«

Ich höre nur halb zu. Auf der anderen Seite des Feldes hat Sven sein Teil hinzugefügt, und der vierte Jahrgang arbeitet fieberhaft daran, ihr Puzzle zusammenzusetzen. Ich kann nicht sagen, ob sie schon weiter sind als wir. Ich weiß nur, dass jede Sekunde, in der Matteo die ungleichmäßigen goldenen Klumpen in seinen Händen umdreht, quälend und endlos erscheint.

Wir sind so verdammt nah dran. Wenn wir die ganze Sache wegen dieses gottverdammten Puzzles verlieren …

»Nein, das ist falsch«, sagt Anna und nimmt das Puzzle von Matteo. »Es geht in diese Richtung, da bin ich mir sicher …«

Anna schafft es, ein weiteres Teil einzuschieben.

»Warte!« Isabel atmet auf. Sie schnappt sich das letzte Teil, dreht und wendet das Puzzle in ihren Händen wie einen Zauberwürfel. Zwei der Teile drehen sich und lassen eine Lücke. Sie schiebt das letzte Teil hinein und dreht es ein letztes Mal, sodass sich die beiden Hälften des Puzzles endlich zu einem festen Ganzen zusammenfügen.

Wir starren auf den goldenen Schädel in ihren Händen.

»Was zum Teufel soll das bedeuten?«, fragt Hedeon.

Ein sekundenlanger Wirbel von Bildern peitscht durch mein Gehirn. Der Dekan, die Banner, die Ankündigung des *Quartum bellum* …

»Der Wehrturm!«, zische ich, darauf bedacht, es nicht zu laut auszusprechen. »Der alte Saal!«

Ich nehme den Schädel in die Hand und beginne zu rennen. Der Rest des Teams jagt mir hinterher.

Als wir an Pippas Team vorbeikommen, kann ich sehen, wie Pippa selbst das Puzzle in den Händen hält. Ein einziges Teil ist nicht an seinem Platz.

Sie sieht mich mit weit aufgerissenen Augen ungläubig an, als ich an ihr vorbeisprinte. Ihr Schock schlägt schnell in Wut um.

Ich schaue nicht zu ihr zurück, sondern starre geradeaus, während ich durch die Tore, zwischen den Gewächshäusern hindurch, direkt auf den Wehrturm zurase.

Mein Team rennt schwitzend und keuchend in den alten Saal, in der Hoffnung, dass wir am richtigen Ort sind.

Sobald ich Luther Hugo vor dem Kamin stehen sehe, weiß ich, dass wir richtig sind. Er steht unter seiner eigenen schwarzen Fahne, der grinsende goldene Totenkopf schwebt wie eine Krone über seinem Kopf.

Er lächelt uns an, seine dunklen Augen glitzern in seinem tief gefurchten Gesicht. Es ist die Art von Lächeln, die einem der Teufel schenken könnte.

»Sieh einer an«, sagt er leise. »Täuschen mich meine Augen oder sehe ich den ersten Jahrgang hier vor mir?«

Ich nehme den schweren Goldschädel und drücke ihn ihm in die Hand.

Kapitel 35

Dean

Ich beobachte vom Fenster des Gemeinschaftsraums aus, wie Leo und sein Team in das Erdgeschoss des Wehrturmes rennen. Weniger als fünf Minuten später folgt ihnen der vierte Jahrgang. An Pippas wütendem Gesichtsausdruck und ihrem Mangel an Eile kann ich erkennen, dass sie bereits wissen, dass Leo gewonnen hat.

Für mich ist es, als würde ich zusehen, wie ein Dämon wieder aufersteht, nur um mich erneut zu quälen.

Ich habe ihn verdammt noch mal umgebracht. Ich habe den Wichser ertränkt. Wieso ist er noch am Leben?

Ich hatte ihn tief unten in den Höhlen gefangen, ohne Luft.

Das ist unmöglich.

Und doch ist er da – nicht nur lebendig, sondern triumphierend.

Ich gehe in mein Zimmer, schließe die Tür ab und setze mich auf mein Bett.

Draußen höre ich den Tumult, als die anderen Studierenden des ersten Jahrgangs erkennen, dass wir zum ersten Mal seit Menschengedenken das *Quartum bellum* gewonnen haben. Sie feiern alle, zuerst laut, dann verklingt der Lärm, als sie den Achteckturm verlassen und auf den Campus gehen, damit sie die ganze Geschichte hören können.

Die Details sind mir egal. Mich interessiert nur, was das bedeutet.

Zum einen könnte ich in verdammt großen Schwierigkeiten stecken. Leo weiß, dass ich versucht habe, ihn zu töten. Wenn er dem Dekan sagt, was passiert ist, wenn er Beweise hat … Ich weiß nicht genau, was sie mit mir machen werden, doch es wird nichts Gutes sein.

Das sollte mein Hauptanliegen sein. Aber das ist es nicht.

Ich habe eine ganz andere Erkenntnis, die mein Gehirn beschäftigt.

Ich sitze allein auf meinem Bett und lasse alles Revue passieren, was in diesem Jahr passiert ist. Was ich versucht habe zu erreichen und wie ich jedes Mal gescheitert bin.

Ich habe mich geirrt, als ich dachte, dass es gute und böse Menschen auf der Welt gibt.

Es gibt kein Gut und Böse.

Es gibt nur die Menschen, die vom Schicksal gesegnet oder verflucht sind.

Das Schicksal lächelt Leo an. Es gibt ihm alles, was er will. Ich habe ihn getötet, ich weiß es. Und doch wurde er irgendwie gerettet. Ich liebte Anna … sie liebte stattdessen Leo.

»Gute Menschen« werden einfach vom Schicksal begünstigt.

»Böse Menschen« verstehen, dass die Welt gegen uns arbeitet. Es spielt also keine Rolle, was wir tun. Wir müssen mit allen nötigen Mitteln überleben. Wir müssen kämpfen und schuften, um einen winzigen Bruchteil dessen zu erhalten, was das Schicksal uns verwehrt.

Ich dachte, ich könnte Liebe haben. Doch das war von Anfang an unmöglich. Das Universum will nicht, dass ich Liebe erhalte. Ich habe sie nie bekommen, nicht von meinem Vater oder meiner Mutter, nicht von Freunden oder in Beziehungen.

Ich gebe die Liebe auf. Ich gebe Güte, Freundschaft, Integrität und Barmherzigkeit auf.

Wenn ich nur brutal, bösartig und grausam sein kann, wenn es das ist, was ich sein soll, dann werde ich der Brutalste sein. Der Bösartigste. Der Grausamste.

In gewisser Weise ist es eine Erleichterung.

Ich bin es leid, dagegen anzukämpfen.

Es ist Zeit, der zu sein, der ich wirklich bin.

Kapitel 36

Anna

Die Party, die in dieser Nacht unten am Moon Beach stattfindet, ist die legendärste des akademischen Jahres. Fast alle Studierenden des ersten Jahrgangs sind da, zusammen mit den meisten des zweiten und sogar einem guten Teil des dritten. Die des vierten Jahrgangs fehlen komplett, denn sie sind wütend darüber, dass ihre letzte Woche in Kingmakers durch diese demütigende Niederlage getrübt wurde.

Leo lacht und erzählt die besten Teile der Geschichte jedem, der sie hören will – und das sind fast alle. Er lässt alles amüsant und spannend klingen, sogar die Teile, die verdammt schrecklich waren, aber ich bemerke, dass er ein wichtiges Detail auslässt.

Er hat niemandem erzählt, dass Dean versucht hat, ihn zu töten. Er gibt zu, dass sein Atemregler abgerissen wurde und ich hinuntertauchen musste, um ihm zu helfen. Doch er tut so, als wäre es ein Unfall gewesen.

Als ich die Gelegenheit habe, ziehe ich Leo zur Seite und frage ihn: »Was zum Teufel machst du da?«

Er lächelt mich an, legt seinen Arm um meine Taille und zieht mich eng an seinen Körper.

»Was ist los, meine Schöne? Bist du sauer, weil ich noch nicht mit dir getanzt habe? Komm schon, ich habe noch jede Menge Energie. Ich werde dich die ganze Nacht lang herumwirbeln …«

Er zieht mich in Richtung der dicht gedrängten Menge von Studierenden, die um das Lagerfeuer tanzen, und beginnt bereits, mich zur Musik zu wiegen.

»Das meine ich nicht«, sage ich, aber er hat seine Hände auf meine Hüften gelegt. Sein ganzer Körper presst sich gegen meinen, sodass ich mich an ihm reibe. Leo hat eine so sanfte und verführerische Art, sich zu bewegen, dass ich meine Arme um seinen Hals lege und mit ihm tanze, bevor ich überhaupt weiß, was passiert.

»Na bitte«, knurrt er mir ins Ohr. »Ist das nicht viel besser?«

Ich lache und schmiege mein Gesicht an seinen Hals, atme ihn ein, spüre seine Wärme an meiner Wange. Leos Wärme strahlt aus seinem ganzen Körper, fließt in mich hinein und wärmt mich bis ins Mark.

»Nun«, sagt er, »frag mich, was du mich fragen wolltest.«

Ich sage es ihm leise, direkt ins Ohr, sodass es niemand über den Lärm der Musik hören kann.

»Warum hast du niemandem erzählt, was Dean getan hat?«

Leo blickt in mein Gesicht. Seine Augen sind glühend und lebendig von den reflektierten Flammen.

»Glaubst du, dass ich das tun sollte?«, fragt er.

»Natürlich solltest du das! Er hat versucht, dich zu töten – und wird es wahrscheinlich wieder tun!«

Leo runzelt leicht die Stirn. Nicht aus Ärger – es ist etwas anderes.

»Was?«, sage ich.

»Ich fühle mich einfach … schlecht.«

Ich starre ihn an, als ob er den Verstand verloren hätte.

»Du fühlst dich schlecht wegen der Person, die versucht hat, dich zu ermorden?«

Leo gibt ein leises Lachen von sich. »Ich meine … ja«, antwortet er. »Irgendwie schon.«

Gerade als ich dachte, Leo könnte mich nicht mehr überraschen.

»Mitleid ist ein gefährliches Gefühl«, sage ich. »Es wird nicht erwidert werden.«

»Ich weiß«, entgegnet er. »Und ich sage nicht, dass wir Freunde werden oder dass ich meine Wachsamkeit vermindern werde. Aber Anna … wenn ich dich verlieren würde und er wäre derjenige, der gerade mit dir tanzt … wäre ich so was von am Boden zerstört. Vielleicht hätte ich auch versucht, ihn umzubringen.«

»Du musst es trotzdem dem Dekan sagen. Du kannst das nicht einfach so durchgehen lassen …«

»Ich habe gewonnen, Anna. Ich habe dich gewonnen. Das ist Strafe genug.«

Diese Antwort gefällt mir nicht ganz. Ich habe Angst vor dem, was Dean noch versuchen könnte zu tun. Auch wenn Leo denkt, sein Groll wäre vorbei, bezweifle ich sehr, dass Dean dasselbe fühlt.

Ich bin nicht überzeugt, und das weiß Leo.

Langsam wickelt er mein Haar um seine Hand und zieht sanft daran, um mich zu zwingen, ihm in die Augen zu schauen. Er hält mich fest, einen Arm um meine Taille geschlungen, die andere Hand in meinem Nacken. Er richtet die volle Intensität seines Blickes auf mich.

»Anna«, sagt er, »er stellt keine Bedrohung für mich dar. Keiner tut das. Solange ich dich habe, bin ich verdammt noch mal unbesiegbar.«

Leos ganze Kraft und Entschlossenheit brennt in seinen goldenen Augen. Sein Gesicht ist erschreckend in seiner Schönheit. Sein Körper strotzt vor lauter Kraft. Ich kann nichts anderes tun, als an ihn zu glauben, wenn er so ist.

»In Ordnung«, sage ich. »Ich vertraue dir.«

Leo schenkt mir ein böses Grinsen. »Ich weiß nicht …

Ich glaube, du brauchst ein bisschen mehr Überzeugungsarbeit …«

Dann nimmt er meine Hand und zieht mich durch das Gedränge der Studierenden über den unebenen Sand zurück. Er führt mich den ganzen Weg vom Strand weg.

Für eine Sekunde denke ich, dass er mit mir in den Wald gehen will, wo sich alle gern hinschleichen und miteinander schlafen. Ich halte inne, weil ich eine irrationale Abneigung gegen den Ort verspüre, an dem ich ihn vor nicht allzu langer Zeit mit Gemma Rossi gesehen habe.

»Nicht dorthin«, sage ich.

»Natürlich nicht«, stimmt mir Leo zu.

Stattdessen führt er mich den Pfad zurück, weg vom Moon Beach, den ganzen Weg zu den Feldern auf höherem Boden. Es ist eine warme Nacht. Das Gras ist hoch und duftend, gesprenkelt mit eisblauen Wildblumen. Wir gehen hindurch, die Brise erzeugt ein leises Flüstern um uns herum.

Erst als wir weit weg von allem anderen sind, legt Leo mich ins Gras und zieht mir sanft alle Klamotten aus.

Ich war in der freien Natur noch nie so komplett nackt – nicht mehr, seit wir als kleine Kinder nackt im See schwimmen waren. Seltsamerweise bringt es mich in die Zeit zurück, als ich keine Angst oder Scham hatte, als Leo und ich wie eine Person schienen, die nie getrennt war.

Ich habe ihn in jeder Phase unseres Lebens geliebt. Und ich liebe ihn heute am meisten – ich bin erstaunt über den Mann, der er geworden ist. Wie er seine Schwächen überwindet. Und seine Stärken verstärkt.

»Du bist wunderschön«, sagt Leo und schaut auf meinen nackten Körper herab, der im Mondlicht leuchtet.

Er hebt meinen Fuß in seine Hände, den er gerade von Schuh und Socke befreit hat. Anschließend drückt er seinen Daumen in das Gewölbe meines Fußes und massiert mich. Ich stöhne auf, weil es sich so gut anfühlt.

Leo küsst meinen Fuß, dann fährt er mit seiner Zunge von der Ferse über den Spann bis zu meinen Zehen.

»Tu das nicht!« Ich lache und versuche, meinen Fuß wegzuziehen, aber er hat ihn fest im Griff und sieht mich mit diesem Hunger, diesem Feuer an, von dem ich weiß, dass es bedeutet, er wird gleich etwas Perverses mit mir machen.

»Denkst du, es kümmert mich, deinen Fuß zu lecken?«, sagt er. »Ich werde mit meiner Zunge über jede noch so kleine Stelle deines Körpers streichen.«

Um das zu beweisen, fängt er an, an meinen Zehen zu lecken und zu saugen.

Ich stoße einen kleinen Schrei aus, weil sich das so seltsam anfühlt – ich hatte noch nie meine Zehen im Mund von jemandem. Es lässt mich zittern und mich winden. Aber es erregt mich auch, Leos warme Lippen und seine Zunge auf einem so empfindlichen Teil meines Körpers zu spüren, und hat etwas noch Erotischeres, weil es beweist, wie sehr er auf mich steht. Nichts an mir könnte ihn abschrecken. Er will alles von mir.

Leo beginnt zu lecken und zu beißen und küsst sich mein Bein hinauf, die Wade hinauf bis zu meinem Innenschenkel. Jetzt kann ich es kaum noch aushalten, ich will, dass er noch höher geht. Sein Mund fühlt sich unbeschreiblich gut an, und ich will diese Zunge an meiner Muschi, ich brauche sie verdammt noch mal. Ich spreize meine Beine, flehe ihn an, mir Erleichterung zu verschaffen.

Leo reizt mich, kommt näher, aber quälend langsam.

»Bitte …«, stöhne ich.

»Bitte was?«

»Bitte fick mich …«

Leo vergräbt sein Gesicht in meiner Muschi und leckt mich überall, wo ich es will. Er benutzt seine Finger und seine Zunge wie ein verdammter Maestro, spielt auf mir wie auf einem Instrument. Er spreizt meine Schenkel weit und stößt seine Zunge in mich hinein, fickt mich damit und lässt mich laut schreien, weil es sich so gut anfühlt. Ich reibe meine Muschi gegen sein Gesicht, Welle um Welle der Lust bricht über mich herein, plötzlich und hart.

Ich könnte heulen. So intensiv ist es – ich möchte schluchzen wie ein Baby.

Aber dafür ist keine Zeit. Denn Leo klettert schon auf mich, befreit mit einer Hand seinen Schwanz aus der Hose, mit der anderen greift er in meinen Nacken, um mich heftig zu küssen.

Ich kann mich in seinem Mund schmecken, und ich liebe es. Ich liebe es, wenn sich alle Teile von uns vermischen und vereinen.

Ich sehne mich danach, dass er seinen Schwanz in mich hineinschiebt, ich warte darauf, doch es überrascht mich immer. Das tut es jedes Mal. Er stößt in mich hinein, und das Gefühl ist brutal, intensiv und genau an der Grenze zwischen Lust und Schmerz – so stark und heftig, wie es nur sein kann.

Leo fühlt sich riesig auf mir an. Er verdrängt den Mond und die Sterne über mir, er hüllt mich in seine Wärme und seinen Duft ein. Ich kann seine Kraft spüren, wenn sich seine Muskeln bei jedem Stoß anspannen.

Ich kann nicht genug von ihm bekommen.

Ich bin von ihm besessen.

»Das ist das Beste«, keuche ich. »Es ist besser als Tanzen.«

Leo lacht. Er wickelt mich fest in seine Arme und fickt mich noch härter. »Meinst du so?«, knurrt er. »Gefällt dir das?«

»Ich liebe es, verdammt noch mal!«

Er drückt mich so fest, dass ich mich nicht bewegen kann. Er fickt mich so tief, dass ich nichts anderes mehr spüren kann. Ich liebe die Art, wie er mich erobert, wie er diese Lust in mir hervorholt.

Ich spüre, wie sich ein weiterer Höhepunkt aufbaut, und muss nichts tun, damit es passiert. Ich könnte es nicht aufhalten, selbst wenn ich es wollte.

»Bist du bereit?«, stöhnt Leo.

»Ja. Ja …«

Wir kommen zusammen. Ich komme zuerst, und Leo folgt gleich danach, sodass wir beide zusammen schreien, uns aneinanderklammern und an uns drücken, so fest wir können.

Dann liegen wir zusammen im zertrampelten Gras, und ich merke, wie still es ist ohne unseren schweren Atem und das Pochen des Blutes in meinen Ohren. Es fühlt sich an, als wären Leo und ich die einzigen zwei Menschen auf der Welt.

***

Am nächsten Morgen müssen wir unsere Koffer packen. Das Schiff kommt, um uns alle nach Dubrovnik zurückzubringen.

Chay fragt sich, wie zum Teufel sie all ihre Sachen wieder in ihren Koffer bekommen soll.

»Wie hast du sie überhaupt vorher da hineinbekommen?«, frage ich sie.

»Ich weiß es nicht! Zum einen hatte ich diese Decke nicht, aber ich will sie behalten. Scheiß drauf, ich werfe einfach meine Uniformen weg und kaufe mir im Herbst neue.«

»Das sollte ich auf jeden Fall auch tun«, sage ich und begutachte die Röcke und Blusen, die im Laufe der Zeit immer mehr in Mitleidenschaft gezogen wurden. Der Saum meines grün karierten Rocks besteht nur noch aus zerfetzten Fäden. Meine Ballettschuhe muss ich auf jeden Fall wegwerfen, denn sie sind vom Tanzen auf dem rauen Stein der Kathedrale total kaputt. Ich habe mehr davon bei meinen Eltern.

Ich kann nicht glauben, dass ich mein Zuhause und meine Familie wiedersehen werde.

Ich habe sie immer noch nicht vorgewarnt, dass ich mit Leo zusammen bin. Ich weiß nicht, ob es Feigheit ist oder ob ich wirklich denke, dass sie es persönlich besser aufnehmen werden.

Hoffentlich verstehen sie, dass Leo und ich von Anfang an füreinander bestimmt waren. Doch ich habe Angst, dass sie das Tabu nicht abschütteln können, sich in jemanden zu verlieben, mit dem man in der Familie aufgewachsen ist. Mafia-Familien können so hartnäckig traditionell sein. Cousins und Cousinen werden wie nahe Verwandte behandelt, ob blutsverwandt oder nicht.

»Wenn du deine Kleider falten würdest, würden sie besser hineinpassen«, sagt Zoe zu Chay von ihrem Sitzplatz am Ende meines Bettes aus. Sie schaut uns beim Packen zu, hat ihren Koffer bereits geschlossen und ihr winziges Zimmer blitzblank geputzt.

»Du könntest sie für mich falten …«, sagt Chay und klimpert mit den Wimpern zu Zoe.

Zoe wirft ihr einen strengen Blick zu, steht aber vom Bett auf, um herüberzukommen und zu helfen.

»Danke, Liebes«, sagt Chay und legt ihren Arm um Zoes Taille und ihren Kopf auf ihre Schulter.

Zoe seufzt, ihr Gesichtsausdruck ist unglücklich. Im Gegensatz zu Chay und mir gibt es für Zoe keine Vorfreude auf die Heimfahrt.

»Du solltest mich über den Sommer in Berlin besuchen kommen«, sagt Chay aufmunternd.

»Ich weiß nicht, ob meine Eltern das erlauben werden«,

entgegnet Zoe. »Bestimmt setzen sie mich die vollen drei Monate pausenlos damit unter Druck, das Studium abzubrechen und Rocco früher zu heiraten.«

»Das wirst du doch nicht tun, oder?«, frage ich sie.

»Auf keinen Fall«, erwidert Zoe. »Egal, was sie sagen.«

Es ist nicht das, was sie sagen werden, worüber ich mir Sorgen mache – sondern das, was sie tun könnten.

»Komm schon«, bettelt Chay weiter. »Ich wette, Anna wird mich auch besuchen kommen.«

»Klar.« Ich nicke. »Leo würde diese Reise lieben.«

»Wenn du Leo mitbringst, bringst du besser auch einen heißen Typen für mich mit«, sagt Chay und lächelt schelmisch. »Was ist mit deinem Cousin … meinst du, Miles hätte Lust auf eine Reise nach Deutschland?«

Zoe schnaubt hochmütig.

»Was?«, frage ich. »Du magst Miles nicht?«

»Nicht besonders«, sagt Zoe.

»Warum nicht?«

»Nichts für ungut, aber ich finde ihn arrogant und rücksichtslos. Ich kann niemanden verstehen, der sich absichtlich in Schwierigkeiten bringt. Er denkt, alles sei ein Spiel, als gäbe es keine echten Konsequenzen.«

»Ich bin nicht eingeschnappt«, sage ich und zucke mit den Schultern. »Du hast vollkommen recht.«

»Aber er ist lustig«, kontert Chay. »Und verdammt sexy.«

Zoe schüttelt stumm den Kopf, nicht besonders beeindruckt von diesen Eigenschaften.

»Nun, ich hätte nichts dagegen, es mit ihm zu versuchen«, sagt Chay. »Bevor er vom College fliegt.«

»Ich werde ein gutes Wort für dich einlegen«, sage ich zu Chay. »Aber ich verspreche nichts. Miles hört auf mich ungefähr so viel wie auf jeden anderen auch. Was gleich null ist.«

»Keine Sorge«, sagt Chay. »Ich habe zu Hause ein paar Optionen, die auf mich warten.« Sie grinst und stellt sich mit Sicherheit gerade diese Freunde mit gewissen Vorzügen vor, die sie seit fast einem Jahr nicht mehr gefickt hat. »Es ist wie ein süßes Kleid, das man ganz hinten im Schrank vergessen hat … wieder so gut wie neu.«

Ich lache. »Ich freue mich für dich.«

Ich packe meinen eigenen Koffer zu Ende, zwar nicht so ordentlich wie Zoe, aber mit mehr Platz als Chay.

Nachdem ich das erledigt habe, ziehe ich ihn die Treppe hinunter, damit ich ihn bei den Waggons lassen kann, die in den Vorhof eingefahren sind – bereit, uns und unser Gepäck zum Hafen zurückzubringen.

Als ich meinen Koffer zum Stapel der wartenden Gepäckstücke stelle, höre ich ein dumpfes Geräusch direkt neben mir. Ich drehe mich um und sehe, dass Dean seine eigene Tasche abstellt.

Seit dem Abend, an dem er mit Leo kämpfte, haben wir nicht mehr miteinander gesprochen. Und ich habe ihn seit dem Tag des letzten Wettkampfes nicht mehr gesehen.

Wir richten uns langsam auf und starren uns gegenseitig an. Ich spüre, wie mein Blut vor purer, unverfälschter Wut rast.

Es ist schwer zu sagen, was Dean denkt. Seine Schultern sind gekrümmt und seine Augen fast zu Schlitzen verengt. Sein Gesicht wirkt blass und angespannt.

»Ich weiß, was du getan hast«, sage ich leise. »Ich habe Beweise. Ich habe den Atemregler, den du zerschnitten hast.«

»Du hast einen kaputten Regler?«, entgegnet Dean kühl. »Was beweist das genau?«

»Komm uns ja nicht zu nah«, zische ich ihn an. »Wenn ich mich entschließe, jemanden zu töten … wird es mir gelingen.«

Dean lacht nur. »Du bist diejenige, die mich wiederfinden wird, Anna. Sobald du erkennst, welchen Fehler du gemacht hast.«

»Lieber schwimme ich nach Dubrovnik zurück«, erwidere ich.

»Vielleicht bekommst du deine Chance«, sagt Dean leise. »Pass auf, wo du hintrittst …«

Ich drehe mich um und schleiche von ihm weg, fühle mich irritiert und unzufrieden. Er hat recht – der Regulator ist ein fadenscheiniger Beweis. Es steht mein und Leos Wort gegen seines. Und ich bin mir sicher, dass er irgendeinen Arschloch-Freund hat, der ihm ein falsches Alibi verschaffen würde.

Ich gehe in den Speisesaal, um ein schnelles Mittagessen einzunehmen, bevor es Zeit ist, an Bord zu gehen. Die Mahlzeit ist einfacher als sonst – Speck-Sandwiches, frisches Obst und Buttermilch. Keine anderen Optionen. Das passt mir gut – der auf der Insel gepökelte Speck ist der köstlichste, den ich je probiert habe.

Ich nehme mir zwei Sandwiches und setze mich mit Matteo und Paulie zum Essen hin. Hedeon, der sich seinen Teller mit Essen beladen hat, gesellt sich einen Moment später zu uns. Er ist kein großer Fan von Matteo oder Paulie, aber anscheinend mag er uns lieber, als alleine zu essen.

»Bist du aufgeregt, nach Hause zu kommen?«, fragt er mich, den Mund voll mit einem riesigen Bissen Sandwich. Er ignoriert Matteo und Paulie.

»Ja«, sage ich.

Ich denke nicht wirklich daran, wie es ist, nach Hause zu kommen, sondern erinnere mich an die Nacht, in der ich Leo auf der Krankenstation besuchte. Als ich sah, wie Hedeon in das Untergeschoss schlich.

»Hast du dich nach dem zweiten Wettkampf mit diesem

Mädchen getroffen?«, frage ich beiläufig. »Der Buchhalterin?«

»Ja, das habe ich«, antwortet Hedeon gelassen. »Sie war auch eine ziemlich Wilde. Lass dich nicht von diesen schüchternen kleinen Buchhalterinnen täuschen – die stehen auf die perversesten Sachen.«

Es ist so seltsam, ihn lügen zu sehen. Wenn ich nicht wüsste, was ich gesehen habe, würde er mich komplett täuschen. Sein Ausdruck ist so ruhig und selbstbewusst wie immer, er antwortet, ohne zu zögern.

Ich dränge nur ein wenig weiter. »Ich dachte, ich hätte dich später in der Nacht gesehen, als du in das Untergeschoss gegangen bist.«

Jetzt sehe ich es – ein winziges Zucken im rechten Augenwinkel. Aber sein Lächeln wird nur noch breiter.

»Das muss ein anderer großer, dunkler und gut aussehender Typ gewesen sein«, sagt er. »Ich war noch nie da unten.«

»Ah«, sage ich, als würde ich ihm glauben. »Es war ziemlich dunkel.«

Hedeon wechselt das Thema zu unseren Abschlussnoten, woraufhin sich Matteo und Paulie zu Wort melden.

Der ganze Austausch ist in Sekundenschnelle vorbei.

Ich habe nicht geklärt, was Hedeon vorhatte. Aber ich habe etwas Interessantes entdeckt …

Er ist ein geübter Lügner. Und er verheimlicht etwas.

***

Als wir in die Waggons klettern, liegt ein Hauch von nervöser Aufregung in der Luft – und auch eine seltsame Art von Bedauern. Kingmakers war fast ein Jahr lang unser Zuhause. So isoliert, wie wir auf der Insel waren, so seltsam fühlt es sich an, sie zu verlassen.

Viele von uns tauschen in letzter Minute noch Nummern aus, die wir auf Papier kritzeln müssen, da wir unsere Handys noch nicht wiederhaben.

Wir fahren zum Hafen hinunter, wo das Schiff wartet, das viel größer ist als jedes der Fischerboote, die daneben festgemacht haben.

»Ich habe vergessen, wie groß das Schiff war«, sagt Leo. Er sitzt neben mir auf der Bank, den Arm locker hinter mir drapiert, um meinen Rücken vor dem Rütteln des Wagens zu schützen.

Ares sitzt uns gegenüber und schaut mit einem seltsamen Gesichtsausdruck zum Schiff. Ich dachte, er würde sich freuen, seine Familie wiederzusehen. Stattdessen sieht er beinahe so aus, als würde er sich davor fürchten.

Als er das bemerkt, fragt Leo: »Kommst du mit zu uns nach Chicago?«

»Das würde ich ja gern«, antwortet Ares, »aber ich werde den Sommer über arbeiten.«

»Ich habe einen verdammten Haufen Flugmeilen …«, sagt Leo und versucht anzudeuten, dass er für den Flug bezahlen würde, ohne Ares in Verlegenheit zu bringen.

»Danke«, sagt Ares, ohne sich festzulegen. »Ich werde euch vermissen, Leute.«

»Vermiss uns noch nicht«, sagt Leo. »Du musst noch eine lange Reise zurück in die Zivilisation mit uns ertragen.«

Als wir an Bord gehen, ist das Hauptdeck bereits voll mit Studierenden. Anders als auf der Hinfahrt fahren wir alle am selben Tag nach Hause. Das Netz, das zwischen den Masten gespannt ist, ist bereits voll von lärmenden jungen Leuten, und es gibt kaum einen Platz zum Anlehnen, geschweige denn zum Hinsetzen. Wir enden eingepfercht im Bug mit einem Haufen Spione aus dem ersten Jahrgang.

Alle unterhalten sich über ihre Pläne für den kommenden Sommer. Ich höre, wie Shannon Kelly ihrer Freundin Jean Hamilton erzählt, dass sie vorhat, einen Zwischenstopp in Spanien einzulegen, bevor sie nach Dublin zurückkehrt. Im ersten Semester hatte ich einen Vertragskurs mit Shannon, aber da wir in verschiedenen Abteilungen waren, kreuzten sich unsere Wege nicht oft. Außerdem ist sie die beste Freundin von Gemma Rossi, gegen die ich zwar keinen Groll hege, die ich jedoch lieber meide.

Shannon wirft ihre Lockenmähne über die Schultern zurück, sieht mich hinter sich stehen und wirft mir einen seltsam schuldbewussten Blick zu.

»Hoffentlich werden auf dem Rückweg nicht so viele Leute seekrank«, sage ich zu ihr. »Wir passen nicht alle an die Reling.«

»Wenn mich jemand vollkotzt, werfe ich ihn über Bord«, sagt Shannon.

Sie zögert, dann verlässt sie ihre Freundin und rückt stattdessen näher zu mir. Anschließend blickt sie zu Leo hinüber, der in sein Gespräch mit Ares vertieft ist.

»Du bist jetzt also mit Leo zusammen?«, fragt sie.

»Ja«, sage ich. »Das bin ich.«

Sie nickt und kaut auf ihrer Unterlippe.

Ich kann sagen, dass sie etwas auf dem Herzen hat. Mein Vater hat mir immer gesagt, dass die beste Verhörmethode Schweigen ist. Wenn du hören willst, was jemand zu sagen hat, dann halt deinen Mund.

Also schaue ich sie nur an, ruhig und gelassen.

»Ich wollte nichts sagen … als du mit Dean zusammen warst …« Sie spricht ganz leise, damit es niemand außer uns hört.

Ich bleibe still und warte.

»Ich weiß nicht einmal, ob ich überhaupt etwas gesehen habe …«

Sie atmet tief ein und streicht sich die Haare hinter die Ohren. Das ist ein nutzloses Unterfangen, denn die Locken springen sofort wieder frei.

»Du erinnerst dich an die Nacht, in der wir die Party unten am Moon Beach hatten«, sagt sie. »Die erste Party, die wir da unten hatten …«

»Ja«, antworte ich in einem neutralen Ton.

»Nun … ich stand da und sprach mit Gemma. Sie war ein bisschen in Leo verknallt, und er war gerade zum Kapitän ernannt worden, also überlegte sie, ob sie ihm gratulieren sollte. Dann kam Dean auf uns zu, was irgendwie seltsam war, weil er nie mit uns redet. Er hatte zwei Drinks dabei. Und er reichte Gemma einen, nur einen einzigen. Und er sagte ihr, sie solle ihn Leo geben.«

Ich schlucke, meine Kehle macht ein klickendes Geräusch.

»Hat sie das getan?«, frage ich. »Hat sie ihm den Drink gegeben?«

»Ja«, nickt Shannon. »Leo hat es getrunken. Kurz danach sagte Gemma, dass er ziemlich fertig zu sein schien …« Sie schweift ab. »Ich wollte mich da nicht einmischen. Gemma ist meine beste Freundin. Sie hat es nicht böse gemeint. Ich dachte, es ginge mich nichts an, besonders als du angefangen hast, mit Dean auszugehen. Aber jetzt, da du mit Leo zusammen bist …«

»Danke, dass du es mir gesagt hast«, sage ich schwach.

»Kein Problem«, sagt Shannon. Ihre Wangen sind gerötet. Schnell wendet sie sich ab und gesellt sich wieder zu ihrer Freundin.

Das Schiff entfernt sich vom Ufer und fährt auf das offene Wasser hinaus. Das Deck schaukelt sanft mit den Wellen. Ich habe das Gefühl, dass ich viel mehr taumle, als es die Bewegung des Schiffes verursachen würde. Ich habe das Gefühl, ich könnte gleich umfallen.

Ich habe Leo für diese Nacht verziehen. Aber jetzt fällt mir eine viel unheimlichere Möglichkeit ein: der Gedanke, dass Leo vielleicht gar keine Vergebung gebraucht hat. Der Gedanke, dass er unter Drogen gesetzt worden sein könnte.

Von Dean unter Drogen gesetzt.

Shannons Geschichte klingt glaubwürdig. Sie klingt vernünftiger als das, was ich dachte, das passiert ist. Immerhin war es untypisch für Leo, betrunken außer Kontrolle zu geraten, besonders so schnell. Wäre ich nicht so emotional und aufgebracht gewesen, hätte ich die Situation tatsächlich analysiert, hätte ich vielleicht die Wahrheit erkannt. Stattdessen verlor ich die Beherrschung. Und Dean war genau da, um diesen Moment auszunutzen.

Ich will ihn finden und einen Kopf kürzer machen.

Ich scanne bereits das Deck, auf der Suche nach seinem weißblonden Kopf.

Ich muss verrückt aussehen, denn gerade als ich Dean am anderen Ende des Schiffes entdecke und nach vorne stürme, um ihn zur Rede zu stellen, tritt Leo vor mich und packt mich an den Schultern.

»Was hast du vor?«

»Ich werde diesen Wichser abstechen«, knurre ich.

»Wen?«, fragt Leo verwirrt.

»Dean natürlich!«

»Wie jetzt?«, sagt Leo und versucht, mich zur Seite zu ziehen, um mich zu beruhigen.

Ich erzähle ihm kurz und schonungslos, was Shannon mir gesagt hat, und meine Kehle schnürt sich vor Schuldgefühlen zusammen. Mir wird von Minute zu Minute weiter klar, dass Leo ein Opfer und es nicht seine Schuld war. Was bedeutet, dass alles, was zwischen uns passiert ist, stattdessen *meine* Schuld ist.

Ich schäme mich so sehr, dass ich die letzten Worte kaum

noch herausbekomme. Mein Gesicht steht in Flammen, und ich kann Leo nicht in die Augen sehen.

»Es tut mir so leid«, flüstere ich.

Leo schlingt seine Arme um mich und zieht mich fest an seine Brust. Er drückt mich mit all seiner Kraft. Ich kann spüren, wie sein Körper leicht zittert.

»Ich bin so erleichtert«, sagt er.

»Was?« Ich ziehe mich ein wenig von ihm zurück, damit ich in sein Gesicht schauen kann.

»Ich bin erleichtert«, wiederholt Leo. »Ich kann dir gar nicht sagen, welche Last von mir abfällt.«

»Du bist nicht wütend?«, frage ich.

»Ja, natürlich bin ich verdammt wütend – dieser hinterhältige kleine Scheißkerl. Aber, Anna, ich dachte, ich hätte in dieser Nacht den größten Fehler meines Lebens gemacht. Und das denke ich immer noch. Denn ich hätte dich in dem Moment küssen sollen, als ich mit dir auf dem Spaziergang zum Strand allein war. Ich hätte dich auf der Party nie aus den Augen lassen sollen. Ich hätte dir sagen sollen, was du mir bedeutest, lange bevor das alles passiert ist. Aber wenigstens habe ich nicht absichtlich mit Gemma rumgemacht. Ich konnte es nicht fassen, dass ich das getan habe. Ich konnte den Schmerz nicht ertragen, den ich dir zugefügt habe.«

Ich schaue völlig ungläubig zu ihm auf.

»Du bist nicht sauer auf mich, Leo?«

»Nein, natürlich nicht«, sagt er und küsst mich schnell. Wir sind noch nicht privat unterwegs und sollen öffentlich keine Zuneigung zeigen.

»Ich verstehe nicht, wie du die Dinge so einfach loslassen kannst«, sage ich.

Ich bin nachtragend. Wenn mir jemand unrecht getan hat, vergesse ich das nie. Es frisst mich auf, wenn ich nichts dagegen tue.

»Alles, was mir vor heute passiert ist, hat mich an diesen Punkt gebracht«, sagt Leo. »Genau hier, genau jetzt, mit dir in meinen Armen. Ich würde nichts ändern. Denn ich würde nie riskieren, nicht hier bei dir zu sein.«

Ich kann mir ein Lächeln nicht verkneifen.

»Ich glaube, du wirst vielleicht Buddhist«, sage ich. »Du bist schockierend entspannt.«

»Ja«, knurrt Leo und zieht die Augenbrauen hoch. »Es sei denn, jemand legt sich mit meiner Liebsten an …«

***

Der Flug nach Hause mit Leo ist die schönste Erfahrung meines Lebens. Ich bin zehntausend Meter hoch in der Luft, schwebe über den Wolken, eingekuschelt in die Arme des Mannes, den ich liebe.

Wir sind so erschöpft von unserem ersten Studienjahr, dass wir fast die ganze Zeit schlafen und nur aufwachen, als die Flugbegleiter uns Snacks und Getränke bringen.

Miles fliegt mit derselben Maschine wie wir von Dubrovnik nach Wien, aber dann nimmt er einen Umweg und plant einen Zwischenstopp in Los Angeles, bevor er nach Chicago zurückkommt.

»Was ist in Los Angeles?«, fragt Leo neugierig.

»So viele Dinge«, sagt Miles. Er liebt es, geheimnisvoll zu sein.

»Triffst du dich mit jemandem?«, hake ich nach.

Miles hält sein Telefon hoch. »Ich muss einen Song für einen Typen spielen. Nur einen Song.«

»Warum schickst du ihm den Song nicht einfach?«, fragt Leo.

»Das nennt man, das Eisen schmieden, solange es heiß ist«, sagt Miles. »Geschäfte werden von Angesicht zu Angesicht gemacht.«

»Nun, sieh zu, dass du es deinen Eltern rechtzeitig sagst«, erinnere ich ihn. »Ich möchte nicht sehen, wie deine Mutter ganz traurig am Flughafen auf dich wartet.«

»Ich habe es ihnen schon gesagt«, versichert mir Miles. »Und ich werde meiner Mutter Kürbisbrot aus dem *Monastery of Angels* mitbringen, also zerbrich dir nicht deinen hübschen kleinen Kopf über sie. Das ist ihr viel lieber als ich.«

Leo und ich landen schließlich am späten Nachmittag in Chicago und wissen, dass unsere beiden Väter dort sein werden, um uns abzuholen.

Wir haben nicht besprochen, wie wir unsere Beziehung verkünden werden. Wir waren zu schläfrig und glücklich, um uns auf dem Rückweg darüber Gedanken zu machen.

Am Ende tun wir das, was sich am natürlichsten anfühlt – wir gehen Hand in Hand aus der Gepäckausgabe, als ob wir schon immer ein Liebespaar gewesen wären.

Mein Vater und Leos Vater stehen direkt nebeneinander und bilden einen amüsanten Kontrast – Onkel Seb im sportlichen Leinenmantel, tief gebräunt, mit grauen Haaren an den Schläfen und einer schicken, dunkel gerahmten Brille auf der Nase. Entspannt und fröhlich stützt er sich auf seinen Gehstock. Neben ihm wirkt mein Vater blasser als je zuvor, denn er trägt dunkle Kleidung, die keinen Hauch von Sommer spüren lässt, und überprüft die Menge aufmerksam nach uns. Die Hände hält er locker vor sich verschränkt, seine tätowierte Haut sieht aus wie gemusterte Handschuhe.

Als sie Leo und mich sehen – und die Art, wie wir uns beim Gehen mit ineinander verschränkten Fingern aneinanderlehnen –, sind ihre Reaktionen ebenso entgegengesetzt.

Onkel Seb bleibt der Mund offen stehen. Einen Moment lang wirkt er verwirrt, dann setzt er langsam ein Grinsen auf, das sich zu purer Freude aufhellt.

Im Gegensatz dazu begreift mein Vater jetzt, was los ist. Sein Ausdruck wird starr und wütend, die Augen funkeln in seinem erbleichten Gesicht.

»Anna«, sagt er mit gepresster Stimme, »was hat das zu bedeuten?«

Ich atme tief ein und halte mein Kinn hoch. Dies ist der entscheidende Moment. Ich darf keine Schwäche zeigen, sonst zerreißt mich mein Vater in der Luft.

»Leo und ich sind verliebt«, sage ich ganz ruhig. »Und wir werden zusammen sein.«

Onkel Seb schweigt klugerweise, denn er kennt meinen Vater gut genug, um zu wissen, dass das erst einmal sacken muss.

»Leo ist dein Cousin«, sagt mein Vater in seinem kühlsten Ton.

»Dad«, antworte ich und schaue in diese Augen, die so kalt und blau sind wie meine eigenen, »du weißt so gut wie ich, dass wir uns zwar unsere Familie aussuchen können, aber nicht, wen wir lieben.«

Es herrscht ein langes Schweigen, in dem Leos Finger meine mit einer Intensität umklammern, die mir sagt, dass er niemals loslassen wird – egal, was als Nächstes passiert.

Leo sagt zu meinem Vater leise, aber bestimmt: »Niemand wird sie mehr lieben als ich. Niemand wird sie so schätzen und beschützen wie ich.«

Es gibt eine beängstigende Pause, die sich anfühlt wie zwei schwer beladene Waagen, die hin- und herschwanken. Ein Lufthauch in die falsche Richtung könnte sie zum Kippen bringen.

Onkel Seb ist mutig genug, die Stille zu brechen. Er sagt sanft und aufrichtig: »Komm schon, Miko. Wo hast du jemals erwartet, jemanden zu finden, der gut genug für Anna ist?«

Wir verbünden uns gegen ihn, nicht, dass es darauf ankäme – mein Vater stellt sich gegen tausend Leute, wenn er glaubt, im Recht zu sein.

Aber in diesem speziellen Fall ist er sich nicht sicher.

»Wir werden das zu Hause weiter besprechen«, sagt mein Vater und schnappt sich meinen Koffer. Doch als er zum Auto schreitet, hält er inne und ruft Onkel Seb über die Schulter zu: »Wollt ihr alle mit uns zu Abend essen?«

Onkel Seb verbirgt sein Grinsen. »Aber natürlich. Ich besorge uns Wein.«

»Aber keinen Cabernet«, sagt Dad.

»Natürlich nicht. Ich nehme einen Merlot«, antwortet Seb und zwinkert mir zu.

Epilog

Leo

Zwei Monate später

Ich wache früh am Morgen auf, weil ich spüre, dass Anna nicht neben mir im Bett liegt. Nach Mitternacht hat sie sich in mein Zimmer geschlichen und lag stundenlang zusammengerollt in meinen Armen. Ihr Atem war schwer, tief und friedlich.

Obwohl unsere Eltern endlich akzeptiert haben, dass wir verliebt sind und zusammen sein wollen, sind sie nicht ganz damit einverstanden, dass wir in unserem Familienurlaub ein gemeinsames Zimmer haben.

Diese Blockhütte gehört Onkel Miko. Das bedeutet natürlich, dass sie sich im dunkelsten und einsamsten Waldstück befindet, das man sich vorstellen kann, und an die Berge grenzt. Wir befinden uns auf einer kleinen Landzunge, die auf drei Seiten von einem See umgeben ist, der schwarz und glänzend wie ein Spiegel ist, auf der anderen Seite sind wir von hoch aufragenden Kiefern umgeben.

Die Hütte könnte mit ihrem steil abfallenden Dach, den grob behauenen Balken und dem ständig rauchenden Schornstein ein Hexenhaus sein. Sie ist groß genug, um sowohl die Wilks als auch meine Familie bequem unterzubringen.

Trotzdem fühlen Anna und ich uns nie ganz wohl, wenn wir getrennt sind. Deshalb hat sie sich jede Nacht in mein

Zimmer geschlichen, um, an meiner Brust schlafend, die nötige Ruhe zu finden.

Es macht mir fast Angst, wieder nach Kingmakers zu gehen. Ich habe Anna gefragt, ob wir stattdessen heiraten und unser gemeinsames Leben beginnen sollten. Sie hat lange überlegt.

»Ich will mit dir verheiratet sein«, sagte sie schließlich, ihre klaren blauen Augen auf meine gerichtet. »Das will ich unbedingt. Aber ich will auch die beste Ehefrau für dich sein, die beste Partnerin. Das Imperium, das wir zusammen aufbauen werden, wird alles in den Schatten stellen, was je ein Mensch zuvor getan hat. Wenn wir zuerst unsere Ausbildung beenden.«

Ich wusste, dass sie recht hatte, obwohl ich es nur ungern zugab.

»Noch drei Jahre …«, seufzte ich.

»Wir werden zusammen dort sein«, sagte Anna und verschränkte ihre Finger mit meinen.

Jetzt ist sie noch vor dem Morgengrauen verschwunden, was sicher bedeutet, dass sie besorgt ist. Meine rastlose Liebe kann nie still sein, wenn sie etwas auf dem Herzen hat.

Ich schlüpfe aus dem Bett, ziehe mir einen dicken Pullover über den nackten Oberkörper und schiebe meine Füße in abgewetzte Turnschuhe. Dann schleiche ich die Treppe hinunter und auf die Veranda hinaus, wo ich Anna entdecke, die auf dem Rand der moosbewachsenen Felsen sitzt und ihre nackten Zehen in den See taucht.

Sie ist ganz blass im Gesicht, nur mit einem Nachthemd bekleidet. Ihre langen blonden Haare hängen ebenfalls im Wasser.

Ich nehme die Wolldecke von der Verandaschaukel, bringe sie zu ihr herunter und lege sie um ihre schlanken Schultern. Sie hebt ihr Kinn an und küsst mich. Ihre Lippen sind kühl an meinem warmen Mund.

»In wenigen Wochen sind wir wieder am College«, sagt sie.

»Hast du deine Meinung geändert?«

»Nein.« Sie schüttelt den Kopf. »Ich frage mich nur, was passieren wird …«

»Was meinst du? Wovor hast du Angst?«

»Ich weiß nicht …«, sagt sie und blickt auf das schwarze, nebelverhangene Wasser hinaus. »Ich glaube, dieses Jahr wird es anders sein. Als wir in Kingmakers anfingen, war es schwierig, aber es war neu und aufregend. Ich habe das Gefühl, dass es bald noch viel schlimmer wird …«

Ich lache. »Schlimmer, als in der letzten Uniwoche fast zu ertrinken?«

Anna sieht mich mit düsterer Miene an. »Ja.«

Ich küsse sie wieder, dieses Mal länger.

»Ich werde immer an deiner Seite sein«, sage ich. »Ich werde dich immer beschützen.«

»Ich weiß«, antwortet sie. »Ich habe vor nichts Angst, wenn ich dich habe, Leo.«

Wir sitzen Seite an Seite. Ich lege den Arm um sie, bis das erste Morgenlicht den Nebel lichtet, der Himmel orange gestreift ist und der See sich von schwarz zu marineblau zu rosa färbt. Die Vögel machen seltsame und klagende Schreie über dem Wasser.

Ich kann den Geruch von brutzelndem Speck in der Küche wahrnehmen. Wahrscheinlich ist meine Mutter hellwach und war sofort hungrig.

Als Anna und ich Hand in Hand in die Hütte zurückkehren, macht meine Mutter schon Pancakes, der Kaffee brüht und die Eier brutzeln.

»Guten Morgen«, sagt Anna und umarmt meine Mutter von hinten. Sie muss dazu viel weiter ausholen als sonst, denn der Bauch meiner Mutter hält sie jetzt eine Armlänge vom Herd entfernt. »Wie geht's, Baby Frances?«

»Sie mag die Matratze oben nicht«, sagt meine Mutter, »aber sie freut sich sehr auf das Frühstück.«

»Dann sind wir schon zu zweit«, sage ich.

»Du bekommst erst Frühstück, wenn du den Tisch gedeckt hast«, sagt meine Mutter streng.

»Das muss ich auch«, entgegne ich. »Schließlich bin ich der Einzige, der hier oben an die Teller herankommt.«

Ich nehme die Teller von ihrem Platz auf dem unpraktisch hohen Regal über der Spüle und reiche sie Anna, damit sie sie auf dem Tisch abstellen kann.

Nachdem ich mir die Gläser geschnappt habe, schließe ich mich ihr an, um die Gedecke zu arrangieren. Sie lehnt sich weit über den Tisch, um die andere Seite zu erreichen, wobei sich ihr Nachthemd eng über ihren süßen kleinen Hintern spannt. Ich kann nicht widerstehen, ihr in den Hintern zu kneifen.

Es ist das denkbar schlechteste Timing, denn mein Vater und Onkel Miko kommen gerade ins Zimmer geschlendert. Mikolajs Gesichtsausdruck wechselt in einem Augenblick von ruhig zu mörderisch.

»Junge Liebe!«, sagt mein Vater fröhlich. »Kann ich dir etwas Orangensaft bringen, Miko?« Halblaut fügt er hinzu: »Bitte bring meinen Sohn nicht um.«

»Setzt euch alle hin!«, sagt meine Mutter. »Die Pancakes sind fertig!«

Als wir uns um den Tisch gruppieren, achten Anna und ich darauf, die Plätze zu nehmen, die am weitesten von ihrem Vater entfernt sind. Meine Mutter stellt eine riesige Platte mit knusprig-goldenen Pancakes in die Mitte des Tisches. Einen Moment später bringt mein Vater den Speck und den Toast.

Ich höre Whelan, bevor ich ihn sehe, wie er mit voller Geschwindigkeit die Treppe herunterdonnert. Es gibt ein taumelndes, knallendes Geräusch, das sich anhört, als sei er die letzten vier Stufen hinuntergefallen, aber er kommt in die Küche gesprintet und sieht total gefasst aus.

»Wo ist deine Schwester?«, fragt Miko ihn.

»Sie kommt«, keucht Whelan, lässt sich an den Tisch plumpsen und greift sich eine Handvoll Speck. »Sie muss sich erst noch chic machen.«

»Nimm die Zange«, sagt Miko scharf und klopft Whelan damit auf die Knöchel.

»Okay«, sagt Whelan und schnappt sich mit der Zange einen weiteren Schwung Speck.

Tante Nessa schwebt in die Küche, so anmutig wie Anna und kaum älter wirkend als sie, selbst in einem alten T-Shirt, mit Pferdeschwanz und ungeschminkt. Behutsam nimmt sie Whelan den Großteil des Specks ab und verteilt ihn auf Mikos und ihrem Teller.

»Aber ich bin am Verhungern!«, beschwert sich Whelan.

»Iss das zuerst, und dann sehen wir weiter«, sagt sie.

Cara folgt Nessa einen Moment später. Sie trägt ein sauberes Flanellhemd und Jeansshorts, ihr dunkles Haar ist gebürstet und zu zwei Zöpfen geflochten. Sie setzt sich auf die andere Seite von Anna und drückt ihrer Schwester kurz die Hand.

»Es ist so schön, mit allen zusammen zu sein«, sagt mein Vater. »Das wird vielleicht eine Weile nicht mehr passieren, wenn das Baby erst einmal geboren ist. Mit einem Säugling zu reisen, ist schrecklich.«

»Hast du Angst, wieder von vorne anzufangen?«, fragt Nessa meine Mutter.

»Nein«, sagt meine Mutter mit ihrer üblichen Offenheit. »Es hat sich nie richtig angefühlt, nur ein Kind zu haben. Ich hatte nie das Gefühl, das Thema abgeschlossen zu haben.«

»Tut mir leid, dass ich so unbefriedigend war«, necke ich sie.

Vor ein oder zwei Jahren hätte es mich geärgert, wenn ich gehört hätte, dass meine Mutter mit mir als ihrem einzigen Kind unglücklich war. Wahrscheinlich hätte sie es nicht zugegeben. Aber sie kann sehen, wie glücklich ich bin und wie wenig ich diese Art von Zuspruch brauche.

»Du wirst es bald verstehen«, sagt mein Vater. »Der Wunsch, mit der Person, die man liebt, Kinder zu haben, kann überwältigend sein.«

»Aber nicht *so* bald«, sagt Onkel Miko und runzelt die Stirn.

»Mach dir keine Sorgen, Dad«, sagt Anna. »Wir haben es nicht eilig.«

Sie legt ihre Hand unter dem Tisch auf meinen Oberschenkel. Dann schiebt sie sie verrucht ein wenig höher, in das Ende meiner Shorts. Ich spanne mich an und versuche, nicht das geringste Zeichen von Erregung auf meinem Gesicht zu zeigen. Ich spüre Onkel Mikos starren Blick, der sich in mich bohrt, als könne er durch den Tisch hindurch zur wandernden Hand seiner Tochter sehen.

»Vielleicht sollten wir den Ehevertrag aufsetzen«, sagt mein Vater. Er grinst Miko an. »Wird es eine Mitgift geben oder einen Brautpreis?«

Er scherzt nur, denn mein Vater und Miko haben ihre Imperien großzügig und gleichberechtigt gemeinsam geführt. Es gibt keinen Unterschied im »Wert« zwischen Anna und mir, zumindest nicht aus geschäftlicher Sicht.

Ohne den Blick von mir abzuwenden, antwortet Onkel Miko: »Du wirst bankrott sein, mein Freund.«

Annas Finger stehlen sich weiter meine Shorts hinauf in Richtung meines Schritts. Ich versuche, ihre Hand zu stoppen, ohne mich sichtbar zu bewegen, aber sie entzieht sich meinem Griff und fährt weiter hoch, bis sie die Spitze meines Schwanzes streift. Absurderweise kann ich direkt unter dem Blick ihres Vaters spüren, wie mein Blut in Wallung gerät und ich anfange, hart zu werden. Ich bin mir sicher, er weiß genau, was passiert. Miko weiß es immer.

Ich versuche, meine Lippen so still zu halten wie ein Bauchredner, und murmle: »*Anna …*«

Anna lächelt gelassen, nimmt mit einer Hand einen Schluck von ihrem Kaffee und neckt mit der anderen meinen Schwanz.

Ich will aufspringen und ins Bad rennen, aber jetzt ist es zu spät, ich bin schon hart. Ich bin hier gefangen, während die Liebe meines Lebens versucht, den ganzen Groll des Teufels auf mich zu lenken.

Es gibt nur eine Sache, die ich tun kann.

Ich stoße mein eigenes Glas Orangensaft um, direkt in meinen Schoß.

Dann schnappe ich mir eine Serviette, presse sie über meinen Schritt und springe vom Tisch auf.

»Ups!«, sage ich. »Ich mache das besser sauber!«

Ich renne nach oben, um zu duschen und mich umzuziehen, und traue mich nicht, zum Frühstück wieder nach unten zu gehen, bis ich sicher bin, dass Onkel Miko sich anderweitig beschäftigt hat.

Ich höre, wie Anna kurz darauf zum Duschen hochkommt. Sie springt die Treppe hoch und den Flur entlang, wahrscheinlich lacht sie in sich hinein.

Das ist in Ordnung für mich – ich möchte, dass sie fröhlich und ahnungslos ist, wenn ich sie bestrafe.

Es ist nicht leicht, Anna zu überwältigen. Sie ist schnell und misstrauisch. Sie wird wissen, dass sie es nach ihrer Aktion beim Frühstück verdient hat.

Also verlasse ich das Haus, sobald ich angezogen bin, und sage meiner Mutter, dass ich noch ein paar Holzscheite für den Ofen hacken werde.

Ich nehme die Axt von ihrem Platz auf der Veranda und gehe in den Wald hinaus. Mein Ziel ist der zehn Minuten entfernte Birkenbestand, den wir gefällt, gehackt und im Holzschuppen gelagert haben.

Dieser Teil des Waldes ist sehr dicht und fast still. Man könnte meinen, ich sei Stunden von jedem anderen Menschen entfernt. Man kann nicht mal mehr die Haubentaucher auf dem Wasser hören. Nur das leise Summen der Bienen und das gelegentliche Ächzen des Windes, der die Kiefernzweige zusammenschlägt.

Ich lege die Birkenstämme auf einen vorbereiteten Stumpf und beginne, sie zu spalten. Es ist eine entspannende Arbeit mit einem ruhigen, gleichmäßigen Rhythmus. Der Schwung der Axt, das schwere Donnern des Aufpralls und das saubere Auseinanderbrechen des Holzes. Dann hebe ich die Stücke auf und werfe sie ordentlich auf den Stapel, um sie in den Holzschuppen zu tragen, wenn ich fertig bin.

Trotz des Schattens und des kühlen Morgens komme ich bald ins Schwitzen. Ich knöpfe mein Hemd auf und ziehe es aus, genieße die Brise auf meiner nackten Haut.

Zisch, wumm.

Zisch, wumm.

Zisch, wumm.

Ich höre, wie sich das Holz spaltet. Ich höre auf den Wind. Und lausche auf die Geräusche von Anna, die sich nähert.

Ich weiß, dass sie mir folgen wird. Sie kann dem Anblick nicht widerstehen, wenn ich Holz hacke. Sie liebt es, mir bei allem Sportlichen zuzusehen, das tat sie schon immer.

Sie ist leise und vorsichtig. Aber ich habe gelernt, selbst ihre zarten Schritte über den weichen, lehmigen Boden zu hören.

Ich höre das Knacken eines Zweiges. Sofort lasse ich die Axt fallen und sprinte auf sie zu.

Sie versucht wegzulaufen, flink wie ein Wiesel, doch ich packe sie um die Taille und werfe sie mir über die Schulter, während sie mit ihren Fäusten auf meinen Rücken einschlägt.

»Du hast eine Grenze überschritten, Baby«, sage ich.

Anna verschwendet keine Zeit mit Argumenten – sie spart ihren Atem für das Zappeln und Kämpfen.

»Weißt du, wozu man früher Holzschuppen benutzt hat?«, frage ich sie, während ich sie hineintrage und mich vorsichtig ducke, damit sie sich nicht den Kopf am niedrigen Türrahmen stößt. »Dorthin hat man früher unartige Kinder gebracht, wenn sie sich danebenbenommen haben. Und du, kleines Mädchen … du warst sehr unartig.«

Sobald ich sie abgesetzt habe, versucht sie wieder zu fliehen, doch damit habe ich gerechnet. Ich packe sie an den Händen, anschließend nehme ich meinen Gürtel ab und lege ihn um ihre Handgelenke. Nachdem ich das Ende des Gürtels ganz durch die Schnalle geführt und ihn festgezogen habe, hebe ich ihre Arme über den Kopf und binde das andere Ende um den Sparren.

»Lass mich los!«, fordert Anna mich auf. Ihre Wangen sind bereits flammend rot und ihre Augen leuchtend blau in der Dämmerung.

»Ich weiß nicht, warum du immer mit dem Feuer spielen musst«, sage ich und gehe langsam um sie herum, während sie auf Zehenspitzen in der Mitte des Holzschuppens steht. Anna kann sehr lange in dieser Position ausharren. »Ich glaube, du willst sehen, wie heiß das Feuer wirklich werden kann …«

Anna verkneift sich ein Lächeln. Sie genießt das ein bisschen zu sehr. Ich werde sie härter bestrafen müssen als sonst. Sie ist zu zäh – sie wird es sonst kaum spüren.

Ich packe die Vorderseite ihres Shirts und reiße es auf, sodass ihre Brust freiliegt. Sie trägt keinen BH. Ihre Brustwarzen versteifen sich sofort, als ob sie sich gegen das wehren würde, was ich gleich tun werde.

»Das war mein Lieblingsshirt!«, beschwert sich Anna.

»Sei still, sonst muss ich dich knebeln.«

Als Anna den Mund zur Erwiderung öffnet, benutze ich die Reste ihres T-Shirts als Knebel und binde es hinter ihrem Kopf fest. Die Empörung darüber löst viele dumpfe Schreie aus.

»Das ist wahrscheinlich sowieso besser«, sage ich. »Dein Vater will mich schon umbringen. Stell dir vor, er würde dich im Wald schreien hören …«

Ich fahre mit meiner Zunge über Annas hilflose Lippen, die gespreizt und durch den Knebel offen gehalten werden. Anna dreht und windet sich, rotiert am Ende des Gürtels. Ich packe ihre Brustwarze und kneife sie hart, was sie in einer viel höheren Frequenz schreien lässt.

»Kannst du mir verraten, Baby …«, sage ich, »warum du das so sehr liebst?«

Ich schiebe meine Hand vorne in ihre Jeans hinein und tauche meinen Mittelfinger in ihre weiche, enge Muschi. Als ich ihn herausziehe, ist er bis zum zweiten Fingerknöchel durchnässt. Ich halte ihn hoch, um ihn ihr zu zeigen.

Anna kneift die Augen zusammen und geht von Angst zu Wut über. Das ist alles Teil davon – Teil davon, dass sie jedes heftige Gefühl, das sich mit ihrer Erregung vermischt, spüren kann.

Ich weiß, was mein Mädchen braucht. Sie ist keine gewöhnliche Prinzessin, die liebkost und verhätschelt werden will. Anna ist eine Mafia-Königin. Das bedeutet, sie würde niemals einen Zivilisten oder einen Soldaten dulden. Sie unterwirft sich nur dem verdammten König.

Sie braucht den Chef der Chefs.

Den einzigen Mann, der sie zähmen kann.

Sie braucht mich.

»Weißt du, was eine Rute ist?«, frage ich sie.

Sie beobachtet mich schweigend, weigert sich zu nicken oder den Kopf zu schütteln.

Ich nehme die Rute von der Wand. Ich habe sie von einer Birke abgeschnitten und die Rinde abgezogen. Sie ist biegsam und hat genau die richtige Länge.

Langsam gleite ich mit meinen Fingern an ihr entlang und teste ihre Beweglichkeit. Dann schlage ich sie scharf auf meine Handfläche, was ein lautes Zischen verursacht, das Anna zusammenzucken lässt.

»Wenn jemand bestraft werden muss, bringt man ihn in den Holzschuppen und holt die Rute«, sage ich leise zu Anna. »Kleines Mädchen … du musst bestraft werden.«

Ich gehe wieder um sie herum und fahre mit der Rute leicht über ihren nackten Rücken. Ihre Muskeln zittern, und ihre Fäuste verkrampfen sich in der Schlaufe meines Gürtels.

Schnell greife ich um sie herum, öffne ihre Jeans und ziehe sie bis zu den Knien herunter. Ihre Unterwäsche rutscht mit. Jetzt kann ich die glatte Haut ihres Hinterns sehen, makellos und unbefleckt.

Nicht für lange.

Ich ziehe die Rute hart über ihren Arsch. Sie hinterlässt eine dünne rote Linie, quer über beide Pobacken. Annas gedämpfter Schrei ist der bisher höchste.

Ich peitsche sie immer wieder, bis ihr Allerwertester mit roten Linien gestreift ist und beide Gesäßhälften glühend rosa sind, kein Hauch von cremiger Haut mehr.

Sie hört auf zu schreien, aber ihr Körper zuckt immer noch bei jedem Schlag. Ihre Brustwarzen sind so hart, dass sie einen Zentimeter aus ihrer Brust hervorstehen.

Ich schwitze stärker, als wenn ich Holz hacken würde.

Ich greife herum und teste Annas Muschi. Sie ist feucht bis in die Innenseiten ihrer Schenkel. Als ich mit meinen Fingern über ihre warme und pochende Klitoris fahre, stöhnt sie hilflos.

Ich stehe vor ihr, ihre Brustwarzen streichen gegen meinen nackten Oberkörper. Ich reiße ihr den Knebel herunter und tauche meine Zunge in ihren Mund, küsse sie wie ein Tier, ohne Zärtlichkeit oder Technik. Ich beiße auf ihre Lippen, sauge an ihrem Hals und ficke sie mit meinen Fingern, bis sie schluchzt und um Erlösung bettelt.

Ich reiße ihr den Rest der Jeans herunter und werfe sie zur Seite. Sie nimmt den Gürtel in die Hand und zieht sich hoch, damit sie ihre Beine um meine Taille legen kann. Ich befreie meinen Schwanz und stoße ihn mit einem Ruck ganz in sie hinein.

Ihre Muschi ist tausend Grad heiß, so heiß, wie ich sie noch nie gefühlt habe. Und mein Schwanz ist eine eiserne Klinge, frisch aus dem Feuer. Ich halte sie an den Hüften und ficke sie heftig, intensiv, bis mir der Schweiß über die Brust rinnt.

Es ist genau das, was sie braucht. In Sekundenschnelle kommt sie, schreit so laut, dass ich zum ersten Mal denke, man könnte sie drüben in der Hütte hören – und ich drücke meine Hand auf ihren Mund. Ich halte sie dort fest, während ich in ihr komme, ein Schwall kochend heißen Spermas, das meinen Schwanz versengt, während es aus mir herausspritzt. Ich brülle und beiße ihr fest in die Schulter.

Als sie gegen mich zusammenbricht, löse ich den Gürtel. Wir fallen beide auf den Boden, unsere Beine sind zu schwach, um uns zu tragen. Ich bin mit Sägemehl und Schweiß bedeckt, aber Anna kümmert das nicht. Sie legt ihre Wange an meine Brust, immer noch viel zu schnell atmend.

»Das war gut«, sagt sie, als sie wieder sprechen kann.

Ich drücke mein Gesicht in ihr Haar und atme ihren Duft ein. »Das Beste überhaupt«, entgegne ich.

»Das Beste bis jetzt.«

Dank

Mein allererster Dank gilt Line – für die wunderbare Kunst, die sie für diese Ausgabe gemacht hat.

Kingmakers hat uns zusammengebracht. Line arbeitete in Dänemark in einem Medienjob, den sie nicht mochte, und war ziemlich unglücklich. Ein gemeinsamer Freund hat sie auf meine Bücher gebracht, die für sie eine Flucht aus dem Alltag wurden. Sie begann, Fan-Kunst von Anna und Leo, Zoe und Miles zu zeichnen.

Als ich Lines Porträt von Zoe sah, war ich fassungslos. Noch nie hatte jemand die Essenz einer meiner Figuren so perfekt eingefangen. Es war nicht nur ein Porträt, das Bild war aufgeladen mit Symbolen aus der Geschichte.

Ich kaufte mehrere von Lines Zeichnungen für meine Bücher und bald beauftragte ich noch mehr bei ihr. Schon bald konnte sie ganz vom Zeichnen leben, illustrierte jede meiner Neuerscheinungen und eine wunderschöne Partnerschaft begann.

Es wird mich immer richtig glücklich machen, dass Lines Zeichnung von Zoe beim Lesen ihr ermöglicht hat, sich beruflich neu zu orientieren und jetzt das zu machen, was sie liebt. Wir haben all die neuen Kingmakers-Kunstwerke, um zu feiern, wie sehr sie in der Zeit unserer Zusammenarbeit als Künstlerin gewachsen ist.

Vielen Dank auch an die anderen Mitglieder meines Teams, Maya und Brittany, sowie an Emily Wittig, die die wunderschönen Cover für die Kingmakers-Serie entworfen hat.

Und schließlich, danke BD, dass du die Liebe meines Lebens, mein bester Freund und mein Seelenverwandter bist. Enemies-to-Lovers wird immer meine Lieblings-Trope sein, aber die stärksten Beziehungen gibt es zwischen den engsten Freunden.

Triggerwarnung

Dieses Buch enthält potenziell triggernde Inhalte:

- Gewalt
- Gebrauch von Schusswaffen
- Drogenkonsum ohne Einwilligung
- Sexuelle Handlungen ohne Einwilligung/ Vergewaltigung
- Versuchter Mord

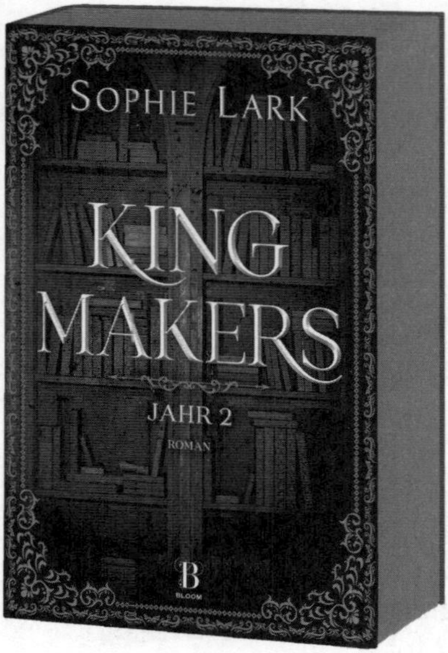

Zoe Romero könnte nicht unerreichbarer sein. Ein Ehevertrag bindet sie an den gefährlichsten Mann von ganz Kingmakers, Rocco Prince. Sich ihr zu nähern würde die eisernen Regeln der Mafia-Welt brechen. Aber das hat Miles Gallo noch nie aufgehalten. Er ist bereit, jedes Risiko einzugehen, um Zoe für sich zu gewinnen.

Ihre verbotene Liebe entfacht einen Machtkampf mit katastrophalen Folgen. In einer Welt, in der das Brechen von Regeln den Tod bedeuten kann, ist Miles Besessenheit von Zoe nicht nur eine Frage der Liebe … es ist ein Kampf ums Überleben.

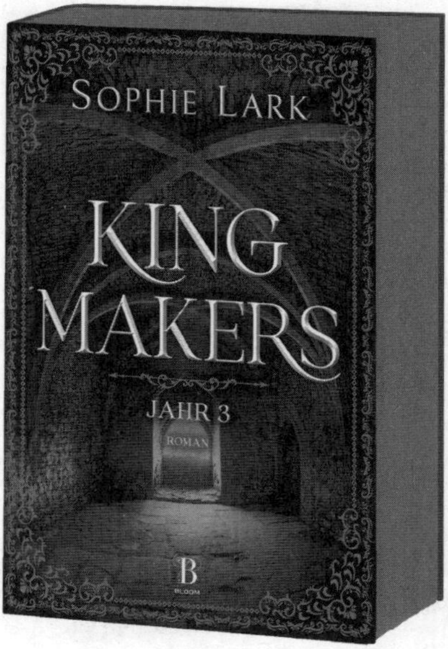

Die unbarmherzigen Gänge einer Mafia-Universität sind kein Ort für die zierliche und sanfte Cat, die ihr erstes Studienjahr nur knapp überlebt hat, allerdings um den Preis ihrer Unschuld. Cat hat etwas Schlimmes getan, und Dean Yenin hat es gesehen. Nun wird sie vom bösesten Tyrannen in Kingmakers erpresst. Er bietet ihr einen teuflischen Handel an: sein Schweigen und seinen Schutz … wenn Cat ihm gehört.

Deans Dominanzspiele bringen Cat dazu, Dinge zu tun, von denen sie nie gedacht hätte, dass sie sie tun würde. Aber selbst die sadistischsten Spiele haben Regeln, und Deans Faszination für Cat könnte sein Untergang sein.

In Kingmakers ist die Liebe eine Waffe, die von den tödlichsten Spielern eingesetzt wird. Aber Gebrochenheit kann zu unerwarteter Stärke führen, und manchmal ist derjenige, der die Macht hat, derjenige, der am verwundbarsten für ihren Zauber ist …

Drei quälende Jahre hat er gewartet. Nun schmiedet er einen Plan, getrieben von Verlust und Hass. Sein Ziel: die ahnungslose Tochter des Mannes, der sein Leben ruiniert hat.

Nix, die nichts von der dunklen Vergangenheit der beiden weiß, fühlt sich zu diesem Mann hingezogen, der sie zu verstehen scheint wie niemand sonst. Während die Beziehung immer enger wird, verschwimmen die Grenzen zwischen Betrug und Begehren.

Doch als der Moment der Abrechnung naht, steht er vor einer erschütternden Wahl: seine lang ersehnte Rache zu nehmen oder die Frau zu beschützen, der sein Herz gehört.

Sabrina Gallo ist eine Naturgewalt, faszinierend und beängstigend für jeden, der ihren Weg kreuzt.

Adrik Petrov, der Bratva-Bad Boy, hat endlich sein ebenbürtiges Gegenüber gefunden. Sabrina lässt sich nicht so leicht erobern – aber für Adrik ist der Reiz der Jagd ebenso berauschend wie der Preis. Er ist entschlossen, ihr Herz zu erobern, koste es, was es wolle.

Er lockt Sabrina von der Universität weg und entführt sie in die tödliche Unterwelt Moskaus, wo die Spannung zwischen dem leidenschaftlichen Paar immer größer wird … Kann Adrik Sabrina zähmen oder wird er in dem Feuer, das er zu kontrollieren versucht, verbrennen?